❝ "महाराज साहब, मैं उन अमूल्य उपदेशों के लिए अंतःकरण से आपका अनुगृहीत हूं, जो आपने मेरे आने वाले कर्तव्यों के विषय में प्रदान किए हैं। मैं आपको विश्वास दिलाता हूं कि यथासाध्य उन्हें कार्य में परिणत करूंगा। महोदय ने कहा है कि ताल्लुकेदार अपनी प्रजा का मित्र, गुरु और सहायक है। मैं बड़ी विनय के साथ निवेदन करूंगा कि वह इतना ही नहीं, कुछ और भी है, वह अपनी प्रजा का सेवक भी है। यही उसके अस्तित्व का उद्देश्य और हेतु है, अन्यथा संसार में उसकी कोई जरूरत न थी, उसके बिना समाज के संगठन में कोई बाधा न पड़ती। वह इसीलिए नहीं है कि प्रजा के पसीने की कमाई को विलास और विषय-भोग में उड़ाए, उनके टूटे-फूटे झोंपड़ों के सामने अपना ऊंचा महल खड़ा करे, उनकी नम्रता को अपने रत्नजड़ित वस्त्रों से अपमानित करे, उनकी संतोषमय सरलता को अपने पार्थिव वैभव से लज्जित करे, अपनी स्वाद-लिप्सा से उनकी क्षुधा-पीड़ा का उपहास करे। अपने स्वत्वों पर जान देता हो; पर अपने कर्तव्य से अनभिज्ञ हो, ऐसे निरंकुश प्राणियों से प्रजा की जितनी जल्द मुक्ति हो, उनका भार प्रजा के सिर से जितनी जल्द दूर हो, उतना ही अच्छा हो।" **❞**

प्रथम संस्करण: 2024

FiNGERPRINT! HINDI
प्रकाश बुक्स

 Fingerprint Publishing
 @FingerprintP
 @fingerprintpublishingbooks
www.fingerprintpublishing.com

ISBN: 978 93 6214 774 5

प्रेमाश्रम

किसान-जमींदार के संघर्ष को दिखाती और रूढ़िवादी
परंपराओं पर प्रहार करती एक सशक्त रचना!

लेखक
प्रेमचंद

FiNGERPRINT!

प्रेमाश्रम: अन्याय व उत्पीड़न के विरुद्ध संघर्ष

उपन्यास सम्राट मुंशी प्रेमचंद का उपन्यास **'प्रेमाश्रम'** अन्यायी-अत्याचारी जमींदार और उसका शिकार बनने वाले निरीह किसानों के संघर्ष की कथा है। इस उपन्यास में जमींदारों को दो वर्गों में बंटा हुआ दिखाया गया है। एक वर्ग नियम-कानून के साथ बंधा हुआ है और किसानों को अत्याचार का शिकार न बनाकर उन्हें अपने साथ लेकर चलता है, जबकि दूसरा वर्ग अंग्रेजी शासन और ओहदेदारों के साथ कदम-ताल करते हुए किसानों का शोषण करने को अपना अधिकार मानता है।

'प्रेमाश्रम' में प्रेमशंकर को किसानों के प्रति उदारता और सहानुभूतिपूर्ण रवैया अपनाते हुए दिखाया गया है, जबकि उनके छोटे भाई ज्ञानशंकर को एक अनुदार और अत्याचारी जमींदार के रूप में प्रस्तुत किया गया है। ज्ञानशंकर छल, कपट और षड्यंत्रकारी चालों के जरिए निरीह और बेबस किसानों पर भीषण अत्याचार करता है। किसानों का शोषण कर वह समृद्धि और संपन्नता प्राप्त करके ऐश्वर्ययशाली जीवन जीने का आकांक्षी है। वह बेगारी, बेदखली और अनावश्यक टैक्स लगाकर किसानों को पूर्णतया बरबाद करने का मंसूबा बना बैठता है।

ज्ञानशंकर लालच और महत्त्वाकांक्षाओं के जाल में उलझा अपने श्वसुर राय साहब और साली गायत्री की रियासतों पर भी अधिकार जमाने की कुचेष्टा करता है। दूसरी ओर अमेरिका रहकर आए प्रेमशंकर हवेली में रहने के बजाय एक छोटी-सी कुटिया प्रेमाश्रम में रहते हैं। वे किसानों की सहायता करते हैं और उन्हें अपने अधिकारों के प्रति जागरूक करते हैं।

तत्कालीन समाज में किसानों की दुर्दशा का अनुमान **'प्रेमाश्रम'** के एक छोटे-से प्रसंग से लगाया जा सकता है—

तहसीलदार ने पूछा—"इधर कहां?"

दुखरन ने उद्दंडता से कहा—"घर जा रहा हूं।"

तहसीलदार—और लीपेगा कौन?

दुखरन—जिसे गरज होगी, वह लीपेगा।

तहसीलदार—इतने जूते पड़ेंगे कि दिमाग की गरमी उतर जाएगी।

दुखरन–आपका अख्तियार है–जूते मारिए, चाहे फांसी दीजिए, लेकिन लीप नहीं सकता।

कादिर खां–भगत, तुम कुछ न करना। जाओ, बैठे ही रहना। तुम्हारे हिस्से का काम मैं कर दूंगा।

दुखरन–मैं तो अब जूते खाऊंगा। जो कसर है, वह भी पूरी हो जाए।

तहसीलदार–इस पर शामत सवार है। है कोई चपरासी, जरा लगाओ तो बदमाश को पचास जूते, मिजाज ठंडा हो जाए!

यह हुक्म पाते ही एक चपरासी ने लपककर भगत को इतनी जोर से धक्का दिया कि वह जमीन पर गिर पड़े और वह जूते लगाने लगा। भगत जड़वत् भूमि पर पड़े रहे। संज्ञाशून्य हो गए, उनके चेहरे पर क्रोध या ग्लानि का चिह्न भी न था।

'प्रेमाश्रम' में जमींदार-किसान संघर्ष के साथ ही रूढ़िवादी परंपराओं, तंत्र-मंत्र और योग सिद्धि जैसे क्रिया-कलापों के भी दर्शन होते हैं। हमें आशा ही नहीं, बल्कि पूर्ण विश्वास है कि प्रस्तुत पुस्तक 'प्रेमाश्रम' पाठकों को अवश्य पसंद आएगी।

–एम.आई. राजस्वी

धनपतराय से मुंशी प्रेमचंद तक

'कलम का सिपाही', **'कलम की शान'**, **'कलम का जादूगर'**, **'कथा सम्राट'** और **'उपन्यास सम्राट'** जैसी अनेक उपाधियों से अलंकृत मुंशी प्रेमचंद का जन्म वाराणसी के निकट 'लमही' नामक ग्राम में 31 जुलाई, 1881 को हुआ था। उनका वास्तविक नाम धनपतराय श्रीवास्तव था। उनके पिता अजायबराय डाकखाने में मुंशी के रूप में मामूली-सी नौकरी करते थे, जबकि उनकी माता आनंदी देवी एक सामान्य गृहिणी थीं।

धनपतराय की आयु जब मात्र 8 वर्ष थी तो उनकी माता का स्वर्गवास हो गया। 15 वर्ष की अल्पायु में धनपतराय का विवाह उनसे अधिक आयु की एक युवती से कर दिया गया। कदाचित् यह एक अनमेल विवाह था जिसे न चाहते हुए भी सामाजिक मर्यादा के लिए उन्हें स्वीकार करना पड़ा। विवाह के लगभग एक वर्ष बाद ही उनके पिता की मृत्यु हो गई। इस कारण घर का सारा बोझ उन्हें उठाना पड़ा। उस समय उनकी आर्थिक स्थिति अत्यंत दयनीय थी।

धनपतराय यानी प्रेमचंद ने प्रारंभिक शिक्षा के तौर पर अपने ही गांव लमही के एक छोटे-से मदरसे में मौलवी साहब से उर्दू और फारसी का ज्ञान प्राप्त किया। सन् 1890 में उन्होंने वाराणसी के क्वीन कॉलेज में एडमिशन लिया और सन् 1897 में इसी कॉलेज से दूसरी श्रेणी में मैट्रिक की परीक्षा उत्तीर्ण की। आर्थिक स्थिति अच्छी न होने के कारण उन्हें पढ़ाई छोड़ देनी पड़ी, लेकिन प्रतिकूल परिस्थितियों के बावजूद सन् 1919 में उन्होंने स्नातक की परीक्षा उत्तीर्ण की।

प्रेमचंद का पत्नी के साथ वैचारिक मतभेद होने के कारण दांपत्य जीवन सुखद न था। सन् 1905 में गृह-क्लेश होने पर उनकी पत्नी मायके चली गईं और फिर लौटकर नहीं आईं। प्रेमचंद ने भी पत्नी को लौटा लाने का प्रयास नहीं किया और अंततः इस अध्याय का पटाक्षेप हो गया।

प्रेमचंद आर्य समाज से अत्यंत प्रभावित थे और विधवा विवाह का समर्थन करते थे। इसी के प्रभाव में सन् 1906 में उन्होंने एक बाल विधवा शिवरानी देवी

से विवाह कर लिया। शिवरानी देवी से उनकी 3 संतानें हुईं। इनमें दो बेटे श्रीपतराय और अमृतराय तथा एक बेटी कमला देवी थीं।

प्रेमचंद ने बिगड़ती घरेलू आर्थिक स्थिति को संभालने के लिए कड़ा संघर्ष किया। उन्होंने सबसे पहले एक वकील के यहां उसके बेटे को पढ़ाने के लिए 5 रुपये मासिक वेतन पर नौकरी की। धीरे-धीरे वे प्रत्येक विषय में पारंगत हो गए, बाद में इसी कारण उन्हें एक मिशनरी विद्यालय में प्रधानाचार्य के पद पर नियुक्ति मिली। स्नातक परीक्षा पास करने के बाद उन्हें शिक्षा विभाग में इंस्पेक्टर के पद पर नियुक्त किया गया। महात्मा गांधी से प्रभावित होने के कारण वे अधिक समय तक सरकारी नौकरी न कर सके और पद से त्यागपत्र देकर लेखन के माध्यम से देशसेवा में जुट गए।

प्रेमचंद आरंभिक दौर में अपने वास्तविक नाम धनपतराय के बजाय नवाबराय के नाम से लेखन कार्य करते थे। उनका 'नवाबराय' नाम उनके चाचा महावीरराय द्वारा प्रेम से दिया गया संबोधन था। यद्यपि उन्होंने मात्र 13 वर्ष की आयु से ही लेखन कार्य आरंभ कर दिया था, तथापि उनके साहित्यिक जीवन का आरंभ सन् 1901 से माना जाता है। इस समय उन्होंने उर्दू में नाटक और उपन्यास लिखे।

प्रेमचंद का पहला अपूर्ण उपन्यास 'असरार-ए-मआबिद' (देवस्थान रहस्य) उर्दू साप्ताहिक 'आवाज-ए-खल्क' में 8 अक्तूबर, 1903 से 1 फरवरी, 1905 तक धारावाहिक रूप में लेखक नवाबराय के तौर पर प्रकाशित हुआ। उनका दूसरा उपन्यास उर्दू में 'हमखुरमा व हमसवाब' और हिंदी में 'प्रेमा' के नाम से सन् 1907 में प्रकाशित हुआ।

सन् 1910 में नवाबराय के नाम से प्रेमचंद की रचना 'सोज-ए-वतन' (राष्ट्र का विलाप) अंग्रेज सरकार की आंख का शूल बन गई। हमीरपुर के जिला कलेक्टर ने प्रेमचंद को तलब करके उन पर सीधे-सीधे जनता को भड़काने का आरोप लगाया। उन्होंने 'सोज-ए-वतन' की सभी प्रतियां जब्त कर लीं और सख्त हिदायत दी कि अब वे कुछ नहीं लिखेंगे। यदि उन्होंने शासनादेश का उल्लंघन किया तो उन्हें कारावास में डाल दिया जाएगा।

प्रेमचंद कलेक्टर साहब का यह शासनादेश सुनकर सन्न रह गए, तब उर्दू पत्रिका 'जमाना' के संपादक और उनके मित्र मुंशी दयानारायण निगम ने उन्हें एक नए नाम से लेखन कार्य जारी रखने की सलाह दी। उन्होंने नए नाम के रूप में 'प्रेमचंद' उपनाम भी सुझाया। अपने मित्र की सलाह मानते हुए इसके बाद प्रेमचंद ने इसी उपनाम को सदा-सर्वदा के लिए धारण कर लिया।

बहुमुखी प्रतिभा के धनी प्रेमचंद ने कहानी, उपन्यास, नाटक, समीक्षा, लेख, संस्मरण और संपादकीय जैसी विभिन्न विधाओं पर लेखनी चलाई। विशेष रूप से उनकी ख्याति कथाकार के रूप में हुई। उनके जीवनकाल में ही सुप्रसिद्ध उपन्यासकार शरत्चंद्र चट्टोपाध्याय ने प्रेमचंद को **'उपन्यास सम्राट'** कहकर संबोधित किया।

प्रेमचंद के उपन्यास और कहानियों में जीवन की यथार्थ वस्तुस्थिति, मार्मिक तथ्यों एवं गहन संवेदनाओं से ओत-प्रोत चरित्र-चित्रण मिलते हैं। प्रेमचंद के प्रमुख उपन्यास **'प्रेमा'** (1907), **'सेवासदन'** (1918), **'प्रेमाश्रम'** (1922), **'रंगभूमि'** (1925), **'कायाकल्प'** (1926), **'निर्मला'** (1927), **'गबन'** (1931), **'कर्मभूमि'** (1932) और **'गोदान'** (1936) हैं। उनके अंतिम उपन्यास **'मंगलसूत्र'** पर लेखन कार्य चल ही रहा था कि लंबी बीमारी के बाद 8 अक्तूबर, 1936 को उनका देहावसान हो गया। इस उपन्यास का शेष भाग उनके पुत्र अमृतराय ने पूरा किया।

प्रेमचंद के प्रथम कहानी संग्रह **'सोज-ए-वतन'** की पहली कहानी **'दुनिया का अनमोल रतन'** को सामान्यतः उनकी प्रथम कहानी माना जाता है, लेकिन प्रेमचंद कहानी रचनावली के संकलनकर्ता डॉ. कमल किशोर गोयनका के अनुसार, **'जमाना'** उर्दू पत्रिका में प्रकाशित **'इश्क-ए-दुनिया और हुब्ब-ए-वतन'** (सांसारिक प्रेम और देश-प्रेम) प्रेमचंद की पहली प्रकाशित कहानी है।

प्रेमचंद के जीवनकाल में उनके कुल नौ कहानी संग्रह—**सप्त सरोज, नवनिधि, प्रेम पूर्णिमा, प्रेम पचीसी, प्रेम प्रतिमा, प्रेम द्वादशी, समरयात्रा, मानसरोवर** (भाग–1 व 2) और **कफन** प्रकाशित हुए। उनकी मृत्यु के उपरांत उनकी कहानियों को **'मानसरोवर'** शीर्षक से 8 भागों में प्रकाशित किया गया।

प्रेमचंद के नाम के साथ मुंशी संबोधन कब और कैसे जुड़ गया, इस बारे में यह मत दिया जाता है कि प्रेमचंद ने आरंभिक दौर में कुछ समय तक अध्यापन कार्य किया था। उस समय अध्यापक के लिए प्रायः **'मुंशीजी'** कहा जाता था। अतः प्रेमचंद को भी **'मुंशी प्रेमचंद'** कहा गया। एक अन्य मत के अनुसार, कायस्थों में नाम के आगे 'मुंशी' लिखने की परंपरा के कारण प्रेमचंद के प्रशंसकों ने उनके नाम के आगे भी मुंशी लिखकर उन्हें सम्मानित किया।

एक तार्किक और प्रामाणिक मत इस बारे में यह भी है कि **'हंस'** नामक पत्र प्रेमचंद और कन्हैयालाल माणिकलाल मुंशी के सह-संपादन में निकलता था। इस पत्र में संपादक के रूप में **'मुंशी, प्रेमचंद'** छपा होता था। यहां 'मुंशी' से अभिप्राय

के.एम. मुंशी से था। कालांतर में **'मुंशी, प्रेमचंद'** का कौमा विस्मृत कर केवल **'मुंशी प्रेमचंद'** लिखा जाने लगा। इससे आभास हुआ कि प्रेमचंद ही मुंशी हैं। अब 'मुंशी' की उपाधि प्रेमचंद के नाम के साथ इतनी रूढ़ हो चुकी है कि मात्र 'मुंशी' से ही प्रेमचंद की विद्यमानता का बोध होने लगता है।

प्रेमचंद के विभिन्न उपन्यासों एवं कहानियों का न केवल भारतीय और विदेशी भाषाओं में अनुवाद हो चुका है, बल्कि उन पर बहुत-सी लोकप्रिय फिल्में और धारावाहिक भी बन चुके हैं। सन् 1938 में प्रेमचंद के उपन्यास **'सेवासदन'** पर, सन् 1963 में **'गोदान'** पर और सन् 1966 में **'गबन'** पर लोकप्रिय फिल्में बनीं। सन् 1977 में उनकी कहानी **'शतरंज के खिलाड़ी'** पर, सन् 1981 में **'सद्गति'** पर और सन् 1977 में **'कफन'** पर तेलुगु में बनी **'ओका उरी कथा'** फिल्में लोकप्रिय हुईं। सन् 1980 में उनके बहुचर्चित उपन्यास **'निर्मला'** पर बना धारावाहिक दर्शकों द्वारा बहुत सराहा गया।

प्रेमचंद यद्यपि आज हमारे बीच में नहीं हैं, तथापि उनका रचना-संसार भारत की ही नहीं, वरन् विश्व की अनेक भाषाओं में अमरत्व प्राप्त कर चुका है। विश्व के हर स्थान, हर वर्ग और हर व्यक्ति में प्रेमचंद की कोई-न-कोई कथावस्तु मंडराती, चहलकदमी करती नजर आती है। कोई भी पाठक इस अहसास को अपने आसपास, इर्द-गिर्द और नजदीक से महसूस करना चाहे तो प्रस्तुत पुस्तक **'प्रेमाश्रम'** इसका जीता-जागता प्रमाण है।

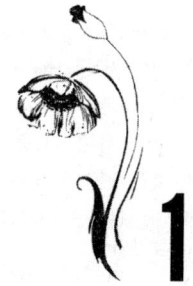

1

प्रभाशंकर ने पूछा–"क्या अपने भाई की सिफारिश करने से अपमान होता है?"

ज्ञानशंकर ने कटु भाव से कहा–"सिफारिश चाहे किसी काम के लिए हो, नीची बात है, विशेषकर ऐसे मामले में।"

प्रभाशंकर बोले–"इसका अर्थ तो यह है कि मुसीबत में भाई से मदद की आशा नहीं रखनी चाहिए।"

"मुसीबत उन कठिनाइयों का नाम है जो देवी और अनिवार्य कारणों से उत्पन्न हो, जान-बूझकर आग में कूदना मुसीबत नहीं है।"

"लेकिन जो जान-बूझकर आग में कूदे, क्या उसकी प्राणरक्षा नहीं करनी चाहिए?"

संध्या हो गई है। दिन-भर के थके-मांदे बैल खेत से आ गए हैं। घरों से धुएं के काले बादल उठने लगे। लखनपुर में आज परगने के हाकिम की पड़ताल थी। गांव के नेतागण दिन-भर उनके घोड़े के पीछे-पीछे दौड़ते रहे थे। इस समय वह अलाव के पास बैठे हुए नारियल पी रहे हैं और हाकिमों के चरित्र पर अपना-अपना मत प्रकट कर रहे हैं। लखनपुर बनारस नगर से बाहर मील पर उत्तर की ओर एक बड़ा गांव है। यहां अधिकांश कुर्मी और ठाकुरों की बस्ती है, दो-चार घर अन्य जातियों के भी हैं।

मनोहर ने कहा–"भाई, अगर यहां अंग्रेज न होते तो इस देश के हाकिम हम लोगों को पीसकर पी जाते।"

दुखरन भगत ने इस कथन का समर्थन किया–"जैसा उनका अकबाल है, वैसा ही नारायण ने स्वभाव भी दिया है। न्याय करना यही जानते हैं, दूध-का-दूध और पानी-का-पानी, घूस-रिश्वत से कुछ मतलब नहीं। आज छोटे साहब को देखो, मुंह-अंधेरे घोड़े पर सवार हो गए और दिन-भर पड़ताल की। तहसीलदार, पेसकार, कानूनगो एक भी उनके साथ नहीं पहुंचता था।"

सुक्खू कुर्मी ने कहा–"यह लोग अंग्रेजों की क्या बराबरी करेंगे? बस खाली गाली देना और इजलास पर गरजना जानते हैं। घर से तो निकलते ही नहीं। जो कुछ चपरासी या पटवारी ने कह दिया, वही मान गए। दिन-भर पड़े-पड़े आलसी हो जाते हैं।"

मनोहर–सुनते हैं अंग्रेज लोग घी नहीं खाते।

सुक्खू–घी क्यों नहीं खाते? बिना घी-दूध के इतना बूता कहां से होगा? वह मसक्कत करते हैं, इसी से उन्हें घी-दूध पच जाता है। हमारे देसी हाकिम खाते तो बहुत हैं, पर खाट पर पड़े रहते हैं। इसी से उनका पेट बढ़ जाता है।

दुखरन भगत–तहसीलदार साहब तो ऐसे मालूम होते हैं जैसे कोल्हू। अभी पहले आए थे तो कैसे दुबले-पतले थे, लेकिन दो ही साल में उन्हें न जाने कहां की मोटाई लग गई।

सुक्खू–रिश्वत का पैसा देह फुला देता है।

मनोहर–यह कहने की बात है–तहसीलदार एक पैसा भी नहीं लेते।

सुक्खू–बिना हराम की कौड़ी खाए, देह फूल ही नहीं सकती।

मनोहर ने हंसकर कहा–"पटवारी की देह क्यों नहीं फूल जाती, चुचके आम बने हुए हैं।"

सुक्खू–पटवारी सैकड़े-हजार की गठरी थोड़े ही उड़ाता है। जब बहुत दांव-पेंच किया तो दो-चार रुपये मिल गए। उसकी तनख्वाह तो कानूनगो ले लेते हैं। इसी छीन-झपट पर निर्वाह करता है, तो देह कहां से फूलेगी? तकावी में देखा नहीं, तहसीलदार साहब ने हजारों पर हाथ फेर दिया।

दुखरन–कहते हैं कि विद्या से आदमी की बुद्धि ठीक हो जाती है, पर यहां उल्टा ही देखने में आता है। यह हाकिम और अमले तो पढ़े-लिखे विद्वान होते हैं, लेकिन किसी को दया-धर्म का विचार नहीं होता।

सुक्खू–जब देश के अभाग आते हैं तो सभी बातें उल्टी हो जाती हैं। जब बीमार के मरने के दिन आ जाते हैं तो औषधि भी औगुन करती है।

मनोहर–हमीं लोग तो रिश्वत देकर उनकी आदत बिगाड़ देते हैं। हम न दें तो वह कैसे पाएं! बुरे तो हम हैं। लेने वाला मिलता हुआ धन थोड़े ही छोड़ देगा?

यहां तो आपस में ही एक-दूसरे को खाए जाते हैं। तुम हमें लूटने को तैयार, हम तुम्हें लूटने को तैयार। इसका और क्या फल होगा?

दुखरन—अरे तो हम मूर्ख, गंवार, अनपढ़ हैं। वह लोग तो विद्वान हैं। उन्हें न सोचना चाहिए कि यह गरीब लोग हमारे ही भाई-बंधु हैं। हमें भगवान ने विद्या दी है, तो इन पर निगाह रखें। इन विद्वानों से तो हम मूर्ख ही अच्छे। अन्याय सह लेना, अन्याय करने से तो अच्छा है।

सुक्खू—यह विद्या का दोष नहीं, देश का अभाग है।

मनोहर—न विद्या का दोष है और न देश का अभाग—यह हमारी फूट का फल है। सब अपना दोष है। विद्या से और कुछ नहीं होता तो दूसरों का धन ऐंठना तो आ जाता है। मूर्ख रहने से तो अपना धन गंवाना पड़ता है।

सुक्खू—हां, तुमने यह ठीक कहा कि विद्या से दूसरों का धन लेना आ जाता है। हमारे बड़े सरकार जब तक रहे, दो साल की मालगुजारी बाकी पड़ जाती थी, तब भी डांट-डपटकर छोड़ देते थे। छोटे सरकार जब से मालिक हुए हैं, देखते हो, कैसा उपद्रव कर रहे हैं। रात-दिन जाफा, बेदखली और अखराज की धूम मची हुई है।

दुखरन—कारिंदा साहब कल कहते थे कि अब इस गांव की बारी है, देखो क्या होता है!

मनोहर—होगा क्या, तुम हमारे खेत चढ़ोगे, हम तुम्हारे खेत पर चढ़ेंगे, छोटे सरकार की चांदी होगी। सरकार की आंखें तो तब खुलतीं, जब कोई किसी के खेत पर दांव न लगाता। सब कौल कर लेते, लेकिन यह कहां होने वाला है! सबसे पहले सुक्खू महतो दौड़ेंगे।

सुक्खू—कौन कहे कि मनोहर न दौड़ेंगे!

मनोहर—मुझसे चाहे गंगाजली उठवा लो, मैं खेत पर न जाऊंगा और जाऊंगा भी तो कैसे? कुछ घर में पूंजी भी तो हो। अभी रब्बी में महीनों की देर है और घर में अनाज का दाना नहीं है। गुड़ एक सौ रुपये से कुछ ऊपर ही हुआ है, लेकिन बैल बैठाऊ हो गया है—डेढ़ सौ लगेंगे, तब कहीं एक बैल आएगा।

दुखरन—क्या जाने क्या हो गया कि अब खेती में बरक्कत ही नहीं रही। पांच बीघे रब्बी बोई थी, लेकिन दस मन की भी आशा नहीं है और गुड़ का तो तुम जानते ही हो, जो हाल हुआ है। कोल्हाड़े में ही विसेसर साह ने तौल लिया। बाल-बच्चों के लिए शीरा तक न बचा। देखें भगवान कैसे पार लगाते हैं!

अभी यही बातें हो रही थीं कि गिरधर महाराज आते हुए दिखाई दिए। लंबा डील था, भरा हुआ बदन, तनी हुई छाती, सिर पर एक पगड़ी, बदन पर एक

चुस्त मिरजई। मोटा-सा लट्ठ कंधे पर रखे हुए थे। उन्हें देखते ही सब लोग मांचों से उतरकर जमीन पर बैठ गए। यह महाशय जमींदार के चपरासी थे। जबान से सबके दोस्त, दिल से सबके दुश्मन थे। जमींदार के सामने जमींदार की-सी कहते थे, असामियों के सामने असामियों की-सी, इसलिए उनकी पीठ पीछे लोग चाहे उनकी कितनी ही बुराइयां करें, मुंह पर कोई कुछ न कहता था।

सुक्खू ने पूछा—कहो महाराज, किधर से?

गिरधर ने इस ढंग से कहा—"मानो वह जीवन से असंतुष्ट हैं–किधर से बताएं, ज्ञान बाबू के मारे नाकों में दम है। अब हुकुम हुआ है कि असामियों को घी के लिए रुपये दे दो। रुपये सेर का भाव कटेगा। दिन-भर दौड़ते हो गया।"

मनोहर—कितने का घी मिला?

गिरधर—अभी तो खाली रुपया बांट रहे हैं। बड़े सरकार की बरसी होने वाली है। उसी की तैयारी है। आज कोई 50 रुपये बांटे हैं।

मनोहर—लेकिन बाजार भाव तो दस छटांक का है।

गिरधर—भाई, हम तो हुक्म के गुलाम हैं। बाजार में छटांक-भर बिके, हमको तो सेर-भर लेने का हुक्म है। इस गांव में भी 50 रुपये देने हैं। बोलो सुक्खू महतो, कितना लेते हो?

सुक्खू ने सिर नीचा करके कहा—"जितना चाहे दे दो, तुम्हारी जमीन में बसे हुए हैं, भाग के कहां जाएंगे?"

गिरधर—तुम बड़े असामी हो। भला दस रुपये तो लो और दुखरन भगत, तुम्हें कितना दें?

दुखरन—हमें भी पांच रुपये दे दो।

मनोहर—मेरे घर तो एक ही भैंस लगती है, उसका दूध बाल-बच्चों में उठ जाता है, घी होता ही नहीं। अगर गांव में कोई कह दे कि मैंने एक पैसे का भी घी बेचा है तो 50 रुपये लेने को तैयार हूं।

गिरधर—अरे, क्या 5 रुपये भी न लोगे? भला भगत के बराबर तो हो जाओ।

मनोहर—भगत के घर में भैंस लगती है, घी बिकता है, वह जितना चाहें ले लें। मैं रुपये ले लूं तो मुझे बाजार में दस छटांक का मोल लेकर देना पड़ेगा।

गिरधर—जो चाहो करो, पर सरकार का हुक्म तो मानना ही पड़ेगा। लालगंज में 30 रुपये दे आया हूं। वहां गांव में एक भैंस भी नहीं है। लोग बाजार से ही लेकर देंगे। पड़ाव में 20 रुपये दिए हैं। वहां भी जानते हो किसी के भैंस नहीं है।

मनोहर—भैंस न होगी तो पास रुपये होंगे। यहां तो गांठ में कौड़ी भी नहीं है।

गिरधर–जब जमींदार की जमीन जोतते हो तो उसके हुक्म से बाहर नहीं जा सकते।

मनोहर–जमीन कोई खैरात जोतते हैं। उसका लगान देते हैं। एक किस्त भी बाकी पड़ जाए तो नालिस होती है।

गिरधर–मनोहर, घी तो तुम दोगे दौड़ते हुए, पर चार बातें सुनकर। जमींदार के गांव में रहकर उससे हेकड़ी नहीं चल सकती। अभी कारिंदा साहब बुलाएंगे तो रुपये भी दोगे, हाथ-पैर भी पड़ोगे, मैं सीधे-सीधे कहता हूं तो तेवर बदलते हो।

मनोहर ने गरम होकर कहा–“न कारिंदा कोई काटू है और न जमींदार कोई हौवा है। यहां कोई दबैल नहीं है। जब कौड़ी-कौड़ी लगान चुकाते हैं तो धौंस क्यों सहें?”

गिरधर–सरकार को अभी जानते नहीं हो। बड़े सरकार का जमाना अब नहीं है। इनके चंगुल में एक बार आ जाओगे तो निकलते न बनेगा।

मनोहर की क्रोधाग्नि और भी प्रचंड हुई, बोला–“अच्छा जाओ, तोप पर उड़वा देना।”

गिरधर महाराज उठ खड़े हुए। सुक्खू और दुखरन ने अब मनोहर के साथ बैठना उचित न समझा। वह भी गिरधर के साथ चले गए। मनोहर ने इन दोनों आदमियों को तीव्र दृष्टि से देखा और नारियल पीने लगा।

लखनपुर के जमींदारों का मकान काशी में औरंगाबाद के निकट था। मकान के दो खंड आमने-सामने बने हुए थे। एक जनाना मकान था, दूसरी मरदानी बैठक। दोनों खंडों के बीच की जमीन बेल-बूटे से सजी हुई थी–दोनों ओर ऊंची दीवारें खींची हुई थीं; लेकिन दोनों ही खंड जगह-जगह से टूट-फूट गए थे। कहीं कोई कड़ी टूट गई थी और उसे थूनियों के सहारे रोका गया था, कहीं दीवार फट गई थी और कहीं छत धंस गई थी; एक वृद्ध रोगी की तरह जो लाठी के सहारे चलता हो।

किसी समय यह परिवार नगर में बहुत प्रतिष्ठित था, किंतु ऐश्वर्य के अभिमान और कुल-मर्यादा के पालन ने उसे धीरे-धीरे इतना गिरा दिया कि अब मुहल्ले का बनिया पैसे-धैले की चीज भी उनके नाम पर उधार न देता था। लाला जटाशंकर मरते-मरते मर गए, पर जब घर से निकले तो पालकी पर। लड़के-लड़कियों के विवाह किए तो हौसले से। कोई उत्सव आता तो हृदय सरिता की भांति उमड़ आता था, कोई मेहमान आ जाता तो उसे सर-आंखों पर बैठाते, साधु-सत्कार और अतिथि-सेवा में उन्हें हार्दिक आनंद होता था। इसी मर्यादा-रक्षा में जायदाद का

बड़ा भाग बिक गया, कुछ रेहन हो गया और अब लखनपुर के सिवा चार और छोटे-छोटे गांव रह गए थे जिनसे कोई चार हजार वार्षिक लाभ होता था।

लाला जटाशंकर के एक छोटे भाई थे। उनका नाम प्रभाशंकर था। यही स्याह और सफेद के मालिक थे। बड़े लाला साहब को अपनी भागवत और गीता से परमानुराग था। घर का प्रबंध छोटे भाई के हाथों में था। दोनों भाइयों में इतना प्रेम था कि उनके बीच कभी कटु वाक्यों की नौबत न आई थी। स्त्रियों में तू-तू, मैं-मैं होती थी; किंतु भाइयों पर इसका असर न पड़ता था। प्रभाशंकर स्वयं कितना ही कष्ट उठाए, अपने भाई से कभी भूलकर भी शिकायत न करते थे। जटाशंकर भी उनके किसी काम में हस्तक्षेप न करते थे।

लाला जटाशंकर का एक साल पूर्व देहांत हो गया था। उनकी स्त्री उनसे पहले ही मर चुकी थी। उनके दो पुत्र थे–प्रेमशंकर और ज्ञानशंकर। दोनों के विवाह हो चुके थे। प्रेमशंकर चार-पांच वर्षों से लापता थे। उनकी पत्नी श्रद्धा घर में पड़ी उनके नाम को रोया करती थी। ज्ञानशंकर ने गतवर्ष बी.ए. की उपाधि प्राप्त की थी और इस समय हारमोनियम बजाने में मग्न रहते थे। उनके एक पुत्र था–मायाशंकर। लाला प्रभाशंकर की स्त्री जीवित थी। उनके तीन बेटे और दो बेटियां थीं। बड़े बेटे दयाशंकर सब-इंस्पेक्टर थे। उनका विवाह हो चुका था। बाकी दोनों लड़के अभी मदरसे में अंग्रेजी पढ़ते थे। दोनों पुत्रियां भी कुंवारी थीं।

प्रेमशंकर ने बी.ए. की डिग्री लेने के बाद अमेरिका जाकर आगे पढ़ने की इच्छा की थी, पर जब अपने चाचा को इसका विरोध करते देखा तो एक दिन चुपके से भाग निकले। घरवालों से पत्र-व्यवहार करना भी बंद कर दिया। उनके पीछे ज्ञानशंकर ने बाप और चाचा से लड़ाई ठानी। उनकी फिजूलखर्चियों की आलोचना किया करते। कहते, क्या आप हमारे लिए कुछ भी नहीं छोड़ जाएंगे? क्या आपकी यह इच्छा है कि हम रोटियों को मोहताज हो जाएं? किंतु इसका जवाब यही मिलता, भाई हम लोग तो जिस प्रकार अब तक निभाते आए हैं, उसी प्रकार निभाएंगे। यदि तुम इससे उत्तम प्रबंध कर सकते हो तो करो, जरा हम भी देखें। ज्ञानशंकर उस समय कॉलेज में थे, यह चुनौती सुनकर चुप हो जाते थे, पर जब से वह डिग्री लेकर आए थे और इधर उनके पिता का देहांत हो चुका था, उन्होंने घर के प्रबंध में संशोधन करने का यत्न शुरू किया था, जिसका फल यह हुआ था कि उस मेल-मिलाप में बहुत कुछ अंतर पड़ चुका था, जो पिछले साठ वर्षों से चला आता था। न चाचा का प्रबंध भतीजे को पसंद था, न भतीजे का चाचा को। आए दिन शाब्दिक संग्राम होते रहते। ज्ञानशंकर कहते–'आपने सारी

जायदाद चौपट कर दी। हम लोगों को कहीं का न रखा। सारा जीवन खाट पर पड़े-पड़े पूर्वजों की कमाई खाने में काट दिया। मर्यादा-रक्षा की तारीफ तो तब थी, जब अपने बाहुबल से कुछ करते या जायदाद को बचाकर करते। घर बेचकर तमाशा देखना कौन-सा मुश्किल काम है?'

लाला प्रभाशंकर यह कटु वाक्य सुनकर अपने भाई को याद करते और उनका नाम लेकर रोने लगते। यह चोटें उनसे सही न जाती थीं।

लाला जटाशंकर की बरसी के लिए प्रभाशंकर ने दो हजार का अनुमान किया था। एक हजार ब्राह्मणों का भोज होने वाला था। नगर-भर के समस्त प्रतिष्ठित पुरुषों को निमंत्रण देने का विचार था। इसके सिवा चांदी के बरतन, कालीन, पलंग, वस्त्र आदि महापात्र को देने के लिए बन रहे थे। ज्ञानशंकर इसे धन का अपव्यय समझते थे। उनकी राय थी कि इस कार्य में दो रुपये से अधिक खर्च न किए जाएं। जब घर की दशा ऐसी चिंताजनक है तो इतने रुपये खर्च करना सर्वथा अनुचित है; किंतु प्रभाशंकर कहते थे, जब मैं मर जाऊं, तब तुम चाहे अपने बाप को एक-एक बूंद पानी के लिए तरसाना; पर जब तक मेरे दम-में-दम है, मैं उनकी आत्मा को दुःखी नहीं कर सकता। सारे नगर में उनकी उदारता की धूम थी। बड़े-बड़े उनके सामने सिर झुका लेते थे। ऐसे प्रतिभाशाली पुरुष की बरसी भी यथायोग्य होनी चाहिए। यही हमारी श्रद्धा और प्रेम का अंतिम प्रमाण है।

ज्ञानशंकर के हृदय में भावी उन्नति की बड़ी-बड़ी अभिलाषाएं थीं। वह अपने परिवार को फिर समृद्ध और सम्मान के शिखर पर ले जाना चाहते थे। घोड़े और फिटन की उन्हें बड़ी-बड़ी आकांक्षा थी। वह शान से फिटन पर बैठकर निकलना चाहते थे कि हठात् लोगों की आंखें उनकी तरफ उठ जाएं और लोग कहें कि लाला जटाशंकर के बेटे हैं। वह अपने दीवानखाने को नाना प्रकार की सामग्रियों से सजाना चाहते थे। मकान को भी आवश्यकतानुसार बढ़ाना चाहते थे। वे घंटों एकाग्र बैठे हुए इन्हीं विचारों में मग्न रहते थे। चैन से जीवन व्यतीत हो, यही उनका ध्येय था। वर्तमान दशा में मितव्ययिता के सिवा उन्हें कोई दूसरा उपाय न सूझता था। कोई छोटी-मोटी नौकरी करने में वह अपना अपमान समझते थे; वकालत से उन्हें अरुचि थी और उच्चाधिकारों का द्वार उनके लिए बंद था। उनका घराना शहर में चाहे कितना ही सम्मानित हो, पर देश के विधाताओं की दृष्टि में उसे वह गौरव प्राप्त न था जो उच्चाधिकार-सिद्धि का अनुष्ठान है।

लाला जटाशंकर तो विरक्त ही थे और प्रभाशंकर केवल जिलाधीशों की कृपा-दृष्टि को अपने लिए काफी समझते थे। इसका फल जो कुछ हो सकता था; वह उन्हें मिल चुका था। उनके बड़े बेटे दयाशंकर सब-इंस्पेक्टर हो गए थे।

ज्ञानशंकर कभी-कभी इस अकर्मण्यता के लिए भी अपने चाचा से उलझा करते थे–'आपने अपना सारा जीवन नष्ट कर दिया। लाखों की जायदाद भोग-विलास में उड़ा दी। सदा आतिथ्य-सत्कार और मर्यादा-रक्षा पर जान देते रहे। अगर इस उत्साह का एक अंश भी अधिकारी वर्ग के सेवा-सत्कार में समर्पित करते तो आज मैं डिप्टी-कलेक्टर होता। खानेवाले खा-खाकर चल दिए। अब उन्हें याद भी नहीं रहा कि आपने उन्हें कभी खिलाया या नहीं। खस्ता कचौड़ियां और सोने के पत्र लगे हुए पान के बीड़े खिलाने से परिवार की उन्नति नहीं होती, इसके और ही रास्ते हैं।'

बेचारे प्रभाशंकर यह तिरस्कार सुनकर व्यथित होते और कहते–'बेटा, ऐसी-ऐसी बातें करके हमें न जलाओ। तुम फिटन और घोड़ा, कुर्सी और मेज, आईने और तस्वीरों पर जान देते हो। तुम चाहते हो कि हम अच्छे-से-अच्छा खाएं, अच्छे-से-अच्छा पहनें, लेकिन खाने-पहनने से दूसरों को क्या सुख होगा? तुम्हारे धन और संपत्ति से दूसरे क्या लाभ उठाएंगे? हमने भोग-विलास में जीवन नहीं बिताया। वह कुल-मर्यादा की रक्षा थी। विलासिता यह है, जिसके पीछे तुम उन्मत्त हो। हमने जो कुछ किया, नाम के लिए किया। घर में उपवास हो, लेकिन जब कोई मेहमान आ जाता तो उसे सिर और आंखों पर लेते थे। तुमको बस अपना पेट भरने की, अपने शौक की, अपने विलास की धुन है। यह जायदाद बनाने के नहीं, बिगाड़ने के लक्षण हैं। अंतर इतना ही है कि हमने दूसरों के लिए बिगाड़ा, तुम अपने लिए बिगाड़ोगे।'

मुसीबत यह थी कि ज्ञानशंकर की स्त्री विद्यावती भी इन विचारों में अपने पति से सहमत न थी। उसके विचार बहुत-कुछ लाला प्रभाशंकर से मिलते थे। उसे परमार्थ पर स्वार्थ से अधिक श्रद्धा थी। उसे बाबू ज्ञानशंकर को अपने चाचा से वाद-विवाद करते देखकर खेद होता था और अवसर मिलने पर वह उन्हें समझाने की चेष्टा करती थी; पर ज्ञानशंकर उसे झिड़क दिया करते थे। वह इतने शिक्षित होकर भी स्त्री का आदर उससे अधिक न करते थे, जितना अपने पैर के जूतों का। अतएव उनका दांपत्य जीवन भी, जो चित्त की शांति का एक प्रधान साधन था, सुखकर न था।

मनोहर अक्खड़पन की बातें तो कर बैठा; किंतु जब क्रोध शांत हुआ तो मालूम हुआ कि मुझसे बड़ी भूल हुई। गांववाले सब-के-सब मेरे दुश्मन हैं। वह इस समय चौपाल में बैठे मेरी निंदा कर रहे होंगे। कारिंदा न जाने कौन-से उपद्रव

मचाए! बेचारे दुर्जन को बात-की-बात में मटियामेट कर दिया, तो फिर मुझे बिगाड़ते क्या देर लगती है! मैं अपनी जबान से लाचार हूं। कितना ही उसे बस में रखना चाहता हूं, पर नहीं रख सकता। यही न होता कि जहां और सब लेना-देना है, वहां दस रुपये और हो जाते; नक्कू तो न बनता, लेकिन इन विचारों ने एक क्षण में फिर पलटा खाया। मनुष्य जिस काम को हृदय से बुरा नहीं समझता, उसके कुपरिणाम का भय एक गौरवपूर्ण धैर्य की शरण लिया करता है। मनोहर अब इस विचार से अपने को शांति देने लगा—मैं बिगड़ जाऊंगा तो बला से, पर किसी की धौंस तो न सहूंगा, किसी के सामने सिर तो नीचा नहीं करता। जमींदार भी देख लें कि गांव में सब-के-सब भांड ही नहीं हैं। अगर कोई मामला खड़ा किया तो अदालत में हाकिम के सामने सारा भंडा फोड़ दूंगा, जो कुछ होगा, देखा जाएगा। इसी उधेड़बुन में वह भोजन करने लगा। चौके में एक मिट्टी के तेल का चिराग जल रहा था; किंतु छत में धुआं इतना भरा हुआ था कि उसका प्रकाश मंद पड़ गया था। उसकी स्त्री बिलासी ने एक पीतल की थाली में बथुए की भाजी और जौं की कई मोटी-मोटी रोटियां परोस दीं। मनोहर इस भांति रोटियां तोड़-तोड़कर मुंह में रखता था, जैसे कोई दवा खा रहा हो। इतनी ही रुचि से वह घास भी खाता।

बिलासी ने पूछा—"क्या साग अच्छा नहीं? गुड़ दूं?"

मनोहर—नहीं, साग तो अच्छा है।

बिलासी—क्या भूख नहीं?

मनोहर—भूख क्यों नहीं है, खा तो रहा हूं।

बिलासी—खाते तो नहीं हो, जैसे औंघ रहे हो। किसी से कुछ कहा-सुनी तो नहीं हुई है?

मनोहर—नहीं, कहा-सुनी किससे होती?

इतने में एक युवक कोठरी में आकर खड़ा हो गया। उसका शरीर खूब गठीला, हृष्ट-पुष्ट था, छाती चौड़ी और भरी हुई थी। आंखों से तेज झलक रहा था। उसके गले में सोने का यंत्र था और दाहिनी बांह में चांदी का एक अनंत। यह मनोहर का पुत्र बलराज था।

बिलासी—कहां घूम रहे हो? आओ, खा लो, थाली परोसूं?

बलराज ने धुएं से आंखें मलते हुए कहा—"काहे दादा, आज गिरधर महाराज तुम पर क्यों बिगड़ रहे थे? लोग कहते हैं कि बहुत लाल-पीले हो रहे थे?"

मनोहर—कुछ नहीं; तुम्हें कौन कहता था?

बलराज—सभी लोग तो कह रहे हैं। तुमसे घी मांगते थे; तुमने कहा, 'मेरे पास घी नहीं है, बस इसी पर तन गए।'

मनोहर–अरे तो कोई झगड़ा थोड़े ही हुआ। गिरधर महाराज ने कहा, 'तुम्हें घी देना पड़ेगा, हमने कह दिया, जब घी हो जाएगा तब देंगे, अभी तो नहीं है।' इसमें भला झगड़ने की कौन–सी बात थी?

बलराज–झगड़ने की बात क्यों नहीं है–कोई हमसे क्यों घी मांगे? किसी का दिया खाते हैं कि किसी के घर मांगने जाते हैं? अपना तो एक पैसा नहीं छोड़ते, तो हम क्यों धौंस सहें? न हुआ मैं, नहीं तो दिखा देता। क्या हमको भी दुर्जन समझ लिया है?

मनोहर की छाती अभिमान से फूली जाती थी, पर इसके साथ ही यह चिंता भी थी कि कहीं यह कोई उजड्ड़पन न कर बैठे। वह बोला–"चुपके से बैठकर खाना खा लो, बहुत बहकना अच्छा नहीं होता। कोई सुन लेगा तो वहां जाकर एक की चार जड़ आएगा। यहां कोई अपना मित्र नहीं है।"

बलराज–सुन लेगा तो क्या किसी से छिपा के कहते हैं? जिसे बहुत घमंड हो, आकर देख ले। एक–एक का सिर तोड़ के रख दें। यही न होगा, कैद होकर चला आऊंगा। इससे कौन डरता है? महात्मा गांधी भी तो कैद हो आए हैं।

बिलासी ने मनोहर की ओर तिरस्कार के भाव से देखकर कहा–"तुम्हारी कैसी आदत है कि जब देखो एक–न–एक बखेड़ा मचाए ही रहते हो। जब सारा गांव घी दे रहा है, तब हम क्या गांव से बाहर हैं? जैसा बन पड़ेगा, देंगे। इसमें कोई अपनी हेठी थोड़े ही हुई जाती है? हेठा तो नारायण ने ही बना दिया है, तो क्या अकड़ने से ऊंचे हो जाएंगे? थोड़ा–सा घी हांडी में है, दो–चार दिन में और बटोर लूंगी, जाकर तौल आना।"

बलराज–क्यों दे आएं? किसी के दबैल हैं?

बिलासी–नहीं, तुम तो लाट–गवर्नर हो। घर में भूनी भांग नहीं, उस पर इतना घमंड!

बलराज–हम दरिद्र सही, किसी से मांगने तो नहीं जाते?

बिलासी–अरे जा बैठ, आया है बड़ा जोधा बनकर। ऊंट जब तक पहाड़ पर नहीं चढ़ता, तब तक समझता है कि मुझसे ऊंचा और कौन होगा? जमींदार से बैर कर गांव में रहना सहज नहीं है। (मनोहर से) सुनते हो महापुरुष; कल कारिंदा के पास जाकर कह–सुन आओ।

मनोहर–मैं तो अब नहीं जाऊंगा।

बिलासी–क्यों?

मनोहर–क्यों क्या, अपनी खुशी है। जाएं क्या, अपने ऊपर तालियां लगवाएं?

बिलासी–अच्छा, तो मुझे जाने दोगे?

मनोहर–तुम्हें भी न जाने दूंगा। कारिंदा हमारा कर ही क्या सकता है? बहुत करेगा, अपना शिकमी खेत छुड़ा लेगा। न दो हल चलेंगे, एक ही सही।

यद्यपि मनोहर बढ़-चढ़कर बातें कर रहा था, पर वास्तव में उसका इनकार अब परास्त तर्क के समान था। यदि बिना दूसरों की दृष्टि में अपमान उठाए, बिगड़ा हुआ खेल बन जाए तो उसे कोई आपत्ति नहीं थी। हां, वह स्वयं क्षमा-प्रार्थना करने में अपनी हेठी समझता था। एक बार तनकर फिर झुकना उसके लिए बड़ी लज्जा की बात थी। बलराज की उद्दंडता उसे शांत करने में हानि के भय से भी अधिक सफल हुई थी।

प्रातःकाल बिलासी चौपाल जाने को तैयार हुई; पर न मनोहर साथ चलने को राजी होता था और न बलराज। अकेली जाने की उसकी हिम्मत न पड़ती थी। इतने में कादिर मियां ने घर में प्रवेश किया। बूढ़े आदमी थे, ठिगना डील, लंबी दाढ़ी, घुटने के ऊपर तक धोती, एक गाढ़े की मिरजई पहने हुए थे। गांव के नाते से वह मनोहर के बड़े भाई होते थे। बिलासी ने उन्हें देखते ही थोड़ा-सा घूंघट निकाल लिया।

कादिर ने चिंतापूर्ण भाव से कहा–"अरे मनोहर, कल तुम्हें क्या सूझ गई? जल्दी जाकर कारिंदा साहब को मना लो, नहीं तो फिर कुछ करते-धरते न बनेगी। सुना है, वह तुम्हारी शिकायत करने मालिकों के पास जा रहे हैं। सुक्खू भी साथ जाने को तैयार है। नहीं मालूम, दोनों में क्या सांठ-गांठ हुई है।"

बिलासी–भाई जी, यह बूढ़े हो गए; लेकिन इनका लड़कपन अभी नहीं गया। कितना समझाती हूं, बस अपने ही मन की करते हैं। इन्हीं की देखा-देखी एक लड़का है, वह भी हाथ से निकला जाता है। जिससे देखो उसी से उलझ पड़ता है। भला इनसे पूछा जाए कि सारे गांव ने घी के रुपये लिये तो तुम्हें नाहीं करने की क्या पड़ी थी?

कादिर खां–इनकी भूल है और क्या? दस रुपये हमें भी लेने पड़े, क्या करते? और यह कोई नई बात थोड़ी ही है? बड़े सरकार थे, तब भी तो एक-न-एक बेगार लगी ही रहती थी।

मनोहर–भैया, तब की बातें जाने दो, तब साल-दो-साल की देन बाकी पड़ जाती थी। मुदा मालिक कभी कुड़की-बेदखली नहीं करते थे। जब कोई काम-काज पड़ता था, तब हमको नेवता मिलता था। लड़कियों के ब्याह के लिए उनके यहां से लकड़ी, चारा और 25 रुपये बंधा हुआ था। यह सब जानते हो कि नहीं? जब वह अपने लड़कों की तरह पालते थे तो रैयत भी हंसी-खुशी उनकी बेगार करती थी। अब यह बातें तो गईं, बस एक-न-एक पच्चड़ लगा ही रहता है। जब उनकी ओर से यह कड़ाई है तो हम भी कोई मिट्टी के लोंदे थोड़े ही हैं?

कादिर खां–तब की बातें छोड़ो–अब जो सामने है, उसे देखो। चलो, जल्दी करो, मैं इसीलिए तुम्हारे पास आया हूं। मेरे बैल खेत में खड़े हैं।

मनोहर–दादा, मैं तो न जाऊंगा।

बिलासी–इनकी चूड़ियां मैली हो जाएंगी, चलो मैं चलती हूं।

कादिर और बिलासी दोनों चौपाल की ओर चले। वहां इस वक्त बहुत से आदमी जमा थे। कुछ लोग लगान के रुपये दाखिल करने आए। कुछ घी के रुपये लेने के लिए और कुछ केवल तमाशा देखने और ठकुरसुहाती करने के लिए। कारिंदे का नाम गुलाम गौस खां था। वह बृहदाकार मनुष्य थे, सांवला रंग, लंबी दाढ़ी, चेहरे से कठोरता झलकती थी। अपनी जवानी में वह पलटन में नौकर थे और हवलदार के दरजे तक पहुंचे थे। जब सीमा प्रांत में कुछ छेड़छाड़ हुई, तब बीमारी की छुट्टी लेकर घर भाग आए और यहीं से इस्तीफा पेश कर दिया। वह अब भी अपने सैनिक जीवन की कथाएं मजे ले-लेकर कहते थे। इस समय वह तख्त पर बैठे हुए हुक्का पी रहे थे। सुक्खू और दुखरन तख्त के नीचे बैठे हुए थे।

सुक्खू ने कहा–"हम मजदूर ठहरे, हम घमंड करें तो हमारी भूल है। जमींदार की जमीन में बसते हैं, उसका दिया खाते हैं, उससे बिगाड़कर कहां जाएंगे–क्यों दुखरन?"

दुखरन–हां, ठीक ही है।

सुक्खू–नारायण हमें चार पैसे दें, दस मन अनाज दें तो क्या हम अपने मालिकों से लड़ें, मारे घमंड के धरती पर पैर न रखें?

दुखरन–यही मद तो आदमी को खराब करता है। इसी मद ने रावण को मिटाया, इसी के कारण जरासंध और दुर्योधन का सर्वनाश हो गया तो भला हमारी-तुम्हारी कौन बात है?

इतने में कादिर मियां चौपाल में आए। उनके पीछे-पीछे बिलासी भी आई।

कादिर ने कहा–"खां साहब, यह मनोहर की घरवाली आई है, जितने रुपये चाहे घी के लिए दे दें। बेचारी डर के मारे आती न थी।"

गौस खां ने कटु स्वर में कहा–"वह कहां है मनोहर, क्या उसे आते शर्म आती थी?"

बिलासी ने दीनतापूर्वक कहा–"सरकार, उनकी बातों का कुछ ख्याल न करें। आपकी गुलामी करने को मैं तैयार हूं।"

कादिर खां–यूं तो गऊ है, किंतु आज न जाने उसके सिर कैसे भूत सवार हो गया? क्यों सुक्खू महतो, आज तक गांव में किसी से लड़ाई हुई है?

सुक्खू ने बगलें झाकते हुए कहा–"नहीं भाई, कोई झूठ थोड़े ही कह देगा।"

कादिर खां–अब बैठा रो रहा है। कितना समझाया कि चलकर खां साहब से कसूर माफ करा ले; लेकिन शर्म से आता ही नहीं है।

गौस खां–शर्म नहीं, शरारत है। उसके सिर पर जो भूत चढ़ा हुआ है, उसका उतार मेरे पास है। उसे गरूर हो गया है।

कादिर खां–अरे खां साहब, बेचारा मजूर गरूर किस बात पर करेगा? मूर्ख उजड्ड़ आदमी है, बात करने का सहूर नहीं है।

गौस खां–तुम्हें वकालत करने की जरूरत नहीं। मैं अपना काम खूब जानता हूं। इस तरह दबने लगा तो मुझसे कारिंदागिरी हो चुकी। आज एक ने तेवर बदले हैं, कल उसके दूसरे भाई शेर हो जाएंगे, फिर जमींदारी को कौन पूछता है! अगर पलटन में किसी ने ऐसी शरारत की होती तो उसे गोली मार दी जाती। जमींदार से आंखें बदलना खालाजी का घर नहीं है।

यह कहकर गौस खां तांगा पर सवार होने चले। बिलासी रोती हुई उनके सामने हाथ बांधकर खड़ी हो गई और बोली–"सरकार, कहीं की न रहूंगी। जो डांड चाहे लगा दीजिए, जो सजा चाहे दीजिए, मालिकों के कान में यह बात न डालिए।"

खां साहब ने सुक्खू महतो को हत्थे पर चढ़ा लिया था। वह सूखी करुणा को अपनी कपट-चाल में बाधक बनाना नहीं चाहते थे। तुरंत घोड़े पर सवार हो गए और सुक्खू को आगे-आगे चलने का हुक्म दिया। कादिर मियां ने धीरे से गिरधर महाराज के कान में कहा–"क्या महाराज, बेचारे मनोहर का सत्यानाश करके ही दम लोगे?"

गिरधर ने गौरवयुक्त भाव से कहा–"जब तुम हमसे आंखें दिखलाओगे तो हम भी अपनी-सी करके रहेंगे। हमसे कोई एक अंगुल दबे तो हम उससे हाथ-भर दबने को तैयार हैं। जो हमसे जौ-भर तनेगा, हम उससे गज-भर तन जाएंगे।"

कादिर खां–यह तो सुपद ही है, तुम हक से दबने लगोगे तो तुम्हें कौन पूछेगा? मुदा अब मनोहर के लिए कोई राह निकालो। उसका स्वभाव तो जानते हो। गुस्सैल आदमी है, पहले बिगड़ जाता है, फिर बैठकर रोता है। बेचारा मिट्टी में मिल जाएगा।

गिरधर–भाई, अब तो तीर हमारे हाथ से निकल गया।

कादिर खां–मनोहर की हत्या तुम्हारे ऊपर ही पड़ेगी।

गिरधर–एक उपाय मेरी समझ में आता है। जाकर मनोहर से कह दो कि मालिक के पास जाकर हाथ-पैर पड़े। वहां मैं भी कुछ कह-सुन दूंगा। तुम लोगों के साथ नेकी करने को जी तो नहीं चाहता, काम पड़ने पर घिघियाते हो–काम

निकल गया तो सीधे ताकते भी नहीं, लेकिन अपनी-अपनी करनी अपने साथ है। जाकर उसे भेज दो।

कादिर और बिलासी मनोहर के पास गए। वह शंका और चिंता की मूर्ति बना हुआ उसी रास्ते की ओर ताक रहा था। कादिर ने जाते ही यहां का समाचार कहा और गिरधर महाराज का आदेश भी सुना दिया। मनोहर क्षण-भर सोचकर बोला–"वहां मेरी और भी दुर्गति होगी। अब तो सिर पर पड़ी ही है; जो कुछ भी होगा, देखा जाएगा।"

कादिर खां–नहीं, तुम्हें जाना चाहिए। मैं भी चलूंगा।

मनोहर–मेरे पीछे तुम्हारी भी ले-दे होगी।

बिलासी ने कादिर की ओर अत्यंत विनीत भाव से देखकर कहा–"दादाजी, वह न जाएंगे, मैं ही तुम्हारे साथ चलूंगी।"

कादिर खां–तुम क्या चलोगी, वहां बड़े आदमियों के सामने मुंह तो खुलना चाहिए।

बिलासी–न कुछ कहते बनेगा, रो तो लूंगी।

कादिर खां–यह न जाने देंगे?

बिलासी–जाने क्यों न देंगे, कुछ मांगती हूं? इन्हें अपना बुरा-भला न सूझता हो, मुझे तो सूझता है।

कादिर खां–तो फिर देर न करनी चाहिए, नहीं तो वह लोग पहले से ही मालिकों के कान भर देंगे।

मनोहर ज्यों-का-त्यों मूर्त की तरह बैठा रहा। बिलासी घर में गई, अपने गहने निकालकर पहने, चादर ओढ़ी और बाहर निकलकर खड़ी हो गई। कादिर मियां संकोच में पड़े हुए थे। उन्हें आशा थी कि अब भी मनोहर उठेगा; किंतु जब वह अपनी जगह से जरा भी न हिला, तब धीरे-धीरे आगे चले। बिलासी भी पीछे-पीछे चली, पर रह-रहकर कातर नेत्रों से मनोहर की ओर ताकती जाती थी। जब वह गांव से बाहर निकल गए, तो मनोहर कुछ सोचकर उठा और लपका हुआ कादिर मियां के समीप आकर बिलासी से बोला–"जा घर बैठ, मैं जाता हूं।"

तीसरा पहर था। ज्ञानशंकर दीवानखाने में बैठे हुए एक किताब पढ़ रहे थे कि कहार ने आकर कहा–"बाबू साहब पूछते हैं, कै बजे हैं?"

ज्ञानशंकर ने चिढ़कर कहा–"जा कह दे, आपको नीचे बुलाते हैं? क्या सारे दिन सोते रहेंगे?"

इन महाशय का नाम बाबू ज्वाला सिंह था। ज्ञानशंकर के सहपाठी थे और आज ही इस जिले में डिप्टी कलेक्टर होकर आए। दोपहर तक दोनों मित्रों में बातचीत होती रही। ज्वाला सिंह रात-भर के जागे थे, सो गए। ज्ञानशंकर को नींद नहीं आई। इस समय उनकी छाती पर सांप-सा लोट रहा था। सब-के-सब बाजी लिये जाते हैं और मैं कहीं का न हुआ। कभी अपने ऊपर क्रोध आता, तो कभी अपने पिता और चाचा के ऊपर। पुराना सौहार्द द्वेष का रूप ग्रहण करता जाता था। यदि इस समय अकस्मात् ज्वाला सिंह के पदच्युत होने का समाचार मिल जाता तो शायद ज्ञानशंकर के हृदय को शांति होती। वह इस क्षुद्र भाव को मन में न आने देना चाहते थे। वह अपने को समझाते थे कि यह अपना-अपना भाग्य है। अपना मित्र कोई ऊंचा पद पाए तो हमें प्रसन्न होना चाहिए, किंतु उनकी विकलता इन सद्-विचारों से न मिटती थी और बहुत यत्न करने पर भी परस्पर संभाषण में उनकी लघुता प्रकट हो जाती थी।

ज्वाला सिंह को विदित हो रहा था कि मेरी यह तरक्की इन्हें जला रही है, किंतु यह सर्वथा ज्ञानशंकर की ईर्ष्या-वृत्ति का ही दोष न था। ज्वाला सिंह के बात-व्यवहार में वह पहले की-सी स्नेहमय सरलता न थी; वरन् उसकी जगह एक अज्ञात सहृदयता, एक कृत्रिम वात्सल्य, एक गौरव-युक्त साधुता पाई जाती थी, जो ज्ञानशंकर के घाव पर नमक का काम कर रही थी। इसमें संदेह नहीं कि ज्वाला सिंह का यह दुःस्वभाव इच्छित न था, वह इतनी नीच प्रकृति के पुरुष न थे, पर अपनी सफलता ने उन्हें उन्मत्त कर दिया था। इधर ज्ञानशंकर इतने उदार न थे कि इससे मानव चरित्र के अध्ययन का आनंद उठाते।

कहार के जाने के क्षण-भर पीछे ज्वाला सिंह उतर पड़े और बोले—"यार, बताओ क्या समय है? जरा साहब से मिलने जाना है।"

ज्ञानशंकर ने कहा—"अजी, मिल लेना, ऐसी क्या जल्दी है?"

ज्वाला सिंह—नहीं भाई, एक बार मिलना जरूरी है, जरा मालूम तो हो जाए, किस ढंग का आदमी है, खुश कैसे होता है?

ज्ञानशंकर—वह इस बात से खुश होता है कि आप दिन में तीन बार उसके द्वार पर नाक रगड़ें।

ज्वाला सिंह ने हंसकर कहा—"तो कुछ मुश्किल नहीं, मैं पांच बार सजदे किया करूंगा।"

ज्ञानशंकर—और वह इस बात से खुश होता है कि आप कायदे-कानून को तिलांजलि दीजिए, केवल उसकी इच्छा को कानून समझिए।

ज्वाला सिंह—ऐसा ही करूंगा।

ज्ञानशंकर—इनकम टैक्स बढ़ाना पड़ेगा। किसी अभियुक्त को भूलकर भी छोड़ा तो बहुत बुरी तरह खबर लेगा।

ज्वाला सिंह—भाई, तुम बना रहे हो, ऐसा क्या होगा?

ज्ञानशंकर—नहीं, विश्वास मानिए, वह ऐसा ही विचित्र जीव है।

ज्वाला सिंह—तब तो उसके साथ मेरा निबाह कठिन है।

ज्ञानशंकर—जरा भी नहीं। आज आप ऐसी बातें कर रहे हैं, कल को उसके इशारों पर नाचेंगे। इस घमंड में न रहिए कि आपको अधिकार प्राप्त हुआ है, वास्तव में आपने गुलामी लिखाई है। यहां आपको आत्मा की स्वाधीनता से हाथ धोना पड़ेगा, न्याय और सत्य का गला घोंटना पड़ेगा, यही आपकी उन्नति और सम्मान के साधन हैं। मैं तो ऐसे अधिकार पर लात मारता हूं। यहां तो अल्लाह-ताला भी आसमान से उतर आएं और अन्याय करने को कहें तो कदाचित् मैं उनका हुक्म न मानूं।

ज्वाला सिंह समझ गए कि यह जले हुए दिल के फफोले हैं, बोले—"अभी ऐसी दूर की ले रहे हो, कल को नामजद हो जाओ, तो ये बातें भूल जाएं।"

ज्ञानशंकर—हां, बहुत संभव है, क्योंकि मैं भी तो मनुष्य हूं, लेकिन संयोग से इस परीक्षा में पड़ने की कोई संभावना नहीं है और हो भी तो मैं आत्मा की रक्षा करना सर्वोपरि समझूंगा।

ज्वाला सिंह गरम होकर बोले—"आपको यह अनुभव करने का क्या अधिकार है कि और लोग अपनी आत्मा का आपसे कम आदर करते हैं? मेरा विचार तो यह है कि संसार में रहकर मनुष्य आत्मा की जितनी रक्षा कर सकता है, उससे अधिकार उसे वंचित नहीं कर सकता। अगर आप समझते हो कि वकालत या डॉक्टरी विशेष रूप से आत्म-रक्षा के अनुकूल हैं तो आपकी भूल है। मेरे चाचा साहब वकील हैं, बड़े भाई साहब डॉक्टरी करते हैं, पर वह लोग केवल धन कमाने की मशीनें हैं, मैंने उन्हें कभी असत-सत के झगड़े में पड़ते हुए नहीं पाया।"

ज्ञानशंकर—वह चाहें तो आत्मा की रक्षा कर सकते हैं।

ज्वाला सिंह—बस, उतनी ही जितनी कि एक सरकारी नौकर कर सकता है। वकील को ही ले लीजिए, यदि विवेक की रक्षा करे तो रोटियां चाहे भले ही खाए, समृद्धिशाली नहीं हो सकता। अपने पेशे में उन्नति करने के लिए उसे अधिकारियों का कृपा-पात्र बनना परमावश्यक है और डॉक्टरों का तो जीवन ही रईसों की कृपा पर निर्भर है, गरीबों से उन्हें क्या मिलेगा? द्वार पर सैकड़ों गरीब रोगी खड़े रहते हैं, लेकिन जहां किसी रईस का आदमी पहुंचा, वह उनको छोड़कर फिटन पर सवार हो जाते हैं। इसे मैं आत्मा की स्वाधीनता नहीं कह सकता।

इतने में गौस खां, गिरधर महाराज और सुक्खू ने कमरे में प्रवेश किया। गौस खां तो सलाम करके फर्श पर बैठ गए, शेष दोनों आदमी खड़े रहें। लाला प्रभाशंकर बरामदे में बैठे हुए थे, पूछा–"आदमियों को घी के रुपये बांट दिए?"

गौस खां–जी हां, हुजूर के इकबाल से सब रुपये तकसीम हो गए, मगर इलाके में चंद आदमी ऐसे सरकश हो गए हैं कि खुदा की पनाह। अगर उनकी तंबीह न की गई तो एक दिन मेरी इज्जत में फर्क आ जाएगा और क्या अजब है, जान से भी हाथ धोऊं!

ज्ञानशंकर–(विस्मित होकर) देहात में भी यह हवा चली?

गौस खां ने रोनी सूरत बनाकर कहा–"हुजूर, कुछ न पूछिए, गिरधर महाराज भाग न खड़े हों तो इनकी जान की खैरियत नहीं थी।"

ज्ञानशंकर–उन आदमियों को पकड़कर पिटवाया क्यों नहीं?

गौस खां–तो थानेदार साहब के लिए थैली कहां से लाता?

ज्ञानशंकर–अजी आप लोगों को तो सैकड़ों हथकंडे मालूम हैं, किसी को भी शिकंजे में कस लीजिए।

गौस खां–हुजूर, मौरूसी असामी हैं, ये सब जमींदार को कुछ नहीं समझते। उनमें एक का नाम मनोहर है। बीस बीघे जोतता है और कुल 50 रुपये लगान देता है। आज उसी असामी का किसी दूसरे असामी से बंदोबस्त हो सकता तो 100 रुपये कहीं नहीं गए थे।

ज्ञानशंकर ने चाचाजी की ओर देखकर पूछा–"आपके अधिकांश असामी दखलदार क्योंकर हो गए?"

प्रभाशंकर ने उदासीनता से कहा–"जो कुछ किया होगा, इन्हीं कारिंदों ने किया होगा, मुझे क्या खबर?"

ज्ञानशंकर–(व्यंग्य से) तभी तो इलाका चौपट हो गया।

प्रभाशंकर ने झुंझलाकर कहा–"अब तो भगवान की दया से तुमने हाथ-पैर संभाले, इलाके का प्रबंध क्यों नहीं करते?"

ज्ञानशंकर–आपके मारे जब मेरी कुछ चले तब तो!

प्रभाशंकर–मुझसे कसम ले लो, जो तुम्हारे बीच कुछ बोलूं। यह काम करते बहुत दिन हो गए, इसके लिए लोलुप नहीं हूं।

ज्ञानशंकर–तो फिर मैं भी दिखा दूंगा कि सुप्रबंध से क्या हो सकता है।

इसी समय कादिर खां और मनोहर आकर द्वार पर खड़े हो गए। गौस खां ने कहा–"हुजूर, यह वही असामी है, जिसका अभी मैं जिक्र कर रहा था।

ज्ञानशंकर ने मनोहर की ओर क्रोध से देखकर कहा–"क्यों रे, जिस पत्तल में खाता है उसी में छेद करता है? 100 रुपये की जमीन 50 रुपये में जोतता है, उस पर जब थोड़ा-सा बल खाने का अवसर पड़ा तो जामे से बाहर हो गया?"

मनोहर की जबान बंद हो गई। रास्ते में जितनी बातें कादिर खां ने सिखाई थीं, वह सब भूल गया।

ज्ञानशंकर ने उसी स्वर में फिर कहा–"दुष्ट कहीं का! तू समझता होगा कि मैं दखलदार हूं, जमींदार मेरा कर ही क्या सकता है? लेकिन मैं तुझे दिखा दूंगा कि जमींदार क्या कर सकता है! तेरा इतना हियाव है कि तू मेरे आदमियों पर हाथ उठाए?"

मनोहर निर्बल क्रोध से कांप और सोच रहा था, मैंने घी के रुपये नहीं लिये, वह कोई पाप नहीं है। मुझे लेना चाहिए था, दबाव के भय से नहीं, केवल इसीलिए कि बड़े सरकार हमारे ऊपर दया रखते थे। उसे लज्जा आई कि मैंने ऐसे दयालु स्वामी की आत्मा के साथ कृतघ्नता की, किंतु इसका दंड गाली और अपमान नहीं है। उसका अपमानाहत हृदय उत्तर देने के लिए व्यग्र होने लगा! किंतु कादिर ने उसे बोलने का अवसर नहीं दिया। वह बोला–"हुजूर, हम लोगों की मजाल ही क्या है कि सरकार के आदमियों के सामने सिर उठा सकें? हां, अनपढ़-गंवार ठहरे, बातचीत करने का सहूर नहीं है, उजड्ड्पन की बातें मुंह से निकल आती हैं। क्या हम नहीं जानते कि हुजूर चाहें तो आज हमारा कहीं ठिकाना न लगे! तब तो यही विनती है कि जो खता हुई, माफी दी जाए।"

लाला प्रभाशंकर को मनोहर पर दया आ गई, सरल प्रकृति के मनुष्य थे, बोले–"तुम लोग हमारे पुराने असामी हो, क्या नहीं जानते हो कि असामियों पर सख्ती करना, हमारे यहां का दस्तूर नहीं है? ऐसा ही कोई काम आ पड़ता है तो तुमसे बेगार ली जाती है और तुम हमेशा उसे हंसी-खुशी देते रहे हो। अब भी उसी तरह निभाते चलो। नहीं तो भाई, अब जमाना नाजुक है; हमने तो भली-बुरी तरह अपना निभा दिया, मगर इस तरह लड़कों से न निभेगी। उनका खून गरम ठहरा, इसलिए सब संभलकर रहो, चार बातें सह लिया करो। जाओ, फिर ऐसा काम न करना। घर से कुछ खाकर चले न होगे। दिन भी चढ़ आया, यहीं खा-पीकर विश्राम करो, दिन ढले चले जाना।"

प्रभाशंकर ने अपने निर्द्वंद्व स्वभाव के अनुसार इस मामले को टालना चाहा; किंतु ज्ञानशंकर ने उनकी ओर तीव्र नेत्रों से देखकर कहा–"आप मेरे बीच में क्यों बोलते हैं? इस नरमी ने तो इन आदमियों को शेर बना दिया है। अगर आप इस तरह मेरे कामों में हस्तक्षेप करते रहेंगे तो मैं इलाके का प्रबंध कर चुका! अभी

आपने वचन दिया है कि इलाके से कोई सरोकार न रखूंगा। अब आपको बोलने का कोई अधिकार नहीं है।"

प्रभाशंकर यह तिरस्कार न सह सकें, रुष्ट होकर बोले–"अधिकार क्यों नहीं है? क्या मैं मर गया हूं?"

ज्ञानशंकर–नहीं, आपको कोई अधिकार नहीं है। आपने सारा इलाका चौपट कर दिया! अब क्या चाहते हैं कि बचा-खुचा है, उसे धूल में मिला दें?

प्रभाशंकर के कलेजे में चोट लग गई, बोले–"बेटा! ऐसी बातें करके क्यों दिल दुखाते हो? तुम्हारे पूज्य पिता मर गए, लेकिन कभी मेरी बात नहीं दुलखी। अब तुम मेरी जबान बंद कर देना चाहते हो, किंतु यह नहीं हो सकता कि अन्याय देखा करूं और मुंह न खोलूं। जब तक जीवित हूं, तुम यह अधिकार मुझसे नहीं छीन सकते।"

ज्वाला सिंह ने दिलासा दिया–"नहीं साहब, आप घर के मालिक हैं, यह आपकी गोद के पाले हुए लड़के हैं, इनकी अबोध बातों पर ध्यान न दीजिए। इनकी भूल है, जो कहते हैं कि आपका कोई अधिकार नहीं है। आपको सब कुछ अधिकार है, आप घर के स्वामी हैं।"

गौस खां ने कहा–"हुजूर का फर्माना बहुत दुरुस्त है। आप खानदान के सरपरस्त और मुरब्बी हैं। आपके मनसब से किसे इनकार हो सकता है?"

ज्ञानशंकर समझ गए कि ज्वाला सिंह ने मुझसे बदला ले लिया। उन्हें यह खेद हुआ कि ऐसी अविनय मैंने क्यों की! खेद केवल यह था कि ज्वाला सिंह यहां बैठे थे और उनके सामने वह असज्जनता नहीं प्रकट करना चाहते थे, बोले–"अधिकार से मेरा यह आशय नहीं था, जो आपने समझा। मैं केवल यह कहना चाहता था कि जब आपने इलाके का प्रबंध मेरे सुपुर्द कर दिया है तो मुझ ही को करने दीजिए। यह शब्द अनायास मेरे मुंह से निकल गया। मैं इसके लिए बहुत लज्जित हूं। भाई ज्वाला सिंह, मैं चाचा साहब का जितना अदब करता हूं, उतना अपने पिता का भी नहीं किया। मैं स्वयं गरीब आदमियों पर सख्ती करने का विरोधी हूं। इस विषय में आप मेरे विचारों से भली-भांति परिचित हैं, किंतु इसका यह आशय नहीं है कि हम दीन-पालन की धुन में इलाके से ही हाथ धो बैठें? पुराने जमाने की बात और थी, तब जीवन-संग्राम इतना भयंकर न था; हमारी आवश्यकताएं परिमित थीं, सामाजिक अवस्था इतनी उन्नत न थी और सबसे बड़ी बात तो यह है कि भूमि का मूल्य इतना चढ़ा हुआ न था। मेरे कई गांव जो दो-दो हजार पर बिक गए हैं, उनके दाम आज बीस-बीस हजार लगे हुए हैं। उन दिनों असामी मुश्किल से मिलते थे, अब एक टुकड़े के लिए सौ-सौ आदमी मुंह फैलाए हुए हैं। यह कैसे हो सकता है कि इस आर्थिक दशा का असर जमींदार पर न पड़े?"

लाला प्रभाशंकर को अपने अप्रिय शब्दों का बहुत दुःख हुआ, जिस भाई को वे देवतुल्य समझते थे, उसी के पुत्र से द्वेष करने पर उन्हें बड़ी ग्लानि हुई, बोले–"भैया, इन बातों को तुम जितना समझोगे, मैं बूढ़ा आदमी उतना क्या समझूंगा? तुम घर के मालिक हो। मैंने भूल की कि बीच में कूद पड़ा। मेरे लिए एक टुकड़ा रोटी के सिवा और किसी चीज की आवश्यकता नहीं है। तुम जैसे चाहो, वैसे घर को संभालो।"

थोड़ी देर तक सब लोग चुपचाप बैठे रहे। अंत में, गौस खां ने पूछा–"हुजूर, मनोहर के बारे में क्या हुक्म है?"

ज्ञानशंकर–इजाफा लगान का दावा कीजिए।

कादिर खां–सरकार, बड़ा गरीब आदमी है, मर जाएगा।

ज्ञानशंकर–अगर इसकी जोत में कुछ शिकमी जमीन हो तो निकाल लीजिए।

कादिर खां–सरकार, बेचारा बिना मारे मर जाएगा।

ज्ञानशंकर–उसकी परवाह नहीं, असामियों की कमी नहीं है।

कादिर खां–हुजूर...।

ज्ञानशंकर–चुप रहो, मैं तुमसे हुज्जत नहीं करना चाहता।

कादिर खां–सरकार, जरा...।

ज्ञानशंकर–बस, कह दिया कि जबान मत खोलो।

मनोहर अब तक चुपचाप खड़ा था। प्रभाशंकर की बात सुनकर उसे आशा हुई थी कि यहां आना निष्फल नहीं हुआ। उनकी विनयशीलता ने वशीभूत कर लिया था। ज्ञानशंकर के कटु व्यवहार के सामने प्रभाशंकर की नम्रता उसे देवोचित प्रतीत होती थी। उसके हृदय में उत्कंठा हो रही थी कि अपना सर्वस्व लाकर इनके सामने रख दूं और कह दूं कि यह मेरी ओर से बड़े सरकार को भेंट है, लेकिन ज्ञानशंकर के अंतिम शब्दों ने इन भावनाओं को पद-दलित कर दिया। विशेषतः कादिर मियां का अपमान उसे असह्य हो गया। वह तेवर बदलकर बोला–"दादा, इस दरबार से अब दया-धर्म उठ गया। चलो, भगवान की जो इच्छा होगी, वह होगा। जिसने मुंह चीरा, वह खाने को भी देगा। भीख नहीं तो परदेश तो कहीं नहीं गया?"

यह कहकर उसने कादिर का हाथ पकड़ा और उसे जबरदस्ती खींचता हुआ दीवानखाने से बाहर निकल गया। ज्ञानशंकर को इस समय इतना क्रोध आ रहा था कि यदि कानून का भय न होता तो वह उसे जिंदा चुनवा देते। अगर इसका कुछ अंश मनोहर को डांटने-फटकारने में निकल जाता तो कदाचित् उनकी ज्वाला कुछ शांत हो जाती, किंतु अब हृदय में खौलने के सिवा उनके निकलने का कोई रास्ता न था। उनकी दशा उस बालक की-सी हो रही थी, जिसका हमजोली उसे दांत

काटकर भाग गया हो। इस ज्ञान से उन्हें शांति न होती थी कि मैं इस मनुष्य के भाग्य का विधाता हूं और आज इसे पैरों तले कुचल सकता हूं। क्रोध को दुर्वचन से विशेष रुचि होती है।

ज्वाला सिंह मौनी बने बैठे थे। उन्हें आश्चर्य हो रहा था कि ज्ञानशंकर में इतनी दयाहीन स्वार्थपरता कहां से आ गई? अभी क्षण-भर पहले यह महाशय न्याय और लोक-सेवा का कैसा महत्त्वपूर्ण वर्णन कर रहे थे। इतनी ही देर में यह कायापलट! विचार और व्यवहार में इतना अंतर? मनोहर चला गया तो ज्ञानशंकर से बोले–"इजाफा लगान का दावा कीजिएगा तो क्या उसकी ओर से उज्रदारी न होगी? आप केवल एक असामी पर दावा नहीं कर सकते।"

ज्ञानशंकर–हां, यह आप ठीक कहते हैं। खां साहब, आप उन असामियों की एक सूची तैयार कीजिए, जिन पर कायदे के अनुसार इजाफा हो सकता है। क्या हरज है, लगे हाथ सारे गांव पर दावा हो जाए?

ज्वाला सिंह ने मनोहर की रक्षा के लिए यह शंका की थी। उसका यह विपरीत फल देखकर उन्हें फिर कुछ कहने का साहस न हुआ। वे उठकर ऊपर चले गए।

एक महीना बीत गया, गौस खां ने असामियों की सूची न तैयार की और न ज्ञानशंकर ने ही फिर ताकीद की। गौस खां के स्वहित और स्वामिहित में विरोध हो रहा था और ज्ञानशंकर सोच रहे थे कि जब इजाफे से सारे परिवार का लाभ होगा तो मुझको क्या पड़ी है कि बैठे-बिठाए सिरदर्द मोल लूं। सैकड़ों गरीबों का गला तो मैं दबाऊं और चैन सारा घर करे। वह इस सारे अन्याय का लाभ अकेले ही उठाना चाहते थे–और लोग भी शरीक हों, यह उन्हें स्वीकार नहीं था। अब उन्हें रात-दिन यही दुश्चिंता रहती थी कि किसी तरह चाचा साहब से अलग हो जाऊं। यह विचार सर्वथा उनके स्वार्थानुकूल था। उनके ऊपर केवल तीन प्राणियों के भरण-पोषण का भार था–आप, स्त्री और भावज। लड़का अभी दूध पीता था। इलाके की आमदनी का बड़ा भाग प्रभाशंकर के काम आता था; जिनके तीन पुत्र थे, दो पुत्रियां, एक बहू, एक पोता और स्त्री-पुरुष आप। ज्ञानशंकर अपने पिता के परिवार-पालन पर झुंझलाया करते। तीन साल पहले वह अलग हो गए होते तो आज हमारी दशा ऐसी खराब न होती। चाचा के सिर जो पड़ती, उसे झेलते-खाते चाहे उपवास करते, हमसे तो कोई मतलब न रहता; बल्कि उस दशा में हम उनकी कुछ सहायता करते तो वह इसे ऋण समझते, नहीं तो आज झाड़-लीपकर हाथ

काला करने के सिवा और क्या मिला? प्रभाशंकर दुनिया देखे हुए थे। भतीजे का यह भाव देखकर दबते थे, अनुचित बातें सुनकर भी अनसुनी कर जाते। दयाशंकर उनकी कुछ सहायता करने के बदले उल्टे उन्हीं के सामने हाथ फैलाते रहते थे, इसलिए दबकर रहने में ही उनका कल्याण था।

ज्ञानशंकर दंभ और द्वेष के आवेग में बहने लगे। एक नौकर चाचा का काम करता तो दूसरे को ख्वामखाह अपने किसी-न-किसी काम में उलझाकर रखते। इसी फेर में पड़े रहते कि चाचा के आठ प्राणियों पर जितना व्यय होता है, उतना मेरे तीन प्राणियों पर हो। भोजन करने जाते तो बहुत-सा खाना जूठा करके छोड़ देते। इतने पर भी संतोष न हुआ तो दो कुत्ते पाले। उन्हें साथ बैठाकर खिलाते। यहां तक कि प्रभाशंकर डॉक्टर के यहां से कोई दवा लाते तो आप भी उतने ही मूल्य की औषधि अवश्य लाते, चाहे उसे फेंक ही क्यों न दें! इतने अन्याय पर भी चित्त को शांति न होती थी। चाहते थे कि महिलाओं में भी बमचख मचे। विद्या की शालीनता उन्हें नागवार मालूम होती, उसे समझाते कि तुम्हें अपने भले-बुरे की जरा भी परवाह नहीं। मर्दों को इतना अवकाश कहां कि जरा-सी बात पर ध्यान रखें! यह स्त्रियों का खास काम है, यहां तक कि इसी कारण उन्हें घर में आग लगाने का दोष लगाया जाता है, लेकिन तुम्हें किसी बात की सुधि ही नहीं रहती। आंखों से देखती हो कि घी का घड़ा लुढ़का जाता है, पर जबान नहीं हिलती। विद्यावती यह शिक्षा पाकर भी उसे ग्रहण न करती थी।

इसी बीच एक ऐसी घटना हो गई, जिसने इस विरोधाग्नि को और भी भड़का दिया। दयाशंकर यों तो पहले से ही अपने थाने में अंधेर मचाए हुए थे। लेकिन जब से ज्वाला सिंह उनके इलाके के मजिस्ट्रेट हो गए थे, तब से तो वह पूरे बादशाह बन बैठे थे। उन्हें यह मालूम ही था कि डिप्टी साहब ज्ञानशंकर के मित्र हैं। इतना सहारा मेल-जोल पैदा करने के लिए काफी था। कभी उनके पास चिड़िया भेजते, कभी मछलियां कभी दूध-घी। स्वयं उनसे मिलने जाते तो मित्रवत् व्यवहार करते। इधर सम्मान बढ़ा तो भय कम हुआ, इलाके को लूटने लगे। ज्वाला सिंह के पास शिकायतें पहुंचीं, लेकिन वह लिहाज के मारे न तो दयाशंकर से और न उनके घरवालों से ही इनकी चर्चा कर सके।

लोगों ने जब देखा कि डिप्टी साहब भी हमारी फरियाद नहीं सुनते तो हार मानकर चुप हो बैठे। दयाशंकर और भी शेर हुए। पहले दांव-घात देखकर हाथ चलाते थे, अब निःशंक हो गए। यहां तक कि प्याला लबालब हो गया। इलाके में एक भारी डाका पड़ा। वह उसकी तहकीकात करने गए। एक जमींदार पर संदेह हुआ, तुरंत उसके घर की तलाशी लेनी शुरू की, चोरी का कुछ माल

बरामद हो गया, फिर क्या था, उसी दम उसे हिरासत में ले लिया। जमींदार ने कुछ दे-दिलाकर बला टाली, पर अभिमानी मनुष्य था, यह अपमान न सहा गया। उसने दूसरे दिन ज्वाला सिंह के इजलास में दरोगा साहब पर मुकदमा दायर कर दिया।

इलाके में आग सुलग रही थी, हवा पाते ही भड़क उठी। चारों तरफ से झूठे-सच्चे इस्तगासे होने लगे। अंत में ज्वाला सिंह को विवश होकर इन मामलों की छानबीन करनी पड़ी; सारा रहस्य खुल गया। उन्होंने पुलिस के अधिकारियों को रिपोर्ट की। दयाशंकर मुअत्तल हो गए, उन पर रिश्वत लेने और झूठे मुकदमे बनाने के अभियोग चलने लगे। पासा पलट गया; उन्होंने जमींदार को हिरासत में लिया था, अब खुद हिरासत में आ गए। लाला प्रभाशंकर उद्योग से जमानत मंजूर हो गई, लेकिन अभियोग इतने सप्रमाण थे कि दयाशंकर के बचने की बहुत कम आशा थी। वह स्वयं निराश थे। सिट्टी-पट्टी भूल गए, मानो किसी ने बुद्धि हर ली हो; जो जबान थाने की दीवारों को कंपित कर दिया करती थी, वह अब हिलती भी न थी। वह बुद्धि जो हवा में किले बनाती रहती, अब इस गुत्थी को भी न सुलझा सकती थी। कोई कुछ पूछता तो शून्य भाव से दीवार की ओर ताकने लगते। उन्हें खेद न था, लज्जा न थी, केवल विस्मय था कि मैं इस दलदल में कैसे फंस गया?

वह मौन दशा में बैठे सोचा करते, मुझसे यह भूल हो गई, अमुक बात बिगड़ गई, नहीं तो कदापि नहीं फंसता। विपत्ति में भी जिस हृदय में सद्ज्ञान न उत्पन्न हो, वह सूखा वृक्ष है, जो पानी पाकर पनपता नहीं, बल्कि सड़ जाता है। ज्ञानशंकर इस दुरवस्था में अपने संबंधियों की सहायता करना अपना धर्म समझते थे; किंतु इस विषय में उन्हें किसी से कुछ कहते हुए संकोच ही नहीं होता, वरन् जब कोई दयाशंकर के व्यवहार की आलोचना करने लगता, तब वह उसका प्रतिवाद करने के बदले उससे सहमत हो जाते थे।

लाला प्रभाशंकर ने बेटे को बरी कराने के लिए कोई बात उठा नहीं रखी थी। वह रात-दिन इसी चिंता में डूबे रहते थे। पुत्र-प्रेम तो था ही, पर कदाचित् उससे भी अधिक लोकनिंदा की लाज थी। जो घराना सारे शहर में सम्मानित हो, उसका इस प्रकार पतन हृदय-विदारक था। जब वह चारों तरफ से दौड़-धूप कर निराश हो गए, तब एक दिन ज्ञानशंकर से बोले—"आज जरा ज्वाला सिंह के पास चले जाते; तुम्हारे मित्र हैं, शायद कुछ रियायत करें।"

ज्ञानशंकर ने विस्मित भाव से कहा—"मेरा इस वक्त उनके पास जाना सर्वथा अनुचित है।"

प्रभाशंकर–मैं जानता हूं और इसीलिए अब तक तुमसे जिक्र नहीं किया, लेकिन अब इसके बिना काम नहीं चलता दिखाई देता। डिप्टी साहब अपने इजलास से बरी कर दें, फिर आगे हम देख लेंगे। वह चाहें तो सबूतों को निर्बल बना सकते हैं।

ज्ञानशंकर–पर आप इसकी कैसे आशा रखते हैं कि मेरे कहने से वह अपने ईमान का खून करने पर तैयार हो जाएंगे!

प्रभाशंकर ने आग्रहपूर्वक कहा–"मित्रों के कहने-सुनने का बड़ा असर होता है।"

बूढ़ों की बातें बहुधा वर्तमान सभ्य प्रथा के प्रतिकूल होती हैं। युवकगण इन बातों पर अधीर हो उठते हैं। उन्हें बूढ़ों का यह अज्ञान-सा जान पड़ता है। ज्ञानशंकर चिढ़कर बोले–"जब आपकी समझ में बात ही नहीं आती तो मैं क्या करूं? मैं अपने को दूसरों की निगाह में गिराना नहीं चाहता।"

प्रभाशंकर ने पूछा–"क्या अपने भाई की सिफारिश करने से अपमान होता है?"

ज्ञानशंकर ने कटु भाव से कहा–"सिफारिश चाहे किसी काम के लिए हो, नीची बात है, विशेषकर ऐसे मामले में।"

प्रभाशंकर बोले–"इसका अर्थ तो यह है कि मुसीबत में भाई से मदद की आशा नहीं रखनी चाहिए।"

"मुसीबत उन कठिनाइयों का नाम है जो देवी और अनिवार्य कारणों से उत्पन्न हो, जान-बूझकर आग में कूदना मुसीबत नहीं है।"

"लेकिन जो जान-बूझकर आग में कूदे, क्या उसकी प्राणरक्षा नहीं करनी चाहिए?"

इतने में बड़ी बहू दरवाजे पर आकर खड़ी हो गई और बोली–"चलकर लल्लू (दयाशंकर) को जरा समझा क्यों नहीं देते? रात को भी खाना नहीं खाया और इस वक्त अभी तक हाथ-मुंह नहीं धोया।"

प्रभाशंकर खिन्न होकर बोले–"कहां तक समझाऊं? समझाते-समझाते तो हार गया। बेटा! मेरे चित्त की इस समय जो दशा है, वह बयान नहीं कर सकता। तुमने जो बातें कहीं हैं, वह बहुत माकूल हैं, लेकिन मुझ पर इतनी दया करो, आज डिप्टी साहब के पास जरा चले जाओ। मेरा मन कहता है कि तुम्हारे जाने से कुछ-न-कुछ उपकार अवश्य होगा।"

ज्ञानशंकर बगलें झांक रहे थे कि बड़ी बहू बोल उठी–"यह जा चुके। लल्लू कहते थे कि ज्ञानू झूठ भी जाकर कुछ कह दें तो सारा काम बन जाए, लेकिन

इन्हें क्या परवाह है, चाहे कोई चूल्हे-भाड़ में जाए! फंसाना होता तो दौड़-धूप करते भी, बचाने कैसे जाएं, हेठी न हो जाएगी!

प्रभाशंकर ने तिरस्कार के भाव से कहा—"क्या बेबात की बात कहती हो? अंदर जाकर बैठती क्यों नहीं?"

बड़ी बहू ने कुटिल नेत्रों से ज्ञानशंकर को देखते हुए कहा—"मैं तो बेलाग बात कहती हूं, किसी को भला लगे या बुरा। जो बात इनके मन में है, वह मेरी आंखों के सामने है।"

ज्ञानशंकर मर्माहत होकर बोले—"चाचा साहब! आप सुनते हैं इनकी बातें? यह मुझे इतना नीच समझती हैं।"

बड़ी बहू ने मुंह बनाकर कहा—"यह क्या सुनेंगे, कान भी हों? सारी उम्र गुलामी करते कटी, अब भी वही आदत पड़ी हुई है। तुम्हारा हाल मैं जानती हूं।"

प्रभाशंकर ने व्यथित होकर कहा—"ईश्वर के लिए चुप रहो।"

बड़ी बहू त्योरियां चढ़ाकर बोली—"चुप क्यों रहूं, किसी का डर है? यहां तो जान पर बनी हुई है और यह अपने घमंड में भूले हुए हैं। ऐसे आदमी का तो मुंह देखना पाप है।"

प्रभाशंकर ने भतीजे की ओर दीनता से देखकर कहा—"बेटा, यह इस समय आपे में नहीं हैं। इनकी बातों का बुरा मत मानना।"

ज्ञानशंकर ने बात न सुनी, चाची के कठोर वाक्य उनके हृदय को मथ रहे थे। वे बोले—"तो मैं आप लोगों के साथ रहकर कौन-सा स्वर्ग का सुख भोग रहा हूं।"

बड़ी बहू—जो अभिलाषा मन में हो, वह निकाल डालो। जब अपनापन ही नहीं, तो एक घर में रहने से थोड़े ही एक हो जाएंगे!

ज्ञानशंकर—आप लोगों की यही इच्छा है तो यही सही, मुझे निकाल दीजिए।

बड़ी बहू—हमारी इच्छा है? मैं महीनों से तुम्हारा रंग देख रही हूं। ईश्वर ने आंखें दी हैं, धूप में बाल नहीं सफेद किए हैं। हम लोग तुम्हारी आंख में कांटे की तरह खटकते हैं। तुम समझते हो, यह लोग हमारा सर्वस्व खाए जाते हैं। जब तुम्हारे मन में इतना कमीनापन आ गया तो फिर...।

प्रभाशंकर ने ठंडी सांस लेकर कहा—"या ईश्वर, मुझे मौत क्यों नहीं आ जाती!"

बड़ी बहू ने पति को कुपित नेत्रों से देखकर कहा—"तुम्हें, यह बहुत प्यारे हैं तो जाकर इनकी जूतियां सीधी करो। जो आदमी मुसीबत में साथ न दे, वह दुश्मन है; उससे दूर रहना ही अच्छा है।"

ज्ञानशंकर—तो यह धमकी किसे देती हो? कल के बदले आज ही हिस्सा बांट लो।

बड़ी बहू—क्या तुम समझते हो कि हम तुम्हारा दिया खाते हैं?

ज्ञानशंकर—इन बातों का प्रयोजन ही क्या है?

बड़ी बहू—नहीं, तुम्हें यही घमंड है।

ज्ञानशंकर—अगर यही घमंड है तो क्या अन्याय है? जितना आपका खर्च है, उतना मेरा भी नहीं है।

बड़ी बहू ने पति की ओर देखकर व्यंग्य भाव से कहा—"कुछ सुन रहे हो सपूत की बातें! बोलते क्यों नहीं? क्या मुंह में दही जमा हुआ है? बाप हजारों रुपये साल साधु-भिखारियों को खिला दिया करते थे—मरते दम तक पालकी के बारह कहार दरवाजे से नहीं टले। इन्हें आज हमारी रोटियां अखर रही हैं। लाला, हमारा जस मानो कि आज रईसों की तरह चैन कर रहे हो, नहीं तो मुंह में मक्खियां आतीं-जातीं।"

प्रभाशंकर यह बातें न सुन सके—उठकर बाहर चले गए। बड़ी बहू मोर्चे पर अकेले ठहर न सकीं, घर में चली गईं, लेकिन ज्ञानशंकर वहीं बैठे रहे। उनके हृदय में एक दाह-सी हो रही थी। इतनी निष्ठुरता! इतनी कृतघ्नता! मैं कमीना हूं, मैं दुश्मन हूं, मेरी सूरत देखना पाप है। जिंदगी-भर हमको नोचा-खसोटा, आज यह बातें! यह घमंड! देखता हूं यह घमंड कब तक रहता है? इसे तोड़ न दिया तो कहना! ये लोग सोचते होंगे, मालिक तो हम हैं, कुंजियां तो हमारे पास हैं, इसे जो देंगे, वह ले लेगा। एक-एक चीज का आधा करा लूंगा। बुढ़िया के पास जरूर रुपये हैं। पिताजी ने सब कुछ इन्हीं लोगों पर छोड़ दिया था। इसने काट-कपट कर दस-बीस हजार जमा कर लिया है। बस, उसी का घमंड है और कोई बात नहीं। द्वेष में दूसरों को धनी समझने की विशेष चेष्टा होती है।

2

प्रभाशंकर ने ज्ञान बाबू को श्रद्धापूर्ण नेत्रों से देखा। उन्हें ऐसा जान पड़ा कि भैया साक्षात् सामने खड़े हैं और मेरे सिर पर रक्षा का हाथ रखे हुए हैं। अगर अवस्था बाधक न होती तो वह ज्ञानशंकर के पैरों पर गिर पड़ते और उसे आंसू की बूंदों से तर कर देते। उन्हें लज्जा आई कि मैंने ऐसे कर्तव्य-परायण, ऐसे न्यायशील, ऐसे दयालु, ऐसे देवतुल्य पुरुष का तिरस्कार किया! यह मेरी उद्दंडता थी कि मैंने उससे दयाशंकर की सिफारिश करने का आग्रह किया। यह सर्वथा अनुचित था। आजकल के सुशिक्षित युवक-गण अपना कर्तव्य स्वयं समझते हैं और अपनी इच्छानुकूल उसका पालन करते हैं।

ज्ञानशंकर इन कुकल्पनाओं से भरे हुए बाहर आए तो चाचा को दीवानखाने में मुंशी ईजाद हुसैन से बातें करते पाया। यह मुंशी ज्वाला सिंह के इजलास के अहलमद थे–बड़े बातूनी, बड़े चलते-पुर्जे। वह कह रहे थे–आप घबराएं नहीं, खुदा ने चाहा तो बाबू दयाशंकर बेदाग बरी हो जाएंगे। मैंने मेहरी की मार्फत उनकी बीवी को ऐसा चंग पर चढ़ाया है कि वह दरोगाजी को बिना बरी कराए डिप्टी साहब का दामन न छोड़ेंगी। सौ-दो सौ रुपये खर्च हो जाएंगे, मगर क्या मुजायका, आबरू तो बच जाएगी। अकस्मात् ज्ञानशंकर को वहां देखकर वह कुछ झेंप गए।

प्रभाशंकर बोले–"रुपये जितने दरकार हों, ले जाएं। आपकी कोशिश से बात बन गई तो हमेशा आपका शुक्रगुजार रहूंगा।"

ईजाद हुसैन ने ज्ञानशंकर को देखते हुए कहा–"बाबू ज्वाला सिंह दोस्ती का कुछ हक तो जरूर ही अदा करेंगे। जबान से चाहे कितने ही बेनियाज बनें, लेकिन दिल में वह आपका बहुत लिहाज करते हैं। मैं भी इस पर खूब रंग चढ़ाता रहता हूं। कल आपका जिक्र करते हुए मैंने कहा, 'वह तो दो-तीन दिन से दाना-पानी तक नहीं खाए हैं।' यह सुनकर कुछ गौर करने लगे, बाद में उठकर अंदर चले गए।"

प्रभाशंकर ने मुंशी को श्रद्धापूर्ण नेत्रों से देखा, पर ज्ञानशंकर ने तुच्छ दृष्टि से देखा और ऊपर चले गए। विद्यावती उनकी राह देख रही थी, बोली–"आज देर क्यों कर रहे हो? भोजन तो कभी से तैयार है।"

ज्ञानशंकर ने उदासीनता से कहा–"क्या खाऊं, कुछ मिले भी? मालिक और मालकिन दोनों ने आज से मेरा निबटारा कर दिया। उन्हें मेरी सूरत देखने से पाप लगता है। ऐसों के साथ रहने से तो मर जाना अच्छा है।"

विद्यावती ने सशंक होकर पूछा–"क्या बात हुई?"

ज्ञानशंकर ने इस प्रश्न का उत्तर विस्तार के साथ दिया। उन्हें आशा थी कि इन बातों से विद्यावती की शांतिप्रियता को आघात पहुंचेगा, किंतु उन्हें कितनी निराशा हुई! जब उसने सारी कथा सुनने के बाद कहा–"तुम्हें ज्वाला सिंह के यहां चले जाना चाहिए था। चाचाजी की बात रह जाती। ऐसे ही अवसरों पर तो अपने-पराए की पहचान होती है। तुम्हारी ओर से आना-कानी देखकर उन लोगों को क्रोध आ गया होगा। क्रोध में आदमी अपने मन की बात नहीं कहता। वह केवल दूसरों का दिल दुखाना चाहता है।"

ज्ञानशंकर खिन्न होकर बोले–"तुम्हारी बातें सुनकर जी चाहता है कि अपना और तुम्हारा दोनों का सिर फोड़ लूं। उन लोगों के कटु वाक्यों को फूल-पान समझ लिया, मुझी को उपदेश देने लगी। मुझे तो यह लज्जा आ रही है कि इस गुर्गे ईजाद हुसैन ने मेरी तरफ से न जाने क्या-क्या रद्दे जमाए होंगे और तुम मुझे सिफारिश करने की शिक्षा देती हो! मैं ज्वाला सिंह को जता देना चाहता हूं कि इस विषय में सर्वथा स्वतंत्र हूं। गरजमंद बनकर उनकी दृष्टि में नीचा बनना नहीं चाहता।"

विद्यावती ने विस्मित होकर पूछा–"क्या उनसे यह कहने जाओगे?"

ज्ञानशंकर–अवश्य जाऊंगा। दूसरे की आबरू के लिए अपनी प्रतिष्ठा क्यों खोऊं?

विद्यावती–भला वह अपने मन में क्या कहेंगे? क्या इससे तुम्हारा द्वेष न प्रकट होगा?

ज्ञानशंकर–तुम मुझे जितना मूर्ख समझती हो, उतना नहीं हूं। मुझे मालूम है, कौन बात किस ढंग से करनी चाहिए!

विद्यावती चिंतित नेत्रों से भूमि की ओर देखने लगी। उसे पति की संकीर्णता पर खेद हो रहा था, लेकिन कुछ और कहते डरती थी कि कहीं उसकी दुष्कामना और भी दृढ़ न हो जाए। इतने में दयाशंकर की स्त्री भोजन करने के लिए बुलाने आई। उधर श्रद्धा ने जाकर बड़ी बहू को मनाना शुरू किया।

विद्यावती ने लाला प्रभाशंकर को मनाने के लिए तेजशंकर को भेजा, पर इनमें कोई भी भोजन करने न उठा। प्रभाशंकर को यह ग्लानि हो रही थी कि मेरी स्त्री ने ज्ञानशंकर को अप्रिय बातें सुनाईं। बड़ी बहू को शोक था कि मेरे पुत्र का कोई हितैषी नहीं और ज्ञानशंकर को यह जलन थी कि यह लोग मेरा खाकर मुझ ही को आंखें दिखाते हैं।

क्षुधाग्नि के साथ क्रोधाग्नि भी भड़क जाती है। विवाद में हम बहुधा अत्यंत नीति-परायण बन जाते हैं, पर वास्तव में इससे हमारा अभिप्राय यही होता है कि विपक्षी की जबान बंद कर दें। इन चंद घंटों में ही ज्ञानशंकर की नीति-परायणता ईर्ष्याग्नि में परिवर्तित हो चुकी थी। जिस प्राणी के हित के लिए ज्वाला सिंह से कुछ कहना उन्हें असंगत जान पड़ता था, उसी के अहित के लिए वह वहां जाने को तैयार हो गए। उन्होंने इस प्रसंग में सारी बातें मन में निश्चित कर ली थीं। इस प्रश्न को ऐसी कुशलता से उठाना चाहते थे कि नीयत का परदा न खुलने पाए।

दूसरे दिन प्रातःकाल ज्यों ही नौ बजे ज्ञानशंकर ने पैरगाड़ी संभाली और घर से निकले। द्वार पर लाला प्रभाशंकर अपने दोनों पुत्रों के साथ टहल रहे थे। ज्ञानशंकर ने मन में कहा—'बुड्ढा साठ वर्ष का हो गया है, पर अभी तक वही जवानी की ऐंठ है। कैसा अकड़कर चलता है! अब देखता हूं, मिश्री और मक्खन कहां मिलता है? लौंडे मेरी ओर कैसे घूर रहे हैं मानो निगल जाएंगे!'

वर्षा का आगमन हो चुका था, घटा उमड़ी हुई थी मानो समुद्र आकाश पर चढ़ गया हो। सड़कों पर इतना कीचड़ था कि ज्ञानशंकर की पैरगाड़ी मुश्किल से निकल सकी, छींटों से कपड़े खराब हो गए। उन्हें म्युनिसिपैलिटी के सदस्यों पर क्रोध आ रहा था कि सब-के-सब स्वार्थी, खुशामदी और उचक्के हैं। चुनाव के समय भिखारियों की तरह द्वार-द्वार घूमते-फिरते हैं, लेकिन मेंबर होते ही राजा बन बैठते हैं। उस कठिन तपस्या का फल यह निर्वाण पद प्राप्त हो जाता है। यह बड़ी भूल है कि मेंबरों को एक निर्दिष्ट काल के लिए रखा जाता है। वोटरों को अधिकार होना चाहिए कि जब किसी सदस्य को जी चुराते देखें तो उसे पदच्युत कर दें। यह मिथ्या है कि उस दशा में कोई कर्तव्य-परायण मनुष्य मेंबरी के लिए खड़ा न होगा। जिन्हें राष्ट्रीय उन्नति की धुन है, वह प्रत्येक अवस्था में जाति-सेवा के लिए तैयार रहेंगे। मेरे विचार में जो लोग सच्चे अनुराग से काम करना चाहते

हैं, वह इस बंधन से और भी खुश होंगे। इससे उन्हें अपनी अकर्मण्यता से बचने का एक साधन मिल जाएगा। यदि हमें जाति-सेवा का अनुराग नहीं तो म्युनिसिपल हॉल में बैठने की तृष्णा क्यों हो! क्या इससे इज्जत होती है? सिपाही बनकर कोई लड़ने से जी चुराए, यह उसकी कीर्ति नहीं, अपमान है।

ज्ञानशंकर इन्हीं विचारों में मग्न थे कि ज्वाला सिंह का बंगला आ गया। वह घोड़े पर हवा खाने जा रहे थे। साईस घोड़ा कसे खड़ा था। ज्ञानशंकर को देखते ही बड़े प्रेम से मिले और इधर-उधर की बातें करने लगे। उन्हें भ्रम हुआ कि यह महाशय अपने भाई की सिफारिश करने आए होंगे, इसलिए उन्हें इस तरह बातों में लगाना चाहते थे कि उस मुकदमे की चर्चा ही न आने पाए। उन्हें दयाशंकर के विरुद्ध कोई सबल प्रमाण न मिला था। यह वे जानते थे कि दयाशंकर का जीवन उज्ज्वल नहीं है, परंतु यह अभियोग सिद्ध न होता था। उनको बरी करने का निश्चय कर चुके थे। ऐसी दशा में वह किसी को यह विचार करने का अवसर नहीं देना चाहते थे कि मैंने अनुचित पक्षपात किया है। ज्ञानशंकर के आने से जनता के संदेह की पुष्टि हो सकती थी। जनता को ऐसे समाचार बड़ी आसानी से मिल जाते हैं। अर्दली और चपरासी अपना गौरव बढ़ाने के लिए ऐसी खबरें बड़ी तत्परता से फैलाते हैं। वे बोले—"कहिए, आपके असामी सीधे हो गए?"

ज्ञानशंकर—जी नहीं, उन्हें काबू में करना इतना सहज नहीं है। चाचा साहब ने उन्हें सिर चढ़ा दिया है। मैं इधर ऐसे झमेले में पड़ा रहा कि उस विषय में कुछ करने का अवकाश ही न मिला।

ज्वाला सिंह डरे कि भूमिका तो नहीं है, अत: तुरंत पहलू बदलकर बोले—"भाई साहब, मैंने यह नौकरी क्या कर ली, एक जंजाल सिर ले लिया। प्रात:काल से संध्या तक सिर उठाने की फुरसत नहीं मिलती। बहुधा दस-ग्यारह बजे रात तक काम करना पड़ता है और इतना ही होता तो भुगत भी लेता, इसके साथ-साथ यह चिंता भी लगी रहती है कि ऊपरवाले खुश रहें। आप जानते ही हैं कि अबकी बार वर्षा बहुत हुई है; मेरे इलाके के सैकड़ों गांवों में बाढ़ आ गई। खेतों का तो कहना ही क्या, किसानों की झोंपड़ियां तक बह गईं। जमींदारों ने आधी मालगुजारी की छूट करने की प्रार्थना की है और यह प्रार्थना सर्वथा न्यायानुकूल है, किंतु हाकिमों की यह इच्छा मालूम होती है कि इन दरखास्तों को दाखिल-दफ्तर कर दिया जाए। यद्यपि वह प्रत्यक्ष ऐसा करते नहीं, पर हानियों की जांच में इतनी बाधाएं डालते हैं कि जांच व्यर्थ हो जाती हैं। अब यदि मैं जानकर अनजान बनूं और स्वच्छंदता से जांच करूं तो अवश्य ही मुझ पर फटकार पड़ेगी। लोग संदेह की दृष्टि से देखने लगेंगे। यहां की हवा ही कुछ ऐसी बिगड़ी हुई है

कि मनुष्य इस अन्याय से किसी भांति बच नहीं सकता। अपने अन्य सहवर्गियों
की दशा देखकर बस यही इच्छा होती है कि इस्तीफा देकर घर की राह लूं।
मनुष्य कितना स्वार्थ-प्रिय और कितना चापलूस बन सकता है, इसका यहां से
उत्तम उदाहरण और कहीं न मिल सकेगा। यदि साहब बहादुर जरा-सा इशारा कर
दें कि आमदनी के टैक्स की जांच अच्छी तरह की जाए तो विश्वास मानिए कि
हमारे मित्रगण दो ही दिन में टैक्स को बढ़ाकर दुगना-तिगना कर देंगे। यदि इशारा
हो जाए कि अबकी तकाबी जरा हाथ रोककर दी जाए तो समझ लीजिए कि वह
बंद हो जाएगी। इन महानुभावों की बातें सुनकर ऐसी घृणा होती है कि इनका
मुंह न देखूं। न कोई वैज्ञानिक निरूपण, न कोई राजनीतिक या आर्थिक बात, न
कोई साहित्य की चर्चा। बस मैंने यह किया, साहब ने यह कहा तो मैंने यह उत्तर
दिया। आपसे यथार्थ कहता हूं, कोई छंटा हुआ शोहदा भी अपनी कपट-लीलाओं
की डींग यों न मारेगा। खेद तो यह है कि इस रोग से पुराने विचार के बुड्ढे
ही ग्रसित नहीं, हमारा नवशिक्षित वर्ग उनसे कहीं अधिक रोग से जर्जरित दिखाई
पड़ता है। मार्ले, मिल और स्पेंसर–सभी इस स्वार्थ सिद्धांत के सामने दब जाते
हैं। अजी, यहां ऐसे-ऐसे भद्र पुरुष पड़े हुए हैं, जो खानसामों और अरदलियों की
पूजा किया करते हैं, केवल इसलिए कि वह साहब से उनकी प्रशंसा किया करें।
जिसे अधिकार मिल गया, वह समझने लगता है कि अब मैं हाकिम हूं–अब जनता
से, देशबंधुओं से मेरा कोई संबंध नहीं है। अंग्रेज अधिकारियों के सम्मुख जाएंगे
तो नम्रता, विनय और शील के पुतले बन जाएंगे मानो ईश्वर के दरबार में खड़े
हैं, पर जब दौरे पर निकलेंगे तो प्रजा और जमींदारों पर ऐसा रोब जमाएंगे मानो
उनके भाग्य के विधाता हों।

ज्वाला सिंह ने स्थिति को खूब बढ़ाकर दर्शाया, क्योंकि इस विषय में वह
ज्ञानशंकर के विचारों से परिचित थे। उनका अभिप्राय केवल यह था कि इस समय
दयाशंकर के अभियोग की चर्चा न आने पाए।

ज्ञानशंकर ने प्रसन्न होकर कहा–"मैंने तो आपसे पहले ही दिन कहा था,
किंतु आपको विश्वास न होता था। अभी तो आपको केवल अपने सहवर्गियों
की कपट-नीति का अनुभव हुआ है। कुछ दिन और रहिए तो अपने अधीनस्थ
कर्मचारियों की चालें देखकर आप दंग रह जाएंगे। यह सब आपको कठपुतली
बनाकर नचाएंगे। बदनामी से बचने का इसके सिवा और उपाय नहीं है कि उन्हें
मुंह न लगाया जाए। आपका अहलमद ईजाद हुसैन एक ही घाघ है, उससे होशियार
रहिएगा। वह तरह-तरह से आपको अपने पंजे में लाने की कोशिश करेगा। आज
ही मैंने उसके मुंह से ऐसी बातें सुनी हैं जिनसे विदित होता है कि वह आपको

धोखा दे रहा है। उसने आपसे कदाचित् मेरी ओर से दयाशंकर की सिफारिश की है। यद्यपि मुझे दयाशंकर से उतनी ही सहानुभूति है, जितनी भाई-की-भाई के साथ हो सकती है, तथापि मैं ऐसा धृष्ट नहीं हूं कि मित्रता से अनुचित लाभ उठाकर न्याय में बाधक बनूं। मैं कुमार्ग का पक्ष कदापि ग्रहण न करूंगा; चाहे मेरे पुत्र के ही संबंध में ही क्यों न हो! मैं मनुष्यत्व को भ्रातृ-प्रेम से उच्चतम समझता हूं। मैं उन आदमियों में से हूं कि यदि ऐसी दशा में आपको सहृदयता की ओर झुका हुआ देखूं तो आपको उससे बाज रखूं।"

ज्वाला सिंह मनोविज्ञान के ज्ञाता थे। समझ गए कि यह महाशय इस समय अपने चाचा से बिगड़े हुए हैं। यह नीति-परायणता उसी का बुखार है। द्वेष और वैमनस्य कहां तक छिपाया जा सकता है, इसका अनुभव हो गया। उनकी दृष्टि में ज्ञानशंकर की जो प्रतिष्ठा थी, वह लुप्त हो गई। भाई का अपने भाई की सिफारिश करना सर्वथा स्वाभाविक और मानव-चरित्रानुकूल है। इसे वह बहुत बुरा नहीं समझते थे, किंतु भाई का अहित करने के लिए नैतिक सिद्धांतों का आश्रय लेना, वह एक अमानुषिक व्यापार समझते थे। ऐसे दुष्प्रवृत्ति के मनुष्यों को जो आठों पहर न्याय और सत्य की हांक लगाते फिरते हों, मर्माहत करने का यह अच्छा अवसर मिला! वे बोले—"आपको भ्रम हुआ है। ईजाद हुसैन ने मुझसे इस विषय में कोई बातचीत नहीं की और न इसकी जरूरत ही थी; क्योंकि मैं अपने फैसले में दयाशंकर को पहले ही निरपराध लिख चुका हूं और सबको यह भली-भांति मालूम है कि मैं किसी की नहीं सुनता। मैंने पक्षपातरहित होकर यह धारणा की है और मुझे आशा है कि आप यह सुनकर प्रसन्न होंगे।"

ज्ञानशंकर का मुख पीला पड़ गया मानो किसी ने उनके घर में आग लगाने का समाचार कह दिया हो। उनके हृदय में तीर-सा चुभ गया—अवाक् रह गए।

ज्वाला सिंह—गवाह कमजोर थे। मुकदमा बिलकुल बनावटी था।

ज्ञानशंकर—यह सुनकर असीम आनंद हुआ। आपको हजारों धन्यवाद! चाचा साहब यह सुनकर खुशी से बावले हो जाएंगे।

ज्वाला सिंह इस दबी हुई चुटकी से पीड़ित होकर बोले—"यह कानून की बात है। यह मैंने कोई अनुग्रह नहीं किया।"

ज्ञानशंकर—आप चाहे जो कुछ कहें, पर मैं तो इसे अनुग्रह ही समझूंगा। मित्रता कानून की सीमाओं को अज्ञात रूप से विस्तृत कर देती है। इसके सिवा आप लोगों को भी तो पुलिस का दबाव मानना पड़ता है। उनके द्रोही बनने से आप लोगों के मार्ग में कितनी बाधाएं पड़ती हैं, इसे भी तो विचारना पड़ता है।

ज्वाला सिंह इस व्यंग्य से और भी तिलमिला उठे, गर्व से बोले–"यहां जो कुछ करते हैं, न्याय के बल पर करते हैं। पुलिस क्या, ईश्वर के दबाव को भी नहीं मान सकते। आपकी इन बातों में कुछ वैमनस्य की गंध आती है। मुझे संदेह होता है कि दयाशंकर का मुक्त होना आपको अच्छा नहीं लगा।"

ज्ञानशंकर ने उत्तेजित होकर कहा–"यदि आपको ऐसा संदेह है तो यह कहने के लिए मुझे क्षमा कीजिए कि इतने दिनों तक साथ रहने पर भी आप मुझसे सर्वथा अपरिचित हैं। मेरी प्रकृति कितनी ही दुर्बल हो, पर अभी इस अधोगति को नहीं पहुंची है कि अपने भाई की ओर हाथ उठाए, मगर यह कहने में भी मुझे संकोच नहीं है कि भ्रातृ-स्नेह की अपेक्षा मेरी दृष्टि में राष्ट्र-हित का महत्त्व कहीं अधिक है। जब इन दोनों में विरोध होगा तो मैं राष्ट्र-हित की ओर झुकूंगा। यदि आप इसे वैमनस्य या ईर्ष्या समझें तो यह आपकी सज्जनता है। मेरी नीति-शिक्षा ने मुझे यही सिखाया है और यथासाध्य उसका पालन करना मैं अपना कर्तव्य समझता हूं। जब एक व्यक्ति-विशेष से जनता का अपकार होता हो तो हमारा धर्म है कि उस व्यक्ति का तिरस्कार करें और उसे सीधे मार्ग पर लाएं, चाहे वह कितना ही आत्मीय हो! संसार के इतिहास में ऐसे उदाहरण अप्राप्य नहीं हैं, जहां राष्ट्रीय कर्तव्य ने कुल-हित पर विजय पाई है। ऐसी दशा में जब आप मुझ पर दुराग्रह का दोषारोपण करते हैं तो मैं इसके सिवा और क्या कह सकता हूं कि आपकी नीति-शिक्षा और एथिक्स ने आपको कुछ भी लाभ नहीं पहुंचाया।"

यह कहकर ज्ञानशंकर बाहर निकल आए। जिस मनोरथ से वह इतने सवेरे यहां आए थे, उसके यों विफल हो जाने से उनका चित्त बहुत खिन्न हो रहा था। हां, यह संतोष अवश्य था कि मैंने इन महाशय के दांत खट्टे कर दिए। अब यह फिर मुझसे ऐसी बातें करने का साहस न कर सकेंगे। ज्वाला सिंह ने भी उन्हें रोकने की चेष्टा नहीं की। वह सोच रहे थे कि इस मनुष्य में बुद्धि-बल और दुर्जनता का कैसा विलक्षण समावेश हो गया है! चातुरी कपट के साथ मिलकर दो आतशी शराब बन जाती है। इस फटकार से कुछ तो आंखें खुली होंगी। समझ गए होंगे कि कूटनीति को परखने वाले संसार में लोप नहीं हो गए।

ज्ञानशंकर यहां से चले तो उनकी दशा उस जुआरी की-सी थी, जो जुए में हार गया हो और सोचता हो कि ऐसी कौन-सी वस्तु दांव पर लगाऊं कि मेरी जीत हो जाए। उनका चित्त उद्विग्न हो रहा था। ज्वाला सिंह को यद्यपि उन्होंने तुर्की-बतुर्की जवाब दिया था, फिर भी उन्हें प्रतीत होता था कि मैं कोई गहरी चोट न कर सका। अब ऐसी कितनी ही बातें याद आ रही थीं जिनसे ज्वाला सिंह के हृदय पर आघात किया जा सकता था–कुछ और नहीं तो रिश्वत का ही दोष

लगा देता। खैर, फिर कभी देखा जाएगा। अब उन्हें राष्ट्र-प्रेम और मनुष्यत्व का वह उच्चादर्श भी हास्यास्पद-सा जान पड़ता था, जिसके आधार पर उन्होंने ज्वाला सिंह को लज्जित करना चाहा था। वह ज्यों-ज्यों इस सारी स्थिति का निरूपण करते थे, उन्हें ज्वाला सिंह का व्यवहार सर्वथा असंगत जान पड़ता था। मान लिया कि उन पर मेरी ईर्ष्या का रहस्य खुल गया तो सहृदयता और शालीनता इसमें थी कि वह मुझसे सहानुभूति प्रकट करते, मेरे आंसू पोंछते। ईर्ष्या भी मानव स्वभाव का एक अंग ही है, चाहे वह कितना ही अवहेलनीय क्यों न हो! यदि कोई मनुष्य इसके लिए मेरा अपमान करे तो इसका कारण उसकी आत्मिक पवित्रता नहीं, वरन् मिथ्याभिमान है। ज्वाला सिंह कोई ऋषि नहीं, देवता नहीं और न यह संभव है कि ईर्ष्या-वेग से कभी उनका हृदय प्रवाहित न हुआ हो। उनकी यह गर्वपूर्ण नीतिज्ञता और धर्म-परायणता स्वयं इस ईर्ष्या का फल है, जो उनके हृदय में अपनी मानसिक लघुता के ज्ञान से प्रज्वलित हुई है।

यह सोचते हुए वह घर पहुंचे तो अपने दोनों छोटे चचेरे भाइयों को अपने कमरे में किताबें उलटते-पुलटते देखा। यद्यपि यह कोई असाधारण बात न थी, पर ज्ञानशंकर इस समय मानसिक अशांति से पीड़ित हो रहे थे। जल गए और दोनों लड़कों को डांटकर भगा दिया। इन लोगों ने अवश्य मुझे छेड़ने के लिए इन शैतानों को यहां भेज दिया है। नीचे इतना बड़ा दीवानखाना है, दो कमरे हैं, क्या उनके लिए इतना काफी नहीं कि मेरे पास एक छोटे-से कमरे को भी नहीं देख सकते! क्या इस पर भी दांत हैं? मुझे घर से निकालने की ठानी है क्या? इस मामले को अभी साफ कर लेना चाहिए। यह कदापि नहीं हो सकता कि मुझे लोग दबाते जाएं और मैं चूं न करूं। मन में यह निश्चय करके उन्होंने तत्क्षण अपने चाचा के नाम यह पत्र लिखा-

> *'मान्यवर, यह बात मेरे लिये असह्य है कि आपके सुपुत्र मेरी अनुपस्थिति में मेरे कमरे में आकर ऊधम मचाएं और मेरी वस्तुओं का सर्वनाश करें। मैं चाहता हूं कि आज घर का बंटवारा हो जाए और लड़कों को ताकीद कर दी जाए कि वे भूलकर भी मेरे मकान में पदक्षेप न करें, अन्यथा मैं उनकी ताड़ना करूं, तो आपको या चाची को मुझसे शिकायत करने का कोई अधिकार न रहेगा। इसका ध्यान रखिएगा कि मुझे जो भाग मिले वह गार्हस्थ्य आवश्यकताओं के अनुकूल हो और सबसे बड़ी बात यह है कि वह पृथक हो, जिसमें मैं उसको अपना सकूं और आते-जाते, उठते-बैठते, आग्नेय नेत्रों और व्यंग्य सरों का लक्ष्य न बनूं।'*

यह पत्र कहार को देकर वह उत्तर का इंतजार करने लगे। सोच रहे थे कि देखें, बुड्ढा अबकी बार क्या चाल चलता है? एक क्षण में कहार ने उसका जवाब लाकर उनके हाथों में रख दिया–

'बेटा, मेरे लड़के तुम्हारे लड़के हैं। उन्हें दंड देने का तुमको पूरा अधिकार है, इसकी शिकायत मुझे न कभी हुई है और न होगी; बल्कि तुम्हारा मुझ पर अनुग्रह होगा, यदि कभी-कभी इनकी खबर लेते रहो। रहा घर का बंटवारा, उसे मैं तुम्हारे ऊपर छोड़ता हूं। घर तुम्हारा है, मैं भी तुम्हारा हूं, जो टुकड़ा चाहो, मुझे दे दो–मुझे कोई आपत्ति न होगी। हां, यह ध्यान रखना कि मैं बाहर बैठने का आदी हूं, इसलिए दीवानखाने के बरामदे में मेरे लिए एक चौकी की जगह दे देना। बस, यही मेरी हार्दिक अभिलाषा थी कि मेरे जीवनकाल में यह विच्छेद न होता, पर तुम्हारी यदि यही इच्छा है और तुम इसी में प्रसन्न हो तो मैं क्या कर सकता हूं?'

ज्ञानशंकर ने पुरजे को जेब में रख लिया और मुस्कराए। बुड्ढा कैसा घाघ है। इन्हीं नम्रताओं से उसने पिताजी को उल्लू बना लिया था। मुझसे भी वही चाल चल रहा है, पर मैं ऐसा गौखा नहीं हूं। समझे होंगे कि जरा दब जाऊं तो वह आप ही दब जाएगा! यहां ऐसी विषम शालीनता का पाठ नहीं पढ़ा है। विवश होकर दबना तो समझ में आता है, पर किसी की खातिर दबना, केवल मुरौवत के हाथों की कठपुतली बनना है, जो निरी भावुकता है!

ज्ञानशंकर बैठकर सोचने लगे, कैसे इस समस्या की पूर्ति करूं, केवल यह एक कमरा नीचे के दीवानखाने और उसकी बगल के दोनों कमरों की समता नहीं कर सकता। ऊपर के दो कमरों पर दयाशंकर का अधिकार है, पर ऊपर के तीनों कमरे मेरे, नीचे के तीनों कमरे उनके। यहां तो बड़ी सुगमता से विभाग हो गया; किंतु जनाने घर में यह पार्थक्य इतना सुलभ नहीं। पद की कम-से-कम दो दीवारें खींचनी पड़ेगी। पूर्व की ओर निकास के लिए एक द्वार खोलना पड़ेगा और इसमें झंझट है। म्युनिसिपैलिटी महीनों का अलसेट लगा देगी। क्या हरज है, यदि मैं दीवानखाने के नीचे-ऊपर के दोनों भागों पर संतोष कर लूं? जनाना मकान उन्हीं के हिस्से में डाल दूं। यहां ऊपर स्त्रियां भली-भांति रह सकती हैं। जनाना मकान इससे बड़ा अवश्य है, पर न जाने कब का बना हुआ है! थोड़े ही दिनों में उसे फिर बनवाना पड़ेगा। दीवारें अभी से गिरने लगी हैं। नित्य मरम्मत होती ही रहती है। छत भी टपकती है। बस, मेरे लिए दीवानखाना ही अच्छा है। चाचा साहब का इसमें

गुजर नहीं हो सकता, उन्हें विवश होकर जनाना मकान लेना पड़ेगा। यह बात मुझे खूब सूझी, अपना अर्थ भी सिद्ध हो जाएगा और उदारता का श्रेय भी हाथ रहेगा।

मन में यह निश्चय करके वह स्त्रियों से परामर्श करने के लिए अंदर गए। वह सभ्यता के अनुसार स्त्रियों की सम्मति अवश्य लेते थे, पर 'वीटो' का अधिकार अपने हाथ में रखते और प्रत्येक अवसर पर उसका उपयोग करने के कारण वह अबाध्य सम्मति का गला घोंट देते थे। वह अंदर गए तो उन्हें बड़ा करुणाजनक दृश्य दिखाई दिया।

दयाशंकर कचहरी जा रहे थे और बड़ी बहू आंखों में आंसू भरे उसको विदा कर रही थीं। दोनों बहनें उनके पैरों से लिपटकर रो रही थीं। उनकी पत्नी अपने कमरे के द्वार पर घूंघट निकाले उदास खड़ी थी। संकोचवश पति के पास न आ सकती थी। श्रद्धा भी खड़ी रो रही थी। आज अभियोग का फैसला सुनाया जाने वाला था। मालूम नहीं क्या होगा! घर लौटकर आना बदा है या फिर घर का मुंह देखना नसीब न होगा। दयाशंकर अत्यंत कातर दिख रहे थे। ज्ञानशंकर को देखते ही उनके नेत्र सजल हो गए, निकट आकर बोले—"भैया, आज मेरा हृदय शंका से कांप रहा है। ऐसा जान पड़ता है, आप लोगों के दर्शन न होंगे। मेरे अपराधों को क्षमा कीजिएगा, कौन जाने फिर भेंट हो या न हो, दया का क्या आसरा? यह घर अब आपके सुपुर्द है।"

ज्ञानशंकर उनकी यह बातें सुनकर पिघल गए। अपने हृदय की संकीर्ण क्षुद्रता पर ग्लानि उत्पन्न हुई। तस्कीन देते हुए बोले—"ऐसी बातें मुंह से न निकालो, तुम्हारा बाल भी बांका न होगा। ज्वाला सिंह कितने ही निर्दयी बनें, पर मेरे एहसानों को नहीं भूल सकते और सच्ची बात तो यह है कि मैं अभी तुम्हारे ही संबंध में बातें करके उनके पास से आ रहा हूं, तुम अवश्य ही बरी हो जाओगे। उन्होंने स्पष्ट शब्दों में मुझे इसका विश्वास दिलाया है। चलता तो मैं भी तुम्हारे साथ, किंतु मेरे जाने से काम बिगड़ जाएगा।"

दयाशंकर ने अविश्वासपूर्ण कृतज्ञता से उनकी ओर देखकर कहा—"हाकिमों की बात का क्या भरोसा?"

ज्ञानशंकर—ज्वाला सिंह उन हाकिमों में से नहीं हैं।

दयाशंकर—यह न कहिए, बड़ा बेमुरौवत आदमी है।

ज्ञानशंकर ने उनके हृदयस्थ अविश्वास को तोड़कर कहा—"यही हृदय की निर्बलता हमारे अपराधों का ईश्वरीय दंड है, नहीं तो तुम्हें इतना अविश्वास न होता।"

दयाशंकर लज्जित होकर वहां से चले गए। ज्ञानशंकर ने भी उनसे और कुछ न कहा—"उन्होंने हारी हुई बाजी को जीतना चाहा था, पर सफल न हुए। वह इस

बात पर मन में झुंझलाए कि यह लोग मुझे उच्च भावों के योग्य नहीं समझते। मैं इनकी दृष्टि में विषैला सर्प हूं। जब मुझ पर अविश्वास है तो फिर जो कुछ करना है, वह खुल्लम-खुल्ला क्यों न करूं? आत्मीयता का स्वांग भरना व्यर्थ है। इन भावों से यह लोग अब हत्थे चढ़ने वाले नहीं। सद्भावों का अंकुर जो एक क्षण के लिए उनके हृदय में विकसित हुआ था, इन दुष्कामनाओं से झुलस गया। वह विद्यावती के पास गए तो उसने पूछा–"आज सवेरे कहां गए थे?"

ज्ञानशंकर–जरा ज्वाला सिंह से मिलने गया था।

विद्यावती–तुम्हारी ये बातें मुझे अच्छी नहीं लगतीं।

ज्ञानशंकर–कौन-सी बातें?

विद्यावती–यही, अपने घर के लोगों की हाकिमों से शिकायत करना। भाइयों में खटपट सभी जगह होती है, मगर कोई इस तरह भाई की जड़ नहीं काटता।

ज्ञानशंकर ने होंठ चबाकर कहा–"तुमने मुझे इतना कमीना, इतना कपटी समझ लिया है?"

विद्यावती दृढ़ता से बोली–"अच्छा मेरी कसम खाओ कि तुम इसलिए ज्वाला सिंह के पास नहीं गए थे?"

ज्ञानशंकर ने कठोर स्वर में कहा–"मैं तुम्हारे सामने अपनी सफाई देना आवश्यक नहीं समझता।"

यह कहकर ज्ञानशंकर चारपाई पर बैठ गए। विद्यावती ने पते की बात कही थी और इसने उन्हें मर्माहत कर दिया था। उन्हें इस समय विदित हुआ कि सारे घर के लोग, यहां तक कि मेरी स्त्री भी मुझे कितना नीच समझती है।

विद्यावती ने फिर कहा–"अरे तो यहां कोई दूसरा थोड़े ही बैठा हुआ है, जो सुन लेगा।"

ज्ञानशंकर–चुप भी रहो, तुम्हारी ऐसी बातों से बदन में आग लग जाती है। मालूम नहीं, तुम्हें कब बात करने की तमीज आएगी? क्या हुआ, आज भोजन न मिलेगा क्या? दोपहर तो होने को आई?

विद्यावती–आज तो भोजन बना ही नहीं। तुम्हीं ने घर बांटने के लिए चाचाजी को कोई चिट्ठी लिखी थी, तब से वह बैठे हुए रो रहे हैं।

ज्ञानशंकर–उनका रोने को जी चाहता है तो रोएं! हम लोगों को भूखों मारेंगे क्या?

विद्यावती ने पति को तिरस्कार की दृष्टि से देखकर कहा–"घर में जब ऐसी रार मची हो तो खाने-पीने की इच्छा किसे होती है? चाचाजी को इस दशा में देखकर किसके घट के नीचे अन्न जाएगा? एक तो लड़के पर विपत्ति, दूसरे घर

में यह द्वेष। जब से तुम्हारी चिट्ठी पाई है, सिर नहीं उठाया। तुम्हें अलग होने की यह धुन क्यों समाई है?"

ज्ञानशंकर—इसीलिए कि जो थोड़ी-बहुत जायदाद बच रही है, वह भी इस भाड़ में न जल जाए। पहले घर में छ: हजार सालाना की जायदाद थी—अब मुश्किल से दो हजार की रह गई है। इन लोगों ने सब खा-पीकर बराबर कर दिया।

विद्यावती—तो यह लोग कोई पराए तो नहीं हैं।

ज्ञानशंकर—तुम जब ऐसी बड़ी-बड़ी बातें करने लगती हो तो मालूम होता है, धन्नासेठ की बेटी हो। तुम्हारे बाप के पास तो लाखों की संपत्ति है, क्यों नहीं उसमें से थोड़ी-सी हमें दे देते, वह तो कभी बात नहीं पूछते और तुम्हारे पैरों तले गंगा बहती है।

विद्यावती—पुरुषार्थी लोग दूसरों की संपत्ति पर मुंह नहीं फैलाते—अपने बाहुबल का भरोसा रखते हैं।

ज्ञानशंकर—लजाती तो नहीं हो, ऊपर से बढ़-चढ़कर बातें करती हो। यह क्यों नहीं कहती कि घर की जायदाद प्राणों से भी प्रिय होती है और उसकी रक्षा प्राणों से भी अधिक की जाती है? नहीं तो ढाई लाख सालाना जिसके घर में आता हो, उसके लिए बेटी-दामाद पर दो-चार हजार खर्च कर देना कौन-सी बड़ी बात है? लाला साहब तो पैसे को यों दांतों से पकड़ते हैं और तुम इतनी उदार बनती हो मानो जायदाद का कुछ मूल्य ही नहीं।

इतने में श्रद्धा आ गई और ज्ञानशंकर घर के बंटवारे के विषय में उससे बातें करने लगे।

लाला प्रभाशंकर का क्रोध ज्यों ही शांत हुआ, वह अपने कटु वाक्यों पर बहुत लज्जित हुए। बड़ी बहू की तीखी बातें ज्यों-ज्यों उन्हें याद आती थीं, ग्लानि और बढ़ती जाती थी। जिस भाई के प्रेम और अनुराग से उनका हृदय परिपूर्ण था, जिसके मृत्यु-शोक का घाव अभी भरने न पाया था, जिसका स्मरण आते ही आंखों से अश्रुधारा बहने लगती थी; उसके प्राणाधार पुत्र के साथ उन्हें अपना यह बर्ताव बड़ी कृतघ्नता मालूम होता था। रात को उन्होंने कुछ न खाया। सिर-पीड़ा का बहाना करके लेट गए थे। कमरे में धुंधला प्रकाश था। उन्हें ऐसा जान पड़ा मानो लाला जटाशंकर द्वार पर खड़े उनकी ओर तिरस्कार की दृष्टि से देख रहे हैं। वह घबराकर उठ बैठे, सांस वेग से चलने लगी। बड़ी प्रबल इच्छा हुई कि इसी दम चलकर ज्ञानशंकर से क्षमा मांगू, किंतु रात ज्यादा हो गई थी, बेचारे एक

ठंडी सांस लेकर फिर लेट गए। हा! जिस भाई ने जिंदगी-भर में मेरी ओर कड़ी निगाह से भी नहीं देखा उसकी आत्मा को मेरे कारण ऐसा विषाद हो! मैं कितना अत्याचारी, कितना संकीर्ण-हृदय, कितना कुटिल प्रकृति का हूं।

प्रात:काल उन्होंने बड़ी बहू से पूछा–"रात ज्ञानू ने कुछ खाया था या नहीं?"

बड़ी बहू–रात चूल्हा ही नहीं जला, किसी ने भी नहीं खाया।

प्रभाशंकर–तुम लोग खाओ या न खाओ, लेकिन उसे क्यों भूखा मारती हो, भला ज्ञानू अपने मन में क्या कहता होगा? मुझे कितना नीच समझ रहा होगा!

बड़ी बहू–नहीं तो अब तक मानो वह तुम्हें देवता समझता था। तुम्हारी आंखों पर परदा पड़ा होगा, लेकिन मैं इस छोकरे का रुख साल-भर से देख रही हूं। अचरज यही है कि वह अब तक कैसे चुप रहा? आखिर वह क्या समझकर अलग हो रहा है! यही न कि हम लोग पराए हैं! उसे इसकी लेश-मात्र भी परवाह नहीं कि इन लोगों का निर्वाह कैसे होगा? उसे तो बस रुपये की हाय-हाय पड़ी है, चाहे चाचा, भाई, भतीजे जीएं या मरें। ऐसे आदमी का मुंह देखना पाप है।

प्रभाशंकर–फिर वही बात मुंह से निकालती हो। अगर वह अपना आधा हिस्सा मांगता है तो क्या बुरा करता है? यही तो संसार की प्रथा रही है।

बड़ी बहू–तुम्हारी तो बुद्धि मारी गई है। कहां तक कोई समझाए, जैसे कुछ सूझता ही नहीं! हमारे लड़के की जान पर बनी हुई है। घर विध्वंस हुआ जाता है। दाना-पानी हराम हो रहा है। वहां आधी रात तक हारमोनियम बजता है। मैं तो उसे काला नाग समझती हूं, जिसके विष का उतार नहीं। यदि कोई हमारे गले पर छुरा भी चला दे तो उसकी आंखों में आंसू न आए। तुम यहां बैठे पछता रहे हो और वह टोले-मुहल्ले में घूम-घूम तुम्हें बदनाम कर रहा है। सब तुम्हीं को बुरा कह रहे हैं।

प्रभाशंकर–यह सब तुम्हारी मिथ्या कल्पना है, उसका हृदय इतना क्षुद्र नहीं है।

बड़ी बहू–तुम इसी तरह बैठे स्वर्ग-सपना देखते रहोगे और वह एक दिन सब संबंधियों को बटोरकर बांट-बखरे की बात छेड़ देगा, फिर कुछ करते-धरते न बनेगा। राय कमलानंद से भी पत्र-व्यवहार कर रहा है। मेरी बात मानो, अपने संबंधियों को भी सचेत कर दो–पहले से सजग रहना अच्छा है।

प्रभाशंकर ने गौरवोन्मत्त होकर कहा–"यह हमसे मरते दम तक न होगा। मैं ऐसा निर्लज्ज नहीं हूं कि अपने घर की फूट का ढिंढोरा पीटता फिरूं? ज्ञानशंकर मुझसे चाहे जो भाव रखे, किंतु मैं उसे अपना ही समझता हूं। हम दोनों भाई एक-दूसरे के लिए प्राण देते रहे। आज भैया के पीछे मैं इतना बेशर्म हो जाऊं कि दूसरों से पंचायत कराता फिरूं? मुझे ज्ञानशंकर से ऐसे द्वेष की आशा नहीं,

लेकिन यदि उसके हाथों मेरा अहित भी हो जाए तो मुझे लेश-मात्र भी दु:ख न होगा। अगर भैया पर हमारा बोझ न होता तो उनका जीवन बड़े सुख से व्यतीत हो सकता था। उन्हीं का लड़का है। यदि उसके सुख और संतोष के लिए हमें थोड़ा-सा कष्ट भी हो तो बुरा न मानना चाहिए। हमारे सिर उसके ऋण से दबे हुए हैं। मैं छोटी-छोटी बातों के लिए उससे रार मचाना अनुचित समझता हूं।"

बड़ी बहू ने इसका प्रतिवाद न किया, उठकर वहां से चली गई।

प्रभाशंकर उन्हें और भी लज्जित करना चाहते थे। कुछ देर तक वहीं बैठे रहे कि आ जाए तो दिल का बुखार निकालूं, लेकिन जब देर हुई तो उकताकर बाहर चले गए। वह पहले कितनी बार बड़ी बहू से ज्ञानशंकर की शिकायत कर चुके थे। उसके फैशन और ठाठ के लिए वह कभी खुशी से रुपये न देते थे, किंतु जब वह बड़ी बहू या अपने घर के किसी अन्य व्यक्ति को ज्ञानशंकर से विरोध करते देखते, तो उनकी न्याय-वृत्ति प्रज्वलित हो जाती थी और वह उमंग में आकर सज्जनता और उदारता की ऐसी डींग मारने लगते थे जिसको व्यवहार में लाने का कदाचित् उन्हें कभी साहस न होता।

बाहर आकर वह आंगन में टहलने लगे और तेजशंकर को यह देखने भेजा कि ज्ञानशंकर क्या कर रहे हैं? वह उनसे क्षमा मांगना चाहते थे, किंतु जब उन्हें पैरगाड़ी पर सवार कहीं जाते देखा, तो कुछ न कह सके। ज्ञानशंकर के तेवर कुछ बदले हुए थे। आंखों में क्रोध झलक रहा था।

प्रभाशंकर ने सोचा, इतने सवेरे यह कहां जा रहे हैं, अवश्य कुछ दाल में काला है। उन्होंने अपनी चिड़िया के पिंजरे उतार लिये और दाने चुगाने लगे। पहाड़ी मैना के हरिभजन का आनंद उठाने में वह अपने को भूल जाया करते थे। इसके बाद स्नान करके रामायण का पाठ करने लगे। इतने में दस बजे गए और कहार ने ज्ञानशंकर का पत्र लाकर उनके सामने रख दिया। उन्होंने तुरंत पत्र उठा लिया और पढ़ने लगे। उनकी ईश-वंदना में व्यावहारिक कामों से कोई बाधा न पड़ती थी। इस पत्र को पढ़कर उनके शरीर में ज्वाला-सी लग गई। उसका एक-एक शब्द चिंगारी के समान हृदय पर लगता था। ज्ञानशंकर कितना दंभी और ईर्ष्यालु है, इसका कुछ अनुमान हुआ। ज्ञात हुआ कि बड़ी बहू ने उसकी प्रकृति के विषय में जो आलोचना की थी वह सर्वथा सत्य थी। यह दुस्साहस! यह पत्र उसकी कलम से कैसे निकला! उसने मेरी गरदन पर तलवार भी चला दी होती तो भी मैं इतना द्वेष न करता। इतना योग्य और चतुर होने पर भी उसका हृदय इतना संकीर्ण है। विद्या का फल तो यह होना चाहिए कि मनुष्य में धैर्य और संतोष का विकास हो, ममत्व का दम हो, हृदय उदार हो; न कि स्वार्थपरता, क्षुद्रता और शीलहीनता

का भूत सिर चढ़ जाए। लड़कों ने शरारत की थी, डांट देते, झगड़ा मिटता। क्यों जरा-सी बात को बतंगड़ बनाया। अब स्पष्ट विदित हो रहा है कि साथ निर्वाह न होगा। मैं कहां तक दबा करूंगा, कहां तक सिर झुकाऊंगा? खैर उसकी जैसी इच्छा हो करे। मैं अपनी ओर से ऐसी कोई बात न करूंगा, जिससे मेरी पीठ में धूल लगे। मकान बांटने को कहते हैं; इससे बड़ा अनर्थ और क्या होगा? घर का परदा खुल जाएगा, संबंधियों में घर-घर चर्चा होगी। हाय दुर्भाग्य! घर में दो चूल्हे जलेंगे। जो बात कभी न हुई थी, वह अब होगी! मेरे और मेरे प्रिय भाई के पुत्र के बीच पड़ोसी का नाता रह जाएगा। वह जो जीवनपर्यंत साथ रहे, साथ खेले, साथ हंसे, साथ रोए, अब अलग हो जाएंगे, किंतु इसके सिवा और उपाय ही क्या है! लिख दूं कि तुम जैसा चाहो, घर को बांट लो? क्यों कहूं कि मैं यह मकान लूंगा, यह कोठी लूंगा। जब अलग ही होते हैं तो जहां तक हो सके, आपस में मनमुटाव न होने दें। यह सोचकर लाला प्रभाशंकर ने ज्ञानशंकर के पत्र का उत्तर लिख दिया। उन्हें अब भी आशा थी कि मेरे उत्तर की नम्रता का ज्ञानशंकर पर अवश्य कुछ-न-कुछ असर होगा। क्या आश्चर्य है कि अलग होने का विचार उसके दिल से अलग हो जाए! यह विचार कर उन्होंने पत्र का उत्तर लिख दिया और जवाब का इंतजार करने लगे।

ग्यारह बजे तक कोई जवाब न आया, दयाशंकर कचहरी जाने लगे। बड़ी बहू आकर बोली–"लल्लू के साथ तुम भी चले जाओ। आज तजवीज सुनाई जाएगी। जाने कैसी पड़े कैसी न पड़े!"

प्रभाशंकर ने अपने जीवन में कभी कचहरी के अंदर कदम न रखा था। दोनों भाइयों की प्रतिज्ञा थी कि चाहे कुछ भी क्यों न हो, कचहरी का मुंह न देखेंगे। यद्यपि इस प्रतिज्ञा के कारण उन्हें कितनी ही बार हानियां उठानी पड़ी थीं, कितनी ही बार बल खाना पड़ा था, विरोधियों के सामने झुकना पड़ा था, तथापि उन्होंने अब तक प्रतिज्ञा का पालन किया था। बड़ी बहू की बात सुनकर प्रभाशंकर बड़े असमंजस में पड़ गए। न तो जाते ही बनता था, न इनकार करते ही बनता था। बगलें झांकने लगे।

दयाशंकर ने उन्हें दुविधा में देखकर कुछ उदासीन भाव से कहा–"आपका जी न चाहता हो तो न चलिए, मुझ पर जो कुछ पड़ेगी, देख लूंगा।"

बड़ी बहू–नहीं, चले जाएंगे, हर्ज क्या है?

दयाशंकर–जब कभी कचहरी न गए तो अब कैसे जा सकते हैं? प्रतिज्ञा न टूट जाएगी?

बड़ी बहू–भला, ऐसी प्रतिज्ञा बहुत देखी है। लाऊं कपड़े?

दयाशंकर—नहीं, मैं अकेले ही चला जाऊंगा, आपके चलने की जरूरत नहीं।

यह कहकर दयाशंकर चले गए। बड़ी बहू भी पति को अश्रद्धा की दृष्टि से देखते हुए घर के भीतर चली गई।

प्रभाशंकर मन में बड़ी बहू पर झुंझला रहे थे कि इसने मेरे कचहरी जाने का प्रश्न क्यों उठाया! मैं वहां जाकर क्या बना लेता, हाकिम की कलम को तो पकड़ नहीं लेता, न उससे कुछ विनय-प्रार्थना ही कर सकता था और फिर जब कभी न गया तो अब क्यों जाऊं? जिसने कांटे बोए हैं, वह उनके फल खाएगा। इस फिक्र में कहां तक जान दूं?

वह इसी खिन्नावस्था में बैठे थे कि ज्ञानशंकर का दूसरा पत्र पहुंचा। उन्होंने संपूर्ण दीवानखाना लेने का निश्चय किया था। प्रभाशंकर ने सोचा था कि मेरी नम्रता उसके क्रोध को शांत कर देगी। उस आशा के प्रतिकूल जब यह प्रस्ताव सामने आया तो उनका चित्त अस्थिर हो गया। पत्र के निश्चयात्मक शब्दों ने उन्हें संज्ञाहीन कर दिया। बौखला गए। क्रोध की जगह उनके हृदय में एक विवशता का संचार हुआ। क्रोध प्रत्याघात की सामर्थ्य का द्योतक है। उनमें यह शक्ति निर्जीव हो गई थी। उस प्रस्ताव की भयंकर मूर्ति ने संग्राम की कल्पना तक मिटा दी। उस बालक की-सी दशा हो गई, जो हाथी को सामने देखकर मारे भय के रोने लगे, उसे भागने तक की सुध न रहे।

प्रभाशंकर का समस्त जीवन भ्रातृ-प्रेम की सुखद छाया में व्यतीत हुआ था। वैमनस्य और विरोध की यह ज्वाला-सम धूप असह्य हो गई। एक दिन प्रार्थी की भांति ज्ञानशंकर के पास गए और करुण स्वर में बोले—"ज्ञानू, ईश्वर के लिए इतनी बेमुरौवती न करो। मेरी वृद्धावस्था पर दया करो। मेरी आत्मा पर ऐसा निर्दय आघात मत करो। तुम सारा मकान ले लो, मेरे बाल-बच्चों के लिए जहां चाहो, थोड़ा-सा स्थान दे दो। मैं उसी में अपना निर्वाह कर लूंगा। मेरे जीवन को इसी प्रकार चलने दो। जब मर जाऊं तो जो इच्छा हो, करना। एक थाली में न खाओ, एक घर में तो रहो, इतना संबंध तो बनाए रखो। मुझे दीवानखाने की जरूरत नहीं है। भला सोचो तो तुम दीवानखाने में जाकर रहोगे तो बिरादरी के लोग क्या कहेंगे? नगरवाले क्या कहेंगे? सब कुछ हो गया है, पर अभी तक तुम्हारी कुल-मर्यादा बनी हुई है। हम दोनों भाई नगर में राम-लखन की जोड़ी कहलाते थे। हमारे प्रेम और एकता की सारे नगर में उपमा दी जाती थी। किसी को यह कहने का अवसर मत दो कि एक भाई की आंखें बंद होते ही आपस में ऐसी अनबन हो गई कि अब एक घर में रह भी नहीं सकते। मेरी यह प्रार्थना स्वीकार करो।"

ज्ञानशंकर पर इन विनयपूर्ण शब्दों का कुछ भी असर न हुआ। उनके विचार में यह विकृत भावकुता थी, जो मानसिक दुर्बलता का चिह्न है। हां, उस पर कृत्रिमता का संदेह नहीं हो सकता था। उन्हें विश्वास हो गया कि चाचा साहब को इस समय हार्दिक वेदना हो रही है। वृद्धजनों का हृदय कुछ कोमल हुआ करता है। इन्होंने जन्म-भर कुल-प्रतिष्ठा तथा मान-मर्यादा के देवता की उपासना की है। इस समय अपकीर्ति का भय चित्त को अस्थिर कर रहा है, अतः बोले–"मुझे आपकी आज्ञा शिरोधार्य है, पर यह तो विचार कीजिए कि इस पुराने घर में दो परिवारों का निर्वाह हो भी कैसे सकता है? रसोई का मकान केवल एक ही है। ऊपर सोने के लिए तीन कमरे हैं। आंगन कहने को तो है; किंतु वायु और प्रकाश का प्रवेश केवल एक में ही होता है। स्नान-गृह भी एक है। इन कष्टों को नित्य नहीं झेला जा सकता। हमारी आयु इतनी दीर्घ नहीं है कि उसका एक भाग कष्टों की ही भेंट किया जाए। आपकी कोमल आत्मा को इस परिवर्तन से दुःख अवश्य होगा और मुझे आपसे पूर्ण सहानुभूति है, किंतु भावुकता के फेर में पड़कर अपने शारीरिक सुख और शांति का बलिदान करना मुझे पसंद नहीं। यदि आप भी इस विषय पर निष्पक्ष होकर विचार करेंगे तो मुझसे सहमत हो जाएंगे।"

प्रभाशंकर–मुझे तो इस बदनामी के सामने यह असुविधाएं कुछ भी नहीं मालूम होतीं। अब तक जैसे काम चलता आ रहा है, उसी भांति आगे भी चल सकता है।

ज्ञानशंकर–आपके और मेरे जीवन-सिद्धांतों में बड़ा अंतर है। आप भावों की आराधना करते हैं, मैं विचार का उपासक हूं। आप निंदा के भय से प्रत्येक आपत्ति के सामने सिर झुकाएंगे, मैं अपने विचार-स्वतंत्रता के सामने लोकमत की लेश-मात्र भी परवाह नहीं करता! जीवन आनंद से व्यतीत हो, यह हमारा अभीष्ट है। यदि संसार स्वार्थपरता कहकर इसकी हंसी उड़ाए, निंदा करे तो मैं उसकी सम्मति को पैरों तले कुचल डालूंगा। आपकी शिष्टता का आधार ही आत्मघात है। आपके घर में चाहे उपवास होता हो, किंतु कोई मेहमान आ जाए तो आप ऋण लेकर उसका सत्कार करेंगे। मैं ऐसे मेहमान को दूर से ही प्रणाम करूंगा। आपके यहां जाड़े में मेहमान लोग प्रायः बिना ओढ़ना-बिछौना लिये ही चले आते हैं। आप स्वयं जाड़ा खाते हैं, पर मेहमान के ओढ़ने-बिछौने का प्रबंध अवश्य करते हैं। मेरे लिये यह अवस्था दुस्सह है। किसी मनुष्य को, चाहे वह हमारा निजी संबंधी ही क्यों न हो, यह अधिकार नहीं है कि वह इस प्रकार मुझे असमंजस में डाले। मैं स्वयं किसी से यह आशा नहीं रखता। मैं तो इसे भी सर्वथा अनुचित समझता हूं कि कोई असमय और बिना पूर्व सूचना के मेरे घर आए, चाहे वह मेरा भाई

ही क्यों न हो! आपके यहां नित्य दो-चार निठल्ले नातेदार पड़े खाट तोड़ा किए, आपकी जायदाद मटियामेट हो गई, पर आपने कभी इशारे से भी उनकी अवहेलना नहीं की। मैं ऐसी घास-पात को कदापि न जमने दूंगा, जिससे जीवन के पौधे का ह्रास हो, लेकिन वह प्रथा अब काल-विरुद्ध हो गई। यह जीवन-संग्राम का युग है और यदि संसार में जीवित रहना है तो हमें विवश होकर नवीन और पुरुषोचित सिद्धांतों के अनुकूल बनना पड़ेगा।

ज्ञानशंकर ने नई सभ्यता की जिन विशेषताओं का उल्लेख किया, उनका वह स्वयं व्यवहार न कर सकते थे। केवल उनमें मानसिक भक्ति रखते थे। प्राचीन प्रथा को मिटाना उनकी सामर्थ्य से परे था। निंदा और परिहास से सिद्धांत में चाहे न डरते हों, पर प्रत्यक्ष उसकी अवज्ञा न कर सकते थे। आतिथ्य-सत्कार और कुटुंब-पालन को मन में चाहे अपव्यय समझते हों, पर उनके मित्रों तथा संबंधियों को कभी उनसे शिकायत नहीं हुई, किंतु साधारणत: उनका संभाषण विवाद का रूप धारण कर लिया करता था, इसलिए वह आवेश में ऐसे सिद्धांतों का समर्थन करने लगते थे, जिनका अनुकरण करने का उन्हें कभी साहस न होता।

लाला प्रभाशंकर समझ गए कि इसके सामने मेरी कुछ न चलेगी। इसके मन में जो बात ठन गई है, वे उसे पूरा करके छोड़ेगा। कुल-मर्यादा की जिसे परवाह नहीं, उससे उदारता की आशा रखना व्यर्थ है। वे दुखित भाव से बोले—"बेटा, मैं पुराने जमाने का आदमी हूं, तुम्हारी इन नई-नई बातों को नहीं समझता। हम तो अपनी मान-मर्यादा को प्राणों से भी प्रिय समझते थे। यदि घर में एक-दूसरे का सिर काट लेते तो भी अलग होने का नाम नहीं लेते; लेकिन तुम्हारी इसमें हानि हो रही है तो जो इच्छा हो करो, मुझे कोई आपत्ति नहीं है। हां, इतना अवश्य कहूंगा कि अभी दो-चार दिन रुक जाओ। जहां इतने दिनों तकलीफ उठाई है, दो-चार दिन और उठा लो। आज लल्लू के मुकदमे का फैसला सुनाया जाएगा। हम लोगों के हाथ-पैर फूले हुए हैं, दाना-पानी हराम हो रहा है, जरा यह आग ठंडी हो जाने दो।"

ज्ञानशंकर में आत्मश्लाघा की मात्रा अधिक थी। उन्हें स्वभावत: तुच्छता से घृणा थी, पर यह ममत्व अपना गौरव और सम्मान बढ़ाने के लिए उन्हें कभी-कभी धूर्तता की प्रेरणा किया करता था; विशेषत: जब उसके प्रकट होने की कोई संभावना न होती थी। वे सहानुभूतिपूर्ण भाव से बोले—"इस विषय में आप निश्चिंत रहें, दयाशंकर केवल मुक्त ही नहीं, बरी हो जाएंगे। उधर से गवाह जैसे बिगड़े हैं। वह आपको मालूम ही है, तिस पर भी सबको शंका थी कि ज्वाला सिंह जरूर दबाव में आ जाएंगे। ऐसी दशा में मुझे कैसे चैन आ सकता था? मैं

आज प्रात:काल उनके पास गया और परमात्मा ने मेरी लाज रख ली। यह कोई कहने की बात नहीं है, पर मैंने अपने सामने फैसला लिखवाकर पढ़ लिया, तब उनका पिंड छोड़ा। पहले तो महाशय देर तक बगलें झांकते रहे, टाल-मटोल करते रहे, पर मैंने ऐसा फटकारा कि अंत में लज्जित होकर उन्हें फैसला लिखना ही पड़ा। मैंने कहा—'महाशय, आपने मेरी ही बदौलत बी.ए. की डिग्री पाई है, इसे मत भूलिए। यदि आप मेरा इतना भी लिहाज न करेंगे तो मैं समझूंगा कि एहसान संसार से उठ गया।'"

प्रभाशंकर ने ज्ञान बाबू को श्रद्धापूर्ण नेत्रों से देखा। उन्हें ऐसा जान पड़ा कि भैया साक्षात् सामने खड़े हैं और मेरे सिर पर रक्षा का हाथ रखे हुए हैं। अगर अवस्था बाधक न होती तो वह ज्ञानशंकर के पैरों पर गिर पड़ते और उसे आंसू की बूंदों से तर कर देते। उन्हें लज्जा आई कि मैंने ऐसे कर्तव्य-परायण, ऐसे न्यायशील, ऐसे दयालु, ऐसे देवतुल्य पुरुष का तिरस्कार किया! यह मेरी उद्दंडता थी कि मैंने उससे दयाशंकर की सिफारिश करने का आग्रह किया। यह सर्वथा अनुचित था। आजकल के सुशिक्षित युवक-गण अपना कर्तव्य स्वयं समझते हैं और अपनी इच्छानुकूल उसका पालन करते हैं। यही कारण है कि उन्हें किसी की प्रेरणा अप्रिय लगती है। वे कुछ सोचते हुए बोले—"बेटा, यह समाचार सुनकर मुझे कितना हर्ष हो रहा है, वह प्रकट नहीं कर सकता। तुमने मुझे प्राणदान दिया है और कुल-मर्यादा रख ली। मेरा रोम-रोम तुम्हारा अनुगृहीत है। मुझे अब विश्वास हो गया है कि भैया देवलोक में बैठे हुए भी मेरी रक्षा कर रहे हैं। मुझे अत्यंत खेद है कि मैंने तुम्हें कटु शब्द कहे। परमात्मा मुझे इसका दंड दे, मेरे अपराध क्षमा करो। बुड्ढे आदमी चिड़चिड़े हुआ करते हैं, उनकी बातों का बुरा न मानना चाहिए। मैंने अब तक तुम्हारा अंतर स्वरूप न देखा था, तुम्हारे उच्चादर्शों से अनभिज्ञ था। मुझे यह स्वीकार करते हुए खेद होता है कि मैं तुम्हें अपना अशुभचिंतक समझने लगा था, पर अब मुझे तुम्हारी सज्जनता, तुम्हारा भ्रातृ-स्नेह और तुम्हारी उदारता का अनुभव हो गया है। मुझे इस मतिभ्रम का सदैव पछतावा रहेगा।"

यह कहते-कहते लाला प्रभाशंकर का गला भर आया। हृदय पर जमा हुआ बर्फ पिघल गया, आंखों से जल-बिंदु गिरने लगे, किंतु ज्ञानशंकर के मुख से सांत्वना का एक शब्द भी न निकला। वह इस कपटाभिनय का रंग भी गहरा न कर सके। प्रभाशंकर की सरलता, श्रद्धालुता और निर्मलता के सामने उन्हें अपनी स्वार्थांधता, कपटशीलता और मलिनता अत्यंत कालिमापूर्ण और ग्लानिमय दिखाई देने लगी। वह स्वयं अपनी ही दृष्टि में गिर गए, इस कपट-कांड का आनंद न उठा सके। शिक्षित आत्मा इतनी दुर्बल नहीं हो सकती, इस विशुद्ध वात्सल्य ध्वनि

ने उनकी सोई हुई आत्मा को एक क्षण के लिए जगा दिया। उसने आंखें खोलीं तो देखा कि मन मुझे कांटों में घसीटे लिये चला जाता है। वह अड़ गई, धरती पर पैर जमा दिए और निश्चय कर लिया कि इससे आगे न बढ़ेंगे।

सहसा सैयद ईजाद हुसैन मुस्कराते हुए दीवानखाने में आए। प्रभाशंकर ने उनकी ओर आशा भरे नेत्रों से देखकर पूछा–"कहिए, कुशल तो है?"

ईजाद–सब खुदा का फज्ल-ओ-करम है। लाइए, मुंह मीठा कराइए। खुदा गवाह है कि सुबह से अब तक पानी का एक कतरा भी हलक से नीचे गया हो। बारे खुदा ने आबरू रख ली, बाजी अपनी रही, बेदाग छुड़ा लाए, आंच तक न लगी। हक यह है कि जितनी उम्मीद न थी, उससे कुछ ज्यादा ही कामयाबी हुई। मुझे ज्वाला सिंह से ऐसी उम्मीद न थी।

प्रभाशंकर–ज्ञानू, यह तुम्हारी सद्‌प्रेरणा का फल है। ईश्वर तुम्हें चिरंजीव करे।

ईजाद–बेशक-बेशक, इस कामयाबी का सेहरा आपके ही सिर है। मैंने भी जो कुछ किया है, आपकी बदौलत किया है। आपका आज सुबह को उनके पास जाना काम कर गया। कल मैंने इन्हीं हाथों से तजवीज लिखी थी, वह सरासर हमारे खिलाफ थी। आज जो तजवीज उन्होंने सुनाई, वह कोई और ही चीज है। यह सब आपकी मुलाकात का नतीजा है। आपने उनसे जो बातें कीं और जिस तरीके से उन्हें रास्ते पर लाए, उसकी हर्फ-ब-हर्फ इत्तिला मुझे मिल चुकी है। अगर आपने इतनी साफगोई से काम न किया होता तो वह हजरत पंजे में आनेवाले न थे।

प्रभाशंकर–बेटा, आज भैया होते तो तुम्हारा यह सदुद्योग देखकर उनकी गज-भर की छाती हो जाती। तुमने उनका सिर ऊंचा कर दिया।

ज्ञानशंकर देख रहे थे कि ईजाद हुसैन चाचा साहब के साथ कैसे दांव खेल रहा है और मेरा मुंह बंद करने के लिए कैसी कपट-नीति से काम ले रहा है; मगर कुछ बोल न सकते थे। चोर-चोर मौसेरे भाई हो जाते हैं। उन्हें अपने ऊपर क्रोध आ रहा था कि मैं ऐसे दुर्बल प्रकृति के मनुष्य को उसके कुटिल स्वार्थ-साधन में योग देने पर बाध्य हो रहा हूं। मैंने कीचड़ में पैर रखा और प्रतिक्षण नीचे की ओर फिसलता चला जाता हूं।

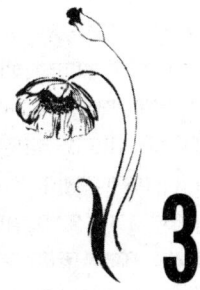

3

बिलासी—किस बात पर कटोरे को पटक दिया?

बलराज—इसलिए कि जो हमसे अधिक काम करता है, उसे हमसे अधिक खाना चाहिए। हमने तुमसे बार-बार कह दिया है कि रसोई में जो कुछ थोड़ा-बहुत हो, वह सबके सामने आना चाहिए। अच्छा खाए तो सब खाए, बुरा खाए तो सब खाए, लेकिन तुम्हें न जाने क्यों यह बात भूल जाती है? अब याद रहेगी। रंगी कोई बेगार का आदमी नहीं है, घर का आदमी है। वह मुंह से चाहे न कहे, पर मन में अवश्य कहता होगा कि छाती फाड़कर काम मैं करूं और मूंछों पर ताव देकर खाए यह लोग। ऐसे दूध-घी खाने पर लानत है।

जब तक इलाके का प्रबंध लाला प्रभाशंकर के हाथों में था, वह गौस खां को अत्याचार से रोकते रहते थे। अब ज्ञानशंकर मालिक और मुख्तार थे। उनकी स्वार्थप्रियता ने खां साहब को अपनी अभिलाषाएं पूर्ण करने का अवसर प्रदान कर दिया था। वर्षांतर पर उन्होंने बड़ी निर्दयता से लगान वसूल किया। एक कौड़ी भी बाकी न छोड़ी। जिसने रुपये न दिए या न दे सका, उस पर नालिश की, कुर्की कराई और एक का डेढ़ वसूल किया। शिकमी असामियों को समूल उखाड़ दिया और उनकी भूमि पर लगान बढ़ाकर दूसरे आदमियों को सौंप दिया। मौरूसी और दखलीकार असामियों पर भी कर-वृद्धि के उपाय सोचने लगे। वह जानते थे कि कर-वृद्धि भूमि की उत्पादक-शक्ति पर निर्भर है और इस शक्ति को घटाने-बढ़ाने के लिए केवल थोड़ी-सी वाक्चतुरता की आवश्यकता होती

है। सारे इलाके में हाहाकार मच गया। कर-वृद्धि के पिशाच को शांत करने के लिए लोग नाना प्रकार के अनुष्ठान करने लगे। प्रभात से संध्या तक खां साहब का दरबार लगा रहता। वह स्वयं मसनद लगाकर विराजमान होते। मुंशी मौजीलाल पटवारी उनके दाहिनी ओर बैठते और सुक्खू चौधरी बाईं ओर। यह महानुभाव गांव के मुखिया, सबसे बड़े किसान और सामर्थी पुरुष थे। असामियों पर उनका बहुत दबाव था, इसलिए नीतिकुशल खां साहब ने उन्हें अपना मंत्री बना लिया था। यह त्रिमूर्ति समस्त इलाके की भाग्य-विधाता थी।

खां साहब पहले अपने अवकाश का समय भोग-विलास में व्यतीत करते थे। अब यह समय कुरान का पाठ करने में व्यतीत होता था। जहां कोई फकीर या भिक्षुक द्वार पर खड़ा भी न होने पाता था, वहां अब अभ्यागतों का उदारतापूर्ण सत्कार किया जाता था। कभी-कभी वस्त्रदान भी होता। लोक-सिद्धि ने परलोक बनाने की सदिच्छा उत्पन्न कर दी थी। अब खां साहब को विदित हुआ कि इस इलाके को विद्रोही समझने में मेरी भूल थी। ऐसा विरला ही कोई असामी था जिसने उनकी चौखट पर मस्तक न नवाया हो। गांव में दस-बारह घर ठाकुरों के थे। उनसे लगान बड़ी कठिनाई से वसूल होता था, किंतु इजाफा लगाने की खबर पाते ही वह भी दब गए। डपट सिंह उनके नेता थे। वह दिन में दस-पांच बार खां साहब को सलाम करने आया करते थे। दुखरन भगत शिवजी को जल चढ़ाने जाते समय पहले चौपाल के दर्शन करना अपना परम कर्तव्य समझते थे। बस, अब समस्त इलाके में कोई विद्रोही था तो मनोहर था और कोई बंधु था तो कादिर। वह खेत से लौटता तो कादिर के घर जा बैठता और अपने दिनों को रोता। इन दोनों मनुष्यों को साथ बैठे देखकर सुक्खू चौधरी की छाती पर सांप लोटने लगता था। वह यह जानना चाहते थे कि इन दोनों में क्या बातें हुआ करती हैं। अवश्य दोनों मेरी ही बुराई किया करते होंगे! उन्हें देखते ही दोनों चुप हो जाते थे, इससे चौधरी के संदेह की और भी पुष्टि हो जाती थी।

खां साहब ने कादिर का नाम शैतान रख छोड़ा था और मनोहर को काला नाग कहा करते थे। काले नाग का तो उन्हें बहुत भय नहीं था। एक चोट से उसका काम तमाम कर सकते थे, मगर शैतान से डरते थे। क्योंकि उस पर चोट करना दुष्कर था। उस जवार में कादिर का बड़ा मान था। वह बड़ा नीतिकुशल, उदार और दयालु था। इसके अतिरिक्त उसे जड़ी-बूटियों का अच्छा ज्ञान था। यहां हकीम, वैद्य, डॉक्टर जो कुछ था, वही था रोग-निदान में भी उसे पूर्ण अभ्यास था। इससे जनता की उसमें विशेष श्रद्धा थी। एक बार लाला जटाशंकर कठिन नेत्र-रोग से पीड़ित थे। बहुत प्रयत्न किए, पर कुछ लाभ न हुआ; कादिर की जड़ी-बूटियों

ने एक ही सप्ताह में इस असाध्य रोग का निवारण कर दिया। खां साहब को भी एक बार कादिर के ही नुस्खे ने प्लेग से बचा लिया था। खां साहब इस उपकार से तो नहीं, पर कादिर की सर्वप्रियता से सशंक रहते थे। वह सदैव इसी उधेड़बुन में रहते थे कि इस शैतान को कैसे पंजे में लाऊं!

कादिर निश्चिंत और निश्शंक अपने काम में लगा रहता था। उसे एक क्षण के लिए भी यह भय न होता था कि गांव के जमींदार और कारिंदा मेरे शत्रु हो रहे हैं और उनकी शत्रुता मेरा सर्वनाश कर सकती है। यदि इस समय भी दैवयोग से खां साहब बीमार पड़ जाते, तो वह उनका इशारा पाते ही तुरंत उनके उपचार और सेवा-सुश्रूषा में दत्तचित्त हो जाता। उसके हृदय में राग और द्वेष के लिए स्थान न था और न इस बात की परवाह थी कि मेरे विषय में कैसे-कैसे मिथ्यालाप हो रहे हैं! वह गांव में विद्रोहाग्नि भड़का सकता था; खां साहब उनके सिपाहियों की खबर ले सकता था। गांव में ऐसे उद्दंड नवयुवक थे, जो इस अनिष्ट के लिए आतुर थे, किंतु कादिर उन्हें संभाले रहता था। दीन-रक्षा उसका लक्ष्य था, किंतु क्रोध और द्वेष को उभारकर नहीं, वरन् सद्व्यवहार तथा सत्प्रेरणा से।

मनोहर की दशा इसके प्रतिकूल थी। जिस दिन से वह ज्ञानशंकर की कठोर बातें सुनकर लौटा था, उसी दिन से विकृत भावनाएं उसके हृदय और मस्तिष्क में गूंजती रहती थीं। एक दीन मर्माहत पक्षी था, जो घावों से तड़प रहा था! वह अपशब्द उसे एक क्षण भी नहीं भूलते थे। वह ईंट का जवाब पत्थर से देना चाहता था। वह जानता था कि सबलों से बैर बढ़ाने में मेरा ही सर्वनाश होगा, किंतु इस समय उसकी अवस्था उस मनुष्य की-सी हो रही थी, जिसके झोंपड़े में आग लगी हो और वह उसे बुझाने में असमर्थ होकर शेष भागों में भी आग लगा दे कि किसी प्रकार विपत्ति का अंत हो। रोगी अपने रोग को असाध्य देखता है, तो पथ्यापथ्य की बेड़ियों को तोड़कर मृत्यु की ओर दौड़ता है।

मनोहर चौपाल के सामने से निकलता तो अकड़कर चलने लगता। अपनी चारपाई पर बैठे हुए कभी खां साहब या गिरधर महाराज को आते देखता, तो उठकर सलाम करने के बदले पैर फैलाकर लेट जाता। सावन में उसके पेड़ों के आम पके, उसने सब आम तोड़कर घर में रख लिये। जमींदार का चिरकाल से बंधा हुआ चतुर्थांश न दिया और जब गिरधर महाराज मांगने आए तो उन्हें दुत्कार दिया। वह सिद्ध करना चाहता था कि मुझे तुम्हारी धमकियों की जरा भी परवाह नहीं है। कभी-कभी नौ-दस बजे रात तक उसके द्वार पर गाना होता, जिसका मकसद केवल खां साहब और सुक्खू चौधरी को जलाना था। बलराज

को अब वह स्वेच्छाचार प्राप्त हो गया था, जिसके लिए पहले उसे झिड़कियां खानी पड़ती थीं। उनके रंगीले सहचरों का यहां खूब आदर-सत्कार होता, भंग छनती, लकड़ी के खेल होते, लावनी और ख्याल की तानें उड़तीं, डफली बजती। मनोहर जवानी के जोश के साथ इन जमघटों में सम्मिलित होता। ये ही दोनों पक्षों के विचार-विनिमय के माध्यम थे। खां साहब की एक-एक बात की सूचना यहां हो जाती थी। यहां का एक-एक शब्द वहां पहुंच जाता था। यह गुप्त चालें आग पर तेल छिड़कती रहती थीं।

खां साहब ने एक दिन कहा–"आजकल तो उधर खूब गुलछर्रे उड़ रहे हैं, बेदखली का सम्मन पहुंचेगा तो होश ठिकाने हो जाएगा।"

मनोहर ने उत्तर दिया–"बेदखली की धमकी दूसरे को दें, यहां हमारे खेत की मेंडों पर कोई आया तो उसके बाल-बच्चे उसके नाम को रोएंगे।"

एक दिन संध्या समय, मनोहर द्वार पर बैठा हुआ बैलों के लिए कड़वी छांट रहा था और बलराज अपनी लाठी में तेल लगा रहा था कि ठाकुर डपट सिंह आकर माचे पर बैठ गए और बोले–"सुनते हैं, डिप्टी ज्वाला सिंह हमारे बाबू साहब के पुराने दोस्त हैं! छोटे सरकार के लड़के थानेदार थे, उनका मुकदमा उन्हीं के इजलास में था। वह आज बरी हो गए।"

मनोहर–रिश्वत तो साबित हो गई थी न?

डपट सिंह–हां, साबित हो गई थी। किसी को उनके बरी होने की आशा न थी, पर बाबू ज्ञानशंकर ने ऐसी सिफारिश पहुंचाई कि डिप्टी साहब को मुकदमा खारिज करना पड़ा।

मनोहर–हमारे परगने का हाकिम भी तो वही डिप्टी है।

डपट सिंह–हां, इसी की तो चिंता है। इजाफा लगान का मामला उसी के इजलास में जाएगा और ज्ञान बाबू अपना पूरा जोर लगाएंगे।

मनोहर–तब क्या करना होगा?

डपट सिंह–कुछ समझ में नहीं आता।

मनोहर–ऐसा कोई कानून नहीं बन जाता कि बेसी का मामला इन हाकिमों के इजलास में न पेश हुआ करे। हाकिम लोग आप भी तो जमींदार होते हैं, इसलिए वह जमींदारों का पक्ष करते हैं। सुनते हैं, लाट साहब के यहां कोई पंचायत होती है। यह बातें उस पंचायत में कोई नहीं कहता?

डपट सिंह–वहां भी तो सब जमींदार होते हैं, काश्तकारों की फरियाद कौन करेगा?

मनोहर–हमने तो ठान लिया है कि एक कौड़ी भी बेसी न देंगे।

बलराज ने लाठी कंधे पर रखकर कहा–"कौन इजाफा करेगा, सिर तोड़ के रख दूंगा।"

मनोहर–तू क्यों बीच में बोलता है? तुझसे तो हम नहीं पूछते। यह तो न होगा कि सांझ हो गई है, लाओ भैंस दुह लूं, बैल की नाद में पानी डाल दूं। बे-बात की बात बकता है। (ठाकुर से) यह लौंडा घर का रत्ती-भर काम नहीं करता। बस खाने-भर का घर से नाता है, मटरगश्त किया करता है।

डपट सिंह–मुझसे क्या कहते हो, मेरे यहां तो तीन-तीन मूसलचंद हैं।

मनोहर–मैं तो एक कौड़ी बेसी न दूंगा और न खेत ही छोड़ूंगा। खेतों के साथ जान भी जाएगी और दो-चार को साथ लेकर जाएगी।

बलराज–किसी ने हमारे खेतों की ओर आंख भी उठाई तो कुशल नहीं।

मनोहर–फिर बीच में बोला?

बलराज–क्यों न बोलूं, तुम तो दो-चार दिन के मेहमान हो; जो कुछ पड़ेगी, वह तो हमारे ही सिर पड़ेगी। जमींदार कोई बादशाह नहीं है कि चाहे जितनी जबरदस्ती करे और वह मुंह न खोलें। इस जमाने में तो बादशाहों का भी इतना अख्तियार नहीं, जमींदार किस गिनती में हैं! कचहरी-दरबार में कहीं सुनाई नहीं है तो (लाठी दिखलाकर) यह तो कहीं नहीं गई।

डपट सिंह–कहीं खां साहब यह बातें सुन लें तो गजब हो जाए।

बलराज–तुम खां साहब से डरो, यहां उनके दबैल नहीं हैं। खेत में चाहे कुछ उपज हो या न हो, लगान बेसी होता चला जाए, ऐसा क्या अंधेर है? सरकार के घर कुछ तो न्याय होगा, किस बात पर बेसी लगान मंजूर करेगी?

डपट सिंह–अनाज का भाव नहीं चढ़ गया है?

बलराज–भाव चढ़ गया है तो मजदूरों की मजदूरी भी चढ़ गई है, बैलों का दाम भी तो चढ़ गया है, लोहे-लक्कड़ का दाम भी तो चढ़ गया है, यह किसके घर से आएगा?

इतने में तो कादिर मियां घास का गट्ठर सिर पर रखे हुए आकर खड़े हो गए। बलराज की बातें सुनीं तो मुस्कराकर बोले–"भांग का दाम भी तो चढ़ गया है। चरस भी महंगी हो गई है, कत्था-सुपारी भी तो दूने दामों बिकती हैं, इसे क्यों छोड़े जाते हो?"

मनोहर–हां, कादिर दादा, तुमने हमारे मन की कही।

बलराज–तो क्या अपनी जवानी में तुम लोगों ने बूटी-भांग न पी होगी? या सदा इसी तरह एक जून चबेना और दूसरी जून रोटी-साग खाकर दिन काटे हैं और फिर तुम जमींदार के गुलाम बने रहो तो उस जमाने में और कर ही क्या

सकते थे? न अपने खेत में काम करते, किसी दूसरे के खेत में मजूरी करते। अब तो शहरों में मजूरों की मांग है–रुपया रोज खाने को मिलता है, रहने को पक्का घर अलग। अब हम जमींदारों की धौंस क्यों सहें, क्यों भरपेट खाने को तरसें?

कादिर खां–क्यों मनोहर, क्या खाने को नहीं देते?

बलराज–यह भी कोई खाना है कि एक आदमी खाए और घर के सब आदमी उपवास करें? गांव में सुक्खू चौधरी को छोड़कर और किसी के घर दोनों बेला चूल्हा जलता है? किसी को एक जून चबेना मिलता है, कोई चुटकी-भर सत्तू फांककर रह जाता है। दूसरी बेला भी पेट-भर रोटी नहीं मिलती।

कादिर खां–भाई, बलराज बात तो सच्ची कहता है। इस खेती में कुछ रह नहीं गया, मजदूरी भी नहीं पड़ती। अब मेरे ही घर देखो, कुल छोटे-बड़े मिलाकर दस आदमी हैं, पांच-पांच रुपये भी कमाते तो छह सौ रुपये साल-भर के होते। खा-पीकर पचास रुपये बचे ही रहते, लेकिन इस खेती में रात-दिन लगे रहते हैं, फिर भी किसी को भरपेट दाना नहीं मिलता।

डपट सिंह–बस, एक मरजाद रह गई है, दूसरों की मजूरी करते नहीं बनती। इसी बहाने से किसी तरह निबाह हो जाता है, नहीं तो बलराज की उम्र में हम लोग खेत के डांढ़ पर न जाते थे। न जाने क्या हुआ कि जमीन की बरक्कत ही उठ गई! जहां बीघा पीछे बीस-बीस मन होते थे, वहां अब चार-पांच मन से आगे नहीं जाता।

मनोहर–सरकार को यह हाल मालूम होता तो जरूर कास्तकारों पर निगाह करती।

कादिर खां–मालूम क्यों नहीं है? रत्ती-रत्ती का पता लगा लेती है।

डपट सिंह–(हंसकर) बलराज से कहो, सरकार के दरबार में हम लोगों की ओर से फरियाद कर आए।

बलराज–तुम लोग तो ऐसी हंसी उड़ाते हो मानो कास्तकार कुछ होता ही नहीं। वह जमींदार की बेगार ही भरने के लिए बनाया गया है; लेकिन मेरे पास जो पत्र आता है, उसमें लिखा है कि रूस देश में कास्तकारों का राज है, वह जो चाहते हैं, करते हैं। उसी के पास कोई और देश बलगारी है। वहां अभी हाल की बात है, कास्तकारों ने राजा को गद्दी से उतार दिया और अब किसानों और मजूरों की पंचायत राज करती है।

कादिर खां–(कुतूहल से) तो चलो ठाकुर! उसी देश में चलें, वहां मालगुजारी न देनी पड़ेगी।

डपट सिंह–वहां के कास्तकार बड़े चतुर और बुद्धिमान होंगे, तभी राज संभालते होंगे!

कादिर खां–मुझे तो विश्वास नहीं होता।

मनोहर–हमारे पत्र में झूठी बातें नहीं होतीं।

बलराज–पत्रवाले झूठी बातें लिखें तो सजा पा जाएं।

मनोहर–जब उस देश के किसान राजा का बंदोबस्त कर लेते हैं, तो क्या हम लोग लाट साहब से अपना रोना भी न रो सकेंगे?

कादिर खां–तहसीलदार साहब के सामने तो मुंह खुलता नहीं, लाट साहब से कौन फरियाद करेगा?

बलराज–तुम्हारा मुंह न खुले, मेरी लाट साहब से बातचीत हो, तो सारी कथा कह सुनाऊं।

कादिर खां–अच्छा, अबकी बार हाकिम लोग दौरे पर आएंगे, तो हम तुम्हीं को उनके सामने खड़ा कर देंगे।

यह कहकर कादिर खां घर की ओर चले। बलराज ने भी लाठी कंधे पर रखी और उनके पीछे चला। जब दोनों कुछ दूर निकल गए, तब बलराज ने कहा–"दादा, कहो तो खां साहब की (घूंसे का इशारा करके) कर दी जाए।"

कादिर ने चौंककर उसकी ओर देखा–"क्यों गांव-भर को बंधवाने पर लगे हो? भूलकर भी ऐसा काम न करना।"

बलराज–सब मामला लैस है, तुम्हारे हुकुम की देर है।

कादिर खां–(कान पकड़कर) न! मैं तुम्हें आग में कूदने की सलाह न दूंगा। जब अल्लाह को मंजूर होगा, तब वह आप ही यहां से चले जाएंगे।

बलराज–अच्छा तो बीच में न पड़ोगे न?

कादिर खां–तो तुम लोग सचमुच मार-पीट पर उतारू हो क्या? हमारी बात न मानोगे तो मैं जाकर थाने में इत्तिला कर दूंगा। यह मुझसे नहीं हो सकता कि तुम लोग गांव में आग लगाओ और मैं देखता रहूं।

बलराज–तो तुम्हारी सलाह है, नित यह अन्याय सहते जाएं!

कादिर खां–जब अल्लाह को मंजूर होगा तो आप-ही-आप सब उपाय हो जाएगा।

जिस भांति सूर्यास्त के पीछे विशेष प्रकार के जीवधारी; जो न पशु हैं और न पक्षी, जीविका की खोज में निकल पड़ते हैं, अपनी लंबी श्रेणियों से आकाशमंडल को आच्छादित कर लेते हैं, उसी भांति कार्तिक का आरंभ होते ही एक अन्य प्रकार के जंतु देहातों में निकल पड़ते हैं और अपने खेमों तथा छोलदारियों से समस्त ग्राममंडल को उज्ज्वल कर देते हैं। वर्षा के आदि में राजसिक कीट और पतंग

का उद्भव होता है, उसके अंत में तामसिक कीट और पतंग का। उनका उत्थान होते ही देहातों में भूकंप-सा आ जाता है और लोग भय से प्राण छिपाने लगते हैं।

इसमें संदेह नहीं कि अधिकारियों के यह दौरे सदिच्छाओं से प्रेरित होकर होते हैं। उनका अभिप्राय है जनता की वास्तविक दशा का ज्ञान प्राप्त करना, न्याय प्रार्थी के द्वार तक पहुंचना, प्रजा के दु:खों को सुनना, उनकी आवश्यकताओं को देखना, उनके कष्टों का अनुमान करना, उनके विचारों से परिचित होना। यदि यह अर्थ सिद्ध होते तो यह दौरे बसंत काल से भी अधिक प्राण-पोषक होते, लोग वीणा-पखावज से, ढोल-मजीरे से उनका अभिवादन करते, किंतु जिस भांति प्रकाश की रश्मियां पानी में वक्रगामी हो जाती हैं, उसी भांति सदिच्छाएं भी बहुधा मानवीय दुर्बलताओं के संपर्क से विषम हो जाती हैं। सत्य और न्याय पैरों के नीचे आ जाता है, लोभ और स्वार्थ की विजय हो जाती है। अधिकारी वर्ग और उनके कर्मचारी विरहिणी की भांति इस सुख काल के दिन गिना करते हैं। शहरों में तो उनकी दाल नहीं गलती या गलती है तो बहुत कम। वहां प्रत्येक वस्तु के लिए उन्हें जेब में हाथ डालना पड़ता है, किंतु देहातों में जेब की जगह उनका हाथ अपने सोटे पर होता है या किसी दीन किसान की गरदन पर! जिस घी, दूध, शाक-भाजी, मांस-मछली आदि के लिए शहर में तरसते थे, जिनका स्वप्न में भी दर्शन नहीं होता था, उन पदार्थों की यहां केवल जिह्वा और बाहु के बल से रेल-पेल हो जाती है। जितना खा सकते हैं, खाते हैं, बार-बार खाते हैं और जो नहीं खा सकते, वह घर भेजते हैं। घी से भरे हुए कनस्तर, दूध से भरे हुए मटके, उपले और लकड़ी, घास व चारे से लदी हुई गाड़ियां शहरों में आने लगती हैं। घरवाले हर्ष से फूले नहीं समाते, अपने भाग्य को सराहते हैं, क्योंकि अब दु:ख के दिन गए और सुख के दिन आए। उनकी तरी वर्षा के पीछे आती है, वह खुश्की में तरी का आनंद उठाते हैं। देहातवालों के लिए वह बड़े संकट के दिन होते हैं, उनकी शामत आ जाती है, मार खाते हैं, बेगार में पकड़े जाते हैं; दासत्व के दारुण निर्दय आघातों से आत्मा का भी ह्रास हो जाता है।

अगहन का महीना था—सांझ हो गई थी। कादिर खां के द्वार पर अलाव लगी हुई थी। कई आदमी उसके इर्द-गिर्द बैठे हुए बातें कर रहे थे। कादिर ने बाजार के तंबाकू की निंदा की, दुखरन भगत ने उनका अनुमोदन किया। इसके बाद डपट सिंह पत्थर और बेलन के कोल्हुओं के गुण-दोष की विवेचना करने लगे, अंत में लोहे ने पत्थर पर विजय पाई।

दुखरन बोले—"आजकल रात को मटर में सियार और हिरन बड़ा उपद्रव मचाते हैं। जाड़े के मारे उठा नहीं जाता।"

कादिर खां–अबकी बार ठंड पड़ेगी। दिन को पछुआ चलती है। मेरे पास तो कोई कंबल भी नहीं, वही एक दोहर लपेटे पड़ा रहता हूं। पुआल न हो गया होता तो रात को अकड़ जाता।

डपट सिंह–यहां किसके पास कंबल है? उसी एक पुराने धुस्से की जुगुत है। लकड़ी भी इतनी नहीं मिलती कि रात-भर तापें।

मनोहर–अबकी बार बेटी के ब्याह में इमली का पेड़ कटवाया था। क्या सब जल गई?

डपट सिंह–नहीं, बची तो बहुत थी, पर कल डिप्टी ज्वाला सिंह के लश्कर में चली गई। खां साहब से कितना कहा कि इसे मत ले जाइए, पर उनकी बला सुनती है! चपरासियों को ढेर दिखा दिया। बात-की-बात में सारी लकड़ी उठ गई।

मनोहर–तुमने चपरासियों से कुछ कहा नहीं?

डपट सिंह–क्या कहता, दस-पांच मन लकड़ी के पीछे अपनी जान सांसत में डालता! गालियां खाता, लश्कर में पकड़ा जाता, मार पड़ती ऊपर से, तब तुम भी पास न फटकते। दोनों लड़के और झपट तो गरम हो पड़े थे, लेकिन मैंने उन्हें डांट दिया। जबरदस्त का ठेंगा सिर पर।

कादिर खां–हाकिमों का दौर क्या है, हमारी मौत है! बकरीद में कुर्बानी के लिए जो बकरा पाल रखा था, वह कल लश्कर में पकड़ा गया। रब्बी बूचड़ पांच रुपये नकद देता था, मगर मैंने न दिया था। इस बखत सात से कम का माल न था।

मनोहर–यह लोग बड़ा अंधेर मचाते हैं। आते हैं इंतजाम करने, इंसाफ करने; लेकिन हमारे गले पर छुरी चलाते हैं। इससे कहीं अच्छा तो यही था कि दौरे बंद हो जाते। यही न होता कि मुकदमेवालों को सदर जाना पड़ता, इस सांसत से तो जान बचती।

कादिर खां–इसमें हाकिमों का कुसूर नहीं। यह सब उनके लश्करवालों की धांधली है। वही सब हाकिमों को भी बदनाम कर देते हैं।

मनोहर–कैसी बातें कहते हो दादा? यह सब मिलीभगत है। हाकिम का इशारा न होता तो मजाल है कि कोई लश्करी पराई चीज पर हाथ डाल सके। सब कुछ हाकिमों की मर्जी से होता है और उनकी मर्जी क्यों न होगी? सेंत का माल किसको बुरा लगता है?

डपट सिंह–ठीक बात है। जिसकी जितनी आमद होती है, वह उतना ही और मुंह फैलाता है।

दुखरन–परमात्मा यह अंधेर देखते हैं और कोई जतन नहीं करते। देखें बिसेसर साह को अबकी बार कितनी घटी आती है।

डपट सिंह—परसाल तो पूरे तीन सौ की चपत पड़ी थी। वही अबकी बार समझो, अगर जिन्स तक ही रहे तो इतना घाटा न पड़े, मगर यहां तो इलायची, कत्था, सुपारी, मेवा और मिश्री—सभी कुछ चाहिए और सब टके सेर। लोग खाने के इतने शौकीन बनते हैं, पर यह नहीं होता कि वे सब चीजें अपने साथ रखें।

मनोहर—शहर में खरे दाम लगते हैं, यहां जी में आया दिया और न आया तो न दिया।

कादिर खां—कल लश्कर का एक चपरासी बिसेसर के यहां साबूदाना मांग रहा था। बिसेसर हाथ जोड़ता था, पैरों पड़ता था कि मेरे यहां नहीं है; लेकिन चपरासी एक न सुनता था, कहता था, जहां से चाहो, मुझे लाकर दो। गालियां देता था, डंडा दिखाता था। इसी बीच बलराज पहुंच गया। जब वह कड़ा पड़ा तो चपरासी मियां नरम पड़े और भुनभुनाते चले गए।

दुखरन—बिसेसर की एक बार मरम्मत हो जाती तो अच्छा होता। गांव-भर का गला मरोड़ता है, यह उसकी सजा है।

डपट सिंह—और हम-तुम किसका गला मरोड़ते हैं?

मनोहर ने चिंतित भाव से कहा—"बलराज अब सरकारी आदमियों के मुंह आने लगा। कितना समझा के हार गया, मानता नहीं!"

कादिर खां—यह उम्र ही ऐसी होती है।

यही बातें हो रही थीं कि एक बटोही आकर अलाव के पास खड़ा हो गया। उसके पीछे-पीछे एक बुढ़िया लाठी टेकती हुई आई और अलाव से दूर सिर झुकाकर बैठ गई।

कादिर ने पूछा—"कहो भाई, कहां घर है?"

"घर तो देवरी पार है, अपनी बुढ़िया माता को लिये अस्पताल जाता था, मगर वह जो सड़क के किनारे बगीचे में डिप्टी साहब का लश्कर उतरा है, वहां पहुंचा तो चपरासी ने गाड़ी रोक ली और हमारे कपड़े-लत्ते फेंक-फांककर लकड़ी लादने लगे—कितनी अरज-विनती की कि बुढ़िया बीमार है, रात-भर का चला हूं, आज अस्पताल नहीं पहुंचा तो कल न जाने इसका क्या हाल हो! मगर कौन सुनता है? मैं रोता ही रहा, वहां गाड़ी लद गई—तब मुझसे कहने लगे, गाड़ी हांक। क्या करूं, अब गाड़ी हांककर सदर जा रहा हूं। बैलगाड़ी उनके भरोसे छोड़कर आया हूं, जब लकड़ी पहुंचाकर लौटूंगा, तब अस्पताल जाऊंगा। तुम लोगों से हो सके तो बुढ़िया के लिए खटिया दे दो और कहीं पड़े रहने का ठिकाना बता दो। इतना पुण्य करो, मैं बड़ी विपत्तियों में हूं!"

दुखरन—बड़ा अंधेर है। यह लोग आदमी काहे के, पूरे राक्षस हैं, जिन्हें दया-धर्म का विचार नहीं।

डपट सिंह–दिन-भर के थके-मांदे बैल हैं, न जाने कहां गाड़ी ले जानी पड़ेगी और न जाने कब लौटोगे! तब तक बुढ़िया अकेली पड़ी रहेगी? जाने कैसी पड़े, कैसी न पड़े! हम लोग कितने भी हों, हैं तो पराए ही, घर के आदमी की और बात है।

मनोहर–मेरा तो ऐसा ही जी चाहता है कि इस दम डिप्टी साहब के सामने जाऊं और ऐसी खरी-खरी सुनाऊं कि वह भी याद करें। बड़े हाकिम की पूंछ बने हैं। इंसाफ तो क्या करेंगे, उल्टे और गरीबों को पीसते हैं। खटिया की तो कोई बात नहीं और न ही जगह की कोई कमी है, लेकिन यह रहेंगी कैसे?

बटोही–कैसे बताऊं? जो भाग्य में लिखा है, वही होगा।

मनोहर–यहां से कोई तुम्हारी गाड़ी हांक ले जाए तो कोई हरज है?

बटोही–ऐसा हो जाए तो क्या पूछना? है कोई आदमी?

मनोहर–आदमी बहुत हैं, कोई-न-कोई चला जाएगा।

कादिर खां–तुम्हारा हलवाहा तो खाली है, उसे भेज दो।

मनोहर–हलवाहे से बैल सधे-न-सधे, मैं ही चला जाऊंगा।

कादिर खां–तुम्हारे ऊपर मुझे विश्वास नहीं आता। कहीं झगड़ा कर बैठो तो और बन जाए। दुखरन भगत, तुम चले जाओ तो अच्छा हो।

दुखरन ने नाक सिकोड़कर कहा–"मुझे तो जानते ही हो कि रात को कहीं नहीं जाता। भजन-भाव की यही बेला है।"

कादिर खां–चला तो मैं ही जाता, लेकिन मेरा मन कहता है कि बूढ़ी को अच्छा करने का जस मुझ ही को मिलेगा। कौन जाने अल्लाह को यही मंजूर हो! मैं उन्हें अपने घर लिये जाता हूं। जो कुछ बन पड़ेगा, करूंगा। गाड़ी हसनू से हंकवाए देता हूं। बैलों को चारा-पानी देना है, बलराज को थोड़ी देर के लिए भेज देना।

कादिर के बरौठे में वृद्धा की चारपाई पड़ गई। कादिर का लड़का हसनू गाड़ी हांकने के लिए पड़ाव की तरफ चला। इतने में सुक्खू चौधरी और गौस खां दो चपरासियों के साथ आते दिखाई दिए। दूसरी ओर से बलराज भी आकर खड़ा हो गया।

गौस खां ने कहा–"सब लोग यहां बैठे गलचौड़ कर रहे हो, कुछ लश्कर की भी खबर है? देखो, यही चपरासी लोग दूध के लिए आए हैं, उसका बंदोबस्त करो।"

कादिर खां–कितना दूध चाहिए?

एक चपरासी–कम-से-कम दस सेर।

कादिर खां–दस-सेर! इतना दूध तो चाहे गांव-भर में न निकले। दो ही चार आदमियों के पास भैंसें हैं और वह भी दुधार नहीं हैं। मेरे यहां तो दोनों जून में सेर-भर से ज्यादा नहीं होता।

चपरासी–भैंसें हमारे सामने लाओ, दूध तो हमारा चपरासी निकालता है। हम पत्थर से दूध निकाल लें। चोरों के पेट की बात तक निकाल लेते हैं, भैंसे तो फिर भी भैंसे हैं। इस चपरासी में वह जादू है कि चाहे तो जंगल में मंगल कर दे। लाओ, भैंसें यहां खड़ी करो।

गौस खां–इतने तूल-कलाम की क्या जरूरत है? दूध का इंतजाम हो जाएगा। दो सेर सुक्खू देने को कहते हैं। कादिर के यहां दो सेर मिल ही जाएगा, दुखरन भगत दो सेर देंगे; मनोहर और डपट सिंह भी दो-दो सेर दे देंगे। बस हो गया।

कादिर खां–मैं दो-चार सेर का बीमा नहीं लेता। यह दोनों भैंसें खड़ी हैं। जितना दूध दे दें, उतना ले लिया जाए।

दुखरन–मेरी तो दोनों भैंसें गाभिन हैं। बहुत देंगी तो आधा सेर। पुआल तो खाने को पाती हैं और वह भी आधा पेट। कहीं चराई हैं नहीं, दूध कहां से हो?

डपट सिंह–सुक्खू चौधरी जितना देते हैं, उसका आधा मुझसे ले लीजिए। हैसियत के हिसाब से न लीजिएगा?

गौस खां–तुम लोगों की यह निहायत बेहूदी आदत है कि हर बात में लाग-डांट करने लगते हो। शराफत और नरमी से आधा भी न दोगे, लेकिन सख्ती से पूरा लिये हाजिर हो जाओगे। मैंने तुमसे दो सेर कह दिया है; इतना तुम्हें देना होगा।

डपट सिंह–इस तरह आप मालिक हैं। भैंसें खोल ले जाइए, लेकिन दो सेर दूध मेरे यहां न होगा।

गौस खां–मनोहर तुम्हारी भैंसें तो दुधार हैं?

मनोहर ने अभी जवाब न दिया था कि बलराज बोल उठा–"मेरी भैंसें बहुत दुधार हैं, मन-भर दूध देती हैं, लेकिन बेगार के नाम से छटांक-भर भी न देंगी।"

मनोहर–तू चुपचाप क्यों नहीं रहता? तुमसे कौन पूछता है? हमसे जितना हो सकेगा देंगे, तुमसे मतलब?

चपरासी ने बलराज की ओर अपमानजनक क्रोध से देखकर कहा–"महतो, अभी हम लोगों के पंजे में नहीं पड़े हो। एक बार पड़ जाओगे तो आटे-दाल का भाव मालूम हो जाएगा। मुंह से बातें न निकलेंगी।"

दूसरा चपरासी–मालूम होता है, सिर पर गरमी चढ़ गई है, तभी इतना ऐंठ रहा है। इसे लश्कर ले चलो तो गरमी उतर जाए।

बलराज ने मर्माहत होकर कहा–"मियां, हमारी गरमी पांच-पांच रुपल्ली के चपरासियों के मान की नहीं है, जाओ, अपने साहब बहादुर के जूते सीधे करो, जो तुम्हारा काम है। हमारी गरमी के फेर में न पड़ो, नहीं तो हाथ लग जाएंगे। उस जन्म के पापों का दंड भोग रहे हो, लेकिन अब भी तुम्हारी आंखें नहीं खुलतीं?"

बलराज ने यह शब्द ऐसी सगर्व गंभीरता से कहे कि दोनों चपरासी खिसिया-से गए। इस घोर अपमान का प्रतिकार करना कठिन था। यह मानो वाद को वाणी की परिधि से निकालकर कर्म के क्षेत्र में लाने की ललकार थी। व्यंग्याघात शाब्दिक कलह की चरम सीमा है। उसका प्रतिकार मुंह से नहीं हाथ से होता है, लेकिन बलराज की चौड़ी छाती और पुष्ट भुजदंड देखकर चपरासियों को हाथापाई करने का साहस न हो सका। गौस खां से बोला—"खां साहब, आप इस लौंडे को देखते हैं, कैसा बढ़ा जाता है? इसे समझा दीजिए, हमारे मुंह न लगे। ऐसा न हो कि शामत आ जाए और छह महीने तक चक्की पीसनी पड़े। हम आप लोगों का मुलाहिजा करते हैं, नहीं तो इस हेकड़ी का मजा चखा देते।"

गौस खां—सुनते हो मनोहर, अपने बेटे की बात? भला सोचो तो डिप्टी साहब के कानों में यह बात पड़ जाए तो तुम्हारा क्या हाल हो? कहीं एक पत्ती का साया भी न मिलेगा।

मनोहर ने दीनता से खां साहब की ओर देखकर कहा—"खां साहब, मैं तो इसे सब तरह से समझा-बुझाकर हार गया। न जाने क्या हाल करने पर तुला है! (बलराज से) अरे, तू यहां से जाएगा कि नहीं?

बलराज—क्यों जाऊं, मुझे किसी का डर नहीं है। यह लोग डिप्टी साहब से मेरी शिकायत करने की धमकी देते हैं; मैं आप ही उनके पास जाता हूं। इन लोगों को उन्होंने कभी ऐसा नादिरशाही हुक्म न दिया होगा कि जाकर गांव में आग लगा दो। और मान लें कि वह ऐसा कड़ा हुक्म दे भी दें, तो इन लोगों को तो सोचना चाहिए कि गरीब किसान भी हमारे भाई-बंधु हैं, इन्हें व्यर्थ न सताएं, लेकिन इन लोगों को तो पैसे के लोभ और चपरास के मद ने ऐसा अंधा बना दिया है कि कुछ सूझता ही नहीं। आज उस बेचारी बुढ़िया का क्या हाल होगा, मरेगी कि जिएगी? नौकरी तो की है पांच रुपये की और काम है—बस्ते ढोना, मेज साफ करना, साहब के पीछे-पीछे खिदमतगारों की तरह चलना और बनते हैं रईस!

मनोहर—तू चुप होगा कि नहीं?

एक चपरासी—नहीं, इसे खूब गालियां दे लेने दो, जिससे इसके दिल की हवस निकल जाए। इसका मजा कल मिलेगा। खां साहब, आपने सुना है, आपको गवाही देनी पड़ेगी। आपका इतना मुलाहिजा बहुत किया। बताइए, दूध का कुछ इंतजाम करते हैं कि हम लोग जाएं?

गौस खां—नहीं जी, दूध लो और दस सेर से सेर-भर ज्यादा। यही लोग झख मारेंगे और देंगे। क्या बताएं, आज इस छोकरे की बदौलत हमको तुम लोगों के सामने इतना शर्मिंदा होना पड़ा। इस गांव की कुछ हवा ही बिगड़ी हुई है। मैं खूब

समझता हूं। यह लोग जो भीगी बिल्ली बने बैठे हुए हैं, इन्हीं के शह देने से लौंडे को इतनी जुर्रत हुई है; नहीं तो इसकी मजाल थी कि यों टर्राता। बछड़ा खूंटे के ही बल कूदता है। खैर, अगर मेरा नाम गौस खां है तो एक-एक से समझूंगा।

इस तिरस्कार का आशातीत प्रभाव हुआ। सब दहल उठे। वह अभिनयशीलता, जो पहले सबके चेहरे से झलक रही थी, लुप्त हो गई। मनोहर तो ऐसा सिटपिटा गया मानो सैकड़ों जूते पड़े हों। इस खटाई ने सबके नशे उतार दिए।

कादिर खां बोले–"मनोहर, जाओ, जितना दूध है, सब यहां भेज दो।"

गौस खां–हमको मनोहर के दूध की जरूरत नहीं है।

बलराज–यहां देता ही कौन है?

मनोहर खिसिया गया। उठ खड़ा हुआ और बोला–"अच्छा ले, अब तू ही बोल! जो तेरे जी में आए कर, मैं जाता हूं। अपना घर-द्वार संभाल, मेरा निबाह तेरे साथ न होगा। चाहे घर को रख, चाहे आग लगा दे।" यह कहकर वह सशंक क्रोध से भरा हुआ वहां से चल दिया।

बलराज भी धीरे-धीरे अपने अखाड़े की ओर चला। वहां इस समय सन्नाटा था। मुगदर की जोड़ी रखी हुई थी। एक पत्थर की नाल जमीन पर पड़ी हुई थी और लेजिम आम की डाल से लटक रहा था। बलराज ने कपड़े उतारे और लंगोट कसकर अखाड़े में उतरा, लेकिन आज व्यायाम में उसका मन न लगा। चपरासियों की बात एक फोड़े की भांति उसके हृदय में टीस रही थी। यद्यपि उसने चपरासियों को निर्भय होकर उत्तर दिया था, लेकिन उसे इसमें तनिक भी संदेह न था कि गांव के अन्य पुरुषों को, यहां तक कि मेरे पिता को भी, मेरी बातें उद्दंड प्रतीत हुईं। सब-के-सब कैसा सन्नाटा खींचे बैठे रहे! मालूम होता था कि किसी के मुंह में जीभ ही नहीं है, तभी तो यह दुर्गति हो रही है! अगर कुछ दम हो तो आज इतने पीसे-कुचले क्यों जाते? और तो और, दादा ने भी मुझी को डांटा। न जाने इनके मन में इतना डर क्यों समा गया है? पहले तो ये इतने कायर न थे। कदाचित् अब मेरी चिंता इन्हें सताने लगी, लेकिन मुझे अवसर मिला तो स्पष्ट कह दूंगा कि तुम मेरी ओर से निश्चिंत रहो। मुझे परमात्मा ने हाथ-पैर दिए हैं। मेहनत कर सकता हूं और दो को खिलाकर खा सकता हूं। तुम्हें अगर अपने खेत इतने प्यारे हैं कि उनके पीछे तुम अत्याचार और अपमान सहने को तैयार हो तो शौक से सहो, लेकिन मैं ऐसे खेतों पर लात मारता हूं। अपने पसीने की रोटी खाऊंगा और अकड़कर चलूंगा। अगर कोई आंख दिखाएगा तो उसकी आंख निकाल लूंगा।

यह बुड्ढे गौस खां कैसी लाल-पीली आंख कर रहे थे! मालूम होता है, इनकी मृत्यु मेरे ही हाथों लिखी हुई है। मुझ पर दो चोट कर चुके हैं। अब देखता

हूं, कौन हाथ निकालते हैं! इनका क्रोध मुझी पर उतरेगा। कोई चिंता नहीं, देखा जाएगा। दोनों चपरासी मन में फूले ही न समाए होंगे कि सारा गांव कैसा रोब में आ गया, पानी भरने को तैयार है। गांववालों ने भी लल्लो-चप्पो की होगी, कोई परवाह नहीं। चपरासी मेरा कर ही क्या सकते हैं? लेकिन मुझे कल प्रात:काल डिप्टी साहब के पास जाकर उनसे सब हाल कह देना चाहिए। विद्वान पुरुष हैं। दीन-जनों पर उन्हें अवश्य दया आएगी। अगर वह गाड़ियों के पकड़ने की मनाही कर दें तो क्या पूछना? उन्हें यह अत्याचार कभी पसंद न आता होगा। यह चपरासी लोग उनसे छिपाकर यों जबरदस्ती करते हैं, लेकिन कहीं उन्होंने मुझे अपने इजलास से खड़े-खड़े निकलवा दिया तो? बड़े आदमियों को घमंड बहुत होता है। कोई हरज नहीं, मैं सड़क पर खड़ा हो जाऊंगा और देखूंगा कि कैसे कोई मुसाफिरों की गाड़ी पकड़ता है! या तो दो-चार का सिर तोड़कर रख दूंगा या आप वहीं मर जाऊंगा। अब बिना गरम पड़े काम नहीं चल सकता। वह दादा बुलाने आ रहे हैं।

बलराज अपने बाप के पीछे-पीछे घर पहुंचा। रास्ते में कोई बातचीत नहीं हुई। बिलासी बलराज को देखकर बोली–"कहां जाकर बैठे रहे? तुम्हारे दादा कब से खोज रहे हैं! चलो, रोटी तैयार है।"

बलराज–अखाड़े की ओर चला गया था।

बिलासी–तुम अखाड़े मत जाया करो।

बलराज–क्यों?

बिलासी–क्यों क्या, देखते नहीं हो, सबकी आंखों में चुभते हो? जिन्हें तुम अपना हितू समझते हो, वह सब-के-सब तुम्हारी जान के घातक हैं। तुम्हें आग में धकेलकर आप तमाशा देखेंगे। आज ही तुम्हें सरकारी आदमियों से भिड़ाकर कैसे दुबक गए?

बलराज ने इस उपदेश का कुछ उत्तर न दिया। चौके पर जा बैठा। उसके एक ओर मनोहर था और दूसरी ओर जरा हटकर उसका हलवाहा रंगी चमार बैठा हुआ था। बिलासी ने जौ की मोटी-मोटी रोटियां, बथुए का शाक और अरहर की दाल तीनों थालियों में परोस दीं, फिर एक फूल के कटोरे में दूध लाकर बलराज के सामने रख दिया।

बलराज–क्या और दूध नहीं है?

बिलासी–दूध कहां है, बेगार में नहीं चला गया?

बलराज–अच्छा, यह कटोरा रंगी के सामने रख दो।

बिलासी–तुम खा लो, रंगी एक दिन दूध न खाएगा तो दुबला न हो जाएगा।

बलराज बेगार का हाल सुनकर क्रोध से आग हो रहा था। कटोरे को उठाकर आंगन की ओर जोर से फेंक दिया। वह तुलसी के चबूतरे से टकराकर टूट गया।

बिलासी ने दौड़कर कटोरा उठा लिया और पछताते हुऐ बोली—"तुम्हें क्या हो गया है? राम-राम, ऐसा सुंदर कटोरा चूर कर दिया। कहीं सनक तो नहीं गए हो?"

बलराज—हां, सनक ही गया हूं।

बिलासी—किस बात पर कटोरे को पटक दिया?

बलराज—इसलिए कि जो हमसे अधिक काम करता है, उसे हमसे अधिक खाना चाहिए। हमने तुमसे बार-बार कह दिया है कि रसोई में जो कुछ थोड़ा-बहुत हो, वह सबके सामने आना चाहिए। अच्छा खाए तो सब खाए, बुरा खाए तो सब खाए, लेकिन तुम्हें न जाने क्यों यह बात भूल जाती है? अब याद रहेगी। रंगी कोई बेगार का आदमी नहीं है, घर का आदमी है। वह मुंह से चाहे न कहे, पर मन में अवश्य कहता होगा कि छाती फाड़कर काम मैं करूं और मूंछों पर ताव देकर खाए यह लोग। ऐसे दूध-घी खाने पर लानत है।

रंगी ने कहा—"भैया, नित तो दूध खाता हूं, एक दिन न सही। तुम हक-नाहक इतने खफा हो गए!"

इसके बाद तीनों आदमी चुपचाप खाने लगे। खा-पीकर बलराज और रंगी ऊख की रखवाली करने मडिया की तरफ चले। वहां बलराज ने चरस निकाली और दोनों ने खूब दम लगाए। जब दोनों ऊख के छिलके के बिछावन पर कंबल ओढ़कर लेटे तो रंगी बोला—"काहे भैया, आज तुम्हारी लश्कर के चपरासियों से कुछ कहा-सुनी हो गई थी क्या?"

बलराज—हां, हुज्जत हो गई। दादा ने मना न किया होता तो दोनों को मारता।

रंगी—तभी दोनों तुम्हें बुरा-भला कहते चले जाते थे। मैं उधर से क्यारी में पानी खोलकर आता था; मुझे देखकर दोनों चुप हो गए। मैंने इतना सुना—'अगर यह लौंडा कल सड़क पर गाड़ियां पकड़ने में कुछ तकरार करे तो बस चोरी का इल्जाम लगाकर गिरफ्तार कर लो। एक बार पचास बेंत पड़ जाएं तो इसकी शेखी उतर जाए।'

बलराज—अच्छा, यह सब यहां तक मेरे पीछे पड़े हुए हैं। तुमने अच्छा किया कि मुझे चेता दिया। मैं कल सवेरे ही डिप्टी साहब के पास जाऊंगा।

रंगी—क्या करने जाओगे? भैया! सुनते हैं, वह अच्छा आदमी नहीं है। बड़ी कड़ी सजा देता है। किसी को छोड़ना तो जानता ही नहीं। तुम्हें क्या करना है? जिसकी गाड़ियां पकड़ी जाएगी, वह आप निबट लेगा।

बलराज—वाह, लोगों में इतना ही बूता होता तो किसी की गाड़ी पकड़ी ही क्यों जाती? सीधे का मुंह कुत्ता चाटता है। यह चपरासी भी तो आदमी ही है!

रंगी—तो तुम काहे को दूसरे के बीच में पड़ते हो? तुम्हारे दादा आज बहुत उदास थे और अम्मा रोती रहीं।

बलराज–क्या जाने, क्यों रंगी! जब से दुनिया का थोड़ा-बहुत हाल जानने लगा हूं, मुझसे अन्याय नहीं देखा जाता। जब किसी जबरे को किसी गरीब का गला दबाते देखता हूं तो मेरे बदन में आग-सी लग जाती है। यही जी चाहता है कि चाहे अपनी जान रहे या जाए, इस जबरे का सिर नीचा कर दूं। सिर पर एक भूत-सा सवार हो जाता है। जानता हूं कि अकेला चना भाड़ नहीं फोड़ सकता, पर मन काबू से बाहर हो जाता है।

इसी तरह की बातें करते दोनों सो गए। प्रात:काल बलराज घर गया, कसरत की, दूध पिया और अपना ढीला कुर्ता पहन, पगड़ी बांध डिप्टी साहब के पड़ाव की ओर चला। मनोहर अब तक उससे रूठे बैठे थे, अब जब्त न कर सके। पूछा–"कहां जाते हो?"

बलराज–जाता हूं डिप्टी साहब के पास।

मनोहर–क्यों सिर पर भूत सवार है? अपना काम क्यों नहीं देखते?

बलराज–देखूंगा कि पढ़े-लिखे लोगों का मिजाज कैसा होता है?

मनोहर–धक्के खाओगे, और कुछ नहीं!

बलराज–धक्के तो चपरासियों के खाते हैं, इसकी क्या चिंता? कुत्ते की जात पहचानी जाएगी।

मनोहर ने उसकी ओर निराशापूर्ण स्नेह की दृष्टि से देखा और कंधे पर कुदाल रखकर हार की ओर चल दिया। बलराज को मालूम हो गया कि अब यह मुझे छोड़ा हुआ सांड समझ रहे हैं, पर वह अपनी धुन में मस्त था।

मनोहर का यह विचार कि इस समय समझाने का उतना असर न होगा, जितना विरक्ति भाव का होगा, मगर वह निष्फल हो गया। वह ज्यों ही घर से बाहर निकला, बलराज ने भी लट्ठ कंधे पर रखा और कैंप की ओर चला। किसी हाकिम के सम्मुख जाने का यह पहला ही अवसर था। मन में अनेक विचार आते थे। मालूम नहीं, मिलें या न मिलें, कहीं मेरी बातें सुनकर बिगड़ न जाएं, मुझे देखते ही सामने से निकलवा न दें, चपरासियों ने मेरी शिकायत अवश्य की होगी। क्रोध में भरे बैठे होंगे। बाबू ज्ञानशंकर से इनकी दोस्ती भी तो है। उन्होंने भी हम लोगों की ओर से उनके कान खूब भरे होंगे। मेरी सूरत देखते ही जल जाएंगे। उंह, जो कुछ हो, एक नया अनुभव तो हो जाएगा। यही पढ़े-लिखे लोग तो हैं, जो सभाओं में और लाट साहब के दरबार में हम लोगों की भलाई की रट लगाया करते हैं, हमारे नेता बनते हैं। देखूंगा कि यह लोग अपनी बातों के कितने धनी हैं!

बलराज कैंप में पहुंचा तो देखा कि जगह-जगह लकड़ी के अलाव जल रहे हैं, कहीं पानी गरम हो रहा है, कहीं चाय बन रही है। एक ओर बूचड़ बकरे का

मांस काट रहा है, दूसरी ओर बिसेसर साह बैठे जिन्स तौल रहे हैं। चारों ओर घड़े हांडियां टूटी पड़ी थीं। एक वृक्ष की छांव में कितने ही आदमी सिकुड़े बैठे थे, जिनके मुकदमों की आज पेशी होने वाली थी।

बलराज पेड़ों की आड़ में होता हुआ ज्वाला सिंह के खेमे के पास जा पहुंचा। उसे यह धड़का लगा हुआ था कि कहीं उन दोनों चपरासियों की निगाह मुझ पर न पड़ जाए। वह खड़ा सोचने लगा कि डिप्टी साहब के सामने कैसे जाऊं? उस पर इस समय एक रोब छाया हुआ था। खेमे के सामने जाते हुए पैर कांपते थे। अचानक उसे गौस खां और सुक्खू चौधरी एक पेड़ के नीचे आग तापते दिखाई पड़े। अब वह खेमे के पीछे खड़ा न रह सका। उनके सामने धक्के खाना या डांट सुनना मर जाने से भी बुरा था। वह जी कड़ा करके खेमे के सामने चला गया और ज्वाला सिंह को सलाम करके चुपचाप खड़ा हो गया।

बाबू ज्वाला सिंह एक न्यायशील और दयालु मनुष्य थे, किंतु इन दो-तीन महीनों के दौरे में उन्हें अनुभव हो गया था कि बिना कड़ाई के मैं सफलता के साथ अपने कर्तव्य का पालन नहीं कर सकता। सौजन्य और शालीनता निज के कामों से चाहे कितनी ही सराहनीय हो, लेकिन शासन-कार्य में यह सद्गुण अवगुण बन जाते हैं। लोग उनसे अनुचित लाभ उठाने लगते हैं, उन्हें अपनी स्वार्थ-सिद्धि का साधन बना लेते हैं, अतएव न्याय और शील में परस्पर विरोध हो जाता है। रसद और बेगार के विषय में भी अधीनस्थ कर्मचारियों की चापलूसियां उनकी न्याय-नीति पर विजय पा गई थीं और वह अज्ञात भाव से स्वेच्छाचारी अधिकारियों के वर्तमान सांचे में ढल गए थे। उन्हें अपने विवेक पर पहले से ही गर्व था, अब इसने आत्मश्लाघा का रूप धारण कर लिया था। वह जो कुछ कहते या करते थे, उसके विरुद्ध एक शब्द भी न सुनना चाहते थे। इससे उनकी राय पर कोई असर न पड़ता था। वह निस्पृह मनुष्य थे और न्याय-मार्ग से जौ-भर भी न टलते थे। उन्हें स्वाभाविक रूप से यह विचार होता था कि किसी को मुझसे शिकायत नहीं होनी चाहिए। अपने औचित्य-पालन का विश्वास और अपनी गौरवशील प्रवृत्ति उन्हें प्रार्थियों के प्रति अनुदार बना देती थी। बलराज को सामने देखकर बोले–"कौन हो? यहां क्यों खड़े हो?"

बलराज ने झुककर सलाम किया। उसकी उद्दंडता लुप्त हो गई थी। डरता हुआ बोला–"हुजूर से कुछ बोलना चाहता हूं। ताबेदार का घर इसी लखनपुर में है।"

ज्वाला सिंह–क्या कहना है?

बलराज–कुछ नहीं, इतना ही पूछना चाहता हूं कि सरकार को आज कितनी गाड़ियों की जरूरत होगी?

ज्वाला सिंह–क्या तुम गाड़ियों के चौधरी हो?

बलराज–जी नहीं, चपरासी लोग सड़क पर जाकर मुसाफिरों की गाड़ियों को रोकते हैं और उन्हें दिक करते हैं। मैं चाहता हूं कि सरकार को जितनी गाड़ियां दरकार हों, उतनी आस-पास के गांव से खोज लाऊं। उनका सरकार से जो किराया मिलता हो वह दे दिया जाए तो मुसाफिरों को रोकना न पड़े।

ज्वाला सिंह ने अपना सामान लादने के लिए ऊंट रख लिये थे, किंतु यह जानते थे कि मातहतों और चपरासियों को अपना असबाब लादने के लिए गाड़ियों की जरूरत होती है। उन्हें इसका खर्चा सरकार से नहीं मिलता। अतएव वे लोग गाड़ियां न रोकें, तो उनका काम ही न चले। यह व्यवहार चाहे प्रजा को कष्ट पहुंचाए, पर क्षम्य है। उनके विचार में यह कोई ऐसी ज्यादती न थी। संभव था कि यही प्रस्ताव किसी सम्मानित पुरुष ने किया होता, तो वह उस पर विचार करते, लेकिन एक अक्खड़, गंवार, मूर्ख देहाती को उनसे यह शिकायत करने का साहस हो, वह उन्हें न्याय का पाठ पढ़ाने का दावा करे, यह उनके आत्माभिमान के लिए असह्य था। वे चिढ़कर बोले–"जाकर सरिश्तेदार से पूछो।"

बलराज–हुजूर ही उन्हें बुलाकर पूछ लें। मुझे वह न बताएंगे।

ज्वाला सिंह–मुझे इस सिरदर्द की फुरसत नहीं है।

बलराज के तेवर पर बल पड़ गए। शिक्षित समुदाय की नीति-परायणता और सज्जनता पर उसकी जो श्रद्धा थी, वह क्षण-मात्र में भंग हो गई। इन सद्भावों की जगह उसे अधिकार और स्वेच्छाचार का अहंकार अकड़ता दीख पड़ा। अहंकार के सामने सिर झुकाना उसने न सीखा था। उसने निश्चय किया कि जो मनुष्य इतना अभिमानी हो और मुझे इतना नीच समझे, वह आदर के योग्य नहीं है। इनमें और गौस खां या मामूली चपरासियों में अंतर ही क्या रहा? ज्ञान और विवेक की ज्योति कहां गई? नि:शंक होकर बोला–"सरकार इसे सिरदर्द समझते हैं और यहां हम लोगों की जान पर बनी हुई है। हुजूर धर्म के आसन पर बैठे हैं और चपरासी लोग प्रजा को लूटते फिरते हैं। मुझे आपसे यह विनती करने का हौसला हुआ तो इसलिए कि मैं समझता था; आप दीनों की रक्षा करेंगे। अब मालूम हो गया कि हम अभागों का सहायक परमात्मा के सिवा और कोई नहीं।"

यह कहकर वह बिना सलाम किए ही वहां से चल दिया। उसे एक नशा-सा हो गया था। बातें अवज्ञापूर्ण थीं, पर उनमें स्वाभिमान और सदिच्छा कूट-कूटकर भरी हुई थी।

ज्वाला सिंह में अभी तक सहृदयता का संपूर्णत: पतन न हुआ था। क्रोध की जगह उनके मन में सद्भावना का विकास हुआ। अब तक इनके यहां स्वार्थी

और खुशामदी आदमियों का ही जमघट रहता था। ऐसे एक भी स्पष्टवादी मनुष्य से उनका संपर्क न हुआ था। जिस प्रकार मीठे पदार्थ खाने से ऊबकर हमारा मन कड़वी वस्तुओं की ओर लपकता है, उसी भांति ज्वाला सिंह को ये कड़वी बातें प्रिय लगीं। उन्होंने उनके हृदय-नेत्रों के सामने से पदाभिमान का परदा हटा दिया। जी में तो आया कि इस युवक को बुलाकर उससे खूब बातें करूं, किंतु अपनी स्थिति का विचार करके रुक गए। बहुत देर तक बैठे हुए इन बातों पर विचार करते रहे। अंतिम शब्दों ने उनकी आत्मा को एक ठोंका दिया था और वह जाग्रत हो गई थी। मन में अपने कर्तव्य का निश्चय कर लेने के बाद उन्होंने अहलमद साहब को बुलाया। सैयद ईजाद हुसैन ने बलराज को जाते देख लिया था। कल का सारा वृत्तांत उन्हें मालूम ही था। ताड़ गए कि लौंडा डिप्टी साहब के पास फरियाद लेकर आया होगा। पहले तो शंका हुई, कहीं डिप्टी साहब बातों में न आ गए हों, लेकिन जब उसकी बातों से ज्ञात हुआ कि डिप्टी साहब ने उल्टे और फटकार सुनाई तो धैर्य हुआ। बलराज को डांटने लगे। वह अपने अफसरों के इशारे के गुलाम थे और उन्हीं की इच्छानुसार अपने कर्तव्य का निर्माण किया करते थे।

बलराज इस समय ऐसा हताश हो रहा था कि पहले थोड़ी देर तक वह चुपचाप खड़ा ईजाद हुसैन की कठोर बातें सुनता रहा। अंत में गंभीर भाव से बोला–"आप क्या चाहते हैं कि हम लोगों पर अन्याय भी हो और हम फरियाद भी न करें?"

ईजाद हुसैन–फरियाद का मजा तो चख लिया। अब चालान होता है तो देखें कहां जाते हो! सरकारी आदमियों से सामना करना कोई खालाजी का घर नहीं है। डिप्टी साहब को तुम लोगों की सरकशी का रत्ती-रत्ती हाल मालूम है। बाबू ज्ञानशंकर ने सारा कच्चा चिट्ठा उनसे बयान कर दिया है। वह तो मौके की तलाश में थे। आज शाम तक सारा गांव बंधा जाता है। गौस खां को सीधा पा लिया है, इसी से शेर हो गए हो। अब सारी कसर निकल जाती है। इतने बेंत पड़ेंगे कि धज्जियां उड़ जाएंगी।

बलराज–ऐसा कोई अंधेर है कि हाकिम लोग बेकुसूर किसी को सजा दे दें?

ईजाद हुसैन–हां-हां, ऐसा ही अंधेर है। सरकारी आदमियों को हमेशा बेगार मिली है और हमेशा मिलेगी। तुम गाड़ियां न दोगे तो वह क्या अपने सिर पर असबाब लादेंगे? हमें जिन-जिन चीजों की जरूरत होगी, तुम्हीं से ली जाएगी। हंसकर दो या रोकर दो। समझ गए...।

इतने में एक चपरासी ने कहा–"चलिए, आपको सरकार याद करते हैं।"

ईजाद हुसैन पान खाए हुए थे। तुरंत कुल्ली की, पगड़ी बांधी और ज्वाला सिंह के सामने जाकर सलाम किया।

ज्वाला सिंह ने कहा–"मीर साहब, चपरासियों को ताकीद कर दीजिए कि

अब से कैंप के लिए बेगार में गाड़ियां न पकड़ा करें। आप लोग अपना सामान मेरे ऊंटों पर रख लिया कीजिए। इससे आप लोगों को चाहे थोड़ी-सी तकलीफ हो, लेकिन यह मुनासिब नहीं मालूम होता कि अपनी आसाइश के लिए दूसरों पर जब्र किया जाए।"

ईजाद हुसैन–हुजूर, बजा फर्माते हैं। आज से गाड़ियां पकड़ने की सख्त मुमानियत कर दी जाएगी। बेशक यह सरासर जुल्म है।

ज्वाला सिंह–चपरासियों से कह दीजिए कि मेरे इजलास के खेमे में रात को सो रहा करें। बेगार में पुआल लेने की जरूरत नहीं। गरीब किसान यही पुआल काट-काटकर जानवरों को खिलाते हैं, इसलिए उन्हें इसका देना नागवार गुजरता है।

ईजाद हुसैन–हुजूर का फरमाना बजा है। हुक्काम को ऐसा ही गरीब-परवर होना चाहिए। लोग जमींदारों की सख्तियों से यों ही परेशान रहते हैं। उस पर हुक्काम की बेगार तो और भी सितम हो जाती है।

ज्वाला सिंह के हृदय में ज्ञानशंकर के ताने अभी तक खटक रहे थे। यदि थोड़े-से कष्ट से उन पर छींटें उड़ाने को सामग्री हाथ आ जाए तो क्या पूछना! ज्वाला सिंह इस द्वेष के आवेग को न रोक सके। एक बार गांव में जाकर उनकी दशा आंखों से देखने का निश्चय किया।

आठ बज चुके थे, किंतु अभी तक चारों ओर कुहरा छाया हुआ था। लखनपुर के किसान आज छुट्टी-सी मना रहे थे। जगह-जगह अलाव के पास बैठे हुए लोग कल की घटना की आलोचना कर रहे थे। बलराज की धृष्टता पर टिप्पणियां हो रही थीं। इतने में ज्वाला सिंह चपरासियों और कर्मचारियों के साथ गांव में आ पहुंचे। गौस खां और उनके दोनों चपरासी पीछे-पीछे चले आते थे। उन्हें देखते ही स्त्रियां अपने अधमंजे बरतन छोड़-छोड़कर घरों में घुसीं। बाल-वृद्ध भी इधर-उधर दुबक गए। कोई द्वार पर कूड़ा उठाने लगा, कोई रास्ते में पड़ी हुई खाट उठाने लगा। ज्वाला सिंह गांव का भ्रमण करते हुए सुक्खू चौधरी के कोल्हाड़े में आकर खड़े हो गए। सुक्खू चारपाई लेने दौड़े। गौस खां ने एक आदमी को कुर्सी लाने के लिए चौपाल दौड़ाया। लोगों ने चारों ओर से आ-आकर ज्वाला सिंह को घेर लिया। अमंगल के भय से सबके चेहरे पर हवाइयां उड़ रही थीं।

ज्वाला सिंह–तुम्हारी खेती इस साल कैसी है?

सुक्खू चौधरी को नेतृत्व का पद प्राप्त था। ऐसे अवसरों पर वही अग्रसर हुआ करते थे। वह अभी तक घर में से चारपाई निकाल रहे थे, जो वृहदाकार होने के

कारण द्वार से निकल न सकती थी, इसलिए कादिर खां को प्रतिनिधि का आसन ग्रहण करना पड़ा। उन्होंने विनीत भाव से उत्तर दिया–"हुजूर, अभी तक अच्छी है, आगे अल्लाह मालिक है।"

ज्वाला सिंह–यहां मुझे आबपाशी के कुएं बहुत कम नजर आते हैं, क्या जमींदार की तरफ से इसका इंतजाम नहीं हुआ है?

कादिर खां–हमारे जमींदार तो हुजूर हम लोगों को बड़ी परवस्ती करते हैं, अल्लाह उन्हें सलामत रखें। हम लोग आप ही आलस के मारे कोई फिक्र नहीं करते।

ज्वाला सिंह–मुंशी गौस खां तुम लोगों की सरकशी की बहुत शिकायत करते हैं। बाबू ज्ञानशंकर भी तुम लोगों से खुश नहीं हैं, यह क्या बात है? तुम लोग वक्त पर लगान नहीं देते और जब तकाजा किया जाता है, तो फिसाद पर आमादा हो जाते हो। तुम्हें मालूम है कि जमींदार चाहे तो तुमसे एक के दो वसूल कर सकता है?

गजाधर अहीर ने दबी जबान से कहा–"तो कौन कहे कि छोड़ देते हैं!"

ज्वाला सिंह–क्या कहते हो? सामने आकर कहो।

कादिर खां–कुछ नहीं हुजूर, यही कहता है कि हमारी मजाल है, जो अपने मालिक के सामने सिर उठाएं। हम तो उनके ताबेदार हैं, उनका दिया खाते हैं, उनकी जमीन में बसते हैं, भला उनसे सरकशी करके अल्लाह को क्या मुंह दिखाएंगे? रही बकाया, तो हुजूर, जहां तक होता है साल तमाम तक कौड़ी-कौड़ी चुका देते हैं। हां, जब कोई काबू नहीं चलता तो कभी थोड़ी-बहुत बाकी रह भी जाती है।

ज्वाला सिंह ने इसी प्रकार से और भी कई प्रश्न किए, किंतु उनका अभीष्ट पूरा न हो सका। किसी की जबान से गौस खां या बाबू ज्ञानशंकर के विरुद्ध एक भी शब्द न निकला। अंत में हार मानकर वह पड़ाव को चल दिए।

4

गायत्री भोली सही, अज्ञान सही, पर शनै:-शनै: उसे ज्ञानशंकर से लगाव होता जाता था। यदि कोई भूलकर भी विष खा ले, तो उसका असर क्या कुछ कम होगा? ज्ञानशंकर को बाहर से आने में देर होती, तो उसे बेचैनी होने लगती, किसी काम में जी नहीं लगता, वह अटारी पर चढ़कर उनकी बाट जोहती। वह पहले विद्यावती के सामने हंस-हंसकर उनसे बातें करती थी, कभी उनसे अकेले भेंट हो जाती तो उसे कोई बात ही न सूझती थी। अब वह अवस्था न थी। उसकी बात अब एकांत की खोज में रहती।

अपनी पारिवारिक सदिच्छा का ऐसा उत्तम प्रमाण देने के बाद ज्ञानशंकर को बंटवारे के विषय में अब कोई असुविधा न रही। लाला प्रभाशंकर ने उन्हीं की इच्छानुसार करने का निश्चय कर लिया। दीवानखाना उनके लिए खाली कर दिया। लखनपुर मोसल्लम उनके हिस्से में दे दिया और घर की अन्य सामग्रियां भी उन्हीं की मर्जी के मुताबिक बांट दीं। बड़ी बहू की ओर से विरोध की शंका थी, लेकिन इस एहसान ने उनकी जबान ही नहीं बंद कर दी, वरन् उनके मनो-मालिन्य को भी मिटा दिया।

प्रभाशंकर अब बड़ी बहू से, नौकरों से, मित्रों से, संबंधियों से ज्ञानशंकर की प्रशंसा किया करते और प्राय: अपनी आत्मीयता को किसी-न-किसी उपहार के स्वरूप में प्रकट करते। एक दुशाला, एक चांदी का थाल, कई सुंदर चित्र, एक बहुत अच्छा ऊनी कालीन और ऐसी ही

विविध वस्तुएं उन्हें भेंट कीं। उन्हें स्वादिष्ट पदार्थों से बड़ी रुचि थी। नित्य नाना प्रकार के मुरब्बे चटनियां, अचार बनाया करते थे। इस कला में प्रवीण थे। आप भी शौक से खाते थे और दूसरों को खिलाकर आनंदित होते थे। ज्ञानशंकर के लिए नित्य कोई-न-कोई स्वादिष्ट पदार्थ बनाकर भेजते। यहां तक कि ज्ञानशंकर इन सद्भावों से तंग आ गए। उनकी आत्मा अभी तक उनकी कपट-नीति पर उनको लज्जित किया करती थी। यह खातिरदारियां उन्हें अपनी कुटिलता की याद दिलाती थीं और इससे उनका चित्त दुखी होता था। अपने चाचा की सरल-हृदयता और सज्जनता के सामने अपनी धूर्तता और मलिनता अत्यंत घृणित दीख पड़ती थी।

लखनपुर ज्ञानशंकर की चिर-अभिलाषाओं का स्वर्ग था। घर की सारी संपत्ति में ऐसा उपजाऊ, समृद्धिपूर्ण और कोई गांव नहीं था, जो शहर से मिला हुआ, पक्की सड़क के किनारे और जलवायु भी उत्तम हो। यहां कई हलों की सीर थी, एक कच्चा, पर सुंदर मकान भी था और सबसे बड़ी बात यह है कि यहां इजाफा लगान की बड़ी गुंजाइश थी। थोड़े उद्योग से उनका नफा दूना हो सकता था। दो-चार कच्चे कुएं खुदवाकर इजाफे की कानूनी शर्त पूरी की जा सकती थी। बंटवारे को एक सप्ताह भी न हुआ था कि ज्ञानशंकर ने गौस खां को बुलवाया, जमाबंदी की जांच की, इजाफा बेदखली की परत तैयार की और असामियों पर मुकदमा दायर करने का हुक्म दे दिया। अब तक सीर बिलकुल न होती थी। इसका प्रबंध किया। वह चाहते थे कि अपने हल, बैल, हलवाहे रखे जाएं और विधिपूर्वक खेती की जाए, किंतु खां साहब ने कहा—"इतने आडंबर की जरूरत नहीं, बेगार में बड़ी सुगमता से सीर हो सकती है। सीर के लिए बेगार जमींदार का हक है, उसे क्यों छोड़िए?"

लेकिन सुव्यवस्था रूपी मधुर गान में एक कटु स्वर भी था, जिससे उसका लालित्य भंग हो जाता था। यह विद्यावती का असहयोग था। उसे अपने पति की स्वार्थपरता एक आंख न भाती थी। कभी-कभी यह मतभेद विवाद और कलह का भी रूप धारण कर लेता था।

फागुन का महीना था। लाला प्रभाशंकर धूमधाम से होली मनाया करते थे। अपने घरवालों के लिए नए कपड़े लाए, तो ज्ञानशंकर के परिवार के लिए भी लेते आए थे। लगभग पचास वर्षों से वह घर-भर के लिए नए वस्त्र लाने के आदी हो गए थे। अब अलग हो जाने पर भी वह उस प्रथा को निभाते रहना चाहते थे। ऐसे आनंद के अवसर पर द्वेष-भाव को जाग्रत रखना उनके लिए अत्यंत दु:खकर था। विद्यावती ने यह कपड़े तो रख लिए; पर इसके बदले में प्रभाशंकर के लड़कों, लड़कियों और बहू के लिए एक-एक जोड़ी धोती की व्यवस्था की। ज्ञानशंकर

ने यह प्रस्ताव सुना तो चिढ़कर बोले—"यदि यही करना है तो उनके कपड़े लौटा क्यों नहीं देतीं?"

विद्यावती—भला कपड़े लौटा दोगे तो वह अपने मन में क्या कहेंगे? वह बेचारे तो तुमसे मिलने को दौड़ते हैं और तुम भागे-भागे फिरते हो। तुम्हें रुपये का ही ख्याल है न? तुम कुछ मत देना; मैं अपने पास से दूंगी।

ज्ञानशंकर—जब तुम धन्ना सेठों की तरह बातें करने लगती हो तो बदन में आग-सी लग जाती है। उन्होंने कपड़े भेजे तो कोई एहसान नहीं किया। दुकानों का साल-भर का किराया पेशगी लेकर हड़प चुके हैं। यह चाल इसलिए चल रहे हैं कि मैं मुंह भी न खोल सकूं और उनका बड़प्पन भी बना रहे। अपनी गांठ से करते तो मालूम होता।

विद्यावती—तुम दूसरों की कीर्ति को कभी-कभी ऐसा मिटाने लगते हो कि मुझे तुम्हारी अनुदारता पर दुःख होता है। उन्होंने अपना समझकर उपहार दिया, तुम्हें इसमें उनकी चाल सूझ गई।

ज्ञानशंकर—मुझे भी घर में बैठे सुख-भोग की सामग्रियां मिलतीं तो मैं तुमसे अधिक उदार बन जाता। तुम्हें क्या मालूम है कि मैं आजकल कितनी मुश्किल से गृहस्थी का प्रबंध कर रहा हूं? लखनपुर से जो थोड़ा-बहुत मिला, उसी में गुजर हो रहा है। किफायत से न चलता तो अब तक सैकड़ों का कर्ज हो गया होता। केवल अदालत के लिए सैकड़ों रुपये की जरूरत है। बेदखली और इजाफे के कागज-पत्र तैयार हैं, पर मुकदमे दायर करने के लिए हाथ में कुछ भी नहीं। उधर गांववाले भी बिगड़े हुए हैं। ज्वाला सिंह ने अब के दौरे में उन्हें ऐसा सिर चढ़ा दिया कि मुझे कुछ समझते ही नहीं। मैं तो इन चिंताओं में मरा जाता हूं और तुम्हें एक-न-एक खुराफात सूझा करती है।

विद्यावती—मैं तुमसे रुपये तो नहीं मांगती!

ज्ञानशंकर—मैं अपने और तुम्हारे रुपयों में कोई भेद नहीं समझता। हां, जब राय साहब तुम्हारे नाम कोई जायदाद लिख देंगे तो समझने लगूंगा।

विद्यावती—मैं तुम्हारा एक पैसा नहीं चाहती।

ज्ञानशंकर—माना, लेकिन वहां से भी तुम रोकड़ नहीं लाती हो। साल में सौ-पचास रुपये मिल जाते होंगे, इतने पर ही तुम्हारे पैर जमीन पर नहीं पड़ते। छिछले ताल की तरह उबलने लगती हो।

विद्यावती—तो क्या चाहते हो कि वह तुम्हें अपना घर उठाकर दे दें?

ज्ञानशंकर—वह बेचारे आप तो अघा लें, मुझे क्या देंगे? मैं तो ऐसे आदमी को पशु से भी गया-गुजरा समझता हूं, जो आप तो लाखों उड़ाए और अपने

निकटतम संबंधियों की बात भी न पूछे। वह अगर मर भी जाएं तो मेरी आंखों में आंसू न आए।

विद्यावती–तुम्हारी आत्मा इतनी संकुचित है, यह मुझे आज मालूम हुआ।

ज्ञानशंकर–ईश्वर को धन्यवाद दो कि मुझसे विवाह हो गया, नहीं तो कोई बात भी न पूछता। लाला बरसों तक दही-दही हांकते रहें, पर कोई सेंत भी न पूछता था।

विद्यावती इस मर्माघात को न सह सकी, क्रोध के मारे उसका चेहरा तमतमा उठा। वह तमककर वहां से चली जाने को उठी कि इतने में मेहरी ने एक तार का लिफाफा लाकर ज्ञानशंकर के हाथ में रख दिया। लिखा था–

"पुत्र का स्वर्गवास हो गया, जल्द आओ।"

ज्ञानशंकर ने तार का कागज जमीन पर फेंक दिया और लंबी सांस खींचकर बोले–"हा! शोक! परमात्मा, यह तुमने क्या किया!"

विद्यावती ठिठक गई।

ज्ञानशंकर ने विद्यावती से कहा–"विद्यावती, हम लोगों पर वज्र गिर पड़ा–हमारा...।"

विद्यावती ने कातर नेत्रों से देखकर कहा–"मेरे घर पर तो कुशल है?"

ज्ञानशंकर–हाय प्रिये, किस मुंह से कहूं कि सब कुशल है! वह घर उजड़ गया, उस घर का दीपक बुझ गया! बाबू रामानंद अब इस संसार में नहीं रहे हैं। हा ईश्वर!!

विद्यावती के मुंह से सहसा एक चीख निकल गई। वह विह्वल होकर भूमि पर गिर पड़ी और छाती पीट-पीटकर विलाप करने लगी। श्रद्धा दौड़ी आई। मेहरियां जमा हो गईं। बड़ी बहू ने रोना सुना तो अपनी बहू और पुत्रियों के साथ आ पहुंचीं। कमरे में स्त्रियों की भीड़ लग गई।

मायाशंकर माता को रोते देखकर चिल्लाने लगा। सभी स्त्रियों के मुख पर शोक की आभा थी और नेत्रों में करुणा का जल। कोई ईश्वर को कोसती थी, कोई समय की निंदा करती थी। अकाल मृत्यु कदाचित् हमारी दृष्टि में ईश्वर का सबसे बड़ा अन्याय है। यह विपत्ति हमारी श्रद्धा और भक्ति का नाश कर देती है, हमें ईश्वर-द्रोही बना देती है। हमें उनकी आदत पड़ गई है, लेकिन हमारी अन्याय पीड़ित आंखें भी यह दारुण दृश्य सहन नहीं कर सकतीं। अकाल मृत्यु हमारे हृदय-पट पर सबसे कठोर दैवी आघात है। यह हमारे न्याय-ज्ञान पर सबसे भयंकर आघात है।

पर हा स्वार्थ संग्राम! यह निर्दय वज्र-प्रहार ज्ञानशंकर को सुखद पुष्पवर्षा के

तुल्य जान पड़ा। उन्हें क्षणिक शोक अवश्य हुआ, किंतु तुरंत ही हृदय में नई-नई आकांक्षाएं तरंगें मारने लगीं। अब तक उनका जीवन लक्ष्यहीन था। अब उसमें एक महान लक्ष्य का विकास हुआ। विपुल संपत्ति का मार्ग निश्चित हो गया। ऊसर भूमि में हरियाली लहरें मारने लगीं। राय कमलानंद के अब और कोई पुत्र न था। दो पुत्रियों में एक विधवा और निःसंतान थी। विद्यावती को ही ईश्वर ने संतान दी थी और मायाशंकर अब राय साहब का वारिस था।

कोई आश्चर्य नहीं कि ज्ञानशंकर को यह शोकमय व्यापार अपने सौभाग्य की ईश्वर कृत व्यवस्था जान पड़ती थी। वह मायाशंकर को गोद में लेकर नीचे दीवानखाने में चले आए और विरासत के संबंध में स्मृतिकारों की व्यवस्था का अवलोकन करने लगे। वह अपनी आशाओं की पुष्टि और शंकाओं का समाधान करना चाहते थे। कुछ दिनों तक कानून पढ़ा था, कानूनी किताबों का उनके पास अच्छा संग्रह था। पहले मनुस्मृति खोली, संतोष न हुआ। मिताक्षरा का विधान देखा, शंका और भी बढ़ी। याज्ञवल्क्य ने भी विषय का कुछ संतोषप्रद स्पष्टीकरण न किया था। किसी वकील की सम्मति आवश्यक जान पड़ी। वह इतने उतावले हो रहे थे कि तत्काल कपड़े पहनकर चलने को तैयार हो गए। कहार से कहा—"माया को ले जा, बाजार की सैर करा ला।" कमरे से बाहर निकले ही थे कि याद आया, तार का जवाब नहीं दिया, फिर कमरे में गए, संवेदना का तार लिखा, इतने में लाला प्रभाशंकर और दयाशंकर भी आ पहुंचे, ज्ञानशंकर को इस समय उनका आना जहर-सा लगा। प्रभाशंकर बोले—"मैंने तो अभी सुना। सन्नाटे में आ गया। बेचारे राय साहब को बुढ़ापे में यह बुरा धक्का लगा—घर ही वीरान हो गया।"

ज्ञानशंकर—ईश्वर की लीला विचित्र है।

प्रभाशंकर—अभी उम्र ही क्या थी! बिलकुल लड़का था। तुम्हारे विवाह में देखा था, चेहरे से तेज बरसता था। ऐसा प्रतापी लड़का मैंने नहीं देखा।

ज्ञानशंकर—इसी से तो ईश्वर के न्याय-विधान पर से विश्वास उठ जाता है।

दयाशंकर—आपकी बड़ी साली के तो कोई लड़का नहीं है न?

ज्ञानशंकर ने विरक्त भाव से कहा—"नहीं।"

दयाशंकर—तब तो चाहे माया ही वारिस हो।

ज्ञानशंकर ने उनका तिरस्कार करते हुए कहा—"कैसी बात करते हो? यहां कौन-सी बात, वहां कौन-सी बात! ऐसी बातों का यह समय नहीं है।"

दयाशंकर लज्जित हो गए। ज्ञानशंकर को अब यह विलंब असह्य होने लगा। पैरगाड़ी उठाई और दोनों आदमियों को बरामदे में ही छोड़कर डॉक्टर इरफान अली के बंगले की ओर चल दिए, जो नामी बैरिस्टर थे।

बैरिस्टर साहब का बंगला खूब सजा हुआ था। शाम हो गई थी, वह हवा खाने जा रहे थे। मोटर तैयार थी, लेकिन मुवक्किलों से जान न छूटती थी। वह इस समय अपने ऑफिस में आरामकुर्सी पर लेटे हुए सिगार पी रहे थे और अपने छोटे टेरियर को गोद में लिये उसके सिर में थपकियां देते जाते थे। मुवक्किल लोग दूसरे कमरे में बैठे थे। वह बारी-बारी से डॉक्टर साहब के पास आकर अपना वृत्तांत कहते जाते थे।

ज्ञानशंकर को बैठे-बैठे आठ बजे गए, तब जाकर उनकी बारी आई। उन्होंने ऑफिस में जाकर अपना मामला सुनाना शुरू किया। क्लर्क ने उनकी सब बातें नोट कर लीं। इसकी फीस 5 रुपये हुई। डॉक्टर साहब की सम्मति के लिए दूसरे दिन बुलाया। उसकी फीस 500 रुपये थी। यदि उस सम्मति पर कुछ शंकाएं हों तो उसके समाधान के लिए प्रति घंटा 200 रुपये देने पड़ेंगे।

ज्ञानशंकर को मालूम न था कि डॉक्टर साहब के समय का मूल्य इतना अधिक है। मन में पछताए कि नाहक इस झमेले में फंसा। क्लर्क की फीस तो उसी दम दे दी और घर से रुपये लाने का बहाना करके वहां से निकल आए; लेकिन रास्ते में सोचने लगे, 'इनकी राय जरूर पक्की होती होगी, तभी तो उसका इतना मूल्य है, नहीं तो इतने आदमी उन्हें घेरे क्यों रहते! कदाचित् इसीलिए कल बुलाया है। खूब जांच-पड़ताल करके तब राय देंगे। अटकल-पच्चू बातें कहनी होतीं तो अभी न कह देते। अंग्रेजी नीति में यही तो गुण है कि दाम चौकस लेते हैं, पर माल खरा देते हैं। सैकड़ों नजीरें देखनी पड़ेंगी, हिंदू-शास्त्रों का मंथन करना पड़ेगा, तब जाकर तत्त्व हाथ आएगा, रुपये का कोई प्रबंध करना चाहिए। उसका मुंह देखने से काम न चलेगा। एक बात निश्चित रूप से मालूम तो हो जाएगी। यह नहीं कि मैं तो धोखे में निश्चित बैठा रहूं और वहां दाल न गले, सारी आशाएं नष्ट हो जाएं, मगर यह व्यवसाय है उत्तम। आदमी चाहे तो सोने की दीवार खड़ी कर दे। मुझे शामत सवार हुई कि उसे छोड़ बैठा, नहीं तो आज क्या मेरी आमदनी दो हजार मासिक से कम होती? जब निरे काठ के उल्लू तक हजारों पर हाथ साफ करते हैं तो क्या मेरी ही न चलती? इस जमींदारी का बुरा हो। इसने मुझे कहीं का न रखा!'

वह घर पहुंचे तो नौ बज चुके थे। विद्यावती अपने कमरे में अकेले उदास पड़ी थी। मेहरियां काम-धंधे में लगी हुई थीं और पड़ोसिनें विदा हो गई थीं। ज्ञानशंकर ने विद्यावती का सिर उठाकर अपनी गोद में रख लिया और गद्गद स्वर में बोले-"मुंह देखना भी न बदा था।"

विद्यावती ने रोते हुए कहा-"उनकी सूरत एक क्षण के लिए भी आंखों से नहीं उतरती। ऐसा जान पड़ता है, वह मेरे सामने खड़े मुस्करा रहे हैं।"

ज्ञानशंकर–मेरा तो अब सांसारिक वस्तुओं पर भरोसा ही नहीं रहा। यही जी चाहता है कि सब कुछ छोड़छाड़ के कहीं चल दूं।

विद्यावती–कल शाम की गाड़ी से चलो। कुछ रुपये लेते चलने होंगे। मैं उनके षोडशे में कुछ दान करना चाहती हूं।

ज्ञानशंकर–हां-हां, जरूर। अब उनकी आत्मा को संतुष्ट करने का हमारे पास यही तो एक साधन रह गया है।

विद्यावती–उन्हें घोड़े की सवारी का बहुत शौक था। मैं एक घोड़ा उनके नाम पर देना चाहती हूं।

ज्ञानशंकर–बहुत अच्छी बात है। दो-ढाई सौ में घोड़ा मिल जाएगा।

विद्यावती ने डरते-डरते यह प्रस्ताव किया था। ज्ञानशंकर ने उसे सहर्ष स्वीकार करके उसे मुग्ध कर दिया।

ज्ञानशंकर इस अपव्यय को इस समय काटना अनुचित समझते थे, यह अवसर ही ऐसा था। अब वह विद्यावती का निरादर तथा अवहेलना नहीं कर सकते थे।

राय साहब कमलानंद बहादुर लखनऊ के एक बड़े रईस और तालुकेदार थे। वार्षिक आय एक लाख के लगभग थी। अमीनाबाद में उनका विशाल भवन था। शहर में उनकी और भी कई कोठियां थीं, पर वह अधिकांश नैनीताल या मसूरी में रहा करते थे। यद्यपि उनकी पत्नी का देहांत उनकी युवावस्था में हो गया, पर उन्होंने दूसरा विवाह न किया था। मित्रों और हितसाधकों ने बहुत घेरा, पर वह पुनर्विवाह के बंधन में न पड़े। विवाह का उद्देश्य संतान है और जब ईश्वर ने उन्हें एक पुत्र और दो पुत्रियां प्रदान कर दीं तो फिर विवाह करने की क्या जरूरत? उन्होंने अपनी बड़ी लड़की गायत्री का विवाह गोरखपुर के एक बड़े रईस से किया। उत्सव में लाखों रुपये खर्च कर दिए, पर जब विवाह के दो ही साल बाद गायत्री विधवा हो गई–उसके पति को किसी घर के ही प्राणी ने लोभवश विष दे दिया, तो राय साहब ने विद्यावती को किसी साधारण कुटुंब में ब्याहने का निश्चय किया, जहां जीवन इतना कंटकमय न हो। यही कारण था कि ज्ञानशंकर को यह सौभाग्य प्राप्त हुआ। स्वर्गीय बाबू रामानंद अभी तक कुंवारे ही थे। उनकी अवस्था बीस वर्ष से अधिक हो गई थी, पर राय साहब उनका विवाह करने को कभी उत्सुक न हुए थे। वह उनके मानसिक तथा शारीरिक विकास में कोई कृत्रिम बाधा न डालना चाहते थे, पर शोक! रामानंद घुड़दौड़ में सम्मिलित होने के लिए पूना गए हुए थे। वहां घोड़े से गिर पड़े, मर्मस्थानों पर कड़ी चोट आ गई। लखनऊ पहुंचने के दो

दिन बाद उनका प्राणांत हो गया। राय साहब की सारी सद्-कल्पनाएं विनष्ट हो गईं, आशाओं का दीपक बुझ गया।

राय साहब उन प्राणियों में न थे, जो शोक-संताप के ग्रास बन जाते हैं। इसे विराग कहिए, चाहे प्रेम-शिथिलता या चित्त की स्थिरता। दो-चार दिनों में ही उनका पुत्र-शोक जीवन की अविश्रांत कर्मधारा में विलीन हो गया।

राय साहब बड़े रसिक पुरुष थे। घुड़दौड़ और शिकार, सरोद और सितार से उन्हें समान प्रेम था। साहित्य और राजनीति के भी ज्ञाता थे। अवस्था साठ वर्ष के लगभग थी, पर इन विषयों में उनका उत्साह लेश-मात्र भी क्षीण न हुआ। अस्तबल में दस-बारह चुने हुए घोड़े थे, विविध प्रकार की कई बग्घियां, दो मोटरकार, दो हाथी और दर्जनों कुत्तें पाल रखे थे। इनके अतिरिक्त बाज, शिकरे आदि शिकारी चिड़ियों की एक हवाई सेना भी थी। उनके दीवानखाने में अस्त्र-शस्त्र की शृंखला देखकर जान पड़ता था मानो शस्त्रालय है। घुड़दौड़ में वह अच्छे-अच्छे शहसवारों से पाला मारते थे। शिकार में उनके निशाने अचूक पड़ते थे। पोलो के मैदान में उनकी चपलता और हाथों की सफाई देखकर आश्चर्य होता था। श्रव्य कलाओं में भी वह इससे कम प्रवीण न थे।

शाम को जब राय साहब सितार लेकर बैठते तो उनकी सिद्धि पर अच्छे-अच्छे उस्ताद भी चकित हो जाते थे। उनके स्वर में अलौकिक माधुर्य था। वे संगीत के सूक्ष्म तत्त्वों के वेत्ता थे। उनके ध्रुपद की अलाप सुनकर बड़े-बड़े कलावंत भी सिर धुनने लगते थे। काव्य-कला में भी उनकी कुशलता और मार्मिकता कवियों को लज्जित कर देती थी। उनकी रचनाएं अच्छे-अच्छे कवियों से टक्कर लेती थीं। संस्कृत, फारसी, हिन्दी, उर्दू, अंग्रेजी सभी भाषाओं के वे पंडित थे। उनकी स्मरणशक्ति विलक्षण थी। कविजनों के सहस्रों शेर, दोहे, कवित्त व पद्य कंठस्थ थे और बातचीत में वह उनका बड़ी सुरुचि से उपयोग करते थे। इसी कारण उनकी बातें सुनने में लोगों को आनंद मिलता था। इधर दस-बारह वर्षों से राजनीति में भी प्रविष्ट हो गए थे। कौंसिल भवन में उनका स्थान प्रथम श्रेणी में था। उनकी राय सदैव निर्भीक होती थी। वह अवसर या समय के भक्त न थे। राष्ट्र या शासन के दास न बनकर सर्वदा अपनी विचार-शक्ति से काम लेते थे। इसी कारण कौंसिल में उनकी बड़ी शान थी। यद्यपि वह बहुत कम बोलते थे और राजनीति भवन से बाहर उनकी आवाज कभी न सुनाई देती थी, किंतु जब बोलते थे तो अच्छा ही बोलते थे।

ज्ञानशंकर को राय साहब के बुद्धि-चमत्कार और ज्ञान-विस्तार पर अचंभा होता था। यदि आंखों देखी बात न होती तो किसी एक व्यक्ति में इतने गुणों की

चर्चा सुनकर उन्हें विश्वास न होता। इस सत्संग से उनकी आंखें खुल गईं। उन्हें अपनी योग्यता और चतुराई पर बड़ा गर्व था। इन सिद्धियों ने उसे चूर-चूर कर दिया। पहले दो सप्ताह तक तो उन पर श्रद्धा का एक नशा छाया रहा। राय साहब जो कुछ कहते, वह सब उन्हें प्रामाणिक जान पड़ता था। पग-पग पर, बात-बात में उन्हें अपनी त्रुटियां दिखाई देतीं और लज्जित होना पड़ता। यहां तक कि साहित्य और दर्शन में भी, जो उनके मुख्य विषय थे, राय साहब के विचारों पर मनन करने के लिए उन्हें बहुत कुछ सामग्री मिल जाती थी। सबसे बड़े कौतूहल की बात तो यह थी कि ऐसे दारुण शोक के बोझ के नीचे राय साहब क्योंकर सीधे रह सकते थे। उनके विलास उपवन पर इस दुस्सह झोंके का जरा भी अवसर न दिखाई देता था।

ज्ञानंशकर को शनैःशनैः राय साहब की इस बहुज्ञता से अश्रद्धा होने लगी। आठों पहर अपनी हीनता का अनुभव असह्य था। उनके विचार में अब राय साहब का इन आमोद-प्रमोद के विषयों में लिप्त रहना शोभा नहीं देता था। यावज्जीवन विलासिता में लीन रहने के बाद अब उन्हें विरक्त हो जाना चाहिए था। इस आमोद-लिप्सा की भी कोई सीमा है? इसे सजीवता नहीं कह सकते, यह निश्चलता नहीं, इसे धैर्य कहना ही उपयुक्त है। धैर्य कभी सजीवता और वासना का रूप नहीं धारण करता। वह हृदय पर विरक्ति, उदासीनता और मलिनता का रंग फेर देता है। वह केवल हृदयदाह है, जिससे आंसू तक सूख जाते हैं। वह शोक की अंतिम अवस्था है। कोई योगी, सिद्ध, महात्मा भी जवान बेटे का दाग दिल पर रखते हुए इतना अविचलित नहीं रह सकता। यह नग्न इंद्रियोपासना है। अहंकार ने महात्मा का दमन कर दिया, ममत्व ने हृदय के कोमल भावों का सर्वनाश कर दिया है। ज्ञानशंकर को अब राय साहब की एक-एक बात में क्षुद्र विलासिता की झलक दिखाई देती। वह उनके प्रत्येक व्यवहार को तीव्र समालोचना की दृष्टि से देखते।

एक महीना गुजर जाने पर भी ज्ञानशंकर ने कभी बनारस जाने की इच्छा नहीं प्रकट की। यद्यपि विद्यावती का उनके साथ जाने पर राजी न होना उनके यहां पड़े रहने का अच्छा बहाना था, पर वास्तव में इसका एक दूसरा ही कारण था, जिसे अंतःकरण में भी व्यक्त करने का उन्हें साहस न होता था। गायत्री के कोमल भाव और मृदुल रसमयी बातों का उनके चित्त पर आकर्षण होने लगा था। उसका विकसित लावण्यमय सौंदर्य अज्ञात रूप से उनके हृदय को खींचता जाता था और वह पतंग की भांति परिणाम से बेखबर इस दीपक की ओर बढ़ते चले जाते थे। उन्हें गायत्री प्रेमाकांक्षा और प्रेमानुरोध की मूर्ति दिखाई देती थी और यह भ्रम उनकी लालसा को और भी उत्तेजित करता रहता था। घर में किसी बड़ी-बूढ़ी

स्त्री के न होने के कारण उनका आदर-सत्कार गायत्री ही करती थी और ऐसे स्नेह और अनुराग के साथ कि ज्ञानशंकर को इसमें प्रेमादेश का रसमय आनंद मिलता था। सुखद कल्पनाएं मनोहर रूप धारण करके उनकी दृष्टि के सामने नृत्य करने लगती थीं। उन्हें अपना जीवन कभी इतना सुखमय न मालूम हुआ था। हृदय-सागर में कभी ऐसी प्रबल तरंगें न उठी थीं। उनका मन केवल प्रेम-वासनाओं का आनंद न उठाता था। वह गायत्री की अतुल संपत्ति का भी सुख-भोग करता था। उनकी भावी उन्नति का भवन निर्माण हो चुका था। यदि वह इस उद्यान से सुसज्जित हो जाए तो उसकी शोभा कितनी अपूर्व होगी! उसका दृश्य कितना विस्तृत, कितना मनोहर होगा!

ज्ञानशंकर की दृष्टि में आत्म-संयम का महत्त्व बहुत कम था। उनका विचार था कि संयम और नियम मानव चरित्र के स्वाभाविक विकास के बाधक हैं। वही पौधा सघन वृक्ष हो सकता है, जो समीर और लू, वर्षा और पाले में समान रूप से खड़ा रहे। उसकी वृद्धि के लिए अग्निमय प्रचंड वायु उतनी ही आवश्यक है, जितनी शीतल मंद समीर; शुष्कता उतनी ही प्राणपोषक है, जितनी आर्द्रता। चरित्रोन्नति के लिए भी विविध प्रकार की परिस्थितियां अनिवार्य हैं। दरिद्रता को काला नाग क्यों समझें! चरित्र-संगठन के लिए यह संपत्ति से कहीं महत्त्वपूर्ण है। यह मनुष्य में दृढ़ता और संकल्प, दया और सहानुभूति के भाव उदय करती है। प्रत्येक अनुभव चरित्र के किसी-न-किसी अंग की पुष्टि करता है, यह प्राकृतिक नियम है। इसमें कृत्रिम बाधाओं के डालने से चरित्र विषम हो जाता है। यहां तक कि क्रोध और ईर्ष्या, असत्य और कपट में भी बहुमूल्य शिक्षा के अंकुर छिपे रहते हैं।

जब तक सितार का प्रत्येक तार चोट न खाए, सुरीली ध्वनि नहीं निकल सकती। मनोवृत्तियों को रोकना ईश्वरीय नियमों में हस्तक्षेप करना है। इच्छाओं का दमन करना आत्महत्या के समान है। इससे चरित्र संकुचित हो जाता है। बंधनों के दिन अब नहीं रहे। यह अबाध, उदार, विराट, उन्नति का समय है। त्याग और बहिष्कार उस समय के लिए उपयुक्त था, जब लोग संसार को असार, स्वप्नवत् समझते थे। यह सांसारिक उन्नति का काल है, धर्माधर्म का विचार संकीर्णता का द्योतक है। सांसारिक उन्नति हमारा अभीष्ट है। प्रत्येक साधन जो अभीष्ट सिद्धि में हमारा सहायक हो, ग्राह्य है। इन विचारों ने ज्ञानशंकर को विवेक-शून्य बना दिया था। हां, वर्तमान अवस्था का यह प्रभाव था कि वह निंदा और उपहास से डरते थे, हालांकि यह भी उनके विचार में मानसिक दुर्बलता थी।

गायत्री उन स्त्रियों में न थी, जिनके लिए पुरुषों का हृदय एक खुला हुआ पृष्ठ होता है। उसका पति एक दुराचारी मनुष्य था, पर गायत्री को कभी उस पर

संदेह नहीं हुआ, उसके मनोभावों की तह तक कभी नहीं पहुंची। यद्यपि उसे मरे हुए तीन साल बीत चुके थे, पर वह अभी तक आध्यात्मिक श्रद्धा से उसकी स्मृति की आराधना किया करती थी। उसका निश्छल हृदय वासनायुक्त प्रेम के रहस्यों से अनभिज्ञ था, किंतु इसके साथ ही सगर्वता उसके स्वभाव का प्रधान अंग थी। वह अपने को उससे कहीं ज्यादा विवेकशील और मर्मज्ञ समझती थी, जितनी वह वास्तव में थी। उसके मनोवेग और विचार जल के नीचे बैठनेवाले रोड़े नहीं, सतह पर तैरने वाले बुलबुले थे। ज्ञानशंकर एक रूपवान, सौम्य, मृदुमुख मनुष्य थे। गायत्री सरल भाव से इन गुणों पर मुग्ध थी। वह उनसे मुस्कराकर कहती, तुम्हारी बातों में जादू है, तुम्हारी बातों से कभी मन तृप्त नहीं होता।

गायत्री ज्ञानशंकर के सम्मुख विद्यावती से कहती, ऐसा पति पाकर भी तू अपने भाग्य को नहीं सराहती? यद्यपि ज्ञानशंकर उससे दो-चार ही मास छोटे थे, पर उसकी छोटी बहन के पति थे, इसलिए वह उन्हें छोटे भाई के तुल्य समझती थी। वह उनके लिए अच्छे-अच्छे भोज्य पदार्थ आप बनाती, दिन में कई बार जलपान करने के लिए घर में बुलाती थी। उसे धार्मिक और वैज्ञानिक विषयों से विशेष रुचि थी। ज्ञानशंकर से इसी विषय की बातें करने और सुनने में उसे हार्दिक आनंद प्राप्त होता था। वह साली के नाते से प्रथानुसार उनसे दिल्लगी भी करती, उन पर भावमय चोटें करती और हंसती थी। मुंह लटकाकर उदास बैठना उसकी आदत न थी। वह हंसमुख, विनयशील, सरल-हृदय, विनोद-प्रिय रमणी थी, जिसके हृदय में लीला और क्रीड़ा के लिए कहीं जगह न थी।

गायत्री का यह सरल-सीधा व्यवहार ज्ञानशंकर की मलिन दृष्टि में परिवर्तित हो जाता था। उज्ज्वलता में वैचित्र्य और समता में विषमता दीख पड़ती थी। उन्हें गायत्री संकेत द्वारा कहती हुई मालूम होती–'आओ, इस उजड़े हुए हृदय को आबाद करो। आओ, इस अंधकारमय कुटीर को आलोकित करो।' इस प्रेमाह्वान का अनादर करना उनके लिए असाध्य था, परंतु स्वयं उनके हृदय ने गायत्री को यह निमंत्रण नहीं दिया, कभी अपना प्रेम उस पर अर्पण नहीं किया–उन्हें बहुधा क्लब में देर हो जाती, ताश की बाजी अधूरी न छोड़ सकते थे। कभी सैर-सपाटे में विलंब हो जाता, किंतु वह स्वयं विकल न होते, यही सोचते कि गायत्री विकल हो रही होगी। अग्नि गायत्री के हृदय में जलती थी, उन्हें केवल उसमें हाथ सेंकना था। उन्हें इस प्रयास में वही उल्लास होता था, जो किसी शिकारी को शिकार में, किसी खिलाड़ी को बाजी की जीत में होता है। वह प्रेम न था, वशीकरण की इच्छा थी। इस इच्छा और प्रेम में बड़ा भेद है, इच्छा अपनी ओर खींचती है,

प्रेम स्वयं खिंच जाता है। इच्छा में ममत्व है, प्रेम में आत्म-समर्पण। ज्ञानशंकर के हृदयस्थल में यही वशीकरण-चेष्टाएं किलोलें कर रही थीं।

गायत्री भोली सही, अज्ञान सही, पर शनै:-शनै: उसे ज्ञानशंकर से लगाव होता जाता था। यदि कोई भूलकर भी विष खा ले, तो उसका असर क्या कुछ कम होगा? ज्ञानशंकर को बाहर से आने में देर होती, तो उसे बेचैनी होने लगती, किसी काम में जी नहीं लगता, वह अटारी पर चढ़कर उनकी बाट जोहती। वह पहले विद्यावती के सामने हंस-हंसकर उनसे बातें करती थी, कभी उनसे अकेले भेंट हो जाती तो उसे कोई बात ही न सूझती थी। अब वह अवस्था न थी। उसकी बात अब एकांत की खोज में रहती। विद्यावती की उपस्थिति उन दोनों को मौन बना देती थी। अब वे केवल वैज्ञानिक तथा धार्मिक चर्चाओं पर आबद्ध न होते। बहुधा वे स्त्री-पुरुष के पारस्परिक संबंध की मीमांसा किया करते और कभी-कभी ऐसे मार्मिक प्रसंगों का सामना करना पड़ता कि गायत्री लज्जा से सिर झुका लेती।

एक दिन संध्या समय गायत्री बगीचे में आरामकुर्सी पर लेटी हुई एक पत्र पढ़ रही थी, जो अभी डाक से आया था। यद्यपि लू का चलना बंद हो गया था, पर गरमी के मारे बुरा हाल था। प्रत्येक वस्तु से ज्वाला-सी निकल रही थी। वह पत्र को उठाती थी और फिर गरमी से विकल होकर रख देती थी। अंत में उसने एक परिचारिका को पंखा झलने के लिए बुलाया और अब पत्र को पढ़ने लगी। उसके मुख्तारआम ने लिखा था—

'सरकार यहां जल्द आएं। यहां कई ऐसे मामले आ पड़े हैं जो आपकी अनुमति के बिना तय नहीं हो सकते। हरिहरपुर के इलाके में बिलकुल वर्षा नहीं हुई, यह आपको ज्ञात ही है। अब वहां के असामियों से लगान वसूल करना अत्यंत कठिन हो रहा है। वह सोलह आने छूट की प्रार्थना करते हैं। मैंने जिलाधीश से इस विषय में अनुरोध किया, पर उसका कुछ फल न हुआ। वह अवश्य छूट कर देंगे। यदि आप आकर स्वयं जिलाधीश से मिलें तो शायद सफलता हो।

यदि श्रीमान राय साहब यहां पधारने का कष्ट उठाएं तो निश्चय ही उनका प्रभाव कठिन को सुगम कर दे। असामियों के इस आंदोलन से हलचल मची हुई है। शंका है कि छूट न हुई तो उत्पात होने लगेगा। इसलिए आपका जिलाधीश से साक्षात् करना परमावश्यक है।'

गायत्री सोचने लगी, यह जमींदारी क्या है, जी का जंजाल है। महीने में आधे महीने के लिए भी कहीं जाऊं तो हाय-हाय होने लगती है। असामियों में यह धुन

न जाने कैसे समा गई कि जहां देखो, वहीं उपद्रव करने पर तैयार दिखाई देते हैं। सरकार को इन पर कड़ा हाथ रखना चाहिए। जरा भी शह मिली और यह काबू से बाहर हुए। अगर इस इलाके में असामियों की छूट हो गई तो मेरा 20-25 हजार का नुकसान हो जाएगा। इसी तरह और इलाकों में भी उपद्रव के डर से छूट हो जाए तो मैं तो कहीं की न रहूं–कुछ वसूल न होगा तो मेरा खर्च कैसे चलेगा? माना कि मुझे उस इलाके की मालगुजारी न देनी पड़ेगी, पर और भी तो कितने ही रुपये पृथक-पृथक नामों से देने पड़ते हैं, वह तो देने ही पड़ेंगे। वह किसके घर से आएंगे? छूट भी हो जाए, मगर लूंगी असामियों से ही।

मेरा जी वहां कैसे लगेगा? यह बातें वहां कहां सुनने को मिलेंगी, अकेले पड़े-पड़े जी उकताया करेगा। जब तक ज्ञानशंकर यहां रहेंगे, तब तक तो मैं गोरखपुर जाती नहीं। हां, जब वह चले जाएंगे तो मजबूरी है। नुकसान ही न होगा, बला से! जीवन के दिन आनंद से तो कट रहे हैं, धर्म और ज्ञान की चर्चा सुनने में आती है। कल बाबू साहब मुझसे चिढ़ गए होंगे, लेकिन मेरा मन तो अब भी स्वीकार नहीं करता कि विवाह केवल एक शारीरिक संबंध और सामाजिक व्यवस्था है। वह स्वयं कहते हैं कि मानव शरीर का कई सालों में संपूर्णत: रूपांतर हो जाता है। शायद आठ वर्ष कहते थे। यदि विवाह केवल दैहिक संबंध हो तो इस नियमित समय के बाद उसका अस्तित्व ही नहीं रहता। इसका तो यह आशय है कि आठ वर्ष के बाद पति और पत्नी इस धर्म-बंधन से मुक्त हो जाते हैं, एक का दूसरे पर कोई अधिकार नहीं रहता। आज फिर यही प्रश्न उठाऊंगी। लो, आप ही आ गए, बोली–"कहिए, कहीं जाने को तैयार हैं क्या?"

ज्ञानशंकर–आज यहां थिएट्रिकल कंपनी का तमाशा होने वाला है। आपसे पूछने आया हूं कि आपके लिए भी जगह रिजर्व कराता आऊं? आज बड़ी भीड़ होगी।

गायत्री–विद्यावती से पूछा? वह जाएगी?

ज्ञानशंकर–वह तो कहती है कि माया को साथ लेकर जाने में तकलीफ होगी। मैंने भी आग्रह नहीं किया।

गायत्री–तो अकेले जाने पर मुझे भी कुछ आनंद न आएगा।

ज्ञानशंकर–आप न जाएंगी तो मैं भी न जाऊंगा।

गायत्री–तब तो मैं कदापि न जाऊंगी। आपकी बातों में मुझे थिएटर से अधिक आनंद मिलता है। आइए, बैठिए। कल की बात अधूरी रह गई थी। आप कहते थे, स्त्रियों में आकर्षण-शक्ति पुरुषों से अधिक होती है, पर आपने इसका कोई कारण नहीं बताया था।

ज्ञानशंकर–इसका कारण तो स्पष्ट ही है। स्त्रियों का जीवन-क्षेत्र परिमित होता है और पुरुषों का विस्तृत। इसी कारण स्त्रियों की सारी शक्तियां केंद्रस्थ हो जाती हैं और पुरुषों की विच्छिन्न।

गायत्री–लेकिन ऐसा होता तो पुरुषों को स्त्रियों के अधीन रहना चाहिए था। वह उन पर शासन क्योंकर करते?

ज्ञानशंकर–तो क्या आप समझती हैं कि मर्द स्त्रियों पर शासन करते हैं? ऐसी बात तो नहीं है। वास्तव में मर्द ही स्त्रियों के अधीन होते हैं। स्त्रियां उनके जीवन की विधाता होती हैं। देह पर उनका शासन चाहे न हो, हृदय पर उन्हीं का साम्राज्य होता है।

गायत्री–तो फिर मर्द इतने निष्ठुर क्यों हो जाते हैं?

ज्ञानशंकर–मर्दों पर निष्ठुरता का दोष लगाना न्याय-विरुद्ध है। वह उस समय तक सिर नहीं उठा सकते, जब तक या तो स्त्री स्वयं उन्हें मुक्त न कर दे अथवा किसी दूसरी स्त्री की प्रबल विद्युत-शक्ति उन पर प्रभाव न डाले।

गायत्री–(हंसकर) आपने तो सारा दोष स्त्रियों के सिर रख दिया।

ज्ञानशंकर ने भावुकता से उत्तर दिया–"अन्याय तो वह करती हैं, फरियाद कौन सुनेगा?"

इतने में विद्यावती मायाशंकर को गोद में लिये आकर खड़ी हो गई। माया चार वर्ष का हो चुका था, पर अभी तक कोई बच्चा न होने के कारण वह शैशवावस्था के आनंद को भोगता था।

गायत्री ने पूछा–"क्यों विद्यावती, आज थिएटर देखने चलती हो?"

विद्यावती–कोई अनुरोध करेगा तो चली चलूंगी, नहीं तो मेरा जी नहीं चाहता।

ज्ञानशंकर–तुम्हारी इच्छा हो तो चलो, मैं अनुरोध नहीं करता।

विद्यावती–तो फिर मैं भी नहीं जाती।

गायत्री–मैं अनुरोध करती हूं, तुम्हें चलना पड़ेगा। बाबूजी, आप जगह रिजर्व करा लीजिए।

नौ बजे रात को तीनों फिटन पर बैठकर थिएटर को चले। माया भी साथ था। फिटन कुछ दूर आई तो वह पानी-पानी चिल्लाने लगा। ज्ञानशंकर ने विद्यावती से कहा–"लड़के को लेकर चली थीं, तो पानी की एक सुराही क्यों नहीं रख ली?"

विद्यावती–क्या जानती थी कि घर से निकलते ही इसे प्यास लग जाएगी।

ज्ञानशंकर–पानदान रखना तो न भूल गईं?

विद्यावती–इसी से तो मैं कहती थी कि मैं न चलूंगी।

गायत्री–थिएटर के हाते में बर्फ-पानी सब कुछ मिल जाएगा।

माया यह सुनकर और अधीर हो गया। उसने रो-रोकर दुनिया सिर पर उठा ली। ज्ञानशंकर ने उसे बढ़ावा दिया तो वह और भी गला फाड़-फाड़कर बिलबिलाने लगा।

ज्ञानशंकर–जब अभी से यह हाल है, तो दो बजे रात तक न जाने क्या होगा?

गायत्री–कौन जागता रहेगा? जाते-ही-जाते तो सो जाएगा।

ज्ञानशंकर–गोद में आराम से तो सो सकेगा नहीं, रह-रहकर चौंकेगा और रोएगा। सारी सभा घबरा जाएगी। लोग कहेंगे, यह पुछल्ला अच्छा लेते आए।

विद्यावती–कोचवान से कह क्यों नहीं देते कि गाड़ी लौटा दे, मैं न जाऊंगी।

ज्ञानशंकर–यह सब बातें पहले ही सोच लेनी चाहिए थीं न? गाड़ी यहां से लौटेगी तो आते-आते दस बज जाएंगे। आधा तमाशा ही गायब हो जाएगा। वहां पहुंच जाएं तो जी चाहे मजे से तमाशा देखना, माया को इसी गाड़ी में पड़े रहने देना या उचित समझना तो लौट आना।

गायत्री–वहां तक जाकर लौटना अच्छा नहीं लगता।

ज्ञानशंकर–मैंने तो सब कुछ इन्हीं की इच्छा पर छोड़ दिया।

गायत्री–क्या वहां कोई आरामकुर्सी न मिल जाएगी?

विद्यावती–यह सब झंझट करने की जरूरत ही क्या है? मैं लौट आऊंगी। मैं तमाशा देखने को उत्सुक न थी, तुम्हारी खातिर चली आई थी।

थिएटर का पंडाल आ गया। खूब जमाव था। ज्ञानशंकर उतर पड़े। गायत्री ने विद्यावती से उतरने को कहा, पर वह आग्रह करने पर भी न उठी। कोचवान को पानी लाने भेजा। इतने में ज्ञानशंकर लपके हुए आए और बोले–"भाभी, जल्दी कीजिए, घंटी हो गई। तमाशा आरंभ होने वाला है। जब तक यह माया को पानी पिलाती है, आप चलकर बैठ जाइए, नहीं तो शायद जगह ही न मिले।"

यह कहकर वह गायत्री को लिये हुए पंडाल में घुस गए। पहले दरजे के मरदाने और जनाने भागों के बीच में केवल एक चिक का परदा था। चिक के बाहर ज्ञानशंकर बैठे और चिक के पास ही भीतर गायत्री को बैठाया। वही दोनों जगह उन्होंने रिजर्व (स्वरक्षित) करा रखी थीं।

गायत्री जल्दी से गाड़ी से उतरकर ज्ञानशंकर के साथ चली आई थी। विद्यावती अभी आएगी, यह उसे निश्चय था, लेकिन जब उसे बैठे कई मिनट हो गए, विद्यावती न दिखाई दी और अंत में ज्ञानशंकर ने आकर कहा कि वह चली गई, तो उसे बड़ा क्षोभ हुआ। समझ गई कि वह रूठकर चली गई। अपने मन में मुझे ओछी, निष्ठुर समझ रही होगी। मुझे भी उसी के साथ लौट जाना

चाहिए था। उसके साथ तमाशा देखने में हरज नहीं था। लोग यह अनुमान करते हैं कि मैं उसकी खातिर से आई हूं, किंतु उसके लौट जाने पर मेरा यहां रहना सर्वथा अनुचित है। घर की लौंडिया और मेहरियां तक हंसेंगी और हंसना यथार्थ है, दादाजी न जाने मन में क्या सोचेंगे! मेरे लिए तो अब तीर्थ-यात्रा, गंगा-स्नान, पूजा-पाठ, दान और व्रत यही व्यावहारिक होने चाहिए। यह विहार-विलास सोहागिन के लिए है। मुझे अवश्य लौट जाना चाहिए, लेकिन बाबूजी से इतनी जल्द लौटने को कहूंगी तो वह मुझ पर अवश्य झुंझलाएंगे कि नाहक इसके साथ आया। बुरी फंसी। कुछ देर यहां बैठे बिना अब किसी तरह छुटकारा न मिलेगा।

यह निश्चय करके वह बैठी, लेकिन जब अपने आगे-पीछे दृष्टि पड़ी तो उसे वहां एक पल भी बैठना दुस्तर जान पड़ा। समस्त जनाना भाग वेश्याओं से भरा हुआ था; एक-से-एक सुंदर, एक-से-एक रंगीन। चारों ओर से खस और मेहंदी की लपटें आ रही थीं। उनका आभरण और शृंगार, उनका ठाठ-बाट, उनके हाव-भाव, उनकी मंद मुस्कान, सब गायत्री को घृणोत्पादक प्रतीत होते थे। उसे भी अपने रूप-लावण्य पर घमंड था, पर इस सौंदर्य-सरोवर में वह एक जल-कण के समान विलीन हो गई थी। अपनी तुच्छता का ज्ञान उसे और भी व्यथित करने लगा। यह कुलटाएं कितनी ढीठ, कितनी निर्लज्ज हैं! इसकी शिकायत नहीं कि इन्होंने क्यों ऐसे पापमय, ऐसे नारकीय पथ पर पग रखा। यह अपने पूर्व कर्मों का फल है। दुरवस्था जो न कराए थोड़ा, लेकिन यह अभिमान क्यों? ये इठलाती किस बिरते पर हैं? इनके रोम-रोम से दीनता और लज्जा टपकनी चाहिए थी; पर यह ऐसी प्रसन्न हैं मानो संसार में इनसे सुखी और कोई है ही नहीं। पाप एक करुणाजनक वस्तु है, मानवीय विवशता का द्योतक है। उसे देखकर दया आती है; लेकिन पाप के साथ निर्लज्जता और मदांधता एक पैशाचिक लीला है, दया और धर्म की सीमा से बाहर।

गायत्री अब पल-भर भी न ठहर सकी। वह ज्ञानशंकर से बोली—"मैं बाहर जाती हूं, यहां बैठा नहीं जाता, मुझे घर पहुंचा दीजिए।"

उसे संशय था कि ज्ञानशंकर वहां ठहरने के लिए आग्रह करेंगे। चलेंगे भी तो क्रुद्ध होकर; पर यह बात न थी। ज्ञानशंकर सहर्ष उठ खड़े हुए। बाहर आकर एक बग्घी किराए पर की और घर चले।

गायत्री ने इतनी जल्द थिएटर से लौट आने के लिए क्षमा मांगी। फिर वेश्याओं की बेशर्मी की चर्चा की, पर ज्ञानशंकर ने कुछ उत्तर न दिया। उन्होंने आज मन में एक विषम कल्पना की थी और इस समय उसे कार्य रूप में लाने के लिए अपनी संपूर्ण शक्तियों को इस प्रकार एकाग्र कर रहे थे मानो किसी नदी में कूद

रहे हों। उनका हृदयाकाश मनोविकार की काली घटाओं से आच्छादित हो रहा
था, जो इधर महीनों से जमा हो रही थीं। वह ऐसे ही अवसर की ताक में थे।
उन्होंने अपना कार्यक्रम स्थिर कर लिया। लक्षणों से उन्हें गायत्री के सहयोग का
भी निश्चय होता जाता था। उसका थिएटर देखने पर राजी हो जाना, विद्यावती
के साथ घर न लौटना, उनके साथ अकेले बग्घी में बैठना, इसके प्रत्यक्ष प्रमाण
थे। कदाचित् उन्हें अवसर देने के ही लिए वह इतनी जल्द लौटी थीं, क्योंकि घर
की फिटन पर लौटने से काम में विघ्न पड़ने का भय था। ऐसी अनुकूल दशा
में आगा-पीछा करना, उनके विचार में वह कापुरुषता थी, जो अभीष्ट सिद्धि की
घातक है। उन्होंने किताबों में पढ़ा था कि पुरुषोचित उद्दंडता वशीकरण का सिद्ध
मंत्र है। तत्क्षण उनकी विकृत चेष्टा प्रज्वलित हो गई, आंखों से ज्वाला निकलने
लगी, रक्त खौलने लगा, सांस वेग से चलने लगी।

ज्ञानशंकर ने अपने घुटने से गायत्री की जांघ में एक ठोंका दिया। गायत्री ने
तुरंत पैर समेट लिये, उसे कुचेष्टा की लेश-मात्र भी शंका न हुई, किंतु एक क्षण
के बाद ज्ञानशंकर ने अपने जलते हुए हाथ से उसकी कलाई पकड़कर धीरे से
दबा दी। गायत्री ने चौंककर हाथ खींच लिया मानो किसी विषधर ने काट खाया
हो और भयभीत नेत्रों से ज्ञानशंकर को देखा। सड़क पर बिजली की लालटेनें जल
रही थीं। उनके प्रकाश में ज्ञानशंकर के चेहरे पर एक संतप्त उग्रता, एक प्रदीप्त
दुस्साहस दिखाई दिया।

गायत्री का चित्त अस्थिर हो गया, आंखों में अंधेरा छा गया। सारी देह पसीने
से तर हो गई। उसने कातर नेत्रों से बाहर की ओर झांका। समझ न पड़ा कि कहां
हूं, कब घर पहुंचूंगी। निर्बल क्रोध की एक लहर नसों में दौड़ गई और आंखों से
बह निकली। उसे फिर ज्ञानशंकर की ओर ताकने का साहस न हुआ। उनसे कुछ
कह न सकी। उसका क्रोध भी शांत हो गया। वह संज्ञाशून्य हो गई, सारे मनोवेग
शिथिल पड़ गए। केवल आत्म-वेदना का ज्ञान आरे के समान हृदय को चीर रहा
था। उसकी वह वस्तु लुट गई जो जान से भी अधिक प्रिय थी; जो उसने मन
की रक्षक, उसके आत्म-गौरव की पोषक, धैर्य का आधार और उसके जीवन
का अवलंब थी। उसका जी डूबा जाता था। सहसा उसे जान पड़ा कि अब मैं
किसी को मुंह दिखाने के योग्य नहीं रही। अब तक उसका ध्यान अपने अपमान
के इस बाह्य स्वरूप की ओर नहीं गया था। अब उसे ज्ञात हुआ कि यह केवल
मेरा आत्मिक पतन ही नहीं है, उसने मेरी आत्मा को ही कलुषित नहीं किया,
वरन् मेरी बाह्य प्रतिष्ठा का भी सर्वनाश कर दिया। इस अवगति ने उसके डूबते
हुए हृदय को थाम लिया।

गोली खाकर दम तोड़ता हुआ पक्षी भी छुरी को देखकर तड़प जाता है। गायत्री जरा संभल गई। उसने ज्ञानशंकर की ओर सजल आंखों से देखा। कहना चाहती थी, जो कुछ तुमने किया उसका बदला तुम्हें परमात्मा देंगे, लेकिन यदि सौजन्यता का अल्पांश भी रह गया है तो मेरी लाज रखना, सतीत्व का नाश तो हो गया पर लोक-सम्मान की रक्षा करना; किंतु शब्द न निकले, अश्रु-प्रवाह में विलीन हो गए।

ज्ञानशंकर को भी मालूम हो गया कि मैंने धोखा खाया। मेरी उद्विग्नता ने सारा काम चौपट कर दिया। अभी तक उन्हें अपनी अधोगति पर लज्जा न आई थी, पर गायत्री की सिसकियां सुनीं तो हृदय पर चोट-सी लगी। अंतरात्मा जाग्रत हो गई, शर्म से गरदन झुक गई। कुवासना लुप्त हो गई। अपने पाप की अधमता का ज्ञान हुआ। ग्लानि और अनुताप के भी शब्द मुंह तक आए, पर व्यक्त न हो सके। गायत्री की ओर देखने का भी हौसला न पड़ा। अपनी मलिनता और दुष्टता अपनी ही दृष्टि में मालूम होने लगी—'हा! मैं कैसा दुरात्मा हूं। मेरे विवेक, ज्ञान और सद्विचार ने आत्म-हिंसा के सामने सिर झुका दिया। मेरी उच्च शिक्षा और उच्चादर्श का यही परिणाम होना था!' अपने नैतिक पतन के ज्ञान ने आत्म-वेदना का संचार कर दिया। उनकी आंखों से आंसू की धारा प्रवाहित हो गई। दोनों प्राणी खिड़कियों से सिर निकाले रोते रहे, यहां तक कि गाड़ी घर पर पहुंच गई।

5

बिसेसर–हुजूर, बड़ी देर से खड़ा हूं।

ईजाद हुसैन–अच्छा, खैर अपना मतलब कहो।

बिसेसर–यही अरज है हुजूर कि मुझसे मुचलका न लिया जाए। बड़ा गरीब हूं सरकार, मिट्टी में मिल जाऊंगा।

अहलमद साहब के यहां ऐसे गरज के बावले, आंख के अंधे, गांठ के पूरे नित्य ही आया करते थे। वह उनके कल-पुरजे खूब जानते थे। पहले मुंह फेरा, फिर अपनी विवशता प्रकट की; पर भाव ऐसा शीलपूर्ण बनाए रखा कि शिकार हाथ से निकल न जाए।

आंधी का पहला वेग जब शांत हो जाता है, तब वायु के प्रचंड झोंके, बिजली की चमक और कड़क बंद हो जाती है और मूसलाधार वर्षा होने लगती है। गायत्री के चित्त की शांति भी द्रवीभूत हो गई थी। हृदय में रुधिर की जगह आंसुओं का संचार हो रहा था।

आधी रात बीत गई, पर उसके आंसू न थमे। उसका आत्म-गौरव आज नष्ट हो गया। पति-वियोग के बाद उसकी सुदृढ़ स्मृति ही गायत्री के जीवन-सुख की नींव थी। वही साधु-कल्पना उसकी उपास्य थी। वह इस हृदय-कोष को, जहां यह अमूल्य रत्न संचित था, कुटिल आकांक्षाओं की दृष्टि से बचाती रहती थी। इसमें संदेह नहीं कि वह वस्त्राभूषणों से प्रेम रखती थी, उत्तम भोजन करती थी और सदैव प्रसन्नचित्त रहती थी; किंतु इसका कारण उसकी विलासप्रियता नहीं, वरन् अपने सतीत्व का अभिमान था। उसे संयम और आचार का स्वांग भरने से घृणा थी। वह थिएटर भी

देखती थी, आनंदोत्सवों में भी शरीक होती थी। आभरण, सुरुचि और मनोरंजन की सामग्रियों का त्याग करने की वह आवश्यकता न समझती थी, क्योंकि उसे अपनी चित्तस्थिति पर विश्वास था। वह एकाग्र होकर अपने इलाके का प्रबंध करती थी।

जब उसके आंसू थमे तो वह इस दुर्घटना के कारण और उत्पत्ति पर विचार करने लगी। शनै:-शनै: उसे विदित होने लगा कि इस विषय में मैं सर्वथा निरपराध नहीं हूं। ज्ञानशंकर कदापि यह दुस्साहस न कर सकते, यदि उन्हें मेरी दुर्बलता पर विश्वास न होता। उन्हें यह विश्वास क्योंकर हुआ? मैं इन दिनों उनसे बहुत स्नेह करने लगी थी। यह अनुचित था। कदाचित् इसी संपर्क ने उनके मन में यह भ्रम अंकुरित किया। अब उसे वह बातें याद आतीं, जो उन संगतों में हुआ करती थीं। उनका झुकाव उन्हीं विषयों की ओर होता था, जिन्हें एकांत और संकोच की जरूरत है। उस समय वे बातें सर्वथा दोषरहित जान पड़ती थीं, पर अब उनके विचार से ही गायत्री को लज्जा आती थी। उसे अब ज्ञात हुआ कि मैं अज्ञात दशा में धीरे-धीरे ढाल की ओर चली जाती थी और अगर गहरी खाई सहसा न आ पड़ती, तो मुझे अपने पतन का अनुभव ही न होता। उसे आज मालूम हुआ कि मेरा पति-प्रेम-बंधन जर्जर हो गया, नहीं तो मैं इन वार्ताओं के आकर्षण से सुरक्षित रहती।

वह अधीर होकर उठी और अपने पति के चित्र के सम्मुख जाकर खड़ी हो गई। इस चित्र को वह सदैव अपने कमरे में लटकाए रखती थी; उसने ग्लानिमय नेत्रों से चित्र को देखा और तब कांपते हुए हाथों से उतारकर छाती से लगाए देर तक खड़ी रोती रही। इस आत्मिक-आलिंगन से उसे एक विचित्र संतोष प्राप्त हुआ। ऐसा मालूम हुआ मानो कोई तड़पते हुए हृदय पर मरहम रख रहा है और कितने कोमल हाथों से! वह उस चित्र को अलग न कर सकी, उसे छाती से लगाए हुए बिछावन पर लेट गई। उसका हृदय इस समय पति-प्रेम से आलोकित हो रहा था। वह एक समाधि की अवस्था में थी। उसे ऐसा प्रतीत होता था कि यद्यपि पतिदेव अदृश्य हैं, तथापि उनकी आत्मा अवश्य यहां भ्रमण कर रही है। शनै:शनै: उसकी कल्पना सचित्र हो गई। वह भूल गई कि मेरे स्वामी को मरे तीन वर्ष व्यतीत हो गए। वह अकुलाकर उठ बैठी। उसे ऐसा जान पड़ा कि उनके वक्ष से रक्त स्रावित हो रहा है और कह रहे हैं—'यह तुम्हारी कुटिलता का घाव है। तुम्हारी पवित्रता और सत्यता मेरे लिए रक्षास्त्र थी। वह ढाल आज टूट गई और बेवफाई की कटार हृदय में चुभ गई। मुझे तुम्हारे सतीत्व पर अभिमान था। वह अभिमान आज चूर-चूर हो गया। शोक! मेरी हत्या उन्हीं हाथों से हुई, जो कभी मेरे गले में पड़े थे। आज तुमसे नाता टूटता है, भूल जाओ कि मैं कभी तुम्हारा पति था।'

गायत्री स्वप्न दशा में उसी कल्पित व्यक्ति के सम्मुख हाथ फैलाए हुए विनय कर रही थी। शंका से उसके हाथ-पांव फूल गए और वह चीख मारकर भूमि पर गिर पड़ी।

वह कई मिनट तक बेसुध पड़ी रही। जब होश आया तो देखा कि विद्यावती, लौंडियां, मेहरियां सब जमा हैं और डॉक्टर को बुलाने के लिए आदमी दौड़ाया जा रहा है।

उसे आंखें खोलते देखकर विद्यावती झपटकर उसके गले से लिपट गई और बोली–"बहन, तुम्हें क्या हो गया था? पहले तो कभी ऐसा न हुआ था!"

गायत्री–कुछ नहीं, एक बुरा स्वप्न देख रही थी। लाओ, थोड़ा-सा पानी पीऊंगी, गला सूख रहा है।

विद्यावती–थिएटर में कोई भयानक दृश्य देखा होगा।

गायत्री–नहीं, मैं भी तुम्हारे आने के थोड़ी ही देर पीछे चली आई थी। जी नहीं लगा। अभी थोड़ी ही रात गई है क्या? बाबूजी ध्रुपद अलाप रहे हैं।

विद्यावती–बारह तो कब के बज चुके, पर उन्हें किसी के मरने-जीने की क्या चिंता? उन्हें तो अपने राग-रंग से मतलब है। मेहरी ने जाकर तुम्हारा हाल कहा तो एक आदमी को डॉक्टर के यहां दौड़ा दिया और फिर गाने लगे।

गायत्री–यह तो उनकी पुरानी आदत है, कोई नई बात थोड़े ही है। रम्मन बाबू का यहां बुरा हाल हो रहा था और वह डिनर में गए हुए थे। जब दूसरे दिन मैंने बातों-बातों में इसकी चर्चा की तो बोले–'मैं वचन दे चुका था और जाना मेरा कर्तव्य था। मैं अपने व्यक्तिगत विषयों को सार्वजनिक जीवन से बिलकुल पृथक रखना चाहता हूं।'

विद्यावती–उस साल जब अकाल पड़ा और प्लेग भी फैला, तब हम लोग इलाके पर गए। तुम गोरखपुर थीं। उन दिनों बाबूजी की निर्दयता से मेरे रोएं खड़े हो जाते थे। असामियों से रुपये वसूल न होते और हमारे यहां नित्य नाच-रंग होता था। बाबूजी के उड़ाने के लिए रुपये न मिलते तो वह चिढ़कर असामियों पर गुस्सा उतारते। सौ-सौ मनुष्यों को एक पंक्ति में खड़ा करके हंटर से मारने लगते। बेचारे तड़प-तड़पकर रह जाते, पर उन्हें तनिक भी दया न आती थी। इसी मारपीट ने उन्हें निर्दय बना दिया है। जीवन-मरण तो परमात्मा के हाथ है, लेकिन मैं इतना अवश्य कहूंगी कि भैया की अकाल मृत्यु इन्हीं दिनों की हाय का फल है।

गायत्री–तुम बाबूजी पर अन्याय करती हो। उनका कोई कुसूर नहीं। आखिर रुपये कैसे वसूल होते? निर्दयता अच्छी बात नहीं, किंतु जब इसके बिना काम ही न चले तो क्या किया जाए? तुम्हारे जीजा कैसे सज्जन थे, द्वार पर से किसी

भिक्षुक को निराश न लौटने देते। सत्कार्यों में हजारों रुपये खर्च कर डालते थे। कोई ऐसा दिन न जाता कि सौ-पचास साधुओं को भोजन न कराते हों। हजारों रुपये तो चंदे में दे डालते थे, लेकिन उन्हें भी असामियों पर सख्ती करनी पड़ती थी। मैंने स्वयं उन्हें असामियों की मुश्कें कसके पिटवाते देखा है। जब कोई और उपाय न सूझता तो उनके घरों में आग लगवा देते थे और अब मुझे भी वही करना पड़ता है। उस समय मैं समझती थी कि वह व्यर्थ इतना जुल्म करते हैं। उन्हें समझाया करती थी, पर जब अपने माथे पड़ गई तो अनुभव हुआ कि यह नीच बिना मार खाए रुपये नहीं देते। घर में रुपये रखे रहते हैं; पर जब तक दो-चार लात-घूंसे न खा लें या गालियां न सुन लें, देने का नाम नहीं लेते। यह उनकी आदत है।

विद्यावती–मैं यह न मानूंगी। किसी को मार खाने की आदत नहीं हुआ करती।

गायत्री–लेकिन किसी को मारने की भी आदत नहीं होती। यह संबंध ही ऐसा है कि एक ओर तो प्रजा में भय, अविश्वास और आत्महीनता के भावों को पुष्ट करता है और दूसरी ओर जमींदारों को अभिमानी, निर्दय और निरंकुश बना देता है।

विद्यावती ने इसका कुछ जवाब न दिया। दोनों बहनें एक ही पलंग पर लेटीं। गायत्री के मन में कई बार इच्छा हुई कि आज की घटना को विद्यावती से बयान कर दूं। उनके हृदय पर एक बोझ-सा रखा था। इसे वह हल्का करना चाहती थी। ज्ञानशंकर को विद्यावती की दृष्टि में गिराना भी अभीष्ट था। यद्यपि उसका स्वयं अपमान होता था, लेकिन ज्ञानशंकर को लज्जित और निंदित करने के लिए वह इतना मूल्य देने पर तैयार थी, किंतु बात मुंह तक आकर लौट गई।

थोड़ी देर तक दोनों चुपचाप पड़ी रहीं। विद्यावती की आंखें तो नींद से झपकी जाती थीं और गायत्री को कोई बात न सूझती थी। अकस्मात् उसे एक विचार सूझ पड़ा। उसने विद्यावती को हिलाकर कहा–"क्या सोने लगीं? मेरा जी चाहता है कि कल-परसों तक यहां से चली जाऊं।"

विद्यावती ने कहा–"इतनी जल्द! भला जब तक मैं रहूं, तब तक तो रहो।"

गायत्री–नहीं, अब यहां जी नहीं लगता। वहां काम-काज भी तो देखना है।

विद्यावती–लेकिन अभी तक तो तुमने बाबूजी से इसकी चर्चा भी नहीं की।

गायत्री–उनसे क्या कहना है? जाऊं, चाहे रहूं–दोनों एक ही बात है।

विद्यावती–तो फिर मैं भी न रहूंगी, तुम्हारे साथ ही चली जाऊंगी।

गायत्री–तुम कहां जाओगी? अब यही तुम्हारा घर है। तुम्ही यहां की रानी हो। ज्ञान बाबू से कहो, इलाके का प्रबंध करें। दोनों प्राणी यहीं सूखपूर्वक रहो।

विद्यावती–समझा तो मैंने भी यही था, लेकिन विधाता की इच्छा कुछ और ही जान पड़ती है। कई दिन से बराबर देख रही हूं कि पंडित परमानंद नित्य आते

हैं। चिंताराम भी आते-जाते हैं। ये लोग कोई-न-कोई षड्यंत्र रच रहे हैं। तुम्हारे चले जाने से इन्हें और भी अवसर मिल जाएगा।

गायत्री—तो क्या बाबूजी को फिर विवाह करने की सूझी है क्या?

विद्यावती—मुझे तो ऐसा ही मालूम होता है।

गायत्री—अगर यह विचार उनके मन में आया है तो वह किसी के रोके न रुकेंगे। मेरा लिहाज वे करते हैं, पर इस विषय में वह शायद ही मेरी राय लें। उन्हें मालूम है कि उन्हें क्या राय दूंगी!

विद्यावती—तुम रहती तो उन्हें कुछ-न-कुछ संकोच अवश्य होता।

गायत्री—मुझे इसकी आशा नहीं। मैं वहां रहूंगी तो कम-से-कम वहां की देख-रेख तो करती रहूंगी—तीन महीने हो गए, लोगों ने न जाने क्या-क्या उपद्रव खड़े किए होंगे! एक दर्जन नातेदार द्वार पर डटे पड़े रहते हैं। एक महाशय नाते में मेरे मामा होते हैं, वे सुबह से शाम तक मछलियों का शिकार किया करते हैं। दूसरे महाशय मेरी फूफी के सपुत्र हैं, वे मेरे ससुर के समय से ही वहां रहते हैं। उनका काम मुहल्ले-भर की स्त्रियों को घूरना और उनसे दिल्लगी करना है। एक तीसरे महाशय मेरी ननद के छोटे देवर हैं, रिश्वत के बाजार के दलाल हैं। इस काम से जो समय बचता है, वे भंग पीने-पिलाने में लगाते हैं। इन लोगों में बड़ा गुण यह है कि संतोषी हैं। आनंद से भोजन-वस्त्र मिलता जाए, इसके सिवा उन्हें कोई चिंता नहीं। हां, जमींदारी का घमंड सबको है, सभी असामियों पर रोब जमाना चाहते हैं, उनका गला दबाने के लिए सब तत्पर रहते हैं। बेचारे किसानों को जो अपने परिश्रम की रोटियां खाते हैं, इन निठल्लों का अत्याचार केवल इसलिए सहना पड़ता है कि वह मेरे दूर के नातेदार हैं। मुफ्तखोरी ने उन्हें इतना आत्म-शून्य बना दिया है कि चाहे जितनी रुखाई से पेश आओ, टलने का नाम न लेंगे। अधिक नहीं तो दस परिवार ऐसे होंगे, जो मेरी मृत्यु का स्वप्न देखने में जीवन के दिन काट रहे हैं। उनका बस चले तो मुझे विष दे दें। किसी के यहां से कोई सौगात आए, मैं उसे हाथ तक नहीं लगाती। उनका काम बस यही है कि बैठे-बैठे उत्पात किया करें, मेरे काम में विघ्न डाला करें। कोई असामियों को फोड़ता है, कोई मेरे नौकर को तोड़ता है, कोई मुझे बदनाम करने पर तुला हुआ है। तुम्हें सुनकर हंसी आएगी, कई महाशय विरासत की आशा में डेवढ़े-दूने सूद पर ऋण लेकर पेट पालते हैं। कुछ नहीं बन पड़ता तो उपवास करते हैं, किंतु विरासत का अभिमान जीविका की कोई आयोजना नहीं करने देता। इन लोगों ने मेरी अनुपस्थिति में न जाने क्या-क्या गुल खिलाए होंगे! अभी मुझे जाने दो। बाबूजी भी जल्द ही पहाड़ पर चले जाएंगे। यदि ऐसी ही कोई जरूरत आ पड़े तो मुझे पत्र लिखना, चली आऊंगी।

दो दिन गायत्री ने किसी प्रकार काटे। ज्ञानशंकर से फिर बातचीत की नौबत नहीं आई। तीसरे दिन वह विदा हुई। राय साहब स्टेशन तक पहुंचाने आए। ज्ञानशंकर भी साथ थे। गायत्री गाड़ी में बैठी। राय साहब खिड़की पर झुके हुए आम और खरबूजे, लीचियां और अंगूर ले-लेकर गाड़ी में भरते जाते थे। गायत्री बार-बार कहती थी कि इतने फल क्या होंगे, कौन-सी बड़ी यात्रा है, किंतु राय साहब एक न सुनते थे। यह भी रियासत की एक आन थी।

ज्ञानशंकर एक बेंच पर उदास बैठे हुए थे। गायत्री को उन पर दया आ गई। वियोग के समय हम सहृदय हो जाते हैं। चलते-चलाते हम किसी पर अपना ऋण चाहे छोड़ जाएं, किंतु ऋण लेकर जाना नहीं चाहते।

जब गाड़ी ने सीटी दी, तो ज्ञानशंकर चौंककर बेंच पर से उठे और गायत्री के सम्मुख आकर उसे लज्जित और प्रार्थी नेत्रों से देखा-उनमें आंसू भरे हुए थे। पश्चाताप की सजीव मूर्ति थी। गायत्री भी खिड़की पर आई, कुछ कहना चाहती थी, पर गाड़ी चलने लगी।

ज्ञानशंकर की विनय-मूर्ति रास्ते-भर उसकी आंखों के सामने फिरती रही।

गायत्री के जाने के बाद ज्ञानशंकर को भी वहां रहना दूभर हो गया। सौभाग्य उन्हें हवा के घोड़े पर बैठाए ऋद्धि और सिद्धि के स्वर्ग में लिये जाता था, किंतु एक ही ठोकर में वह चमकते हुए नक्षत्र अदृश्य हो गए। वह प्राण-पोषक शीतल वायु, वह विस्तृत नभमंडल और सुखद कामनाएं लुप्त हो गईं और वह उसी अंधकार में निराश और विडंबित पड़े हुए थे। उन्हें लक्षणों से विदित होता जाता था कि राय साहब विवाह करने पर तुले हुए हैं और उनका दुर्बल क्रोध दिनोंदिन अदम्य होता जाता था। वह राय साहब की इंद्रिय-लिप्सा पर, क्षुद्रता पर झल्ला-झल्लाकर रह जाते थे। कभी-कभी अपने को समझाते कि मुझे बुरा मानने का कोई अधिकार नहीं, राय साहब अपनी जायदाद के मालिक हैं। उन्हें विवाह करने की पूर्ण स्वतंत्रता है, वह अभी हृष्ट-पुष्ट हैं और उम्र भी ज्यादा नहीं हुई है। उन्हें ऐसी क्या पड़ी है कि मेरे लिए इतना त्याग करें। मेरे लिए यह कितनी लज्जा की बात है कि अपने स्वार्थ के लिए उनका बुरा चेतूं; उनके कुल का अंत होने की अमंगल कामना करूं। यह मेरी घोर नीचता है, लेकिन विचारों को इस उद्‌देश्य से हटाने का प्रयत्न एक प्रतिक्रिया का रूप धारण कर लेता था, जो अपने बहाव में धैर्य और संतोष के बांध को तोड़ डालता था। उनका हृदय उस शुभ मुहूर्त के लिए विकल हो जाता था, जब यह अतुल संपत्ति अपने हाथों में आ जाएगी; जब वह

यहां मेहमान के अस्थायी रूप से नहीं, स्वामी के स्थायी रूप से निवास करेंगे। वह नित्य इसी कल्पित सुख के भोगने में मग्न रहते थे। प्राय: रात-रात भर जागते रह जाते और आनंद के स्वप्न देखा करते। उन्नति और सुधार के कितने ही प्रस्ताव उनके मस्तिष्क में चक्कर लगाया करते! सैर करने में उनको अब कुछ आनंद न मिलता, अधिकतर अपने कमरे में ही पड़े रहते। यहां तक कि आशा और भय की अवस्था उनके लिए असह्य हो गई। इस दुविधा में पड़े जेठ का महीना भी बीत गया और आषाढ़ आ पहुंचा।

राय साहब को अबकी बार पुत्र-शोक के कारण पहाड़ पर जाने में विलंब हो गया था। पहला छींटा पड़ते ही उन्होंने सफर की तैयारी शुरू कर दी। ज्ञानशंकर से अब जब्त न हो सका। सोचा, कौन जाने यह नैनीताल में ही किसी नए विचारों की लेडी से विवाह कर लें। यहां कानोंकान किसी को खबर भी न हो, अतएव उन्होंने इस शंका का अंत करने का निश्चय कर लिया।

संध्या हो गई थी। वह मन को दृढ़ किए हुए राय साहब के कमरे में गए, किंतु देखा तो वहां एक और महाशय विद्यमान थे। वह किसी कंपनी का प्रतिनिधि था और राय साहब से उसके हिस्से लेने का अनुरोध कर रहा था; किंतु राय साहब की बातों से ज्ञात होता था कि वे हिस्से लेने को तैयार नहीं हैं। अंत में एजेंट ने पूछा–"आखिर आपको इतनी शंका क्यों है? क्या आपका विचार है कि कंपनी की जड़ मजबूत नहीं है?"

राय साहब–जिस काम में सेठ जगतराम और मिस्टर मनचूरजी शरीक हों, उसके विषय में यह संदेह नहीं हो सकता।

एजेंट–तो क्या आप समझते हैं कि कंपनी का संचालन उत्तम रीति से न होगा?

राय साहब–कदापि नहीं।

एजेंट–तो फिर आपको उसका साझीदार बनने में क्या आपत्ति है? मैं आपकी सेवा में कम-से-कम पांच सौ हिस्सों की आशा लेकर आया था। जब आप ऐसे विचारशील सज्जन व्यापारिक उद्योग से पृथक रहेंगे तो इस अभागे देश की उन्नति सदैव एक मनोहर स्वप्न ही रहेगी।

राय साहब–मैं ऐसी व्यापारिक संस्थाओं को देशोद्धार की कुंजी नहीं समझता।

एजेंट–(आश्चर्य से) क्यों?

राय साहब–इसलिए कि सेठ जगतराम और मिस्टर मनचूरजी का वैभव देश का वैभव नहीं है। आपकी यह कंपनी धनवानों को और भी धनवान बनाएगी, पर जनता को इससे बहुत लाभ पहुंचने की संभावना नहीं। निस्संदेह आप कई हजार

कुलियों को काम में लगा देंगे, पर यह मजदूर अधिकांश किसान ही होंगे और मैं किसानों को कुली बनाने का कट्टर विरोधी हूं। मैं नहीं चाहता कि वे लोभ के वश अपने बाल-बच्चों को छोड़कर कंपनी की छावनियों में जाकर रहें और अपना आचरण भ्रष्ट करें। अपने गांव में उनकी एक विशेष स्थिति होती है। उनसे आत्म-प्रतिष्ठा का भाव जाग्रत रहता है। बिरादरी का भय उन्हें कुमार्ग से बचाता है। कंपनी की शरण में जाकर वह अपने घर के स्वामी नहीं, दूसरों के गुलाम हो जाते हैं और बिरादरी के बंधनों से मुक्त होकर नाना प्रकार की बुराइयां करने लगते हैं। कम-से-कम मैं अपने किसानों को इस परीक्षा में नहीं डालना चाहता।

एजेंट—क्षमा कीजिएगा, आपने एक ही पक्ष का चित्र खींचा है। कृपा करके दूसरे पक्ष का भी अवलोकन कीजिए। हम कुलियों को जैसे वस्त्र, जैसा भोजन और जैसे घर देते हैं, वैसे गांव में रहकर उन्हें कभी नसीब नहीं हो सकते। हम उनको दवा-दारू का, उनकी संतानों की शिक्षा का, उन्हें बुढ़ापे में सहारा देने का उचित प्रबंध करते हैं। यहां तक कि हम उनके मनोरंजन और व्यायाम की भी व्यवस्था कर देते हैं। वह चाहे तो टेनिस और फुटबाल खेल सकते हैं, चाहे तो पार्कों में सैर कर सकते हैं। सप्ताह में एक दिन गाने-बजाने के लिए समय से कुछ पहले ही छुट्टी दे दी जाती है। जहां तक मैं समझता हूं कि पार्कों में रहने के बाद कोई कुली फिर खेती करने की परवाह न करेगा।

राय साहब—नहीं, मैं इसे कदापि स्वीकार नहीं कर सकता। किसान कुली बनकर कभी अपने भाग्य-विधाता को धन्यवाद नहीं दे सकता, उसी प्रकार जैसे कोई आदमी व्यापार का स्वतंत्र सुख भोगने के बाद नौकरी की पराधीनता को पसंद नहीं कर सकता। संभव है कि अपनी दीनता उसे कुली बने रहने पर मजबूर करे, पर मुझे विश्वास है कि वह इस दासता से मुक्त होने का अवसर पाते ही तुरंत अपने घर की राह लेगा और फिर उसी टूटे-फूटे झोंपड़े में अपने बाल-बच्चों के साथ रहकर संतोष के साथ कालक्षेप करेगा। आपको इसमें संदेह हो तो आप कृषक-कुलियों से एकांत में पूछकर अपना समाधान कर सकते हैं। मैं अपने अनुभव के आधार पर यह बात कहता हूं कि आप लोग इस विषय में यूरोपवालों का अनुकरण करके हमारे जातीय जीवन के सद्गुणों का सर्वनाश कर रहे हैं। यूरोप में इंडस्ट्रियलिज्म (औद्योगिकता) की जो उन्नति हुई, उसके विशेष कारण थे। वहां के किसानों की दशा उस समय गुलामों से भी गई-गुजरी थी, वह जमींदार के बंदी होते थे। इस कठिन कारावास को देखते हुए धनपतियों की कैद गनीमत थी। हमारे किसानों की आर्थिक दशा चाहे कितनी ही बुरी क्यों न हो, पर वह किसी के गुलाम नहीं हैं। अगर कोई उन पर अत्याचार करे तो वह

अदालतों में उससे मुक्त हो सकते हैं। नीति की दृष्टि में किसान और जमींदार दोनों बराबर हैं।

एजेंट—मैं श्रीमान से विवाद करने की इच्छा तो नहीं रखता, पर मैं स्वयं छोटा-मोटा किसान हूं और मुझे किसानों की दशा का यथार्थ ज्ञान है। आप यूरोप के किसानों को गुलाम कहते हैं, लेकिन यहां के किसानों की दशा उससे अच्छी नहीं है। नैतिक बंधनों के होते हुए भी जमींदार कृषकों पर नाना प्रकार के अत्याचार करते हैं और कृषकों की जीविका का और कोई द्वार हो तो वह इन आपत्तियों को भी कभी न झेल सकें।

राय साहब—जब नैतिक व्यवस्थाएं विद्यमान हैं तो विदित है कि उनका उपयोग करने के लिए किसानों को केवल उचित शिक्षा की जरूरत है और शिक्षा का प्रचार दिनोंदिन बढ़ रहा है। मैं मानता हूं कि जमींदार के हाथों किसानों की बड़ी दुर्दशा होती है। मैं स्वयं इस विषय में सर्वथा निर्दोष नहीं हूं, बेगार लेता हूं डांड-बांध भी लेता हूं, बेदखली या इजाफा का कोई अवसर हाथ से नहीं जाने देता; असामियों पर अपना रोब जमाने के लिए अधिकारियों की खुशामद भी करता हूं, साम, दाम, दंड, भेद सभी से काम लेता हूं, पर इसका कारण क्या है? वही पुरानी प्रथा, किसानों की मूर्खता और नैतिक अज्ञान। शिक्षा का यथेष्ट प्रचार होते ही जमींदारों के हाथ से यह सब मौके निकल जाएंगे। मनुष्य स्वार्थी जीव है और यह असंभव है कि जब तक उसे धींगा-धींगी के मौके मिलते रहें, वह उनसे लाभ न उठाए। आपका यह कथन सत्य है, किसानों को यह विडंबनाएं इसलिए सहन करनी पड़ती हैं कि उनके लिए जीविका के और सभी द्वार बंद हैं। निश्चय ही उनके लिए जीवन-निर्वाह के अन्य साधनों का अवतरण होना चाहिए, नहीं तो उनका पारस्परिक द्वेष और संघर्ष उन्हें हमेशा जमींदारों का गुलाम बनाए रखेगा, चाहे कानून उनकी कितनी रक्षा और सहायता क्यों न करे! किंतु यह साधन ऐसे होने चाहिए, जो उनके आचार-व्यवहार को भ्रष्ट न करें। उन्हें घर से निर्वासित करके दुर्व्यसनों के जाल में न फंसाएं, उनके आत्माभिमान का सर्वनाश न करें! यह उसी दशा में हो सकता है, जब घरेलू शिल्प का प्रचार किया जाए और वह अपने गांव में कुल और बिरादरी की तीव्र दृष्टि के सम्मुख अपना-अपना काम करते रहें।

एजेंट—आपका अभिप्राय कॉटेज इंडस्ट्री (गृह उद्योग या कुटीर शिल्प) से है? समाचार-पत्रों में कहीं-कहीं इनकी चर्चा भी हो रही है, किंतु इनका सबसे बड़ा पक्षपाती भी यह दावा नहीं कर सकता कि इसके द्वारा आप विदेशी वस्तुओं का सफलता के साथ अवरोध कर सकते हैं।

राय साहब–इसके लिए हमें विदेशी वस्तुओं पर कर लगाना पड़ेगा। यूरोपवाले दूसरे देशों से कच्चा माल ले जाते हैं, जहाज का किराया देते हैं। उन्हें मजदूरों को कड़ी मजूरी देनी पड़ती है, उस पर हिस्सेदारों को नफा खूब चाहिए। हमारा घरेलू शिल्प इन समस्त बाधाओं से मुक्त रहेगा और कोई कारण नहीं कि उचित संगठन के साथ यह विदेशी व्यापार पर विजय न पा सके। वास्तव में हमने कभी इस प्रश्न पर ध्यान ही नहीं दिया। पूंजीवाले लोग इस समस्या पर विचार करते हुए डरते हैं। वे जानते हैं कि घरेलू शिल्प हमारे प्रभुत्व का अंत कर देगा, इसीलिए वह इसका विरोध करते रहते हैं।

ज्ञानशंकर ने इस विवाद में भाग न लिया। राय साहब की युक्तियां अर्थशास्त्र के सिद्धांतों के प्रतिकूल थीं, पर इस समय उन्हें उनका खंडन करने का अवकाश न था। जब एजेंट ने अपनी दाल गलते न देखी तो विदा हो गए। राय साहब ज्ञानशंकर को उत्सुक देखकर समझ गए कि यह कुछ कहना चाहते हैं, पर संकोचवश चुप हैं, बोले–"आप कुछ कहना चाहते हैं तो कहिए, मुझे फुरसत है।"

ज्ञानशंकर की जबान न खुल सकी। उन्हें अब ज्ञात हो रहा था कि मैं जो कथन कहने आया हूं, वह सर्वथा असंगत है, सज्जनता के बिलकुल विरुद्ध। राय साहब को कितना दुःख होगा और वह मुझे मन में कितना लोभी और क्षुद्र समझेंगे! बोले–"कुछ नहीं, मैं केवल यह पूछने आया था कि आप नैनीताल जाने का कब तक विचार करते हैं?"

राय साहब–आप मुझसे उड़ रहे हैं। आपकी आंखें कह रही हैं कि आपके मन में कोई और बात है, साफ कहिए। मैं आपस में बिलकुल सच्चाई चाहता हूं।

ज्ञानशंकर बड़े असमंजस में पड़े। अंत में सकुचाते हुए बोले–"यही तो मेरी भी इच्छा है, पर यह बात ऐसी भद्दी है कि आपसे कहते हुए लज्जा आती है।"

राय साहब–मैं समझ गया। आपके कहने की जरूरत नहीं। मैं आपको विश्वास दिलाता हूं कि जिन गप्पों को सुनकर आपको यह शंका हुई है, वह बिलकुल निस्सार है। मैं स्पष्टवादी अवश्य हूं, पर अपने मुंह-देखे हितैषियों की अवज्ञा करना मेरी सामर्थ्य से बाहर है। जैसा आपसे कह चुका हूं, वह किंवदंतियां सर्वथा असार हैं। यह तो आप जानते हैं कि मैं पिंडे-पानी का कायल नहीं और न यही समझता हूं, कि मेरी संतान के बिना संसार सूना हो जाएगा। रहा इंद्रिय-सुखभोग उसके लिए मेरे पास इतने साधन हैं कि मैं पैरों में लोहे की बेड़ियां डाले बिना ही उसका आनंद उठा सकता हूं और फिर मैं कभी कामवासना का गुलाम नहीं रहा, नहीं तो इस अवस्था में आप मुझे इतना हृष्ट-पुष्ट न देखते। मुझे लोग कितना ही विलासी समझे, पर वास्तव में मैंने युवावस्था से ही संयम का

पालन किया है। मैं समझता हूं कि इन बातों से आपकी शंका निवृत्त हो गई होगी; लेकिन बुरा न मानिएगा, उड़ती खबरों को सुनकर इतना व्यस्त हो जाना मेरी दृष्टि में आपका सम्मान नहीं बढ़ाता। मान लीजिए, मैंने विवाह करने का निश्चय ही कर लिया हो तो यह आवश्यक नहीं कि उससे संतान भी हो और हो भी तो पुत्र ही और पुत्र भी हो तो जीवित रहे, फिर मायाशंकर अभी अबोध बालक है। विधाता ने उसके भाग्य में क्या लिख दिया है, उसे हम या आप नहीं जानते। यह भी मान लीजिए कि वह वयस्क होकर मेरा उत्तराधिकारी भी हो जाए तो यह आवश्यक नहीं कि वह इतना कर्तव्यपरायण और सच्चरित्र हो, जितना आप चाहते हैं। यदि वह समझदार होता और उसके मन में यह शंकाएं पैदा होतीं तो मैं क्षम्य समझता, लेकिन आप जैसे बुद्धिमान मनुष्य का एक निर्मूल और कल्पित संभावना के पीछे अपना दाना-पानी हराम कर लेना बड़े खेद की बात है।

इस कथन के पहले भाग से ज्ञानशंकर को संतोष न हुआ था, अंतिम भाग को सुनकर निराशा हुई। समझ गए कि यह चर्चा इन्हें अच्छी नहीं लगती और यद्यपि युक्तियों से यह मुझे शांत करना चाहते हैं, पर वास्तव में इन्होंने विवाह करने का निश्चय कर लिया है। इतना ही नहीं, इन्हें यहां मेरा रहना अखर रहा है। मुझे यह अपना आश्रित न समझते तो कदापि इस तरह आड़े हाथों न लेते। उनका गौरवशील हृदय प्रत्युत्तर देने के लिए विकल हो उठा, पर उन्होंने जब्त किया। इस कड़वी दवा का पान कर लेना ही उचित समझा। मन में कहा–'आप मेरे साथ दोरंगी चाल चल रहे हैं। मैं साबित कर दूंगा कि कम-से-कम इस व्यवहार में मैं आपसे हेठा नहीं हूं।'

उन्होंने कुछ जवाब न दिया। राय साहब को भी इन बातों के कहने का खेद हुआ। ज्ञानशंकर का मन रखने के लिए इधर-उधर की बातें करने लगे। नैनीताल का भी जिक्र आ गया। उन्होंने अपने साथ चलने को कहा। ज्ञानशंकर राजी हो गए। इसमें दो लाभ थे। एक तो वह राय साहब को नजरबंद कर सकेंगे; दूसरे, वह उच्चाधिकारियों पर अपनी योग्यता का सिक्का बिठा सकेंगे। संभव है, राय साहब की सिफारिश उन्हें किसी ऊंचे पद पर पहुंचा दे। वे यात्रा की तैयारियां करने लगे।

यद्यपि गांववालों ने गौस खां पर जरा भी आंच न आने दी थी, लेकिन ज्वाला सिंह का उनके बर्ताव के विषय में पूछताछ करना उनके शांति-हरण के लिए काफी था। चपरासी, नाजिर, मुंशी सभी चकित हो रहे थे कि इस अक्खड़ लौंडे ने डिप्टी साहब पर न जाने क्या जादू कर दिया कि उनकी काया ही पलट गई!

ईंधन, पुआल, हांडी, बरतन, दूध-दही, मांस-मछली, साग-भाजी सभी चीजें बेगार में लेने को मना करते हैं, तब तो हमारा गुजारा हो चुका। ऐसा भत्ता ही कौन बहुत मिलता है। यह लौंडा एक ही पाजी निकला। एक तो हमें फटकारें सुनाईं, उस पर यह और रद्दा जमा गया। हमें चलकर डिप्टी साहब से कह देना चाहिए। आज यह दुर्दशा हुई है, दूसरे गांव में इससे भी बुरा हाल होगा। हम लोग पानी को तरस जाएंगे, अतएव ज्यों ही ज्वाला सिंह लौटकर आए सब-के-सब उनके सामने जाकर खड़े हो गए। ईजाद हुसैन को फिर उनका मुख-पात्र बनना पड़ा।

ज्वाला सिंह ने रुष्ट भाव से देखकर पूछा–"कहिए, आप लोग कैसे चले? कुछ कहना चाहते हैं? मीर साहब, आपने इन लोगों को मेरा हुक्म सुना दिया है न?"

ईजाद हुसैन–जी हां, यही हुक्म सुनकर तो यह लोग घबराए हुए आपकी खिदमत में हाजिर हुए हैं। कल इस गांव में एक सख्त वारदात हो गई। गांव के लोग चपरासियों से लड़ने पर आमादा हो गए। ये लोग जान बचाकर चले न आए होते तो फौजदारी हो जाती। इन लोगों ने इसकी इत्तिला करके हुजूर के आराम में खलल डालना मुनासिब नहीं समझा, लेकिन आज की मुमानियत सुनकर इनके होश उड़ गए हैं। पहले ही बेगार आसानी से न मिलती थी, अब बानी-मबानी वही नौजवान था जो सुबह हुजूर की खिदमत में हाजिर हुआ था। उसकी कुछ तंबीह होनी निहायत जरूरी है।

ज्वाला सिंह–उसकी बातों से तो मालूम होता था कि चपरासियों ने ही उसके साथ सख्ती की थी।

एक चपरासी–वह तो कहेगा ही, लेकिन खुदा गवाह है, हम लोग भाग न आए होते तो जान की खैर न थी। ऐसी जिल्लत आज तक कभी न हुई थी। हम लोग चार-चार पैसे के मुलाजिम हैं, पर हाकिमों के इकबाल से बड़ों-बड़ों की कोई हकीकत नहीं समझते।

गौस खां–हुजूर, वह लौंडा इंतिहा दरजे का शरीर है। उसके मारे हम लोगों का गांव में रहना दुश्वार हो गया है। रोज एक-न-एक तूफान खड़ा किए रहता है।

दूसरा चपरासी–हुजूर, लोगों की ही गुलामी में उम्र कटी, लेकिन कभी ऐसी दुर्गति न हुई थी।

ईजाद हुसैन–हुजूर की रिंआया-परवरी में कोई शक नहीं। हुक्काम को रहमदिल होना ही चाहिए; लेकिन हक तो यह है कि बेगार बंद हो जाए तो इन टके के आदमियों की किसी तरह गुजर ही न हो।

ज्वाला सिंह–नहीं, मैं इन्हें तकलीफ नहीं देना चाहता। मेरी मंशा सिर्फ यह है कि रिआया पर बेजा सख्ती न हो। मैंने इन लोगों को जो हुक्म दिया है, उसमें इनकी जरूरतों का काफी लिहाज रखा है। मैं यह नहीं समझता कि शहर में यह लोग जिन चीजों के बगैर गुजर कर सकते हैं, उनकी देहात में आकर क्यों जरूरत पड़ती है?

चपरासी–हुजूर, हम लोगों को जैसे चाहें रखे, आपके गुलाम हैं; पर इसमें हुजूर की बेरोबी होती है।

गौस खां–जी हां, यह देहाती लोग उसे हाकिम ही नहीं समझते, जो इनके साथ नरमी से पेश आए। हुजूर को हिंदुस्तानी समझकर ही यह लोग ऐसी दिलेरी करते हैं। अंग्रेजी हुक्काम आते हैं तो कोई चूं भी नहीं करता। अभी दो हफ्ते हुए, पादरी साहब तशरीफ लाए थे और हफ्ते-भर रहे, लेकिन सारा गांव हाथ बांधे खड़ा रहता था।

ईजाद हुसैन–आप बिलकुल दुरुस्त फरमाते हैं। हिंदुस्तानी हुक्काम को यह लोग हाकिम ही नहीं समझते, जब तक वह इनके साथ सख्ती न करें।

ज्वाला सिंह ने अपनी मर्यादा बढ़ाने के लिए ही अंग्रेजी रहन-सहन ग्रहण किया था। वह अपने को किसी अंग्रेज से कम न समझते थे। अंग्रेजों से मिलने जाते तो टोपी हाथ में ले लेते। जूते उतारने के अपमान से बच जाते। रेलगाड़ी में अंग्रेजों के ही साथ बैठते थे। लोग अपनी बोलचाल में उन्हें साहब ही कहा करते थे। हिंदुस्तानी समझना उन्हें गाली देना था। गौस खां और ईजाद हुसैन की बातें निशाने पर बैठ गईं। वे अकड़कर बोले–"अच्छा! यह बात है तो मैं भी दिखा देता हूं कि मैं किसी अंग्रेज से कम नहीं हूं। यह लोग भी समझेंगे कि किस हिंदुस्तानी हाकिम से काम पड़ा था! अब तक तो मैं यही समझता था कि सारी खता हमीं लोगों की है। अब मालूम हुआ कि यह देहातियों की शरारत है। अहलमद साहब, आप हल्के के सब-इंस्पेक्टर को रूबकार लिखिए कि वह फौरन इस मामले की तहकीकात करके अपनी रिपोर्ट पेश करें।"

चपरासी–ज्यादा नहीं तो हुजूर, इन लोगों से मुचलका तो जरूर ले ही लिया जाए।

गौस खां–इस लौंडे की गोशमाली जरूरी है।

ज्वाला सिंह–जब तक रिपोर्ट न आ जाए, मैं कुछ नहीं करना चाहता।

परिणाम यह हुआ कि संध्या समय बाबू दयाशंकर जी फिर बहाल होकर इसी हलके में नियुक्त हुए थे, लखनपुर आ पहुंचे। कई कॉन्स्टेबल भी साथ थे। इन लोगों ने चौपाल में आसन जमाए। गांव के सब आदमी जमा किए गए, मगर बलराज का पता न था। वह और रंगी दोनों नील गायों को भगाने गए थे। दरोगाजी

ने बिगड़कर मनोहर से कहा–"तेरा बेटा कहां है? सारे फिसाद की जड़ तो वही है, तूने कहीं भगा तो नहीं दिया? उसे जल्द हाजिर कर, नहीं तो वारंट जारी कर दूंगा।"

मनोहर ने अभी उत्तर नहीं दिया था कि किसी ने कहा–"वह बलराज आ गया।"

सबकी आंखें उसकी ओर उठीं। दो कॉन्स्टेबलों ने लपककर उसे पकड़ लिया और दूसरे दो कॉन्स्टेबलों ने उसकी मुश्कें कसनी चाही। बलराज ने दीन भाव से मनोहर की ओर देखा। उसकी आंखों में भयंकर संकल्प तिलमिला रहा था।

वह आंखें कह रही थीं कि यह अपमान मुझसे नहीं सहा जा सकता। मैं अब जान पर खेलता हूं। आप क्या कहते हैं? मनोहर ने बेटे की यह दशा देखी तो रक्त खौल उठा। बावला हो गया। कुछ न सूझा कि मैं क्या कर रहा हूं! बाज की तरह टूटकर बलराज के पास पहुंचा और दोनों कॉन्स्टेबलों को धक्का देकर बोला–"छोड़ दो, नहीं तो अच्छा न होगा।"

इतना कहते-कहते उसकी जबान बंद हो गई और आंखों से आंसू निकल पड़े। सुक्खू चौधरी मन में फूले न समाते थे। उन्हें वह दिन निकट दिखाई दे रहा था, जब मनोहर के दसों बीघे खेत पर उनके हल चलेंगे। दुखरन भगत कांप रहे थे कि मालूम नहीं क्या आफत आएगी! डपट सिंह सोच रहे थे कि भगवान करे, मार-पीट हो जाए तो इन लोगों की खूब कुंदी की जाए और बिसेसर साह थर-थर कांप रहे थे। केवल कादिर खां को मनोहर से सच्ची सहानुभूति थी। मनोहर की उद्दंडता से उसके हृदय पर एक चोट-सी लगी। सोचा, मार-पीट हो गई तो फिर कुछ बनाए न बनेगी। तुरंत जाकर दयाशंकर के कानों में कहा–"हुजूर हमारे मालिक हैं। हम लोग आपकी ही रियाया हैं। सिपाहियों को मना कर दें, नहीं तो खून हो जाएगा। आप जो हुक्म देंगे, उसके लिए मैं हाजिर हूं।"

दयाशंकर उन आदमियों में न थे, जो खोकर भी कुछ नहीं सीखते। उन्हें अपने अभियोग ने एक बड़ी उपकारी शिक्षा दी थी। पहले वह यथासंभव रिश्वत अकेले ही हजम कर लिया करते थे। इससे थाने के अन्य अधिकारी उनसे द्वेष किया करते थे। अब उन्होंने बांटकर खाना सीख लिया था। इससे सारा थाना उन पर जान देता था। इसके अतिरिक्त अब वह पहले की भांति अश्लील शब्दों का व्यवहार न करते थे। उन्हें अब अनुभव हो रहा था कि सज्जनता केवल नैतिक महत्त्व की वस्तु नहीं है, उसका आर्थिक महत्त्व भी कम नहीं है। सारांश यह है कि अब उनके स्वभाव में अनर्गलता की जगह गंभीरता का समावेश हो गया था। वह इस झमेले में सारे गांव को समेटकर अपना स्वार्थ सिद्ध करना चाहते थे। कॉन्स्टेबलों का अत्याचार इस उद्देश्य में बाधक हो सकता था, अतएव उन्होंने सिपाहियों को शांत किया और बयान लिखने लगे। पहले चपरासियों के बयान हुए। उन्होंने अपना सारा क्रोध

बलराज पर उतारा। गौस खां और उनके दोनों शहनों ने भी इसी से मिलता-जुलता बयान दिया। केवल बिंदा महाराज का बयान कुछ कमजोर था। अब गांववालों के इजहार की बारी आई। पहले तो इन लोगों ने समझा कि सारे गांव पर आफत आनेवाली है, लेकिन विपक्षियों के बयान से विदित हुआ कि सब उद्योग बलराज को फंसाने के लिए किए जा रहे हैं। बलराज पर उसकी सहृदयता के कारण समस्त गांव जान देता था। पारस्परिक स्नेह और सहृदयता भी ग्राम्य जीवन का एक शुभ लक्षण है। उस अवसर पर केवल सच्ची बात कहने से ही बलराज की जान बचती थी। अपनी ओर से कुछ घटाने या बढ़ाने की जरूरत न थी, अतएव लोगों ने साहस से काम लिया। उन्होंने सारी घटना सच कह सुनाई; केवल बलराज के कठोर शब्दों पर परदा डाल दिया। विपक्षियों ने उन्हें फोड़ने में कोई बात उठा न रखी, पर कादिर खां की दृढ़ता ने किसी को विचलित न होने दिया।

आठ बजते-बजते तहकीकात समाप्त हो गई। बलराज को हिरासत में लेने के लिए प्रमाण न मिले। गौस खां दांत पीसकर रह गए। दरोगाजी चौपाल से उठकर अंदर के कमरे में जा बैठे। गांव के लोग एक-एक करके सरकने लगे।

डपट सिंह ने अकड़कर कहा–"गांव में फूट न हो तो कोई कुछ नहीं कर सकता। दरोगाजी कैसी जिरह करते थे कि कोई फूट जाए।"

दुखरन–भगवान चाहेंगे तो अब कुछ न होगा–मेल बड़ी चीज है।

मनोहर–भाई, तुम लोगों ने मेरी आबरू रख ली, नहीं तो कुशल नहीं थी।

डपट सिंह–लश्करवालों ने समझा था, जैसे दूसरे गांववालों को दबा लेते हैं, वैसे ही इन लोगों को दबा लेंगे।

दुखरन–इस गांव पर महावीर स्वामी का साया है, इसे क्या कोई खाकर दबाएगा?

मनोहर–कादिर भैया, जब दोनों कॉन्स्टेबलों ने बालू का हाथ पकड़ा तो मेरे बदन में जैसे आग लग गई। अगर वह छोड़ न देते तो चाहे जान से जाता, पर एक की तो जान ही लेकर छोड़ता।

डपट सिंह–अचरज तो यह है कि बलराज से इतना जब्त कैसे हुआ?

बलराज–मेरी तो जैसे सिट्टी-पिट्टी भूल गई थी? मालूम होता था, हाथों में दम नहीं है। हां, जब वह सब दादा से हाथापाई करने लगे, तब मुझसे जब्त न हो सका।

दुखरन–चलो, भगवान की दया से सब अच्छा ही हुआ। अब कोई चिंता नहीं।

ये बातें करते हुए लोग अपने-अपने घर गए। मनोहर अभी भोजन करके चिलम पी ही रहा था कि बिंदा महाराज आकर बैठ गए। यह बड़ा सहृदय मनुष्य था। था तो जमींदार का नौकर, पर उसकी सहानुभूति सदैव असामियों के साथ रहती थी। मनोहर उसे देखते ही खाट पर से उठ बैठा, बिलासी घर में से निकल

आई और बलराज, जो ऊख की गंडेरियां काट रहा था, हाथ में गड़ासा लिये आकर खड़ा हो गया। आजकल ऊख पेरी जाती थी। पहर रात रहे कोल्हू खड़े हो जाते थे।

मनोहर ने पूछा—"कहो महाराज, कैसे चले? चौपाल में क्या हो रहा है?"

बिंदा—तुम्हारा गला रेतने की तैयारियां हो रही हैं। दरोगाजी ने गांव के मुखिया लोगों को बुलाया है और सबसे अपना-अपना बयान बदलने के लिए कहा है। धमका रहे हैं कि बयान न बदलोगे तो सबसे मुचलका ले लेंगे। उस पर सौ रुपये की थैली अलग मांगते हैं। डर के मारे सबकी नानी मर रही है, बयान बदलने पर तैयार हैं। मैंने सोचा, चलकर तुम्हें खबर तो दे दूं। जमींदार के चाकर हैं तो क्या, पर हैं तो हम और तुम एक।

मनोहर के पांव तले से जमीन निकल गई। बिलासी सन्नाटे में आ गई, बलराज के भी होश उड़ गए। गरीबों ने समझा था, बला टल गई। अपने काम-धंधे में लगे हुए थे। इस समाचार ने आंधी के झोंके की तरह आकर नौका को डावांडोल कर दिया। किसी के मुंह से आवाज न निकली।

बिंदा ने फिर कहा—"सबों ने कैसा अच्छा बयान दिया था। मैंने समझा था, वह अपनी बात पर अड़े रहेंगे, पर सब कायर निकले। एक ही धमकी में पानी हो गए।"

मनोहर—मेरे ऊपर कोई ग्रह दशा आई हुई है और क्या? इस लौंडे के पीछे देखें, क्या-क्या दुर्गति होती है?

बिंदा—रात तो बहुत हो गई है, पर बन पड़े तो लोगों के पास जाओ। अरज-विनती करो। कौन जाने मान ही जाएं!

बलराज ने तनकर कहा—"न! किसी भकुए के पास जाने का काम नहीं। यही न होगा, मुझे सजा हो जाएगी। ऐसे कायरों से भगवान बचाए। मुचलके के नाम से जिनके प्राण सूखे जाते हैं, उनका कोई भरोसा नहीं। यहां मर्द हैं, सजा से नहीं डरते। कोई चोरी नहीं की है, डाका नहीं मारा है; सच्ची बात के पीछे सजा से नहीं डरते। सजा नहीं गला कट जाए, तब भी डरने वाले नहीं।"

मनोहर—अरे बाबा, चुप भी रह! आया है बड़ा मर्द बन के! जब तेरी उम्र के थे तो हम भी आकाश में दिया जलाते थे, पर अब वह कलेजा कहां से लाएं?

बिंदा—इन लड़कों की बातें ऐसी ही होती हैं। यह क्या जानें, मां-बाप के दिल पर क्या गुजरती है! जाओ, कहो-सुनो, धिक्कारो, आंखें चार होने पर कुछ-न-कुछ मुरौवत आ ही जाती है।

बिलासी—हां, अपनी वाली कर लो। आगे जो भाग में बदा है, वह तो होगा ही।

नौ बज चुके थे। प्रकृति कुहरे के सागर में डूबी हुई थी। घरों के द्वार बंद हो चुके थे। अलाव भी ठंडे हो गए थे। केवल सुक्खू चौधरी के कोल्हाड़े में

गुड़ पक रहा था। कई आदमी भट्ठे के सामने आग ताप रहे थे। गांव की गरीब स्त्रियां अपने-अपने घड़े लिये गरम रस की प्रतीक्षा कर रही थीं। इतने में मनोहर आकर सुक्खू के पास बैठ गया।

चौधरी अभी चौपाल से लौटे थे और अपने मेलियों से दरोगाजी की सज्जनता की प्रशंसा कर रहे थे। मनोहर को देखते ही बात बदल दी और बोले—"आओ मनोहर, बैठो। मैं तो आप ही तुम्हारे पास आने वाला था। कड़ाह की चासनी देखने लगा। इन लोगों को चासनी की परख नहीं है। कल एक पूरा ताव बिगड़ गया। दरोगाजी तो बहुत मुंह फैला रहे हैं। कहते हैं, सबसे मुचलका लेंगे। उस पर सौ की थैली अलग मांगते हैं। हाकिमों के बीच में बोलना जान-जोखिम है। जरा-सी सुई का पहाड़ हो गया। मुचलका का नाम सुनते ही सब लोग थरथरा रहे हैं, अपने-अपने बयान बदलने पर तैयार हो रहे हैं।"

मनोहर—तब तो बल्लू के फंसने में कोई कसर ही न रही?

सुक्खू—हां, बयान बदल जाएंगे तो उसका बचना मुश्किल है। इसी मारे मैंने अपना बयान न दिया था। खां साहब बहुत दम-भरोसा देते रहे, पर मैंने कहा—"मैं न इधर हूं और न उधर हूं। न आपसे बिगाड़ करूंगा, न गांव से बुरा बनूंगा। इस पर बुरा मान गए। सारा गांव समझता है कि खां साहब से मिला हुआ हूं, पर कोई बता दे कि उनसे मिलकर गांव की क्या बुराई की? हां, उनके पास उठता-बैठता हूं। इतने से ही जब मेरा बहुत-सा काम निकलता है, तब व्यवहार क्यों तोड़ूं? मेल से जो काम निकलता है, वह बिगाड़ करने से नहीं निकलता। हमारा सिर जमींदार के पैरों तले रहता है। ऐसे देवता को राजी रखने में ही अपनी भलाई है।"

मनोहर—अब मेरे लिए कौन-सी राह निकालते हो?

सुक्खू—मैं क्या कहूं, गांव का हाल तो जानते ही हो। तुम्हारी खातिर मुचलका देने पर कौन राजी होगा? कोई न मानेगा। बस, या तो भगवान का भरोसा है या अपनी गांठ का।

मनोहर ने सुक्खू से ज्यादा बातचीत नहीं की। समझ गया कि यह मुझे मुंडवाना चाहते हैं। कुछ दरोगा को देंगे, कुछ गौस खां के साथ मिलकर आप खा जाएंगे। इन दिनों उसका हाथ बिलकुल खाली था। नई गोई लेनी पड़ी, सब रुपये हाथ से निकल गए। खां साहब ने शिकमी खेत निकाल लिये थे, इसलिए रब्बी की भी आशा कम थी। केवल ऊख का भरोसा था, लेकिन बिसेसर साह के रुपये चुकाने थे और लगान भी बेबाक करना था। गुड़ से इससे अधिक और कुछ न हो सकता था। दूसरा ऐसा कोई महाराज न था जिससे रुपये उधार मिल सकते। वह यहां

से उठकर डपट सिंह के घर की ओर चला, पर अभी तक कुछ निश्चय न कर सका था कि उनसे क्या कहूंगा! वह भटके हुए पथिक की भांति एक पगडंडी पर चला जा रहा था, बिलकुल बेखबर कि यह रास्ता मुझे कहां लिये जाता है, केवल इसलिए कि एक जगह खड़े रहने से चलते रहना अधिक संतोषप्रद था। क्या हानि है, यदि लोग मुचलका देने पर राजी हो जाएं! यह विधान इतना दूरस्थ था कि वहां तक इसका विचार भी न पहुंच सकता था।

डपट सिंह के दालान में एक मिट्टी के तेल की कुप्पी जल रही थी। भूमि पर पुआल बिछी हुई थी और कई आदमी और लड़के एक मोटे टाट का टुकड़ा ओढ़े सिमटे पड़े थे। एक कोने में एक कुतिया बैठी हुई पिल्लों को दूध पिला रही थी। डपट सिंह अभी सोए न थे। सोच रहे थे कि सुक्खू के कोल्हाड़े से गरम रस आ जाए तो पीकर सोए। उनके छोटे भाई झपट सिंह कुप्पी के सामने रामायण लिये आंखें गड़ा-गड़ाकर पढ़ने का उद्योग कर रहे थे। मनोहर को देखकर बोले–"आओ महतो, तुम तो बड़े झमेले में पड़ गए।"

मनोहर–अब तो तुम्हीं लोग बचाओ तो बच सकते हैं।

डपट सिंह–तुम्हें बचाने के लिए हमने कौन-सी बात उठा रखी है? ऐसा बयान दिया कि बलराज पर कोई दाग नहीं आ सकता था, पर भाई मुचलका तो नहीं दे सकते। आज मुचलका दे दें, कल को गौस खां झूठों कोई सवाल कर दें तो सजा हो जाए।

मनोहर–नहीं भैया, मुचलका देने को तो मैं आप ही न कहूंगा।

डपट सिंह मनोहर के सदिच्छुक थे, पर इस समय उसे प्रकट न कर सकते थे, बोले–"परमात्मा बैरी को भी कपूत संतान न दे। बलराज ने कल झूठ-मूठ बतबढ़ाव न किया होता तो तुम्हें क्यों इस तरह लोगों की चिरौरी करनी पड़ती?"

हठात् कादिर खां की आवाज यह कहते हुए सुनाई दी–"बड़ा न्याय करते हो ठाकुर। बलराज ने झूठ-मूठ बतबढ़ाव किया था तो उसी घड़ी में डांट क्यों न दिया? तब तो तुम भी बैठे मुस्कराते रहे और आंखों से इस्तालुक देते रहे। आज जब बात बिगड़ गई है तो कहते हो, झूठ-मूठ बतबढ़ाव किया था। पहले तुम्हीं ने अपनी लड़की का रोना रोया था, मैंने अपनी राम-कहानी कही थी। यही सब सुन-सुनकर बलराज भरा बैठा था। ज्यों ही मौका मिला, खुल पड़ा। हमने और तुमने रो-रोकर बेगार दी, पर डर के मारे मुंह न खोल सके। वह हिम्मत का जवान है, उससे बर्दाश्त न हुई। वह जब हम सभी लोगों की खातिर आगे बढ़ा तो यह कहां का न्याय है कि मुचलके के डर से उसे आग में झोंक दें?"

डपट सिंह ने विस्मित होकर कहा–"तो तुम्हारी सलाह है कि मुचलका दे दिया जाए?"

कादिर खां–नहीं, मेरी सलाह नहीं है। मेरी सलाह है कि हम लोग अपने-अपने बयान पर डटे रहें। अभी कौन जानता है कि मुचलका देना ही पड़ेगा? लेकिन अगर ऐसा हो तो हमें पीठ न फेरनी चाहिए। भला सोचो, कितना बड़ा अंधेर है कि हम लोग मुचलके के डर से अपने बयान बदल दें। अपने ही लड़के को कुएं में धकेल दें।

मनोहर ने कादिर मियां को अश्रुपूर्ण नेत्रों से देखा। उसे ऐसा जान पड़ा मानो यह कोई देवता है। कादिर की सम्मति जो साधारण न्याय पर स्थिर थी, उसे अलौकिक प्रतीत हुई। डपट सिंह को भी यह सलाह युक्तिपूर्ण प्रतीत हुई। मुचलके की शंका कुछ कम हुई। मन में अपनी स्वार्थपरता पर लज्जित हुए, तिस पर भी मन से यह विचार न निकल सका कि प्रस्तुत विषय का सारा भार बलराज के सिर है, बोले–"कादिर भाई, यह तो तुम नाहक कहते हो कि मैंने बलराज को इस्तालुक दिया। मैंने बलराज से कब कहा कि तुम लश्करवालों से तूलकलाम करना। यह रार तो उसने आप ही बढ़ाई। उसका स्वभाव ही ऐसा कड़ा ठहरा। आज तो सिपाहियों से उलझा है, कल को किसी पर हाथ ही चला दे तो हम लोग कहां तक उसकी हिमायत करते फिरेंगे?"

कादिर खां–तो मैं तुमसे कब कहता हूं कि उसकी हिमायत करो? वह बुरी राह चलेगा तो आप ठोकर खाएगा। मेरा कहना यही है कि हम लोग अपनी आंखों की देखी और कानों की सुनी बातों में किसी के भय से उलट-फेर न करें। अपनी जान बचाने के लिए फरेब न करें। मुचलके की बात ही क्या, हमारा धर्म है कि अगर सच कहने के लिए जेल भी जाना पड़े तो सच से मुंह न मोड़ें।

डपट सिंह को अब निकलने का कोई रास्ता न रहा, किंतु फिर भी इस निश्चय को व्यावहारिक रूप में मानने का कोई संभावित मार्ग निकल आने की आशा बनी हुई थी, बोले–"अच्छा, मान लो, हम और तुम अपने बयान पर अड़े रहे, लेकिन बिसेसर और दुखरन का क्या करोगे? वह किसी भी तरह न मानेंगे।"

कादिर खां–उनको भी खींचे लाता हूं, मानेंगे कैसे नहीं? अगर अल्लाह का डर है तो कभी निकल ही नहीं सकते।

यह कहकर कादिर खां चले गए और थोड़ी देर में दोनों आदमियों को साथ लिये हुए आ पहुंचे। बिसेसर साह ने तो आते ही डपट सिंह की ओर प्रश्नसूचक दृष्टि से आंखें नचाकर देखा मानो पूछना चाहते थे कि तुम्हारी क्या सलाह है? दुखरन भगत, जो दोनों जून मंदिर में पूजा करने जाया करते थे और जिन्हें राम-चर्चा से कभी तृप्ति न होती थी, इस तरह सिर झुकाकर बैठ गए मानो उन पर वज्रपात हो गया हो या कादिर खां उन्हें किसी गहरी खोह में गिरा रहे हों।

इन्हें यहां बैठाकर कादिर खां ने अपनी पगड़ी से थोड़ी-सी तंबाकू निकाली, अलाव से आग लाए और दो-तीन दम लगाकर चिलम को डपट सिंह की ओर बढ़ाते हुए बोले–"कहो भगत, कल दरोगाजी के पास चलकर क्या करना होगा?"

दुखरन–जो तुम लोग करोगे, वही मैं भी करूंगा; हां, मुचलका न देना पड़े।

कादिर ने फिर उसी युक्ति से काम लिया, जो डपट सिंह को साधने में में सफल हुई थी। सीधे किसान वितंडावादी नहीं होते। वास्तव में इन लोगों के ध्यान में यह बात ही न आई थी कि बयान का बदलना प्रत्यक्ष जाल है। कादिर खां ने इस विषय का निदर्शन किया तो उन लोगों की सरल सत्य-भक्ति जाग्रत हो गई। दुखरन शीघ्र ही उनसे सहमत हो गए, लेकिन बिसेसर पर उनके भाषण का कुछ असर न हुआ। साहजी के यहां शक्कर और अनाज का कारोबार होता था। डेवढ़ी-सवाई चलती थी, लेन-देन करते थे, दो हल की खेती होती थी, गांजा-भांग, चरस आदि का ठेका भी ले लिया था, पर उनका भेष-भाव उन्हें अधिकारियों के पंजे से बचाता रहता था। वे बोले–"भाई, तुम लोगों का साथ देने से मैं कहीं का न रहूंगा–चार पैसे का लेन-देन है। नरमी-गरमी, डांट-डपट किए बिना काम नहीं चल सकता। रुपये लेते समय तो लोग सगे भाई बन जाते हैं, पर देने की बारी आती है तो कोई सीधे-मुंह बात नहीं करता। यह रोजगार ही ऐसा है कि अपने घर की जमा देकर दूसरों से बैर मोल लेना पड़ता है। आज मुचलका हो जाए और कल को कोई और मामला खड़ा हो जाए, तो गांव में सफाई के गवाह तक न मिलेंग, फिर संसार में रहकर अधर्म से कहां तक बचेंगे? यह तो कपट-लोक है। अपने मतलब के लिए दंगा, फरेब, जाल सभी कुछ करना पड़ता है। आज धर्म का विचार करने लगूं, तो कल ही सौ रुपये साल का टिकट बंध जाए, असामियों से कौड़ी न वसूल हो तो सारा कारोबार मिट्टी में मिल जाए। इस जमाने में जो रोजगार रह गया है, इसी बेईमानी का रोजगार है। क्या हम हुए, क्या तुम हुए, सबका एक ही हाल है, सभी सन की गांठों में मिट्टी और लकड़ी भरते हैं, तिलहन और अनाज में मिट्टी और कंकर मिलाते हैं। क्या यह बेईमानी नहीं है? अनुचित बात कहता हूं तो मेरे मुंह पर थप्पड़ मारो। तुम लोगों को जैसा विचार पड़े वैसा करो, पर मैं मुचलका देने पर किसी तरह राजी नहीं हो सकता।"

स्वार्थ-नीति का जादू निर्बल आत्माओं पर खूब चलता है। दुखरन और डपट सिंह को यह बातें अतिशय न्याय-संगत जान पड़ीं। यही विचार उनके हृदय में भी थे, पर किसी कारण से व्यक्त न हो सके थे। दोनों ने एक-दूसरे को मार्मिक दृष्टि से देखा। डपट सिंह बोले–"भाई, बात तो सच्ची करते हो, संसार में रहकर सीधी

राह पर कोई नहीं चल सकता। अधर्म से बचना चाहे तो किसी जंगल-पहाड़ में जाकर बैठें–यहां निबाह नहीं।"

कादिर खां समझ गए कि साह पर धर्म और न्याय का कुछ बस न चलेगा। यह उस वक्त तक काबू में न आएंगे, जब तक इन्हें यह न सूझेगा कि बयान बदलने में कौन-कौन बाधाएं उपस्थित हो सकती हैं! बोले–"साहजी, तुम जो बात कहते हो। बेलाग कहते हो। संसार में रहकर अधर्म से कहां तक कोई बचेगा? रात-दिन तो छल-कपट करते रहते हैं! जहां इतने पापों का दंड भोगना है, एक पाप और सही, लेकिन यहां धर्म का ही विचार नहीं है। डर तो यह है कि बयान बदलकर हम लोग किसी और संकट में न फंस जाएं। पुलिसवाले किसी के नहीं होते। हम लोगों का पहला बयान दरोगाजी के पास रखा हुआ है। उस पर हमारे दसखत और अंगूठे के निशान भी मौजूद हैं। दूसरा बयान लेकर वह हम लोगों को जालसाजी में गिरफ्तार कर लें तो सोचो कि क्या हो? सात बरस से कम की सजा न होगी। न भैया, इससे तो मुचलका ही अच्छा। आंख से देखकर मक्खी क्यों निगलें?"

बिसेसर साह की आंखें खुलीं और दूसरे लोग भी चकराए। कादिर खां की यह युक्ति काम कर गई। लोग समझ गए कि हम लोग बुरे फंस गए हैं और किसी तरह से निकल नहीं सकते। बिसेसर का मुंह लटक गया मानो रुपये की थैली गिर गई हो, बोले–"दरोगाजी ऐसे आदमी तो नहीं जान पड़ते। कुछ भी हो, हैं तो हमारे मालिक ही, कुछ-न-कुछ मुलाहिजा तो करेंगे ही, लेकिन किसी के मन का हाल परमात्मा ही जान सकता है। कौन जाने, उनके मन में कपट समा जाए, तब तो हमारा सत्यानाश ही हो जाए। अब यही सलाह पक्की कर लो कि न बयान बदलेंगे, न दरोगाजी के पास जाएंगे। अब तो जाल में फंस गए हैं। फड़फड़ाने से फंदे और भी बंद हो जाएंगे। चुपचाप राम आसरे बैठे रहना ही अच्छा है।"

इस प्रकार आपस में सलाह करके लोग अपने-अपने घर गए। कादिर खां की व्यवहार पटुता ने विजय पाई।

बाबू दयाशंकर नियमानुसार आठ बजे सोकर उठे और रात की खुमारी उतारने के बाद इन लोगों की राह देखने लगे। जब नौ बजे तक किसी की सूरत न दिखाई दी तो गौस खां से बोले–"कहिए खां साहब, यह सब न आएंगे क्या? देर बहुत हुई?"

गौस खां–क्या जाने कल सबों में क्या मिस्कौट हुई? क्यों सुक्खू, रात मनोहर तुम्हारे पास आया था न?

सुक्खू–हां, आया तो था, पर कुछ मामले की बातचीत नहीं हुई। कादिर मियां बड़ी रात तक सबके घर-घर घूमते रहे। उन्होंने सबको मंत्र दिया होगा।

गौस खां–जरूर उसकी शरारत है। कल पहर रात तक सब लोग बयान बदलने पर आमादा थे। मालूम होता है, जब से लोग यहां से गए हैं तो उसे पट्टी पढ़ाने का मौका मिल गया। मैं जानता तो सबों को यहीं सुलाता। यह मलऊन कभी अपनी हरकत से बाज नहीं आता–हमेशा बाजी मारा करता है।

दयाशंकर–अच्छी बात है, तो मैं अब रिपोर्ट लिख डालता हूं। मुझे गांववालों की तरफ से किसी किस्म की ज्यादती का सुबूत नहीं मिलता।

गौस खां–हुजूर, खुदा के लिए ऐसी रिपोर्ट न लिखें, वरना यह सब और शेर हो जाएंगे। हुजूर, महज अफसर नहीं है, मेरे आका भी तो हैं। गुलाम ने बहुत दिनों तक हुजूर का नमक खाया है, ऐसा कुछ कीजिए कि यहां मेरा रहना दुश्वार न हो जाए। मैं तो हुजूर और बाबू ज्ञानशंकर को एक ही समझता हूं। मैं यही चाहता हूं कि बलराज को कम-से-कम एक माह की सजा हो जाए और बाकी से मुचलका ले लिया जाए। यह इनायत खास मुझ पर होगी। मेरी धाक बंध जाएगी और आइंदा से हुक्काम की बेगार में जरा भी दिक्कत न होगी।

दयाशंकर–आपका फरमान बजा है, पर मैं इस वक्त न आपके पास आका की हैसियत से हूं और न मेरा काम हुक्काम के लिए बेगार पहुंचाना है। मैं तफतीश करने आया हूं और किसी के साथ रू-रियायत नहीं कर सकता। यह तो आप जानते ही हैं कि मैंने मुफ्त कलम उठाने का सबक नहीं पढ़ा। किसी पर जब्र नहीं करता, सख्ती नहीं करता, सिर्फ काम की मजदूरी चाहता हूं और खुशी से जो मुझसे काम लेना चाहे, उजरत पेश करे। और मुझे महज अपनी फिक्र तो नहीं, मेरे मातहत और भी तो कितने ही छोटी-छोटी तनख्वाहों के लोग हैं। उनका गुजर कैसे हो? गांववालों से मेरी कोई दुश्मनी नहीं, बल्कि वह गरीब तो मेरे पुराने वफादार असामी हैं। मैं मच्छर नहीं कि डंक मारता फिरूं। कसम खा चुका हूं कि अब एक सौ से कम की तरफ निगाह न उठाऊंगा, यह रकम चाहे आप दें या काला चोर दे। मेरे सामने रकम आनी चाहिए–गुनाहें बेलज्जत नहीं कर सकता।

गौस खां ने बहुत मिन्नत समाजत की; अपनी हीन दशा का रोना रोया, अपनी दुरवस्था का पचड़ा गाया, पर दरोगाजी टस-से-मस न हुए।

खां साहब ने लोगों को नीचा दिखाने का निश्चय किया था, इसी में उनका कल्याण था। दरोगाजी के पूजार्पण के सिवा अन्य कोई उपाय न था। सोचा, जब मेरी धाक जम जाएगी तो ऐसे-ऐसे कई सौ का वारा-न्यारा कर दूंगा। कुछ रुपये अपने संदूक से निकाले, कुछ सुक्खू चौधरी से लिये और दरोगाजी की खिदमत में पेश किए। यह रुपये उन्होंने अपने गांव में एक मस्जिद बनवाने के लिए जमा किए थे। निकालते हुए हार्दिक वेदना हुई, पर समस्या ने विवश कर दिया था।

दयाशंकर ने काले-काले रुपयों का ढेर देखा तो चेहरा खिल उठा, बोले—"अब आपकी फतह है। वह रिपोर्ट लिखता हूं कि मिस्टर ज्वाला सिंह भी फड़क जाएं, मगर आपने यह रुपये जमीन में दफन कर रखे थे क्या?"

गौस खां—अब हुजूर कुछ न पूछें। बरसों की कमाई है। ये पसीने के दाग हैं।

दयाशंकर—(हंसकर) आपके पसीने के दाग तो न होंगे। हां, असामियों के खून-जिगर के दाग हैं।

दस बजे रिपोर्ट तैयार हो गई। दो दिन तक सारे गांव में कुहराम मचा रहा। लोग तलब हुए, फिर सबके बयान हुए। अंत में सबसे सौ-सौ रुपये के मुचलके ले लिये गए। कादिर खां का घर से बाहर निकलना मुश्किल हो गया।

शाम हो गई थी। बाबू ज्वाला सिंह शिकार खेलने गए हुए थे। फैसला कल सुनाया जाने वाला था। गौस खां ईजाद हुसैन के पास आकर बैठ गए और बोले—"क्या डिप्टी साहब अभी शिकार से वापस नहीं आए?"

ईजाद हुसैन—कहीं घड़ी रात तक लौटेंगे। हुकूमत का मजा तो दौरे में ही मिलता है। घंटे-आध घंटे कचहरी की, बाकी सारे दिन मटरगश्ती करते रहे। रोजनामचा भरने को लिख दिया, पड़ताल करते रहे।

गौस खां—आपको तो मालूम हुआ ही होगा, दरोगाजी ने मुझे आज खूब पथरा।

ईजाद हुसैन—इन हिंदुओं से खुदा समझें। यह बला के मतअस्सिब होते हैं। हमारे साहब बहादुर भी बड़े मुंसिफ बनते हैं, मगर जब कोई जगह खाली होती है तो वह हिंदू को ही देते हैं। अर्दली-चपरासी मजीद को आप जानते होंगे। अभी हाल में उसने जिल्दबंदी की दुकान खोल ली, नौकरी से इस्तीफा दे दिया। आपने उसकी जगह पर एक गंवार अहीर को मुकर्रर कर लिया है तो अर्दली-चपरासी पर उसका काम है—गाएं दुहना, उन्हें चारा-पानी देना। दौरे के चौकीदारों में दो कहार रख लिये हैं। उनसे खिदमतगारी का काम लेते हैं। जब इन हथकंडों से काम चले तो बेगार की जरूरत ही क्या? हम लोगों को अलबत्ता हुक्म मिला है, बेगार न लिया करो।

सूर्य अस्त हुआ। खां साहब को याद आ गया कि नमाज का वक्त गुजरा जाता है। वजू किया और एक पेड़ के नीचे नमाज पढ़ने लगे।

इतने में बिसेसर साह ने रावटी के द्वार पर आकर अहलमद साहब को अदब से सलाम किया। स्थूल शरीर, गाढ़े की मिर्जई, उस पर गाढ़े की दोहर, सिर पर एक मैली-सी पगड़ी, नंगे पांव, मुख मलिन, स्वार्थपूर्ण विनय की मूर्ति बने हुए थे। एक चपरासी ने डांटकर कहा—"यहां घुसे चले आते हो? कुछ अफसरों का अदब-लिहाज भी है?"

बिसेसर साह दो-तीन पग पीछे हट गए और हाथ बांधकर बोले—"सरकार, एक विनती है। हुक्म हो तो अरज करूं।"

ईजाद हुसैन–क्या कहते हो? तुम लोगों के मारे तो दम मारने की फुरसत नहीं। जब देखो, एक-न-एक आदमी शैतान की तरह सिर पर सवार रहता है।

बिसेसर–हुजूर, बड़ी देर से खड़ा हूं।

ईजाद हुसैन–अच्छा, खैर अपना मतलब कहो।

बिसेसर–यही अरज है हुजूर कि मुझसे मुचलका न लिया जाए। बड़ा गरीब हूं सरकार, मिट्टी में मिल जाऊंगा।

अहलमद साहब के यहां ऐसे गरज के बावले, आंख के अंधे, गांठ के पूरे नित्य ही आया करते थे। वह उनके कल-पुरजे खूब जानते थे। पहले मुंह फेरा, फिर अपनी विवशता प्रकट की; पर भाव ऐसा शीलपूर्ण बनाए रखा कि शिकार हाथ से निकल न जाए। अंत में मामले पर आए, रुपये लेते हुए ऐसा मुंह बनाया, मानो दे रहे हों। साह को दिलासा देकर विदा किया।

चपरासी ने पूछा–"क्या इससे मुचलका न लिया जाएगा?"

ईजाद हुसैन–लिया क्यों न जाएगा? फैसला लिखा हुआ तैयार है। इसके लिए जैसे सौ, वैसे एक सौ बीस। मैंने उससे यह हर्गिज नहीं कहा कि तुम्हें मुचलका से निजात दिला दूंगा। महज इतना कह दिया कि तुम्हारे लिए अपने इमकान-भर कोशिश करूंगा। उसकी तसकीन इतने से ही हो गई तो मुझे ज्यादा सरदर्द की क्या जरूरत थी? रिश्वत को लोग नाहक बदनाम करते हैं। इस वक्त मैं इससे रुपये न लेता, तो इसकी न जाने क्या हालत होती! मालूम नहीं कहां-कहां दौड़ता और क्या-क्या करता? रुपये देकर इसके सिर का बोझ हल्का हो गया और दिल पर से बोझ उतर गया। इस वक्त आराम से खाएगा और मीठी नींद सोएगा; कल कह दूंगा–भाई, क्या करूं, बहुत हाथ-पैर मारे; पर डिप्टी साहब राजी न हुए। मौका देखूंगा तो एक चाल और चलूंगा। कहूंगा, डिप्टी साहब को कुछ नजर दिए बिना काम पूरा न होगा। सौ रुपये पेश करो तो तुम्हारा मुचलका रद्द करा दूं। यह चाल चल गई तो पौ बारह हैं। इसी का नाम 'हम खुर्मा व हम सवाब' है। मैंने कोई ज्यादती नहीं की, कोई जब्र नहीं किया। यह गैबी इमदाद है। इसी से मैं हिंदुओं के लिए मसलये तनासुख का कायल हूं। जरूर इससे पहले की जिंदगी में इस आदमी पर मेरे कुछ रुपये आते होंगे। खुदा ने उसके अदा होने की वह सूरत पैदा कर दी। देखते तो हो, आए दिन ऐसे शिकार फंसा करते हैं, गोया उन्हें रुपयों से कोई चिढ़ है। दिल में उनकी हिमाकत पर हंसता हूं और अल्लाह का शुक्र अदा करता हूं कि ऐसे बंदे न पैदा करता तो हम जैसों का गुजर क्योंकर होता?

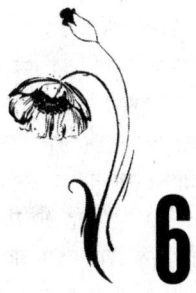

6

ज्ञानशंकर से एक बार लखनपुर में रहने की इच्छा प्रकट की थी, पर उन्होंने इतनी आपत्तियां खड़ी कीं, कष्टों और असुविधाओं का एक ऐसा चित्र खींचा कि प्रेमशंकर उनकी नीयत को ताड़ गए। वह शहर के निकट ही थोड़ी-सी ऐसी जमीन लेना चाहते थे, जहां एक कृषिशाला खोल सकें। इसी धुन में नित्य इधर-उधर चक्कर लगाया करते थे। स्वभाव में संकोच इतना कि किसी से अपने इरादे जाहिर नहीं किया करते थे। हां, लाला प्रभाशंकर का पितृवत् प्रेम और स्नेह उन्हें अपने मन के विचार उनसे प्रकट करने को बाध्य कर देता था।

राय साहब को नैनीताल आए हुए एक महीना हो गया। एक सुरम्य झील के किनारे हरे-भरे वृक्षों के कुंज में उनका बंगला स्थित है, जिसका एक हजार रुपया मासिक किराया देना पड़ता है। कई घोड़े हैं, कई मोटर गाड़ियां, बहुत-से नौकर। यहां वे राजाओं की भांति शान से रहते हैं। कभी हिमराशियों की सैर, कभी शिकार, कभी झील में बजरों की बहार, कभी पोलो और गोल्फ, कभी सरोद और सितार, कभी पिकनिक और पार्टियां–नित्य नए जलसे, नए आमोद-प्रमोद होते रहते हैं। राय साहब बड़ी उमंग के साथ इन विनोदों की बहार लूटते हैं। उनके बिना किसी महफिल, किसी जलसे का रंग नहीं जमता। वह सभी बरातों के दूल्हे हैं। व्यवस्थापक सभा की बैठकें नियमित समय पर हुआ करती हैं, पर मेंबरों के राग-रंग को देखकर यह अनुमान करना कठिन है कि वह आमोद को अधिक

महत्त्व का विषय समझते हैं या व्यवस्थाओं के संपादक को, किंतु ज्ञानशंकर के हृदय की कली यहां भी न खिली। राय साहब ने उन्हें यहां के समाज से परिचित करा दिया। उन्हें नित्य दावतों और जलसों में अपने साथ ले जाते, अधिकारियों से उनके गुणों की प्रशंसा करते, यहां तक कि उन्हें लेडियों से भी इंट्रोड्यूस कराया। इससे ज्यादा वह और क्या कर सकते थे? इस भित्ति पर दीवार उठाना उनका काम था, पर उनकी दशा उस पौधे की-सी थी, जो प्रतिकूल परिस्थिति में जाकर माली के सुव्यवस्था करने पर भी दिनोंदिन सूखता जाता है। ऐसा जान पड़ता था कि वह किसी गहन घाटी में रास्ता भूल गए हैं। रत्नजड़ित लेडियों के सामने वह शिष्टाचार के नियमों के ज्ञाता होने पर भी झेंपने लगते थे। राय साहब उन्हें प्राय: एकांत में सभ्य व्यवहार के उपदेश दिया करते। स्वयं नमूना बनकर उन्हें सिखाते, पुरुषों से क्योंकर बिना प्रयोजन ही मुस्कराकर बातें करनी चाहिए, महिलाओं के रूप-लावण्य की क्योंकर सराहना करनी चाहिए; किंतु अवसर पड़ने पर ज्ञानशंकर का मतिहरण हो जाता था। उन्हें आश्चर्य होता था कि राय साहब इस वृद्धावस्था में भी लेडियों के साथ कैसे घुल-मिल जाते हैं, किस अंदाज से बातें करते हैं कि बनावट का ध्यान भी नहीं हो सकता मानो इसी जलवायु में उनका पालन-पोषण हुआ हो।

एक दिन वह झील के किनारे एक बेंच पर बैठे हुए थे। कई लेडियां एक बजरे पर जल-क्रीड़ा कर रही थीं। इन्हें पहचानकर उन्होंने इशारे से बुलाया और सैर करने की दावत दी। इस समय ज्ञानशंकर की मुखाकृति देखते ही बनती थी। उन्हें इनकार करने के शब्द न मिले। भय हुआ कि कहीं असभ्यता न समझी जाए। झेंपते हुए बजरे में जा बैठे, पर सूरत बिगड़ी हुई, दुःख और ग्लानि की सजीव मूर्ति। हृदय पर एक पहाड़ का बोझ रखा हुआ था। लेडियों ने उनकी यह दशा देखी, तो आड़े हाथों लिया और इतनी फबतियां कसीं, इतना बनाया कि इस समय कोई ज्ञानशंकर को देखता तो पहचान न सकता। मालूम होता था, आकृति ही बिगड़ गई है मानो कोई बंदर का बच्चा नटखट लड़कों के हाथों में पड़ गया हो। आंखों में आंसू भरे एक कोने में दुबके-सिमटे बैठे हुए अपने दुर्भाग्य को रो रहे थे। किसी तरह इस विपत्ति से मुक्ति हुई, जान-में-जान आई। कान पकड़े कि फिर लेडियों के निकट न जाऊंगा।

शनै:-शनै: ज्ञानशंकर को इन खेल-तमाशों से अरुचि होने लगी। अंगूर खट्टे हो गए। ईर्ष्या, जो अपनी क्षुद्रताओं की स्वीकृति है, हृदय का कांटा बन गई। रात-दिन इसकी टीस रहने लगी। उच्चाकांक्षाएं उन्हें पर्वत के पादस्थल तक ले गईं; लेकिन ऊपर न ले जा सकीं। वहीं हिम्मत हारकर बैठ गए और उन धुन के पूरे,

साहसी पुरुषों की निंदा करने लगे, जो गिरते-पड़ते ऊपर चले जाते थे। यह क्या पागलपन है! लोग ख्वामखाह अंग्रेजियत के पीछे लट्ठ लिये फिरते हैं। थोड़ी-सी ख्याति और सत्ता के लिए इतना झंझट और इतने रंग-रोगन पर भी असलियत का कहीं पता नहीं। सब-के-सब बहुरूपिए मालूम होते हैं। अंग्रेज लोग इनके मुंह पर चाहे न हंसे, पर मित्र-मंडली में सब इन पर तालियां बजाते होंगे और तो और लोग लेडियों के साथ नाचने पर भी मरते हैं। कैसी निर्लज्जता है, कैसी बेहयाई, जाति के नाम पर धब्बा लगाने वाली।

राय साहब भी विचित्र जीव हैं। इस अवस्था में आपको भी नाचने की धुन है। ऐसा मालूम होता है मानो उच्छृंखलता सदेह होकर दूसरों को मुंह चिढ़ा रही है। डॉक्टर चंद्रशेखर कहने को तो दर्शन के ज्ञाता हैं, पुरुष और प्रकृति जैसे गहन विषयों पर लच्छेदार वक्तृताएं देते हैं, लेकिन नाचने लगते हैं तो सारा पांडित्य धूल में मिल जाता है और वह जो राजा साहब हैं—इंद्रकुमार सिंह, मटके की भांति तोंद निकली हुई है, लेकिन आप भी अपना नृत्य-कौशल दिखाने पर उधार खाए हुए हैं और तुर्रा यह कि सब-के-सब जाति के सेवक और देश के भक्त बनते हैं। जिसे देखिए, भारत की दुर्दशा पर आंसू बहाता नजर आता है। यह लोग विलासमय होटलों में शराब और लेमनेड पीते हुए देश की दरिद्रता और अधोगति का रोना रोते हैं। यह भी फैशन में दाखिल हो गया है।

इस भांति ज्ञानशंकर की ईर्ष्या देशानुराग के रूप में प्रकट हुई। वे असफल लेख समालोचक बन बैठे। अपनी असमर्थता ने साम्यवादी बना दिया। यह सभी रंगे हुए सियार हैं, लुटेरों का जत्था है। किसी को खबर नहीं कि गरीबों पर क्या बीत रही है? किसी के हृदय में दया नहीं। कोई राजा है, कोई ताल्लुकेदार, कोई महाजन—सभी गरीबों का खून चूसते हैं, गरीबों के झोंपड़ों में सेंध मारते हैं और यहां आकर देश की अवनति का पचड़ा गाते हैं। भला ही है कि अधिकारी वर्ग इन महानुभावों को मुंह नहीं लगाते। कहीं वह इनकी बातों में आ जाएं और देश का भाग्य इनके हाथों में दे दें तो जाति का कहीं नाम-निशान न रहे। यह सब दिन-दहाड़े लूट खाएं, कोई इन भलेमानसों से पूछे, आप जो लाखों रुपये सैर-सपाटों में उड़ा रहे हैं, उससे जाति को क्या लाभ हो रहा है? यही धन यदि जाति पर अर्पण करते तो जाति तुम्हें धन्यवाद देती और तुम्हें पूजती, नहीं तो उसे खबर भी नहीं कि तुम कौन हो और क्या करते हो? उसके लिए तुम्हारा होना, न होना बराबर है। प्रार्थी को इस बात से संतोष नहीं होता कि तुम दूसरों से सिफारिश करके उसे कुछ दिला दोगे। उसे संतोष होगा, जब तुम स्वयं अपने पास से थोड़ा-सा निकालकर उसे दे दो।

ये द्रोहात्मक विचार ज्ञानशंकर के चित्त को मथने लगे। वाणी उन्हें प्रकट करने के लिए व्याकुल होने लगी। एक दिन वह डॉक्टर चंद्रशेखर से उलझ पड़े। इसी प्रकार एक दिन राजा इंद्रकुमार से विवाद कर बैठे और मिस्टर हरिदास बैरिस्टर से तो एक दिन हाथापाई की नौबत आ गई। इसका परिणाम यह हुआ कि लोगों ने ज्ञानशंकर का बहिष्कार करना शुरू कर दिया, यहां तक कि उन्होंने राय साहब के बंगले पर आना भी छोड़ दिया, किंतु जब ज्ञानशंकर ने अपने विचारों को एक प्रसिद्ध अंग्रेजी पत्रिका में प्रकाशित कराया तो सारे नैनीताल में हलचल मच गई। जिसके मस्तिष्क से ऐसे उत्कृष्ट भाव प्रकट हो सकते थे, उसे झक्की या बक्की समझना असंभव था। शैली ऐसी सजीव, चुटकियां ऐसी तीव्र, व्यंग्य ऐसे मीठे और उक्तियां ऐसी मार्मिक थीं कि लोगों को उसकी चोटों में भी आनंद आता था। नैनीताल समाज का एक बृहत् चित्र था। चित्रकार ने प्रत्येक चित्र के मुख पर उसका व्यक्तित्व ऐसी कुशलता से अंकित कर दिया था कि लोग मन-ही-मन कटकर रह जाते थे। लेख में ऐसे कटाक्ष थे कि उसके कितने ही वाक्य लोगों की जबान पर चढ़ गए।

ज्ञानशंकर को शंका थी कि यह लेख छपते ही समस्त नैनीताल उनके सिर हो जाएगा, किंतु यह शंका निराधार सिद्ध हुई। जहां लोग उनका निरादर और अपमान करते थे, वहां अब उनका आदर और मान करने लगे। एक-एक करके लोगों ने उनके पास आकर अपने अविनय की क्षमा मांगी। सब-के-सब एक-दूसरे पर की गई चोटों का आनंद उठाते थे। डॉक्टर चंद्रशेखर और राजा इंद्रकुमार में बड़ी घनिष्ठता थी, किंतु राजा साहब पर दोमुंहे सांप की फब्ती डॉक्टर महोदय को लोट-पोट कर देती थी। राजा साहब भी डॉक्टर महाशय की प्रौढ़ा से उपमा पर मुग्ध हो जाते थे। उनकी घनिष्ठता इस द्वेषमय आनंद में बाधक न होती थी। यह चोटें और चुटकियां सर्वथा निष्फल न हुईं। सैर-तमाशों में लोगों का उत्साह कुछ कम हो गया। अगर अंतःकरण से नहीं तो केवल ज्ञानशंकर को खुश करने के लिए लोग उनसे सार्वजनिक प्रस्तावों में सम्मति लेने लगे।

ज्ञानशंकर का साहस और भी बढ़ा। वह खुल्लम-खुल्ला लोगों को फटकारें सुनाने लगे। निंदक से उपदेशक बन बैठे। उनमें आत्म-गौरव का भाव उदय हो गया। अनुभव हुआ कि इन बड़े-बड़े उपाधिधारियों और अधिकारियों पर कितनी सुगमता से प्रभुत्व जमाया जा सकता है। केवल एक लेख ने उनकी धाक बिठा दी। सेवा और दया के जो पवित्र भाव उन्होंने चित्रित किए थे, उनका स्वयं उनकी आत्मा पर भी असर हुआ; पर शोक! इस अवस्था का शीघ्र ही अंत हो गया।

क्वार का आरंभ होते ही नैनीताल से डेरे कूच होने लगे और आधे क्वार तक वह बस्ती उजाड़ हो गई। ज्ञानशंकर फिर उसी कुटिल स्वार्थ की उपासना करने

लगे। उनका हृदय दिनोंदिन कृपण होने लगा। नैनीताल में भी वह मन-ही-मन राय साहब की फिजूलखर्चियों पर कुलबुलाया करते थे। लखनऊ आकर उनकी संकीर्णता शब्दों में व्यक्त होने लगी। जुलाहे का क्रोध दाढ़ी पर उतरता। कभी मुख्तार से, कभी मुहर्रिर से, कभी नौकरों से उलझ पड़ते। तुम लोग रियासत लूटने पर तुले हुए हो, जैसे मालिक वैसे नौकर, सभी की आंखों में सरसों फूली हुई है। मुफ्त का माल उड़ाते क्या लगता है? जब पसीना बहाकर कमाते तो खर्च करते भी अखर होती।

राय साहब रामलीला-सभा के प्रधान थे। इस अवसर पर हजारों रुपये खर्च करते, नौकरों को नई-नई वर्दियां मिलतीं, रईसों की दावत की जाती, राजगद्दी के दिन ब्रह्मभोज किया जाता; ज्ञानशंकर धन का यह अपव्यय देखकर जलते रहते थे। दीपमालिका के उत्सव की तैयारियां देखकर वह ऐसे हताश हुए कि एक सप्ताह के लिए इलाके की सैर करने चले गए।

दिसंबर का महीना था और क्रिसमस के दिन। राय साहब अंग्रेज अधिकारियों को डालियां देने की तैयारियों में तल्लीन हो रहे थे। ज्ञानशंकर उन्हें डालियां सजाते देखकर इस तरह मुंह बनाते मानो वह कोई महाघृणित काम कर रहे हों। कभी-कभी दबी जबान से उनकी चुटकी भी ले लेते। उन्हें छेड़कर तर्क-वितर्क करना चाहते थे। राय साहब पर इन भावों का जरा भी असर न होता। वह ज्ञानशंकर की मनोवृत्तियों से परिचित जान पड़ते थे। शायद उन्हें जलाने के लिए ही वह इस समय इतने उत्साहशील हो गए थे। यह चिंता ज्ञानशंकर की नींद हराम करने के लिए काफी थी। उस पर जब उन्हें विश्वस्त सूत्र से मालूम हुआ कि राय साहब पर कई लाख का कर्ज है तो वह नैराश्य से विह्वल हो गए। वह उद्विग्न दशा में विद्यावती के पास आकर बोले—"मालूम होता है, यह मरते दम तक कौड़ी कफन को न छोड़ेंगे। मैं आज ही इस विषय में इनसे साफ-साफ बातें करूंगा और कह दूंगा कि यदि आप अपना हाथ न रोकेंगे तो मुझसे भी जो कुछ बन पड़ेगा कर डालूंगा।"

विद्यावती—उनकी जायदाद है, तुम्हें रोक-टोक करने का क्या अधिकार है? कितना ही उड़ाएंगे, तब भी हमारे खाने-भर को बचा ही रहेगा। भाग्य में जितना बदा है, उससे अधिक थोड़े ही मिलेगा।

ज्ञानशंकर—भाग्य के भरोसे बैठकर अपनी तबाही तो नहीं देखी जाती।

विद्यावती—भैया जीते होते तब?

ज्ञानशंकर—तब दूसरी बात थी। मेरा इस जायदाद से कोई संबंध न रहता। मुझको उसके बनने-बिगड़ने की चिंता न रहती। किसी चीज पर अपनेपन की छाप लगते ही हमारा उससे आत्मिक संबंध हो जाता है।

किंतु हा दुर्दैव! ज्ञानशंकर की विषाद-चिंताओं का यहीं अंत न था। अभी तक उनकी स्थिति एक आक्रमणकारी सेना की-सी थी। अपने घर का कोई खटका न था। अब दुर्भाग्य ने उनके घर पर छापा मारा। उनकी स्थिति रक्षाकारिणी सेना की-सी हो गई। उनके बड़े भाई प्रेमशंकर कई वर्ष से लापता थे। ज्ञानशंकर को निश्चय हो गया था कि वह अब संसार में नहीं हैं। फाल्गुन का महीना था। अनायास प्रेमशंकर का एक पत्र अमेरिका से आ पहुंचा कि मैं पहली अप्रैल को बनारस पहुंच जाऊंगा। यह पत्र पाकर पहले तो ज्ञानशंकर प्रेमोल्लास में मग्न हो गए। इतने दिनों के वियोग के बाद भाई से मिलने की आशा ने चित्त को गद्गद कर दिया। पत्र लिये हुए उन्होंने विद्यावती के पास आकर यह शुभ समाचार सुनाया।

विद्यावती बोली–"धन्य भाग! भाभीजी की मनोकामना ईश्वर ने पूरी कर दी! इतने दिनों कहां थे?"

ज्ञानशंकर–वहीं अमेरिका में कृषिशास्त्र का अभ्यास करते रहे। दो साल तक एक कृषिशाला में काम भी किया है।

विद्यावती–तो आज अभी 25 तारीख है। हम लोग कल-परसों तक यहां से चल दें।

ज्ञानशंकर ने केवल इतना कहा–"हां और क्या?" और बाहर चले गए। उनकी प्रफुल्लता एक ही क्षण में लुप्त हो गई थी और नई चिंताएं आंखों के सामने फिरने लगी थीं, जैसे कोई जीर्ण रोगी किसी उत्तेजक औषधि के असर से एक क्षण के लिए चैतन्य होकर फिर उसी जीर्णावस्था में विलीन हो जाता है। उन्होंने अब तक जो मंसूबे बांधे थे, जीवन का जो मार्ग स्थिर किया था, उसमें अपने सिवा किसी अन्य व्यक्ति के लिए जगह न रखी थी। वह सब कुछ अपने लिए चाहते थे। अब इन व्यवस्थाओं में बहुत कुछ काट-छांट करने की आवश्यकता मालूम होती थी। संभव है, जायदाद का फिर से बंटवारा करना पड़े। दीवानखाने में दो परिवारों का निर्वाह होना कठिन था। लखनपुर के भी दो हिस्से करने पड़ेंगे! ज्यों-ज्यों वह इस विषय पर विचार करते थे, समस्या और भी जटिल होती जाती थी, चिंताएं और भी विषम होती जाती थीं। यहां तक कि शाम होते-होते उन्हें अपनी अवस्था असह्य प्रतीत होने लगी। वे अपने कमरे में उदास बैठे हुए थे कि राय साहब आकर बोले–"वाह, तुमने तो अभी कपड़े भी न पहने, क्या सैर करने न चलोगे?"

ज्ञानशंकर–जी नहीं, आज जी नहीं चाहता।

राय साहब–कैसरबाग में आज बैंड होगा। हवा कितनी प्यारी है!

ज्ञानशंकर–मुझे आज क्षमा कीजिए।

राय साहब–अच्छी बात है, मैं भी न जाऊंगा। आजकल कोई लेख लिख रहे हो या नहीं?

ज्ञानशंकर–जी नहीं, इधर तो कुछ नहीं लिखा।

राय साहब–तो अब कुछ लिखो। विषय और सामग्री मैं देता हूं। सिपाही की तलवार में मोरचा न लगना चाहिए। पहला लेख तो इस साल के बजट पर लिख दो और दूसरा गायत्री पर।

ज्ञानशंकर–मैंने तो आजकल कोई बजट संबंधी लेख आद्योपांत पढ़ा नहीं, उस पर कलम क्योंकर उठाऊं?

राय साहब–अजी, तो उसमें करना ही क्या है? बजट को कौन पढ़ता है और कौन समझता है? आप केवल शिक्षा के लिए और धन की आवश्यकता दिखाइए और शिक्षा के महत्त्व का थोड़ा-सा उल्लेख कीजिए, स्वास्थ्य-रक्षा के लिए और थोड़ा धन मांगिए और उसके मोटे-मोटे नियमों पर दो-चार टिप्पणियां कर दीजिए। पुलिस के व्यय में वृद्धि अवश्य ही हुई होगी, मानी हुई बात है। आप उसमें कमी पर जोर दीजिए और नई नहरें निकालने की आवश्यकता दिखाकर लेख समाप्त कर दीजिए। बस, अच्छी-खासी बजट की समालोचना हो गई; लेकिन ये बातें ऐसे विनम्र शब्दों में लिखिए और अर्थसचिव की योग्यता और कार्यपटुता की ऐसी प्रशंसा कीजिए कि वह बुलबुल हो जाएं और समझें कि मैंने उसके मंतव्यों पर खूब विचार किया है। शैली तो आपकी सजीव है ही, इतना यत्न और कीजिएगा कि एक-एक शब्द से मेरी बहुज्ञता और पांडित्य टपके। इतना बहुत है। हमारा कोई प्रस्ताव माना तो जाएगा नहीं, फिर बजट के लेखों को पढ़ना और उस पर विचार करना व्यर्थ है।

ज्ञानशंकर–और गायत्री देवी के विषय में क्या लिखना होगा?

राय साहब–बस, एक संक्षिप्त-सा जीवन वृत्तांत हो। कुछ मेरे कुल का, कुछ उसके कुल का हाल लिखिए। उसकी शिक्षा का जिक्र कीजिए, फिर उसके पति की मृत्यु का वर्णन करने के बाद उसके सुप्रबंध और प्रजा-रंजन का जरा बढ़ाकर विस्तार के साथ उल्लेख कीजिए। गत तीन वर्षों में विविध कामों में उसने जितने चंदे दिए हैं और अपने असामियों की सुदशा के लिए जो व्यवस्थाएं की हैं, उनके नोट मेरे पास मौजूद हैं। उससे आपको बहुत मदद मिलेगी। उस ढांचे को सजीव और सुंदर बनाना आपका काम है। अंत में लिखिएगा कि ऐसी सुयोग्य और विदुषी महिला का अब तक किसी पद से सम्मानित न होना, शासनकर्ताओं की गुण-ग्राहकता का परिचय नहीं देता है। सरकार का कर्तव्य है कि उन्हें किसी उचित उपाधि से विभूषित करके सत्कार्यों में प्रोत्साहित करें, लेकिन जो कुछ लिखिए, जल्द लिखिए–विलंब से काम बिगड़ जाएगा।

ज्ञानशंकर—बजट की समालोचना तो मैं कल तक लिख दूंगा, लेकिन दूसरे लेख में अधिक समय लगेगा। मेरे बड़े भाई, जो बहुत दिनों से गायब थे, पहली तारीख को घर आ रहे हैं। उनके आने से पहले हमें वहां पहुंच जाना चाहिए।

राय साहब—वह तो अमेरिका चले गए थे?

ज्ञानशंकर—जी हां, वहीं से पत्र लिखा है।

राय साहब—कैसे आदमी हैं?

ज्ञानशंकर—इस विषय में क्या कह सकता हूं? आने पर मालूम होगा कि उनके स्वभाव में क्या परिवर्तन हुआ है? यों तो बहुत शांत प्रकृति और विचारशील थे।

राय साहब—लेकिन आप जानते हैं कि अमेरिका की जलवायु बंधु-प्रेम के भाव की पोषक नहीं है। व्यक्तिगत स्वार्थ वहां के जीवन का मूल तत्त्व है और आपके भाई साहब पर उसका असर जरूर पड़ा होगा।

ज्ञानशंकर—देखना चाहिए, मैं अपनी तरफ से तो उन्हें शिकायत का मौका न दूंगा।

राय साहब—आप दें या न दें, वह स्वयं ढूंढ निकालेंगे। संभव है, मेरी शंका निर्मूल हो। मेरी हार्दिक इच्छा है कि निर्मूल हो, पर मेरा अनुभव है कि विदेश में बहुत दिनों तक रहने से प्रेम का बंधन शिथिल हो जाता है।

ज्ञानशंकर अब अपने मनोभावों को छिपा न सके। खुलकर बोले—"मुझे भी यही भय है। जब छ: साल में उन्होंने घर पर एक पत्र तक नहीं लिखा तो विदित होता है कि उनमें आत्मीयता का आधिक्य नहीं है। आप मेरे पितातुल्य हैं, आपसे क्या परदा है? इनके आने से सारे मंसूबे मिट्टी में मिल गए। मैं समझा था, चाचा साहब से अलग होकर दो-चार वर्षों में मेरी दशा कुछ सुधर जाएगी। मैंने ही चाचा साहब को अलग होने पर मजबूर किया, जायदाद की बांट भी अपनी इच्छा के अनुसार की, जिसके लिए चाचा साहब की संतान मुझे सदैव कोसती रहेगी, किंतु सब किया-कराया बेकार गया।"

राय साहब—कहीं उन्होंने गत वर्षों के मुनाफे का दावा कर दिया तो आप बड़ी मुश्किल में फंस जाएंगे। इस विषय में वकीलों की सम्मति लिये बिना आप कुछ न कीजिएगा।

इस भांति ज्ञानशंकर की शंकाओं को उत्तेजित करने में राय साहब का आशय क्या था, इसको समझना कठिन है। शायद वे उनके हृदयगत भावों की थाह लेना चाहते थे अथवा उनकी क्षुद्रता और स्वार्थपरता का तमाशा देखने का विचार था। वे तो यह चिंगारी दिखाकर हवा खाने चल दिए। बेचारे ज्ञानशंकर अग्नि-दाह में जलने लगे। उन्हें इस समय नाना प्रकार की शंकाएं हो रही थीं। उनका वह

तत्क्षण समाधान करना चाहते थे। क्या भाई साहब गत वर्षों के मुनाफे का दावा कर सकते हैं?

यदि वह ऐसा करें, तो मेरे लिए भी निकास का कोई उपाय है या नहीं? क्या राय साहब को अधिकार है कि रियासत पर ऋणों का बोझ लादते जाएं? उनकी फिजूलखर्ची को रोकने की कोई कानूनी तदबीर हो सकती है या नहीं? इन प्रश्नों से ज्ञानशंकर के चित्त में घोर अशांति हो रही थी, उनकी मानसिक वृत्तियां जल रही थीं। वह उठकर राय साहब के पुस्तकालय में गए और एक कानून की किताब निकालकर देखने लगे। इस किताब से शंका निवृत्त न हुई। दूसरी किताब निकाली, यहां तक की थोड़ी देर में मेज पर किताबों का ढेर लग गया। कभी इस पोथी के पन्ने उलटते थे, कभी उस पोथी के; किंतु किसी प्रश्न का संतोषप्रद उत्तर न मिला। हताश होकर वे इधर-उधर ताकने लगे। घड़ी पर निगाह पड़ी। दस बजना चाहते थे। उन्होंने किताबें समेटकर रख दीं, भोजन किया, लेटे, किंतु नींद कहां? चित्त की चंचलता निद्रा की बाधक है। अब तक वह स्वयं अपने जीवन-सागर के रक्षा-तट थे। उनकी सारी आकांक्षाएं इसी तट पर विश्राम किया करती थीं। प्रेमशंकर ने आकर इस रक्षा-तट का विध्वंस कर दिया था और उन नौकाओं को डावांडोल। भैया क्योंकर काबू में आएंगे? खुशामद से? कठिन है, वह एक ही घाघ हैं। नम्रता और विनय से? असंभव। नम्रता का जवाब सद्व्यवहार हो सकता है, स्वार्थ, त्याग नहीं, फिर क्या कलह और अपवाद से? कदापि नहीं, इससे मेरा पक्ष और भी निर्बल हो जाएगा।

इस प्रकार भटकते-भटकते सहसा ज्ञानशंकर को एक मार्ग दिखाई पड़ा और वह हर्षोन्मत्त होकर उछल पड़े। वाह! मैं भी कितना मंद-बुद्धि हूं। बिरादरी इन महाशय को घर में पैर तो रखने देगी नहीं, यह बेचारे मुझसे क्या छेड़छाड़ करेंगे? आश्चर्य है, अब तक यह छोटी-सी बात भी मेरे ध्यान में न आई। राय साहब को भी न सूझी। बनारस आते ही लाला पर चारों ओर से बौछारें पड़ने लगेंगी, उनके वहां पैर भी न जमने पाएंगे। प्रकट में मैं उनसे भ्रातृवत् व्यवहार करता रहूंगा, बिरादरी की संकीर्णता और अन्याय पर आंसू बहाऊंगा, लेकिन परोक्ष में उसकी कील घुमाता रहूंगा। महीने दो महीने में आप ही भाग खड़े होंगे। शायद श्रद्धा भी उनसे खिंच जाए। उसे कुछ उत्तेजित करना पड़ेगा। धार्मिक प्रवृत्ति की स्त्री है। लोकमत का असर उस पर अवश्य पड़ेगा। बस, मेरा मैदान साफ है। इन महाशय से डरने की कोई जरूरत नहीं। अब मैं निर्भय होकर भ्रातृ-स्नेह का आचरण कर सकता हूं।

इस विचार से ज्ञानशंकर इतने उत्फुल्ल हुए कि जी चाहा चलकर विद्यावती को जगाऊं, पर जब्त से काम लिया। इस चिंता-सागर से निकलकर अब उन्हें शंका

होने लगी कि गायत्री की अप्रसन्नता भी मेरा भ्रम है। मैं स्त्रियों के मनोभावों से सर्वथा अपरिचित हूं। संभव है, मैंने उतावलापन किया हो, पर यह कोई ऐसा अपराध न था कि गायत्री उसे क्षमा न करती। मेरे दुस्साहस पर अप्रसन्न होना उसके लिए स्वाभाविक बात थी। कोई गौरवशाली रमणी इतनी सहज रीति से वशीभूत नहीं हो सकती। अपने सतीत्व-रक्षा का विचार स्वभावत: उसकी प्रेम वासना को दबा देता है। ऐसा न हो तो भी वह अपनी उदासीनता और अनिच्छा प्रकट करने के लिए कठोरता का स्वांग भरना आवश्यक समझती है। शायद इससे उसका अभिप्राय प्रेम-परीक्षा होता है। वह एक अमूल्य वस्तु है और अपनी दर गिराना नहीं चाहती।

मैं अपनी असफलता से ऐसा दबा कि फिर सिर उठाने की हिम्मत ही न पड़ी। वह यहां कई दिन रही। मुझे जाकर उससे क्षमा मांगनी चाहिए थी। वह क्रुद्ध होती तो शायद मुझे झिड़क देती। वह स्वयं निर्दोष बनना चाहती थी और सारा दोष मेरे सिर पर रखती। मुझे यह वाक्-प्रहार सहना चाहिए था और थोड़े दिनों में मैं उसके हृदय का स्वामी होता। यह तो मुझसे हुआ नहीं, उल्टे आप ही रूठ बैठा, स्वयं उससे आंखें चुराने लगा। उसने अपने मन में मुझे बोदा, साहसहीन, निरा बुद्धू समझा होगा। खैर, अब कसर पूरी हुई जाती है। यह मानो अंत:प्रेरणा है। इस जीवन-चरित्र के निकलते ही उसकी अवज्ञा और अभिमान का अंत हो जाएगा। मान-प्रतिष्ठा पर जान देती है। राय साहब स्वयं गायत्री के भेष में अवतरित हुए हैं। उसकी यह आकांक्षा पूरी हुई तो फूली न समाएगी और जो कहीं रानी की पदवी मिल गई तो वह मेरा पानी भरेगी। भैया के झमेले से छुट्टी पाऊं तो यह खेल शुरू करूं। मालूम नहीं, अपने पत्रों में कुछ मेरा भी कुशल-समाचार पूछती है या नहीं। चलूं, विद्यावती से पूछूं। अबकी बार वह इस प्रबल इच्छा को न रोक सके।

विद्यावती बगल के कमरे में सोती थी। जाकर उसे जगाया। वह चौंककर उठ बैठी और बोली—"क्या है? अभी तक सोए नहीं?"

ज्ञानशंकर—आज नींद ही नहीं आती। बातें करने को जी चाहता है। राय साहब शायद अभी तक नहीं आए।

विद्यावती—वह बारह बजे से पहले कभी आते हैं कि आज ही आ जाएंगे! कभी-कभी एक-दो बज जाते हैं।

ज्ञानशंकर—मुझे जरा-सी झपकी आ गई थी। क्या देखता हूं कि गायत्री सामने खड़ी है—फूट-फूटकर रो रही है, आंखें खुल गईं, तब से करवटें बदल रहा हूं। उनकी चिट्ठियां तो तुम्हारे पास आती हैं न?

विद्यावती—हां, सप्ताह में एक चिट्ठी जरूर आती है, बल्कि मैं जवाब देने में पिछड़ जाती हूं।

ज्ञानशंकर–कभी कुछ मेरा हाल-चाल भी पूछती हैं?

विद्यावती–वाह, ऐसा कोई पत्र नहीं होता, जिसमें तुम्हारी क्षेम-कुशल न पूछती हो।

ज्ञानशंकर–बुलाती तो एक बार उनसे जाकर मिल आता।

विद्यावती–तुम जाओ तो वह तुम्हारी पूजा करें। तुमसे उन्हें बड़ा प्रेम है।

ज्ञानशंकर को अब भी नींद नहीं आई, किंतु सुख-स्वप्न देख रहे थे।

प्रातःकाल था। ज्ञानशंकर स्टेशन पर गाड़ी का इंतजार कर रहे थे। अभी गाड़ी के आने में आधे घंटे की देर थी। एक अंग्रेजी पत्र लेकर पढ़ना चाहा, पर उसमें जी न लगा। दवाओं के विज्ञापन अधिक मनोरंजक थे। दस मिनट में उन्होंने सभी विज्ञापन पढ़ डाले। चित्त चंचल हो रहा था। बेकार बैठना मुश्किल था। इसके लिए बड़ी एकाग्रता की आवश्यकता होती है। आखिर खोंचे की चाट खाने में उनके चित्त को शांति मिली–बेकारी में मन बहलाने का यही सबसे सुगम उपाय है।

जब वह फिर प्लेटफार्म पर आए तो सिग्नल डाउन हो चुका था। ज्ञानशंकर का हृदय धड़कने लगा। गाड़ी आते ही पहले और दूसरे दरजे के डब्बों में झांकने लगे, किंतु प्रेमशंकर इन डब्बों में न थे। तीसरे दरजे के सिर्फ दो डब्बे थे। वह इन्हीं डब्बों में ये एक में बैठे हुए थे। ज्ञानशंकर को देखते ही दौड़कर उनके गले लिपट गए। ज्ञानशंकर को इस समय अपने हृदय में आत्म-बल और प्रेम-भाव प्रवाहित होता जान पड़ता था। सच्चे भ्रातृ-स्नेह ने मनो-मालिन्य को मिटा दिया। गला भर आया और अश्रुजल बहने लगा। दोनों भाई दो-तीन मिनट तक इसी भांति रोते रहे।

ज्ञानशंकर ने समझा था कि भाई साहब के साथ बहुत-सा आडंबर होगा, ठाठ-बाट के साथ आते होंगे, पर उनके वस्त्र और सफर का सामान बहुत मामूली था। हां, उनका शरीर पहले से कहीं हृष्ट-पुष्ट था और यद्यपि वह ज्ञानशंकर से पांच साल बड़े थे, पर देखने में उनसे छोटे मालूम होते थे और चेहरे पर स्वास्थ्य की कांति झलक रही थी।

ज्ञानशंकर अभी तक कुलियों को पुकार ही रहे थे कि प्रेमशंकर ने अपना सब सामान उठा लिया और बाहर चले। ज्ञानशंकर संकोच के मारे पीछे हट गए कि किसी जान-पहचान के आदमी से भेंट न हो जाए।

दोनों आदमी तांगे पर बैठे, तो प्रेमशंकर बोले–"छह साल के बाद आया हूं, पर ऐसा मालूम होता है कि यहां से गए थोड़े ही दिन हुए हैं। घर पर तो सब कुशल है न?"

ज्ञानशंकर–जी हां, सब कुशल है। आपने तो इतने दिन हो गए, एक पत्र भी न भेजा, बिलकुल भुला दिया। आपके ही वियोग में बाबूजी के प्राण गए।

प्रेमशंकर–वह शोक समाचार तो मुझे यहां के समाचार-पत्र से मालूम हो गया था, पर कुछ ऐसे ही कारण थे कि आ न सका! 'हिंदुस्तान रिव्यू' में तुमने नैनीताल के जीवन पर जो लेख लिखा था, उसे पढ़कर मैंने आने का निश्चय किया। तुम्हारे उन्नत विचारों ने ही मुझे खींचा, नहीं तो संभव है, मैं अभी कुछ दिन और न आता। तुम पॉलिटिक्स (राजनीति) में भाग लेते हो न?

ज्ञानशंकर–(संकोच भाव से) अभी तक तो मुझे इसका अवसर नहीं मिला। हां, उसकी स्टडी (अध्ययन) जरूर करता रहता हूं।

प्रेमशंकर–कौन-सा प्रोफेशन (पेशा) अख्तियार किया?

ज्ञानशंकर–अभी तो घर के झंझटों से ही छुट्टी नहीं मिली। जमींदारी के प्रबंध के लिए मेरा घर रहना जरूरी था। आप जानते हैं, यह जंजाल है। एक-न-एक झगड़ा लगा ही रहता है। चाहे उससे लाभ कुछ न हो, पर मन की प्रवृत्ति आलस्य की ओर हो जाती है। जीवन के कर्म-क्षेत्र में उतरने का साहस नहीं होता। यदि यह अवलंबन न होता तो अब तक मैं अवश्य वकील होता।

प्रेमशंकर–तो तुम भी मिल्कियत के जाल में फंस गए और अपनी बुद्धि-शक्तियों का दुरुपयोग कर रहे हो? अभी जायदाद के अंत होने में कितनी कसर है?

ज्ञानशंकर–चाचा साहब का बस चलता तो कभी का अंत हो चुका होता, पर शायद अब जल्द अंत न हो। मैं चाचा साहब से अलग हो गया हूं।

प्रेमशंकर–(खेद के साथ) यह तुमने क्या किया? तब तो उनका गुजर बड़ी मुश्किल से होता होगा?

ज्ञानशंकर–कोई तकलीफ नहीं है। दयाशंकर पुलिस में है और जायदाद से दो हजार मिल जाते हैं।

प्रेमशंकर–उन्हें अलग होने का दुःख तो बहुत हुआ होगा। वस्तुतः मेरे भागने का मुख्य कारण उन्हीं का प्रेम था। तुम तो उस वक्त शायद स्कूल में पढ़ते थे, मैं कॉलेज से ही स्वराज्य आंदोलन में अग्रसर हो गया था। उन दिनों नेतागण स्वराज्य के नाम से कांपते थे। इस आंदोलन में प्रायः नवयुवक ही सम्मिलित थे। मैंने साल-भर बड़े उत्साह से काम किया, पर पुलिस ने मुझे फंसाने का प्रयास करना शुरू किया। मुझे ज्यों ही मालूम हुआ कि मुझ पर अभियोग चलाने की तैयारियां हो रही हैं, त्यों ही मैंने जान लेकर भागने में ही कुशल समझी। मुझे फंसे देखकर बाबूजी तो चाहे धैर्य से काम लेते, चाचा साहब निस्संदेह आत्महत्या कर

लेते। इसी भय से मैंने पत्र-व्यवहार बंद कर दिया कि ऐसा न हो, पुलिस यहां के लोगों को तंग करे। बिना देशाटन किए अपनी पराधीनता का यथेष्ट ज्ञान नहीं होता। जिन विचारों के लिए मैं यहां राजद्रोही समझा जाता था, उससे कहीं स्पष्ट बातें अमेरिका वाले अपने शासकों को नित्य सुनाया करते हैं, बल्कि वहां शासन की समालोचना जितनी ही निर्भीक हो, उतनी ही आदरणीय समझी जाती है। इस बीच यहां भी विचार-स्वातंत्र्य की कुछ वृद्धि हुई है। तुम्हारा लेख इसका उत्तम प्रणाम है। इन्हीं सुव्यवस्थाओं ने मुझे यहां आने पर प्रोत्साहित किया और सत्य तो यह है कि अमेरिका से दिनोंदिन अभक्ति होती जाती थी। वहां धन और प्रभुत्व की इतनी क्रूर लीलाएं देखीं कि अंत में उनसे घृणा हो गई। यहां के देहातों और छोटे शहरों का जीवन उससे कहीं सुखकर है। मेरा विचार भी सरल जीवन व्यतीत करने का है। हां, यथासाध्य कृषि की उन्नति करना चाहता हूं।

ज्ञानशंकर—यह रहस्य आज खुला। अभी तक मैं और घर के सभी लोग यही समझते थे कि आप केवल विद्योपार्जन के लिए गए हैं, मगर आजकल तो स्वराज्य आंदोलन बहुत शिथिल पड़ गया। स्वराज्यवादियों की जबान ही बंद कर दी गई है।

प्रेमशंकर—यह तो कोई बुरी बात नहीं, अब लोग बातें करने की जगह काम करेंगे। हमें बातें करते एक युग बीत गया। मुझे भी शब्दों पर विश्वास नहीं रहा। हमें अब संगठन की, परस्पर प्रेम-व्यवहार की और सामाजिक अन्याय को मिटाने की जरूरत है। हमारी आर्थिक दशा भी खराब हो रही है। मेरा विचार कृषि विधान में संशोधन करने का है, इसलिए मैंने अमेरिका में कृषिशास्त्र का अध्ययन किया है।

यों बातें करते हुए दोनों भाई मकान पर पहुंचे। प्रेमशंकर को अपना घर बहुत छोटा दिखाई दिया। उनकी आंखें अमेरिका की गगनस्पर्शी अट्टालिकाओं को देखने की आदी हो रही थीं। उन्हें कभी अनुमान ही न हुआ था कि मेरा घर इतना पस्त है। कमरे में आए तो उसकी दशा देखकर और भी हताश हो गए। जमीन पर फर्श तक न था। दो-तीन कुर्सियां जरूर थीं, लेकिन बाबा आदम के जमाने की, जिन पर गर्द जमी हुई थी। दीवारों पर तस्वीरें नई थीं, लेकिन बिलकुल भद्दी और अस्वाभाविक। यद्यपि वह सैद्धांतिक रूप से विलासपूर्ण वस्तुओं की अवहेलना करते थे, पर अभी तक रुचि उनकी ओर से न हटी थी।

लाला प्रभाशंकर उनकी राह देख रहे थे। आकर उनके गले से लिपट गए और फूट-फूटकर रोने लगे। मुहल्ले के अन्य सज्जन भी मिलने आ गए। दो-ढाई घंटे तक प्रेमशंकर उन्हें अमेरिका को वृत्तांत सुनाते रहे। कोई वहां से हटने का नाम न लेता था। किसी को यह ध्यान न होता था कि ये बेचारे सफर करके आ रहे हैं। इनके नहाने-खाने का समय हो गया है, ये बातें फिर सुन लेंगे। आखिर

ज्ञानशंकर को साफ-साफ कहना पड़ा कि आप लोग कृपा करके भाई साहब को भोजन करने का समय दीजिए, बहुत देर हो रही है।

प्रेमशंकर ने स्नान किया, संध्या की और ऊपर भोजन करने गए। उन्हें आशा थी कि श्रद्धा भोजन परोसेगी, वहीं उससे भेंट होगी, खूब बातें करूंगा, लेकिन यह आशा पूरी न हुई। एक चौकी पर कालीन बिछा हुआ था, थाल परोसा रखा था, पर श्रद्धा वहां उनका स्वागत करने के लिए न थी। प्रेमाशंकर को उसकी इस हृदय शून्यता पर बड़ा दुःख हुआ। श्रद्धा से प्रेम, उनके लौटने का एक मुख्य कारण था। उसकी याद इन्हें हमेशा तड़पाया करती थी। उसकी प्रेम-मूर्ति सदैव उनके हृदय नेत्रों के सामने रहती थी। उन्हें प्रेम के बाह्याडंबर से घृणा थी। वह अब भी स्त्रियों की श्रद्धा, पति-भक्ति, लज्जाशीलता और प्रेमानुराग पर मोहित थे। उन्हें श्रद्धा को नीचे दीवानखाने में देखकर खेद होता, पर उसे यहां न देखकर उनका हृदय व्याकुल हो गया। यह लज्जा नहीं, हया नहीं, प्रेम शैथिल्य है। वह इतने मर्माहत हुए कि जी चाहा इसी क्षण यहां से चला जाऊं और फिर आने का नाम न लूं, पर धैर्य से काम लिया। भोजन पर बैठे। ज्ञानशंकर से बोले-"आओ भाई! बैठो। माया कहां है, उसे भी बुलाओ, एक मुद्दत के बाद आज सौभाग्य प्राप्त हुआ है।"

ज्ञानशंकर ने सिर नीचा करके कहा-"आप भोजन कीजिए, मैं फिर खा लूंगा।"

प्रेमशंकर-ग्यारह तो बज रहे हैं, अब कितनी देर करोगे? आओ, बैठ जाओ। इतनी चीजें मैं अकेले कहां तक खाऊंगा? मुझे अब धैर्य नहीं है। बहुत दिनों के बाद चपातियों के दर्शन हुए हैं। हलुआ, समोसे, खीर आदि का तो स्वाद ही मैं भूल गया। अकेले खाने में मुझे आनंद नहीं आता। यह कैसा अतिथि-सत्कार है कि मैं तो यहां भोजन करूं और तुम कहीं और? अमेरिका में तो मेहमान इसे अपना घोर अपमान समझता।

ज्ञानशंकर-मुझे तो इस समय क्षमा ही कीजिए। मेरी पाचन-शक्ति दुर्बल है, बहुत पथ्य से रहता हूं।

प्रेमशंकर भूल ही गए थे कि समुद्र में जाते ही हिंदू धर्म धुल जाता है। अमेरिका से चलते समय उन्हें ध्यान भी न था कि बिरादरी मेरा बहिष्कार करेगी, यहां तक कि मेरा सहोदर भाई मुझे अछूत समझेगा। इस समय उनके बराबर आग्रह करने के बावजूद ज्ञानशंकर उनके साथ भोजन करने नहीं बैठे और एक-न-एक बहाना करके टालते रहे तो उन्हें भूली हुई बात याद आ गई। सामने के बरतनों ने इस विचार को पुष्ट कर दिया, फूल या पीतल का कोई बरतन न था। सब बरतन चीनी के थे और गिलास शीशे का। शंकित भाव से बोले-"आखिर यह

बात क्या है कि तुम्हें मेरे साथ बैठने में इतनी आपत्ति है? कुछ छूत-छात का विचार तो नहीं है?"

ज्ञानशंकर ने झेंपते हुए कहा—"अब मैं आपसे क्या कहूं? हिंदुओं को तो आप जानते ही हैं, कितने मिथ्यावादी होते हैं! आपके लौटने का समाचार जब से मिला है, सारी बिरादरी में एक तूफान-सा उठा हुआ है। मुझे स्वयं विदेशी यात्रा में कोई आपत्ति नहीं है। मैं देश और जाति की उन्नति के लिए इसे जरूरी समझता हूं और स्वीकार करता हूं कि इस नाकेबंदी से हमको बड़ी हानि हुई है, पर मुझे इतना साहस नहीं है कि बिरादरी से विरोध कर सकूं।"

प्रेमशंकर—अच्छा, यह बात है! आश्चर्य है कि अब तक क्यों मेरी आंखों पर परदा पड़ा रहा! अब मैं ज्यादा आग्रह नहीं करूंगा। भोजन करता हूं, पर खेद यह है कि तुम इतने विचारशील होकर बिरादरी के गुलाम बने हुए हो; विशेषकर जब तुम मानते हो कि इस विषय में बिरादरी का बंधन सर्वथा असंगत है। शिक्षा का फल यह होना चाहिए कि तुम बिरादरी के सूत्रधार बनो, उसको सुधारने का प्रयास करो, न यह कि उसके दबाव से अपने सिद्धांतों को बलिदान कर दो। यदि तुम स्वाधीन भाव से समुद्र यात्रा को दूषित समझते तो मुझे कोई आपत्ति न होती; तब तुम्हारे विचार और व्यवहार अनुकूल होते, लेकिन अंत:करण से किसी बात के कायल होकर केवल निंदा या उपहास के भय से उसका व्यवहार न करना तुम जैसे उदार पुरुष को शोभा नहीं देता। अगर तुम्हारे धर्म में किसी मुसाफिर की बातों पर विश्वास करना मना न हो तो मैं तुम्हें यकीन दिलाता हूं कि अमेरिका में मैंने कोई ऐसा कर्म नहीं किया जिसे हिंदू धर्म निषिद्ध ठहराता हो। मैंने दर्शन शास्त्रों पर कितने ही व्याख्यान दिए, अपने रस्म-रिवाज और वर्णाश्रम धर्म का समर्थन करने में सदैव तत्पर रहा, यहां तक कि परदे की रस्म की भी सराहना करता रहा और मेरा मन इसे कभी नहीं मान सकता कि यहां किसी को मुझे विधर्मी समझने का अधिकार है। मैं अपने धर्म और मत का वैसा ही भक्त हूं, जैसा पहले था, बल्कि उससे ज्यादा। इससे अधिक मैं अपनी सफाई नहीं दे सकता।

ज्ञानशंकर—इस सफाई की तो कोई जरूरत ही नहीं, क्योंकि यहां लोगों को विदेशी यात्रा पर अश्रद्धा है, वह किसी तर्क या सिद्धांत के अधीन नहीं हैं; लेकिन इतना तो आपको भी मानना पड़ेगा कि हिंदू धर्म कुछ रीतियों और प्रथाओं पर अवलंबित है और विदेश में आप उनका पालन समुचित रीति से नहीं कर सकते। आप वेदों से इनकार कर सकते हैं—ईसा, मूसा के अनुयायी बन सकते हैं, किंतु इन रीतियों को नहीं त्याग सकते। इसमें संदेह नहीं कि दिनोंदिन यह बंधन ढीले होते जाते हैं और इसी देश में ऐसे कितने ही सज्जन हैं, जो प्रत्येक व्यवहार का

उल्लंघन करके भी हिंदू बने हुए हैं; किंतु बहुमत उनकी उपेक्षा करता है और उनको निंद्य समझता है। इसे आप मेरी आत्म-भीरुता या अकर्मण्यता समझें, किंतु मैं बहुमत के साथ चलना अपना कर्तव्य समझता हूं। मैं बलप्रयुक्त सुधार का कायल नहीं हूं। मेरा विचार है कि हम बिरादरी में रहकर उससे कहीं अधिक सुधार कर सकते हैं, जितना स्वाधीन होकर।

प्रेमशंकर ने इसका कुछ जवाब न दिया। भोजन करके लेटे तो अपनी परिस्थिति पर विचार करने लगे–'मैंने समझा था कि यहां शांतिपूर्वक अपना काम करूंगा, कम-से-कम अपने घर में कोई मुझसे विरोध न करेगा, किंतु देखता हूं, यहां कुछ दिन घोर अशांति का सामना करना पड़ेगा। ज्ञानशंकर के उदारतापूर्ण लेख ने मुझे भ्रम में डाल दिया। खैर कोई चिंता नहीं, बिरादरी मेरा कर ही क्या सकती है? उसमें रहकर मुझमें कौन-से सुर्खाब के पर लग जाएंगे। अगर कोई मेरे साथ नहीं खाता तो न खाए, मैं भी उसके साथ न खाऊंगा। कोई मुझसे सहवास नहीं करता, न करे, मैं भी उससे किनारे रहूंगा। वाह! परदेश क्या गया मानो कोई पाप कर दिया; पर पापियों को तो कोई बिरादरी से च्युत नहीं करता। धर्म बेचनेवाले, ईमान बेचनेवाले, संतान बेचनेवाले बंगले में रहते हैं, कोई उनकी ओर कड़ी आंख से देख नहीं सकता। ऐसे पतितों, ऐसे भ्रष्टाचारियों में रहने के लिए मैं अपनी आत्मा का सर्वनाश क्यों करूं?'

अकस्मात् उन्हें ध्यान आया, कहीं श्रद्धा भी मेरा बहिष्कार न कर रही हो! इन अनुदार भावों का उस पर भी असर न पड़ा हो! फिर तो मेरा जीवन ही नष्ट हो जाएगा। इस शंका ने उन्हें घोर चिंता में डाल दिया और तीसरे पहर तक उनकी व्यग्रता इतनी बढ़ी कि वह स्थिर न रहे सके। माया से श्रद्धा का कमरा पूछकर ऊपर चढ़ गए।

श्रद्धा इस समय अपने द्वार पर इस भांति खड़ी थी, जैसे कोई पथिक रास्ता भूल गया हो। उसका हृदय आनंद से नहीं, एक अव्यक्त भय से कांप रहा था। यह शुभ दिन देखने के लिए कितनी तपस्या की थी! यह आकांक्षा उसके अंधकारमय जीवन का दीपक, उसकी डूबती हुई नौका का लंगर था। महीने के तीस दिन और दिन के चौबीस घंटे यही मनोहर स्वप्न देखने में कटते थे।

विडंबना यह थी कि वे आकांक्षाएं और कामनाएं पूरी होने के लिए नहीं, केवल तड़पाने के लिए थीं। वह दाह और संतोष शांति का इच्छुक न था। श्रद्धा के लिए प्रेमशंकर केवल एक कल्पना थे। इसी कल्पना पर वह प्राणार्पण करती थी। उसकी भक्ति केवल उनकी स्मृति पर थी, जो अत्यंत मनोरम, भावमय और अनुरागपूर्ण थी। उनकी उपस्थिति ने इस सुखद कल्पना और मधुर स्मृति का अंत कर दिया। वह जो उनकी याद पर जान देती थी, अब उनकी सत्ता से भयभीत थी, क्योंकि वह कल्पना धर्म और सतीत्व की पोषक थी और यह सत्ता उनकी

घातक। श्रद्धा को सामाजिक अवस्था और समायोजित आवश्यकताओं का ज्ञान था। परंपरागत बंधनों को तोड़ने के लिए जिस विचार-स्वातंत्र्य और दिव्य ज्ञान की जरूरत थी, उससे वह रहित थी। वह एक साधारण हिंदू अबला थी। वह अपने प्राणों से अपने प्राणप्रिय स्वामी के हाथ धो सकती थी; किंतु अपने धर्म की अवज्ञा करना अथवा लोक-निंदा को सहन करना उसके लिए असंभव था। जब उसने सुना था कि प्रेमशंकर घर आ रहे हैं, उसकी दशा उस अपराधी की-सी हो रही थी, जिसके सिर पर नंगी तलवार लटक रही हो।

आज जब से वह नीचे आकर बैठे थे, उसके आंसू एक क्षण के लिए भी न थमे थे। उसका हृदय कांप रहा था कि कहीं वह ऊपर न आते हों, कहीं वह आकर मेरे सम्मुख खड़े न हो जाएं, मेरे अंग को स्पर्श न कर लें! मर जाना इससे कहीं आसान था। मैं उनके सामने कैसे खड़ी हूंगी, मेरी आंखें क्योंकर उनसे मिलेंगी, उनकी बातों का क्योंकर जवाब दूंगी? वह इन्हीं जटिल चिंताओं में मग्न खड़ी थी कि इतने में प्रेमशंकर उसके सामने आकर खड़े हो गए।

श्रद्धा पर अगर बिजली गिर पड़ती, भूमि उसके पैरों के नीचे से सरक जाती अथवा कोई सिंह आकर खड़ा हो जाता तो भी वह इतनी असावधान होकर अपने कमरे में भाग न जाती। वह तो भीतर जाकर एक कोने में खड़ी हो गई। भय से उसका एक-एक रोम कांप रहा था। प्रेमशंकर सन्नाटे में आ गए।

कदाचित् आकाश सामने से लुप्त हो जाता तो भी उन्हें इतना विस्मय न होता। वह क्षण-भर मूर्तिवत् खड़े रहे और एक ठंडी सांस लेकर नीचे की ओर चले। श्रद्धा के कमरे में जाने, उससे कुछ पूछने या कहने का साहस उन्हें न हुआ। इस दुरानुराग ने उनका उत्साह भंग कर दिया, उन काव्यमय स्वप्नों का नाश कर दिया, जो बरसों से उनकी चैतन्यावस्था के सहयोगी बने हुए थे।

श्रद्धा ने किवाड़ की आड़ से उन्हें जीने की ओर जाते देखा। हा! इस समय उसके हृदय पर क्या बीत रही थी, कौन जान सकता है? उसका प्रिय पति जिसके वियोग में उसने सात वर्ष रो-रोकर काटे थे, सामने से भग्न हृदय, हताश चला जा रहा था और वह इस भांति सशंक खड़ी थी मानो आगे कोई जलागार है। धर्म पैरों को बढ़ने न देता था। प्रेम उन्मत्त तरंगों की भांति बार-बार उमड़ता था, पर धर्म की शिलाओं से टकराकर लौट आता था। एक बार वह अधीर होकर चली कि प्रेमशंकर का हाथ पकड़कर फेर लाऊं, द्वार तक आई, पर आगे न बढ़ सकी। धर्म ने ललकारकर कहा-'प्रेम नश्वर है, निस्सार है, कौन किसका पति और कौन किसकी पत्नी? यह सब माया जाल है। मैं अविनाशी हूं, मेरी रक्षा करो।'

श्रद्धा स्तंभित हो गई। मन में स्थिर किया, जो स्वामी सात समुद्र पार गया, वहां न जाने क्या खाया, क्या पीया, न जाने किसके साथ रहा, अब उससे मेरा क्या नाता?

प्रेमशंकर जीने से नीचे उतर गए तब श्रद्धा मूर्च्छित होकर गिर पड़ी। उठती हुई लहरें टीले को न तोड़ सकीं, पर तटों को जलमग्न कर गईं।

प्रेमशंकर यहां दो सप्ताह ऐसे रहे, जैसे कोई जेल से छूटने वाला कैदी। जरा भी जी न लगता था। श्रद्धा की धार्मिकता से उन्हें जो आघात पहुंचा था, उसकी पीड़ा एक क्षण के लिए भी शांत न होती थी। बार-बार इरादा करते कि फिर अमेरिका चला जाऊं और फिर जीवनपर्यंत आने का नाम न लूं, किंतु यह आशा कि कदाचित् देश और समाज की अवस्था का ज्ञान श्रद्धा में सद्विचार उत्पन्न कर दे, उसका दामन पकड़ लेती थी। दिन-के-दिन दीवानखाने में पड़े रहते, न किसी से मिलना-जुलना, कृषि-सुधार के इरादे स्थगित हो गए। उस पर विपत्ति यह भी कि ज्ञानशंकर बिरादरी वालों के षड्यंत्रों के समाचार ला-लाकर उन्हें और भी उद्विग्न करते रहते थे। एक दिन खबर लाए कि लोगों ने एक महती सभा करके आपको समाज-च्युत करने का प्रस्ताव पास कर दिया।

दूसरे दिन ब्राह्मणों की एक सभा की खबर लाए, जिसमें उन्होंने निश्चय किया था कि कोई प्रेमशंकर के घर पूजा-पाठ करने न जाए। इसके एक दिन पीछे श्रद्धा के पुरोहित जी ने आना छोड़ दिया। ज्ञानशंकर बातों-बातों में यह भी जता दिया करते थे कि आपके कारण मैं बदनाम हो रहा हूं और शंका है कि लोग मुझे भी त्याग दें। भाई के साथ तो यह व्यवहार था और बिरादरी के नेताओं के पास आकर प्रेमशंकर के झूठे आक्षेप करते, वह देवताओं को गालियां देते हैं, कहते हैं, मांस सब एक है, चाहे किसी का हो। खाना खाकर कभी हाथ-मुंह तक नहीं धोते–कहते हैं, चमार भी कर्मानुसार ब्राह्मण हो सकता है। यह बातें सुन-सुनकर बिरादरी वालों की द्वेषाग्नि और भी भड़कती थी। यहां तक कि कई मनचले नवयुवक तो इस पर उद्यत थे कि प्रेमशंकर को कहीं अकेले पा जाएं तो उनकी अच्छी तरह खबर लें।

'तिलक' एक स्थानीय पत्र था। उसमें इस विषय पर खूब जहर उगला जाता था। ज्ञानशंकर नित्य वह पत्र लाकर अपने भाई को सुनाते और यह सब केवल इसलिए कि वह निराश और भयभीत होकर यहां से भाग खड़े हों और मुझे जायदाद में हिस्सा न देना पड़े।

प्रेमशंकर साहस और जीवट के आदमी थे, इन धमकियों की उन्हें परवाह न थी, लेकिन उन्हें मंजूर न था कि मेरे कारण ज्ञानशंकर पर कोई आंच आए। श्रद्धा की ओर से भी उनका चित्त फटता जाता था। इस चिंतामय अवस्था का अंत करने के लिए वह कहीं अलग जाकर शांति के साथ रहना और अपने जीवनोद्देश्य को पूरा करना चाहते थे, पर जाएं कहां?

ज्ञानशंकर से एक बार लखनपुर में रहने की इच्छा प्रकट की थी, पर उन्होंने इतनी आपत्तियां खड़ी कीं, कष्टों और असुविधाओं का एक ऐसा चित्र खींचा कि प्रेमशंकर उनकी नीयत को ताड़ गए। वह शहर के निकट ही थोड़ी-सी ऐसी जमीन लेना चाहते थे, जहां एक कृषिशाला खोल सकें। इसी धुन में नित्य इधर-उधर चक्कर लगाया करते थे। स्वभाव में संकोच इतना कि किसी से अपने इरादे जाहिर नहीं किया करते थे। हां, लाला प्रभाशंकर का पितृवत् प्रेम और स्नेह उन्हें अपने मन के विचार उनसे प्रकट करने को बाध्य कर देता था। लालाजी को जब अवकाश मिलता, वह प्रेमशंकर के पास आ बैठते और अमेरिका के वृत्तांत बड़े शौक से सुनते।

प्रेमशंकर दिनोंदिन उनकी सज्जनता पर मुग्ध होते जाते थे। ज्ञानशंकर तो सदैव उनका छिद्रान्वेषण किया करते थे, पर उन्होंने भूलकर भी ज्ञानशंकर के खिलाफ जबान नहीं खोली। वह प्रेमशंकर के विचारों से सहमत न होते थे; यही सलाह दिया करते थे कि कहीं सरकारी नौकरी कर लो।

एक दिन प्रेमशंकर को उदास और चिंतित देखकर लालाजी बोले–"क्या यहां जी नहीं लगता?"

प्रेमशंकर–मेरा विचार है कि कहीं अलग मकान लेकर रहूं। यहां मेरे रहने से सबको कष्ट होता है।

प्रभाशंकर–तो मेरे घर उठ चलो, वह भी तुम्हारा ही घर है। मैं भी कोई बेगाना नहीं हूं, वहां तुम्हें कोई कष्ट न होगा। हम लोग इसे अपना धन्य भाग समझेंगे। कहीं नौकरी के लिए लिखा?

प्रेमशंकर–मेरा इरादा नौकरी करने का नहीं है।

प्रभाशंकर–आखिर तुम्हें नौकरी से इतनी नफरत क्यों है? नौकरी कोई बुरी चीज है?

प्रेमशंकर–जी नहीं, मैं उसे बुरा नहीं कहता, पर मेरा मन उससे भागता है।

प्रभाशंकर–तो मन को समझाना चाहिए न? आज सरकारी नौकरी का जो मान-सम्मान है, वह और किसका है? उसमें आमदनी अच्छी, काम कम और छुट्टी ज्यादा। व्यापार में नित्य हानि का भय, जमींदारी में नित्य अधिकारियों की खुशामद और असामियों के बिगड़ने का खटका; नौकरी इन पेशों से उत्तम

है। खेती-बाड़ी का शौक उस हालत में भी पूरा हो सकता है। यह तो रईसों के मनोरंजन की सामग्री है। अन्य देशों के हालात तो नहीं जानता, पर यहां किसी रईस के लिए खेती करना अपमान की बात है। मुझे भूखों मरना कुबूल है, पर दुकानदारी या खेती करना कुबूल नहीं है।

प्रेमशंकर–आपका कथन सत्य है, पर मैं अपने मन से मजबूर हूं। मुझे थोड़ी-सी जमीन की तलाश है, पर इधर कहीं नजर नहीं आती।

प्रभाशंकर–अगर किसी पर मन लगा है तो करके देख लो। क्या करूं, मेरे पास शहर के निकट जमीन नहीं है, नहीं तो तुम्हें हैरान न होना पड़ता। मेरे गांव में करना चाहो तो जितनी जमीन चाहो, उतनी मिल सकती है, मगर दूर है।

इसी हैस-बैस में चैत का महीना गुजर गया। प्रेमशंकर ने कृषि प्रयोगशाला की आवश्यकता की ओर रईसों का ध्यान आकर्षित करने के लिए समाचार-पत्रों में कई विद्वतापूर्ण लेख छपवाएं। इन लेखों का बड़ा आदर हुआ। उन्हें पत्रों में उद्धृत किया, उन पर टीकाएं कीं और कई अन्य भाषा में उनके अनुवाद भी हुए। इसका फल यह हुआ कि ताल्लुकेदार एसोसिएशन ने अपने वार्षिकोत्सव के अवसर पर प्रेमशंकर को कृषि-विषयक एक निबंध पढ़ने के लिए आमंत्रित किया।

प्रेमशंकर आनंद से फूले न समाए। बड़ी खोज और परिश्रम से उन्होंने एक निबंध लिखा और लखनऊ आ पहुंचे। कैसरबाग में इस उत्सव के लिए एक विशाल पंडाल बनाया गया था। राय कमलाचंद इस सभा के मंत्री चुने गए थे। मई का महीना था। गरमी खूब पड़ने लगी थी। मैदान में संध्या समय तक लू चला करती थी। घर में बैठना नितांत दुस्सह था।

रात में आठ बजे प्रेमशंकर राय साहब के निवास स्थान पर पहुंचे। राय साहब ने तुरंत उन्हें अंदर बुलाया। वह इस समय अपने दीवानखाने के पीछे की ओर एक छोटी-सी कोठरी में बैठे हुए थे। ताक पर एक धुंधला-सा दीपक जल रहा था। गरमी इतनी थी कि जान पड़ता था–अग्निकुंड है, पर इस आग की भट्टी में राय साहब एक मोटा ऊनी कंबल ओढ़े हुए थे। उनके मुख पर विलक्षण तेज था और नेत्रों से दिव्य प्रकाश प्रस्फुटित हो रहा था। वे प्रतिभा और सौम्य की सजीव मूर्ति मालूम होते थे। उनका शारीरिक गठन और दीर्घ काया किसी पहलवान को भी लज्जित कर सकती थी। उनके गले में एक रुद्राक्ष की माला थी, बगल में एक चांदी का प्याला और गडुआ रखा हुआ था। तख्ते पर एक ओर दो मोटे-ताजे जवान बैठे पंजा लड़ा रहे थे और दूसरी ओर तीन कोमलांगी रमणियां वस्त्राभूषणों से सजी हुई विराज रही थीं। इंद्र का अखाड़ा था, जिसमें इंद्र, काले देव और अप्सराएं सभी अपना-अपना पार्ट खेल रहे थे।

प्रेमशंकर को देखते ही राय साहब ने उठकर बड़े तपाक से उनका स्वागत किया। उनके बैठने के लिए कुर्सी मंगाई और बोले–"क्षमा कीजिए, मैं इस समय देवोपासना कर रहा हूं, पर आपसे मिलने के लिए ऐसा उत्कंठित था कि एक क्षण का विलंब भी न सह सका। आपको देखकर चित्त प्रसन्न हो गया। सारा संसार ईश्वर का विराट स्वरूप है। जिसने संसार को देख लिया, उसने ईश्वर के विराट स्वरूप का दर्शन कर लिया। यात्रा अनुभूत ज्ञान प्राप्त करने का सर्वोत्तम साधन है। कुछ जलपान के लिए मंगाऊं?"

प्रेमशंकर–जी नहीं, मैं जलपान कर चुका हूं।

राय साहब–समझ गया, आप भी जवानी में बूढ़े हो गए। भोजन-आहार का यही पथ्यापथ्य विचार बुढ़ापा है। जवान वह है, जो भोजन के उपरांत फिर भोजन करे, ईंट-पत्थर तक भक्षण कर ले। जो एक बार जलपान करके फिर नहीं खा सकता, जिसके लिए कुंहड़ा बादी है, करेला गरम, कटहल गरिष्ठ, उसे मैं बूढ़ा ही समझता हूं। मैं सर्वभक्षी हूं और इसी का फल है कि साठ वर्ष की आयु होने पर भी जवान हूं।

यह कहकर राय साहब ने लोटा मुंह से लगाया और कई घूंट गट-गट पी गए, फिर प्याले में से कई चमचे निकालकर खाए और जीभ चटकाते हुए बोले–"यह न समझिए कि मैं स्वादेंद्रिय का दास हूं। मैं इच्छाओं का दास नहीं, स्वामी बनकर रहता हूं। यह दमन करने का साधन-मात्र है। तैराक वह है, जो पानी में गोते लगाए। योद्धा वह है, जो मैदान में उतरे। बवा से भागकर बवा से बचने का कोई मूल्य नहीं। ऐसा आदमी बवा की चपेट में आकर फिर नहीं बच सकता। वास्तव में रोग-विजेता वही है जिसकी स्वाभाविक अग्नि, जिसकी अंतरस्थ ज्वाला, रोग-कीटों को भस्म कर दे। इस लोटे में आग की चिंगारियां हैं, पर मेरे लिए शीतल जल है। इस प्याले में वह पदार्थ है, जिसका एक चमचा किसी योगी को भी उन्मत्त कर सकता है, पर मेरे लिए सूखे साग के तुल्य है। आजकल यही मेरा आहार है, मैं गरमी में आग खाता हूं और आग ही पीता हूं। मैं शिव और शक्ति का उपासक हूं। विष को दूध-घी समझता हूं। जाड़े में हिमकणों का सेवन करता हूं और हिमालय की हवा खाता हूं। हमारी आत्मा ब्रह्म का ज्योतिस्वरूप है। उसे मैं देश तथा इच्छाओं और चिंताओं से मुक्त रखना चाहता हूं। आत्मा के लिए पूर्ण अखंड स्वतंत्रता सर्वश्रेष्ठ वस्तु है। मेरे किसी काम का कोई निर्दिष्ट समय नहीं। जो इच्छा होती है, करता हूं। आपको कोई कष्ट तो नहीं है? आराम से बैठिए।"

प्रेमशंकर–बहुत आराम से बैठा हूं।

राय साहब–आप इस त्रिमूर्ति को देखकर चौंकते होंगे, पर मेरे लिए ये मिट्टी के खिलौने हैं। विषयायुक्त आंखें इनके रूप-लावण्य पर मिटती हैं, मैं उस ज्योति को देखता हूं, जो इनके घट में व्याप्त है। बाह्य रूप कितना ही सुंदर क्यों न हो, मुझे विचलित नहीं कर सकता। वह भकुएं हैं, जो गुफाओं और कंदराओं में बैठकर तप और ध्यान के स्वांग भरते हैं। वे कायर हैं, प्रलोभनों से मुंह छिपाने वाले, तृष्णाओं से जान बचाने वाले। वे क्या जानें कि आत्म-स्वातंत्र्य क्या वस्तु है? चित्त की दृढ़ता और मनोबल का उन्हें अनुभव ही नहीं हुआ। वह सूखी पत्तियां हैं, जो हवा के एक झोंके से जमीन पर गिर पड़ती हैं। योग कोई दैहिक क्रिया नहीं है, आत्म-शुद्धि, मनोबल और इंद्रिय-दमन ही सच्चा योग, सच्ची तपस्या है। वासनाओं में पड़कर अविचलित रहना ही सच्चा वैराग्य है। उत्तम पदार्थों का सेवन कीजिए; मधुर गान का आनंद उठाइए, सौंदर्य की उपासना कीजिए; परंतु मनोवृत्तियों का दास न बनिए; फिर आप सच्चे वैरागी हैं (दोनों पहलवानों से) पंडाजी! तुम बिलकुल बुद्धू ही रहे। यह महाशय अमेरिका का भ्रमण कर आए हैं, हमारे दामाद हैं। इन्हें कुछ अपनी कविता सुनाओ–खूब फड़कते हुए कवित्त हों।

दोनों पंडे खड़े हो गए और स्वर मिलाकर एक कवित्त पढ़ने लगे। कवित्त क्या था, अपशब्दों का पोथा और अश्लीलता का अविरल प्रवाह था। एक-एक शब्द बेहयायी और बेशर्मी में डूबा हुआ था। मुंहफट भांड भी लज्जास्पद अंगों का ऐसा नग्न, ऐसा घृणोत्पादक वर्णन न कर सकते होंगे। कवि ने समस्त भारतवर्ष के कबीर और फाग का इत्र, समस्त कायस्थ समाज की वैवाहिक गजलों का सत, समस्त भारतीय नारी-वृंद की प्रथा-प्रणीत गालियों का निचोड़ और समस्त पुलिस विभाग के कर्मचारियों के अपशब्दों का जौहर खींचकर रख दिया था। वह गंदे कवित्त इन पंडों के मुंह से ऐसी सफाई से निकल रहे थे मानो फूल झड़ रहे हों। राय साहब मूर्तिवत् बैठे थे, हंसी का तो कहना क्या, होंठों पर मुस्कराहट का चिह्न भी न था। तीनों वेश्याओं ने शर्म से सिर झुका लिया; किंतु प्रेमशंकर हंसी को रोक न सके। हंसते-हंसते उनके पेट में बल पड़ गए।

पंडों के चुप होते ही साजियों का आगमन हुआ। उन्होंने अपने साज मिलाए, तबले पर थाप पड़ी, सारंगियों ने स्वर मिलाया और तीनों रमणियां ध्रुपद अलापने लगीं। प्रेमशंकर को स्वर लालित्य का वही आनंद मिल रहा था, जो किसी गंवार को उज्ज्वल रत्नों को देखने से मिलता है। इस आनंद में रसज्ञता न थी; किंतु राय साहब मस्त हो-होकर झूम रहे थे और कभी-कभी स्वयं गाने लगते थे।

7

प्रेमशंकर—तुम अपने ही मन में विचार करो। यह कहां का न्याय है कि मेहनत तो कोई करे, उसकी रक्षा का भार किसी दूसरे पर हो और रुपये उगाहें हम?

ज्ञानशंकर—बात तो यथार्थ है, लेकिन परंपरा से यह परिपाटी ऐसी चली आती है। इसमें किसी प्रकार का संशोधन करने का ध्यान ही नहीं होता।

प्रेमशंकर—तो तुम्हारा गोरखपुर जाने का कब तक इरादा है?

ज्ञानशंकर—पहले आप मुझे इसका पूरा विश्वास दिला दें कि लखनपुर के संबंध में आपने जो कहा है, वह निश्चयात्मक है।

आधी रात तक मधुर अलाप की तानें उठती रहीं। जब प्रेमशंकर ऊंघ-ऊंघकर गिरने लगे, तब सभा विसर्जित हुई। उन्हें राय साहब की बहुज्ञता और प्रतिभा पर आश्चर्य हो रहा था। इस मनुष्य में कितना बुद्धि-चमत्कार, कितना आत्म-बल, कितनी सिद्धि, कितनी सजीवता है और जीवन का कितना विलक्षण आदर्श!

दूसरे दिन प्रेमशंकर सोकर उठे तो आठ बजे थे। मुंह-हाथ धोकर बरामदे में टहलने लगे कि सामने से राय साहब एक मुश्की घोड़े पर सवार आते दिखाई दिए। शिकारी वस्त्र पहने हुए थे। कंधे पर बंदूक थी। पीछे-पीछे शिकारी कुत्तों का झुंड चला आ रहा था। प्रेमशंकर को देखकर बोले—"आज किसी भले आदमी का मुंह देखा था। एक वार भी खाली नहीं गया। निश्चय कर लिया था कि जलपान के समय तक लौट आऊंगा।

आप कुछ अनुमान कर सकते हैं कि कितनी दूर से आ रहा हूं? पूरे बीस मील का धावा किया है। तीन घंटे से ज्यादा कभी नहीं सोता। मालूम है न, आज तीन बजे से जलसा शुरू होगा।"

प्रेमशंकर–जी हां, डेलिगेट लोग (प्रतिनिधिगण) आ गए होंगे?

राय साहब–(हंसकर) मुझे अभी तक कुछ खबर नहीं और मैं ही स्वागतकारिणी समिति का प्रधान हूं। मेरे मुख्तार साहब ने सब प्रबंध कर दिया होगा। अभी तक मैंने कुछ भी नहीं सोचा कि वहां क्या कहूंगा? बस, मौके पर जो मुंह में आएगा, बक डालूंगा।

प्रेमशंकर–आपकी सूझ बहुत अच्छी होगी?

राय साहब–जी हां, मेरे एसोसिएशन में ऐसा कोई नहीं है, जिसकी सूझ अच्छी न हो। इस गुण में एक-से-एक बढ़कर हैं। कोषाध्यक्ष महाशय को आय-व्यय का पता नहीं, पर सभा के सामने वह पूरा ब्योरा दिखा देंगे। यही हाल औरों का भी है। जीवन इतना अल्प है कि आदमी को अपने ही ढोल पीटने से छुट्टी नहीं मिलती, जाति का मंजीरा कौन बजाए?

प्रेमशंकर–ऐसी संस्थाओं से देश का क्या उपकार होगा?

राय साहब–उपकार क्यों नहीं होगा क्या आपके विचार में जाति का नेतृत्व निरर्थक वस्तु है? आजकल तो यही उपाधियों का सदर दरवाजा हो रहा है। सरल भक्तों का श्रद्धास्पद बनना क्या कोई मामूली बात है? बेचारे जाति के नाम पर मरने वाले सीधे-सादे लोग दूर-दूर से हमारे दर्शनों को आते हैं। हमारी गाड़ियां खींचते हैं, हमारी पद-रज को माथे पर चढ़ाते हैं। क्या यह कोई छोटी बात है? और फिर हममें कितने ही जाति के सेवक ऐसे भी हैं, जो सारा हिसाब मन में रखते हैं। उनसे हिसाब पूछिए तो वह अपनी तौहीन समझेंगे और इस्तीफे की धमकी देंगे। इसी संस्था के सहायक मंत्री की वकालत बिलकुल नहीं चलती; पर अभी उन्होंने बीस हजार का एक बंगला मोल लिया है। जाति से ऐसे भी लेना है, वैसे भी लेना है, चाहे इस बहाने से लीजिए, चाहे उस बहाने से लीजिए!

प्रेमशंकर–मुझे अपना निबंध पढ़ने का समय कब मिलेगा?

राय साहब–आज तो मिलेगा नहीं। कल गार्डन पार्टी है। हिज एक्सीलेंसी और अन्य अधिकारी वर्ग निमंत्रित हैं। सारा दिन उसी तैयारी में लग जाएगा। परसों सब चिड़ियां उड़ जाएंगी–कुछ इने-गिने लोग रह जाएंगे, तब आप शौक से अपना लेख सुनाइएगा।

यही बातें हो रही थीं कि राजा इंद्रकुमार सिंह का आगमन हुआ। राय साहब ने उनका स्वागत करके पूछा–"नैनीताल कब तक चलिएगा?"

राजा साहब—मैं तो सब तैयारियां करके चला हूं। यहीं से हिज एक्सीलेंसी के साथ चला जाऊंगा। क्या मिस्टर ज्ञानशंकर नहीं आए?

प्रेमशंकर—जी नहीं, उन्हें अवकाश नहीं मिला।

राजा—मैंने समाचार-पत्रों में आपके लेख देखे थे। इसमें संदेह नहीं कि आप कृषि-शास्त्र के पंडित हैं, पर आप जो प्रस्ताव कर रहे हैं, वह यहां के लिए कुछ बहुत उपयुक्त नहीं जान पड़ता। हमारी सरकार ने कृषि की उन्नति के लिए कोई बात उठा नहीं रखी। जगह-जगह पर प्रयोगशालाएं खोलीं, सस्ते दामों में बीज बेचती है, कृषि संबंधी आविष्कारों का पत्रों द्वारा प्रचार करती है। इस काम के लिए कितने ही निरीक्षक नियुक्त किए हैं, कृषि के बड़े-बड़े कॉलेज खोल रखे हैं, पर उनका फल कुछ न निकला। जब वह करोड़ों रुपये व्यय करके कृत-कार्य न हो सकें तो आप दो लाख की पूंजी से क्या कर लेंगे? आपके बनाए हुए यंत्र कोई सेंत में भी न लेगा। आपकी रासायनिक खादें पड़ी सड़ेंगी। बहुत हुआ, आप पांच-सात सैकड़े का मुनाफा दे देंगे। इससे क्या होता है? जब हम दो-चार कुएं, खुदवाकर, पटवारी से मिलकर, कर्मचारियों का सत्कार करके आसानी से अपनी आमदनी बढ़ा सकते हैं, तो यह झंझट कौन करे?

प्रेमशंकर—मेरा उद्देश्य कोई व्यापार खोलना नहीं है। मैं तो केवल कृषि की उन्नति के लिए धन चाहता हूं। संभव है, आगे चलकर लाभ हो, पर अभी तो मुनाफे की कोई आशा नहीं।

राजा—समझ गया, यह केवल पुण्य कार्य होगा!

प्रेमशंकर—जी हां, यही मेरा उद्देश्य है। मैंने अपने उन लेखों में और इस निबंध में भी यही बात साफ-साफ कह दी है।

राजा—तो फिर आपने श्रीगणेश करने में ही भूल की। आपको पहले इस विषय में लाट साहब की सहानुभूति प्राप्त करनी चाहिए थी, तब दो की जगह आपको दस लाख बात-की-बात में मिल जाते। बिना सरकारी प्रेरणा के यहां ऐसे कामों में सफलता नहीं मिलती। यहां आप जितनी संस्थाएं देख रहे हैं, उनमें किसी का जन्म स्वाधीन रूप से नहीं हुआ। यहां की यही प्रथा है। राय साहब यदि आपको हिज एक्सीलेंसी से मिला दें और उनकी आप पर कृपा-दृष्टि हो जाए तो कल ही रुपयों का ढेर लग जाए।

राय साहब—मैं बड़ी खुशी से तैयार हूं।

प्रेमशंकर—मैं इस संस्था को सरकारी संपर्क से अलग रखना चाहता हूं।

राजा—ऐसी दशा में आप इस एसोसिएशन से सहायता की आशा न रखें, कम-से-कम मेरा यही विचार है; क्यों राय साहब?

राय साहब–आपका कहना यथार्थ है।

प्रेमशंकर–तो फिर मेरा निबंध पढ़ना व्यर्थ है।

राजा–नहीं, व्यर्थ नहीं है। संभव है, आप इसके द्वारा आगे चलकर सरकारी सहायता पा सकें। हां राय साहब, प्रधानजी का जुलूस निकालने की तैयारी हो रही है न? वह तीसरे पहर की गाड़ी से आने वाले हैं।

प्रेमशंकर निराश हो गए। ऐसी सभा में अपना निबंध पढ़ना अंधों के आगे रोना था। वह तीन दिन लखनऊ रहे और एसोसिएशन के अधिवेशन में शरीक होते रहे, किंतु न तो अपना लेख पढ़ा और न किसी ने उनसे पढ़ने के लिए जोर दिया। वहां तो सभी अधिकारियों के सेवा-सत्कार में ऐसे दत्तचित्त थे मानो बरात आई हो, बल्कि उनका वहां रहना सबको अखरता था। सभी समझते थे कि यह महाशय मन में हमारा तिरस्कार कर रहे हैं। लोगों को किसी गुप्त रीति से ये भी मालूम हो गया था कि ये स्वराज्यवादी हैं। इस कारण किसी ने उनसे निबंध पढ़ने के लिए आग्रह नहीं किया, यहां तक कि गार्डन पार्टी में उन्हें निमंत्रण भी न दिया। यह रहस्य लोगों पर उनके आने के एक दिन पीछे खुला था; नहीं तो कदाचित् उनके पास लेख पढ़ने को आदेश-पत्र भी न भेजा जाता।

प्रेमशंकर ऐसी दशा में वहां क्योंकर ठहरते? चौथे दिन घर चले आए। दो-तीन दिन तक उनका चित्त बहुत खिन्न रहा, किंतु इसलिए नहीं कि उन्हें आशातीत सफलता न हुई, बल्कि इसलिए कि उन्होंने सहायता के लिए रईसों के सामने हाथ फैलाकर अपने स्वाभिमान की हत्या की। यद्यपि अकेले पड़े-पड़े उनका जी बहुत उकताता था, पर इसके साथ ही यह अवस्था आत्म-चिंतन के बहुत अनुकूल थी। निःस्वार्थ सेवा करना मेरा कर्तव्य है। प्रयोगशाला स्थापित करके मैं कुछ स्वार्थ भी सिद्ध करना चाहता था। कुछ लाभ होता, कुछ नाम होता। परमात्मा ने उसी का मुझे दंड दिया है। सेवा का क्या यही एक साधन है? मैं प्रयोगशाला के ही पीछे क्यों पड़ा हुआ हूं? बिना प्रयोगशाला के भी कृषि संबंधी विषयों का प्रचार किया जा सकता है। रोग-निवारण क्या सेवा नहीं है? इन प्रश्नों ने प्रेमशंकर के सदुत्साह को उत्तेजित कर दिया। वह प्रायः घर से निकल जाते और आस-पास के देहातों में जाकर किसानों से खेती-बाड़ी के विषय में वार्तालाप करते। उन्हें अब मालूम हुआ कि यहां के किसानों को जितना मूर्ख समझा जाता है, वे उतने मूर्ख नहीं हैं! उन्हें किसानों से कितनी ही नई बातों का ज्ञान हुआ। शनैः-शनैः वह दिन-भर घर से बाहर रहने लगे। कभी-कभी दूर के देहातों में चले जाते; दो-दो, तीन-तीन दिनों तक न लौटते।

जेठ का महीना था। आकाश से आग बरसती थी। राज्याधिकारी वर्ग पहाड़ों पर ठंडी हवा खा रहे थे। भ्रमण करने वाले कर्मचारियों के दौरे भी बंद थे; पर प्रेमशंकर

की तातील न थी। उन्हें बहुधा दोपहर का समय पेड़ों की छांव में काटना पड़ता, कभी दिन-का-दिन निराहार बीत जाता, पर सेवा की धुन ने उन्हें शारीरिक सुखों से विरक्त कर दिया था। किसी गांव में हैजा फैलने की खबर मिलती, कहीं कीड़े ऊख के पौधे का सर्वनाश कर डालते थे। कहीं आपस में लठियाव होने का समाचार मिलता। प्रेमशंकर डाकियों की भांति इन सभी स्थानों पर जा पहुंचते और यथासाध्य कष्ट-निवारण का प्रयास करते। कभी-कभी लखनपुर तक का धावा मारते।

जब आषाढ़ में मेघ बरसा तो प्रेमशंकर को अपने काम में बड़ी असुविधा होने लगी। वह एक विशेष प्रकार के धानों का प्रचार करना चाहते थे। तरकारियों के बीज भी वितरण करने के लिए मंगा रखे थे। उन्हें बोने और उपजाने की विधि बतलानी भी जरूरी थी, इसलिए उन्होंने शहर से चार-पांच मील पर वरुणा किनारे हाजीगंज में रहने का निश्चय किया। गांव से बाहर फूस का एक झोंपड़ा पड़ गया। दो-तीन खाटें आ गईं। गांववालों की उन पर असीम भक्ति थी। उनके निवास को लोगों ने अहोभाग्य समझा। उन्हें सब लोग अपना रक्षक, अपना इष्टदेव समझते थे और उनके इशारे पर जान देने को तैयार रहते थे।

यद्यपि प्रेमशंकर को यहां बड़ी शांति मिलती थी, पर श्रद्धा की याद कभी-कभी विकल कर देती थी। वह सोचते, यदि वह भी मेरे साथ होती तो कितने आनंद से जीवन व्यतीत होता! उन्हें यह ज्ञात हो गया था कि ज्ञानशंकर ने ही मेरे विरुद्ध उसके कान भरे हैं, अतएव उन्हें अब उस पर क्रोध के बदले दया आती थी। उन्हें एक बार उससे मिलने और उसके मनोगत भावों को जानने की बड़ी आकांक्षा होती थी। कई बार इरादा किया कि एक पत्र लिखूं; पर यह सोचकर कि वह जवाब दे या न दे, टाले जाते थे। इस चिंता के अतिरिक्त अब धनाभाव से भी कष्ट होता था।

प्रेमशंकर अमेरिका से जितने रुपये लाए थे, वह इन चार महीनों में खर्च हो गए थे और यहां नित्य ही रुपयों का काम लगा रहता था। किसानों से अपनी कठिनाइयां बयान करते हुए इन्हें संकोच होता था। वह अपने भोजनादि का बोझ भी उन पर डालना पसंद न करते थे और न शहर के किसी रईस से ही सहायता मांगने का साहस होता था। अंत में उन्होंने निश्चय किया कि ज्ञानशंकर से अपने हिस्से का मुनाफा मांगना चाहिए। उन्हें मेरे हिस्से की पूरी रकम उड़ा जाने का क्या अधिकार है? श्रद्धा के भरण-पोषण के लिए वह अधिक-से-अधिक मेरा आधा हिस्सा ले सकते हैं, तब भी मुझे एक हजार के लगभग मिल जाएंगे। इस वक्त काम चलेगा, फिर देखा जाएगा। निस्संदेह इस आमदनी पर मेरा कोई हक नहीं है, मैंने उसका अर्जन नहीं किया; लेकिन मैं उसे अपने भोग-विलास के निमित्त तो नहीं चाहता। उसे लेकर परमार्थ में खर्च करना आपत्तिजनक नहीं हो सकता।

पहले प्रेमशंकर की निगाह इस तरफ कभी नहीं गई थी। वे इन रुपयों को ग्रहण करना अनुचित समझते थे; पर अभाव बहुधा सिद्धांतों और धारणाओं का बाधक हो जाता है। सोचा था कि पत्र में सब कुछ साफ-साफ लिख दूंगा, पर लिखने बैठे तो केवल इतना लिखा कि मुझे रुपयों की बड़ी जरूरत है। आशा है, मेरी कुछ सहायता करेंगे। भावों को लेखबद्ध करने में हम बहुत विचारशील हो जाते हैं।

ज्ञानशंकर को यह पत्र मिला तो वह जामे से बाहर हो गए। श्रद्धा को सुनाते हुए बोले–"यह तो नहीं होता कि कोई उद्यम करें, बैठे-बैठे सुकीर्ति का आनंद उठाना चाहते हैं। जानते होंगे कि यहां रुपये बरस रहे हैं। बस बिना हर्रे-फिटकरी के मुनाफा हाथ आ जाता है और यहां अदालत के खर्चे के मारे कचूमर निकला जाता है। एक हजार रुपये कर्ज लेकर खर्च कर चुका और अभी पूरा साल पड़ा है। एक बार हिसाब-किताब देख लें तो आंखें खुल जाएं; मालूम हो जाए कि जमींदारी परोसा हुआ थाल नहीं है। सैकड़ों रुपये साल में कर्मचारियों की नजर-नियाज में उड़ जाते हैं।"

यह कहते हुए उसी गुस्से में पत्र का उत्तर लिखने नीचे गए। उन्हें अपनी अवस्था और दुर्भाग्य पर क्रोध आ रहा था। राय कमलानंद की चेतावनी बार-बार याद आती थी। वही हुआ, जो उन्होंने कहा था।

संध्या हो गई थी। आकाश पर काली घटा छाई हुई थी। प्रेमशंकर सोच रहे थे, बड़ी देर हुई, अभी तक आदमी जवाब लेकर नहीं लौटा। कहीं पानी न बरसने लगे, नहीं तो इस वक्त आ भी न सकेगा, देखूं क्या जवाब देते हैं? सूखा जवाब तो क्या देंगे, हां, मन में अवश्य झुंझलाएंगे। अब मुझे भी निस्संकोच होकर लोगों से सहायता मांगनी चाहिए। अपने बल पर यह बोझ मैं नहीं संभाल सकता। थोड़ी-सी जमीन मिल जाती और मैं स्वयं कुछ पैदा करने लगता तो यह दशा न रहती। जमीन तो यहां बहुत कम है। हां, पचास बीघे का यह ऊसर अलबत्ता है, लेकिन जमींदार साहब से सौदा पटना कठिन है। वह ऊसर के लिए 200 रुपये बीघे नजराना मांगेंगे, फिर इसकी रेह निकालने और पानी की निकास नालियां बनाने में हजारों का खर्च है। क्या बताऊं, ज्ञानू ने मेरे सारे मंसूबे चौपट कर दिए–नहीं, लखनपुर यहां से कौन बहुत दूर था? मैं पंद्रह बीस बीघे की सीर भी कर लेता तो मुझे किसी की मदद की दरकार न होती।

प्रेमशंकर इन्हीं विचारों में डूबे थे कि सामने से एक इक्का आता हुआ दिखाई दिया। पहले तो कई आदमियों ने इक्केवान को ललकारा। क्यों खेत में इक्का लाता है? आंखें फूटी हुई हैं? देखता नहीं, खेत बोया हुआ है, पर जब इक्का प्रेमशंकर के झोंपड़े की ओर मुड़ा तो लोग चुप हो गए। उस पर लाला प्रभाशंकर और

उनके दोनों लड़के पद्मशंकर और तेजशंकर बैठे हुए थे। प्रेमशंकर ने दौड़कर उनका स्वागत किया।

प्रभाशंकर ने उन्हें छाती से लगा लिया और पूछा–"अभी तुम्हारा आदमी ज्ञानू का जवाब लेकर तो नहीं आया?"

प्रेमशंकर–जी नहीं, अभी तो नहीं आया, देर बहुत हुई।

प्रभाशंकर–मेरे ही हाथ बाजी रही। मैं उससे एक घंटा पीछे चला हूं। यह लो, बड़ी बहू ने यह लिफाफा और संदूकची तुम्हारे पास भेजी है, मगर यह तो बताओ, यह बनवास क्यों कर रहे हो? तुम्हारे एक छोड़, दो-दो घर हैं। उनमें न रहना चाहो तो तुम्हारे कई मकान किराए पर उठे हुए हैं। उनमें से जिसे कहो, खाली करा दूं। आराम से शहर में रहो। तुम्हें इस दशा में देखकर मेरा हृदय फटा जाता है। यह फूस का झोंपड़ा, बीहड़ स्थान; न कोई आदमी, न आदमजाद! मुझसे तो यहां एक क्षण भी न रहा जाए। हफ्तों घर की सुधि नहीं लेते। मैं तुम्हें यहां न रहने दूंगा। हम तो महल में रहे और तुम यों बनवास करो। (सजल नेत्र होकर) यह सब मेरा दुर्भाग्य है। मेरे कलेजे के टुकड़े हुए जाते हैं। भाई साहब जब तक जीवित रहे, मैं अपने ऊपर गर्व करता था। समझता था कि मेरी बदौलत एका बना हुआ है, लेकिन उनके उठते ही घर की श्री उठ गई। मैं दो-चार साल भी उस मेल को न निभा सका। वह भाग्यशाली थे, मैं अभागा हूं और क्या कहूं?

प्रेमशंकर ने बड़ी उत्सुकता से लिफाफा खोला और पढ़ने लगे। लालाजी की तरफ उनका ध्यान न था।

'प्रिय प्राणपति,

दासी का प्रणाम स्वीकार कीजिए। आप जब तक विदेश में थे, वियोग के दुःख को धैर्य के साथ सहती रही, पर आपका यह एकांत निवास नहीं सहा जाता। मैं यहां आपसे बोलती न थी, आपसे मिलती न थी, पर आपको आंखों से देखती तो थी, आपकी कुछ सेवा तो कर सकती थी। आपने यह सुअवसर भी मुझसे छीन लिया। मुझे तो संसार की हंसी का डर था, आपको भी संसार की हंसी का डर है? मुझे आपसे मिलते हुए अनिष्ट की आशंका होती है। धर्म को तोड़कर कौन प्राणी सुखी रह सकता है? आपके विचार तो ऐसे नहीं, फिर आप क्यों मेरी सुधि नहीं लेते?

यहां लोग आपके प्रायश्चित्त करने की चर्चा कर रहे हैं। मैं जानती हूं, आपको बिरादरी का भय नहीं है, पर यह भी जानती हूं कि आप मुझ

पर दया और प्रेम रखते हैं। क्या मेरी खातिर इतना न कीजिएगा? मेरे
धर्म को न निभाइएगा?

इस संदूकची में मेरे कुछ गहने और रुपये हैं—गहने अब किसके लिए
पहनूं? कौन देखेगा? यह तुच्छ भेंट है, उसे स्वीकार कीजिए। यदि आप
न लेंगे, तो समझूंगी कि आपने मुझसे नाता तोड़ दिया।

आपकी अभागिनी,
श्रद्धा।'

प्रेमशंकर के मन में पहले विचार हुआ कि संदूकची को वापस कर दूं और लिख दूं कि मुझे तुम्हारी मदद की जरूरत नहीं। क्या मैं ऐसा निर्लज्ज हो गया कि जो स्त्री मेरे साथ इतनी निष्ठुरता से पेश आए, उसी के सामने मदद के लिए हाथ फैलाऊं? लेकिन एक ही क्षण में यह विचार पलट गया। उसके स्थान पर यह शंका हुई कि कहीं इसने मन में कुछ और तो नहीं ठान ली है? यह पत्र किसी विषम संकल्प का सूचक तो नहीं है? वह अस्थिर चित्त होकर इधर-उधर टहलने लगे, फिर सहसा लाला प्रभाशंकर से बोले—"आपको तो मालूम होगा, ज्ञानशंकर का बर्ताव उसके साथ कैसा है?"

प्रभाशंकर—बेटा, यह बात मुझसे मत पूछो। हां, इतना कहूंगा कि तुम्हारे यहां रहने से बहुत दुखी है। तुम्हें मालूम है कि उसको तुमसे कितना प्रेम है! तुम्हारे लिए उसने बड़ी तपस्या की है। उसके ऊपर तुम्हारी अकृपा नितांत अनुचित है।

प्रेमशंकर—मुझे वहां रहने में कोई उज्र नहीं है। हां, ज्ञानशंकर के कुटिल व्यवहार से दुःख होता है और फिर वहां बैठकर यह काम न होगा। किसानों के साथ मैं उनकी जितनी सेवा कर सकता हूं, अलग रहकर नहीं कर सकता। आपसे केवल प्रार्थना करता हूं कि आप उसे बुलाकर उसकी तस्कीन कर दीजिएगा। मेरे विचार से उसका व्यवहार कितना ही अनुचित क्यों न हो, पर मैं उसे निरपराध समझता हूं। यह दूसरों के बहकाने का फल है। मुझे शंका होती है कि वह जान पर न खेल जाए।

प्रभाशंकर—मगर तुम्हें वचन देना होगा कि सप्ताह में कम-से-कम एक बार वहां अवश्य जाया करोगे।

प्रेमशंकर—इसका पक्का वादा करता हूं।

प्रभाशंकर ने लौटना चाहा, पर प्रेमशंकर ने उन्हें साग्रह रोक लिया। हाजीगंज में एक सज्जन ठाकुर भवानी सिंह रहते थे। उनके यहां भोजन का प्रबंध किया गया। पूरियां मोटी थीं और भाजी भी अच्छी न बनी थी; किंतु दूध बहुत स्वादिष्ट था।

प्रभाशंकर ने मुस्कराकर कहा–"यह पूरियां हैं या लिट्टी? मुझे तो दो-चार दिन भी खानी पड़ें तो काम तमाम हो जाए। हां, दूध की मलाई अच्छी है।"

प्रेमशंकर–मैं तो यहां रोटियां बना लेता हूं। दोपहर को दूध पी लिया करता हूं।

प्रभाशंकर–तो यह कहो कि तुम योगाभ्यास कर रहे हो। अपनी रुचि का भोजन न मिले तो फिर जीवन का सुख ही क्या रहा?

प्रेमशंकर–क्या जाने, मैं तो रोटियों से ही संतुष्ट हो जाता हूं। कभी-कभी तो मैं शाक या दाल भी नहीं बनाता। सूखी रोटियां बहुत मीठी लगती हैं। स्वास्थ्य के विचार से भी रूखा-सूखा भोजन उत्तम है।

प्रभाशंकर–यह सब नए जमाने के ढकोसले हैं। लोगों की पाचन शक्ति निर्बल हो गई है। इसी विचार से खुद को तस्कीन दिया करते हैं। मैंने तो आजीवन चटपटा भोजन किया है, पर कभी कोई शिकायत नहीं हुई।

भोजन करने के बाद कुछ इधर-उधर की बातें होने लगीं। लालाजी थके थे, सो गए, किंतु दोनों लड़कों को नींद नहीं आती थी। प्रेमशंकर बोले–"क्यों तेजशंकर, क्या नींद नहीं आती? मैट्रिक में हो न? इसके बाद क्या करने का विचार है?"

तेजशंकर–मुझे क्या मालूम? दादाजी की जो राय होगी, वही करूंगा?

प्रेमशंकर–और तुम क्या करोगे पद्मशंकर?

पद्मशंकर–मेरा तो पढ़ने में जी नहीं लगता। जी चाहता है, साधु हो जाऊं।

प्रेमशंकर–(मुस्कराकर) अभी से?

पद्मशंकर–जी हां, खूब पहाड़ों पर विचरूंगा। दूर-दूर के देशों की सैर करूंगा। भैया भी तो साधु होने को कहते हैं।

प्रेमशंकर–तो तुम दोनों साधु हो जाओगे और गृहस्थी का सारा बोझ चाचा साहब के सिर पर छोड़ दोगे?

तेजशंकर–मैंने कब साधु होने को कहा पद्म? झूठ बोलते हो?

पद्मशंकर–रोज तो कहते हो, इस वक्त लजा रहे हो।

तेजशंकर–बड़े झूठे हो।

पद्मशंकर–अभी तो कल ही कह रहे थे कि पहाड़ों पर जाकर योगियों से मंत्र जगाना सीखेंगे।

प्रेमशंकर–मंत्र जगाने से क्या होगा?

पद्मशंकर–वाह! मंत्र में इतनी शक्ति है कि चाहें तो अभी गायब हो जाएं, जमीन में गड़ा हुआ धन देख लें। एक मंत्र तो ऐसा है कि चाहें तो मुरदों को जिला दें। बस, सिद्धि चाहिए। खूब चैन रहेगा। यहां तो बरसों पढ़ेंगे, तब जाकर कहीं नौकरी मिलेगी और वहां तो एक मंत्र भी सिद्ध हो गया तो फिर चांदी-ही-चांदी है।

प्रेमशंकर—क्यों जी तेजू, तुम भी इन मिथ्या बातों पर विश्वास करते हो?

तेजशंकर—जी नहीं, यह पद्म यों ही बाही-तबाही बकता फिरता है, लेकिन इतना कह सकता हूं कि आदमी मंत्र जगाकर बड़े-बड़े काम कर सकता है। हां, डर न जाए, नहीं तो जान जाने का डर रहता है।

प्रेमशंकर—यह सब गपोड़ा है। खेद है, तुम विज्ञान पढ़कर इन गपोड़ों पर विश्वास करते हो! संसार में सफलता का सबसे जागता हुआ मंत्र अपना उद्योग, अध्यवसाय और दृढ़ता है, इसके सिवा और सब मंत्र झूठे हैं।

दोनों लड़कों ने इसका कुछ उत्तर न दिया। उसके मन में मंत्र की बात बैठ गई थी और तर्क द्वारा उन्हें कायल करना कठिन था।

प्रेमशंकर ने इनके सो जाने के बाद संदूकची खोलकर देखी। गहने सभी सोने के थे। रुपये गिने तो पूरे तीन हजार थे। इस समय प्रेमशंकर के सम्मुख श्रद्धा एक देवी के रूप में खड़ी मालूम होती थी। उसका मुखश्री एक विलक्षण ज्योति से प्रदीप्त था। वह त्याग और अनुराग की विशाल मूर्ति थी, जिसके कोमल नेत्रों में भक्ति और प्रेम की किरणें प्रस्फुटित हो रही थीं। प्रेमशंकर का हृदय विह्वल हो गया। उन्हें अपनी निष्ठुरता पर बड़ी ग्लानि उत्पन्न हुई। श्रद्धा की भक्ति के सामने अपनी कटुता और अनुदारता अत्यंत निंद्य प्रतीत होने लगी।

प्रेमशंकर ने संदूकची बंद करके खाट के नीचे रख दी और लेटे तो सोचने लगे, इन गहनों को क्या करूं? कुल संपत्ति पांच हजार से कम की नहीं है। इसे मैं ले लूं तो श्रद्धा निरावलंब हो जाएगी; लेकिन मेरी दशा सदैव ऐसी ही थोड़े रहेगी। अभी ऋण समझकर ले लूं, फिर कभी सूद समेत चुका दूंगा। पच्चीस वर्ष के लिए ऊसर लूं तो दो-ढाई हजार में तय हो जाए। एक हजार खाद डालने और रेह निकालने में लग जाएंगे। एक हजार में बैलों की गोइयां और दूसरी सामग्रियां आ जाएंगी। दस बीघे में एक सुंदर बाग लगा दूं, पंद्रह बीघे में खेती करूं। दो साल तो चाहे उपज कम हो, लेकिन आगे चलकर दो-ढाई हजार वार्षिक की आय होने लगेगी। अपने लिए मुझे 200 रुपये साल भी बहुत हैं, शेष रुपये अपने जीवनोद्देश्य के पूरे करने में लगेंगे। संभव है, तब तक कोई सहायक भी मिल जाए, लेकिन उस दशा में कोई सहायता भी न करे तो मेरा काम चलता रहेगा। हां, एक बात का ध्यान ही न रहा। मैं यह ऊसर ले लूं तो फिर इस गांव में गोचर भूमि कहां रहेगी? यह ऊसर तो यहां के पशुओं का मुख्य आधार है। नहीं, इसके लेने का विचार छोड़ देना चाहिए। अब तो हाथ में रुपये आ गए हैं। कहीं-न-कहीं जमीन मिल ही जाएगी। हां, अच्छी जमीन होगी तो इतने रुपयों में दस बीघे से ज्यादा न मिल सकेगी। दस बीघे में मेरा काम कैसे चलेगा?

प्रेमशंकर इसी उधेड़बुन में पड़े हुए थे। मूसलाधार मेघ बरस रहा था। सहसा उनके कानों में बादलों के गर्जन की-सी आवाज आने लगी, लेकिन जब देर तक इस ध्वनि का तार न टूटा, मानो किसी बड़े पुल पर रेलगाड़ी चली जा रही हो। और थोड़ी देर में गांव की ओर से आदमियों के चिल्लाने और रोने की आवाजें आने लगीं, तो वह घबराकर उठे और गांव की तरफ नजर दौड़ाई। गांव में हलचल मची हुई थी। लोग हाथों में सन और अरहर के डंठलों की मशालें लिये इधर-उधर दौड़ते फिर रहे थे। कुछ लोग मशालें लिये नदी की तरफ दौड़ते जा रहे थे। एक क्षण में मशालों का प्रतिबिंब-सा दिखने लगा, जैसे गांव में पानी लहरें मार रहा हो। प्रेमशंकर समझ गए कि बाढ़ आ गई।

अब विलंब करने का समय न था, वह तुरंत गांव की तरफ चले, लेकिन थोड़ी ही दूर चलकर वह घुटनों तक पानी में जा पहुंचे। बहाव में इतना वेग था कि उनके पांव मुश्किल से संभल रहे थे। कई बार वह गड्ढों में गिरते-गिरते बचे। जल्दी में जल थाहने के लिए कोई लकड़ी भी न ले सके थे। जी चाहता था कि गांव में उड़कर जा पहुंचूं और लोगों की यथासाध्य मदद करूं; लेकिन यहां एक-एक पग रखना दुस्तर था। चारों तरफ घना अंधेरा, ऊपर से मूसलाधार वर्षा, नीचे वेगवती लहरों का सामना, राह-बाट का कहीं पता नहीं। केवल मशालों को देखते चले जाते थे। कई बार घरों के गिरने का धमाका सुनाई दिया। गांव के निकट पहुंचे तो हाहाकार मचा हुआ था। गांव के समस्त प्राणी-युवा, वृद्ध, बाल मंदिर के चबूतरे पर खड़े यह विध्वंसकारी मेघलीला देख रहे थे। प्रेमशंकर को देखते ही लोग चारों ओर आकर खड़े हो गए। स्त्रियां रोने लगीं।

प्रेमशंकर–बाढ़ क्या अबकी बार ही आई है या पहले कभी भी आई थी?

भवानी सिंह–हर दूसरे-तीसरे साल आ जाती है। कभी-कभी तो साल में दो-दो बार आ जाती है।

प्रेमशंकर–इसके रोकने का कोई प्रयत्न नहीं किया गया?

भवानी सिंह–इसका एक ही उपाय है। नदी के किनारे बांध बना दिया जाए; लेकिन कम-से-कम तीन हजार का खर्च है, वह हमारे किए नहीं हो सकता। इतनी सामर्थ्य ही नहीं। कभी बाढ़ आती है, कभी सूखा पड़ता है। धन कहां से आए?

प्रेमशंकर–जमींदार से इस विषय में तुम लोगों ने कुछ नहीं कहा?

भवानी सिंह–उनके कभी दर्शन ही नहीं होते; किससे कहें? सेठजी ने यह गांव उन्हें पिंडदान में दे दिया था; बस, आप तो गया जी में बैठे रहते हैं। साल में दो बार उनका मुंशी आकर लगान वसूल कर ले जाता है। उससे कहो, तो कहता है, हम कुछ नहीं जानते, पंडाजी जानें। हमारे सिर पर चाहे जो पड़े, उन्हें अपने काम-से-काम है।

प्रेमशंकर–अच्छा! इस वक्त क्या उपाय करना चाहिए? कुछ बचा या सारा डूब गया?

भवानी सिंह–अंधेरे में सब कुछ सूझ तो नहीं पड़ता, लेकिन अटकल से जान पड़ता है कि घर एक भी नहीं बचा। कपड़े-लत्ते, बरतन-भांडे, खाट-खटोले सब बह गए। इतनी मुहलत ही नहीं मिली कि अपने साथ कुछ लाते। जैसे बैठे थे, वैसे ही उठकर भागे। ऐसी बाढ़ कभी नहीं आई थी, जैसे आंधी आ जाए, बल्कि आंधी का हाल भी कुछ पहले मालूम हो जाता है, यहां तो कुछ पता ही नहीं चला।

प्रेमशंकर–मवेशी भी बह गए होंगे?

भवानी सिंह–राम जाने, कुछ तुड़ाकर भागे होंगे, कुछ बह गए होंगे, कुछ बदन तक पानी में डूब गए होंगे। पानी पांच-दस अंगुल और चढ़ा तो उनका भी पता न लगेगा।

प्रेमशंकर–कम-से-कम उनकी रक्षा तो करनी चाहिए।

भवानी सिंह–हमें तो असाध्य जान पड़ता है।

प्रेमशंकर–नहीं, हिम्मत न हारो। भला कुल कितने मर्द यहां होंगे?

भवानी सिंह–(आंखों से गिनकर) यही कोई चालीस-पचास।

प्रेमशंकर–तो पांच-पांच आदमियों की एक-एक टुकड़ी बना लो और सारे गांव का एक चक्कर लगाओ। जितने जानवर मिलें उन्हें बटोर लो और मेरे झोंपड़े के सामने ले चलो। वहां जमीन बहुत ऊंची है, पानी नहीं जा सकता। मैं भी तुम लोगों के साथ चलता हूं। जो लोग इस काम के लिए तैयार हों, सामने निकल आएं।

प्रेमशंकर के उत्साह ने लोगों को उत्साहित किया। तुरंत पचास-साठ आदमी निकल आए। सबके हाथों में लाठियां थीं। प्रेमशंकर को लोगों ने रोकना चाहा, लेकिन वह किसी तरह न माने। एक लाठी हाथ में ले ली और आगे-आगे चले। पग-पग पर बहते हुए झोंपड़ों, गिरे हुए वृक्षों तथा बहती हुई चारपाइयों से टकराना पड़ता था। गांव का नाम-निशान भी न था। गांववालों को अपने-अपने घरों का भी पता न चलता था। हां, जहां-तहां भैंसों और बैलों के डकारने की आवाज सुनाई पड़ती थी। कहीं-कहीं पशु बहते हुए भी मिलते थे। यह रक्षक-दल सारी रात पशुओं के उद्धार का प्रयत्न करता रहा। उनका साहस अदम्य और उद्योग अविश्रांत था।

प्रेमशंकर अपनी टुकड़ी के साथ बारी-बारी से अन्य दलों की सहायता करते रहते थे। उनका धैर्य और परिश्रम देखकर निर्बल हृदय वाले भी प्रोत्साहित हो जाते थे।

जब दिन निकला और प्रेमशंकर अपने झोंपड़े पर पहुंचे तब दो सौ से अधिक

पशुओं को आनंद से बैठे जुगाली करते हुए देखा, लेकिन इतनी कड़ी मेहनत कभी न की थी। ऐसे थक गए थे कि खड़ा होना मुश्किल था। अंग-अंग में पीड़ा हो रही थी। आठ बजते-बजते उन्हें ज्वर हो आया। लाला प्रभाशंकर ने यह वृत्तांत सुना तो असंतुष्ट होकर बोले—"बेटा! परमार्थ करना बहुत अच्छी बात है, लेकिन इस तरह प्राण देकर नहीं। चाहे तुम्हें अपने प्राण का मूल्य इन जानवरों से कम जान पड़ता हो, लेकिन हम ऐसे-ऐसे लाखों पशुओं को तुम्हारे ऊपर बलिदान कर सकते हैं। श्रद्धा सुनेगी तो न जाने उसका क्या हाल होगा?" यह कहते-कहते उनकी आंखें भर आईं।

तीन दिन तक प्रेमशंकर ने सिर न उठाया और न लाला प्रभाशंकर उनके पास से उठे। उनके सिरहाने बैठे हुए कभी विनयपत्रिका के पदों का पाठ करते, कभी हनुमान चालीसा का पाठ पढ़ते। हाजीपुर में दो ब्राह्मण भी थे। वे दोनों झोंपड़े में बैठे दुर्गा पाठ किया करते। अन्य लोग तरह-तरह की जड़ी-बूटियां लाते। आस-पास के देहातों में भी जो उनकी बीमारी की खबर पाता, दौड़ा हुआ देखने आता। चौथे दिन ज्वर उतर गया, आकाश भी निर्मल हो गया और बाढ़ उतर गई।

प्रभात का समय था। लाला प्रभाशंकर ब्राह्मणों को दक्षिणा देकर घर चले गए थे। प्रेमशंकर अपनी चारपाई पर तकिए के सहारे बैठे हुए हाजीपुर की तरफ चिंतामय नेत्रों से देख रहे थे। चार दिन पहले जहां एक हरा-भरा लहलहाता हुआ गांव था, जहां मीलों तक खेतों में सुखद हरियाली छाई हुई थी, जहां प्रात:काल गाय-भैसों के रेवड़-के-रेवड़ चरते दिखाई देते थे, जहां झोंपड़ों से चक्कियों की मधुर ध्वनि उठती थी और बाल-वृंद मैदानों में खेलते-कूदते दिखाई देते थे, वहां आज एक निर्जन मरुभूमि थी। गांव के अधिकांश प्राणी दूसरे गांव में भाग गए थे और कुछ लोग प्रेमशंकर के झोंपड़े के सामने सिरकियां डाले पड़े थे। न किसी के पास अन्न था, न वस्त्र—बड़ा शोकमय दृश्य था।

प्रेमशंकर सोचने लगे, कितनी विषम समस्या है! इन दीनों का कोई सहायक नहीं। आए दिन इन पर यही विपत्ति पड़ा करती है और ये बेचारे इसका निवारण नहीं कर सकते। साल-दो साल में जो कुछ तन-पेट काटकर संचय करते हैं। वह जलदेव को भेंट देते हैं। कितना धन, कितने जीव इस भंवर में समा जाते हैं, कितने घर मिट जाते हैं, कितनी गृहस्थियों का सर्वनाश हो जाता है और यह केवल इसलिए कि इनको गांव के किनारे एक सुदृढ़ बांध बनाने का साहस नहीं है! न इतना धन है, न वह सहमति और सुसंगठन है, जो धन का अभाव होने पर भी बड़े-बड़े कार्य सिद्ध कर देता है। ऐसा बांध यदि बन जाए तो उससे इसी गांव की ही नहीं, आस-पास के कई गांवों की रक्षा हो सकती है। मेरे पास इस

समय चार-पांच हजार रुपये हैं। क्यों न इस बांध में हाथ लगा दूं? गांव के लोग धन न दे सकें, मेहनत तो कर सकते हैं। केवल उन्हें संगठित करना होगा। दूसरे गांव के लोग भी निस्संदेह इस काम में सहायता देंगे। ओह, कहीं यह बांध तैयार हो जाए तो इन गरीबों का कितना कल्याण हो!

यद्यपि प्रेमशंकर बहुत अशक्त हो रहे थे, पर इस विचार ने उन्हें इतना उत्साहित किया कि तुरंत उठ खड़े हुए और लोगों के बहुत रोकने पर भी हाथ में डंडा लेकर नदी की ओर बांध-स्थल का निरीक्षण करने चल खड़े हुए—जेब में पेंसिल और कागज भी रख लिया। कई आदमी साथ हो लिये। नदी के किनारे खड़े-खड़े वह बहुत देर तक रस्सी से नाप-नापकर कागज पर बांध का नक्शा खींचते और उसकी लंबाई-चौड़ाई, गर्भ आदि का अनुमान करते रहे। उन्हें उत्साह के वेग में यह काम सहज जान पड़ता था, केवल काम छेड़ देने की जरूरत थी। उन्होंने वहीं खड़े-खड़े निश्चय किया कि वर्षा समाप्त होते ही श्रीगणेश कर दूंगा। ईश्वर ने चाहा तो जाड़े में बांध तैयार हो जाएगा। बांध के साथ-साथ गांव को भी पुनर्जीवित कर दूंगा। बाढ़ का भय तो न रहेगा, दीवारें मजबूत बनाऊंगा और उस पर फूस की जगह खपरैला का छाज रखूंगा।

भवान सिंह ने कहा—"बाबूजी, यह काम हमारे मान का नहीं है।"

प्रेमशंकर—है क्यों नहीं; तुम्हीं लोगों से यह पूरा कराऊंगा। तुमने इसे असाध्य समझ लिया, इसी कारण इतनी मुसीबतें झेलते हो।

भवानी सिंह—गांव में आदमी कितने हैं?

प्रेमशंकर—दूसरे गांववाले तुम्हारी मदद करेंगे, काम शुरू तो होने दो।

भवानी सिंह—जैसा बांध आप सोच रहे हैं, पांच-छह हजार से कम में न बनेगा।

प्रेमशंकर—रुपयों की कोई चिंता नहीं। कार्तिक आ रहा है, बस काम शुरू कर दो। दो-तीन महीने में बांध तैयार हो जाएगा। रुपयों का प्रबंध जो कुछ मुझसे हो सकेगा, मैं कर दूंगा।

भवानी सिंह—आपका ही भरोसा है।

प्रेमशंकर—ईश्वर पर भरोसा रखो।

भवानी सिंह—मजदूरों की मदद मिल जाए तो अगहन में ही बांध तैयार हो सकता है।

प्रेमशंकर—इसका मैं वचन दे सकता हूं। यहां साठ-सत्तर बीघे का अच्छा चक निकल आएगा।

भवानी सिंह—तब हम आपका झोंपड़ा भी यहीं बना देंगे। वह जगह ऊंची है, लेकिन कभी-कभी वहां भी बाढ़ आ जाती है।

प्रेमशंकर—तो आज ही भागे हुए लोगों को सूचना दे दो और पड़ोस के गांव में भी खबर भेज दो।

गायत्री उन महिलाओं में थी जिनके चरित्र में रमणीयता और लालित्य के साथ पुरुषों का साहस और धैर्य भी मिला होता है। यदि वह कंघी और आईने पर जान देती थी तो कच्ची सड़कों की गर्द और धूल से भी न भागती थी। प्यानों पर मोहित थी तो देहातियों के बेसुरे अलाप का आनंद भी उठा सकती थी। सरस साहित्य पर मुग्ध होती थी तो खसरा और खितौनी से भी जी न चुराती थी। लखनऊ से आए हुए उसे दो साल हो गए, लेकिन एक दिन भी वह अपने विशाल भवन में आराम से न बैठी। कभी इस गांव जाती, कभी उस छावनी में ठहरती, कभी तहसील आना पड़ता, कभी सदर जाना पड़ता—बार-बार अधिकारियों से मिलने की जरूरत पड़ती। उसे अनुभव हो रहा था कि दूसरों पर शासन करने के लिए स्वयं झुकना पड़ता है। उसके इलाके में सर्वत्र लूट मची हुई थी, कारिंदे असामियों को नोच खाते थे। सोचती, क्या इन सब मुख्तारों और कारिंदों को जवाब दे दूं, मगर काम कौन करेगा और यही क्या मालूम है कि इनकी जगह जो नए लोग आएंगे, वे इनसे ज्यादा नेकनीयत होंगे? मुश्किल तो यह है कि प्रजा को इस अत्याचार से उतना कष्ट भी नहीं होता, जितना मुझे होता है। कोई शिकायत नहीं करता, कोई फरियाद नहीं करता, उन्हें अन्याय सहने का ऐसा अभ्यास हो गया है कि वह इसे भी जीवन की एक साधारण दशा समझते हैं। उससे मुक्त होने का कोई यत्न भी हो सकता है, इसका उन्हें ध्यान भी नहीं होता।

इतना ही नहीं था। प्रजा गायत्री की सचेष्टाओं को संदेह की दृष्टि से देखती थी। उनको विश्वास ही न होता था कि उनकी भलाई के लिए कोई जमींदार अपने नौकरों को दंड दे सकता है। वर्तमान अन्याय उनका ज्ञात विषय था, इसका उन्हें भय न था। वे सुधार के मंतव्यों से भयभीत होते थे, यह उनके लिए अज्ञात विषय था। उन्हें शंका होती थी कि कदाचित् यह लोगों को निचोड़ने की कोई नई विधि है। अनुभव भी इस शंका को पुष्ट करता था।

गायत्री का हुक्म था कि किसानों को नाम-मात्र सूद पर रुपये उधार दिए जाएं, लेकिन कारिंदे महाजनों से भी ज्यादा सूद लेते थे। उसने ताकीद कर दी थी कि बखारों से असामियों को अष्टांश पर अनाज दिया जाए; लेकिन वहां अष्टांश न देकर लोग दूसरों से सवाई-डेढ़ पर अनाज लाते थे। वह अपने इलाके-भर में सफाई का प्रबंध भी करना चाहती थी। गोबर बटोरने के लिए गांव से बाहर खत्ते बनवा दिए थे। मोरियों को साफ करने के लिए भंगी लगा दिए थे, लेकिन प्रजा

इसे 'मुदाखलत बेजा' समझती थी और डरती थी कि कहीं रानी साहिबा हमारे घरों और खत्तों पर तो हाथ नहीं बढ़ा रही हैं।

जाड़ों के दिन थे। गायत्री राप्ती नदी के किनारे के गांवों का दौरा कर रही थी। अबकी बार बाढ़ में कई गांव डूब गए थे। कृषकों ने छूट की प्रार्थना की थी। सरकारी कर्मचारियों ने इधर-उधर देखकर लिख दिया था, छूट की जरूरत नहीं है। गायत्री अपनी आंखों से इन गांवों की दशा देखकर यह निर्णय करना चाहती थी कि कितनी छूट होनी चाहिए!

संध्या हो गई थी। वह दिन-भर की थकी-मांदी, बिंदापुर की छावनी में उदास पड़ी हुई थी। सारा मकान खंडहर हो गया था। इस छावनी की मरम्मत के लिए उसने कारिंदों को सैकड़ों रुपये दिए थे; लेकिन उनकी दशा देखने से ज्ञात होता था कि बरसों से खपरैल भी नहीं बदला गया। दीवारें गिर गई थीं, कड़ियों के टूट जाने से जगह-जगह छत बैठ गई थी। आंगन में कूड़े के ढेर लगे हुए थे। यहां के कारिंदों को वह बहुत ईमानदार समझती थी। उनके कुटिल व्यवहार पर चित्त बहुत खिन्न हो रहा था। सामने चौकी पर पूजा के लिए आसन बिछा हुआ था, लेकिन उसका उठने का जी न चाहता था कि इतने में एक चपरासी ने आकर कहा-"सरकार, कानूनगो साहब आए हैं।"

गायत्री उठकर आसन पर जा बैठी और इस भय से कि कहीं कानूनगो साहब चलें न जाएं, शीघ्रता से संध्या समाप्त की और परदा करके कानूनगो साहब को बुलाया।

गायत्री-कहिए खां साहब! मिजाज तो अच्छा है? क्या आजकल पड़ताल हो रही है?

कानूनगो-जी हां, आजकल हुजूर के ही इलाके का दौरा कर रहा हूं।

गायत्री-आपके विचार में बाढ़ से खेती को कितना नुकसान हुआ?

कानूनगो-अगर सरकारी तौर पर पूछती हैं तो रुपये में एक आना, निज के तौर पर पूछती हैं तो रुपये में बारह आने।

गायत्री-आप लोग यह दोरंगी चाल क्यों चलते हैं? आप जानते नहीं कि इसमें प्रजा का कितना नुकसान होता है?

कानूनगो-हुजूर, यह न पूछें? दोरंगी चाल न चलें और असली बात लिख दें तो एक दिन में नालायक बनाकर निकाल दिए जाएं। हम लोगों से सच्चा हाल जानने के लिए तहकीकात नहीं कराई जाती, बल्कि उसको छिपाने के लिए कराई जाती है। पेट की बदौलत सब कुछ करना पड़ता है।

गायत्री-पेट को गरीबों की हाय से भरना तो अच्छा नहीं। अगर आप अपनी तरफ से प्रजा की कुछ भलाई न कर सकें तो कम-से-कम अपने हाथों उनका अहित भी न करना चाहिए। इलाके का क्या हाल है?

कानूनगो–आपको सुनकर रंज होगा। सारन में हुजूर की कई बीघे सीर असामियों ने जोत ली है–जगरांव के ठाकुरों ने हुजूर के नए बाग को जोतकर खेत बना लिया है और मेंडें खोद डाली हैं। जब तक फिर से पैमाइश न हो, कुछ पता नहीं चल सकता कि आपकी कितनी जमीन उन्होंने खाई है!

गायत्री–क्या वहां का कारिंदा सो रहा है? मेरा तो इन झगड़ों से नाकोदम है।

कानूनगो–हुजूर की जानिब से पैमाइश की एक दरख्वास्त पेश हो जाए, बस, बाकी काम मैं कर लूंगा। हां, सदर कानूनगो साहब की कुछ खातिर करनी पड़ेगी। मैं तो हुजूर का गुलाम हूं, ऐसी सलाह हरगिज न दूंगा, जिससे हुजूर को नुकसान हो। इतनी अर्ज और करूंगा कि हुजूर एक मैनेजर रख लें। गुस्ताखी माफ, इतने बड़े इलाके का इंतजाम करना हुजूर का काम नहीं है।

गायत्री–मैनेजर रखने की तो मुझे भी फिक्र है, लेकिन लाऊं कहां से? कहीं वह महाशय भी कारिंदों से मिल गए तो रही-सही बात भी बिगड़ जाएगी। उनका यह अंतिम आदेश था कि मेरी प्रजा को कोई कष्ट न होने पाए। उसी आज्ञा का पालन करने के लिए मैं यों अपनी जान खपा रही हूं। आपकी दृष्टि में कोई ऐसा ईमानदार और चतुर आदमी हो, जो मेरे सिर से यह भार उतार दे तो बतलाइए।

कानूनगो–बहुत अच्छा, मैं ख्याल रखूंगा। मेरे एक दोस्त हैं–ग्रेजुएट, बड़े लायक और तजुरबेकार। खानदानी आदमी हैं। मैं उनसे जिक्र करूंगा। तो मुझे क्या हुक्म होता है? सदर कानूनगो साहब से बातचीत करूं?

गायत्री–जी हां, कह तो रही हूं। वही लाला साहब हैं न? लेकिन वह तो बेतरह मुंह फैलाते हैं।

कानूनगो–हुजूर, खातिर जमा रखें, मैं उन्हें सीधा कर लूंगा। औरों के साथ चाहे वह कितना मुंह फैलाएं, यहां उनकी दाल न गलने पाएगी। बस, हुजूर के पांच सौ रुपये खर्च होंगे। इतने में ही दोनों गांवों की पैमाइश करा दूंगा।

गायत्री–(मुस्कराकर) इसमें कम-से-कम आधा तो आपके हाथ जरूर लगेगा!

कानूनगो–मुआजल्लाह, जनाब यह क्या फरमाती हैं? मैं मरते दम तक हुजूर को मुगालता न दूंगा। हां, काम पूरा हो जाने पर हुजूर जो कुछ अपनी खुशी से अदा करेंगी वह सिर आंखों पर रखूंगा।

गायत्री–तो यह कहिए, पांच सौ के ऊपर कुछ और भी आपको भेंट करना पड़ेगा। मैं इतना महंगा सौदा नहीं करती।

यही बातें हो रही थीं कि पंडित लेखराजजी का शुभागमन हुआ। पंडितजी रेशमी अचकन, रेशमी पगड़ी, रेशमी चादर, रेशमी धोती, पांव में दिल्ली का

सलेमशाही कामदार जूता, माथे पर चंद्रबिंदु, अधरों पर पान की लाली, आंखों पर सुनहरी ऐनक; केवड़ों में बसे हुए आकर कुर्सी पर बैठ गए।

गायत्री–पंडितजी महाराज को पालागन करती हूं।

लेखराज–आशीर्वाद! आज तो सरकार को बहुत कष्ट हुआ।

गायत्री–क्या करूं, मेरे पुरखों ने भी बिना खेत की खेती, बिना जमीन की जमींदारी और बिना धन की महाजनी प्रथा निकाली होती, तो मैं भी आपकी ही तरह चैन करती।

लेखराज–(हंसकर) कानूनगो साहब! आप सुनते हैं सरकार की बातें! ऐसी चुनकर कह देती हैं कि उसका जवाब ही न बन पड़े। सरकार को परमात्मा ने रानी बनाया है, हम तो सरकार के द्वार के भिक्षुक हैं। सरकार ने धर्मशाला के शिलारोपण का शुभ मुहूर्त पूछा था, वह मैंने विचार कर लिया है। इसी पक्ष की एकादशी को प्रातःकाल सरकार के हाथ से नींव पड़ जानी चाहिए।

गायत्री–यह सुकीर्ति मेरे भाग्य में नहीं लिखी है। आपने किसी रईस को अपने हाथों सार्वजनिक इमारतों का आधार रखते देखा है? लोग अपने रहने के मकानों की नींव अधिकारियों से रखवाते हैं। मैं इस प्रथा को क्योंकर तोड़ सकती हूं? जिलाधीश को शिलारोपण के लिए निमंत्रित करूंगी। उन्हीं के नाम पर धर्मशाला का नामकरण होगा। किसी ठेकेदार से भी आपने बातचीत की?

लेखराज–जी हां, मैंने एक ठेकेदार को ठीक कर लिया है। सज्जन पुरुष है। इस शुभ कार्य को बिना लाभ के करना चाहता है। केवल लागत-मात्र लेगा।

गायत्री–आपने उसे नक्शा दिखा दिया है न? कितने पर इस काम का ठेका लेना चाहता है?

लेखराज–वह कहता है, दूसरा ठेकेदार जितना मांगे, उससे मुझे सौ रुपये कम दिए जाएं।

गायत्री–तो अब आपको एक-दूसरा ठेकेदार लगाना पड़ा। वह कितना तखमीना करता है?

लेखराज–उसके हिसाब से 60 हजार पड़ेंगे। माल-मसाला सब अव्वल दरजे का लगाएगा। 6 महीने में काम पूरा कर देगा।

गायत्री ने इस मकान का नक्शा लखनऊ में बनवाया था। वहां इसका तखमीना 40 हजार किया गया था। व्यंग्य भाव से बोली–"तब तो वास्तव में आपका ठेकेदार बड़ा सज्जन पुरुष है। इसमें कुछ-न-कुछ तो आपके ठाकुरजी पर जरूर ही चढ़ाए जाएंगे।"

लेखराज–सरकार तो दिल्लगी करती हैं। मुझे सरकार से यूं ही क्या कम

मिलता है कि ठेकेदार से कमीशन ठहराता? कुछ इच्छा होगी तो मांग लूंगा, नीयत क्यों बिगाड़ूं?

गायत्री–मैं इसका जवाब एक सप्ताह में दूंगी।

कानूनगो–और मुझे क्या हुक्म होता है? पंडितजी, आपने भी तो देखा होगा, सारन और जगरांव में हुजूर की कितनी जमीन दब गई है?

पंडितजी–जी हां, क्यों नहीं, सौ बीघे से कम न दबी होगी।

गायत्री–मैं जमीन देखकर आपको इत्तिला दूंगी। अगर आपस में समझौते से काम चल जाए तो रार बढ़ाने की जरूरत नहीं।

दोनों महानुभाव निराश होकर विदा हुए। दोनों मन-ही-मन गायत्री को कोस रहे थे। कानूनगो ने कहा–"चालाक औरत है, बड़ी मुश्किल से हत्थे चढ़ती है।"

लेखराज बोलें–"एक-एक पैसा दांत से पकड़ती है। न जाने बटोरकर क्या करेगी? कोई आगे पीछे भी तो नहीं है।"

अंधेरा हो चला था। गायत्री सोच रही थी, इन लुटेरों से क्योंकर बचूं? इनका बस चले तो दिन-दहाड़े लूट लें। इतने नौकर हैं, लेकिन ऐसा कोई नहीं, जिसे इलाके की उन्नति का ध्यान हो। ऐसा सुयोग्य आदमी कहां मिलेगा? मैं अकेली ही कहां-कहां दौड़ सकती हूं! ठेके पर दे दूं तो इससे अधिक लाभ हो सकता है। सब झंझटों से मुक्त हो जाऊंगी, लेकिन असामी मर मिटेंगे। ठेकेदार इन्हें पीस डालेगा। कृष्णार्पण कर दूं, तो भी वही हाल होगा। कहीं ज्ञानशंकर राजी हो जाएं तो इलाके के भाग जाग उठें। कितने अनुभवशील पुरुष हैं, कितने मर्मज्ञ, कितने सूक्ष्मदर्शी! वे आ जाएं तो इन लुटेरों से मेरा गला छूट जाए। सारा इलाका चमन हो जाए, लेकिन मुसीबत तो यह है कि उनकी बातें सुनकर मेरी भक्ति और धार्मिक विश्वास डावांडोल हो जाते हैं। अगर उनके साथ मुझे दो-चार महीने और लखनऊ रहने का अवसर मिलता तो मैं अब तक फैशनेबुल लेडी बन गई होती। उनकी वाणी में विचित्र प्रभाव है। मैं तो उनके सामने बावली-सी हो जाती हूं। वह मेरा इतना अदब करते थे। उनके स्वभाव में थोड़ी-सी उच्छृंखलता अवश्य है, लेकिन मैं भी तो परछाईं की तरह उनके पीछे-पीछे लगी रहती थी, छेड़-छाड़ किया करती थी। न जाने उनके मन में मेरी ओर से क्या-क्या भावनाएं उठी हों!

पुरुषों में बड़ा अवगुण है कि हास्य और विनोद को कुवृत्तियों से अलग नहीं रख सकते। इसका पवित्र आनंद उठाना उन्हें आता ही नहीं। स्त्री जरा हंसकर बोली और उन्होंने समझा कि मुझ पर लट्टू हो गई। उन्हें जरा-सी उंगली पकड़ने को मिल जाए तो फिर पौंचा पकड़ते देर नहीं लगती। अगर ज्ञानशंकर यहां आने को तैयार हो गए तो उन्हें यहीं रखूंगी। यहीं से वह इलाके का प्रबंध करेंगे। जब कोई

विशेष काम होगा तो शहर जाएंगे। वहां भी मैं उनसे दूर-दूर रहूंगी। भूलकर भी घर में न बुलाऊंगी। नहीं, अब उन्हें उतनी धृष्टता का साहस ही न होगा। बेचारा कितना लज्जित था, मेरे सामने ताक न सकता था। स्टेशन पर मुझे विदा करने आया था, मगर दूर बैठा रहा, जबान तक न खोली।

गायत्री इन्हीं विचारों में मग्न थी कि एक चपरासी ने आज की डाक उसके सामने रख दी। डाकघर यहां से तीन कोस पर था। प्रतिदिन एक बेगार डाक लेने जाया करता था।

गायत्री ने पूछा—"वह आदमी कहां है? क्यों रे अपनी मजूरी पा गया?"

बेगार—हां सरकार, पा गया।

गायत्री—कम तो नहीं है?

बेगार—नहीं सरकार, खूब खाने को मिल गया।

गायत्री—कल तुम जाओगे कि कोई दूसरा आदमी ठीक किया जाए?

बेगार—सरकार मैं तो हाजिर ही हूं, दूसरा क्यों जाएगा?

गायत्री चिट्ठियां खोलने लगी। अधिकांश चिट्ठियां सुगंधित तेल और अन्य औषधियों के विज्ञापनों की थीं। गायत्री ने उन्हें उठाकर रद्दी की टोकरी में डाल दिया। एक पत्र राय कमलानंद का था। इसे उसने बड़ी उत्सुकता से खोला और पढ़ते ही उसकी आंखें आनंदपूर्ण गर्व से चमक उठीं, मुखमंडल नवपुष्प के समान खिल गया। उसने तुरंत वह पैकेट खोला जिसे वह अब तक किसी औषधालय का सूची-पत्र समझ रही थी। पूर्व पृष्ठ खोलते ही, उसे अपना चित्र दिखाई दिया। पहले लेख का शीर्षक था—'गायत्री देवी'। लेखक का नाम था—ज्ञानशंकर बी.ए.। गायत्री अंग्रेजी कम जानती थी, लेकिन स्वाभाविक बुद्धिमत्ता से वह साधारण पुस्तकों का आशय समझ लेती थी। उसने लेख को बड़ी उत्सुकता से पढ़ना शुरू किया और यद्यपि बीस पृष्ठों से कम न थे, पर उसने आधे घंटे में ही सारा लेख समाप्त कर दिया और गौरवोन्मत्त नेत्रों से इधर-उधर देखकर एक लंबी सांस ली। ऐसा आनंदोन्माद उसे अपने जीवन में शायद ही प्राप्त हुआ हो। उसका मान-प्रेम कभी इतना उल्लसित न हुआ था।

ज्ञानशंकर ने गायत्री के चरित्र, उसके सद्गुणों और सत्कार्यों का इतनी कुशलता से उल्लेख किया था कि शक्ति की जगह लेख में ऐतिहासिक गंभीरता का रंग आ गया था। इसमें संदेह नहीं कि एक-एक शब्द से श्रद्धा टपकती थी, किंतु वाचक को यह विवेकहीन प्रशंसा नहीं, ऐतिहासिक उदारता प्रतीत होती थी। इस शैली पर वाक्य-नैपुण्य सोने में सुगंध हो गया था। गायत्री बार-बार आईने में अपना स्वरूप देखती थी। उसके हृदय में एक असीम उत्साह प्रवाहित हो रहा था

मानो वह विमान पर बैठी हुई स्वर्ग की ओर जा रही हो। उसकी धमनियों में रक्त की जगह उच्च भावों का संचार हुआ जान पड़ता था। इस समय उसके द्वार पर भिक्षुओं की एक सेना भी होती तो निहाल हो जाती। कानूनगो साहब अगर आ जाते तो पांच सौ के बदले पांच हजार ले भागते और पंडित लेखराज का तखमीना दूना भी होता तो स्वीकार कर लिया जाता। उसने कई दिन से यहां कारिंदे से बात न की थी, उससे रूठी हुई थी। इस समय उसे अपराधियों की भांति खड़े देखा तो प्रसन्न मुख होकर बोली–"कहिए, मुंशीजी आजकल तो कच्चे घड़े की खूब छनती होगी।"

मुंशीजी धीरे-धीरे सामने आकर बोले–"हुजूर, जनेऊ की सौगंध है, जब से सरकार ने मना कर दिया, मैंने उसकी सूरत तक न देखी।"

यह कहते हुए उन्होंने अपने साहित्य-प्रेम का परिचय देने के लिए पत्रिका उठा ली और पन्ने उलटने लगे। अकस्मात् गायत्री का चित्र देखकर उछल पड़े। बोले–"सरकार, यह तो आपकी तस्वीर है। कैसा बनाया है कि अब बोली, अब बोली! क्या कुछ सरकार का हाल भी लिखा है?"

गायत्री ने बेपरवाही से कहा–"हां, तस्वीर है तो हाल क्यों न होगा?" कारिंदा दौड़ा हुआ बाहर गया और यह खबर सुनाई। कई कारिंदे और चपरासी भोजन बना रहे थे, कोई भंग पीस रहा था, कोई गा रहा था। सब-के-सब आकार तस्वीर पर टूट पड़े। छीना-झपटी होने लगी, पत्रिका के कई पन्ने फट गए। यों गायत्री किसी को अपनी किताबें छूनें नहीं देती थी, पर इस समय जरा भी न बोली।

एक मुंहलगे चपरासी ने कहा–"सरकार, कुछ हम लोगों को भी सुना दें।"

गायत्री–यह मुझसे न होगा। सारा पोथा भरा हुआ है, कहां तक सुनाऊंगी? दो-चार दिन में इसका अनुवाद हिंदी पत्र में छप जाएगा, तब पढ़ लेना।

लेकिन जब आदमियों ने एक स्वर होकर आग्रह करना शुरू किया तो गायत्री विवश हो गई। इधर-उधर से कुछ अनुवाद करके सुनाया। यदि उसे अंग्रेजी की अच्छी योग्यता होती तो कदाचित् वह अक्षरशः सुनाती।

एक कारिंदे ने कहा–"पत्रवालों को न जाने यह सब हाल कैसे मिल जाते हैं?"

दूसरे कारिंदे ने कहा–"उनके नुमाइंदे सब जगह विचरते रहते हैं। कहीं कोई बात हो, चट उनके पास पहुंच जाती है।"

गायत्री को इन वार्ताओं में असीम आनंद आ रहा था। प्रातःकाल उसने ज्ञानशंकर को एक विनयपूर्ण पत्र लिखा। इस लेख की चर्चा न करके केवल अपनी विडंबनाओं का वृत्तांत लिखा और साग्रह निवेदन किया कि आप आकर मेरे इलाके का प्रबंध अपने हाथ में लें, इस डूबती हुई नौका को पार लगाएं। उसका

मनो-मालिन्य मिट गया था। खुशामद अभिमान का सिर नीचा कर देती है। गायत्री अभिमान की पुतली थी। ज्ञानशंकर ने अपने श्रद्धावास से उसे वशीभूत कर लिया।

ज्ञानशंकर को गायत्री का पत्र मिला तो फूले न समाए। हृदय में भांति-भांति की मनोहर सुखद कल्पनाएं तरंगें मारने लगीं। सौभाग्य देवी जीवन-संकल्प की भेंट लिये उनका स्वागत करने को तैयार खड़ी थी। उनका मधुर स्वप्न इतनी जल्दी फलीभूत होगा, इसकी उन्हें आशा न थी। विधाता ने एक बड़ी रियासत के स्वामी बनने का अवसर प्रदान कर दिया था। यदि अब भी वह इससे लाभ न उठा सकें तो उनका दुर्भाग्य।

ज्ञानशंकर गोरखपुर जाने से पहले लखनपुर की ओर से निश्चिंत हो जाना चाहते थे। जब से प्रेमशंकर ने उनसे अपने हिस्से का नफा मांगा था, उनके मन में नाना प्रकार की शंकाएं उठ रही थीं। लाला प्रभाशंकर का वहां आना-जाना और भी खटकता था। उन्हें संदेह होता था कि वह बुड्ढा घाघ अवश्य कोई-न-कोई दांव खेल रहा है। यह पितृवत् प्रेम अकारण नहीं। प्रेमशंकर चतुर हों, लेकिन इस चाणक्य के सामने अभी लौंडे हैं। इनकी कुटिल कामना यही होगी कि उन्हें फोड़कर लखनपुर के आठ आने अपने लड़कों के नाम हिब्बा करा लें या किसी दूसरे महाजन के यहां बय कराके बीच में पांच-दस हजार की रकम उड़ा लें। जरूर यही बात है, नहीं तो जब अपनी ही रोटियों के लाले पड़े हैं तो यह पकवान बन-बनकर न जाते। अब तो श्रद्धा ही मेरी हारी हुई बाजी का फर्जी है। अब उसे यह पढ़ाऊं कि तुम अपने गुजारे के लिए आधा लखनपुर अपने नाम करा लो। उनकी कौन चलाए; अकेले हैं ही, न जाने कब कहां चल दें तो तुम कहीं की न रहो। यह चाल सीधी पड़ जाए तो अब भी लखनपुर अपना हो सकता है। श्रद्धा को तीर्थयात्रा करने के लिए भेज दूंगा। एक-न-एक दिन मर ही जाएगी। जीती भी रही तो हरिद्वार में बैठी गंगा स्नान करती रहेगी। लखनपुर की ओर से मुझे कोई चिंता न रहेगी।

यों निश्चय करके ज्ञानशंकर अंदर गए; दैवयोग से श्रद्धा उनकी इच्छानुसार अपने कमरे में अकेली बैठी हुई मिल गई। माया को कई दिन से ज्वर आ रहा था, विद्यावती अपने कमरे में बैठी हुई उसे पंखा झल रही थी।

ज्ञानशंकर चारपाई पर बैठकर श्रद्धा से बोले—"देखी, चाचा साहब की धूर्तता! वह तो मैं पहले ही ताड़ गया था कि यह महाशय कोई-न-कोई स्वांग रच रहे हैं। सुना लखनपुर के बय करने की बातचीत हो रही है।"

श्रद्धा–(विस्मित होकर) तुमसे किसने कहा? चाचा साहब को मैं इतना नीच नहीं समझती। मुझे पूरा विश्वास है कि वह केवल प्रेमवश वहां आते-जाते हैं।

ज्ञानशंकर–यह तुम्हारा भ्रम है। यह लोग ऐसे निःस्वार्थ प्रेम करने वाले जीव नहीं हैं। जिसने जीवनपर्यंत दूसरों को ही मूंडा हो, वह अब अपना गंवाकर भला क्या प्रेम करेगा? मतलब कुछ और ही है। भैया का माल है, चाहे बेचें या रखें, चाहे चाचा साहब को दे दें या लुटा दें, इसका उन्हें पूरा अधिकार है, मैं बीच में कूदने वाला कौन होता हूं? इतना अवश्य है कि तुम फिर कहीं की न रहोगी।

श्रद्धा–अगर तुम्हारा ही कहना ठीक हो तो मेरा इसमें क्या बस है?

ज्ञानशंकर–बस क्यों नहीं है? आखिर तुम्हारे गुजारे का भार तो उन्हीं पर है। तुम आठ आने लखनपुर अपने नाम लिखा सकती हो। भैया को कोई आपत्ति नहीं हो सकती। तुम्हें संकोच हो तो मैं स्वयं जाकर उनसे मामला तय कर सकता हूं। मुझे विश्वास है कि भैया इनकार न करेंगे और करें तो भी मैं उन्हें कायल कर सकता हूं। जब गांव तुम्हारे नाम हो जाएगा, तब उन्हें बय करने का अधिकार न रहेगा और चाचा साहब की दाल भी न गलेगी।

श्रद्धा विचारों में डूब गई। जब उसने कई मिनट तक सिर न उठाया, तब ज्ञानशंकर ने पूछा–"क्या सोचती हो? इसमें कोई हरज है? जायदाद नष्ट हो जाए, वह अच्छा है या घर में बनी रहे, वह अच्छा है?"

अब श्रद्धा ने सिर उठाया और गौरवपूर्ण भाव से बोली–"मैं ऐसा नहीं कर सकती। उनकी जो इच्छा हो, वह करें–चाहे अपना हिस्सा बेच दें या रखें। वह स्वयं बुद्धिमान हैं–जो उचित समझेंगे, वह करेंगे, मैं उनके पांव में बेड़ी क्यों डालूं?"

ज्ञानशंकर ने रुष्ट होकर उत्तर दिया–"लेकिन यह सोचा है कि जायदाद निकल गई तो तुम्हारा निर्वाह क्योंकर होगा? वह कल ही फिर अमेरिका की राह लें तो?"

श्रद्धा–मेरी कुछ चिंता न करो! वह मेरे स्वामी हैं–जो कुछ करेंगे, उसी में मेरी भलाई है। मुझे विश्वास ही नहीं होता कि वह मुझे निरवलंब छोड़ जाएंगे।

ज्ञानशंकर–तुम्हारी जैसी इच्छा! मैंने ऊंच-नीच सुझा दिया, अगर पीछे से कोई बात बने-बिगड़े तो मेरे सिर दोष न रखना।

ज्ञानशंकर बाहर आए, उनका चित्त उद्विग्न हो रहा था। श्रद्धा के संतोष और पतिभक्ति ने उन्हें एक नई उलझन में डाल दिया। यह तो उन्हें मालूम था कि श्रद्धा मेरे प्रस्ताव को सुगमता से स्वीकार न करेगी, लेकिन उसमें इतना दृढ़ त्याग भाव है, इसका उन्हें पता न था। अपने मानव-प्रकृति ज्ञान पर उन्हें घमंड था, श्रद्धा के त्याग भाव ने उसे चूर कर दिया। ओह! स्त्रियां कितनी अविवेकिनी होती हैं। मैंने महीनों इसे तोते की भांति पढ़ाया, उसका यह फल! वह अपने कमरे में देर तक

बैठे सोचते रहे कि क्योंकर यह गुत्थी सुलझे? वह आज ही इस दुविधा का अंत करना चाहते थे। यदि वह श्रद्धा का भार मुझ पर छोड़ना चाहते हैं, तो उन्हें लखनपुर उसके नाम लिखना पड़ेगा। मैं उन्हें मजबूर करूंगा। खूब खुली-खुली बातें होंगी। इसी असमंजस में वह घर से निकले और हाजीपुर की ओर चले। रास्ते-भर वह इसी चिंता में पड़े रहे। यह संकोच भी होता था कि इतने दिनों के बाद मिलने भी चला तो स्वार्थवश होकर। जब से प्रेमशंकर हाजीपुर रहने लगे थे, ज्ञानबाबू ने एक बार भी वहां जाने का कष्ट न उठाया था। कभी-कभी अपने घर पर ही उनसे मुलाकात हो जाती थी, मगर इधर तीन-चार महीनों से दोनों भाइयों की भेंट ही न हुई थी।

ज्ञानशंकर हाजीपुर पहुंचे, तो शाम हो गई थी। पूस का महीना था। खेतों में चारों ओर हरियाली छाई हुई थी। सरसों, मटर, कुसुम, अलसी के नीले-पीले फूल अपनी छटा दिखा रहे थे। कहीं चंचल तोतों के झुंड थे, कहीं उचक्के कौओं के गोल। जगह-जगह पर सारस के जोड़े अहिंसापूर्ण विचार में मग्न खड़े थे। युवतियां सिरों पर घड़े रखे नदी से पानी ला रही थीं, कोई खेत में बथुए का साग तोड़ रही थी, कोई बैलों को खिलाने के लिए हरियाली का गट्ठा सिर पर रखे चली आती थी। सरल शांतिमय जीवन का पवित्र दृश्य था। शहर की चिल्ल-पों, दौड़-धूम के सामने यह शांति अतीव सुखद प्रतीत होती थी।

ज्ञानशंकर एक आदमी के साथ प्रेमशंकर के झोंपड़े में आए तो वहां सुरम्य शोभा देखकर चकित हो गए। नदी के किनारे एक ऊंचे और विस्तृत टीले पर लताओं और बेलों से सजा हुआ ऐसा जान पड़ता था मानो किसी उच्चात्मा का संतोषपूर्ण हृदय है। झोंपड़े के सामने जहां तक निगाह जाती थी, प्रकृति की पुष्पित और पल्लवित छटा दिखाई देती थी। प्रेमशंकर झोंपड़े के सामने खड़े बैलों को चारा डाल रहे थे। ज्ञानशंकर को देखते ही बड़े प्रेम से गले मिले और घर का कुशल-समाचार पूछने के बाद बोले—"तुम तो जैसे भूल ही गए। इधर न आने की कसम खा ली?"

ज्ञानशंकर ने लज्जित होकर कहा—"यहां आने का विचार तो कई दिन से था, पर अवकाश ही नहीं मिलता था। इसे अपने दुर्भाग्य के सिवा और क्या कहूं, आप मुझसे इतने समीप हैं, फिर भी हमारे बीच में सौ कोस का अंतर है। यह मेरी नैतिक दुर्बलता और बिरादरी का लिहाज है। मुझे बिरादरी के हाथों जितने कष्ट झेलने पड़े, वह मैं ही जानता हूं। यह स्थान तो बड़ा रमणीक है। यह खेत किसके हैं?"

प्रेमशंकर—इसी गांव के असामियों के हैं। तुम्हें तो मालूम होगा, सावन में यहां बाढ़ आ गई थी। सारा गांव डूब गया था, कितने ही बैल बह गए। यहां तक कि झोंपड़ों का भी पता न चला, तब से लोगों को सहकारिता की जरूरत मालूम होने लगी है। सब असामियों ने मिलकर बांध बना लिया है और यह साठ बीघे का

चक निकल आया। इसके चारों ओर ऊंची मेंडें खींच दी हैं। जिसके जितने बीघे खेत हैं, उसी परते से बीज और मजदूरी ली जाएगी। उपज भी उसी परते से बांट दी जाएगी। मुझे लोगों ने प्रबंधकर्ता बना रखा है। इस ढंग से काम करने से बड़ी किफायत होती है। जो काम दस मजूर करते थे, वही काम छह-सात मजूरों से पूरा हो जाता है। जुताई और सिंचाई भी उत्तम रीति से हो सकती है। तुमने गायत्री देवी का वृत्तांत खूब लिखा है, मैं पढ़कर मुग्ध हो गया।

ज्ञानशंकर—उन्होंने मुझे अपनी रियासत का प्रबंध करने को बुलाया है। मेरे लिए यह बड़ा अच्छा अवसर है, लेकिन जाऊं कैसे? माया और उनकी मां को तो साथ ले जा सकता हूं; किंतु भाभी किसी तरह जाने पर राजी नहीं हो सकतीं। शिकायत नहीं करता, लेकिन चाची से आजकल उनका बड़ा मेल-जोल है। चाची और उनकी बहू दोनों ही उनके कान भरती हैं। उनका सरल स्वभाव है। दूसरों की बातों में आ जाती हैं। आजकल दोनों महिलाएं उन्हें दम दे रही हैं कि लखनपुर का आधा हिस्सा अपने नाम करा लो। कौन जाने, तुम्हारे पति फिर विदेश की राह लें तो तुम कहीं की न रहो। चाचा साहब भी उसी गोष्ठी में हैं। आज कल ही में वह लोग यह प्रस्ताव आपके सामने लाएंगे, इसलिए आपसे मेरी विनीत प्रार्थना है कि इस विषय में आप जो करना चाहते हों, उससे मुझे सूचित कर दें। आपके ही फैसले पर मेरे जीवन की सारी आशाएं निर्भर हैं। यदि आपने हिस्से को बय करने का निश्चय कर लिया हो, तो मैं अपने लिए कोई और राह निकालूं।

प्रेमशंकर—चाचा साहब के विषय में तुम्हें जो संदेह है, वह सर्वथा निर्मूल है। उन्होंने आज तक कभी मुझसे तुम्हारी शिकायत नहीं की। उनके हृदय में संतोष है और चाहे उनकी अवस्था अच्छी न हो, पर वह उससे असंतुष्ट नहीं जान पड़ते। रहा लखनपुर के संबंध में मेरा इरादा! मैं यह सुनना ही नहीं चाहता कि मैं उस गांव का जमींदार हूं। तुम मेरी ओर से निश्चिंत रहो। यही समझ लो कि मैं हूं ही नहीं। मैं अपने श्रम की रोटी खाना चाहता हूं। बीच का दलाल नहीं बनना चाहता। अगर सरकारी पत्रों में मेरा नाम दर्ज ही हो गया हो तो मैं इस्तीफा देने को तैयार हूं। तुम्हारी भाभी के जीवन-निर्वाह का भार तुम्हारे ऊपर रहेगा। मुझसे भी जो कुछ बन पड़ेगा, तुम्हारी सहायता करता रहूंगा।

ज्ञानशंकर भाई की बातें सुनकर विस्मित हो गए। यद्यपि इन विचारों में मौलिकता न थी। उन्होंने साम्यवाद के ग्रंथों में इसका विवरण देखा था, लेकिन उनकी समझ में यह केवल मानव-समाज का आदर्श-मात्र था। इस आदर्श को व्यावहारिक रूप में देखकर उन्हें आश्चर्य हुआ। वह अगर इस विषय पर तर्क करना चाहते तो अपनी सबल युक्तियों से प्रेमशंकर को निरुत्तर कर देते, लेकिन

यह समय इन विचारों के समर्थन करने का था, न कि अपनी वाक्पटुता दिखाने का, बोले–"भाई साहब! यह समाज-संगठन का महान आदर्श है और मुझे गर्व है कि आप केवल विचार से नहीं, व्यवहार से भी उसके भक्त हैं। अमेरिका की स्वतंत्र भूमि में इन भावों का जाग्रत होना स्वाभाविक है। यहां तो घर से बाहर निकलने की नौबत ही नहीं आई। आत्म-बल और बुद्धि-सामर्थ्य से भी वंचित हूं। मेरे संकल्प इतने पवित्र और उत्कृष्ट क्योंकर हो सकते हैं! मेरी संकीर्ण दृष्टि में तो यही जमींदारी, जिसे आप (मुस्कराकर) बीच की दलाली समझतें हैं, जीवन का सर्वश्रेष्ठ रूप है। हां, संभव है आगे चलकर आपके सत्संग से मुझमें भी सद्विचार उत्पन्न हो जाएं।"

प्रेमशंकर–तुम अपने ही मन में विचार करो। यह कहां का न्याय है कि मेहनत तो कोई करे, उसकी रक्षा का भार किसी दूसरे पर हो और रुपये उगाहें हम?

ज्ञानशंकर–बात तो यथार्थ है, लेकिन परंपरा से यह परिपाटी ऐसी चली आती है। इसमें किसी प्रकार का संशोधन करने का ध्यान ही नहीं होता।

प्रेमशंकर–तो तुम्हारा गोरखपुर जाने का कब तक इरादा है?

ज्ञानशंकर–पहले आप मुझे इसका पूरा विश्वास दिला दें कि लखनपुर के संबंध में आपने जो कहा है, वह निश्चयात्मक है।

प्रेमशंकर–उसे तुम अटल समझो। मैंने तुमसे एक बार अपने हिस्से का मुनाफा मांगा था। उस समय मेरे विचार पक्के न थे। मेरा हाथ भी तंग था। उस पर मैं बहुत लज्जित हूं। ईश्वर ने चाहा तो अब तुम मुझे इस प्रतिज्ञा पर दृढ़ पाओगे।

ज्ञानशंकर–तो होली तक गोरखपुर चला जाऊंगा। कोई हरज न हो तो आप भी घर चलें। माया आपको बहुत पूछा करता है।

प्रेमशंकर–आज तो अवकाश नहीं, फिर कभी आऊंगा।

ज्ञानशंकर यहां से चले तो उनका चित्त बहुत प्रसन्न था। बहुत दिनों के बाद मेरे मन की अभिलाषा पूरी हुई। अब मैं पूरे लखनपुर का स्वामी हूं। यहां अब कोई मेरा हाथ पकड़ने वाला नहीं। जो चाहूं, निर्विघ्न कर सकता हूं। भैया के वचन पक्के हैं, अब वह कदापि दुलख नहीं सकते। वह इस्तीफा लिख देते तो बात और पक्की हो जाती, लेकिन इस पर जोर देने से मेरी क्षुद्रता प्रकट होती। अभी इतना ही बहुत है, आगे चलकर देखा जाएगा।

8

प्रेमशंकर—तुम्हारा व्यवहार बिलकुल न्याय-विरुद्ध था। उन्होंने जो कुछ किया, न्याय समझकर किया। उनका उद्देश्य तुम्हें नुकसान पहुंचाना न था। तुमने केवल उनका अनिष्ट करने के लिए यह आक्षेप किया।

ज्ञानशंकर—जब आपस में अदावत हो गई, तब सत्यता का विवेचन कौन करता है? धर्म-युद्ध का समय अब नहीं रहा।

प्रेमशंकर—तो यह सब तुम्हारी मिथ्या कल्पना है?

ज्ञानशंकर—जी हां, आपके सामने, लेकिन दूसरों के सामने...।

प्रेमशंकर—(बात काटकर) वह मान-हानि का दावा कर दें तो?

ज्ञानशंकर लगभग दो बरस से लखनपुर पर इजाफा लगान करने का इरादा कर रहे थे, किंतु हमेशा उनके सामने एक-न-एक बाधा आ खड़ी होती थी। कुछ दिन तो उन्हें अपने चाचा से अलग होने में लगे। जब उधर से बेफिक्र हुए तो लखनऊ जाना पड़ा। इधर प्रेमशंकर के आ जाने से एक नई समस्या उपस्थित हो गई। इतने दिनों के बाद अब उन्हें मनोनीत सुअवसर हाथ लगा। कागज-पत्र पहले से ही तैयार थे। नालिशों के दायर होने में विलंब न हुआ।

लखनपुर के लोग मुचलके के कारण बिगड़े हुए थे ही, यह नई विपत्ति सिर पर पड़ी तो और झल्ला उठे। मुचलके की मियाद इसी महीने से समाप्त होने वाली थी। वह स्वच्छंदता से जवाबदेही कर सकते थे। सारे गांव में एका हो गया। आग-सी लग गई। बूढ़े कादिर खां भी, जो अपनी

सहिष्णुता के लिए बदनाम थे, धीरता से काम न ले सके। भरी हुई पंचायत में, जो जमींदारी का विरोध करने के उद्देश्य से बैठी थी, बोले—"इसी धरती पर सब कुछ होता है और सब कुछ इसी में समा जाता है। हम भी इसी धरती पर पैदा हुए हैं और एक दिन इसी में समा जाएंगे, फिर यह चोट क्यों सहें? धरती के लिए ही छत्रधारियों के सिर गिर जाते हैं, हम भी अपना सिर गिरा देंगे। इस काम में सहायता करना गांव के सब प्राणियों का धर्म है, जिससे जो कुछ हो सके, दे।"

सब लोगों ने एक स्वर में कहा—"हम सब तुम्हारे साथ हैं, जिस रास्ते कहोगे चलेंगे और इस धरती पर अपना सर्वस्व न्योछावर कर देंगे।"

निस्संदेह गांववालों को मालूम था कि जमींदार को इजाफा करने का पूरा अधिकार है, लेकिन वह यह भी जानते थे कि अधिकार उसी दशा में होता है, जब जमींदार अपने प्रयत्न से भूमि की उत्पादक शक्ति बढ़ा दे। इस निर्मूल इजाफे को सभी अनर्थ समझते थे।

ज्ञानशंकर ने गांव में यह एका देखा तो चौंके; लेकिन कुछ तो अपने दबाव और कुछ हाकिम परगना मिस्टर ज्वाला सिंह के सहवासी होने के कारण उन्हें अपनी सफलता में विशेष संशय न था, लेकिन जब दावे की सुनवाई हो चुकने के बाद जवाबदेही शुरू हुई तो ज्ञानशंकर को विदित हुआ कि मैं अपनी सफलता को जितना सुलभ समझता था, उससे कहीं अधिक कष्टसाध्य है। ज्वाला सिंह कभी-कभी ऐसे प्रश्न कर बैठते और असामियों के प्रति ऐसा दया-भाव प्रकट करते कि उनकी अभिरुचि का साफ पता चल जाता था। दिनोंदिन अवस्था ज्ञानशंकर के विपरीत होती जाती थी। वह स्वयं तो कचहरी न जाते, लेकिन प्रतिदिन का विवरण बड़े ध्यान से सुनते थे।

ज्ञानशंकर ज्वाला सिंह पर दांत पीसकर रह जाते थे। ये महापुरुष मेरे सहपाठियों में हैं। हम दोनों बरसों तक साथ-साथ खेले हैं। हंसी-दिल्लगी, धौल-धप्पा सभी कुछ होता था। आज जो जरा अधिकार मिल गया तो ऐसे तोते की भांति आंखें फेर लीं मानो कभी का परिचय ही नहीं है।

अंत में जब उन्होंने देखा कि अब यत्न न किया तो काम बिगड़ जाएगा, तब उन्होंने एक दिन ज्वाला सिंह से मिलने का निश्चय किया। कौन जाने मुझ पर रोब जमाने के लिए ही यह जाल फैला रहे हों! यद्यपि यह जानते थे कि ज्वाला सिंह किसी मुकदमे की जांच की अवधि में वादियों से बहुत कम मिलते थे,तथापि स्वार्थपरता की धुन में उन्हें इसका भी ध्यान न रहा। संध्या समय उनके बंगले पर जा पहुंचे।

ज्वाला सिंह को इन दिनों सितार का शौक हुआ था। उन्हें अपनी शिक्षा में यह विशेष त्रुटि जान पड़ती थी। एक गत बजाने की बार-बार चेष्टा करते, पर

तारों का स्वर न मिलता था। कभी यह कील घुमाते, कभी वह कील ढीली करते कि ज्ञानशंकर ने कमरे में प्रवेश किया।

ज्वाला सिंह ने सितार रख दिया और उनसे गले मिलकर बोले–"आइए भाईजान, आइए। कई दिनों से आपकी याद आ रही थी। आजकल तो आपका लिटलेरी उमंग बढ़ा हुआ है। मैंने गायत्री देवी पर आपका लेख देखा। बस, यही जी चाहता था कि आपकी कलम चूम लूं! यहां सारी कचहरी में उसी की चर्चा है। ऐसा ओज, ऐसा प्रसादगुण, इतनी प्रतिभा, इतना प्रवाह बहुत कम किसी लेख में दिखाई देता है। कल मैं साहब बहादुर से मिलने गया था। उनकी मेज पर वही पत्रिका पड़ी थी। जाते-ही-जाते उसी लेख की चर्चा छेड़ दी। वे लोग बड़े गुणग्राही होते हैं। यह कहां से ऐसे चुने हुए शब्द और मुहावरे लाकर रख देते हैं मानो किसी ने सुंदर फूलों का गुलदस्ता सजा दिया हो!"

ज्वाला सिंह की प्रशंसा उस रईस की प्रशंसा थी, जो अपने कलावंत के मधुर गान पर मुग्ध हो गया हो। ज्ञानशंकर ने सकुचाते हुए पूछा–"साहब क्या कहते थे?"

ज्वाला सिंह–पहले तो पूछने लगे, यह है कौन आदमी? जब मैंने कहा–'यह मेरे सहपाठी और साथ के खिलाड़ी हैं, तब उसे और भी दिलचस्पी हुई। पूछा, क्या करते हैं, कहां रहते हैं? मेरी समझ में देहातों के बैंकों के संबंध में आपने जो रिमार्क किए हैं, उनका उन पर बड़ा असर हुआ।

ज्ञानशंकर–(मुस्कराकर) भाईजान, आपसे क्या छिपाएं! वह टुकड़ा मैंने एक अंग्रेजी पत्रिका से कुछ कांट-छांटकर नकल कर लिया था। (सावधान होकर) कम-से-कम यह विचार मेरे न थे।

ज्वाला सिंह–आपको हवाला देना चाहिए था।

ज्ञानशंकर–विचारों पर किसी का अधिकार नहीं होता। शब्द तो अधिकांश मेरे ही थे।

ज्वाला सिंह–गायत्री देवी तो बहुत प्रसन्न हुई होंगी। कुछ वरदान देंगी या नहीं?

ज्ञानशंकर–उनका एक पत्र आया है। अपने इलाके का प्रबंध मेरे हाथों में देना चाहती हैं।

ज्वाला सिंह–वाह, क्या कहने! वेतन भी 500 रुपये से कम न होगा।

ज्ञानशंकर–वेतन का तो जिक्र न था, शायद इतना न दे सकें।

ज्वाला सिंह–भैया, अगर वहां 300 रुपये भी मिलें तो आप हम लोगों से अच्छे रहेंगे। खूब सैर-सपाटे कीजिए, मोटर दौड़ाते फिरिए और काम ही क्या है?

हम लोगों की भांति कागज का पुलिंदा तो सिर पर लादकर घर न लाना पड़ेगा। वहां कब तक जाने का विचार है?

ज्ञानशंकर–जाने को तो मैं तैयार हूं, लेकिन जब आप गला छोड़ें।

ज्वाला सिंह ने बात काटकर कहा–"फैमिली को भी साथ ले जाइएगा न? अवश्य ले जाइए। मैंने भी एक सप्ताह हुए स्त्री को बुला लिया है। इस ऊजड़ में भूत की तरह अकेला पड़ा रहता था।"

ज्ञानशंकर–अच्छा तो भाभी आ गईं? बड़ा आनंद रहेगा। कॉलेज में तो आप परदे के बड़े विरोधी थे?

ज्वाला सिंह–अब भी हूं, पर विपत्ति यह है कि अन्य पुरुष के सामने आते हुए उनके प्राण निकल-से जाते हैं। अर्दली और नौकर से निस्संकोच बातें करती हैं, लेकिन मेरे मित्रों की परछाईं से भी भागती हैं। खींच-खांचकर के लाऊं भी तो सिर झुकाकर अपराधियों की भांति खड़ी रहेंगी।

ज्ञानशंकर–अरे, तो क्या मेरी गिनती उन्हीं मित्रों में है?

ज्वाला सिंह–अभी तो आपसे भी झिझकेंगी। हां, आपसे दो-चार बार मुलाकात हो, आपके घर की स्त्रियां भी आने लगें तो संभव है, संकोच न रहे। क्यों न मिसेज ज्ञानशंकर को यहां भेज दीजिए? गाड़ी भेज दूंगा। आपकी वाइफ को तो कोई आपत्ति न होगी?

ज्ञानशंकर–जी नहीं, वह बड़े शौक से आएंगी।

ज्ञानशंकर को अपने मुकदमे के संबंध में और कुछ कहने का अवसर न मिला, लेकिन वहां से चले तो बहुत खुश थे। स्त्रियों के मेल-जोल से इन महाशय की नकेल मेरे हाथों में आ जाएगी। जिस कल को चाहूं, घुमा सकता हूं। उन्हें अब अपनी सफलता पर कोई संशय न रहा, लेकिन जब घर पर आकर उन्होंने विद्यावती से यह चर्चा की तो वह बोली–"मुझे तो वहां जाते झेंप होती है, न कभी की जान-पहचान, न रीति, न व्यवहार। मैं वहां जाकर क्या बातें करूंगी? गूंगी बनी बैठी रहूंगी। तुमने मुझसे न पूछा-ताछा, वादा कर आए?"

ज्ञानशंकर–मिसेज ज्वाला सिंह बड़ी मिलनसार हैं, उनसे मिलकर तुम्हें बड़ा आनंद आएगा।

विद्यावती–अच्छा! और मुन्नी को (छोटी लड़की का नाम था) क्या करूंगी? यह वहां रोए-चिल्लाए और उन्हें बुरा लगे तो?

ज्ञानशंकर–मेहरी को साथ लेते जाना। वह लड़की को बाहर बगीचे में बहलाती रहेगी।

विद्यावती बहुत कहने-सुनने के बाद अंत में जाने को राजी हो गई। प्रातःकाल ज्वाला सिंह की गाड़ी आ गई। विद्यावती बड़े ठाठ से उनके घर गई। दस बजते-बजते लौटी।

ज्ञानशंकर ने बड़ी उत्सुकता से पूछा-"कैसी मिलीं?"

विद्यावती-बहुत अच्छी तरह! स्त्री क्या हैं, देवी हैं। ऐसी हंसमुख, स्नेहमयी स्त्री तो मैंने देखी ही नहीं, छोड़ती ही न थीं। बहुत जिद की तो आने दिया। मुझे विदा करने लगीं तो उनकी आंखों से आंसू निकलने लगे। मैं भी रो पड़ी। उर्दू, अंग्रेजी सब पढ़ी हुई थीं। बड़ा सरल स्वभाव है। मेहरियों तक को तो 'तू' नहीं कहतीं-शीलमणि नाम है।

ज्ञानशंकर-कुछ मेरी भी चर्चा हुई?

विद्यावती-हां, हुई क्यों नहीं? कहती थीं, मेरे बाबूजी के पुराने दोस्त हैं। तुम्हें उस दिन चिक की आड़ से देखा था। तुम्हारी अचकन उन्हें पसंद नहीं। हंसकर बोली-'अचकन क्या पहनते हैं, मुसलमानों का पहनावा है। कोट क्यों नहीं पहनते?'

ज्ञानशंकर की आशा उद्दीप्त हुई, लेकिन जब मुकदमा फिर तारीख पर पेश हुआ तो ज्वाला सिंह के व्यवहार में जरा भी अंतर न था। बार-बार मुद्दई के गवाहों से अविश्वाससूचक प्रश्न करते, मुद्दई के वकील के प्रश्नों पर शंकाएं करते। ज्ञानशंकर ने यह समाचार सुना तो चकित हो गए। यह तो विचित्र आदमी है। इधर भी चलता है, उधर भी मुझे नचाना चाहता है। यह पद पाकर दोरंगी चाल चलना सीख गया है। जी में आया, चलकर साफ-साफ कह दूं, मित्रों से यह कपट अच्छा नहीं। या तो दुश्मन बन जाओ या दोस्त बने रहो। यह क्या कि मन में कुछ और मुख में कुछ और! इसी असमंजस में एक सप्ताह गुजर गया। दूसरी तारीख निकट आती जाती थी।

ज्ञानशंकर का मन बहुत उद्विग्न था। उन्होंने मन में निश्चय कर लिया था कि इन्होंने फिर दोरंगी चाल चली तो अपना मुकदमा किसी दूसरे इजलास में उठा ले जाऊंगा। दबूं क्यों?

जब दूसरी तारीख को ज्वाला सिंह ने लखनपुर जाकर मौके की जांच करने के लिए फिर तारीख बढ़ा दी तो ज्ञानशंकर झुंझला उठे। क्रोध में भरे हुए विद्यावती से बोले-"तुमने देखी इनकी शरारत? अब मौके की जांच करने जा रहे हैं! अब नहीं रहा जाता। जाता हूं, जरा दो-दो बातें कर आऊं।"

विद्यावती-तुम इतना अधीर क्यों हो रहे हो? क्या जाने वह दूसरों को दिखाने के लिए यह स्वांग भर रहे हों! अपनी बदनामी को सभी डरते हैं।

ज्ञानशंकर–तो आखिर कब तक मैं फैसले का इंतजार करता रहूं? यहां बैठे-बैठे कई सौ रुपये महीने की हानि हो रही है।

ज्ञानशंकर ने अभी तक विद्यावती से गायत्री के अनुरोध की जरा भी चर्चा न की थी। इस समय सहसा मुंह से बात निकल गई। विद्यावती ने चौंककर पूछा–"हानि कैसी हो रही है?"

ज्ञानशंकर ने देखा, अब बातें बनाने से काम न चलेगा और फिर कब तक छिपाऊंगा, बोले–"मुझे याद आता है, मैंने तुमसे गायत्री देवी के पत्र का जिक्र किया था। उन्होंने मुझे अपनी रियासत का मैनेजर बनाने का प्रस्ताव किया है और जल्द बुलाया है।"

विद्यावती–तुमने स्वीकार भी कर लिया?

ज्ञानशंकर–क्यों न करता, क्या कोई हानि थी?

विद्यावती–जब तुम्हें स्वयं इतनी छोटी-सी बात भी नहीं सूझती तो मैं और क्या कहूं? भला सोचो तो दुनिया क्या कहेगी? लोग यही समझेंगे कि अबला विधवा है, नातेदार जमा होकर लूट खाते हैं। तुम चाहे कितने ही निःस्पृह भाव से काम करो, लेकिन बदनामी से न बच सकोगे। अभी वह तुम्हारी बड़ी साली हैं, तुमसे कितना प्रेम करती हैं, तुम्हारा कितना सत्कार करती हैं? कितनी ही बार तुम्हारी चारपाई तक बिछा दी है? इस उच्चासन से गिरकर अब तुम उनके नौकर हो जाओगे और मुझे भी बहन के पद से गिराकर नौकरानी बना दोगे? मान लिया कि वह भी तुम्हारी खातिर करेंगी, लेकिन मृदु भाव कहां? लोग उनसे तुम्हारी जा-बेजा शिकायतें करेंगे। मुलाहिजे के मारे वह तुमसे कुछ न कह सकेंगी, मन-ही-मन कुढ़ेंगी। मैं तुम्हें नौकरी के विचार से जाने की कभी सलाह न दूंगी।

ज्ञानशंकर–तुम सब कह चुकीं या और कुछ कहना है?

विद्यावती–कहने-सुनने की बात नहीं है, मुझे तुम्हारा वहां जाना सर्वथा अनुचित जान पड़ता है।

ज्ञानशंकर–अच्छा तो अब मेरी बात सुनो। मुझे वर्तमान और भविष्य की अवस्था का विचार करके यही उचित जान पड़ता है कि इस असवर को हाथ से न जाने दूं। जब मैं जी तोड़कर काम करूंगा, दो की जगह एक खर्च करूंगा, एक ही जगह दो जमा करके दिखाऊंगा; तो गायत्री बावली नहीं है कि अनायास मुझ पर संदेह करने लगें और फिर मैं केवल नौकरी के इरादे से नहीं जाता, मेरे विचार कुछ और ही हैं।

विद्यावती ने सशंक दृष्टि से ज्ञानशंकर को देखकर पूछा–"और क्या विचार हैं?"

ज्ञानशंकर—मैं इस समृद्धिपूर्ण रियासत को दूसरे के हाथ में नहीं देखना चाहता। गायत्री के बाद जब उस पर दूसरों का ही अधिकार होगा तो मेरा क्यों न हो?

विद्यावती ने कुतूहल से देखकर कहा—"तुम्हारा क्या हक है?"

ज्ञानशंकर—मैं अपना हक जमाना चाहता हूं। अब मैं चलता हूं, जरा ज्वाला सिंह से निबटता आऊं।

विद्यावती—उनसे क्या निबटोगे? उन्होंने कोई रिश्वत ली है?

ज्ञानशंकर—तो फिर इतना मित्र भाव क्यों दिखाते हैं?

विद्यावती—यह उनकी सज्जनता है। यह आवश्यक नहीं कि वह आपके मित्र हों तो आपके लिए दूसरों पर अन्याय करें।

ज्ञानशंकर—यही बात मैं उनके मुंह से सुनना चाहता हूं। इसका मुंहतोड़ जवाब मेरे पास है।

विद्यावती—अच्छा तो जाओ, जो जी में आए, करो; फिर मुझसे क्यों सलाह लेते हो?

ज्ञानशंकर—तुमसे सलाह नहीं लेता, तुममें इतनी ही बुद्धि होती तो फिर रोना काहे का था? स्त्रियां बड़े-बड़े काम कर दिखाती हैं। तुमसे इतना भी न हो सका कि शीलमणि से इस मुकदमे के संबंध में कुछ बातचीत करती, तुम्हारी तो जरा-सी बात में मान-हानि होने लगती है।

विद्यावती—हां, मुझसे यह सब नहीं हो सकता—अपना स्वभाव ही ऐसा नहीं है।

ज्ञानशंकर—क्यों, इसमें क्या हरज था? अगर तुम एक बार हंसी-हंसी में कह देतीं कि तुम्हारे बाबूजी हमारे हजारों रुपये साल में क्षति कराए देते हैं—जरा उनको समझा क्यों नहीं देतीं?

विद्यावती—मुझे यह बातें बनानी नहीं आतीं, क्या करूं? मैं इस विषय में शीलमणि से कुछ नहीं कह सकती।

ज्ञानशंकर—चाहे दावा खारिज हो जाए?

विद्यावती—चाहे जो कुछ हो।

ज्ञानशंकर बाहर आए तो सामने एक नई समस्या आ खड़ी हुई। विद्यावती को कैसे राजी करूं? मानता हूं कि संबंधियों के यहां नौकरी से कुछ हेठी अवश्य होती है, लेकिन इतनी नहीं कि उसके लिए कोई चिरकाल के मंसूबों को मिटा दे। विद्यावती की यह बुरी आदत है कि जिस बात पर अड़ जाती है, उसे किसी तरह से नहीं छोड़ती। मैं उधर चला जाऊं और इधर यह राय साहब से मेरी शिकायत कर दे तो बना-बनाया काम बिगड़ जाए। अब यह पहले की-सी सरल

नहीं है। इसमें दिनोंदिन आत्म-सम्मान की मात्रा बढ़ती जाती है। इसे नाराज करने का यह अवसर नहीं।

वे इस चिंता में बैठे हुए थे कि शीलमणि की सवारी आ पहुंची। ज्ञानशंकर ने निश्चय किया, स्वयं चलकर उससे अपना समाचार कहूं। अभी तीनों महिलाएं कुशल समाचार ही पूछ रही थीं कि वह कुछ झिझकते हुए ऊपर आए और कमरे के द्वार पर चिलमन के सामने खड़े होकर शीलमणि से बोले–"भाभीजी को प्रणाम करता हूं।"

विद्यावती उनका आशय समझ गई। लज्जा से उसका मुखमंडल अरुण वर्ण हो गया। वह वहां से उठकर ज्ञानशंकर को अवहेलनापूर्ण नेत्रों से देखते हुए दूसरे कमरे में चली गई–श्रद्धा मध्यस्थ का काम देने के लिए रह गई।

ज्ञानशंकर बोले–"भाई साहब तो परदे के भक्त नहीं हैं और जब हम लोगों में इतनी घनिष्ठता हो गई है तो यह हिसाब उठ जाना चाहिए। मुझे आपसे कितनी ही बातें कहनी हैं! परमात्मा ने आपको शील और विनय के गुणों से विभूषित किया है, इसीलिए मुझे आपसे निज के मामलों में जबान खोलने का साहस हुआ है। मुझे विश्वास है कि आप उसकी अवज्ञा न करेंगी। मेरा एक इजाफा लगान का मुकदमा भाई साहब के इजलास में दो महीने से पेश है। मैं उनका इतना अदब करता हूं कि इस विषय में उनसे कुछ कहते हुए संकोच होता है। यद्यपि मुझे वह भाई समझते हैं, लेकिन किसी कारण से उन्हें भ्रम होता हुआ जान पड़ता है कि मेरा दावा झूठा है और मुझे भय है कि कहीं वह खारिज न कर दें। इसमें संदेह नहीं कि दावे को खारिज करने का उन्हें बहुत दुःख होगा, लेकिन शायद उन्हें अब तक मेरी वास्तविक दशा का ज्ञान नहीं है। वह यह नहीं जानते कि इससे मेरा कितना अपमान और कितना अनिष्ट होगा! आजकल की जमींदारी एक बला है। जीवन की सामग्रियां दिनोंदिन महंगी होती जाती हैं और मेरी आमदनी आज भी वही है, जो तीस वर्ष पहले थी। ऐसी अवस्था में मेरे उद्धार का इसके सिवा और क्या उपाय है कि असामियों पर इजाफा लगान करूं। अन्न मोतियों के मोल बिक रहा है। कृषकों की आमदनी दुगनी, बल्कि तिगुनी हो गई है। यदि मैं उनकी बढ़ी हुई आमदनी में से एक हिस्सा मांगता हूं तो क्या अन्याय करता हूं? अगर मेरी जीत हुई तो सहज में ही मेरी आमदनी एक हजार बढ़ जाएगी। हार हुई तो असामियों की निगाह में गिर जाऊंगा। वह शेर हो जाएंगे और बात-बात पर मुझसे उलझेंगे, तब मेरे लिए इसके सिवा और मार्ग न रहेगा कि जमींदारी से इस्तीफा दे दूं और मित्रों के सिर जा पड़ूं। (मुस्कराकर) आप ही के द्वार पर अड्डा जमाऊंगा और यदि आप मार-मारकर हटाएं, तो हटने का नाम न लूंगा।"

शीलमणि ने यह विवरण ध्यानपूर्वक सुना और श्रद्धा से बोली–"आप बाबूजी से कह दें, मुझे यह सुनकर बड़ा खेद हुआ। आपने पहले इसका जिक्र क्यों नहीं किया? विद्यावती ने भी इसकी चर्चा नहीं की, नहीं तो अब तक आपकी डिग्री हो गई होती, किंतु आप निश्चिंत रहें। मैं आपको विश्वास दिलाती हूं कि अपनी ओर से आपकी सिफारिश करने में कोई बात उठा न रखूंगी।"

ज्ञानशंकर–मुझे आपसे ऐसी ही आशा थी। दो-चार दिन में भाई साहब मौका देखने जाएंगे, इसलिए उनसे जल्द ही इसकी चर्चा कर दें।

शीलमणि–मैं आज जाते ही कहूंगी–आप इत्मीनान रखें।

प्रभात का समय था। चैत का सुखद पवन प्रवाहित हो रहा था। बाबू ज्वाला सिंह बरामदे में आरामकुर्सी पर लेटे हुए घोड़े का इंतजार कर रहे थे। उन्हें आज मौका देखने के लिए लखनपुर जाना था, किंतु मार्ग में एक बड़ी बाधा खड़ी हो गई थी। कल संध्या समय शीलमणि ने उनसे ज्ञानशंकर के मुकदमे की बात कही थी और तभी से वह बड़े असमंजस में पड़े हुए थे। सामने एक जटिल समस्या थी, न्याय या प्रणय, कर्तव्य या स्त्री की मान रक्षा। वह सोचते थे, मुझसे बड़ी भूल हुई कि इस मुकदमे को अपने इजलास में रखा, लेकिन मैं यह क्या जानता था कि ज्ञानशंकर यह कूटनीति ग्रहण करेंगे! बड़ा स्वार्थी मनुष्य है। इसी अभिप्राय से उसने स्त्रियों से मेल-जोल बढ़ाया।

शीलमणि यह चालें क्या जाने, शील में पड़कर वचन दे आई। अब यदि उसकी बात नहीं रखता तो वह रो-रोकर जान ही दे देगी। उसे क्या मालूम कि इस अन्याय से मेरी आत्मा को कितना दुःख होगा। अभी तक जितनी गवाहियां सामने आई हैं, उनसे तो यही सिद्ध होता है कि ज्ञानशंकर ने असामियों को दबाने के लिए यह मुकदमा दायर किया है और कदाचित् बात भी यही है। यह बड़ा ही बना हुआ आदमी है। लेख तो ऐसा लिखता है कि मानो दीन-रक्षा के भावों में पगा हुआ है, किंतु पक्का मतलबी है। गायत्री की रियासत का मैनेजर हो जाएगा तो अंधेर मचा देगा। नहीं, मुझसे यह अन्याय न हो सकेगा, देखकर मक्खी नहीं निगली जाएगी। शीलमणि रूठेगी तो रूठे। उसे स्वयं समझना चाहिए था कि मुझे ऐसा वचन देने का कोई अधिकार नहीं, लेकिन मुश्किल तो यह है कि वह केवल रो-रोकर ही मेरा पिंड न छोड़ेगी–बात-बात पर ताने देगी। कदाचित् मैके की तैयारी भी करने लगे। यही उसकी बुरी आदत है कि या तो प्रेम और मृदुलता की देवी बन जाएगी या बिगड़ेगी तो भालों से छेदने लगेगी।

ज्ञानशंकर ने मुझे ऐसे संकट में डाल रखा है कि उससे निकलने का कोई मार्ग ही नहीं दिखता।

ज्वाला सिंह इसी हैस-बैस में पड़े हुए थे कि अचानक ज्ञानशंकर सामने पैरगाड़ी पर आते दिखाई दिए। ज्वाला सिंह तुरंत कुर्सी से उठ खड़े हुए और साईस को जोर से पुकारा। साईस घोड़े को कसे हुए तैयार खड़ा था। यह हुक्म पाते ही घोड़ा सामने लाकर खड़ा कर दिया। ज्वाला सिंह उस पर कूदकर सवार हो गए। ज्ञानशंकर ने समीप आकर कहा—"कहिए भाई साहब, आज सवेरे-सवेरे कहां चले?"

ज्वाला सिंह—जरा लखनपुर जा रहा हूं—मौका देखना है।

ज्ञानशंकर—धूप हो जाएगी।

ज्वाला सिंह—कोई परवाह नहीं।

ज्ञानशंकर—मैं भी साथ चलूं?

ज्वाला सिंह—मुझे रास्ता मालूम है।

यह कहते हुए उन्होंने घोड़े को एड़ लगाई और हवा हो गए।

ज्ञानशंकर समझ गए कि मेरा मंत्र अपना काम कर रहा है। यह अकृपा इसी का लक्षण है। ऐसा न होता तो आज भी मीठी-मीठी बातें होतीं। चलूं, जरा शीलमणि को और पक्का कर आऊं। यह इरादा करके वह ज्वाला सिंह के कमरे में जा बैठे। अर्दली ने कहा—"सरकार बाहर गए हैं।"

ज्ञानशंकर—मैं जानता हूं। मुझसे मुलाकात हो गई। जरा घर में मेरी इत्तिला कर दो।

अर्दली—सरकार का हुक्म नहीं है।

ज्ञानशंकर—मुझे पहचानते हो या नहीं?

अर्दली—पहचानता क्यों नहीं हूं?

ज्ञानशंकर—तो चौखट पर जाकर कहते क्यों नहीं?

अर्दली—सरकार ने मना कर दिया है।

ज्ञानशंकर को अब विश्वास हो गया कि मेरी चाल ठीक पड़ी, ज्वाला सिंह ने अपने को पक्षपात-रहित सिद्ध करने के लिए ही यह षड्यंत्र रचा है। यह सोच ही रहे थे कि शीलमणि से क्योंकर मिलूं कि इतने में मेहरी किसी काम से बाहर आई और ज्ञानशंकर को देखते ही जाकर शीलमणि से कहा।

शीलमणि ने तुरंत उनके लिए पान भेजा और उन्हें दीवानखाने में बैठाया। एक क्षण के बाद वह खुद जाकर परदे की आड़ में खड़ी हो गई और मेहरी से कहलाया—'मैंने बाबूजी से आपकी सिफारिश कर दी है।'

ज्ञानशंकर ने धन्यवाद देते हुए कहा—"मुझे अब आपका ही भरोसा है।"

शीलमणि बोली–"आप घबराएं नहीं, मैं उन्हें एकदम चैन न लेने दूंगी। ज्ञानशंकर ने ज्यादा ठहरना उचित न समझा–खुशी-खुशी विदा हुए।"

उधर बाबू ज्वाला सिंह ने घोड़ा दौड़ाया तो चार मील पर जाकर रुके। उन्हें एक सिगार पीने की इच्छा हुई। जेब से सिगारकेस निकाला, लेकिन देखा तो दियासलाई न थी। उन्हें सिगार से बड़ा प्रेम था। अब क्या हो? इधर-उधर निगाह दौड़ाई तो सामने कुछ दूरी पर एक बहली जाती हुई दिखाई दी। घोड़े को बढ़ाकर बहली के पास जा पहुंचे। देखा तो उस पर प्रेमशंकर बैठे हुए थे। ज्वाला सिंह का उनसे परिचय था। कई बार उनकी कृषिशाला की सैर करने गए थे और उनके सरल, संतोषमय जीवन का आदर करते थे, पूछा–"कहिए महाशय, आज इधर कहां चले?"

प्रेमशंकर–जरा लखनपुर जा रहा हूं और आप?

ज्वाला सिंह–मैं भी वहीं चलता हूं।

प्रेमशंकर–अच्छा साथ हुआ। क्या कोई मुकदमा है?

ज्वाला सिंह ने सिगार जलाकर मुकदमे का वृत्तांत कह सुनाया।

प्रेमशंकर गौर से सुनते रहे, फिर बोले–"आपने उन्हें समझाया नहीं कि गरीबों को क्यों तंग करते हो?"

ज्वाला सिंह–मैं इस विषय में उनसे क्योंकर कुछ कहता? हां, स्त्रियों में जो बातें हुईं, उनसे मालूम होता है कि वह अपनी जरूरतों से मजबूर हैं, उनका खर्च नहीं चलता।

प्रेमशंकर–दो हजार साल की आमदनी तीन-चार प्राणियों के लिए तो कम नहीं होती।

ज्वाला सिंह–लेकिन इसमें आधा तो आपका है!

प्रेमशंकर–जी नहीं, मेरा कुछ नहीं है। मैंने उनसे साफ-साफ कह दिया है कि मैं इस जायदाद में हिस्सा नहीं लेना चाहता।

ज्वाला सिंह–(आश्चर्य से) क्या आपने उनके नाम हिब्बा कर दिया?

प्रेमशंकर–जी नहीं, लेकिन हिब्बा ही समझिए। मेरा सिद्धांत है कि मनुष्य को अपनी मेहनत की कमाई खानी चाहिए। यही प्राकृतिक नियम है। किसी को यह अधिकार नहीं है कि वह दूसरों की कमाई को अपनी जीवन-वृत्ति का आधार बनाए।

ज्वाला सिंह–तो यह कहिए कि आप जमींदारी के पेशे को ही बुरा समझते हैं?

प्रेमशंकर–हां, मैं इसका भक्त नहीं हूं। भूमि उसकी है, जो उसको जोते। शासक को उसकी उपज में भाग लेने का अधिकार इसलिए है कि वह देश में शांति और रक्षा की व्यवस्था करता है, जिसके बिना खेती हो ही नहीं सकती। किसी तीसरे वर्ग का समाज में कोई स्थान नहीं है।

ज्वाला सिंह—महाशय, इन विचारों से तो आप देश में क्रांति मचा देंगे। आपके सिद्धांत के अनुसार, हमारे बड़े-बड़े जमींदारों, ताल्लुकेदारों और रईसों को समाज में कोई स्थान ही नहीं दिया—सब-के-सब डाकू हैं।

प्रेमशंकर—इसमें इनका कोई दोष नहीं, प्रथा का दोष है। इस प्रथा के कारण देश की कितनी आत्मिक और नैतिक अवनति हो रही है, इसका अनुमान नहीं किया जा सकता। हमारे समाज का वह भाग, जो बल, बुद्धि और विद्या में सर्वोपरि है, जो हृदय और मस्तिष्क के गुणों से अलंकृत है, केवल इसी प्रथा के वशीभूत होकर आलस्य, विलास और अविचार के बंधनों में जकड़ा हुआ है।

ज्वाला सिंह—कहीं आप इन्हीं बातों का प्रचार करने तो लखनपुर नहीं जा रहे हैं कि मुझे पुलिस की सहायता न मांगनी पड़े।

प्रेमशंकर—हां, शांति भंग कराने का अपराध मुझ पर हो तो जरूर पुलिस की सहायता लीजिए।

ज्वाला सिंह—मुझे अब आप पर कड़ी निगाह रखनी पड़ेगी। मैं भी छोटा-मोटा जमींदार हूं। मुझे भी आपसे डरना चाहिए। इस समय लखनपुर ही जाइएगा या आगे जाने का इरादा है?

प्रेमशंकर—इरादा तो यहीं से लौट आने का है, आगे जैसी जरूरत हो। इधर आस-पास के देहातों में एक महीने से प्लेग का प्रकोप हो रहा है। कुछ दवाएं साथ लेता आया हूं, जरूरत होगी तो उन्हें बांट दूंगा, कौन जाने मेरे ही हाथों दो-चार जानें बच जाएं!

इसी प्रकार बातें करते हुए दोनों आदमी लखनपुर पहुंचे। गांव खाली पड़ा था। लोग बागों में झोंपड़ियां डाले पड़े थे। इस छोटी-सी बस्ती में खूब चहल-पहल थी। उन दारुण दु:खों का चिह्न कहीं न दिखाई देता था, जिनसे लोगों के हृदय विदीर्ण हो गए थे। छप्परों के सामने महुए सुखाए जा रहे थे। चक्कियों की गरज, छाछ की तड़प, ओखली और मूसल की धमक उस जीवन संग्राम की सूचना दे रही थी, जो प्लेग के भीषण हत्याकांड की भी परवाह न करता था। लड़के आमों पर ढेले चला रहे थे। कोई स्त्री बरतन मांजती थी, कोई पड़ोसी के घर से आग लिये आती थी। कोई आदमी निठल्ला बैठा नजर न आता था।

प्रेमशंकर तो बस्ती में आते ही बहली से उतर पड़े और एक झोंपड़े के सामने खाट पर बैठ गए। ज्वाला सिंह घोड़े से न उतरे। खाट पर बैठना अपमान की बात थी, जोर से बोले—"कहां है मुखिया? जाकर पटवारी को बुला लाए; हम मौका देखना चाहते हैं।"

यह हुक्म सुनते ही कई आदमी झोंपड़ी से मरीजों को छोड़-छोड़कर निकल आए। चारों ओर भगदड़-सी मच गई। दो-तीन आदमी चौपाल की तरफ कुर्सी लेने दौड़े,

दो-तीन आदमी पटवारी की तलाश में भागे और गांव के मान्यगण ज्वाला सिंह को घेरकर खड़े हो गए। प्रेमशंकर की ओर किसी ने ध्यान भी न दिया। इतने में कादिर खां अपनी झोंपड़ी से निकले और सुक्खू के कान में कुछ कहा। सुक्खू ने दुखरन भगत से कानाफूसी की, तब बिसेसर साह से सांय-सांय बातें हुईं मानो लोग किसी महत्त्वपूर्ण प्रश्न पर विचार कर रहे हों। दस मिनट के बाद सुक्खू चौधरी एक थाल लिये हुए आए। उसमें अक्षत, दही और कुछ रुपये रखे हुए थे। गांव के पुरोहितजी ने प्रेमशंकर के माथे पर दही-चावल का टीका लगाया और थाल उनके सामने रख दिया।

ज्वाला सिंह कुर्सी पर बैठते हुए बोले–"लीजिए, आपकी तो बोहनी हो गई, घाटे में तो हम ही रहे। उस पर भी आप जमींदारी पेशे की निंदा करते हैं।"

प्रेमशंकर ने कहा–"देवी के नाम से ईंट-पत्थर भी तो पूजे जाते हैं।"

कादिर खां–हम लोगों के धन-भाग थे कि दोनों मालिकों के एक-साथ दर्शन हो गए।

प्रेमशंकर–यहां बीमारी कुछ कम हुई या अभी वही हाल है?

कादिर खां–सरकार, कुछ न पूछिए, कम तो न हुई और बढ़ती जाती है। कोई दिन नागा नहीं जाता कि एक-न-एक घर पर बिजली न गिरती हो! नदी यहां से छह कोस है। कभी-कभी तो दिन में दो-दो, तीन-तीन बार जाना पड़ता है। उस पर कभी आंधी, कभी पानी, कभी आग। खेतों में अनाज सड़ा जाता है। कैसे काटें, कहां रखे? बस, भोर को घरों में एक बार चूल्हा जलता है, फिर दिन-भर कहीं आग नहीं जलती। चिलम को तरसकर रह जाते हैं हुजूर, रोते नहीं बनता, दुर्दशा हो रही थी। उस पर मालिकों की निगाह भी टेढ़ी हो गई है। सौ काम छोड़कर कचहरी दौड़ना पड़ता है। कभी-कभी तो घर में लाश छोड़कर जाना पड़ता है। क्या करें, जो सिर पर पड़ी है, उसे झेलते हैं। हुजूर का एक गुलाम था। अच्छा पट्ठा था। सारी गृहस्थी संभाले हुए था। तीन घड़ी में चल बसा। मुंह से बोल तक न निकला। सुक्खू चौधरी का तो घर ही सत्यानाश हो गया। बस, अब अकेले इन्हीं का दम रह गया है। बेचारे डपट सिंह का छोटा लड़का कल मरा है, आज बड़ा लड़का बीमार है। अल्ला ही बचाए तो बचे। जबान बंद हो गई है। लाल-लाल आंखें निकाले खाट पर पड़ा हाथ-पैर पटक रहा है। कहां तक गिनाएं खुदा रसूल, देवी-देवता सभी की मन्नतें मानते हैं, पर कोई नहीं सुनता। अब तक तो जैसे बन पड़ा, मुकदमेबाजी की, उजरदारी की। अब वह हिम्मत भी नहीं रही, किसके लिए यह सब करें? इतने पर भी मालिकों को दया नहीं आती।

प्रेमशंकर–जरा मैं डपट सिंह के लड़के को देखना चाहता हूं।

कादिर खां–हां हुजूर, चलिए मैं चलता हूं।

ज्वाला सिंह–जरा सावधान रहिएगा, यह रोग संक्रामक होता है।

प्रेमशंकर ने इसका कुछ उत्तर न दिया। औषधियों का बैग उठाया और कादिर खां के पीछे-पीछे चले। डपट सिंह के झोंपड़े पर पहुंचे तो आदमियों की बड़ी भीड़ लगी हुई थी। एक आम के पेड़ के नीचे रोगी की खाट पड़ी हुई थी। डपट सिंह और उनके छोटे भाई झपट सिंह सिरहाने खड़े पंखा झल रहे थे। दो स्त्रियां पायते की ओर खड़ी रो रही थीं। प्रेमशंकर को देखते ही दोनों अंदर चली गईं। दोनों भाइयों ने उनकी ओर दीन भाव से देखा और अलग हट गए। उन्होंने उष्णता-मापक यंत्र से देखा तो रोग का ज्वर 107 दरजे पर था। त्रिदोष के लक्षण प्रकट थे। समझ गए कि यह अब दम-भर का मेहमान है। अभी वह बेग से औषधि निकाल ही रहे थे कि मरीज एक बार जोर से चीख मारकर उठा और फिर खाट पर गिर पड़ा। उसकी आंखें पथरा गईं। स्त्रियों में पिट्टस पड़ गई।

डपट सिंह शोकातुर होकर मृत शरीर से लिपट गया और रोकर बोला–"बेटा! हाय बेटा!"

यह कहते-कहते उसकी आंखें रक्त वर्ण हो गईं, उन्माद-सा छा गया, गीली लकड़ी पहली आंच में रसती है, दूसरी आंच में जलकर भस्म हो जाती है। डपट सिंह शोक-संताप से विह्वल हो गया, खड़े होकर बोला–"कोई इस घर में आग क्यों नहीं लगा देता? अब इसमें क्या रखा है? कैसी दिल्लगी है! बाप बैठा रहे और बेटा चल दे! इन्हीं हाथों से मैंने इसे गोद में खिलाया था। इन्हीं हाथों से चिता की गोद में कैसे बैठा दूं, कैसा रुलाकर चल दिया मानो हमसे कोई नाता ही नहीं है! कहता था–'दादा तुम बूढ़े हुए, अब बैठे-बैठे राम-राम करो, हम तुम्हारी परवस्ती करेंगे।' मगर दोनों-के-दोनों चल दिए। किसी के मुख पर दया न आई! लो राम-राम करता हूं। अब परवस्ती करो कि बातों के ही धनी थे?"

यह कहते-कहते वह शव के पास से हटकर दूसरे पेड़ के नीचे जा बैठे। एक क्षण के बाद फिर बोले–"अब इस माया-जाल को तोड़ दूंगा। बहुत दिन इसने मुझे उंगलियों पर नचाया, अब मैं इसे नचाऊंगा। तुम दोनों चल दिए, बहुत अच्छा हुआ। मुझे माया-जाल से छुड़ा दिया। इस माया के कारण कितने पाप किए, कितने झूठ बोले, कितनों का गला दबाया, कितनों के खेत काटे! अब सब पाप-दोष का कारण मिट गया। वह मरी हुई माया सामने पड़ी है। कौन कहता है, मेरा बेटा था? नहीं, मेरा दुश्मन था, मेरे गले का फंदा था, मेरे पैरों की बेड़ी था। फंदा छूट गया, बेड़ी कट गई। लाओ, इस घर में आग लगा दो, सब कुछ भस्म कर दो। बलराज, खड़ा आंसू क्या बहाता है? कहीं आग नहीं है? लाके लगा दे।"

सब लोग खड़े रो रहे थे। प्रेमशंकर भी करुणातुर हो गए। डपट सिंह के पास जाकर बोले—"ठाकुर, धीरज धरो। संसार का यही दस्तूर है। तुम्हारी यह दशा देखकर बेचारी स्त्रियां और भाई रो रहे हैं—उन्हें समझाओ।"

डपट सिंह ने प्रेमशंकर को उन्मत्त नेत्रों से देखा और व्यंग्य भाव से बोले—"ओहो, आप तो हमारे मालिक हैं। क्या जाफा वसूल करने आए हैं? उसी से लीजिए, जो वहां धरती पर पड़ा हुआ है। वह आपकी कौड़ी-कौड़ी चुका देगा। गौस खां से कह दीजिए, उसे पकड़ ले जाएं, बांधे, मारे, मैं न बोलूंगा। मेरा खेती-बाड़ी से, घर-द्वार से इस्तीफा है।"

कादिर खां ने कहा—"भैया डपट, दिल मजबूत करो। देखते हो, घर-घर यही आग लगी हुई है—मेरे सिर भी तो यही विपत्ति पड़ी है। इस तरह दिल छोटा करने से काम न चलेगा, उठो। कुछ कफन-कपड़े की फिक्र करो, दोपहर हुई जाती है।"

डपट सिंह को होश आ गया। होश के साथ आंसू भी आए, रोकर बोले—"दादा, तुम्हारा-सा कलेजा कहां से लाएं? किसी तरह धीरज नहीं होता। हाय! दोनों-के-दोनों चल दिए, एक भी बुढ़ापे का सहारा न रहा। सामने यह लाश देखकर ऐसा जी चाहता है, गले पर गंडासा मार लूं। दादा, तुम जानते हो कि कितना सुशील लड़का था? अभी उस दिन मुग्दर की जोड़ी के लिए हठ कर रहा था। मैंने सैकड़ों गालियां दीं, मारने उठा; लेकिन बेचारे ने जबान तक न हिलाई। हां, खाने-पीने को तरसता रह गया। उसकी कोई मुराद पूरी न हुई—न भरपेट खा सका, न तन-भर पहन सका। धिक्कार है मेरी जिंदगानी पर! अब यह घर नहीं देखा जा सकता। झपट, अपना घर-द्वार संभालो, मेरे भाग्य में ठोकर खाना लिखा हुआ है। भाई लोग! राम-राम मालिक को, सरकार को राम-राम! अब यह अभागा देश से जाता है, कहा-सुनी माफ करना!"

यह कहकर डपट सिंह उठकर कदम बढ़ाते हुए एक तरफ चले। जब कई आदमियों ने उन्हें पकड़ना चाहा तो वह भागे। लोगों ने उनका पीछा किया, पर कोई उनकी गर्द को भी न पहुंचा। जान पड़ता था हवा में उड़े जाते हैं। लोगों के दम फूल गए, कोई यहां रहा, कोई वहां गिरा; अकेले बलराज ने उनका पीछा न छोड़ा, यहां तक कि डपट सिंह बेदम होकर जमीन पर गिर पड़े। बलराज दौड़कर उनकी छाती से लिपट गया और तब अपने अंगोछे से उन्हें हवा करने लगा। जब उन्हें होश आया तो हाथ पकड़े हुए घर लाया।

ज्वाला सिंह की करुणा भी जाग्रत हो गई, प्रेमशंकर से बोले—"बाबू साहब, बड़ा शोकमय दृश्य है।"

प्रेमशंकर—कुछ न पूछिए, कलेजा मुंह को आया जाता है।

कई आदमी बांस काटने लगे, लेकिन तीसरे पहर तक लाश न उठी। प्रेमशंकर ने कादिर से पूछा–"देर क्यों हो रही है?"

कादिर खां–हुजूर, क्या कहें? घर में रुपये नहीं है। बेचारा डपट रुपये के लिए इधर-उधर दौड़ रहा है, लेकिन कहीं नहीं मिलते। हमारी जो दशा है सरकार, हमीं जानते हैं। इजाफा लगान के मुकदमे ने पहले ही हांडी-तवा गिरवी रखवा दिया था। इस बीमारी ने रही-सही कसर पूरी कर दी। अब किसी के घर में कुछ नहीं रहा।

प्रेमशंकर ने ठंडी सांस लेकर ज्वाला सिंह से कहा–"देखी, आपने इनकी हालत? घर में कौड़ी कफन को नहीं।"

ज्वाला सिंह–मुझे अफसोस होता है कि इनसे पिछले साल मुचलका क्यों लिया! मैं अब तक न जानता था कि इनकी दशा इतनी हीन है।

प्रेमशंकर–मुझे खेद है कि मकान से कुछ रुपये लेकर न चला।

ज्वाला सिंह–रुपये मेरे पास हैं, पर मुझे देते हुए संकोच होता है। शायद इन्हें बुरा लगे? आप लेकर दे दें, तो अच्छा हो।

प्रेमशंकर ने 20 रुपये का नोट ले लिया और कादिर खां को चुपके से दे दिया। एक आदमी तुरंत कफन लेने को दौड़ा। लाश उठाने की तैयारी होने लगी। स्त्रियों में फिर कोहराम मचा। जब तक शव घर में रहता है, घरवालों को कदाचित् कुछ आशा लगी रहती है। उसका घर से उठना पार्थिव वियोग का अंत है। वह आशा के अंतिम सूत्र को तोड़ देता है।

तीसरे पहर लाश उठी। सारे गांव के पुरुष साथ चले। पहले कादिर खां ने कंधा दिया। ज्वाला सिंह को सरकारी काम था, वह लौट पड़े, लेकिन प्रेमशंकर ने दो-चार दिन वहां रहने का निश्चय किया।

एक पखवारा बीत गया। संध्या समय था। शहर में बर्फ की दुकानों पर जमघट होने लगा था। हुक्के और सिगरेट से लोगों को अरुचि होती थी। ज्वाला सिंह लखनपुर से मौके की जांच करके लौटे थे और कुर्सी पर बैठे ठंडा शरबत पी रहे थे कि शीलमणि ने आकर पूछा–"दोपहर को कहां रह गए थे?"

ज्वाला सिंह–बाबू प्रेमशंकर का मेहमान रहा। वह अभी देहात में ही हैं।

शीलमणि–अभी तक बीमारी का जोर कम नहीं हुआ।

ज्वाला सिंह–नहीं, अब कम हो रहा है। वह पूरे पंद्रह दिन से देहातों में दौरे कर रहे हैं। एक दिन भी आराम से नहीं बैठे। गांव में जनता उनको पूजती है। बड़े-बड़े हाकिम का भी इतना सम्मान न होगा। न जाने इस तपन में उनसे कैसे

वहां रहा जाता है। न पंखा, न टट्टी, न शरबत, न बर्फ। बस, पेड़ के नीचे एक झोंपड़े में पड़े रहते हैं। मुझसे तो वहां एक दिन भी न रहा जाए।

शीलमणि–परोपकारी पुरुष जान पड़ते हैं। क्या हुआ, तुमने मौका देखा?

ज्वाला सिंह–हां, खूब देखा। जिस बात का संदेह था, वही सच्ची निकली। ज्ञानशंकर का दावा बिलकुल निस्सार है। उसके मुख्तार और चपरासियों ने मुझे बहुत-कुछ चकमा देना चाहा, लेकिन मैं इन लोगों के हथकंडों को खूब जान गया हूं। बस, हाकिमों को धोखा देकर अपना मतलब निकाल लेते हैं। जरा इस भलेमानस को देखो कि असामियों के तो जान के लाले पड़े हुए हैं और इन्हें अपने प्याले-भर खून की धुन सवार है। इतना भी नहीं हो सकता कि जरा गांव में जाकर गरीबों की तसल्ली तो करते। इन्हीं का भाई है कि जमींदारी पर लात मारकर दीनों की नि:स्वार्थ सेवा कर रहा है, अपनी जान हथेली पर लिये फिरता है और एक यह महापुरुष हैं कि दीनों की हत्या करने से भी नहीं हिचकते। मेरी निगाह में तो अब इनकी आधी इज्जत भी नहीं रही, खाली ढोल है।

शीलमणि–तुम जिनकी बुराई करने लगते हो, उसकी मिट्टी पलीद कर देते हो। मैं भी आदमी पहचानती हूं। ज्ञानशंकर देवता नहीं, लेकिन जैसे सब आदमी होते हैं, वैसे ही वह भी हैं। ख्वामखाह दूसरों से बुरे नहीं।

ज्वाला सिंह–तुम उन्हें जो चाहो कहो, पर मैं तो उन्हें क्रूर और दुरात्मा समझता हूं।

शीलमणि–तब तुम उनका दावा अवश्य ही खारिज कर दोगे?

ज्वाला सिंह–कदापि नहीं, मैं यह सब जानते हुए भी उन्हीं की डिग्री करूंगा, चाहे अपील से मेरा फैसला मंसूख हो जाए।

शीलमणि–(प्रसन्न होकर) हां, बस मैं भी यही चाहती हूं, तुम अपनी-सी कर दो, जिससे मेरी बात बनी रहे।

ज्वाला सिंह–लेकिन यह सोच लो कि तुम अपने ऊपर कितना बड़ा बोझ ले रही हो! लखनपुर में प्लेग का भयंकर प्रकोप हो रहा है। लोग तबाह हुए जाते हैं, खेत काटने की भी किसी को फुरसत नहीं मिलती। कोई घर ऐसा नहीं, जहां से शोक-विलाप की आवाज न आ रही हो। घर-के-घर अंधेरे हो गए, कोई नाम लेनेवाला भी न रहा। उन गरीबों में अब अपील करने की सामर्थ्य नहीं। ज्ञानशंकर डिग्री पाते ही जारी कर देंगे। किसी के बैल नीलाम होंगे, किसी के घर बिकेंगे, किसी की फसल खेत में खड़ी-खड़ी कौड़ियों के मोल नीलाम हो जाएगी। यह दीनों की हाय किस पर पड़ेगी? यह खून किसी की गरदन पर होगा? मैं बदनामी से नहीं डरता, लेकिन अन्याय और अनर्थ से मेरे प्राण कांपते हैं।

शीलमणि यह व्याख्यान सुनकर कांप उठीं। उन्होंने इस मामले को इतना महत्त्वपूर्ण न समझा था। उनका मौन-व्रत टूट गया, बोलीं–"यदि यह हाल है तो आप वही कीजिए, जो न्याय और सत्य कहे। मैं गरीबों की आह नहीं लेना चाहती। मैं क्या जानती थी कि जरा-से दावे का यह भीषण परिणाम होगा?"

ज्वाला सिंह के हृदय पर से एक बोझ-सा उतर गया। शीलमणि को अब तक वह न समझ सके थे, बोले–"विद्यावती के सामने कौन-सा मुंह लेकर जाओगी?"

शीलमणि–विद्यावती ऐसे क्षुद्र विचारों की स्त्री नहीं है और अगर वह इस तरह मुझसे रूठ भी जाए तो मुझे चिंता नहीं। मैत्री के पीछे क्या गरीबों का गला काट लिया जाए? मैं तो समझती हूं, वह ज्ञानशंकर से चिढ़ती है। जब कभी उन्होंने मुझसे इस दावे की चर्चा की है, वह मेरे पास से उठकर चली गई है। उनकी माया-लिप्सा उसे एक आंख नहीं भाती। दावा खारिज होने की खबर सुनकर मन में प्रसन्न होगी।

ज्वाला सिंह–उस पर आपका दावा है कि गायत्री के इलाके का प्रबंध करेंगे। उसकी इनसे एक दिन भी न निभेगी। वह बड़ी दयावती है।

शीलमणि–दावा खारिज करने पर वह अपील कर दें तो?

ज्वाला सिंह–हां, बहुत संभव है, अवश्य करेंगे।

शीलमणि–और वहां से इनका दावा बहाल हो सकता है?

ज्वाला सिंह–हां, हो सकता है।

शीलमणि–तब तो वह गरीब खेतिहरों को और भी पीस डालेंगे।

ज्वाला सिंह–हां, यह तो उनकी प्रकृति ही है।

शीलमणि–तुम खेतिहरों की कुछ मदद नहीं कर सकते?

ज्वाला सिंह–न, यह मेरे अख्तियार से बाहर है।

शीलमणि–किसानों को कहीं से धन की सहायता मिल जाए, तब तो वह न हारेंगे?

ज्वाला सिंह–हार-जीत तो हाकिम के निश्चय पर निर्भर है। हां, उन्हें मदद मिल जाए तो वह अपने मुकदमे की पैरवी अच्छी तरह कर सकेंगे।

शीलमणि–तो तुम कुछ रुपये क्यों नहीं दे देते?

ज्वाला सिंह–वाह, जिस अन्याय से भागता हूं, वही करूं!

शीलमणि–प्रेमशंकर जी बड़े दयालु हैं। उनके पास रुपये हों तो वह खेतिहरों की मदद करें।

ज्वाला सिंह–मेरे विचार से वह इस न्याय के लिए अपने भाई से वैर न करेंगे।

इतने में बाहर कई मित्र आ गए। ग्वालियर का एक नामी जलतरंगिया आया हुआ था। क्लब में उसका गाना होने वाला था। लोग क्लब चल दिए।

दूसरी तारीख पर ज्ञानशंकर का मुकदमा पेश हुआ। ज्वाला सिंह ने फैसला सुना दिया। उनका दावा खारिज हो गया। ज्ञानशंकर उस दिन स्वयं कचहरी में मौजूद थे। यह फैसला सुना तो दांत पीसकर रह गए। क्रोध में भरे हुए घर आए और विद्यावती पर जले दिल के फफोले फोड़े। आज बहुत दिनों के बाद लाला प्रभाशंकर के पास गए और उनसे भी इस असद्व्यवहार का रोना रो आए। एक सप्ताह तक यही क्रम चलता रहा। शहर में ऐसा कोई परिचित आदमी न था, जिससे उन्होंने ज्वाला सिंह के कपट व्यवहार की शिकायत न की हो। यहां तक कि रिश्वत का दोषारोपण करने में भी संकोच न किया और उन्हें शब्दाघातों से ही तस्कीन न हुई। कलम की तलवार से भी चोंटें करनी शुरू कीं। कई दैनिक पत्रों में ज्वाला सिंह की खबर दी। जिस पत्र में देखिए, उसी में उनके विरुद्ध कॉलम-के-कॉलम भरे रहते थे।

एंग्लो-इंडियन पत्रों को हिंदुस्तानियों की अयोग्यता पर टिप्पणी करने का अच्छा अवसर हाथ आया। एक महीने तक यही रौला मचा रहा। ज्वाला सिंह के जीवन का कोई अंग कलंक और अपवाद से न बचा। एक संपादक महाशय ने तो यहां तक लिख मारा कि उनका मकान शहर-भर के रसिक-जनों का अखाड़ा है। ज्ञानशंकर के रचना कौशल ने उनके मनोमालिन्य के साथ मिलकर ज्वाला सिंह को अत्याचार और अविचार का काला देव बना दिया। बेचारे लेखों को पढ़ते थे और मन-ही-मन ऐंठकर रह जाते थे। अपनी सफाई देने का अधिकार न था। कानून उनका मुंह बंद किए हुए था। मित्रों में ऐसा कोई न था, जो पक्ष में कलम उठाता। पत्रों में मिथ्यावादिता पर कुढ़-कुढ़कर रह जाते थे, जो सत्यासत्य का निर्णय किए बिना अधिकारियों पर छींटे उड़ाने में ही अपना गौरव समझते थे। घर से निकलना मुश्किल हो गया। शहर में जहां देखिए, यही चर्चा थी। लोग उन्हें आते-जाते देखकर खुले शब्दों में उनका उपहास करते थे। अफसरों की निगाह भी बदल गई। जिलाधीश से मिलने गए। उसने कहला भेजा, मुझे फुरसत नहीं है।

कमिश्नर एक बंगाली सज्जन थे। उनके पास फरियाद करने गए। उन्होंने सारा वृत्तांत बड़ी सहानुभूति के साथ सुना, लेकिन चलते समय बोले—"यह असंभव है कि इस हलचल का आप पर कोई असर न हो। मुझे शंका है कि कहीं यह प्रश्न व्यवस्थापक सभा में न उठ जाए। मैं यथाशक्ति आप पर आंच न आने दूंगा, लेकिन आपको न्यायोचित समर्थन करने के लिए कुछ नुकसान उठाने के लिए तैयार रहना चाहिए, क्योंकि सन्मार्ग फूलों की सेज नहीं है।"

एक दिन ज्वाला सिंह इन्हीं चिंताओं में मग्न बैठे हुए थे कि प्रेमशंकर आ गए। ज्वाला सिंह दौड़कर उनसे गले लिपट गए। आंखें सजल हो गईं मानो आपकी किसी परम हितैषी से भेंट हुई हो। कुशल समाचार के बाद पूछा–"देहात से कब लौटे?"

प्रेमशंकर–आज ही आया हूं। पूरा डेढ़ महीना लग गया। दो-तीन दिन का इरादा करके घर से चला था। हाजीगंज वाले बार-बार बुलाने न जाते तो मैं जेठ-भर वहां और रहता।

ज्वाला सिंह–बीमारी की क्या हालत है?

प्रेमशंकर–शांत हो गई है। यह कहिए, समाचार-पत्रों में क्या हरबोंग मचा हुआ है? मैंने तो आज देखा कि दुनिया में क्या हो रहा है! इसकी कुछ खबर ही न थी। यह मंडली तो बेतरह आपके पीछे पड़ी हुई है।

ज्वाला सिंह–उनकी कृपा है और क्या कहूं?

प्रेमशंकर–मैं तो देखते ही समझ गया कि यह ज्ञानशंकर के दावे को खारिज कर देने का फल है।

ज्वाला सिंह–बाबू ज्ञानशंकर से कभी ऐसी आशा न थी कि मुझे अपना कर्तव्य-पालन करने का यह दंड दिया जाएगा। अगर वह केवल मेरी न्याय और अधिकार संबंधी बातों पर आघात करते, तब भी मुझे खेद न होता। मुझे अत्याचारी कहते, जुल्मी कहते, निरंकुश सिद्ध करते–हम इन आपेक्षों के आदी होते हैं। दुःख इस बात का है कि मेरे चरित्र को कलंकित किया गया है। मुझे अगर किसी बात का घमंड है तो वह अपने आचरण का है। मेरे कितने ही रसिक मित्र वैरागी कहकर चिढ़ाते हैं। यहां मैं कभी थिएटर देखने नहीं गया, कभी मेला-तमाशा तक नहीं देखा। बाबू ज्ञानशंकर इस बात से भली-भांति परिचित हैं, लेकिन मुझे सारे शहर के छैलों का नेता बनाने में उन्हें लेश-मात्र भी संकोच न हुआ। इन आक्षेपों से मुझे इतना दुःख हुआ है कि उसे प्रकट नहीं कर सकता। कई बार मेरी इच्छा हुई कि विष खा लूं। आपसे मेरा परिचय बहुत थोड़ा है, लेकिन मालूम नहीं क्यों, जी चाहता है कि आपके सामने मैं अपना हृदय निकालकर रख दूं। मैंने कई बार जहर खाने का इरादा किया, किंतु यह सोचकर कि कदाचित् इससे इन आक्षेपों की पुष्टि हो जाएगी, रुक गया। यह भय भी था कि शीलमणि रो-रोकर प्राण न त्याग दे। सच पूछिए, तो उसी के श्रद्धामय प्रेम ने अब तक मेरी प्राणरक्षा की है, अगर वह एक क्षण के लिए भी मुझसे विमुख हो जाती तो मैं अवश्य ही आत्मघात कर लेता। ज्ञानशंकर मेरे स्वभाव को जानते हैं। मैं और वह बरसों तक भाइयों की भांति रहे हैं। उन्हें मालूम है कि मेरे हृदय में मर्मस्थान कहां है! इसी स्थान को उन्होंने अपनी कलम से बेंधा और मेरी आत्मा को सदा के लिए निर्बल बना दिया।

प्रेमशंकर–मैं तो आपको यही सलाह दूंगा कि इन पत्रों पर मानहानि का अभियोग चलाइए। इसके सिवा अपने को निर्दोष सिद्ध करने का कोई उपाय नहीं है। मुझे इसकी जरा भी परवाह नहीं कि ज्ञानशंकर पर इसका क्या असर पड़ेगा! उन्हें अपने कर्मों का दंड मिलना चाहिए। मैं स्वयं सहिष्णुता का भक्त हूं, लेकिन यह असंभव है कि कोई चरित्र पर मिथ्या कलंक लगाए और मैं मौन धारण किए बैठा रहूं। आप वकीलों से सलाह लेकर अवश्य मान हानि का मुकदमा चलाइए।

ज्वाला सिंह कुछ सोचकर बोले–"और भी बदनामी होगी।"

प्रेमशंकर–कदापि नहीं। आपको इन मिथ्याक्षेपों का प्रतिवाद करने का अवसर मिलेगा और जनता की दृष्टि में आपका सम्मान बढ़ जाएगा। ऐसी दशा में आपका चुप रह जाना अक्षम्य ही नहीं, दूषित है। यह न समझिए कि मुझे ज्ञानशंकर से द्वेष या अपवाद से प्रेम है। मैं इस मामले को केवल सिद्धांत की निष्पक्ष दृष्टि से देखता हूं। मानरक्षा हमारा धर्म है।

ज्वाला सिंह–मैं नतीजे को सोचकर कातर हो जाता हूं। बाबू ज्ञानशंकर का फंस जाना निश्चित है। मुमकिन है, जेल की नौबत आए। वह आत्मिक कष्ट मेरे लिए इससे कहीं असह्य होगा। जिससे बरसों तक भ्रातृवत् प्रेम रहा, जिससे दांत काटी रोटी थी, उससे मैं इतना कठोर नहीं हो सकता। मैं तो इस विचार-मात्र से ही कांप उठता हूं। इन आक्षेपों से मेरी केवल इतनी हानि होगी कि यहां से तब्दील हो जाऊंगा या अधिक-से-अधिक पदच्युत हो जाऊंगा, परंतु ज्ञानशंकर तबाह हो जाएंगे। मैं अपने दुरावेशों को पूरा करने के लिए उनके परिवार का सर्वनाश नहीं कर सकता।

प्रेमशंकर ने ज्वाला सिंह को श्रद्धापूर्ण नेत्रों से देखा। इस आत्मोत्सर्ग के सामने उनका सिर झुक गया, हृदय सदनुराग से परिपूर्ण हो गया। ज्वाला सिंह के पैरों पर गिर पड़े और सजल नेत्र होकर बोले–"भाई जी, आपको परमात्मा ने देव-स्वरूप बनाया है। मुझे अब तक न मालूम था कि आपके हृदय में ऐसे पवित्र और निर्मल भाव छिपे हुए हैं।"

ज्वाला सिंह झिझककर पीछे हट गए और बोले–"भैया, ईश्वर के लिए यह अन्याय न कीजिए। मैं तो अपने को इस योग्य भी नहीं पाता कि आपके चरणारविंद अपने माथे से लगाऊं। आप मुझे कांटों में घसीट रहे हैं।"

प्रेमशंकर–यदि आपकी इच्छा हो तो मैं उन्हीं पत्रों में इन आक्षेपों का प्रतिवाद कर दूं?

ज्वाला सिंह वास्तव में प्रतिवाद की आवश्यकता को स्वीकार करते थे, किंतु इस भय से कि कहीं मेरी सम्मति मुझे उस उच्च पद से गिरा न दे, जो मैंने अभी

प्राप्त किया है, इनकार करना ही उचित जान पड़ा। बोले–"जी नहीं, इसकी भी जरूरत नहीं।"

प्रेमशंकर के चले जाने के बाद ज्वाला सिंह को खेद हुआ कि प्रतिवाद का ऐसा उत्तम अवसर हाथ से निकल गया। अगर इनके नाम से प्रतिवाद निकलता तो वह सारा मिथ्या-जाल मकड़ी के जालों के सदृश कट जाता, पर अब तो जो हुआ, सो हुआ। एक साधु पुरुष के हृदय में स्थान तो मिल गया।

प्रेमशंकर घर तक जाने का विचार करके हाजीपुर से चले थे। महीनों से घर से कुशल-समाचार न मिला था, लेकिन यहां से उठे तो नौ बज गए थे, जेठ की लू चलने लगी थी। घर से हाजीपुर लौट जाना दुस्तर था, इसलिए किसी दूसरे दिन का इरादा करके लौट पड़े।

लेकिन ज्ञानशंकर को चैन कहां। उन्हें ज्यों ही मालूम हुआ कि भैया देहात से लौट आए हैं, वह उनसे मिलने के लिए उत्सुक हो गए। ज्वाला सिंह को उनकी नजरों में गिराना आवश्यक था। संध्या समय था। प्रेमशंकर अपने झोंपड़े के सामने वाले गमलों में पानी दे रहे थे कि ज्ञानशंकर आ पहुंचे और बोले–"क्या मजूर कहीं चला गया है?"

प्रेमशंकर–मैं भी तो मजूर ही हूं। घर पर सब कुशल है न?

ज्ञानशंकर–जी हां, सब आपकी दया है। आपके यहां तो कई हलवाहे होंगे। क्या वह इतना भी नहीं कर सकते कि इन गमलों को सींच दें? आपको व्यर्थ कष्ट उठाना पड़ता है।

प्रेमशंकर–मुझे उनसे काम लेने का कोई अधिकार नहीं है। वह मेरे निज के नौकर नहीं है। मैं तो केवल यहां का निरीक्षक हूं और फिर मैंने अमेरिका में तो हाथों से बरतन धोए हैं। होटलों की मेजें साफ की हैं, सड़कों पर झाड़ू दी है, यहां आकर मैं कोई और तो नहीं हो गया। मैंने यहां कोई खिदमतगार नहीं रखा है। मैं अपना सब काम कर लेता हूं।

ज्ञानशंकर–तब तो आपने हद कर दी। क्या मैं पूछ सकता हूं कि आप क्यों अपनी आत्मा को इतना कष्ट देते हैं?

प्रेमशंकर–मुझे कोई कष्ट नहीं होता। हां, इसके विरुद्ध आचरण करने में अलबत्ता कष्ट होगा। मेरी आदत ऐसी ही बन गई है।

ज्ञानशंकर–यह तो आप मानते हैं कि आत्मिक उन्नति की भिन्न-भिन्न कक्षाएं होती हैं।

प्रेमशंकर–मैंने इस विषय में कभी विचार नहीं किया और न अपना कोई सिद्धांत स्थिर कर सकता हूं। उस मुकदमे की अपील अभी दायर की या नहीं?

ज्ञानशंकर–जी हां, दायर कर दी। आपने ज्वाला सिंह की सज्जनता देखी? यह महाशय मेरे बनाए हुए हैं। मैंने ही इन्हें रटा-रटाकर किसी तरह बी.ए. कराया। अपना हरज करता था, पर पहले इनकी कठिनाइयों को दूर कर देता था। इस नेकी का इन्होंने यह बदला दिया। ऐसा कृतघ्न मनुष्य मैंने नहीं देखा।

प्रेमशंकर–पत्रों में उनके विरुद्ध जो लेख छपे थे, वह तुम्हीं ने लिखे थे?

ज्ञानशंकर–जी हां! जब वह मेरे साथ ऐसा व्यवहार करते हैं, तब मैं क्यों उनसे रियायत करूं?

प्रेमशंकर–तुम्हारा व्यवहार बिलकुल न्याय-विरुद्ध था। उन्होंने जो कुछ किया, न्याय समझकर किया। उनका उद्देश्य तुम्हें नुकसान पहुंचाना न था। तुमने केवल उनका अनिष्ट करने के लिए यह आक्षेप किया।

ज्ञानशंकर–जब आपस में अदावत हो गई, तब सत्यता का विवेचन कौन करता है? धर्म-युद्ध का समय अब नहीं रहा।

प्रेमशंकर–तो यह सब तुम्हारी मिथ्या कल्पना है?

ज्ञानशंकर–जी हां, आपके सामने, लेकिन दूसरों के सामने...।

प्रेमशंकर–(बात काटकर) वह मान-हानि का दावा कर दें तो?

ज्ञानशंकर–इसके लिए बड़ी हिम्मत चाहिए और उनमें हिम्मत का नाम नहीं। यह सब रोब-दाब दिखाने के ही हैं। अपील का फैसला मेरे अनुकूल हुआ, तो अभी उनकी और खबर लूंगा। जाते कहां हैं? और कुछ न हुआ तो बदनामी के साथ तब्दील तो हो ही जाएंगे। अबकी बार तो आपने लखनपुर की खूब सैर की, असामियों ने मेरी खूब शिकायत की होगी?

प्रेमशंकर–हां, शिकायत सभी कर रहे हैं।

ज्ञानशंकर–लड़ाई-दंगे का तो कोई भय नहीं है?

प्रेमशंकर–मेरे विचार में तो इसकी संभावना नहीं है।

ज्ञानशंकर–अगर उन्हें मालूम हो जाए कि इस विषय में हम लोगों के मतभेद हैं और यह स्वाभाविक ही है; क्योंकि आप अपने मनोगत भावों को छिपा नहीं सकते, तो वह और भी शेर हो जाएंगे।

प्रेमशंकर–(हंसकर) तो इससे हानि क्या होगी?

ज्ञानशंकर–आपके सिद्धांत के अनुसार तो कोई हानि न होगी, पर मैं कहीं का नहीं रहूंगा। इस समय मेरे हित के लिए यह अत्यावश्यक है कि आप उधर आना-जाना कम कर दें।

प्रेमशंकर–क्या तुम्हें संदेह है कि मैं असामियों को उभारकर तुमसे लड़ाता हूं? मुझे तुमसे कोई दुश्मनी है? मुझे लखनपुर के ही नहीं, सारे देश के कृषकों

से सहानुभूति है; लेकिन इसका यह आशय नहीं कि मुझे जमींदारों से कोई द्वेष है। हां, अगर तुम्हारी यही इच्छा है कि मैं उधर न जाऊं तो यही सही। अब मैं कभी न जाऊंगा।

ज्ञानशंकर को इत्मीनान तो हुआ, पर वह इसे प्रकट न कर सके, मन में लज्जित थे। अपने भाई की रजोवृत्ति के सामने उन्हें अपनी तमोवृत्ति बहुत निकृष्ट प्रतीत होती थी। वह कुछ देर तक कपास और मक्का के खेतों को देखते रहे, जो यहां बहुत पहले ही बो दिए गए थे, फिर घर चले आए। श्रद्धा के बारे में न प्रेमशंकर ने कुछ पूछा और न उन्होंने कुछ कहा। श्रद्धा अब उनकी प्रेयसी नहीं, उपास्य देवी थी।

दूसरे दिन दस बजे डाकिए ने उन्हें एक रजिस्टर्ड लिफाफा दिया। उन्होंने विस्मित होकर लिफाफे को देखा। पता साफ लिखा हुआ था। खोला तो 500 रुपये का एक करेंसी नोट निकला। एक पत्र भी था, जिसमें लिखा हुआ था—

'लखनपुर वालों की सहायता के लिए यह रुपये आपके पास भेजे जाते हैं। यह आप अपील की पैरवी करने के लिए उन्हें दे दें। इस कष्ट के लिए क्षमा कीजिएगा।'

प्रेमशंकर सोचने लगे, इसको भेजने वाला कौन है? यहां, मुझे कौन जानता है? कौन मेरे विचारों से अवगत है? किसे मुझ पर इतना विश्वास है? इन सब प्रश्नों का उत्तर मिलता था—'ज्वाला सिंह', किंतु मन इस उत्तर को स्वीकार न करता था।

अब उन्हें यह चिंता लगी कि यह रुपये क्योंकर भेजूं? ज्ञानशंकर को मालूम हो गया तो वह समझेंगे कि मैंने स्वयं असामियों को सहायता दी है। उन्हें कभी विश्वास न आएगा कि यह किसी अन्य व्यक्ति की अमानत है। यदि असामियों को न दूं तो महान विश्वासघात होगा। इसी हैस-बैस में शाम हो गई और लाला प्रभाशंकर का शुभागमन हुआ।

9

गायत्री–मैंने आपका आशय नहीं समझा।

ज्ञानशंकर–मेरा आशय केवल यही है कि लोक-निंदा के भय से अपने प्रेम या अरुचि को छिपाना अपनी आत्मिक स्वाधीनता को खाक में मिलाना है। मैं उस स्त्री को सराहनीय नहीं समझता, जो एक दुराचारी पुरुष से केवल इसलिए भक्ति करती है कि वह उसका पति है। वह अपने उस जीवन की, जो सार्थक हो सकता है, नष्ट कर देती है। यही बात पुरुषों पर भी घटित हो सकती है। हम संसार में रोने और झींकने के लिए ही नहीं आए हैं और न आत्म-दमन हमारे जीवन का ध्येय है।

ज्ञानशंकर को अपील के सफल होने का पूरा विश्वास था। उन्हें मालूम था कि किसानों में धनाभाव के कारण अब बिलकुल दम नहीं है; लेकिन जब उन्होंने देखा, काश्तकारों की ओर से भी मुकदमे की पैरवी उत्तम रीति से की जा रही है तो उन्हें अपनी सफलता में कुछ-कुछ संदेह होने लगा। उन्हें विस्मय होता था कि इनके पास रुपये कहां से आ गए? गौस खां तो कहता था कि बीमारी ने सभी को मटियामेट कर दिया है, कोई अपील पैरवी करने भी न जाएगा, एकतरफा डिग्री होगी। यह कायापलट क्योंकर हुई? अवश्य इनको कहीं-न-कहीं से मदद मिली है। कोई महाजन खड़ा हो गया है। शहर में तो कोई ऐसा नहीं दिख पड़ता, लखनपुर के ही आस-पास का होगा। खैर, जब रहस्य

खुलेगा, तब बच्चू से समझूंगा। फैसले के दिन वह स्वयं कचहरी गए। अपील खारिज हो गई। सबसे पहले गौस खां सामने आए। उनसे डपटकर बोले–"क्यों जनाब, आप तो फरमाते थे इन सबों के पास कौड़ी कफन को नहीं है, यह वकील क्या यों ही आ गया?"

गौस खां ने भी गरम होकर कहा–"मैंने हुजूर से बिलकुल सही अर्ज किया था, लेकिन मैं क्या जानता था कि मालिकों में ही इतनी निफाक है। मुझे पता लगा है कि हुजूर के बड़े भाई साहब ने एक हफ्ता हुआ कादिर को अपील की पैरवी के लिए एक हजार रुपये दिए हैं।"

ज्ञानशंकर स्तंभित हो गए। एक क्षण के बाद बोले–"बिलकुल झूठ है।"

गौस खां–हर्गिज नहीं। मेरे चपरासियों ने कादिर खां को अपनी जबान से यह कहते सुना है। उससे पूछा जाए तो वह आपसे भी साफ-साफ कह देगा या आप अपने भाई से खुद पूछ सकते हैं।

ज्ञानशंकर निरुत्तर हो गए। उसी समय पैरगाड़ी संभाली, झल्लाते हुए घर आए और श्रद्धा से तीव्र स्वर में बोले–"भाभी, तुमने देखी भैया की करामात! आज पता चला कि आपने लखनपुर वालों को अपील की पैरवी करने के लिए एक हजार दिए हैं। इसका फल यह हुआ कि मेरी अपील खारिज हो गई, महीनों की दौड़-धूप और हजारों रुपयों पर पानी फिर गया। एक हजार सालाना का नुकसान हुआ और रोब-दाब बिलकुल मिट्टी में मिल गया। मुझे उनसे ऐसी कूटनीति की आशंका न थी। अब तुम्हीं बताओ, उन्हें दोस्त समझूं या दुश्मन?"

श्रद्धा ने संशयात्मक भाव से कहा–"तुम्हें किसी ने बहका दिया होगा। भला उनके पास इतने रुपये कहां होंगे?"

ज्ञानशंकर–नहीं, मुझे पक्की खबर मिली है। जिन लोगों ने रुपये पाए हैं, वे खुद अपनी जबान से कहते हैं।

श्रद्धा–तुमसे तो उन्होंने वादा किया था कि लखनपुर से मेरा कोई संबंध नहीं है, मैं वहां कभी न जाऊंगा।

ज्ञानशंकर–हां, कहा तो था और मैंने उन पर विश्वास कर लिया था, लेकिन आज विदित हुआ कि कुछ लोग ऐसे भी हैं, जो सारे संसार के मित्र होते हैं, पर अपने घर के शत्रु। जरूर इसमें चाचा साहब का भी हाथ है।

श्रद्धा–पहले उनसे पूछ तो लो। मुझे विश्वास नहीं आता कि उनके पास इतने रुपये होंगे।

ज्ञानशंकर–उनकी कपट-नीति ने मेरे सारे मनसूबों को मिट्टी में मिला दिया। जब उनको मुझसे इतना वैमनस्य है तो मैं नहीं समझता कि मैं उन्हें अपना

भाई समझूं? बिरादरी वालों ने उनका जो तिरस्कार किया, वह असंगत नहीं था–विदेश-निवास आत्मीयता का नाश कर देता है।

श्रद्धा–तुम्हें भ्रम हुआ है।

ज्ञानशंकर–फिर वही बच्चों की-सी बातें करती हो। तुम क्या जानती हो कि उनके पास रुपये थे या नहीं?

श्रद्धा–तो जरा वहां तक चले ही क्यों नहीं जाते?

ज्ञानशंकर–अब नहीं जा सकता। मुझे उनकी सूरत से घृणा हो गई। उन्होंने असामियों का पक्ष लिया है तो मैं भी दिखा दूंगा कि मैं क्या कर सकता हूं। जमींदार के बावन हाथ होते हैं। लखनपुर वालों को ऐसा कुचलूंगा कि उनकी हड्डियों का पता न लगेगा। भैया के मन की बात मैं जानता हूं। तुम सरल स्वभाव हो, उनकी तह तक नहीं पहुंच सकती। उनका उद्देश्य इसके सिवा और कुछ नहीं है कि मुझे तंग करें, असामियों को उभारकर मुसल्लम गांव हथिया लें और हम-तुम कहीं के न रहें। अब उन्हें खूब पहचान गया। रंगे हुए सियार हैं–मन में और–मुंह में और, फिर जिसने अपना धर्म खो दिया, वह जो कुछ न करे, वह थोड़ा है। इनसे तो बेचारा ज्वाला सिंह फिर भी अच्छा है। उसने जो कुछ किया, न्याय समझकर किया, मेरा अहित न करना चाहता था। एक प्रकार से मैंने उसके साथ बड़ा अन्याय किया, उसे देश-भर में बदनाम कर दिया। उन बातों को याद करने से ही दुःख होता है।

श्रद्धा–उनकी तो यहां से बदली हो गई। शीलमणि की मेहरी आज आई थी। कहती थी, तीन-चार दिन में चले जाएंगे। दर्जा भी घटा दिया गया है।

ज्ञानशंकर ने चौंककर कहा–"सच!"

श्रद्धा–शीलमणि कल आने वाली है। विद्यावती बड़े संकोच में पड़ी हुई है।

ज्ञानशंकर–मुझसे बड़ी भूल हुई। इसका शोक जीवनपर्यंत रहेगा। मुझे तो अब इसका विश्वास हो जाता है कि भैया ने उनके कान भी भर दिए थे। जिस दिन वह मौका देखने गए थे, उसी दिन भैया भी लखनपुर पहुंचे। बस, इधर तो ज्वाला सिंह को पट्टी पढ़ाई, उधर गांववालों को पक्का पोढ़ा कर दिया। मैं कभी कल्पना भी न कर सकता था कि वह इतनी दूर की कौड़ी लाएंगे, नहीं तो मैं पहले से ही चौकन्ना रहता।

श्रद्धा ने ज्ञानशंकर को अनादर की दृष्टि से देखा और वहां से उठकर चली गई।

दूसरे दिन शीलमणि आई और दिन-भर वहां रही–चलते समय विद्यावती और श्रद्धा से गले मिलकर खूब रोई।

ज्वाला सिंह पांच दिन और रहे। ज्ञानशंकर रोज उनसे मिलने का विचार करते, लेकिन समय आने पर कातर हो जाते थे। भय होता, कहीं उन्होंने उन आक्षेपपूर्ण

लेखों की चर्चा छेड़ दी तो क्या जवाब दूंगा? धांधली तो कर सकता हूं, साफ मुकर जाऊं कि मैंने कोई लेख नहीं लिखा, मेरे नाम से तो कोई लेख छपा नहीं, किंतु शंका होती थी कि कहीं इस प्रपंच से ज्वाला सिंह की आंखों में और न गिर जाऊं।

पांचवें दिन ज्वाला सिंह यहां से चले। स्टेशन पर मित्रजनों की अच्छी संख्या थी। प्रेमशंकर भी मौजूद थे। ज्वाला सिंह मित्रों के साथ हाथ मिला-मिलाकर विदा होते थे। गाड़ी के छूटने में एक-दो मिनट ही बाकी थे कि इतने में ज्ञानशंकर लपके हुए प्लेटफार्म पर आए और पीछे की श्रेणी में खड़े हो गए। आगे बढ़कर मिलने की हिम्मत न पड़ी। ज्वाला सिंह ने उन्हें देखा और गाड़ी से उतरकर उनके पास आए और गले से लिपट गए। ज्ञानशंकर की आंखों से आंसू बहने लगे। ज्वाला सिंह रोते थे कि चिरकाल की मैत्री का ऐसा शोकमय अंत हुआ, ज्ञानशंकर रोते थे कि हाय! मेरे हाथों ऐसे सच्चे, निश्छल, निःस्पृह मित्र का अमंगल हुआ!

गार्ड ने झंडी दिखाई तो ज्ञानशंकर ने कंपित स्वर में कहा—"भाईजान, मैं अत्यंत लज्जित हूं।"

ज्वाला सिंह बोले—"उन बातों को भूल जाइए।"

ज्ञानशंकर—ईश्वर ने चाहा तो इसका प्रतिकार कर दूंगा।

ज्वाला सिंह को मित्र के इस सद्व्यवहार पर कुतूहल हुआ। उनके विचार में उस घाव का भरना दुस्तर था। सबसे ज्यादा आश्चर्य प्रेमशंकर को हुआ, जो ज्ञानशंकर को उससे कहीं अधिक असज्जन समझते थे, जितने वह वास्तव में थे।

अपील खारिज होने के बाद ज्ञानशंकर ने गोरखपुर की तैयारी की। सोचा, इस तरह तो लखनपुर से आजीवन गला न छूटेगा, एक-न-एक उपद्रव मचा ही रहेगा। कहीं गोरखपुर में रंग जम गया तो दो-तीन बरसों में ऐसे कई लखनपुर हाथ आ जाएंगे। विद्यावती भी स्थिति का विचार करके सहमत हो गई। उसने सोचा, अगर दोनों भाइयों में यों ही मनमुटाव रहा तो अवश्य ही बंटवारा हो जाएगा और तब एक हजार सालाना आमदनी में निर्वाह न हो सकेगा। इनसे और काम तो हो सकेगा नहीं। बला से जो काम मिलता है, वही सही। अतएव जन्माष्टमी के उत्सव के बाद ज्ञानशंकर गोरखपुर जा पहुंचे। प्रेमशंकर से मुलाकात न की।

प्रभात का समय था। गायत्री पूजा पर थी कि दरबान ने ज्ञानशंकर के आने की सूचना दी। गायत्री ने तत्क्षण तो उन्हें अंदर न बुलाया—हां, जो पूजा नौ बजे समाप्त होती थी, वह सात ही बजे समाप्त कर दी। अपने कमरे में आकर उसने एक सुंदर साड़ी पहनी, बिखरे हुए केश संवारे और गौरव के साथ मसनद पर जा

बैठी। लौंडी को इशारा किया कि ज्ञानशंकर को बुला लाए। वह अब रानी थी। यह उपाधि उसे हाल ही में प्राप्त हुई थी। वह ज्ञानशंकर से यथोचित आरोह से मिलना चाहती थी।

ज्ञानशंकर बुलाने की प्रतीक्षा कर रहे थे। उन्हें यहां का ठाठ-बाट देखकर विस्मय हो रहा था। द्वार पर दो दरबान वर्दी पहने टहल रहे थे। सामने की अंगनाई में एक घंटा लटका हुआ था। एक ओर अस्तबल में कई बड़ी रास के घोड़े बंधे हुए थे। दूसरी ओर एक टीन के झोंपड़े में दो हवा गाड़ियां थीं। दालान में पिंजड़े लटके थे–किसी में मैना थी, किसी में पहाड़ी श्यामा, किसी में सफेद तोता। विलायती खरहे अलग कटघरे में पले हुए थे। भवन के सम्मुख ही एक बंगला था, जो फर्श और मेज-कुर्सियों से सजा हुआ था। यही दफ्तर था। यद्यपि अभी बहुत सवेरा था, पर कर्मचारी लोग अपने-अपने काम में लगे हुए थे। जिस कमरे में वह स्वयं बैठे हुए थे, वह दीवानखाना था। उसकी सजावट बड़े सलीके के साथ की गई थी। ऐसी बहुमूल्य कालीनें और ऐसे बड़े-बड़े आईने उसकी निगाह से न गुजरे थे।

कई दलानों और आंगनों से गुजरने के बाद जब वह गायत्री की बैठक में पहुंचे, तब उन्हें अपने सम्मुख विलासमय सौंदर्य की एक अनुपम मूर्ति नजर आई, जिसके एक-एक अंग से गर्व और गौरव आभासित हो रहा था। यह वह पहले की-सी प्रसन्न मुख, सरल प्रकृति और विनयपूर्ण गायत्री न थी।

ज्ञानशंकर ने सिर झुकाए सलाम किया और कुर्सी पर बैठ गए। लज्जा ने उन्हें सिर न उठाने दिया।

गायत्री ने कहा–"आइए महाशय, आइए! क्या विद्यावती छोड़ती ही न थी? और तो सब कुशल है?"

ज्ञानशंकर–जी हां, सब लोग अच्छी तरह हैं। माया तो चलते समय बहुत जिद कर रहा था कि मैं भी मौसी के घर चलूंगा, लेकिन अभी बुखार से उठे हुए थोड़े ही दिन हुए हैं, इसी कारण साथ न लाया। आपको नित्य याद करता है।

गायत्री–मुझे भी उसकी प्यारी-प्यारी भोली सूरत याद आती है। कई बार इच्छा हुई कि चलूं, सबसे मिल आऊं, पर रियासत के झमेले से फुरसत ही नहीं मिलती। यह बोझ आप संभालें तो मुझे जरा सांस लेने का अवकाश मिले। आपके लेख का तो बड़ा आदर हुआ। (मुस्कराकर) खुशामद करना कोई आपसे सीख ले।

ज्ञानशंकर–जो कुछ था, वह मेरी श्रद्धा का अल्पांश था।

गायत्री ने गुणज्ञता के भाव से मुस्कराकर कहा–"जब थोड़ा-सा पाप बदनाम करने को पर्याप्त हो तो अधिक क्यों किया जाए? कार्तिक में हिज एक्सीलेंसी यहां

आने वाली हैं। उस अवसर पर मेरे उपाधि-प्रदान का जलसा करना निश्चय किया है। अभी तक केवल गजट में सूचना छपी है। अब दरबार में मैं यथोचित समारोह और सम्मान के साथ उपाधि से विभूषित की जाऊंगी।"

ज्ञानशंकर—तब तो अभी से दरबार की तैयारी होनी चाहिए।

गायत्री—आप बहुत अच्छे अवसर पर आए। दरबार के मंडप में अभी से हाथ लगा देना चाहिए। मेहमानों का ऐसा सत्कार किया जाए कि चारों ओर धूम मच जाए। रुपये की जरा भी चिंता मत कीजिए। आप ही इस अभिनय के सूत्रधार हैं, आपके ही हाथों इसका सूत्रपात होना चाहिए। एक दिन मैंने जिलाधीश से आपका जिक्र किया था। पूछने लगे, उनके राजनीतिक विचार कैसे हैं? मैंने कहा—'बहुत ही विचारशील, शांत प्रकृति के मनुष्य हैं।' यह सुनकर बहुत खुश हुए और कहा—'वह आ जाएं तो एक बार जलसे के संबंध में मुझसे मिल लें।'

इसके बाद गायत्री ने इलाके की सुव्यवस्था और अपने संकल्पों की चर्चा शुरू की। ज्ञानशंकर को उसके अनुभव और योग्यता पर आश्चर्य हो रहा था। उन्हें भय होता कि कदाचित् मैं इन कार्यों को उत्तम रीति से संपादन न कर सकूं। उन्हें देहाती बैंकों का बिलकुल ज्ञान न था। निर्माण कार्य से परिचित न थे, कृषि के नए आविष्कारों से कोरे थे, किंतु इस समय अपनी अयोग्यता प्रकट करना नितांत अनुचित था। वह गायत्री की बातों पर ऐसी मर्मज्ञता से सिर हिलाते थे और बीच-बीच में टिप्पणियां करते थे मानो इन विषयों में पारंगत हों। उन्हें अपनी बुद्धिमत्ता और चातुर्य पर भरोसा था। इसके बल पर वह कोई काम हाथ में लेते हुए न हिचकते थे।

ज्ञानशंकर को दो-चार दिन भी शांति से बैठकर काम को समझने का अवसर न मिला। दूसरे ही दिन दरबार की तैयारियों में दत्तचित्त होना पड़ा। प्रातःकाल से संध्या तक सिर उठाने की फुरसत न मिलती। बार-बार अधिकारियों से राय लेनी पड़ती, सजावट की वस्तुओं को एकत्र करने के लिए बार-बार रईसों की सेवा में दौड़ना पड़ता। ऐसा जान पड़ता था कि यह कोई सरकारी दरबार है, लेकिन कर्तव्यशील उत्साहित पुरुष थे, काम से घबराते न थे। प्रत्येक काम को पूरी जिम्मेदारी से करते थे। वह संकोच और अविश्वास जो पहले किसी मामले में अग्रसर न होने देता था, अब दूर होता जाता था। उनकी अध्यवसायशीलता पर लोग चकित हो जाते थे।

दो महीनों के अविश्रांत उद्योग के बाद दरबार का इंतजाम पूरा हो गया। जिलाधीश ने स्वयं आकर देखा और ज्ञानशंकर की तत्परता और कार्यदक्षता की खूब प्रशंसा की। गायत्री से मिले तो ऐसे सुयोग्य मैनेजर की नियुक्ति पर उसे बधाई दी। अभिनंदन-पत्र की रचना का भार भी ज्ञानशंकर पर ही था। साहब बहादुर

ने उसे पढ़ा तो लोट-पोट हो गए और नगर के मान्य जनों से कहा–"मैंने किसी हिंदुस्तानी की कलम में यह चमत्कार नहीं देखा।"

अक्टूबर मास की 15 तारीख दरबार के लिए नियत थी। लोग सारी रात जागते रहे। प्रात:काल से सलामी की तोपें दगने लगीं। अगर उस दिन की कार्यवाही का संक्षिप्त वर्णन किया जाए तो एक ग्रंथ बन जाए। ऐसे अवसरों पर उपन्यासकार अपनी कल्पना को समाचार-पत्रों के संवाददाताओं के सुपुर्द कर देता है। लेडियों के भूषणालंकारों की बहार, रईसों की सज-धज की छटा देखनी हो, दावत की चटपटी, स्वाद युक्त सामग्रियों का मजा चखना हो और शिकार के तड़प-झड़प का आनंद उठाना हो तो अखबारों के पन्ने उलटिए। वहां आपको सारा विवरण अत्यंत सजीव, चित्रमय शब्दों में मिलेगा, प्रेसिडेंट रूजवेल्ट शिकार खेलने अफ्रीका गए थे तो संवाददाताओं की एक मंडली उनके साथ गई थी। सम्राट जॉर्ज पंचम जब भारतवर्ष आए थे, तब संवाददाताओं की एक पूरी सेना उनके जुलूस में थी। यह दरबार इतना महत्त्वपूर्ण न था, तिस पर भी पत्रों में महीनों तक इसकी चर्चा होती रही।

हम इतना ही कह देना काफी समझते हैं कि दरबार विधिपूर्वक समाप्त हुआ, कोई त्रुटि न रही, प्रत्येक कार्य निर्दिष्ट समय पर हुआ। किसी प्रकार की अव्यवस्था न होने पाई। इस विलक्षण सफलता का सेहरा ज्ञानशंकर के सिर पर था। ऐसा मालूम होता था कि सभी कठपुतलियां उन्हीं के इशारे पर नाच रही हैं। गवर्नर महोदय ने विदाई के समय उन्हें धन्यवाद दिया। चारों तरफ वाह-वाह हो गई।

संध्या समय था। दरबार समाप्त हो चुका था। ज्ञानशंकर नगर के मान्य जनों के साथ गवर्नर को स्टेशन तक विदा करके लौटे थे और एक कोच पर आराम से लेटे सिगार पी रहे थे। आज उनका सारा दिन दौड़ते हुए गुजरा था, जरा भी दम लेने का अवकाश न मिला था। वह कुछ अलसाए हुए थे, पर इसके साथ ही हृदय पर वह उल्लास छाया हुआ था, जो किसी आशातीत सफलता के बाद प्राप्त होता है। वह इस समय जब अपने कृत्यों का सिंहावलोकन करते थे तो उन्हें अपनी योग्यता पर स्वयं आश्चर्य होता था। अभी दो-ढाई मास पहले मैं क्या था? एक मामूली आदमी, केवल दो हजार सालाना का जमींदार! शहर में कोई मेरी बात भी न पूछता था, छोटे-छोटे अधिकारियों से भी दबता था और उनकी खुशामद करता था। अब यहां के अधिकारी वर्ग मुझसे मिलने की अभिलाषा रखते हैं। शहर के मान्यगण अपना नेता समझते हैं। बनारस में तो सारी उम्र बीत जाती, तब भी यह सम्मान-पद न प्राप्त होता।

आज गायत्री का मिजाज भी आसमान पर होगा। मुझे जरा भी आशा न थी कि वह इस तरह बेधड़क मंच पर चली आएगी। वह मंच पर आई तो सारा दरबार जगमगाने लगा था। उसके कुंदन वर्ण पर अगरई साड़ी कैसी छटा दिखा रही थी!

उसके सौंदर्य की आभा ने रत्नों की चमक-दमक को भी मात कर दिया था। विद्यावती इससे कहीं रूपवती है, लेकिन उसमें यह आकर्षण कहां, यह उत्तेजक शक्ति कहां, यह सगर्विता कहां, यह रसिकता कहां? इसके सम्मुख आकर आंखों पर, चित्त पर, जबान पर काबू रखना कठिन हो जाता है। मैंने चाहा था कि इसे अपनी ओर खींचूं, इससे मान करूं; किंतु कोई शक्ति मुझे बलात् उसकी ओर खींचे लिये जाती है। अब मैं रुक नहीं सकता। कदाचित् वह मुझे अपने समीप आते देखकर पीछे हटती है; मुझसे स्वामिनी और सेवक के अतिरिक्त और कोई संबंध नहीं रखना चाहती। वह मेरी योग्यता का आदर करती है और मुझे अपनी सम्मान तृष्णा का साधन-मात्र बनाना चाहती है। उसके हृदय में अब अगर कोई अभिलाषा है तो वह सम्मान-प्रेम है। यही अब उसके जीवन का मुख्य उद्देश्य है। मैं इसी का आवाहन करके यहां पहुंचा हूं और इसी की बदौलत एक दिन मैं उसके हृदय में प्रेम का बीज अंकुरित कर सकूंगा।

ज्ञानशंकर इन्हीं विचारों में मग्न थे कि गायत्री ने अंदर बुलाया और मुस्कराकर कहा—"आज के सारे आयोजन का श्रेय आपको जाता है। मैं हृदय से आपकी अनुगृहीत हूं। साहब बहादुर ने चलते समय आपकी बड़ी प्रशंसा की। आपने मजूरों की मजूरी तो दिला दी है? मैं इस आयोजन में बेगार लेकर किसी को दुखी नहीं करना चाहती।"

ज्ञानशंकर—जी हां, मैंने मुख्तार से कह दिया था।

गायत्री—मेरी ओर से प्रत्येक मजदूर को एक-एक रुपया इनाम दिला दीजिए।

ज्ञानशंकर—पांच सौ मजूरों से कम न होंगे।

गायत्री—कोई हरज नहीं, ऐसे अवसर रोज नहीं आया करते। जिस ओवरसियर ने पंडाल बनवाया है, उसे 100 रुपये इनाम दे दीजिए।

ज्ञानशंकर—वह शायद स्वीकार न करे।

गायत्री—यह रिश्वत नहीं, इनाम है। स्वीकार क्यों न करेगा? फर्राशों-आतिशबाजों को भी कुछ मिलना चाहिए।

ज्ञानशंकर—तो फिर हलवाई और बावर्ची, खानसामे और खिदमतगार क्यों छोड़े जाएं?

गायत्री—नहीं, कदापि नहीं, उन्हें 20-20 रुपये से कम न मिलें।

ज्ञानशंकर—(हंसकर) मेरी सारी मितव्ययिता निष्फल हो गई।

गायत्री—वाह, उसी की बदौलत तो मुझे हौसला हुआ। मजूर को मजूरी कितनी ही दीजिए, खुश नहीं होगा, लेकिन इनाम पाकर खुशी से फूल उठता है। अपने नौकरों को भी यथायोग्य कुछ-न-कुछ दिलवा दीजिए।

ज्ञानशंकर—जी हां, जब बाहरवाले लूट मचाएं तो घरवाले क्यों गीत गाएं?

गायत्री—नहीं, घरवालों को पहला हक है, जो आठों पहर के गुलाम हैं। सब आदमियों को यहीं बुलाइए, मैं अपने हाथ से उन्हें इनाम दूंगी। इसमें उन्हें विशेष आनंद मिलेगा।

ज्ञानशंकर—घंटों की झंझट है—बारह बज जाएंगे।

गायत्री—यह झंझट नहीं है। यह मेरी हार्दिक लालसा है। अब मुझे कई बड़े-बड़े अनुष्ठान करने हैं। यह मेरे जड़ाऊं कंगन हैं। यह विद्यावती की भेंट हैं, कल इसका पार्सल भेज दीजिए और 500 रुपये नकद।

ज्ञानशंकर—(सिर झुकाकर) इसकी क्या जरूरत है? कौन-सा मौका है?

गायत्री—और कौन-सा मौका है? मेरे लड़के-लड़कियां भी तो नहीं हैं कि उनके विवाह में दिल के अरमान निकालूंगी। यह कंगन उसे पसंद भी थे। पिछले साल इटली से मंगवाए थे। अब आपसे भी मेरी एक प्रार्थना है। आप मुझसे छोटे हैं। आप भी अपना हक वसूल कीजिए और निर्दयता के साथ।

ज्ञानशंकर ने शर्माते हुए कहा—"मेरे लिए आपकी कृपा-दृष्टि ही काफी है। इस अवसर पर मुझे जो कीर्ति प्राप्त हुई है, वही मेरा इनाम है।"

गायत्री—जी नहीं, मैं न मानूंगी। इस समय संकोच छोड़िए और सूद खाने वालों की भांति कठोर बन जाइए। यह आपकी कलम है, जिसने मुझे इस पद पर पहुंचाया है, नहीं तो जिले में मेरे जैसी कितनी ही स्त्रियां हैं, कोई उनकी बात भी नहीं पूछता। इस कलम की यथायोग्य पूजा किए बिना मुझे तस्कीन न होगी।

ज्ञानशंकर—इसकी जरूरत तो तब होती, जब मुझे उससे कम आनंद प्राप्त होता, जितना आपको हो रहा है।

गायत्री—मैं यह तर्क-वितर्क एक भी न सुनूंगी। आप स्वयं कुछ नहीं कहते, इसलिए आपकी ओर से मैं ही कहे देती हूं। आप अपने लिए बनारस में अपने घर से मिला हुआ एक सुंदर बंगला बनवा लीजिए। चार कमरे हों और चारों तरफ बरामदे। बरामदों पर विलायती खपरैल हों और कमरों पर लदाव की छत। छत पर बरसात के लिए एक हवादार कमरा बना लीजिए। खुश हुए?

ज्ञानशंकर ने कृतज्ञतापूर्ण भाव से देखकर कहा—"खुश तो नहीं हूं, अपने ऊपर ईर्ष्या होती है।"

गायत्री—बस, दीपमालिका से आरंभ कर दीजिए। अब बतलाइए, माया को क्या दूं?

ज्ञानशंकर—माया को अभी कुछ नहीं चाहिए। उसका इनाम अपने पास अमानत रहने दीजिए।

गायत्री–आप नौ नकद न तेरह उधार वाली मसल भूल जाते हैं।

ज्ञानशंकर–अमानत पर तो कुछ-न-कुछ ब्याज मिलता है।

गायत्री–अच्छी बात है, पर इस समय उसके लिए कलकत्ता के किसी कारखाने से एक छोटा-सा टंडम मंगा दीजिए और मेरा टांघन जो तांगे में चलता है, बनारस भेज दीजिए। छोटी लड़की के लिए हार बनवा दीजिए, जो 500 रुपये से कम का न हो।

ज्ञानशंकर यहां से चले तो पैर धरती पर न पड़ते थे। बंगले की अभिलाषा उन्हें चिरकाल से थी। वह समझते थे, यह मेरे जीवन का मधुर स्वप्न ही रहेगी, लेकिन सौभाग्य की एक दृष्टि ने यह चिरसंचित अभिलाषा पूर्ण कर दी।

आरंभ उत्साहवर्द्धक हुआ, देखें अंत क्या होता है!

आय में वृद्धि और व्यय में कमी–यह ज्ञानशंकर के सुप्रबंध का फल था। यद्यपि गायत्री भी सदैव किफायत कर निगाह रखती थी, पर उनकी किफायत अशर्फियों की लूट और कोयलों पर मोहर को चरितार्थ करती थी। ज्ञानशंकर ने सारी व्यवस्था ही पलट दी। कारिंदों की बेपरवाही से इलाके में जमीन के बड़े-बड़े टुकड़े परती पड़े थे। हजारों बीघे की सीर होती थी, पर अनाज का कहीं पता न चलता था, सब-का-सब सिपाही, प्यादों की खुराक में उठ जाता था। पटवारी की साजिश और कारिंदों की बेईमानी से कितनी ही उर्वरा भूमि ऊसर दिखाई जाती थी। सीर की सारी आमदनी राज्याधिकारियों के आदर-सत्कार के लिए भेंट हो जाती थी। नौकर भी जरूरत से ज्यादा पड़े हुए थे।

ज्ञानशंकर ने कागज-पत्र देखा तो उन्हें बड़ा गोल-माल दिखाई दिया। बहुत दिनों से इजाफा लगान न हुआ था। खेतों की जमाबंदी भी किसी निश्चित नियम के अधीन न थी। हजारों रुपये प्रतिवर्ष बट्टा खाते में चले जाते थे। बड़े-बड़े टुकड़े मौरूसी हो गए थे। ज्ञानशंकर ने इन सभी मामलों की छानबीन शुरू की। सारे इलाके में हलचल मच गई। गायत्री के पास शिकायतें पहुंचने लगीं। यद्यपि गायत्री असामियों के साथ नरमी का बर्ताव करना पसंद करती थी, तथापि ज्ञानशंकर ने हिसाब का ब्यौरा समझाया तो उसकी आंखें खुल गईं। हजार से ज्यादा ऐसे असामी थे, जिन पर तत्काल बेदखली न दायर की जाती तो वे सदा के लिए जमींदार के काबू से बाहर हो जाते और 20 हजार सालाना की क्षति होती। इजाफा लगान से आमदनी सवाई हुई जाती है। जिस रियासत से दो लाख सालाना भी न निकलता

था, उससे बिना अड़चन के तीन लाख की निकासी होती नजर आती थी। ऐसी दशा में गायत्री अपने सुयोग्य मैनेजर से क्यों न सहमत होती?

तीन वर्ष तक सारी रियासत में हाहाकार मचा रहा। ज्ञानशंकर को नाना प्रकार के प्रलोभन दिए गए, यहां तक कि मार डालने की धमकियां भी दी गईं, पर वह अपने कर्मपथ से न हटे। यदि वह चाहते तो इन परिस्थितियों को अपरिमित धन संचय का साधन बना सकते थे, पर सम्मान और अधिकार ने अब उन्हें क्षुद्रताओं से निवृत्त कर दिया था।

किंतु जो मंसूबे बांधकर यहां आए थे, वे अभी तक पूरे होते नजर न आते थे। गायत्री उनका लिहाज करती थी, प्रत्येक विषय में उन्हीं की सलाह पर चलती थी, लेकिन इसके साथ ही वह उनसे कुछ खिंची रहती थी। उन्हें प्रायः नित्य ही उससे मिलने का अवसर प्राप्त होता था। वह इलाके के दूरवर्ती स्थानों से भी मोटर पर लौट आया करते थे, लेकिन यह मुलाकात कार्य-संबंधी होती थी। यहां प्रेम-दर्शन का मौका न मिलता, दो-चार लौंडियां खड़ी ही रहतीं, निराश होकर लौट आते थे। वह आग जो उन्होंने हाथ सेंकने के लिए जलाई थी, अब उनके हृदय को भी गरम करने लगी थी। उनकी आंखें गायत्री के दर्शनों के लिए भूखी रहती थीं, उसका मधुर भाषण सुनने के लिए विकल। यदि किसी दिन मजबूर होकर उन्हें देहात में ठहरना पड़ता या किसी कारण गायत्री से भेंट न होती तो वह उस अफीमची की भांति अस्थिर चित्त हो जाते थे, जिसे समय पर अफीम न मिले।

एक दिन गायत्री ने प्रातःकाल ज्ञानशंकर को अंदर बुलाया। आजकल मकान की सफाई और सफेदी हो रही थी। दीपमालिका का उत्सव निकट था। गायत्री बगीचे में बैठी हुई चिड़ियों को दाना चुगा रही थी। कोई लौड़ी न थी, ज्ञानशंकर का हृदय चिड़ियों की भांति फुदकने लगा। आज पहली बार उन्हें ऐसा अवसर मिला। गायत्री ने उन्हें देखकर कहा–"आज आपको बहुत जरूरी काम तो नहीं है? मैं आपसे एक खास मामले में कुछ राय लेना चाहती हूं।"

ज्ञानशंकर–कुछ हिसाब-किताब देखना था, लेकिन कोई ऐसा जरूरी काम नहीं है।

गायत्री–मेरे स्वामी ने अंतिम समय मुझे वसीयत की थी कि अपने बाद यह इलाका धर्मार्पण कर देना और इसकी निगरानी और प्रबंध के लिए एक ट्रस्ट बना देना। मेरी अब इच्छा होती है कि उनकी वसीयत पूरी कर दूं। जिंदगी का कोई भरोसा नहीं, न जाने कब संदेश आ पहुंचे! कहीं बिना लिखा-पढ़ी किए मर गई तो रियासत का बांट-बखरा हो जाएगा और वसीयत पानी की रेखा की भांति मिट जाएगी। मैं चाहती हूं कि आप इस समस्या को हल कर दें, इससे अच्छा अवसर फिर न मिलेगा।

ज्ञानशंकर की आंखों के सामने अंधेरा छा गया। उनकी अभिलाषाओं के त्रिभुज का आधार ही लुप्त हुआ जाता था, बोले—"वसीयत लेखबद्ध हो गई है?"

गायत्री—उनकी इच्छा मेरे लिए हजारों लेखों से अधिक मान्य है। यदि उन्हें मेरी फिक्र न होती तो अपने जीवनकाल में ही रियासत को धर्मार्पण कर जाते। केवल मान रखने के लिए उन्होंने इस विचार को स्थगित कर दिया। जब उन्हें मेरा इतना लिहाज था तो मैं भी उनकी इच्छा को देववाणी समझती हूं।

ज्ञानशंकर समझ गए कि इस समय कूटनीति से काम लेने की आवश्यकता है—अनुमोदन से विरोध का काम लेना चाहिए, बोले—"अवश्य, लेकिन पहले यह निश्चय कर लेना चाहिए कि परमार्थ का स्वरूप क्या होगा?"

गायत्री—आप इस संबंध में लखनऊ जाकर पिताजी से मिलिए। अपने बड़े भाई साहब से राय लीजिए।

प्रेमशंकर की चर्चा सुनते ही ज्ञानशंकर के तेवरों पर बल पड़ गए। उनकी ओर से इनके हृदय में गांठ-सी पड़ गई थी, बोले—"राय साहब से सम्मति लेनी तो आवश्यक है, वह बुद्धिमान हैं, लेकिन भाई साहब को मैं कदापि इस योग्य नहीं समझता। जो मनुष्य इतना विचारहीन हो कि अपनी स्त्री को त्याग दे, मिथ्या सिद्धांत-प्रेम के घमंड में बिरादरी का अपमान करे और अपनी असाधुता को प्रजा-भक्ति का रंग देकर भाई की गरदन पर छुरी चलाने में संकोच न करे, उससे इस धार्मिक विषय में कुछ पूछना व्यर्थ है। उनकी बदौलत मेरी एक हजार सालाना की हानि हो गई और तीन साल गुजर जाने पर भी गांव में शांति नहीं होने पाई, बल्कि उपद्रव बढ़ता ही चला जाता है। श्रद्धा इन्हीं अविचारों के कारण उनसे घृणा करती है।"

गायत्री—मेरी समझ में तो यह श्रद्धा का अन्याय है। जिस पुरुष के साथ विवाह हो गया, उसके साथ निर्वाह करना प्रत्येक कर्मनिष्ठ नारी का धर्म है।

ज्ञानशंकर—चाहे पुरुष नास्तिक और विधर्मी हो जाए?

गायत्री—हां, मैं तो ऐसा ही समझती हूं। विवाह स्त्री-पुरुष के अस्तित्व को संयुक्त कर देता है। उनकी आत्माएं एक-दूसरे में समाविष्ट हो जाती हैं।

ज्ञानशंकर—पुराने जमाने में लोगों के विचार ऐसे रहे हों, पर नया युग इसे नहीं मानता। वह स्त्री को संपूर्ण स्वाधीन ठहराता है। वह मनसा-वाचा-कर्मणा किसी के अधीन नहीं है। परमात्मा से आत्मा का जो घनिष्ठ संबंध है, उसके सामने मानवकृत संबंध की कोई हस्ती नहीं हो सकती। पश्चिम के देशों में आए दिन धार्मिक मतभेद के कारण तलाक होते रहते हैं।

गायत्री—उन देशों की बात न चलाइए, वहां के लोग विवाह को केवल सामाजिक बंधन समझते हैं। आपने ही एक बार कहा था कि वहां कुछ ऐसे लोग

भी हैं, जो विवाह संस्कार को मिथ्या समझते हैं। उनके विचार में स्त्री-पुरुषों की अनुमति ही विवाह है, लेकिन भारतवर्ष में कभी इन विचारों का आदर नहीं हुआ।

ज्ञानशंकर–स्मृतियों में तो इसकी व्यवस्था स्पष्ट रूप से की गई है।

गायत्री–की गई है, मुझे मालूम है; लेकिन अभी उसका प्रचार नहीं हुआ और क्यों होता, जबकि हमारे यहां स्त्री-पुरुष दोनों एक साथ रहकर मतानुसार परमात्मा की उपासना कर सकते हैं। पुरुष वैष्णव है, स्त्री शैव है; पुरुष आर्य समाज में है, स्त्री अपने पुरातन सनातन धर्म को मानती है, वह ईश्वर को भी नहीं मानता, स्त्री ईंट और पत्थरों तक की पूजा-अर्चना करती है, लेकिन इन भेदों के पीछे पति-पत्नी में अलगाव नहीं हो जाता। ईश्वर वह कुदिन यहां न लाए, जब लोगों में विचार स्वातंत्र्य का इतना प्रकोप हो जाए।

ज्ञानशंकर–इसका कारण यही है कि हम भीरु प्रकृति के हैं, यथार्थ का सामना न करके मिथ्या आदर्श-प्रेम की आड़ में अपनी कमजोरी छिपाते हैं।

गायत्री–मैंने आपका आशय नहीं समझा।

ज्ञानशंकर–मेरा आशय केवल यही है कि लोक-निंदा के भय से अपने प्रेम या अरुचि को छिपाना अपनी आत्मिक स्वाधीनता को खाक में मिलाना है। मैं उस स्त्री को सराहनीय नहीं समझता, जो एक दुराचारी पुरुष से केवल इसलिए भक्ति करती है कि वह उसका पति है। वह अपने उस जीवन की, जो सार्थक हो सकता है, नष्ट कर देती है। यही बात पुरुषों पर भी घटित हो सकती है। हम संसार में रोने और झींकने के लिए ही नहीं आए हैं और न आत्म-दमन हमारे जीवन का ध्येय है।

गायत्री–तो आपके कथन का निष्कर्ष यह है कि हम अपनी मनोवृत्तियों का अनुसरण करें, जिस ओर इच्छाएं ले जाएं, उसी ओर आंखें बंद किए चले जाएं। उसके दमन की चेष्टा न करें। आपने पहले भी एक बार यही विचार प्रकट किया था, तब से मैंने इस पर अच्छी तरह गौर किया है, लेकिन हृदय इसे किसी भांति स्वीकार नहीं करता। इच्छाओं को जीवन का आधार बनाना बालू की दीवार बनाना है। धर्मग्रंथों में आत्म-दमन और संयम की अखंड महिमा कही गई है, बल्कि इसी को मुक्ति का साधन बताया गया है। इच्छाओं और वासनाओं को ही मानव-पतन का मुख्य कारण सिद्ध किया गया है और मेरे विचार में यह निर्विवाद है। ऐसी दशा में पश्चिम वालों का अनुसरण करना नादानी है। प्रथाओं की गुलामी इच्छाओं की गुलामी से श्रेष्ठ है।

ज्ञानशंकर को इस कथन में बड़ा आनंद आ रहा था। इससे उन्हें गायत्री के हृदय के भेद्य और अभेद्य स्थलों का पता मिल रहा था, जो आगे चलकर उनकी अभीष्ट

सिद्धि में सहायक हो सकता था। वह कुछ उत्तर देना ही चाहते थे कि एक लौंडी ने तार का लिफाफा लाकर उसके सामने रख दिया। ज्ञानशंकर ने चौंककर लिफाफा खोला। लिखा था–"जल्द आइए, लखनपुर वालों से फौजदारी होने का भय है।"

ज्ञानशंकर ने अन्यमनस्क भाव से लिफाफे को जमीन पर फेंक दिया।

गायत्री ने पूछा–"घर पर तो सब कुशल है न?"

ज्ञानशंकर–लखनपुर से आया है, वहां फौजदारी हो गई है। इस गांव ने मेरी नाक में दम कर दिया। सब ऐसे दुष्ट हैं कि किसी तरह काबू में नहीं आते। यह सब भाई साहब की करतूत है।

गायत्री–तब तो आपको जाना पड़ेगा–कहीं मामला तूल न पकड़ गया हो।

ज्ञानशंकर–अबकी बार हमेशा के लिए निबटारा कर दूंगा। या तो गांव से इस्तीफा दे दूंगा या सारे गांव को ही जला दूंगा। वे लोग भी क्या याद करेंगे कि किसी से पाला पड़ा था!

गायत्री–लौटते हुए माया को जरूर लाइएगा, उसे देखने को बहुत जी चाहता है। विद्यावती को भी घसीट लाएं तो क्या कहना! मैं तो लिखते-लिखते हैरान हो गई।

ज्ञानशंकर–यह वही प्रथा की गुलामी है, जिसका आप बखान करती हैं। बहन के घर जाने का साधारणतः रिवाज नहीं है? वह इसे क्योंकर तोड़ सकती है! कदाचित् इसी कारण आप भी वहां नहीं जा सकतीं।

गायत्री–(लजाकर) मैं इन बातों की परवाह नहीं करती, लेकिन यहां तो आप देखते हैं, सिर उठाने की फुरसत नहीं।

ज्ञानशंकर–यही बहाना वह भी कर सकती है।

गायत्री–खैर, वह न आए तो न सही, लेकिन माया को जरूर लाइएगा और वहां का समाचार लिखते रहिएगा। अवकाश मिलते ही चले आइएगा।

गायत्री का अंतिम वाक्य ऐसा आकांक्षा-सूचक था कि ज्ञानशंकर के हृदय में गुदगुदी-सी पैदा हो गई। उन्हें यहां रहते तीन साल से ऊपर हो गए थे, कितनी ही बार बनारस आए, लेकिन गायत्री ने कभी लौटने के लिए ऐसा भावपूर्ण आग्रह न किया था। दिल ने कहा–'शायद मेरा जादू कुछ असर करने लगा।' बोले–"तब भी दो सप्ताह से कम क्या लगेंगे!"

गायत्री चिंतित स्वर में बोली–"दो सप्ताह?"

ज्ञानशंकर को अपने विचार की पुष्टि हो गई। नौ बजे वह डाकगाड़ी से रवाना हुए और 5 बजते-बजते बनारस पहुंच गए।

10

बिसेसर साह चुपके से सरक गए। तेली-तमोली ने भी देखा कि यहां मिलता-जुलता तो कुछ नहीं दिखता, उल्टे और पलेथन लगने का भय है तो उन्होंने भी अपनी-अपनी राह ली।

तहसीलदार ने प्रेमशंकर की ओर देखकर कहा-"देखा आपने, टैक्स के नाम से इन सबों की जान निकल जाती है। मैं जानता हूं कि इनकी सालाना आमदनी ज्यादा-से-ज्यादा 1000 रुपये होगी, लेकिन चाहे इस तरह कितना ही नुकसान बरदाश्त कर लें, अपने बही-खाते न दिखाएंगे। यह इनकी आदत है।"

जिस समय ज्ञानशंकर की अपील खारिज हुई, लखनपुर के लोगों पर विपत्ति की घटा छाई हुई थी। कितने ही घर प्लेग से उजड़ गए! कई घरों में आग लग गई। कई चोरियां हुईं। उन पर दैविक घटना अलग हुईं, कभी आंधी आती, कभी पानी बरसता। फाल्गुन के महीने में एक दिन ओले पड़ गए। सारी खेती नष्ट हो गई। अब गांववालों के लिए कोई सहारा न था। बिसेसर साह ने भी जमींदार के मुकाबले में सहायता देने से इनकार कर दिया। स्त्रियों के गहने पहले ही निकल चुके थे। अब सुक्खू चौधरी के सिवा और कोई न था, जो अपील की पैरवी कर सकता था। लोग भाग्य पर भरोसा किए बैठे थे। बेकसी की दशा में प्रेमशंकर के भेजे हुए रुपयों ने बड़ा काम किया। मुरदे जाग पड़े। कादिर खां दृढ़ प्रतिज्ञ होकर उठ खड़ा हुआ और जी तोड़कर मुकदमे की पैरवी करने लगा, लेकिन किसानों की नैतिक विजय वास्तविक पराजय से कम न थी।

ज्ञानशंकर असामियों को इस दुस्साहस का दंड देने के लिए उधार खाए बैठे थे। अभी गांव के लोग झोंपड़ी में ही थे कि गौस खां अपने तीनों चपरासियों को लिये हुए आए और झोंपड़े में आग लगवा दी। बाग की भूमि जमींदार की थी। असामियों को वहां झोंपड़े बनवाने का कोई अधिकार न था। चपरासियों में दो बिलकुल नए थे–फैजू और करतार। दोनों लकड़ी चलाने में कुशल थे, कई बार सजा पाए हुए। उनके हृदय में दया और शील का नाम न था। पुराने आदमियों में केवल बिंदा महाराज अपनी कुटिल नीति की बदौलत रह गए थे। अभी तक ताऊन की ज्वाला शांत न हुई थी कि लोगों को विवश होकर बस्ती में आना पड़ा, जिसका फल यह हुआ कि दूसरे ही दिन ठाकुर डपट सिंह प्लेग के झोंके में आ गए और कल्लू अहीर मरते-मरते बच गया। जितनी आरजू-मिन्नत हो सकती थी; वह सब की गई, लेकिन अत्याचारियों पर कुछ असर न हुआ।

झपट के मर जाने पर डपट भी मर जाने के लिए तैयार हुआ। लट्ठ चलाकर बोला–“गौस खां को आज जीता न छोड़ूंगा। अब क्या भय है?”

कादिर खां उसके पैरों पर गिर पड़ा और समझा-बुझाकर घर लौटाया।

लखनपुर में एक बहुत बड़ा तालाब था। गांव-भर के पशु उसमें पानी पीते थे। नहाने-धोने का काम भी उससे चलता था।

जून का महीना था, कुओं का पानी पाताल तक चला गया था। आस-पास के सब गढ़े और तालाब सूख गए थे। केवल इसी बड़े तालाब में पानी रह गया था। ठीक उसी समय गौस खां ने उस तालाब का पानी रोक दिया। दो चपरासी किनारे आकर डट गए और पशुओं को मार-मारकर भगाने लगे। गांववालों ने सुना तो चकराए। क्या सचमुच जमींदार तालाब का पानी भी बंद कर देगा? यह तालाब सारे गांव का जीवन स्रोत था। लोगों को कभी स्वप्न में भी अनुमान न हुआ था कि जमींदार इतनी जबरदस्ती कर सकता है। उनका चिरकाल से इस पर अधिकार था, पर आज उन्हें ज्ञात हुआ कि इस जल पर हमारा स्वत्व नहीं है। यह जमींदार की कृपा थी कि वह इतने दिनों तक चुप रहा; किंतु चिरकालीन कृपा भी स्वत्व का रूप धारण कर लेती है। गांव के लोग तुरंत तालाब के तट पर जमा हो गए और चपरासियों से वाद-विवाद करने लगे।

कादिर खां ने देखा बात बढ़ा चाहती है तो वहां से हट जाना उचित समझा। जानते थे कि मेरे पीछे और लोग टल जाएंगे, किंतु दो-चार ही पग चले थे कि सहसा सुक्खू चौधरी ने उसका हाथ पकड़ लिया और बोले–“कहां जाते हो कादिर भैया! जब तक यहां कोई निबटारा न हो जाए, तुम जाने न पाओगे। जब जा-बेजा हर एक मामले में इसी तरह दबना है, तो गांव के सरगना काहे को बनते हो?”

कादिर खां–तो क्या कहते हो, लाठी चलाऊं?

सुक्खू–और लाठी है किस दिन के लिए?

कादिर खां–किसके बूते पर लाठी चलेगी? गांव में रह कौन गया है? अल्लाह ने पट्ठों को चुन लिया।

सुक्खू–पट्ठे नहीं हैं तो न सही, बूढ़े तो हैं? हम लोग की जिंदगानी किस रोज काम आएगी?

गौस खां को जब मालूम हुआ कि गांव के लोग तालाब के तट पर जमा हैं तो वह भी लपके हुए आ पहुंचे और गरजकर बोले–"खबरदार! कोई तालाब की तरफ कदम न रखे।"

सुक्खू आगे बढ़ आए और कड़ककर बोले–"किसकी मजाल है, जो तालाब का पानी रोके! हम और हमारे पुरखे इसी से अपना निस्तार करते चले आ रहे हैं। जमींदार नहीं ब्रह्मा आकर कहें, तब भी इसे न छोड़ेंगे, चाहे इसके पीछे सर्वस्व लुट जाए।"

गौस खां ने सुक्खू चौधरी को विस्मित नेत्रों से देखा और कहा–"चौधरी, क्या इस मौके पर तुम भी दगा दोगे? होश में आओ।"

सुक्खू–तो क्या आप चाहते हैं कि जमींदारी की खातिर अपने हाथ कटवा लूं? पैरों में कुल्हाड़ी मार लूं? खैरख्वाही के पीछे अपना हक नहीं छोड़ सकता।

करतार चपरासी ने हंसी करते हुए कहा–"अरे, तुमका का परी है, है कोऊ आगे-पीछे? चार दिन में हाथ पसारे चले जैहो। ई ताल तुमरे संग न जाई।"

वृद्धा जन मृत्यु का व्यंग्य नहीं सह सकते। सुक्खू ऐंठकर बोले–"क्या ठीक है कि हम ही पहले चले जाएंगे? कौन जाने हमसे पहले तुम्हीं चले जाओ! जो हो, हम तो चले जाएंगे, पर गांव तो हमारे साथ न चला जाएगा?"

गौस खां–हमारे सलूकों का यही बदला है?

सुक्खू–आपने हमारे साथ सलूक किए हैं तो हमने भी आपके साथ सलूक किए हैं और फिर कोई सलूक के पीछे अपने हक-पद को नहीं छोड़ सकता।

फैजू–तो फौजदारी करने का अरमान है?

सुक्खू–फौजदारी क्यों करें, क्या हाकिम का राज नहीं है? हां, जब हाकिम न सुनेगा तो जो तुम्हारे मन में है, वह भी हो जाएगा।

यह कहकर सुक्खू ताल के किनारे से चले आए और उसी वक्त बैलगाड़ी पर बैठकर अदालत चले। दूसरे दिन दावा दायर हो गया।

लाला मौजीलाल पटवारी की साक्षी पर हार-जीत निर्भर थी। उनकी गवाही गांववालों के अनुकूल हुई। गौस खां ने उसे फोड़ने में कोई कसर न उठा रखी। यहां तक कि मार-पीट की भी धमकी दी, पर मौजीलाल का इकलौता बेटा इसी

ताऊन में मर चुका था। इसे वह अपने पूर्व संचित पापों का फल समझते थे। सन्मार्ग से विचलित न हुए। बेलाग साक्षी दी।

सुक्खू चौधरी की डिग्री हो गई और यद्यपि उनके कई सौ रुपये खर्च हुए, पर गांव में उनकी खोई प्रतिष्ठा फिर जम गई। धाक बैठ गई। सारा गांव उनका भक्त हो गया। इस विजय का आनंदोत्सव मनाया गया। सत्यनारायण की कथा हुई, ब्राह्मणों का भोज हुआ और तालाब के चारों ओर पक्के घाट की नींव पड़ गई।

गौस खां के भी सैकड़ों रुपये खर्च हो गए। ये कांटे उन्होंने ज्ञानशंकर से बिना पूछे ही बोए थे, इसलिए इसका फल भी उन्हीं को खाना पड़ा। हराम का धन हराम की भेंट हो गया।

गौस खां यह चोट खाकर बौखला उठे। सुक्खू चौधरी उनकी आंखों में कांटे की तरह खटकने लगा। दयाशंकर इस हलके से बदल गए थे। उनकी जगह नूर आलम नाम के एक दूसरे महाशय नियुक्त हुए थे। गौस खां ने इनसे राह-रस्म पैदा करना शुरू किया। दोनों आदमियों में मित्रता हो गई और लखनपुर पर नई-नई विपत्तियों का आक्रमण होने लगा।

वर्षा के दिन थे। किसानों को ज्वार और बाजरे की रखवाली से दम मारने का अवकाश न मिलता। जिधर देखिए, हा-हू की ध्वनि आती थी। कोई ढोल बजाता था, कोई टीन के पीपे पीटता था। दिन को तोतों के झुंड-के-झुंड टूटते थे, रात को गीदड़ के गोल; उस पर धान की क्यारियों में पौधे बिठाने पड़ते थे। पहर रात रहे, ताल में जाते और पहर रात गए, आते थे। मच्छरों के डंक से लोगों की देह में छाले पड़ जाते थे। किसी का घर गिरता था, किसी के खेत में मेंडें कटी जाती थीं। जीवन संग्राम की दोहाई मची हुई थी। इसी समय दरोगा नूर आलम ने गांव में छापा मारा।

सुक्खू चौधरी ने कभी कोकीन का सेवन नहीं किया था, उसकी सूरत नहीं देखी थी, उसका नाम नहीं सुना था, लेकिन उनके घर से एक तोला कोकीन बरामद हुई, फिर क्या था! मुकदमा तैयार हो गया। माल के निकलने की देर थी, हिरासत में आ गए। उन्हें विश्वास हो गया कि मैं बरी न हो सकूंगा। उन्होंने स्वयं कई आदमियों को इसी भांति सजा दिलाई थी। हिरासत में आने के एक क्षण पहले वह घर से गए और एक हांडी लिये हुए आए। गांव के सब आदमी जमा थे। उनसे बोले–"भाइयो, राम-राम! अब तुमसे विदा होता हूं। कौन जाने फिर भेंट हो या न हो! बूढ़े आदमी की जिंदगानी का क्या भरोसा! ऐसे ही भाग होंगे तो भेंट होगी। इस हांडी में पांच हजार रुपये हैं। यह कादिर भाई को सौंपता हूं। तालाब का घाट बनवा देना। जिन लोगों पर मेरा जो कुछ आता है वह सब छोड़ता हूं।

यह देखो, सब कागज-पत्र अब तुम्हारे सामने फाड़े डालता हूं। मेरा किसी के यहां कुछ बाकी नहीं, सब भर पाया।"

दरोगाजी वहीं उपस्थित थे। रुपयों की हांडी देखते ही लार टपक पड़ी। सुक्खू को बुलाकर कान में कहा–"कैसे अहमक हो कि इतने रुपये रखकर भी बचने की फिक्र नहीं करते?"

सुक्खू–अब बचकर क्या करना है? क्या कोई रोने वाला बैठा है?

नूर आलम–तुम इस गुमान में होगे कि हाकिम को तुम्हारे बुढ़ापे पर तरस आ जाएगा और वह तुमको बरी कर देगा, मगर इस धोखे में न रहना। मैं डटकर रिपोर्ट लिखूंगा और ऐसी मोतबिर शहादत पेश करूंगा कि कोई बैरिस्टर भी जबान न खोल सकेगा। पांच हजार नहीं पांच लाख भी खर्च करोगे तो भी मेरे पंजे से न निकल सकोगे। मैं दयाशंकर नहीं हूं, मेरा नाम नूर आलम है।

सुक्खू ने फिर उदासीन भाव से कहा–"आप जो चाहें करें। अब जिंदगी में कौन-सा सुख है कि किसी का ठेंगा सिर पर लूं?"

गौस खां का दया-स्रोत्र उबल पड़ा। फैजू और करतार भी बुलबुला उठे और बिंदा महाराज तो हांडी की ओर टकटकी लगाए ताक रहे थे।

सब ने अलग-अलग और फिर मिलकर सुक्खू को समझाया; लेकिन वह टस-से-मस न हुए। अंत में लोगों ने कादिर को घेरा।

नूर आलम ने उन्हें अलग ले जाकर कहा–"खां साहब, इस बूढ़े को जरा समझाओ, क्यों जान देने पर तुला हुआ है? दो साल से कम की सजा न होगी। अभी मामला मेरे हाथ में है। सब कुछ हो सकता है। हाथ से निकल गया तो कुछ न होगा। मुझे उसके बुढ़ापे पर तरस आता है।"

गौस खां बोले–"हां, इस वक्त इस पर रहम करना चाहिए। अब की ताऊन ने बेचारे का सत्यानाश कर दिया।"

कादिर खां जाकर सुक्खू को समझाने लगे। बदनामी का भय दिखाया, कारावास की कठिनाइयां बयान कीं, किंतु सुक्खू जरा भी न पसीजा।

जब कादिर खां ने बहुत आग्रह किया और गांव के सब लोग एक स्वर से समझाने लगे तो सुक्खू उदासीन भाव से बोला–"तुम लोग मुझे क्या समझाते हो? मैं कोई नादान बालक नहीं हूं। कादिर खां से मेरी उम्र दो-चार दिन ही कम होगी। इतनी बड़ी जिंदगानी अपने बंधुओं को बुरा करने में कट गई। मेरे दादा मरे तो घर में भूनी भांग तक न थी। कारिंदों से मिलकर मैं आज गांव का मुखिया बन बैठा हूं। चार आदमी मुझे जानते हैं और मेरा आदर करते हैं, पर अब आंखों के सामने से परदा हट गया। उन कर्मों का फल कौन भोगेगा? भोगना तो मुझी को

है, चाहे यहां भोगूं, चाहे नरक में। यह सारी हांडी मेरे पापों से भरी हुई है। इसी ने मेरे कुल का सर्वनाश कर दिया। कोई एक चुल्लू पानी देने वाला न रहा। यह पाप की कमाई पुण्य कार्य में लग जाए तो अच्छा है। घाट बनवा देना, अगर कुछ और लगे तो अपने पास से लगा देना। मैं जीता बचा तो कौड़ी-कौड़ी चुका दूंगा।"

दूसरे दिन सुक्खू का चालान हुआ। फैजू और करतार ने पुलिस की ओर से साक्षी दी। माल बरामद हो ही गया था। कई हजार रुपयों का घर से निकलना पुष्टिकारक प्रमाण हो गया। कोई वकील भी न था। पूरे दो साल की सजा हो गई। निरपराध-निर्दोष सुक्खू गौस खां के वैमनस्य और ईर्ष्या का लक्ष्य बन गया।

सारा गांव थर्रा उठा। इजाफा लगान के खारिज होने से लोगों ने समझा था कि अब किसी बात की चिंता न रही मानो ईश्वर ने अभय प्रदान कर दिया, पर अत्याचार के ये नए हथकंडे देखकर सबके प्राण सूख गए। जब सुक्खू चौधरी जैसा शक्तिशाली मनुष्य दम-के-दम में तबाह हो गया तो दूसरों का कहना ही क्या? किंतु गौस खां को अब भी संतोष न हुआ। उनकी यह लालसा कि सारा गांव मेरा गुलाम हो जाए, मेरे इशारे पर नाचे, अभी तक पूरी न हुई थी। मौरूसी काश्तकारों में अभी तक कई आदमी बचे हुए थे। कादिर खां अब भी था, बलराज और मनोहर अब भी आंखों में खटकते थे। यह सब इस बाग के कांटे थे। उन्हें निकाले बिना सैर करने का आनंद कहां?

लखनपुर शहर से दस मील की दूरी पर था। हाकिम लोग आते और जाते यहां जरूर ठहरते। अगहन का महीना लगा ही था कि पुलिस के एक बड़े अफसर का लश्कर आ पहुंचा। तहसीलदार स्वयं रसद का प्रबंध करने के लिए आए। चपरासियों की एक फौज साथ थी। लश्कर में सौ-सवा सौ आदमी थे। गांव के लोगों ने यह जमघट देखा तो समझा कि कुशल नहीं है। मनोहर ने बलराज को ससुराल भेज दिया और ससुरालवालों को कहला भेजा कि इसे चार-पांच दिन न आने देना। लोग अपनी लकड़ियां और भूसा उठा-उठाकर घरों में रखने लगे, लेकिन बोवनी के दिन थे; इतनी फुरसत किसे थी?

प्रातःकाल बिसेसर साह दुकान खोल ही रहे थे कि अर्दली के दस-बारह चपरासी दुकान पर आ पहुंचे। बिसेसर ने आटे-दाल के बोरे खोल दिए; जिन्सें तौली जाने लगीं। दोपहर तक यही तांता लगा रहा। घी के कनस्तर खाली हो गए। तीन पड़ाव के लिए जो सामग्री एकत्र की थी, अभी समाप्त हो गई। बिसेसर के होश उड़ गए, फिर आदमी मंडी दौड़ाए। बेगार की समस्या इससे कठिन थी। पांच बड़े-बड़े घोड़ों के लिए हरी घास छीलना सहज नहीं था। गांव के सब चमार इस काम में लगा दिए गए। कई नोनिये पानी भर रहे थे। चार आदमी नित्य सरकारी

डाक लेने के लिए सदर दौड़ाए जाते थे। कहारों को कर्मचारियों की खिदमत से सिर उठाने की फुरसत न थी, इसलिए जब दो बजे साहब ने हुक्म दिया कि मैदान में घास छीलकर टेनिस कोर्ट तैयार किया जाए तो वे लोग भी पकड़े गए, जो अब तक अपनी वृद्धावस्था या जाति सम्मान के कारण बचे हुए थे। चपरासियों ने पहले दुखरन भगत को पकड़ा। भगत ने चौंककर कहा–"क्यों, मुझसे क्या काम है?"

चपरासी ने कहा–"चलो, लश्कर में घास छीलनी है।"

भगत–घास चमार छीलते हैं, यह हमारा काम नहीं है।

इस पर चपरासी ने उनकी गरदन पकड़कर आगे धकेला और कहा–"चलते हो या यहां कानून बघारते हो?"

भगत–अरे तो ऐसा क्या अंधेर है? अभी ठाकुरजी का भोग तक नहीं लगा।

चपरासी–एक दिन में ठाकुरजी भूखों न मर जाएंगे।

भगत ने वाद-विवाद करना उचित न समझा, सिपाहियों के बीच से निकल गए और भीतर जाकर किवाड़ बंद कर दिए। सिपाहियों ने धड़ाधड़ किवाड़ पीटना शुरू किया। एक सिपाही ने कहा–"लगा दे आग, वहीं भुन जाए।"

दुखरन ने भीतर से कहा–"बैठो, भोग लगाकर आ रहा हूं।"

चपरासियों ने खपरैल फोड़ने शुरू किए। इतने में कई चपरासी कादिर खां आदि को साथ लिये आ पहुंचे। डपट सिंह पहर रात रहे, घर से गायब हो गए थे।

कादिर ने कहा–"भगत घर में क्यों घुसे बैठे हो? चलो; हम लोग भी चलते हैं।" भगत ने द्वार खोला और बाहर निकल आए। कादिर हंसकर बोले–"आज हमारी-तुम्हारी बाजी है। देखें कौन ज्यादा घास छीलता है?"

भगत ने कुछ उत्तर न दिया। सब लश्कर के मैदान में आए और घास छीलने लगे।

मनोहर ने कहा–"खां साहब के कारण हम भी चमार हो गए।"

दुखरन–भगवान की इच्छा! जो कभी न किया, वह आज करना पड़ा।

कादिर खां–जमींदार के असामी नहीं हो? खेत नहीं जोतते हो?

मनोहर–खेत जोतते हैं तो उसका लगान नहीं देते हैं? कोई भकुआ एक पैसा भी तो नहीं छोड़ता।

कादिर खां–इन बातों में क्या रखा है? गुड़ खाया है तो कान छिदाने पड़ेंगे। कुछ और बातचीत करो। कल्लू, अबकी बार तुम ससुराल में बहुत दिन तक रहे। क्या-क्या मार लाए?

कल्लू–मार लाया? यह कहो जान लेकर आ गया। यहां से चला तो कुल साढ़े तीन रुपये पास थे। एक रुपये की मिठाई ली, आठ आने रेल का किराया

दिया, दो रुपये पास रख लिये। वहां पहुंचते ही बड़े साले ने अपना लड़का लाकर मेरी गोद में रख दिया। बिना कुछ दिए उसे गोद में कैसे लेता? कमर से एक रुपया निकालकर उसके हाथ में रख दिया। रात को गांव-भर की औरतों ने जमा होकर गाली गाईं। उन्हें भी कुछ नेग-दस्तूर मिलना ही चाहिए था। एक ही रुपये की पूंजी थी, वह उनको भेंट की। न देता तो नाम हंसाई होती। मैंने समझा, यहां रुपयों का काम ही क्या है और चलती बार कुछ-न-कुछ विदाई मिल ही जाएगी। आठ दिन चैन से रहा। जब चलने लगा तो सामने एक मटका खांड, एक टोकरी ज्वार की बाल और एक थैली में कुछ खटाई भरकर दी। पहुंचाने के लिए एक आदमी साथ कर दिया। बस विदाई हो गई। अब बड़ी चिंता हुई कि घर तक कैसे पहुंचूंगा? जान न पहचान, मांगूं किससे? उस आदमी के साथ टेसन तक आया। इतना बोझ लेकर पैदल घर तक आना कठिन था। बहुत सोचते-समझते सूझी कि चलकर ज्वार की बाल कहीं बेच दूं। आठ आने भी मिल जाएंगे तो काम चल जाएगा। बाजार में आकर एक दुकानदार से पूछा-'बालें लोगे?' उसने दाम पूछा। 'मेरे मुंह से निकला दाम तो मैं नहीं जानता, आठ आने दो और ले लो।' बनिये ने समझा चोरी का माल है। थैला पटका, बालें सब रखवा लीं और कहा-'चुपके से चले जाओ, नहीं तो चौकीदार को बुलाकर थाने भिजवा दूंगा' तो भैया क्या करता? सब कुछ वहीं छोड़कर भागा। दिन-भर का भूखा-प्यासा पहर रात घर आया। कान पकड़े कि अब ससुराल न जाऊंगा।

कादिर खां-तुम तो सस्ते में ही छूट गए। एक बार मैं भी ससुराल गया था। जवानी की उम्र थी। दिन-भर धूप में चला तो रतौंधी हो गई, मगर लाज के मारे किसी से कहा तक नहीं। खाना तैयार हुआ तो साली दलान में बुलाकर भीतर चली गई। दलान में अंधेरा था। मैं उठा तो कुछ सूझा ही नहीं कि किधर जाऊं। न किसी को पुकारते बने, न पूछते। इधर-उधर टटोलने लगा। वहीं एक कोने में मेढ़ा बंधा हुआ था। मैं उसके ऊपर जा पहुंचा। वह मेरे पैर के नीचे से झपटकर ऊपर उठा और मुझे एक ऐसा सींग मारा कि मैं दूर जा गिरा। यह धमाका सुनते बड़ी साली दौड़ी हुई आई और अंदर ले गई। आंगन में मेरे ससुर और दो-तीन बिरादर बैठे हुए थे। मैं भी जा बैठा, पर कुछ सूझता न था कि क्या करूं! सामने खाना रखा था। इतने में मेरी सास कड़े-छड़े पहने छन-छन करती हुई दाल की रकाबी में घी डालने आई। मैंने छन-छन की आवाज सुनी तो रोंगटे खड़े हो गए। अभी तक घुटने में दर्द हो रहा था। समझा कि शायद मेढ़ा छूट गया, खड़ा होकर लगा पैंतरे बदलने। सास को भी एक घूंसा लगाया। घी की प्याली उनके हाथ से छूट पड़ी। वह घबराकर भागीं। लोगों ने दौड़कर मुझे पकड़ा और पूछने

लगे–'क्या हुआ, क्या हुआ?' शर्म के मारे मेरी जबान बंद हो गई। कुछ बोली ही न निकली। साला दौड़ा हुआ गया और एक मौलवी को लिवा आया। मौलवी ने देखते ही कहा–'इस पर सैयद मर्द सवार है।' दुआ-ताबीज होने लगे। घर में किसी ने खाना न खाया। सास और ससुर मेरे सिरहाने बैठे बड़ी देर तक रोते रहे और मुझे बार-बार हंसी आए–कितना ही रोकूं, हंसी न रुके! इस बीच मुझे नींद आ गई। भोरे ही उठकर मैंने किसी से कुछ न पूछा न ताछा, सीधे घर की राह ली। दुखरन भगत, अपनी ससुराल की बात तुम भी कहो।

दुखरन–मुझे इस बखत मसखरी नहीं सूझती। यही जी चाहता है कि सिर पटककर मर जाऊं।

मनोहर–कादिर भैया, आज बलराज होता तो खून-खराबा हो जाता। उससे यह दुर्गत न देखी जाती।

कादिर खां–फिर वह दुखड़ा ले बैठे। अरे, जो अल्लाह को यहीं मंजूर होता कि हम लोग इज्जत-आबरू से रहें तो काश्तकार क्यों बनाता? जमींदार न बनाता, चपरासी न बनाता, थाने का कॉन्स्टेबल न बनाता कि बैठे-बैठे दूसरों पर हुकुम चलाया करते? नहीं तो यह हाल है कि अपना कमाते हैं, अपना खाते हैं, फिर भी जिसे देखो, धौंस जमाया करता है। सभी की गुलामी करनी पड़ती है। क्या जमींदार, क्या सरकार, क्या हाकिम–सभी की निगाह हमारे ऊपर टेढ़ी है और शायद अल्लाह भी नाराज हैं। नहीं तो क्या हम आदमी नहीं हैं कि कोई हमसे बड़ा बुद्धिमान है, लेकिन रोकर क्या करें? कौन सुनता है? कौन देखता है? खुदाताला ने आंखें बंद कर लीं। जो कोई भलामानुष दर्द बूझकर हमारे पीछे खड़ा भी हो जाता है तो उससे बेचारे की जान भी आफत में फंस जाती है। उसे तंग करने के लिए, फंसाने के लिए तरह-तरह के कानून गढ़ लिये जाते हैं। देखते तो हो, बलराज के अखबार में कैसी-कैसी बातें लिखी रहती हैं। यह सब अपनी तकदीर की खूबी है।

यह कहते-कहते कादिर खां रो पड़े। वह हृदय-ताप जिसे वह हास्य और प्रमोद से दबाना चाहते थे, प्रज्वलित हो उठा। मनोहर ने देखा तो उसकी आंखें रक्तवर्ण हो गईं–पददलित अभिमान की मूर्ति की तरह!

चारों में से कोई न बोला–सब-के-सब सिर झुकाए चुपचाप घास छीलते रहे, यहां तक कि तीसरा पहर हो गया। सारा मैदान साफ हो गया। सबने खुरपियां रख दीं और कमर सीधी करने के लिए जरा लेट गए। बेचारे समझते थे कि गला छूट गया, लेकिन इतने में तहसीलदार साहब ने आकर हुक्म दिया–"गोबर लाकर इसे लीप दो, खूब चिकना कर दो, कोई कंकड़-पत्थर न रहने पाए। कहां हैं नाजिरजी? इन सबको डोल-रस्सी दिलवा दीजिए।"

नाजिरजी ने तुरंत डोल और रस्सी मंगाकर रख दी। कादिर खां ने डोल उठाया और कुएं की तरफ चले, लेकिन दुखरन भगत ने घर का रास्ता लिया। तहसीलदार ने पूछा—"इधर कहां?"

दुखरन ने उद्दंडता से कहा—"घर जा रहा हूं।"

तहसीलदार—और लीपेगा कौन?

दुखरन—जिसे गरज होगी, वह लीपेगा।

तहसीलदार—इतने जूते पड़ेंगे कि दिमाग की गरमी उतर जाएगी।

दुखरन—आपका अख्तियार है—जूते मारिए, चाहे फांसी दीजिए, लेकिन लीप नहीं सकता।

कादिर खां—भगत, तुम कुछ न करना। जाओ, बैठे ही रहना। तुम्हारे हिस्से का काम मैं कर दूंगा।

दुखरन—मैं तो अब जूते खाऊंगा। जो कसर है, वह भी पूरी हो जाए।

तहसीलदार—इस पर शामत सवार है। है कोई चपरासी, जरा लगाओ तो बदमाश को पचास जूते, मिजाज ठंडा हो जाए!

यह हुक्म पाते ही एक चपरासी ने लपककर भगत को इतनी जोर से धक्का दिया कि वह जमीन पर गिर पड़े और वह जूते लगाने लगा। भगत जड़वत् भूमि पर पड़े रहे। संज्ञाशून्य हो गए, उनके चेहरे पर क्रोध या ग्लानि का चिह्न भी न था। उनके मुख से हाय तक न निकलती थी। दीनता ने समस्त चैतन्य शक्तियों का हनन कर दिया था।

कादिर खां कुएं पर से दौड़े हुए आए और उस निर्दय चपरासी के सामने सिर झुकाकर बोले—"सेखजी, इनके बदले मुझे जितना चाहिए, मार लीजिए—अब बहुत हो गया।"

चपरासी ने धक्का देकर कादिर खां को धकेल दिया और फिर जूता उठाया कि अकस्मात् सामने से एक इक्के पर प्रेमशंकर और डपट सिंह आते दिखाई दिए। प्रेमशंकर यह हृदय-विदारक दृश्य देखते ही इक्के से कूद पड़े और दौड़े हुए चपरासी के पास आकर बोले—"खबरदार! जो फिर हाथ चलाया।"

चपरासी सकते में आ गया। कल्लू, मनोहर सब डोल-रस्सी छोड़-छाड़कर दौड़े और उन्हें सलाम कर खड़े हो गए। प्रेमशंकर के चारों ओर एक जमघट-सा हो गया।

तहसीलदार ने कठोर स्वर में पूछा—"आप कौन हैं? आपको सरकारी काम में मुदाखिलत करने का क्या मजाल है?"

प्रेमशंकर—मुझे नहीं मालूम था कि गरीबों को जूते लगवाना भी सरकारी काम है। इसने क्या खता की थी, जिसके लिए आपने यह सजा तजवीज की?

तहसीलदार–सरकारी हुक्म की तामील से इंकार किया। इससे कहा गया था कि इस मैदान को गोबर से लीप दे, पर इसने बदजबानी की।

प्रेमशंकर–आपको मालूम नहीं था कि यह ऊंची जाति का काश्तकार है? जमीन लीपना या कूड़ा फेंकना इनका काम नहीं है।

तहसीलदार–जूते की मार सब कुछ करा लेती है।

प्रेमशंकर का रक्त खौल उठा, पर जब्त से काम लेकर बोले–"आप जैसे जिम्मेदार ओहदेदार की जबान से यह बात सुनकर सख्त अफसोस होता है।"

मनोहर आगे बढ़कर बोला–"सरकार, आज जैसी दुर्गति हुई है, वह हम जानते हैं।"

एक चमार बोला–"दिन-भर घास छीला, अब कोई पैसा ही नहीं देता। घंटों से चिल्ला रहे हैं।"

तहसीलदार ने क्रोधोन्मत्त होकर कहा–"आप यहां से चले जाएं, वरना आपके हक में अच्छा न होगा। नाजिरजी, आप मुंह क्या देख रहे हैं? चपरासियों से कहिए, इन चमारों की अच्छी तरह खबर लें–यही इनकी मजदूरी है।"

चपरासियों ने बेगारों को घेरना शुरू किया। कॉन्स्टेबलों ने भी बंदूकों के कुंदे चलाने शुरू किए। कई आदमियों को चोट आ गई।

प्रेमशंकर ने जोर से कहा–"तहसीलदार साहब, मैं आपसे मिन्नत करता हूं कि चपरासियों को मारपीट करने से मना कर दें, वरना इन गरीबों का खून हो जाएगा।"

तहसीलदार–आपके ही इशारों से इन बदमाशों ने सरकशी अख्तियार की है। इसके जिम्मेदार आप हैं। मैं समझ गया, आप किसी किसान-सभा से ताल्लुक रखते हैं।

प्रेमशंकर ने देखा तो लखनपुर वालों के चेहरे रोष से विकृत हो रहे थे। प्रतिक्षण शंका होती थी कि इनमें से कोई प्रतिकार न कर बैठे। प्रतिक्षण समस्या जटिलतर होती जाती थी। तहसीलदार और अन्य कर्मचारियों से मनुष्यता और दयालुता की अब कोई आशा न रही। उन्होंने तुरंत अपने कर्तव्य का निश्चय कर लिया। गांववालों की ओर रुख करके बोले–"तहसीलदार साहब का हुक्म मानो। एक आदमी भी यहां से न जाए। आदमियों को मुंहमांगी मजूरी दी जाएगी। इसकी कुछ चिंता मत करो।"

यह शब्द सुनते ही सारे आदमी ठिठक गए और विस्मित होकर प्रेमशंकर की ओर ताकने लगे। सरकारी कर्मचारियों को भी आश्चर्य हुआ। मनोहर और कल्लू कुएं की तरफ चले। चमारों ने गोबर बटोरना शुरू किया। डपट सिंह भी मैदान से ईंट-पत्थर उठा-उठाकर फेंकने लगे। सारा काम ऐसी शांति से होने लगा मानो कुछ हुआ ही न था। केवल दुखरन भगत अपनी जगह से न हिले।

प्रेमशंकर ने तहसीलदार से कहा–"आपकी इजाजत हो तो यह आदमी अपने घर जाए। इसे बहुत चोट आ गई है।"

तहसीलदार ने कुछ सोचकर कहा–"हां, जा सकता है।"

भगत चुपके से उठे और धीरे-धीरे घर की ओर चले। इधर दम-के-दम में आदमियों ने मैदान लीप-पोतकर तैयार कर दिया। सब ऐसा दौड़-दौड़कर उत्साह से काम कर रहे थे मानो उनके घर बरात आई हो।

संध्या हो गई थी। प्रेमशंकर जमीन पर बैठे हुए विचारों में मग्न थे–कब तक गरीबों पर यह अन्याय होगा? कब उन्हें मनुष्य समझा जाएगा? हमारा शिक्षित समुदाय कब अपने दीन भाइयों की इज्जत करना सीखेगा? कब अपने स्वार्थ के लिए अफसरों की नीच खुशामद करना छोड़ेगा?

इतने में तहसीलदार साहब सामने आकर खड़े हो गए और विनय भाव से बोले–"आपको यहां तकलीफ हो रही है, मेरे खेमे में तशरीफ ले चलिए। माफ कीजिएगा, मैंने आपको पहचाना न था। गरीबों के साथ हमदर्दी देखकर आपकी तारीफ करने को जी चाहता है। आप बड़े खुशनसीब हैं कि खुदा ने आपको ऐसा दर्दमंद दिल अता फरमाया है। हम बदनसीबों की जिंदगी तो अपनी तनपरवरी में ही गुजरती है। क्या करूं? अगर अभी साफ कह दूं कि बेगार में मजदूर नहीं मिलते तो नालायक समझा जाऊं। आंखों से देखता हूं कि मजदूरों को आठ आने रोज मिलते हैं, पर इन साहब बहादुर से इतनी मजूरी मांगूं तो यह हर्गिज न देंगे। सरकार ने कायदे बहुत अच्छे बनाए हैं, लेकिन ये हुक्काम उनकी परवाह ही नहीं करते। कम-से-कम 50 रुपये के मिट्टी के बरतन उठे होंगे। लकड़ी, भूसा, पुआल सैकड़ों मन खर्च हो गए। कौन इनकी कीमत देता है? अगर कायदे पर अमल करने लगूं तो एक लम्हे-भर रहना दुश्वार हो जाए और मैं अकेला कर ही क्या सकता हूं? मेरे और भाई भी तो हैं। उनकी सख्तियां आप देखें तो दांतों तले उंगली दबा लें। खुदा ने जिसके घर में रूखी रोटियां भी दी हों, वह कभी यह मुलाजमत न करे। आइए; बैठिए, आपको सैकड़ों दास्तानें सुनाऊं, जिनमें तहसीलदारों को कायदे के मुताबिक अमल करने के लिए जहन्नुम में भेज दिया गया है। मेरे ऊपर खुद एक बार गुजर चुकी है।"

प्रेमशंकर को तहसीलदार से सहानुभूति हो गई। समझ गए कि यह बेचारे विवश हैं। मन में लज्जित हुए कि मैंने अकारण ही इनसे अविनय की। उनके साथ खेमे में चले गए। वहां बहुत देर तक बातें होती रहीं। तहसीलदार साहब बड़े साधु सज्जन निकले। अधिकार-विषयक घटनाएं समाप्त हो चुकीं तो अपनी पारिवारिक कठिनाइयों का बयान करने लगे। उनके तीन पुत्र कॉलेज में पढ़ते थे।

दो लड़कियां विधवा हो गई थीं; एक विधवा बहन और उसके बच्चों का भार भी सिर पर था। 200 रुपये में बड़ी मुश्किल से गुजर होता था। अतएव जहां अवसर और सुविधा देखते थे, वहां रिश्वत लेने में उज्र न था। उन्होंने यह वृत्तांत ऐसे सरल और नरम भाव से कहा कि प्रेमशंकर को उनसे स्नेह-सा हो गया। वहां से उठे तो 8 बज चुके थे, चौपाल की तरफ जाते हुए दुखरन भगत के द्वार पर पहुंचे तो एक विचित्र दृश्य देखा।

गांव के कितने ही आदमी जमा थे और भगत उनके बीच में खड़े हाथ में शालिग्राम की मूर्ति लिये उन्मत्तों की भांति बहक-बहककर कह रहे थे-"यह शालिग्राम है। अपने भक्तों पर बड़ी दया रखते हैं? सदा उनकी रक्षा किया करते हैं। इन्हें मोहनभोग बहुत अच्छा लगता है। कपूर और धूप की महक बहुत अच्छी लगती है। पूछो, मैंने इनकी कौन सेवा नहीं की? आप सत्तू खाता था, बच्चे चबेना चबाते थे, इन्हें मोहनभोग का भोग लगाता था। इनके लिए जाकर कोसों से फूल और तुलसीदल लाता था। अपने लिए तंबाकू चाहे न रहे, पर इनके लिए कपूर और धूप की फिक्र करता था। इनका भोग लगाकर तब दूसरा काम करता था। घर में कोई मरता ही क्यों न हो, पर इनकी पूजा-अर्चना किए बिना कभी न उठता था। कोई दिन ऐसा न हुआ कि ठाकुरद्वारे में जाकर चरणामृत न पिया हो, आरती न ली हो, रामायण का पाठ न किया हो! यह भक्ति और श्रद्धा क्या इसलिए कि मुझ पर जूते पड़ें, हक-नाहक मारा जाऊं, चमार बनूं? धिक्कार है मुझ पर, जो फिर ऐसे ठाकुर का नाम लूं, जो इन्हें अपने घर में रखूं और फिर इनकी पूजा करूं! हां, मुझे धिक्कार है! ज्ञानियों ने सच कहा है कि यह अपने भक्तों के बैरी हैं, उनका अपमान कराते हैं, उनकी जड़े खोदते हैं और उससे प्रसन्न रहते हैं, जो इनका अपमान करे। मैं अब तक भूला हुआ था। बोलो मनोहर, क्या कहते हो, इन्हें कुएं में फेंकूं या घूरे पर डाल दूं, जहां इन पर रोज मनों कूड़ा पड़ा करे या राह में फेंक दूं, जहां सवेरे से सांझ तक इन पर लातें पड़ती रहें?"

मनोहर-भैया, तुम जानकर अनजान बनते हो। वह संसार के मालिक हैं, उनकी महिमा अपरंपार है।

कादिर खां-कौन जानता है, उनकी क्या मर्जी है? बुराई से भलाई करते हैं। इतना मन न छोटा करो।

दुखरन-(हंसकर) यह सब मन को समझाने का ढकोसला है। कादिर मियां, यह पत्थर का ढेला है, निरा मिट्टी का पिंडा। मैं अब तक भूल में पड़ा हुआ था। समझता था, इसकी उपासना करने से मेरे लोक-परलोक दोनों बन जाएंगे। आज आंखों के सामने से वह परदा हट गया। यह निरा मिट्टी

का ढेला है। यह लो महाराज, जाओ जहां तुम्हारा जी चाहे! तुम्हारी यही पूजा है। तीस साल की भक्ति का तुमने मुझे जो बदला दिया है, मैं भी तुम्हें उसी का बदला देता हूं।

यह कहकर भगत ने शालिग्राम की प्रतिमा को जोर से एक ओर फेंक दिया। न जाने कहां जाकर गिरी, फिर दौड़े हुए घर में गए और पूजा की पिटारी लिये हुए बाहर निकले। मनोहर लपका कि पिटारी उनके हाथ से छीन लूं, लेकिन भगत ने उसे अपनी ओर आते देखकर बड़ी फुर्ती से पिटारी खोली और उसे हवा में उछाल दिया। सभी सामग्रियां इधर-उधर फैल गईं। तीस वर्ष की धर्म-निष्ठा और आत्मिक श्रद्धा नष्ट हो गई। धार्मिक विश्वास की दीवार हिल गई और उसकी ईंटें बिखर गईं।

कितना हृदय-विदारक दृश्य था! प्रेमशंकर का हृदय व्याकुल हो गया। भगवान! इस असभ्य, अशिक्षित और दरिद्र मनुष्य का इतना आत्माभिमान? इसे अपमान ने इतना मर्माहत कर दिया! कौन कहता है, गंवारों में यह भावना निर्जीव हो जाती है? कितना दारुण आघात है जिसने भक्ति, विश्वास तथा आत्म-गौरव को नष्ट कर डाला!

प्रेमशंकर सब आदमियों के पीछे खड़े थे। किसी ने उन्हें नहीं देखा। वह वहीं से चौपाल चले गए। वहां पलंग बिछा तैयार था। डपट सिंह चौका लगाते थे, कल्लू पानी भरते थे। उन्हें देखते ही गौस खां झुककर आदाब-अर्ज बजा लाए और कुछ सकुचाते हुए बोले—"हुजूर को तहसीलदार साहब के यहां बड़ी देर हो गई।"

प्रेमशंकर—हां, इधर-उधर की बातें करने लगे। क्यों, यहां कहार नहीं है क्या? ये लोग क्यों पानी भर रहे हैं? उसे बुलाइए, मुनासिब मजदूरी दी जाएगी।

गौस खां—हुजूर, कहार तो चार घर थे, लेकिन सब उजड़ गए। अब एक आदमी भी नहीं है।

प्रेमशंकर—यह क्यों?

गौस खां—अब हुजूर से क्या बतलाऊं, हमीं लोगों की शरारत और जुल्म से। यहां हमेशा तीन-चार चपरासी रहते हैं। एक-एक के लिए एक-एक खिदमतगार चाहिए और मेरे लिए तो जितने खिदमतगार हों, उतने थोड़े हैं। बेचारे सुबह से ही पकड़ लिये जाते थे, शाम को छुट्टी मिलती थी। कुछ खाने को पा गए तो पा गए, नहीं तो भूखे ही लौट जाते थे। आखिर सब-के-सब भाग खड़े हुए, कोई कलकत्ता गया, कोई रंगून। अपने बाल-बच्चों को भी लेते गए। अब यह हाल है कि अपने ही हाथों से बरतन तक धोने पड़ते हैं।

प्रेमशंकर–आप लोग इन गरीबों को इतना सताते क्यों हैं? अभी तहसीलदार साहब लश्करवालों की सारी बेइंसाफियों का इलजाम आपके ही सिर मढ़ रहे थे।

गौस खां–हुजूर तो फरिश्ते हैं, लेकिन हमारे छोटे सरकार का ऐसा ही हुक्म है। आजकल खतों में बार-बार ताकीद करते हैं कि गांव में एक भी दखलदार असामी न रहने पाए। हुजूर का नमक खाता हूं तो हुजूर के हुक्म की तामील करना मेरा फर्ज है, वरना खुदाताला को क्या मुंह दिखलाऊंगा! इसीलिए मुझे इन बेकसों पर सभी तरह की सख्तियां करनी पड़ती हैं। कहीं मुकदमें खड़े कर दिए। कहीं बेगार में फंसा दिया, कहीं आपस में लड़ा दिया। कानून का हुक्म है कि आदमियों को लगान देते ही पाई-पाई की रसीद दी जाए, लेकिन मैं सिर्फ उन्हीं लोगों को रसीद देता हूं, जो जरा चालाक हैं, गंवारों को यों ही टाल देता हूं। छोटे सरकार का बकाया पर इतना जोर है कि पाई भी बाकी रहे तो नालिश कर दो। कितने ही असामी तो नालिश से तंग आकर निकल भागे। मेरे लिए तो जैसे छोटे सरकार हैं, वैसे हुजूर भी हैं। आपसे क्या छिपाऊं? इस तरह की धांधलियों में हम लोगों का भी गुजर-बसर हो जाता है, नहीं तो इस थोड़ी-सी आमदनी से गुजर होना मुश्किल था।

इतने में बिसेसर, मनोहर, कादिर खां आदि भी आ गए और आज का वृत्तांत कहने लगे। मनोहर दूध लाए। कल्लू ने दही पहुंचाया। सभी प्रेमशंकर के सेवा-सत्कार में तत्पर थे। जब वह भोजन करके लेटे तो लोगों ने आपस में सलाह की कि बाबू साहब को रामायण सुनाई जाए। बिसेसर साह अपने घर से ढोल-मजीरा लाए। कादिर ने ढोल लिया। मजीरे बजने लगे और रामायण का गान होने लगा, प्रेमशंकर को हिंदी भाषा का अभ्यास न था और शायद ही कोई चौपाई उनकी समझ में आती थी, पर वह इन देहातियों के विशुद्ध धर्मानुराग का आनंद उठा रहे थे। कितने निष्कपट, सरल-हृदय, साधु लोग हैं! इतने कष्ट झेलते हैं, इतना अपमान सहते हैं, लेकिन मनो-मालिन्य का कहीं नाम नहीं। इस समय सभी आमोद के नशे में चूर हो रहे हैं।

रामायण समाप्त हुई तो कल्लू बोला–"कादिर चाचा, अब तुम्हारी कुछ हो जाए।"

कादिर ने बजाते हुए कहा–"गा तो रहे हो, क्या इतनी जल्दी थक गए?"

मनोहर–नहीं भैया, अब वह अपनी कोई अच्छी-सी चीज सुना दो। बहुत दिन हुए नहीं सुना, फिर न जाने कब बैठक हो! सरकार, ऐसा गायक इधर कई गांव में नहीं है।

कादिर खां–मेरे गंवारू गाने में सरकार को क्या मजा आएगा?

प्रेमशंकर–नहीं-नहीं, मैं तुम्हारा गाना बड़े शौक से सुनूंगा।

कादिर खां–हुजूर, गाते क्या हैं, रो लेते हैं; आपका हुक्म कैसे टालें?

यह कहकर कादिर खां ने ढोल का स्वर मिलाया और यह भजन गाने लगा–

"मैं अपने राम को रिझाऊं।
जंगल जाऊं न बिरछा छेड़ूं, न कोई डार सताऊं।
पात-पात में है अविनासी, वाही में दरस कराऊं।
मैं अपने राम को रिझाऊं।
ओखद खाऊं न बूटी लाऊं, न कोई बैद बुलाऊं।
पूरन बैद मिले अविनासी, ताहि को नबज दिखाऊं।
मैं अपने राम को रिझाऊं।"

कादिर के गले में यद्यपि लोच और माधुर्य न था, पर ताल और स्वर ठीक था। कादिर इस विद्या में चतुर था। प्रेमशंकर भजन सुनकर बहुत प्रसन्न हुए। इसका एक-एक शब्द भक्ति और उद्‌गार में डूबा हुआ था। व्यवसायी गायकों की नीरसता और शुष्कता की जगह अनुरागमय, भाव-रस परिपूर्ण था।

गाना समाप्त हुआ तो एक नकल की ठहरी। कल्लू इस कला में निपुण था। कादिर मियां राजा बने, कल्लू मंत्री और बिसेसर साह सेठ बन गए। डपट सिंह ने एक चादर ओढ़ ली और रानी बन बैठे। राजकुमार की कमी थी। लोग सोचने लगे कि यह भाग किसे दिया जाए।

प्रेमशंकर ने हंसकर कहा–"कोई हरज न हो तो मुझे राजकुमार बना दो।"

यह सुनकर सब-के-सब फूल उठे। नकल शुरू हो गई।

पहला अंक

राजा–हाय! हाय! वैद्यों ने जवाब दिया, हकीमों ने जवाब दिया, डॉकदरों ने जवाब दिया, किसी ने रोग को न पहचाना। सब-के-सब लुटेरे थे। अब जिंदगानी की कोई आशा नहीं। यह सारा राज-पाट छूटता है। मेरे पीछे प्रजा पर न जाने क्या बीतेगी! राजकुमार अल्हड़ नादान है, उसकी संगत अच्छी नहीं है। (प्रेमशंकर की ओर कटाक्ष से देखकर) किसानों से मेल रखता है। उसके पीछे सरकारी आदमियों से रार करता है। जिन दीन-दुखी रोगियों की परछाईं से भी डॉक्टर लोग डरते हैं, उनकी दवा-दारू करता है। उसे अपनी जान का, धन का तनिक भी लोभ नहीं है। यह इतना बड़ा राज कैसे संभालेगा? अत्याचारियों को कैसे दंड देगा? हाय, मेरी प्यारी रानी, जिससे मैंने अभी महीना-भर हुआ, ब्याह किया है, मेरे बिना कैसे जिएगी? कौन उससे प्रेम करेगा? हाय!

रानी–स्वामीजी, मैं इस सोग में मर जाऊंगी। यह उजले सन जैसे बाल, यह पोपला मुंह कहां देखूंगी (कटाक्ष भाव से) किसको गोद में लूंगी? किससे ठुनकूंगी? अब मैं किसी तरह न बचूंगी।

राजा की सांस उखड़ जाती है, आंखें पथरा जाती हैं, नाड़ी छूट जाती है। रानी छाती पीटकर रोने लगती है। दरबार में हाहाकार मच जाता है।

राजा के कानों में आकाशवाणी होती है–'हम तुझे एक घंटे की मोहलत देते हैं, अगर मुझे तीन मनुष्य ऐसे मिल जाएं, जो दिल से तेरे जीने की इच्छा रखते हों, तो तू अमर हो जाएगा।'

राजा सचेत हो जाता है, उसके मुखारविंद पर जीवन-ज्योति झलकने लगती है। वह प्रसन्नमुख उठ बैठता है और आप-ही-आप कहता है–"अब मैं अमर हो गया, अकंटक राज्य करूंगा, शत्रुओं का नाश कर दूंगा। मेरे राज्य में ऐसा कौन प्राणी है, जो हृदय से मेरे जीने की इच्छा न रखता हो! तीन नहीं, तीन लाख आदमी बात-बात में निकल आएंगे।

दूसरा अंक

(राजा एक साधारण नागरिक के रूप में आप-ही-आप)

समय कम है, ऐसे तीन सज्जनों के पास चलना चाहिए, जो मेरे भक्त थे। पहले सेठ के पास चलूं। वह परोपकार के प्रत्येक काम में मेरी सहायता करता था। मैंने उसकी कितनी बार रक्षा की है और उसे कितना लाभ पहुंचाया है? यह सेठजी का घर आ गया। सेठजी, सेठजी! जरा बाहर आओ।

सेठ–क्या है? इतनी रात गए कौन काम है?

राजा–कुछ नहीं; अपने स्वर्गवासी राजा का यश गाकर उनकी आत्मा को शांति देना चाहता हूं। कैसे धर्मात्मा, प्रजा-प्रिय, पुरुष थे! उनका परलोक हो जाने से सारे देश में अंधकार-सा छा गया है। प्रजा उनको कभी न भूलेगी। आपसे तो उनकी बड़ी मैत्री थी, आपको तो और भी दुःख हो रहा होगा?

सेठ–मुझे उनके राज्य में कौन-सा सुख था कि अब दुःख होगा? मर गए, अच्छा हुआ। उनकी बदौलत लाखों रुपये साधु-संतों को खिलाने पड़ते थे।

राजा–(मन में) हाय! इस सेठ पर मुझे कितना भरोसा था! यह मेरे इशारे पर लाखों रुपये दान कर दिया करता था। सच कहा है कि बनिए किसी के मित्र नहीं होते। मैं जन्म-भर इसके साथ रहा, पर इसे पहचान न सका। अब चलूं, मंत्री के पास, वह बड़ा स्वामिभक्त सज्जन पुरुष है। उसके साथ मैंने बड़े-बड़े सलूक किए हैं। यह उसका भवन आ गया। शायद अभी दरबार से आ रहा है। मंत्रीजी,

कहिए, क्या राज दरबार से आ रहे हैं? इस समय तो दरबार में शोक मनाया जा रहा होगा। ऐसे धर्मात्मा राजा की मृत्यु पर जितना शोक किया जाए, वह थोड़ा है। अब फिर ऐसा राजा न होगा। आपको तो बहुत ही दुःख हो रहा होगा।

मंत्री–मुझे उनसे कौन-सा सुख मिलता था कि अब दुःख होगा? मर गए, अच्छा हुआ। उनके मारे सांस लेने की भी छुट्टी न मिलती थी। प्रजा के पीछे आप-आप मरते थे, मुझे भी मारते थे। रात-दिन कमर कसे खड़े रहना पड़ता था।

राजा–(आप-ही-आप) हाय! इस परम हितैषी सेवक ने भी धोखा दिया। मेरी आंख बंद होते ही सारा संसार मेरा बैरी हो गया। ऐसे-ऐसे आदमी धोखा दे रहे हैं, जो मेरे पसीने की जगह लहू बहाने को तैयार रहते थे। तीन आदमी भी ऐसे नहीं, जिन्हें मेरा जीना पसंद हो। जब दोनों निकल गए तो दूसरों से क्या आशा रखूं? अब रानी के पास जाता हूं, वह साध्वी सती स्त्री है। उसकी जितनी ही सखियां हैं, सभी मुझ पर प्राण देती थीं। वहां मेरी इच्छा अवश्य पूरी होगी। अब केवल थोड़ा-सा समय और रह गया है। यह राजभवन आ गया। रानी अकेली मन मारे शोक में बैठी हुई है। महारानी जी, अब धीरज से काम लीजिए, आपके स्वामी ऐसे प्रतापी थे कि संसार में सदा उनका लोग यश गाया करेंगे। देह हत्या करके वह अमर हो गए।

रानी–अमर नहीं, पत्थर हो गए। उनसे संसार को चाहे जो सुख मिला हो, मुझे तो कोई सुख न मिला! उनके साथ बैठते लज्जा आती थी। मैं उनका क्या यश गाऊं? मैं तो उसी दिन विधवा हो गई जिस दिन उनसे विवाह हुआ। वह जीते थे, तब भी रांड थी–मर गए, तब भी रांड हूं। देखो तो कुंवर साहब कैसे सजीले, बांके जवान हैं। मेरे योग्य यह थे, न कि वैसा खूसट बुड्ढा, जिसके मुंह में दांत तक नहीं थे।

यह सुनते ही राजा एक लंबी सांस लेता है और मूर्च्छित होकर गिर पड़ता है।

(अभिनय समाप्त होता है)

प्रेमशंकर को इन गंवारों के अभिनय-कौशल पर विस्मय हुआ? बनावट का कहीं नाम न था। प्रत्येक व्यक्ति ने अपना-अपना भाग स्वाभाविक रीति से पूरा किया। यद्यपि न परदे थे, न कपड़े थे और न ही कोई और दूसरा सामान, तथापि अभिनय रोचक और मनोरंजक था।

सवेरे प्रेमशंकर टहलते हुए पड़ाव की ओर चले तो देखा कि लश्कर कूच की तैयारी कर रहा है। खेमे उखड़ रहे हैं। गाड़ियों पर असबाब लद रहा है। साहब बहादुर की मोटर तैयार है और बिसेसर साह तहसीलदार के सामने कागज का एक

पुलिंदा लिये खड़े हैं। तेली, तमोली, बूचड़ आदि भी एक पेड़ के नीचे अभियुक्तों की भांति दाम वसूल करने के लिए बैठे हुए हैं। प्रेमशंकर ने तहसीलदार से हाथ मिलाया और बैठकर तमाशा देखने लगे।

तहसीलदार–कहां है, गाड़ीवान लोग? बुलाओ, रसद का हिसाब करें। इस पर एक गाड़ीवान ने कहा–"हुजूर, यहां रसद मिला है कि हमारी जान मारी गई है! आटे में इस बेईमान बनिए ने न जाने क्या मिला दिया है कि उसी दिन से पेट में दर्द हो रहा है! घी में तेल मिलाया था, उस पर हिसाब करने को कहता है। अभी साहब से कह दें तो बच्चू को लेने-के-देने पड़ जाएं।"

अर्दली के कई चपरासी बोले–"यह बनिया गोली मार देने के लायक है। ऐसा खराब आटा उम्र-भर नहीं खाया। न जाने क्या चीज मिला दी है कि हजम ही नहीं होता। घी ऐसा बदबू करता था कि दाल खाते न बनती थी। इस पर तो जुर्माना होना चाहिए–उल्टे हिसाब करने को कहता है।"

एक कॉन्स्टेबल महाशय ने कहा–"हम इसे खूब जानते हैं, छटा हुआ है। चीनी दी तो उसमें आधी बालू, घी में आधी घुइयां, आटे में आधा चोकर, दाल में आधा कूड़ा! इसे तो ऐसी जगह मारे, जहां पानी न मिले।"

कई साईस बोले–"घोड़ों को जो दाना दिया है, वह बिलकुल घुना हुआ, आधा चना, आधा चोकर। घोड़ों ने सूंघा तक नहीं। साहब से कह दें तो अभी हंटर पड़ने लगें।"

तहसीलदार–ये सब शिकायतें पहले क्यों नहीं कीं?

कई आदमी–हुजूर, रोज तो हाय-हाय कर रहे हैं!

तहसीलदार–(प्रेमशंकर की ओर देखकर) मुझसे किसी ने भी नहीं कहा। अब यह सब मैं कुछ नहीं सुनूंगा। जिसके जिम्मे जो कुछ निकले, कौड़ी-कौड़ी दे दो। साहजी, अपना हिसाब निकालो।

बिसेसर–मौला बख्श अर्दली आटा, ऽ३ घी ऽ।।, चावल ऽ२, दाल ऽ१, मसाला ऽ।, तंबाकू ऽ।, कत्था-सुपारी २ छटांग, चीनी ५ छटांक कुल ३ रुपये।

तहसीलदार–कहां है मौला बख्श? दाम देकर रसीद लो।

एक अर्दली–इस नाम का हमारे यहां कोई आदमी नहीं है।

बिसेसर–हैं क्यों नहीं? लंबे-लंबे हैं, छोटी दाढ़ी है, मुंह पर शीतला का दाग है, सामने के दो-तीन दांत टूटे हुए हैं।

कई अर्दली–इस हुलिया का यहां कोई आदमी ही नहीं है। पहचान हममें से कौन है?

बिसेसर–कहीं चल दिए होंगे और क्या?

तहसीलदार–अच्छा, दूसरा नाम बोलो।

बिसेसर–धन्नू अहीर, चावल ऽ3, आटा ऽ2, घी ऽ1, खली ऽ4, दाना और चोकर ऽ8, तंबाकू–कुल दो रुपये।

तहसीलदार–कहां है धन्नू अहीर? निकाल रुपये।

एक अर्दली–वह तो पहर रात रहे साहब का ढेरा लादकर चला गया।

तहसीलदार–हिसाब नहीं चुकाया और चल दिया। अच्छा नाजिरजी उसका नाम लिख लीजिए। कहां जाते हैं बच्चू? एक-एक पाई वसूल कर लूंगा।

प्रेमशंकर–यह लश्कर वालों की बड़ी ज्यादती है।

तहसीलदार–कुछ न पूछिए, कमबख्त खा-खाकर चल देते हैं, बदनामी बेचारे तहसीलदार की होती है।

बिसेसर साह ने फिर ऐसा ही ब्यौरा पढ़ सुनाया। यह जयराम चपरासी का पुरजा था। जयराम उपस्थित थे। आगे बढ़कर बोले–"क्यों रे घी ऽ।। लिया था कि आधा पाव?"

बिसेसर–कागज में तो ऽ।। लिखा हुआ है।

जयराम–झूठ लिखा है–सोलहों आने झूठ।

तहसीलदार–अच्छा आधा पाव का दाम दो या कुछ भी नहीं देना चाहते?

यह झमेला नौ-दस बजे तक रहा। एक-तिहाई से अधिक आदमी बिना हिसाब चुकाए ही प्रस्थान कर चुके थे। एक-चौथाई से अधिक आदमी लापता हो गए। आधे आदमी मौजूद थे, लेकिन उन्हें भी हिसाब के ठीक होने में संदेह था। ऐसे पांच-दस सज्जन ही निकले जिन्होंने खरे दाम चुका दिए हों। जब सब चिटें समाप्त हो गईं तो बिसेसर साह ने उन्हें लाकर तहसीलदार के सामने पटक दिया और बोला–"मैं और किसी को नहीं जानता, एक हुजूर को जानता हूं और हुजूर के हुक्म से मैंने रसद दी है।"

तहसीलदार–मैं क्या अपनी गिरह से दूंगा?

बिसेसर–हुजूर, जैसे चाहे दें या दिला दें। 200 रुपये में यह 70 रुपये मिले हैं। मैं टके का आदमी इतना धक्का कैसे उठाऊंगा? महाजन मेरा घर बिकवा लेगा।

तहसीलदार–अच्छी बात है, तुम्हारे दाम मिलेंगे। नाजिरजी, आप चपरासियों को लेकर जाइए। इसके बही-खाता उठा लाइए और खुद इसकी सालाना आमदनी का हिसाब कीजिए। देखिए, अभी कलई खुली जाती है। मैं इसके सब रुपये का हिसाब दूंगा, पर इसी से लेकर। बच्चू, दो हजार रुपये साल नफा करते हो, उस पर एक बार 100 का घाटा हुआ तो दम निकल गया?

कहां तो बिसेसर साह इतने गरम हो रहे थे, कहां यह धमकी सुनते ही भीगी बिल्ली बन गए, बोले—"हां हुजूर, सब हिसाब-किताब जांच लें। इस गांव में ऐसा कौन रोजगार है कि दो हजार का नफा हो जाएगा? खाने-भर को मिल जाए, यही बहुत है।"

तहसीलदार—और यह आस-पास के देहातों का अनाज किसके घर में भरा जाता है? तुम समझते हो कि हाकिमों को खबर ही नहीं होती। यहां इतना बतला सकते हैं कि आज तुम्हारे घर में क्या पक रहा है? यह रियायत इसी दिन के लिए करते हैं, कुछ तुम्हारी सूरत देखने के लिए नहीं।

बिसेसर साह चुपके से सरक गए। तेली-तमोली ने भी देखा कि यहां मिलता-जुलता तो कुछ नहीं दिखता, उल्टे और पलेथन लगने का भय है तो उन्होंने भी अपनी-अपनी राह ली।

तहसीलदार ने प्रेमशंकर की ओर देखकर कहा—"देखा आपने, टैक्स के नाम से इन सबों की जान निकल जाती है। मैं जानता हूं कि इनकी सालाना आमदनी ज्यादा-से-ज्यादा 1000 रुपये होगी, लेकिन चाहे इस तरह कितना ही नुकसान बरदाश्त कर लें, अपने बही-खाते न दिखाएंगे। यह इनकी आदत है।"

प्रेमशंकर—खैर, यह तो अपनी चाल-बाजी की बदौलत नुकसान से बच गया, मगर और बेचारे तो मुफ्त में पिस गए, उस पर जलील हुए वह अलग।

तहसीलदार—जनाब, इसकी दवा मेरे पास नहीं है। जब तक कौम को आप लोग एक सिरे से जगा न देंगे, इस तरह के हथकंडों का बंद होना मुश्किल है। जहां दिलों में इतनी खुदगरजी समाई हुई है और जहां रियाया इतनी कच्ची हो, वहां किसी तरह की इसलाह नहीं हो सकती। (मुस्कराकर) हम लोग एक तौर पर आपके मददगार हैं। रियाया को सताकर, पीसकर मजबूत बनाते हैं और आप जैसे कौमी हमदर्दों के लिए मैदान साफ करते हैं।

प्रभात का समय था और कुंआर का महीना। वर्षा समाप्त हो चुकी थी। देहातों में जिधर निकल जाइए, सड़े हुए सन की सुगंध उड़ती थी। कभी ज्येष्ठ को लज्जित करने वाली धूप होती थी, कभी सावन को शर्माने वाले बादल घिर आते थे। मच्छर और मलेरिया का प्रकोप था, नीम की छाल और गिलोय की बहार थी। चरावर में दूर तक हरी-हरी घास लहरा रही थी। अभी किसी को उसे काटने का अवकाश न मिलता था। इसी समय बिंदा महाराज और करतार सिंह लाठी कंधे पर रखे एक वृक्ष के नीचे आकर खड़े हो गए।

करतार ने कहा–"इस बुड्ढे को खुचड़ सूझती रहती है। भला बताओ, जो यहां मवेशी न चरने पाएंगे तो कहां जाएंगे और जो लोग सदा से चराते आए हैं, वे मानेंगे कैसे? एक बार कोई इसकी मरम्मत कर देता तो यह आदत छूट जाती।"

बिंदा–हमका तो ई मौजा मा तीस बरसें होय गईं, तब से कारिंदे आए पर चरावर कोऊ न रोका। गांव-भर के मवेशी मजे से चरत रहे।

करतार–उन्हें हुक्म देते क्या लगता है! जाएगी तो हमारे माथे।

बिंदा–हमार जी तो अस ऊब गया कि मन करत है छोड़-छाड़ के घर चला जाई। सुनित है, मालिक अवैया हैं। बस, एक बार उनसे भेंट होय जाए और अपने घर के राह लेई।

करतार–फैजू दिन-भर खाट पर पड़ा रहता है, उससे कुछ नहीं कहते। जब देखो, करतार को ही दौड़ाते हैं मानो करतार उनके बाप का गुलाम है और देखो, पीपल के नीचे जहां हम-तुम जल चढ़ाते हैं, वहां नमाज पढ़ते हैं; वहीं दतुअन-कुल्ली करते हैं, वहीं नहाते हैं। बताओ, धर्म नष्ट भया कि रहा? आप तो रोज कुरान पढ़ते हैं और मैं रामायण पढ़ने लगता हूं तो कैसे डांट के कहते हैं, क्या शोर मचा रखा है! अबकी बार असाढ़ में 300 रुपये नजराना मिला; मुझे एक पाई से भेंट न हुई।

बिंदा–हमका तो एक रुपया मिला रहै।

करतार–यह भी कोई मिलने में मिलना है और सब कहीं चपरासियों को रुपये में आठ आने मिलते हैं। यह कुछ न दें तो चार आने तो दें–लेना-देना दूर रहा उस पर आठों पहर सिर पर सवार। कल तुम कहीं गए थे, मुझसे बोले–'करतार एक घड़ा पानी तो खींच लो।' मैंने तुरंत जवाब दिया–'इसके नौकर नहीं हैं, फौजदारी करा लो, लाठी चलवा लो, अगर कदम पीछे हटाएं तो कहो, लेकिन चिलम भरना, पानी खींचना हमारा काम नहीं है।' इस पर आंखें बहुत लाल-पीली कीं। एक दिन पीपल के नीचे दाली मूरतों को देखकर बोले–'यह क्या ईंट-पत्थर जमा कर रखे हैं।' मैंने तो ठान लिया है कि जहां अबकी बार कोई नजराना लेकर आया और मैंने हाथ पकड़ा कि चार आने इधर रखिए। जरा भी नरम-गरम हुए, मुंह से लाम-काफ निकाली और मैंने गरदन दबाई, फिर जो कुछ होगा, देखा जाएगा। फैजू बोले तो उनसे भी मैं समझूंगा। खूब पड़े-पड़े रोटी-गोस उड़ा रहे हैं, सब निकाल दूंगा...। वह देखो, मवेशी इधर आ रहे हैं। बलराज तो नहीं है न?

बिंदा–होवे करी तो कौनो डर हौ। अबकी अस जर आवा है कि ठठरी होय गवा है।

करतार–बड़े कस-बल का पट्ठा है। सुक्खू चौधरी का तालाब जहां बन रहा

था, वहीं एक दिन अखाड़े में उससे मेरी एक पकड़ हो गई थी। मैं उसे पहले ही झपाटे में नीचे लाया; लेकिन ऐसा तड़प के नीचे से निकला कि झोंकों में आ गया—संभल ही न सका। बदन नहीं, लोहा है।

बिंदा—निगाह का बड़ा सच्चा जवान है। क्या मजा कि कोऊ की बिटिया-मेहरिया की ओर आंखें उठाके ताके।

करतार—वह देखो, फैजू और गौस खां भी इधर ही आ रहे हैं—आज कुशल नहीं दीखती।

बिंदा—यह गाएं-भैंसें तो मनोहर के जान पड़ते हैं—बिलासी लीने आवत है।

करतार ने उच्च स्वर में कहा—"यह कौन मवेशी लिये आता है? यहां से निकाल ले जाव, सरकारी हुक्म नहीं है।"

इतने में बिलासी निकट आ गई और बिंदा महाराज की ओर निश्चिंत भाव से देखकर बोली—"सुनत हौ महाराज, ठाकुर की बात?"

करतार—सरकारी हुक्म हो गया कि अब कोई जानवर यहां न चरने पाए।

बिलासी—कौन-सा सरकारी हुक्म? सरकार की जमीन नहीं है। महाराज, तुम्हें तो यहां एक युग बीत गया—कभी किसी ने चराई भी मना किया है?

बिंदा—उन पुरानी बातन का न गाओ, अब ऐसे हुक्म भवा है। जानवर का और कौनो कैत ले जाव, नाहीं तो वह गौस खां आवत है, सभन का पकड़ के कानी हौद पठै दैहैं?

बिलासी—कानी हौद कैसे पठै दैहैं, कोई राहजनी है? हमारे मवेशी सदा से यहां चरते आए हैं और सदा यहीं चरेंगे। अच्छा सरकारी हुक्म है? आज कह दिया चरावर के छोड़ दो—कल कहेंगे अपना घर छोड़ो, पेड़ तले जाकर रहो। ऐसा कोई अंधेर है?

इतने में गौस खां और फैजू भी आ पहुंचे। बिलासी के अंतिम शब्द खां साहब के कान में पड़े तो डपटकर बोले—"अपने जानवरों को फौरन निकाल ले जा, वरना मवेशीखाना भेज दूंगा।"

बिलासी—क्यों निकाल ले जाऊं, चरावर सारे गांव का है। जब सारा गांव छोड़ देगा तो हम भी छोड़ देंगे।

गौस खां—जानवरों को ले जाती है कि खड़ी-खड़ी कानून बघारती है?

बिलासी—तुम तो खां साहब, ऐसी घुड़की जमा रहे हो, जैसे मैं तुम्हारा दिया खाती हूं।

गौस खां—फैजू जबांदराज औरत यों न मानेगी। घेर लो इसके जानवरों को और मवेशीखाने हांक ले जाओ।

फैजू तो मवेशियों की तरफ लपका, पर करतार और बिंदा महाराज धर्म-संकट में पड़े खड़े रहे। खां साहब ने उन्हें ललकारा–"खड़े मुंह क्या देख रहे हो? घेर लो जानवरों को और हांक ले जाओ। सरकारी हुक्म है या कोई मजाक है!"

अब करतार और बिंदा महाराज भी उठे और जानवरों को चारों ओर से घेरने का आयोजन करने लगे। मवेशियों ने चौकन्नी आंखों से देखा, कान खड़े किए और इधर-उधर बिदकने लगे। परिस्थिति को ताड़ गए। बिलासी ने कहा–"मैं कहती हूं इन्हें मत घेरो, नहीं तो ठीक न होगा।"

किंतु किसी ने उसकी धमकी पर ध्यान न दिया। थोड़ी देर में सब जानवर बीच में घिर गए और कंधे से कंधा मिलाए, कनखियों से ताकते, तीनों चपरासियों के साथ धीरे-धीरे चले।

बिलासी एक संदिग्ध दशा में मूर्तिवत् खड़ी थी। जब जानवर कोई बीस कदम निकल गए, तब वह उन्मत्त की भांति दौड़ी और हांफ्ते हुए बोली–"मैं कहती हूं इन्हें छोड़ दे, नहीं तो ठीक न होगा।"

फैजू–हट जा रास्ते से। कुछ शामत तो नहीं आई है।

बिलासी रास्ते में खड़ी हो गई और बोली–"ले कैसे जाओगे? दिल्लगी है?"

गौस खां–न हटे तो इसकी मरम्मत कर दो।

बिलासी–कह देती हूं, इन जानवरों के पीछे लहू की नदी बह जाएगी। माथे गिर जाएंगे।

फैजू–हटती है या नहीं चुड़ैल?

बिलासी–तू हट जा दाढ़ीजार।

इतना उसके मुंह से निकलना था कि फैजू ने आगे बढ़कर बिलासी की गरदन पकड़ी और उसे इतने जोर का झोंका दिया कि वह दो कदम पर जा गिरी। उसकी आंखें तिलमिला गईं, मूर्च्छा-सी आ गई। एक क्षण वह वहीं अचेत पड़ी रही, फिर उठी और लंगड़ाती हुई उन पुरुषों से अपनी अपमान कथा कहने चली, जो उसकी मान-मर्यादा के रक्षक थे।

11

कादिर खां धैर्य की मूर्ति बने हुए थे, लेकिन मनोहर लज्जा और पश्चाताप से उद्विग्न हो रहा था। वह अपने साथियों से आंख न मिला सकता था। मेरी ही बदौलत गांव पर यह आफत आई है, यह ख्याल उसके चित्त से एक क्षण के लिए भी न उतरता था। अभियुक्तों से जरा हटकर बिसेसर साह खड़े थे–ग्लानि की सजीव मूर्ति बने। पुलिस के कर्मचारी उन्हें इस प्रकार घेरे थे, जैसे किसी मदारी को बालक-वृंद घेरे रहते हैं। सबसे पीछे प्रेमशंकर थे, गंभीर और अदम्य। मजिस्ट्रेट ने सूचना दी–प्रेमशंकर जमानत पर रिहा किए गए।

मनोहर और बलराज दोनों एक दूसरे गांव में धान काटने गए थे। वह यहां से कोस-भर पड़ता था। लखनपुर में धान के खेत न थे, इसलिए सभी लोग प्रायः उसी गांव में धान बोते थे। बिलासी धान के मेंडों पर चली जाती थी। कभी पैर इधर फिसलते, कभी उधर, वह ऐसी उद्विग्न हो रही थी कि किसी प्रकार उड़कर वहां पहुंच जाऊं, पर घुटनियों में चोट आ गई थी, इसीलिए विवश थी। उसके रोम-रोम से अग्नि की लपटें निकल रही थी। अंग-अंग से यही ध्वनि निकलती थी–'इनकी इतनी मजाल!'

उसे इस समय परिणाम और फल की लेश-मात्र भी चिंता न थी। कौन मरेगा? किसका घर मिट्टी में मिलेगा? ये बातें उसके ध्यान में भी न आती थीं। वह संकल्प-विकल्प के बंधन से मुक्त हो गई थी।

लेकिन जब उस गांव के समीप पहुंची और धान के लहराते हुए खेत दिखाई देने लगे तो पहली बार उसके मन में यह प्रश्न उठा कि इसका

फल क्या होगा? बलराज एक ही क्रोधी है, मनोहर उससे भी एक अंगुल आगे। मेरा रोना सुनते ही दोनों भभक उठेंगे। जान पर खेल जाएंगे, तब? किंतु आहत हृदय ने उत्तर दिया; क्या हानि है? लड़कों के लिए आदमी क्यों झींकता है? पति के लिए क्यों रोता है? इसी दिन के लिए तो? इस कलमुंहे फैजू का मान-मर्दन तो हो जाएगा! गौस खां का घमंड तो चूर-चूर हो जाएगा!

तब भी, जब वह अपने खेतों के डांडे पर पहुंची, मनोहर और बलराज नजर आने लगे, तब उसके पैर आप ही रुकने लगे। यहां तक कि जब वह उनके पास पहुंची, तब परिणाम चिंता ने उसे परास्त कर दिया। वह फूट-फूटकर रोने लगी। वह जानती थी और समझती थी कि यह आंसू की बूंदें आग की चिंगारियां हैं, लेकिन आवेश पर अपना काबू न था! वह खेत के किनारे खड़ी हो गई और मुंह ढांपकर रोने लगी।

बलराज ने सशंक होकर पूछा—"अम्मा क्या बात है? रोती क्यों है? क्या हुआ? यह सारा कपड़ा कैसे लहूलुहान हो गया?"

बिलासी ने साड़ी की ओर देखा तो वास्तव में रक्त के छींटे दिखाई दिए, घुटनों से खून बह रहा था, उसका हृदय थर-थर कांपने लगा। इन छींटों को छिपाने के लिए वह इस समय अपने प्राण तक दे सकती थी। 'हाय! मेरे सिर पर कौन-सा भूत सवार हो गया कि यहां दौड़ी आई! मैं क्या जानती थी कि कहीं फूट-फाट भी गया है! अब गजब हो गया। मुझे चाहिए था कि धीरज धरे बैठी रहती। सांझ को जब यह लोग घर जाते और गांव के सब आदमी जमा होते तो सारा वृत्तांत कह देती। जैसी सबकी सलाह होती, वैसा किया जाता।' वह इस अव्यवस्थित दशा में कोई शांतिप्रद उत्तर न सोच सकी।

बलराज ने फिर पूछा—"कुछ मुंह से बोलती क्यों नहीं? बस रोए जाती है। क्या हुआ, कुछ बता भी तो?"

बिलासी—(सिसकते हुए) फैजू और गौस खां हमारी सब गाएं-भैंसें कानी हौद हांक ले गए।

बलराज—क्यों? क्या उनकी सीर में पड़ी थीं?

बिलासी—नहीं, कहते थे कि चरावर में चराने की मनाही हो गई है।

बलराज ने देखा कि माता की आंखें झुकी हुई हैं और मुख पर मर्माघात की आभा झलक रही है। उसने उग्रावस्था में स्थिति को उससे कहीं भयंकर समझ लिया, जितनी वह वस्तुतः थी। उसकी कुछ और पूछने की हिम्मत न पड़ी—आंखें रक्तवर्ण हो गईं। कंधे पर लट्ठ रख लिया और मनोहर से बोला—"मैं जरा गांव तक जाता हूं।"

मनोहर—क्या काम है?

बलराज–फैजू और गौस खां से दो-दो बातें करनी हैं।

मनोहर–ऐसी बात करने का यह मौका नहीं है। अभी जाओगे तो बात बढ़ेगी और कुछ हाथ भी न लगेगा। चार आदमी तुम्हीं को बुरा कहेंगे। अपमान का बदला इस तरह नहीं लिया जाता।

मनोहर के हर शब्द में इतना भयंकर संकल्प, इतना घातक निश्चय भरा हुआ था कि बलराज अधिक आग्रह न कर सका। उसने लाठी रख दी और मां से कहा–"अभी घर जाओ। हम लोग आएंगे तो देखा जाएगा।"

मनोहर–नहीं, घर मत जाओ। यहीं बैठो। सांझ को सब जने साथ ही चलेंगे। वह कौन दौड़ा आ रहा है? बिंदा महाराज हैं क्या?

बलराज–नहीं, कादिर दादा जान पड़ते हैं। हां, वही हैं। भागे चले आते हैं। मालूम होता है, गांव में मारपीट हो गई। दादा क्या है, कैसे दौड़े आते हो, कुशल तो है?

कादिर ने दम लेकर कहा–"तुम्हारे ही पास तो दौड़े आते हैं। बिलासी रोती आई है। मैं डरा तुम लोग गुस्से में न जाने क्या कर बैठो! चला कि राह में मिल जाओगे तो रोक लूंगा, पर तुम कहीं मिले ही नहीं। अब तो जो हो गया, सो हो गया–आगे की खबर करो। आज से जमींदार ने चरावर रोक दी है–अंधेर देखते हो?"

मनोहर–हां, देख तो रहा हूं। अंधेर-ही-अंधेर है।

कादिर खां–फिर अदालत जाना पड़ेगा।

मनोहर–चलो, मैं तैयार हूं।

कादिर खां–हां, आज जाओ तो सलाह पक्की करके सवाल दे दें। अबकी बार हाईकोर्ट तक लड़ेंगे, चाहे घर बिक जाए। बस, हल पीछे चंदा लगा लिया जाए।

मनोहर–हां, यही अच्छा होगा।

कादिर खां–मैं नमाज पढ़ता था, सुना बिलासी को चरावर में चपरासियों ने बुरा-भला कहा और वह रोती हुई इधर आई है। समझ गया कि आज गजब हो गया। तुमने सब्र से काम लिया, अल्लाह इसका सबाब तुमको देगा, तो मैं अब जाता हूं। अपने चंदे की बातचीत करता हूं। जरा दिन रहते चले आना।

कादिर खां सावधान होकर चले गए। यह न समझे कि यहां मन में कुछ और ठन गई है। मनोहर के तुले हुए शब्दों को उन्होंने मानसिक धैर्य का द्योतक समझा।

मनोहर ऐसे उद्दीप्त उत्साह से अपने काम में दत्तचित्त था मानो उसकी युवावस्था का विकास हो गया हो। धान के पोलों के ढेर लगते जाते थे। न आगे ताकता था, न पीछे। वह न किसी से कुछ बोलता था और न किसी की कुछ सुनता था। उसके न हाथ थकते थे, न कमर दुखती थी। बलराज ने चिलम भरकर रख दी। तंबाकू रखे-रखे जल गया। बिलासी खांड का रस घोलकर सामने लाई। उसने

उसकी ओर देखा तक नहीं, कुत्ता पी गया। कुंआर की धूप थी, देह से चिंगारियां निकलती थीं, पसीने की धारें बहती थीं; किंतु वह सिर तक न उठाता था। बलराज कभी खेत में आता, कभी पेड़ के नीचे जा बैठता, कभी चिलम पीता। एक ही अग्नि दोनों के हृदय में प्रज्वलित थी, एक ओर सुलगती हुई, दूसरी ओर दहकती हुई। एक ओर वायु के वेग से चंचल, दूसरी ओर निर्बलता से निश्चल। एक ही भावना दोनों के हृदय में थी, एक में उद्दाम-उच्छृंखल, दूसरे में गंभीर और स्थिर।

दोपहर हुई। बिलासी ने आकर डरते-डरते कहा–"चबेना कर लो।"

मनोहर ने सिर झुकाए हुए जवाब दिया–"चलो, आते हैं।"

एक घंटे के बाद बिलासी फिर आकर बोली–"चलो, चबेना कर लो, दिन ढल गया। क्या आज ही सब खेत काट लोगे?"

मनोहर ने कठोर स्वर में कहा–"हां, यही विचार है। कौन जाने, कल आए या न आए!"

किसी भरे हुए घड़े में जैसे एक कंकर लग जाए और पानी बह निकले, उसी भांति बिलासी के हृदय में एक चोट-सी लगी और आंसू बहने लगे। वह रह-रहकर हाथ मलती थी। हाय! न जाने इन्होंने मन में क्या ठान लिया है?

वह कई मिनट तक खड़ी रोती रही। परिणाम की भयावह विकराल मूर्ति उसके नेत्रों के सामने नाच रही थी–मुंह खोले उसे निगलने को दौड़ती थी। ओह शोक! इस मूर्ति को उसने अपने हाथों रचा था। अंत में वह मनोहर के सम्मुख बैठ गई और उसकी ओर अत्यंत दीन भाव से देखकर बोली–"हाथ जोड़कर कहती हूं, चलकर चबेना कर लो। तुम्हारे इस तरह से गुम-सुम रहने से मेरा कलेजा दहल रहा है। तुमने क्या ठान ली है, बोलते क्यों नहीं?"

मनोहर–जाकर चुपके से बैठो। जब मुझे भूख लगेगी, तब खा लूंगा।

बिलासी–हाय राम! तुम क्या करने पर तुले हो?

मनोहर–करूंगा क्या? कुछ करने लायक ही होता तो आज यह बेइज्जती नहीं होती। जो कुछ तकदीर में है, वह होगा।

यह कहकर वह फिर अपने कार्य में व्यस्त हो गया। कोई किसी से न बोला। बलराज टालमटोल करता रहा और बिलासी उदास बैठी कभी रोती तो कभी अपने को कोसती, यहां तक कि संध्या हो गई। तीनों ने धान के गट्ठे गाड़ी पर लादे और लखनपुर चले।

बलराज गाड़ी हांकता था और मनोहर पीछे-पीछे उच्च स्वर से एक बिरहा गाता हुआ चला आता था। राह में कल्लू अहीर मिला, बोला–"मनोहर काका! आज बड़े मग्न हो।"

मनोहर का गाना समाप्त हुआ तो उसने भी एक बिरहा गाया। दोनों साथ-साथ गांव में पहुंचे तो एक हलचल-सी मची हुई थी। चारों ओर चरावर की ही चर्चा थी। कादिर के द्वार पर एक पंचायत-सी बैठी हुई थी, लेकिन मनोहर पंचायत में न जाकर सीधा घर गया और जाते-ही-जाते भोजन मांगा। बहू ने रसोई तैयार कर रखी थी। इच्छापूर्ण भोजन करके नारियल पीने लगा। थोड़ी देर में बलराज भी पंचायत से लौटा।

मनोहर ने पूछा–"कहो, क्या हुआ?"

बलराज–कुछ नहीं, यह सलाह हुई है कि खां साहब को कुछ नजर-वजर देकर मना लिया जाए। अदालत से सब लोग घबराते हैं।

मनोहर–यह तो मैं पहले से ही समझ गया था। अच्छा जाकर चटपट खा-पी लो। आज मैं भी तुम्हारे साथ रखवाली करने चलूंगा–आंख लग जाए तो जगा लेना।

एक घंटे बाद दोनों खेत की ओर चलने को तैयार हुए, मनोहर ने पूछा–"कुल्हाड़ा खूब चलता है न?"

बलराज–हां, आज ही तो रगड़ा है।

मनोहर–तो उसे ले लो।

बलराज–मेरा कलेजा थर-थर कांप रहा है।

मनोहर–कांपने दो। तुम्हारे साथ मैं भी तो रहूंगा। तुम एक-दो हाथ चलाके वहां से लंबे हो जाना और सब मैं देख लूंगा। इस तरह आके सो रहना, जैसे कुछ जानते ही नहीं। कोई कितना ही पूछे, डरावे, धमकावे मुंह मत खोलना। मैं अकेले ही जाता, मुदा एक तो मुझे अच्छी तरह सूझता नहीं, कई दिनों से रतौंधी होती है, दूसरे हाथों में अब वह बल नहीं कि एक चोट में वारा-न्याय हो जाए।

मनोहर यह बातें ऐसी सावधानी से कह रहा था मानो कोई साधारण घरेलू बातचीत हो। बलराज इसके प्रतिकूल इसके शंका और भय से आतुर हो रहा था। क्रोध के आवेश में वह आग में कूद सकता था, किंतु इस पैशाचिक हत्याकांड से उसके प्राण सूख जाते थे।

खेत में पहुंचकर दोनों मचान पर लेटे। अमावस की रात थी। आकाश पर कुछ बादल भी आए थे। चारों ओर घोर अंधकार छाया हुआ था।

मनोहर तो लेटते ही खर्राटे लेने लगा, लेकिन बलराज पड़ा-पड़ा करवटें बदलता रहा। उसका हृदय नाना प्रकार की शंकाओं का अविरल स्रोत बना हुआ था।

दो घड़ी बीतने पर मनोहर जागा, बोला–"बलराज, सो गए क्या?"

बलराज–नहीं, नींद नहीं आती।

मनोहर–अच्छा, तो अब राम का नाम लेकर तैयार हो जाओ। डरने या घबराने की कोई बात नहीं। अपनी मरजाद की रक्षा करना मर्दों का काम है। ऐसे अत्याचारों

का हम और क्या जवाब दे सकते हैं? बेइज्जत होकर जीने से मर जाना अच्छा है, दिल को खूब संभालो। अपना काम करके सीधे यहां चले आना। अंधेरी रात है। किसी की नजर भी नहीं पड़ सकती। थानेदार तुम्हें डराएंगे, लेकिन खबरदार, डरना मत! बस गांव के लोगों से मेल रखोगे तो कोई तुम्हारा बाल भी बांका न कर सकेगा। दुखरन भगत अच्छा आदमी नहीं है, उससे चौकन्ने रहना। हां, कादिर भरोसे का आदमी है। उसकी बातों का बुरा मत मानना। मैं तो फिर लौटकर घर न आऊंगा। तुम्हीं घर के मालिक बनोगे। अब वह लड़कपन छोड़ देना, कोई चार बात कहे तो गम खाना। ऐसा कोई काम न करना कि बाप-दादे के नाम को कलंक लगे। अपनी घरवाली को सिर मत चढ़ाना। उसे समझाते रहना कि सास के कहने में रहे। मैं तो देखने न आऊंगा, लेकिन इसी तरह घर में रार मचता हो तो घर मिट्टी में मिल जाएगा।

बलराज ने अवरुद्ध कंठ से कहा—"दादा! मेरी इतनी बात मानो, इस बखत सब्र कर जाओ! मैं कल एक-एक की खोंपड़ी तोड़कर रख दूंगा।"

मनोहर—हां, तुम्हें कोई मारे तो तुम संसार-भर को मार गिराओ। फैजू और करतार क्या मिट्टी के लोंदे हैं? गौस खां भी पलटन में रह चुका है। तुम लकड़ी में उनसे पेश न पा सकोगे। वह देखो, हिरना निकल आया। महाबीर जी का नाम लेकर उठ खड़े हो। ऐसे कामों में आगा-पीछा अच्छा नहीं होता। गांव के बाहर ही चलना होगा, नहीं तो कुत्ते भूंकेंगे और जाग उठेंगे।

बलराज—मेरे तो हाथ-पैर कांप रहे हैं।

मनोहर—कोई परवाह नहीं। कुल्हाड़ी हाथ में लोगे तो सब ठीक हो जाएगा। तुम मेरे बेटे हो, तुम्हारा कलेजा मजबूत है। तुम्हें अभी जो डर लग रहा है, वह ताप के पहले का जाड़ा है। तुमने कुल्हाड़ा कंधे पर रखा, महाबीर का नाम लेकर उधर चले, तो तुम्हारी आंखों से चिंगारियां निकलने लगेंगी। तुम्हारे सिर पर खून सवार हो जाएगा और तुम बाज की तरह शिकार पर झपटोगे, फिर तो मैं तुम्हें मना भी करूं तो न सुनोगे। वह देखो! सियार बोलने लगे, आधी रात हो गई। मेरा हाथ पकड़ लो और आगे-आगे चलो। जय महाबीर की!

प्रेमशंकर की कृषिशाला अब नगर के रमणीय स्थानों की गणना में थी। यहां ऐसी सफाई और सजावट थी कि प्रात: रसिकगण सैर करने आया करते। यद्यपि प्रेमशंकर केवल उसके प्रबंधकर्ता थे, पर वस्तुत: असामियों की भक्ति और पूर्ण विश्वास ने उन्हें उसका स्वामी बना दिया था। अब अपनी इच्छानुसार नई-नई फसलें पैदा

करते; नाना प्रकार की परीक्षाएं करते, पर कोई जरा भी न बोलता और बोलता
ही क्यों, जब उनकी कोई परीक्षा असफल न होती थी! जिन खेतों में मुश्किल से
पांच-सात मन उपज होती थी, वहां अब पंद्रह-बीस मन का औसत पड़ता था।
उस पर बाग की आमदनी अलग थी। इन्हीं चार सालों में कलमी आम, बेर, नारंगी
आदि के पेड़ों में फल लगने शुरू हो गए थे। शाक-भाजी की पैदावार घाटे में थी।

प्रेमशंकर में व्यावसायिक संकीर्णता छू तक न गई थी। जो सज्जन यहां
आ जाते, उन्हें फूल-फलों की डाली अवश्य भेंट की जाती थी। प्रेमशंकर की
देखा-देखी हाजीपुर वालों ने भी अपने जीवन का कुछ ऐसा डौल कर लिया था
कि उनकी सारी आवश्यकताएं उसी बगीचे से पूरी हो जाती थीं। भूमि का आठवां
भाग कपास के लिए अलग कर दिया गया था। अन्य प्रांतों से उत्तम बीज मंगाकर
बोए गए थे। गांव के लोग स्वयं सूत कात लेते थे और गांव का ही कोरी उसके
कपड़े बुन देता था। नाम उसका मस्ता था। पहले वह जुआ खेला करता था और
कई बार चोरी में पकड़ा गया था, लेकिन अब उसे उसके श्रम से गांव के भले
आदमियों में गिना जाता था।

प्रेमशंकर के उद्योग से आस-पास के गांवों में भी कपास की खेती होने लगी
थी और कितने ही कोरियों और जुलाहों के उजड़े हुए घर आबाद हो गए थे! देहातों
के मुकदमेबाज जमींदार और किसान बहुधा इसी जगह ठहरा करते थे। यहां इन्हें
ईंधन, शाक-भाजी, नमक-तेल के लिए पैसे खर्च न करने पड़ते थे। प्रेमशंकर उनसे
खूब बातें करते और उन्हें अपने बगीचे की सैर कराते। साधु-संतों का तो मानो
अखाड़ा ही था। दो-चार मूर्तियां नित्य ही पड़ी रहती थीं। न जाने उस भूमि में क्या
बरकत थी कि इतनी आतिथ्य-सेवा करने पर भी किसी पदार्थ की कमी न थी।

हाजीपुर वाले तो उन्हें देवता समझते थे और अपने भाग्य को सराहते थे कि ऐसे
पुण्यात्मा ने हमें उबारने के लिए यहां निवास किया। उनके सदय, उदार और सरल
स्वभाव ने मस्ता कोरी के अतिरिक्त गांव के कई कुचरित्र मनुष्यों का उद्धार कर
दिया था। भोला अहीर जिसके मारे खलियान में अनाज न बचता था, दमड़ी पासी
जिसका पेशा ही लठैती था, अब गांव के सबसे मेहनती और ईमानदार किसान थे।

प्रेमशंकर अक्सर कृषकों की आर्थिक दुरवस्था पर विचार किया करते थे।
अन्य अर्थशास्त्रवेत्ताओं की भांति वह कृषकों पर फिजूलखर्ची, आलस्य, अशिक्षा
या कृषि-विधान से अनभिज्ञता का दोष लगाकर इस प्रश्न को हल न करते थे।
वह परोक्ष में कहा करते थे कि मैं कृषकों को शायद ही कोई ऐसी बात बता
सकता हूं जिसका उन्हें ज्ञान न हो। परिश्रमी तो इनसे अधिक कोई संसार में न
होगा। मितव्ययिता में, आत्म-संयम में, गृह-प्रबंध में वे निपुण हैं। उनकी दरिद्रता

का उत्तरदायित्व उन पर नहीं, बल्कि उन परिस्थितियों पर है जिनके अधीन उनका जीवन व्यतीत होता है और यह परिस्थितियां क्या हैं? आपस की फूट, स्वार्थपरता और एक ऐसी संस्था का विकास, जो उनके पांव की बेड़ी बनी हुई है, लेकिन जरा और विचार कीजिए तो यह तीनों कहानियां एक ही शाखा से फूटी हुई प्रतीत होंगी और यह वही संस्था है, जिसका अस्तित्व कृषकों के रक्त पर अवलंबित है। आपस में विरोध क्यों? दुरवस्थाओं के कारण, जिनकी इस वर्तमान शासन ने सृष्टि की है। परस्पर प्रेम और विश्वास क्यों नहीं है? इसलिए कि यह शासन इन सद्भावों को अपने लिए घातक समझता है और उन्हें पनपने नहीं देता। इस परस्पर विरोध का सबसे दुःखजनक फल क्या है? भूमि का क्रमशः अत्यंत अल्प भागों में विभाजित हो जाना और उसके लगान की अपरिमित वृद्धि।

प्रेमशंकर इस शासन के सुधार को तो मानव शक्ति से परे समझते थे, लेकिन भूमि के बंटवारे को रोकना उन्हें साध्य जान पड़ता था। यद्यपि किसी आंदोलन में अगुआ बनना उन्हें पसंद न था, तथापि इस विषय में वह इतने उत्सुक थे कि समाचार-पत्रों में अपने मंतव्यों को प्रकट करने से न रुक सके। इससे उनका उद्देश्य केवल यह था कि कोई मुझसे अधिक अनुभवशील, कुशल और प्रतिभाशाली व्यक्ति इस प्रश्न को अपने हाथ में ले ले।

एक दिन वह कई सहृदय मित्रों के साथ बैठे हुए इसी विषय पर बातचीत कर रहे थे कि एक सज्जन ने कहा—"यदि आपका विचार है कि यह प्रथा कानून से बंद की जा सकती है तो आपकी भ्रांति है। इस विष-युक्त पौधे की जड़ें मनुष्य के हृदय में हैं और जब तक इसे हृदय से खोदकर न निकालिएगा, यह इसी प्रकार फलता-फूलता रहेगा।"

प्रेमशंकर—कानून में कुछ-न-कुछ सुधार तो हो ही सकता है!

इस पर उन महाशयों ने जोर देकर कहा—"कदापि नहीं, बल्कि स्वार्थ प्रत्यक्ष रूप से स्फुटित होने का अवसर न पाकर और भी भयंकर रूप धारण कर लेगा।"

इस पर एक किसान जो बंटवारे की दरख्वास्त करके कचहरी से लौटा था और आज यहीं ठहरा हुआ था, बोल उठा—"कहूं कुछ न होई। हम तो आपे लोगन के पीछे-पीछे चलित हैं। जब आप लोगन में, भाई-भाई में निबाह नाहीं होय सकत है तो हमार कस होई? आपका नारायण सब कुछ दिए हैं, मुदा आपे अपने भाई से अलग रहत हो।"

ये उच्छृंखल शब्द प्रेमशंकर के हृदय में तीर के समान चुभ गए। उन्होंने सिर झुका लिया। मुखश्री मलिन हो गई। मित्रों ने कृषक की ओर तिरस्कारपूर्ण नेत्रों से देखा। यह एक जगत व्यापार था। ऐसे व्यक्तियों को खींचना नितांत न्याय-विरुद्ध

था, पर वह अक्खड़ देहाती सभ्यता के रहस्यों को क्या जाने? मुंह में जो बात आई, कह डाली।

एक महाशय ने कहा—"निरे गंवार हो, जरा भी तमीज नहीं।"

दूसरे महाशय बोले—"अगर इतना ही ज्ञान होता तो देहाती क्यों कहलाते? न अवसर का ध्यान, न औचित्य का विचार, जो कुछ ऊटपटांग मुंह में आया, बक डाला।"

बेचारे किसान को अब मालूम हुआ कि मुंह से कोई अनुचित बात निकल गई। वह लज्जित होकर बोला—"साहब, मैं गंवार मनई। ई सब फेरफान का जानौं। जौन कुछ भूल चूक हो गई होय, माफ की जाए।"

प्रेमशंकर—नहीं-नहीं, तुमने कोई अनुचित बात नहीं कही। मेरे लिए इस स्पष्ट कथन की आवश्यकता थी। तुमने अच्छी शिक्षा दे दी। कोई संदेह नहीं कि शिक्षित जनों में भी विरोध और वैमनस्य का उतना ही प्रकोप है, जितना अशिक्षित लोगों में है और मैं स्वयं इस विषय में दोषी हूं। मुझे किसी को समझाने का अधिकार नहीं।

मित्रगण कुछ देर तक और बैठे रहे, लेकिन प्रेमशंकर कुछ ऐसे दब गए कि फिर जबान ही न खुली। अंत में सब एक-एक करके चले गए।

सूर्यास्त हो रहा था। प्रेमशंकर घोर चिंता की दशा में अपने झोंपड़े के सामने टहल रहे थे। उनके सामने अब यह समस्या थी कि ज्ञानशंकर से कैसे मेल हो! वह जितना ही विचार करते थे, उतना ही अपने को दोषी पाते थे। यह सब मेरी ही करनी है। जब असामियों से उनकी लड़ाई ठनी हुई थी तो मुझे उचित नहीं था कि असामियों का पक्ष ग्रहण करता।

माना कि ज्ञानशंकर का अत्याचार था! ऐसी दशा में मुझे अलग रहना चाहिए था या उन्हें भ्रातृवत् समझाना चाहिए था। यह तो मुझसे न हुआ। उल्टे उन्हीं से लड़ बैठा। माना कि उनके और मेरे सिद्धांतों में घोर अंतर है, लेकिन सिद्धांत-विरोध परस्पर भ्रातृ-प्रेम को क्यों दूषित करे? यह भी माना कि जब से मैं आया हूं, उन्होंने मेरी अवहेलना ही की है। यहां तक कि मुझे पत्नी-प्रेम से वंचित कर दिया, पर मैंने भी तो कभी उनसे मिले रहने की, उनसे कटु व्यवहार को भूल जाने की, उसकी अप्रिय बातों को सह लेने की चेष्टा नहीं की। वह मुझसे एक अंगुल खिसके तो मैं उनसे हाथ-भर हट गया। सिद्धांत-प्रियता का यह आशय नहीं है कि आत्मीय जनों से विरोध कर लिया जाए। सिद्धांतों को मनुष्यों से अधिक मान्य समझना अक्षम्य है। उनके हृदय को अपनी तरफ से साफ करने का यह अच्छा अवसर है।

संध्या हो गई थी। ज्ञानशंकर अपने सुरम्य बंगले के सामने मौलवी ईजाद हुसैन के साथ बैठे बातें कर रहे थे। मौलवी साहब ने सरकारी नौकरी में मनोनुकूल सफलता न देख इस्तीफा दे दिया था और कुछ दिनों से जाति-सेवा में लीन हो

गए थे। उन्होंने 'अंजुमन इत्तिहाद' नाम की एक संस्था खोल ली थी, जिसका उद्देश्य हिंदू-मुसलमानों में परस्पर प्रेम और मैत्री बढ़ाना था। यह संस्था चंदे से चलती थी और इसी हेतु से सैयद साहब यहां पधारे थे।

ज्ञानशंकर ने कहा–"मुझे एक-एक दिन का तजुरबा हो रहा है कि जमींदारी करने के लिए बड़ी सख्ती की जरूरत है। जमींदार नजर-नजराना, हरी-बेगार, डांड-बांध सब कुछ छोड़ सकता है, लेकिन लगान तो नहीं छोड़ सकता है। वह भी अब बगैर अदालती कार्यवाही के नहीं वसूल होता।"

ईजाद हुसैन–जनाब, बजा फरमाते हैं, लेकिन गुलाम ने ऐसे रईसों को भी देखा है, जो कभी अदालत के दरवाजे तक न गए। जहां किसी असामी ने सरकशी की, उसकी मरम्मत कर दी और लुत्फ यह कि कभी डंडे या हंटर से काम नहीं लिया। गरमी में झुलसती हुई धूप और जाड़े में बर्फ का-सा ठंडा पानी। बस, इसी लटके से उनकी सारी मालगुजारी वसूल हो जाती है। मई और जून की धूप जरा देर सिर पर लगी और असामी ने कमर ढीली की।

ज्ञानशंकर–मालूम नहीं, ऐसे आदमी कहां हैं? यहां तो ऐसे बदमाशों से पाला पड़ा है, जो बात-बात पर अदालत का रास्ता लेते हैं। मेरे ही मौजे को देखिए, कैसा तूफान उठ गया और महज चरावर को रोक देने के पीछे।

इतने में डॉक्टर इरफान अली बार-एट-लॉ की मोटर आ पहुंची। ज्ञानशंकर ने उनका स्वागत किया।

डॉक्टर–अबकी बार आपने बड़ा इंतजार कराया। मैं तो आपसे मिलने के लिए गोरखपुर आने वाला था।

ज्ञानशंकर–रियासत का काम इतना फैला हुआ है कि कितना ही समेटूं, नहीं सिमटता।

डॉक्टर–आपको मालूम तो होगा, यहां यूनिवर्सिटी में इकनोमिक्स की जगह खाली है। अब तो आप सिंडिकेट में भी आ गए हैं।

ज्ञानशंकर–जी हां, सिंडिकेट में तो लोगों ने जबरदस्ती धर घसीटा, लेकिन यहां रियासत के कामों से फुरसत कहां कि इधर तवज्जोह करूं! कुछ कागजात गए थे, लेकिन मुझे उनको देखने का मौका ही न मिला।

डॉक्टर–डॉक्टर दास के चले जाने से यह जगह खाली हो गई है और मैं इसका उम्मीदवार हूं।

ज्ञानशंकर ने आश्चर्य से कहा–"आप!"

डॉक्टर–जी हां, अब मैंने यही फैसला किया है। मेरी तबीयत रोज-ब-रोज वकालत से बेजार होती जाती है।

ज्ञानशंकर–आखिर क्यों? आपकी वकालत तो तीन-चार हजार से कम की नहीं। हुक्काम की खुशामद तो नहीं खलती? या कॉन्सेंस (आत्मा) का ख्याल है?

डॉक्टर–जी नहीं, सिर्फ इसलिए कि इस पेशे में इंसान की तबियत बेजा जरपरस्ती की तरफ मायल हो जाती है। कोई वकील कितना ही हकशिनास क्यों न हो, उसे हमदर्दी और इंसानियत से वह खुशी नहीं होती, जो एक शरीफ आदमी को होनी चाहिए। इसके खिलाफ आपस की लड़ाइयों और दगाबाजियों से एक खास दिलचस्पी हो जाती है, वह एक दूसरी ही दुनिया में पहुंच जाता है, जो लतीफ जजबात से खाली है। मैं महीनों से इसी कशमकश में पड़ा हुआ हूं और अब भी यह इरादा है कि जितनी जल्द मुमकिन हो, इस पेशे को सलाम करूं।

यही बातें हो रही थीं कि फैजू और करतार सिंह ने सामने आकर सलाम किया।

ज्ञानशंकर ने पूछा–"कहो, खैरियत तो है?"

फैजू–हुजूर, खैरियत क्या कहें! रात को किसी ने खां साहब को मार डाला।

ईजाद हुसैन और इरफान अली चौंक पड़े, लेकिन ज्ञानशंकर लेश-मात्र भी विचलित न हुए मानो उन्हें यह बात पहले ही मालूम थी, बोले–"तुम लोग कहां थे? कहीं सैर-सपाटे करने चले गए थे या अफीम की पिनक में पड़े हुए थे।"

फैजू–हुजूर, थे तो चौपाल में ही, पर किसी को क्या खबर कि यह वारदात होगी?

ज्ञानशंकर–क्यों, खबर क्यों न थी? जो आदमी सांप को पैरों से कुचल रहा हो, उसे यह मालूम होना चाहिए कि सांप के दांत जहरीले होते हैं। जमींदारी करना सांप को नचाना है। वह सपेरा अनाड़ी है, जो सांप को काटने का मौका दे! खैर, कातिल का कुछ पता चला?

फैज–जी हां, वही मनोहर अहीर है। उसने सवेरे ही थाने में जाकर इकबाल कर दिया। दोपहर को थानेदार साहब आ गए और तहकीकात कर रहे हैं। खां साहब का तार हुजूर को मिल गया था? जिस दिन खां साहब ने चरावर को रोकने का हुक्म दिया, उसी दिन गांववालों में एका हो गया। खां साहब ने घबराकर हुजूर को तार दिया। मैं तीन बजे तारघर से लौटा तो गांव में मुकदमा लड़ने के लिए चंदे का गुट हो रहा था। रात को यह वारदात हो गई।

अकस्मात् प्रेमशंकर लाला प्रभाशंकर के साथ आ गए। ज्ञानशंकर को देखते ही प्रेमशंकर टूटकर उनसे गले मिले और पूछा–"कब आए? सब कुशल है न?"

ज्ञानशंकर ने रुखाई से उत्तर दिया–"कुशल का हाल इन आदमियों से पूछिए, जो अभी लखनपुर से आए हैं। गांववालों ने गौस खां का काम तमाम कर दिया।"

प्रेमशंकर स्तंभित हो गए, मुंह से निकला–"अरे! यह कब?"

ज्ञानशंकर–आज ही रात को।

प्रेमशंकर–बात क्या है?

ज्ञानशंकर–गांववालों की बदमाशी और सरकशी के सिवा और क्या बात हो सकती है! मैंने चरावर को रोकने का हुक्म दिया था। वहां एक बाग लगाने का विचार था। बस, इतना बहाना पाकर सब खून-खच्चर पर उद्यत हो गए।

प्रेमशंकर–कातिल का कुछ पता चला?

ज्ञानशंकर–अभी तो मनोहर ने थाने में जाकर इकबाल किया है।

प्रेमशंकर–मनोहर तो बड़ा सीधा, गंभीर पुरुष है।

ज्ञानशंकर–(व्यंग्य से) जी हां, देवता है।

डॉक्टर साहब ने मार्मिक भाव से देखकर कहा–"यह किसी एक आदमी का खेल हरगिज नहीं है।"

ज्ञानशंकर–वही मेरा भी ख्याल है। मनोहर की इतनी मजाल नहीं है कि वह अकेला यह काम कर सके। निस्संदेह सारा गांव मिला हुआ है। मनोहर को सबने तबेले का बंदर बना रखा है। देखिए, थानेदार की तहकीकात का क्या नतीजा होता है? कुछ भी हो, अब मैं इस मौजे को वीरान करके ही छोडूंगा। क्यों फैजू, तुम्हारा क्या ख्याल है? मनोहर अकेले यह काम कर सकता है?

फैजू–नहीं हुजूर, साठ बरस का बुड्ढा भला क्या हिम्मत करता! और कोई चाहे उसका मददगार न हो, लेकिन उसका लड़का तो जरूर ही साथ रहा होगा।

करतार–वह बुड्ढा है तो क्या, बड़े जीवट का आदमी है। उसके सिवा गांव में किसी का इतना कलेजा नहीं है।

ज्ञानशंकर–तुम गंवार आदमी हो, इन बातों को क्या समझो! तुम्हें भंग का गोला चाहिए। डॉक्टर साहब, मुआमले में मुद्दई तो सरकार होगी, लेकिन आप भी मेरी तरफ से पैरवी कीजिएगा। मैंने फैसला कर लिया है कि गांव के किसी बालिग आदमी को बेदाग न छोडूंगा।

प्रेमशंकर ने दबी जबान से कहा–"अगर तुम्हें विश्वास हो कि यह एक आदमी का काम है तो सारे गांव को समेटना उचित नहीं। ऐसा न हो कि गेहूं के साथ घुन भी पिस जाए।"

ज्ञानशंकर क्रुद्ध होकर बोले–"बहुत अच्छा हो, अगर आप इस विषय में अपने सत्य और न्याय के नियमों का स्वांग न रचें। यह इन्हीं की बरकत है कि आज इन दुष्टों का इतना साहस हुआ है। आप मुझे साफ-साफ कहने पर मजबूर कर रहे हैं। ये सब आपके ही बल पर कूद रहे हैं। आपने प्रत्येक अवसर पर मेरे विपक्ष में उनकी सहायता की है, उनसे भाईचारा किया है और उनके सिर पर हाथ रखने के लिए हमेशा तैयार रहते हैं। आपके इसी भ्रातृ-भाव ने उनके सिर फिरा दिए।

मेरा भय उनके दिल से जाता रहा। आपके सिद्धांतों और विचारों का मैं आदर करता हूं, लेकिन आप कड़वी नीम को दूध से सींच रहे हैं और आशा करते हैं कि उसमें मीठे फल लगेंगे। ऐसे कुपात्रों के साथ ऊंचे नियमों का व्यवहार करना दीवाने के हाथ में मशाल दे देना है।"

प्रेमशंकर ने फिर जबान न खोली और न सिर उठाया। लाला प्रभाशंकर को ये बातें ऐसी बुरी लगीं कि वह तुरंत उठकर चले गए, लेकिन प्रेमशंकर आत्म-परीक्षा में मौन मूर्तिवत् बैठे रहे। दीन देहातियों के साथ साधारण सज्जनता का बर्ताव करने का परिणाम ऐसा भयंकर होगा—यह एक बिलकुल नया अनुभव था। केवल एक आदमी की जान ही नहीं गई, वरन् और भी कितने ही प्राणों के बलिदान होने की आशंका थी। भगवान उन गरीबों पर दया करो—मैंने सच्चे हृदय से उनकी सेवा नहीं की। द्वेष का भाव मुझे प्रेरित करता रहा। मैं ज्ञानशंकर को नीचा दिखाना चाहता था। यह समस्या उसी द्वेष भाव का दंड है। क्या एक लखनपुर ही अपने जमींदार के अत्याचारों से पीड़ित था? ऐसा कौन-सा इलाका है कि जमींदार के हाथों रक्त के आंसू न बहा रहा हो! तो लखनपुर के ही प्रति मेरी इतनी सहानुभूति क्यों प्रचंड हो गई और फिर ऐसे अत्याचार क्या इससे पहले न होते थे? यह तो आए दिन ही होता रहता था; लेकिन कभी असामियों को चूं करने की हिम्मत न पड़ती थी। इस बार वह क्यों मार-काट पर उद्यत हो गए! इन शंकाओं का उन्हें एक ही उत्तर मिलता था और वही उस उत्तरदायित्व के भार को और गुरुतर बना देता था। हाय! मैंने कितने प्राणों को अपनी ईर्ष्याग्नि के कुंड में झोंक दिया! अब मेरा कर्तव्य क्या है? क्या यह आग लगाकर दूर से खड़ा तमाशा देखूं? यह सर्वथा निंद्य है। अब तो इन अभागों की यथायोग्य सहायता करनी ही पड़ेगी, चाहे ज्ञानशंकर को कितना ही बुरा लगे! इसके सिवा मेरे लिए कोई दूसरा मार्ग नहीं है।

प्रेमशंकर इन्हीं विचारों में डूबे हुए थे कि मायाशंकर ने आकर कहा—"चाचाजी, अम्मा कहती हैं अब तो बहुत देर हो गई, हाजीपुर में कैसे जाइएगा? यहीं भोजन कर लीजिए और आज यहीं रह जाइए।"

प्रेमशंकर शोकमय विचारों की तरंग में भूल गए कि अभी मुझे हाजीपुर लौटना है। माया को प्यार करके बोले—"नहीं बेटा, मैं चला जाऊंगा, अभी ज्यादा रात नहीं हुई है। यहां रह जाऊं, तो वहां बड़ा हरज होगा।"

यह कहकर वह उठ खड़े हुए। ज्ञानशंकर की ओर करुण नेत्रों से देखा और बिना कुछ कहे ही चले गए। ज्ञानशंकर ने उनकी तरफ ताका भी नहीं।

उनके जाने के बाद डॉक्टर महोदय बोले—"मैं तो इनकी बड़ी तारीफ सुना करता था, पर पहली ही मुलाकात में तबीयत आसूदा हो गई। कुछ क्रुद्ध से मालूम होते हैं।"

ज्ञानशंकर—बड़े भाई हैं, उनकी शान में मैं क्या कहूं! कुछ दिनों अमेरिका क्या रह आए हैं, गोया हक और इंसाफ का ठेका ले लिया है। हालांकि अभी तक अमेरिका में भी यह ख्यालात अमल के मैदान से कोसों दूर हैं। दुनिया में इन ख्यालों के चर्चे हमेशा रहे हैं और हमेशा रहेंगे। देखना सिर्फ यह है कि यह कहां तक अमल में लाए जा सकते हैं! मैं खुद इन उसूलों का कायल हूं, पर मेरे ख्याल में अभी बहुत दिनों तक इस जमीन में यह बीज सरसब्ज नहीं हो सकता है।

इसके बाद कुछ देर तक इस दुर्घटना के संबंध में बातचीत होती रही। जब डॉक्टर साहब और ईजाद हुसैन चले गए, तब ज्ञानशंकर घर में जाकर बोले—"देखा, भाई साहब ने लखनपुर में क्या गुल खिलाया? अभी खबर आई है कि गौस खां को लोगों ने मारा डाला।"

दोनों स्त्रियां हक्की-बक्की होकर एक-दूसरे का मुंह ताकने लगीं।

ज्ञानशंकर ने फिर कहा—"वह वर्षों से वहां जा-जाकर असामियों से जाने क्या कहते थे, न जाने क्या सिखाते थे, जिसका यह नतीजा निकला है। मैंने जब इनके वहां आने-जाने की खबर पाई तो उसी वक्त मेरे कान खड़े हुए और मैंने इनसे विनय की थी कि आप गंवारों को अधिक सिर न चढ़ाएं। उन्होंने मुझे वचन भी दिया कि उनसे कोई संबंध न रखूंगा, लेकिन अपने आगे किसी की समझते ही नहीं। मुझे भय है कि कहीं इस मामले में वह भी न फंस जाएं। पुलिसवाले बड़े कट्टर होते हैं। वह किसी-न-किसी मोटे असामी को जरूर फांसेंगे। गांववालों पर जहां सख्ती की कि सब-के-सब खुल पड़ेंगे और सारा अपराध भाई साहब के सिर डाल देंगे।"

श्रद्धा ने ज्ञानशंकर की ओर कातर नजरों से देखा और सिर झुका लिया। वह अपने मन के भावों को प्रकट न कर सकी।

विद्यावती ने कहा—"तुम जरा थानेदार के पास क्यों नहीं चले जाते? जैसे बने, उन्हें राजी कर लो।"

ज्ञानशंकर—हां, कुछ-न-कुछ तो करना ही पड़ेगा; लेकिन एक छोटे आदमी की खुशामद करना, उसके नखरे उठाना कितने अपमान की बात है! मैं भाई साहब को ऐसा न समझता था।

श्रद्धा ने सिर झुकाए हुए सरोष स्वर में कहा—"पुलिसवाले उन पर जो अपराध लगाएं; वह ऐसे आदमी नहीं हैं कि गांववालों को बहकाते फिरें, बल्कि अगर गांववालों की नीयत उन्हें पहले मालूम हो जाती तो यह नौबत ही न आती। तुम्हें थानेदार की खुशामद करने की कोई जरूरत नहीं। वह अपनी रक्षा आप कर सकते हैं।"

विद्यावती—मैं तुम्हें बराबर समझाती आती थी कि देहातियों से रार न बढ़ाओ।

बिल्ली भी भागने को सह नहीं पाती तो शेर हो जाती है, लेकिन तुमने कभी कान ही न दिए।

ज्ञानशंकर–कैसी बे-सिर-पैर की बातें करती हो? मैं इन टकड़गदे किसानों से दबता फिरूं? जमींदार न हुआ कोई चरकटा हुआ। उनकी मजाल थी कि मेरे मुकाबले में खड़े होते? हां, जब अपने ही घर में आग लगाने वाले मौजूद हों, तो जो कुछ न हो जाए, वह थोड़ा है। मैं एक नहीं सौ बार कहूंगा कि अगर भाई साहब ने इन्हें सिर न चढ़ाया होता तो आज इनके हौसले इतने न बढ़ते।

विद्यावती–(दबी जबान से) सारा शहर जिसकी पूजा करता है, उसे तुम घर में आग लगाने वाला कहते हो?

ज्ञानशंकर–यही लोक-सम्मान तो सारे उपद्रवों का कारण है।

श्रद्धा और ज्यादा न सुन सकी। वह उठकर अपने कमरे में चली गई, तब ज्ञानशंकर ने कहा–“मुझे तो इनके फंसने में जरा संदेह नहीं है।”

विद्यावती–तुम अपनी ओर से उनको बचाने में कोई बात उठा न रखना, यह तुम्हारा धर्म है। आगे विधाता ने जो लिखा है, वह तो होगा ही।

ज्ञानशंकर–भाभी की तबियत का कुछ और ही रंग दिखाई देता है।

विद्यावती–तुम उनका स्वभाव जानते नहीं। वह चाहे दादाजी के साए से भी भागें, पर उनके नाम पर जान देती हैं, हृदय से उनकी पूजा करती हैं।

ज्ञानशंकर–इधर भी चलती हैं, उधर भी।

विद्यावती–इधर लोक-लाज से चलती हैं, हृदय उधर ही है।

ज्ञानशंकर–तो फिर मुझे कोई और ही उपाय सोचना पड़ेगा।

विद्यावती–ईश्वर के लिए ऐसी बातें न किया करो।

श्रद्धा की बातों से पहले तो ज्ञानशंकर को शंका हुई, लेकिन विचार करने पर यह शंका निवृत्त हो गई, क्योंकि इस मामले में प्रेमशंकर का अभियुक्त हो जाना अवश्यंभावी था। ऐसी अवस्था में श्रद्धा के निर्बल क्रोध से ज्ञानशंकर को कोई हानि न हो सकती थी।

ज्ञानशंकर ने निश्चय किया कि इस विषय में मुझे हाथ-पैर हिलाने की कोई जरूरत नहीं है। सारी व्यवस्था मेरी इच्छानुकूल है। थानेदार स्वार्थवश इस मामले को बढ़ाएगा, सारे गांव को फंसाने की चेष्टा करेगा और उसका सफल होना असंदिग्ध है। गांव में कितना ही एका हो, पर कोई-न-कोई मुखबिर निकल ही आएगा। थानेदार ने लखनपुर के जमींदारी दफ्तर की जांच-पड़ताल अवश्य ही

की होगी। वहां मेरे ऐसे दो-चार पत्र अवश्य ही निकल आएंगे जिनसे गांववालों के साथ भाई साहब की सहानुभूति और सदिच्छा सिद्ध हो सके। मैंने अपने कई पत्रों में गौस खां को लिखा है कि भाई साहब का यह व्यवहार मुझे पसंद नहीं।

हां, एक बात हो सकती है, संभव है कि गांववाले रिश्वत देकर अपना गला छुड़ा लें और थानेदार अकेले मनोहर का चालान करे; लेकिन ऐसे संगीन मामले में थानेदार को इतना साहस नहीं हो सकता। वह यथासाध्य इस घटना को महत्त्वपूर्ण सिद्ध करेगा। भाई साहब से अधिकारी वर्ग उनके निर्भय लोकवाद के कारण पहले से ही बदगुमान हो रहे हैं। सब-इंस्पेक्टर उन्हें इस षड्यंत्र का प्रेरक साबित करके अपना रंग जरूर ज़माएगा। अभियोग सफल हो गया तो उसकी तरक्की भी होगी, पारितोषिक भी मिलेगा। गांववाले कोई बड़ी रकम देने की सामर्थ्य नहीं रखते और थानेदार छोटी रकम के लिए अपनी आशाओं को मिट्टी में न मिलाएगा। बंधु-विरोध का विचार मिथ्या है। संसार में सब अपने लिए जीते और मरते हैं, भावुकता के फेर में पड़कर अपने पैरों में कुल्हाड़ी मारना हास्यजनक है।

ज्ञानशंकर का अनुमान अक्षरशः सत्य निकला। लखनपुर के प्रायः सभी बालिग आदमियों का चालान हुआ। बिसेसर साह को टैक्स की धमकी ने भेदिया बना दिया। जमींदारी दफ्तर का भी निरीक्षण हुआ। एक सप्ताह पीछे हाजीपुर में प्रेमशंकर की खाना तलाशी हुई और वह हिरासत में ले लिये गए।

संध्या का समय था। ज्ञानशंकर मुन्नू को साथ लिये हवा खाने जा रहे थे कि डॉक्टर इरफान ने यह समाचार कहा। ज्ञानशंकर के रोएं खड़े हो गए और आंखों में आंसू भर आए। एक क्षण के लिए बंधु-प्रेम ने क्षुद्र भावों को दबा दिया, लेकिन ज्यों ही जमानत का प्रश्न सामने आया, यह आवेग शांत हो गया। घर में खबर हुई तो कुहराम मच गया। श्रद्धा मूर्च्छित हो गई, बड़ी बहू तसल्ली देने आईं। मुन्नू भी भीतर चला गया और मां की गोद में सिर रखकर फूट-फूटकर रोने लगा।

प्रेमशंकर शहर से कुछ ऐसे अलग रहते थे कि उनका शहर के बड़े लोगों से बहुत कम परिचय था। वह रईसों से बहुत कम मिलते-जुलते थे। कुछ विद्वज्जनों ने पत्रों में कृषि संबंधी लेख अवश्य देखे थे और उनकी योग्यता के कायल थे, किंतु उन्हें झक्की समझते थे। उनके सच्चे शुभचिंतकों में अधिकांश कॉलेज के नवयुवक, दफ्तरों के कर्मचारी या देहातों के लोग थे। उनके हिरासत में आने की खबर पाते ही हजारों आदमी एकत्र हो गए और प्रेमशंकर के पीछे-पीछे पुलिस स्टेशन तक गए; लेकिन उनमें कोई भी ऐसा न था, जो जमानत देने का प्रयत्न कर सकता।

लाला प्रभाशंकर ने सुना तो उन्मत्त की भांति दौड़े हुए ज्ञानशंकर के पास जाकर बोले-"बेटा, तुमने सुना ही होगा। कुल-मर्यादा मिट्टी में मिल गई। (रोकर)

भैया की आत्मा को इस समय कितना दुःख हो रहा होगा। जिस मान-प्रतिष्ठा के लिए हमने जायदाद बरबाद कर दी, वह आज नष्ट हो गई। हाय! भैया जीवनपर्यंत कभी अदालत के द्वार पर नहीं गए। घर में चोरियां हुईं, लेकिन कभी थाने में इत्तिला तक न की कि तहकीकात होगी और पुलिस दरवाजे पर आएगी। आज उन्हीं का प्रिय पुत्र...। क्यों बेटा, जमानत न होगी?"

ज्ञानशंकर इस कातर अधीरता पर रुष्ट होकर बोले–"मालूम नहीं, हाकिमों की मर्जी पर है।"

प्रभाशंकर–तो जाकर हाकिमों से मिलते क्यों नहीं? कुछ तुम्हें भी अपनी इज्जत की फिक्र है या नहीं?

ज्ञानशंकर–कहना बहुत आसान है, करना कठिन है।

प्रभाशंकर–भैया, कैसी बातें करते हो? यहां के हाकिमों में तुम्हारा कितना मान है? बड़े साहब तक तुम्हारी कितनी खातिर करते हैं–यह लोग किस दिन काम आएंगे? क्या इसके लिए कोई दूसरा अवसर आएगा?

ज्ञानशंकर–अगर आपका यह आशय है कि मैं जाकर हाकिमों की खुशामद करूं, उनसे रियायत की याचना करूं तो यह मुझसे नहीं हो सकता। मैं उनके खोदे हुए गड्ढे में नहीं गिरना चाहता। मैं किस दावे पर उनकी जमानत कर सकता हूं, जब मैं जानता हूं कि वह अपनी टेक नहीं छोड़ेंगे और मुझे भी अपने साथ ले डूबेंगे।

प्रभाशंकर ने गहरी सांस भरकर कहा–"हा भगवान! यह भाई-भाइयों का हाल है! मुझे मालूम न था कि तुम्हारा हृदय इतना कठोर है। तुम्हारा सगा भाई आफत में पड़ा है और तुम्हारा कलेजा जरा भी नहीं पसीजता। खैर, कोई चिंता नहीं अगर मेरी सामर्थ्य से बाहर नहीं है तो मेरे भाई के पुत्र मेरे सामने यों अपमानित न हो पाएंगे।"

ज्ञानशंकर को अपने चाचा की दयार्द्रता पर क्रोध आ रहा था। वह समझते थे कि केवल मेरी अवहेलना करने के लिए यह इतने प्रगल्भ हो रहे हैं। इनकी इच्छा है कि मुझे भी अधिकारियों की दृष्टि में गिरा दें, लेकिन प्रभाशंकर बनावटी भावों के मनुष्य न थे। वह कुल-प्रतिष्ठा पर अपने प्राण तक समर्पण कर सकते थे। उनमें वह गौरव प्रेम था, जो स्वयं उपवास करके आतिथ्य-सत्कार को अपना सौभाग्य समझता था और जो अब...हा शोक! इस देश से लुप्त हो गया है। धन उनके विचार में केवल मान-मर्यादा की रक्षा के लिए था, भोग-विलास और इंद्रिय सेवा के लिए नहीं। उन्होंने तुरंत जाकर कपड़े पहने, चोगा पहना, अमामा बांधा और एक पुराने रईस के वेश में मजिस्ट्रेट के पास जा पहुंचे। रात के आठ बज चुके थे, इसकी जरा भी परवाह न की। साहब के सामने उन्होंने जितनी दीनता

प्रकट की, जितने विनीत शब्दों में अपनी संकट-कथा सुनाई, जितनी नीच खुशामद की, जिस भक्ति से हाथ बांधकर खड़े हो गए, अमामा उतारकर साहब के पैरों पर रख दिया और रोने लगे, अपनी कुल-मर्यादा की जो गाथा गाई और उसकी राज-भक्ति के जो प्रमाण दिए, उसे एक नव-शिक्षित युवक अत्यंत लज्जाजनक ही नहीं, बल्कि हास्यास्पद समझता; लेकिन साहब पसीज गए। जमानत ले लेने का वादा किया, पर रात हो जाने के कारण उस वक्त कोई कार्रवाई न हो सकी।

प्रभाशंकर यहां से निराश लौटे। उनकी यह इच्छा कि प्रेमशंकर हिरासत में रात को न रहें, पूरी न हो सकी। वे रात-भर चिंता में पड़े हुए करवटें बदलते रहे। भैया की आत्मा को कितना कष्ट हो रहा होगा? कई बार उन्हें ऐसा धोखा हुआ कि भैया द्वार पर खड़े रो रहे हैं। हाय! बेचारे प्रेमशंकर पर क्या बीत रही होगी! तंग, अंधेरी दुर्गंधयुक्त कोठरी में पड़ा होगा, आंखों में आंसू न थमते होंगे। इस वक्त उसने कुछ न खाया गया होगा। वहां के सिपाही और चौकीदार उसे दिक कर रहे होंगे। मालूम नहीं, पुलिसवाले उसके साथ कैसा बर्ताव कर रहे हैं? न जाने उससे क्या कहलाना चाहते हों? इस विभाग में जाकर आदमी पशु हो जाता है। मेरा दयाशंकर पहले कैसा सुशील लड़का था, जब से पुलिस में गया है, मिजाज ही और हो गया। अपनी स्त्री तक की बात नहीं पूछता। अगर मुझ पर कोई मामला आ पड़े तो मुझसे बिना रिश्वत लिये न रहे।

प्रेमशंकर पुलिसवालों की बातों में न आता होगा और वह सब-के-सब उसे और भी कष्ट दे रहे होंगे। भैया इस पर जान देते थे, कितना प्यार करते थे और आज इसकी यह दशा!

प्रातःकाल प्रभाशंकर फिर मजिस्ट्रेट के बंगले पर गए। मालूम हुआ कि साहब शिकार खेलने चले गए हैं। वहां से पुलिस के सुपरिंटेंडेंट के पास गए। यह महाशय अभी निद्रा में मग्न थे। उनसे दस बजे से पहले भेंट होने की संभावना न थी। बेचारे यहां से भी निराश हुए और तीसरे पहर तक बे-दाना, बे-पानी, हैरान-परेशान, इधर-उधर दौड़ते रहे। कभी इस दफ्तर में जाते, कभी उस दफ्तर में। उन्हें आश्चर्य होता था कि दफ्तरों के छोटे कर्मचारी क्यों इतने बेमुरौवत और निर्दय होते हैं! सीधी बात करनी तो दूर रही, खोटी-खरी सुनाने में भी संकोच नहीं करते। अंत में चार बजे मजिस्ट्रेट ने जमानत मंजूर की, लेकिन हजार-दो हजार की नहीं, पूरे दस हजार की, वह भी नकद। प्रभाशंकर का दिल बैठ गया। एक बड़ी सांस लेकर वहां से उठे और धीरे-धीरे घर चले मानो शरीर निर्जीव हो गया हो। घर आकर वह चारपाई पर गिर पड़े और सोचने लगे, दस हजार का प्रबंध कैसे करूं? इतने रुपये मुझे विश्वास पर कौन देगा? तो क्या जायदाद रेहन रख दूं? हां,

इसके सिवा और कोई उपाय नहीं है, मगर घरवाले किसी तरह राजी न होंगे, घर में लड़ाई ठन जाएगी। बहुत देर तक इसी हैस-बैस में पड़े रहे। भोजन का समय आ पहुंचा। बड़ी बहू बुलाने आईं। प्रभाशंकर में उनकी ओर विनीत भाव से देखकर कहा—"मुझे बिलकुल भूख नहीं है।"

बड़ी बहू—कैसी भूख है, जो लगती नहीं? कल रात नहीं खाया, दिन को नहीं खाया, क्या इस चिंता में प्राण दे दोगे? जिन्हें चिंता होनी चाहिए, जो उनका हिस्सा उड़ाते हैं, उनके माथे पर तो बल तक नहीं है और तुम दाना-पानी छोड़े बैठे हो! अपने साथ घर के प्राणियों को भी भूखे मार रहे हो।

प्रभाशंकर ने सजल नेत्र होकर कहा—"क्या करूं, मेरी तो भूख-प्यास बंद हो गई है, कैसा सुशील, कितना कोमल प्रकृति, कितना शांत-चित्त लड़का है। उसकी सूरत मेरी आंखों के सामने फिर रही है। भोजन कैसे करूं? विदेश में था तो भूल गए थे, उसे खो बैठे थे, पर खोए रत्न को पाने के बाद उसे चोरों के हाथ में देखकर सब्र नहीं होता।"

बड़ी बहू—लड़का तो ऐसा है कि भगवान सबको दें। बिलकुल वही लड़कपन का स्वभाव है, वही भोलापन, वही मीठी बातें, वही प्रेम। देखकर छाती फूल उठती है। घमंड तो छू तक नहीं गया, पर दाना-पानी छोड़ने से तो काम न चलेगा—चलो, कुछ थोड़ा-सा खा लो।

प्रभाशंकर—दस हजार नकद जमानत मांगी गई है।

बड़ी बहू—ज्ञानू से कहते क्यों नहीं कि मीठा-मीठा गप्प, कड़वा-कड़वा थू। प्रेमू का आधा नफा क्या श्रद्धा के भोजन-वस्त्रों में ही खर्च हो जाता है?

प्रभाशंकर—उससे क्या कहूं, सुने भी? वह पश्चिमी सभ्यता का मारा हुआ है, जो लड़के को बालिग होते ही माता-पिता से अलग कर देती है। उसने वह शिक्षा पाई है जिसका मूल तत्त्व स्वार्थ है। उसमें अब दया, विनय, सौजन्य कुछ भी नहीं रहा। वह अब केवल अपनी इच्छाओं का, इंद्रियों का दास है।

बड़ी बहू—तो तुम इतने रुपये का कैसे बंदोबस्त करोगे?

प्रभाशंकर—क्या कहूं, किसी से ऋण लेना पड़ेगा।

बड़ी बहू—ऐसा जान पड़ता है कि थोड़ा-सा हिस्सा जो बचा हुआ है, उसे भी अपने सामने ही ठिकाने लगा दोगे। यह तो कभी नहीं देखा कि जो रुपये एक बार लिये गए, वह फिर दिए गए हों। बस, जमीन के ही माथे जाती है।

प्रभाशंकर—जमीन मेरी गुलाम है, मैं जमीन का गुलाम नहीं हूं।

बड़ी बहू—मैं कर्ज न लेने दूंगी, जाने कैसा पड़े, कैसा न पड़े! अंत में सब बोझ तो हमारे ही सिर पड़ेगा। लड़कों को कहीं बैठने का ठांव भी न रहेगा।

प्रभाशंकर ने पत्नी की ओर कठोर दृष्टि से देखकर कहा–"मैं तुमसे सलाह नहीं लेता और न तुमको इसका अधिकारी समझता हूं। तुम उपकार को भूल जाओ, मैं नहीं भूल सकता। मेरा खून सफेद नहीं है। लड़कों की तकदीर में आराम लिखा होगा, आराम करेंगे, तकलीफ लिखी होगी, तकलीफ भोगेंगे। मैं उनकी तकदीर नहीं हूं। आज दयाशंकर पर कोई बात आ पड़े तो गहने बेच डालने में भी किसी को इनकार न होगा। मैं प्रेमू को दयाशंकर से जौ-भर भी कम नहीं समझता।"

बड़ी बहू ने फिर भोजन करने के लिए अनुरोध किया और प्रभाशंकर फिर नहीं-नहीं करने लगे। अंत में उसने कहा–"आज कद्दू के कबाब बने हैं। मैं जानती कि तुम न खाओगे तो क्यों बनवाती?"

प्रभाशंकर की उदासीनता लुप्त हो गई। उत्सुक होकर बोले–"किसने बनाए हैं?"

बड़ी बहू–बहू ने।

प्रभाशंकर–अच्छा, तो थाली परोसवाओ। भूख तो नहीं है, पर दो-चार कौर खा ही लूंगा।

भोजन के पश्चात् प्रभाशंकर फिर उसी चिंता में मग्न हुए। रुपये कहां से लाएं? बेचारे प्रेमशंकर को आज फिर हिरासत में रात काटनी पड़ी। बड़ी बहू ने स्पष्ट शब्दों में कह दिया था कि मैं कर्ज न लेने दूंगी और यहां कर्ज के सिवा और कोई तदबीर ही न थी। आज लालाजी फिर सारी रात जागते रहे। उन्होंने निश्चय कर लिया कि घरवाले चाहे जितना विरोध करें, पर मैं अपना कर्तव्य अवश्य पूरा करूंगा।

भोर होते ही प्रभाशंकर सेठ दीनानाथ के पास जा पहुंचे और अपनी विपत्ति-कथा कह सुनाई। सेठजी से उनका पुराना व्यवहार था। उन्हीं की बदौलत सेठजी जमींदार हो गए थे। मामला करने पर राजी हो गए। लिखा-पढ़ी हुई और दस बजते-बजते प्रभाशंकर के हाथों में दस हजार की थैली आ गई। वह ऐसे प्रसन्न थे मानो कहीं पड़ा हुआ धन मिल गया हो, गद्गद होकर बोले–"सेठजी, किन शब्दों में आपका धन्यवाद दूं, आपने मेरे कुल की मर्यादा रख ली। भैया की आत्मा स्वर्ग में आपका यश गाएगी।"

यहां से वह सीधे कचहरी गए और जमानत के रुपये दाखिल कर दिए। इस समय उनका हृदय ऐसा प्रफुल्लित था, जैसे कोई बालक मेला देखने जा रहा हो। इस कल्पना से उनका कलेजा उछल पड़ता था कि भैया मेरी भक्ति पर कितने मुग्ध हो रहे होंगे!

11 बजे का समय था, मजिस्ट्रेट के इजलास पर लखनपुर के अभियुक्त हाथों में हथकड़ियां पहने खड़े थे। शहर के सहस्रों मनुष्य इन विचित्र जीवधारियों को देखने के लिए एकत्र हो गए थे। सभी मनोहर को एक निगाह देखने के

लिए उत्सुक हो रहे थे। कोई उसे धिक्कारता था, कोई कहता था, अच्छा किया। अत्याचारियों के साथ ऐसा ही करना चाहिए। सामने एक वृक्ष के नीचे बिलासी मन मारे बैठी हुई थी। बलराज के चेहरे पर निर्भयता झलक रही थी। डपट सिंह और दुखरन भगत चिंतित दिखाई पड़ते थे। कादिर खां धैर्य की मूर्ति बने हुए थे, लेकिन मनोहर लज्जा और पश्चाताप से उद्विग्न हो रहा था। वह अपने साथियों से आंख न मिला सकता था। मेरी ही बदौलत गांव पर यह आफत आई है, यह ख्याल उसके चित्त से एक क्षण के लिए भी न उतरता था। अभियुक्तों से जरा हटकर बिसेसर साह खड़े थे—ग्लानि की सजीव मूर्ति बने। पुलिस के कर्मचारी उन्हें इस प्रकार घेरे थे, जैसे किसी मदारी को बालक-वृंद घेरे रहते हैं। सबसे पीछे प्रेमशंकर थे, गंभीर और अदम्य। मजिस्ट्रेट ने सूचना दी—प्रेमशंकर जमानत पर रिहा किए गए।

प्रेमशंकर ने सामने आकर कहा—"मैं इस दया-दृष्टि के लिए आपका अनुगृहीत हूं, लेकिन जब मेरे ये निरपराध भाई बेड़ियां पहने खड़े हैं तो मैं उनका साथ छोड़ना उचित नहीं समझता।"

अदालत में हजारों ही आदमी खड़े थे। सब लोग प्रेमशंकर को विस्मित होकर देखने लगे।

प्रभाशंकर करुणा से गद्गद होकर बोले—"बेटा, मुझ पर दया करो। कुछ मेरी दौड़-धूप, कुछ अपनी कुल-मर्यादा और कुछ अपने संबंधियों के शोक-विलाप का ध्यान करो। तुम्हारे इस निश्चय से मेरा हृदय फटा जाता है।"

प्रेमशंकर ने आंखों में आंसू भरे हुए कहा—"चाचाजी, मैं आपके पितृवत् प्रेम और सदिच्छा का हृदय से अनुगृहीत हूं। मुझे आज ज्ञात हुआ कि मानव-हृदय कितना पवित्र, कितना उदार, कितना वात्सल्यमय हो सकता है! पर मेरा साथ छूटने से इन बेचारों की हिम्मत टूट जाएगी, ये सब हताश हो जाएंगे, इसलिए मेरा इनके साथ रहना परमावश्यक है। मुझे यहां कोई कष्ट नहीं है। मैं परमात्मा को धन्यवाद देता हूं कि उसने मुझे इन दीनों को तस्कीन और तसल्ली देने का अवसर प्रदान किया। मेरी आपसे एक और विनती है, मेरे लिए वकील की जरूरत नहीं है। मैं अपनी निर्दोषता स्वयं सिद्ध कर सकता हूं। हां, यदि हो सके तो आप इन बेजबानों के लिए कोई वकील ठीक कर लीजिएगा, नहीं तो संभव है कि इनके ऊपर अन्याय हो जाए।"

लाला प्रभाशंकर हतोत्साह होकर इजलास के कमरे से बाहर निकल आए।

इस मुकदमे ने सारे शहर में हलचल मचा दी। जहां देखिए, यह चर्चा थी। सभी लोग प्रेमशंकर के आत्म-बलिदान की प्रशंसा सौ-सौ मुंह से कर रहे थे।

यद्यपि प्रेमशंकर ने स्पष्ट कह दिया था कि मेरे लिए किसी वकील की जरूरत नहीं है, पर लाला प्रभाशंकर का जी न माना। उन्हें भय था कि वकील के बिना काम बिगड़ जाएगा। नहीं, यह कदापि नहीं हो सकता। कहीं मामला बिगड़ गया तो लोग यहीं कहेंगे कि लोभ के मारे वकील नहीं किया, उसी का फल है। अपने मन में यही पछतावा होगा, अतएव वह सारे शहर के नामी वकीलों के पास गए, लेकिन कोई भी इस मुकदमे की पैरवी करने को तैयार न हुआ। किसी ने कहा, मुझे अवकाश नहीं है, किसी ने कोई और ही बहाना करके टाल दिया। सबको विश्वास था कि अधिकारी वर्ग प्रेमशंकर से कुपित हो रहे हैं, उनकी वकालत करना स्वार्थ-नीति के विरुद्ध है। प्रभाशंकर का यह प्रयास सफल न हुआ तो उन्होंने अन्य अभियुक्तों के लिए कोई प्रयत्न नहीं किया। उनकी सहानुभूति अपने परिवार तक ही सीमित थी।

अभियोग तैयार हो गया और मजिस्ट्रेट के इजलास में पेशियां होने लगीं। थानेदार का बयान हुआ, फैजू का बयान हुआ, तहसीलदार, चपरासियों और चौकीदारों के इजहार लिये गए। आठवें दिन ज्ञानशंकर इजलास के सामने आकर खड़े हुए। प्रभाशंकर को ऐसा दुःख हुआ कि वह कमरे से बाहर चले गए और एक वृक्ष के नीचे बैठकर रोने लगे। सगे भाइयों में यह वैमनस्य! पुलिस का पक्ष सिद्ध करने के लिए एक भाई दूसरे भाई के विरुद्ध साक्षी बने! दर्शकों को भी कौतूहल हो रहा था कि देखें, इनका क्या बयान होता है! सब टकटकी लगाए उनकी ओर ताक रहे थे। पुलिस को विश्वास था कि इनका बयान प्रेमशंकर के लिए ब्रह्मफांस बन जाएगा, लेकिन उनको और उनसे अधिक दर्शकों को कितना विस्मय हुआ, जब ज्ञानशंकर ने लखनपुर वालों पर अपने दिल का बुखार निकाला, प्रेमशंकर का नाम तक न लिया।

सरकारी वकील ने पूछा–"आपको मालूम है कि प्रेमशंकर उस गांव में अक्सर आया-जाया करते थे?"

ज्ञानशंकर–उनका उस गांव में आधा हिस्सा है।

वकील–आप जानते हैं कि जब इंस्पेक्टर जनरल पुलिस का दौरा हुआ था, तब प्रेमशंकर ने लखनपुर वालों की बेगार बंद करने की कोशिश की थी और तहसीलदार से लड़ने पर आमादा हो गए थे?

ज्ञानशंकर–मुझे इसकी खबर नहीं।

वकील–आप यह तो जानते ही हैं कि जब आपने बेशी लगान का दावा किया था, तब प्रेमशंकर ने गांववालों को 500 रुपये मुकदमे की पैरवी करने के लिए दिए थे?

ज्ञानशंकर–मुझे इस विषय में कुछ नहीं मालूम है।

ज्ञानशंकर की गवाही हो गई। सरकारी वकील का मुंह लटक गया, लेकिन दर्शकगण एक स्वर में कहने लगे–"भाई फिर भी भाई ही है, चाहे एक-दूसरे के खून का प्यासा क्यों न हो!"

इसके बाद मिस्टर ज्वाला सिंह इजलास पर आए। उन्होंने कहा–"मैं यहां कई साल तक हाकिम बना रहा। लखनपुर मेरे ही इलाके में था। कई बार वहां दौरा करने गया। याद नहीं आता कि वहां गांववालों से रसद या बेगार के बारे में उससे ज्यादा झंझट हुआ हो, जितना दूसरे गांव में होता है। मेरे इजलास में एक बार बाबू ज्ञानशंकर ने इजाफा लगान का दावा किया था, लेकिन मैंने उसे खारिज कर दिया था।"

सरकारी वकील–आपको मालूम है कि उस मामले की पैरवी के लिए प्रेमशंकर ने लखनपुर वालों को 500 रुपये दिए थे।

ज्वाला सिंह–मालूम है, लेकिन जहां तक मैं समझता हूं, उनको यह रुपये किसी दूसरे आदमी ने गांववालों की मदद के लिए दिए थे।

वकील–आपको यह तो मालूम ही होगा कि प्रेमशंकर की उस गांव में बहुत आमदरफ्त रहती थी।

ज्वाला सिंह–हां, वह ताऊन या दूसरी बीमारियों के अवसर पर अक्सर वहां जाते थे।

यह गवाही भी पूरी हो गई। सरकारी वकील के सभी प्रश्न व्यर्थ सिद्ध हुए।

तब बिसेसर साह इजलास पर आए। उनका बयान बहुत विस्तृत, क्रमबद्ध और सारगर्भित था मानो किसी उपन्यासकार ने इस परिस्थिति की कल्पनापूर्ण रचना की हो। सबको आश्चर्य हो रहा था कि अनपढ़ गंवार में इतना वाक्-चातुर्य कहां से आ गया? उसके घटना-प्रकाश में इतनी वास्तविकता का रंग था कि उस पर विश्वास न करना कठिन था। गौस खां के साथ गांववालों का शत्रु-भाव, बेगार के अवसरों पर उससे हुज्जत और तकरार, चरावर को रोक देने पर गांववालों का उत्तेजित हो जाना, रात को सब आदमियों का मिलकर गौस खां का वध करने की तदबीरें सोचना, इन सब बातों की अत्यंत विशद् विवेचना की गई थी। मुख्यत: षड्यंत्र-रचना का वर्णन ऐसा मूर्तिमान और मार्मिक था कि उस पर चाणक्य भी मुग्ध हो जाता। रात को नौ बजे मनोहर ने आकर कादिर खां से कहा–'बैठे क्या हो? चरावर रोक दी, चुप लगाने से काम न चलेगा, इसका कुछ उपाय करो।'

कादिर खां चौकी पर बैठे नमाज पढ़ने के लिए वजू कर रहे थे, बोले–'बैठ जाओ, अकेले हम-तुम क्या बना लेंगे? जब मुसल्लम गांव की राय हो, तभी कुछ हो सकता है, नहीं तो इसी तरह कारिंदा हमको दबाता जाएगा। एक दिन खेत से भी बेदखल कर देगा, जाकर दुखरन भगत को बुला लाओ।'

मनोहर दुखरन के घर गए। मैं भी मनोहर के साथ गया।

दुखरन ने कहा–'मेरे पैर में कांटा लग गया है, मैं चल नहीं सकता। खां साहब को यहीं बुला लाओ।' मैं जाकर कादिर खां को बुला लाया। मनोहर, डपट सिंह और कल्लू को बुला लाए।

कादिर खां ने कहा–'हम लोग गंवार हैं, अपने मन में कोई बातें करेंगे तो न जाने चित पड़े या पट, चलकर बाबू प्रेमशंकर से सलाह लो।'

डपट सिंह बोले–'उनके पास जाने की क्या जरूरत है? मैं जाकर उन्हें बुला लाऊंगा।'

दूसरे दिन सांझ को बाबू प्रेमशंकर इक्के पर सवार होकर आए। मैं दुकान बढ़ा रहा था। मनोहर ने आकर कहा–'चलो बाबू साहब आए हैं।'

मैं मनोहर के साथ कादिर के घर गया।

प्रेमशंकर ने कहा–'ज्ञान बाबू मेरे भाई हैं तो क्या, ऐसे भाई की गरदन काट लेनी चाहिए।'

कादिर ने कहा–'हमारी उनसे कोई दुश्मनी नहीं है, हमारा बैर तो गौस खां से है। इस हत्यारे ने इस गांव में हम लोगों का रहना मुश्किल कर दिया है। अब आप बताइए, हम क्या करें?'

मनोहर ने कहा–'यह बेइज्जती नहीं सही जाती।'

प्रेमशंकर बोले–'मर्द होकर इतना अपमान क्यों सहते हो? एक हाथ में तो काम तमाम होता है।'

कादिर खां ने कहा–'कर तो डालें, पर सारा गांव बंध जाएगा।'

प्रेमशंकर बोले–'ऐसी नादानी क्यों करो? सब मिलकर नाम किसी एक आदमी का ले लो। अकेले आदमी का यह काम भी नहीं है। तीन-तीन प्यादे हैं। गौस खां खुद बलवान आदमी है।'

कादिर खां बोले–'जो कहीं सारा गांव फंस जाए तो?'

प्रेमशंकर ने कहा–'ऐसा क्या अंधेर है? वकील लोग किस मर्ज की दवा हैं?' इसी बीच मैं खाना खाने घर चला आया।

प्रेमशंकर रात को ही इक्के पर लौट गए। रात को 12-1 बजे मुझे कुछ खटका हुआ। घर के चारों ओर घूमने लगा कि इतने में कई आदमी जाते दिखाई दिए। मैं समझ गया कि हमारे ही साथी हैं। कादिर का नाम लेकर पुकारा।

कादिर ने कहा–'सामने से हट जाओ, टोंक मत मारो–चुपके से जाकर पड़े रहो।'

कादिर खां से अब न रहा गया। बिसेसर साह की ओर कठोर नेत्रों से देखकर कहा–'बिसेसर, ऊपर अल्लाह है, कुछ उनका भी डर है?'

सरकारी वकील ने कहा–'चुप रहो, नहीं तो गवाह पर बेजा दबाव डालने का दूसरी दफा लग जाएगा।'

संध्या समय ये लोग हिरासत में बैठे हुए इधर-उधर की बातें कर रहे थे। मनोहर अलग एक कोठरी में रखा गया था। कादिर ने प्रेमशंकर से कहा–"मालिक आप तो हक-नाहक इस आफत में फंसे। हम लोग ऐसे अभागे हैं कि जो हमारी मदद करता है, उस पर भी आंच आ जाती है। इतनी उम्र गुजर गई, सैकड़ों पढ़े-लिखे आदमियों को देखा, पर आपके सिवा और कोई ऐसा न मिला, जिसने हमारी गरदन पर छूरी न चलाई हो। विद्या की दुनिया बड़ाई करती है। हमें तो ऐसा जान पड़ता है कि विद्या पढ़कर आदमी और भी छली-कपटी हो जाता है। वह गरीब का गला रेतना सिखा देती है। आपको अल्लाह ने सच्ची विद्या दी थी। उसके पीछे लोग आपके भी दुश्मन हो गए।"

दुखरन–यह सब मनोहर की करनी है। गांव-भर को डुबा दिया।

बलराज–न जाने उनके सिर कौन-सा भूत सवार हो गया? गुस्सा हमें भी आया था, लेकिन उनको तो जैसे नशा चढ़ गया।

डपट सिंह–चरावर की बिसात ही क्या थी? उसके पीछे यह तूफान!

कादिर खां–यारो! ऐसी बातें न करो। बेचारे ने तुम लोगों के लिए, तुम्हारे हक की रक्षा करने के लिए यह सब कुछ किया। उसकी हिम्मत व जीवट की तारीफ तो नहीं करते और उसकी बुराई करते हो। हम सब-के-सब कायर हैं, वही एक मर्द है।

कल्लू–बिसेसर की मति ही उल्टी हो गई।

दुखरन–बयान क्या देता है, जैसे तोता पढ़ रहा है।

डपट सिंह–क्या जाने किसके लिए इतना डरता है? कोई आगे-पीछे भी तो नहीं है।

कल्लू–अगर यहां से छूटा तो बच्चू के मुंह में कालिख लगा के गांव-भर में घुमाऊंगा।

डपट सिंह–ऐसा कंजूस है कि भिखमंगे को देखता है तो छछुंदर की तरह घर में जाकर दुबक जाता है।

कल्लू–सहुआइन उसकी भी नानी है। बिसेसर तो चाहे एक कौड़ी फेंक भी दे, वह अकेली दुकान पर रहती है तो गालियां छोड़ और कुछ नहीं देती। पैसे का सौदा लेने जाओ तो धेले का देती है। ऐसी डांडी मारती है कि कोई परख ही नहीं सकता।

बलराज–क्यों कादिर दादा, काले पानी जाकर लोग खेती-बाड़ी करते हैं न?

कादिर खां–सुना है, वहां ऊख बहुत होती है।

बलराज–तब तो चांदी है–खूब ऊख बोएंगे।

कल्लू–लेकिन दादा, तुम चौदह बरस थोड़े ही जियोगे। तुम्हारी कब्र काले पानी में ही बनेगी।

कादिर खां–हम तो लौट आना चाहते हैं, जिसमें अपनी हड़ावर यहीं दफन हो। वहां तुम लोग न जाने मिट्टी की क्या गत करो!

दुखरन–भाई, मरने-जीने की बात मत करो। मनाओ कि भगवान सबको जीता-जागता फिर अपने बाल-बच्चों में ले आए।

बलराज–कहते हैं, वहां पानी बहुत लगता है।

दुखरन–यह सब तुम्हारे बाप की करनी है–मारा, गांव-भर का सत्यानाश कर दिया।

अकस्मात् कमरे का द्वार खुला और जेल के दरोगा ने आकर कहा–"बाबू प्रेमशंकर, आपके ऊपर से सरकार ने मुकदमा उठा लिया। आप बरी हो गए। आपके घरवाले बाहर खड़े हैं।"

प्रेमशंकर को ग्रामीणों के सरल वार्तालाप में बड़ा आनंद आ रहा था, चौंक पड़े। ज्ञानशंकर और ज्वाला सिंह के बयान उनके अनुकूल हुए थे, लेकिन यह आशय न था कि वह इस आधार पर निर्दोष ठहराए जाएंगे। वह तुरंत ताड़ गए कि यह चाचा साहब की करामात है और वास्तव में था भी यही। प्रभाशंकर को जब वकीलों से कोई आशा न रही तो उन्होंने कौशल से काम लिया और दो-ढाई हजार रुपयों का बलिदान करके यह वरदान पाया था। रिश्वत, खुशामद, मिथ्यालाप यह सभी उनकी दृष्टि में हिरासत से बचने के लिए क्षम्य था।

प्रेमशंकर ने जेलर से कहा–"यदि नियमों के विरुद्ध न हो तो कम-से-कम मुझे रात-भर और यहां रहने की आज्ञा दीजिए।"

जेलर ने विस्मित होकर कहा–"यह आप क्या कहते हैं? आपका स्वागत करने के लिए सैकड़ों आदमी बाहर खड़े हैं।"

प्रेमशंकर ने विचार किया, इन गरीबों को मेरे यहां रहने से कितना ढाढ़स था। कदाचित् उन्हें आशा थी कि इनके साथ हम लोग भी बरी हो जाएंगे। मेरे चले जाने से ये सब निराश हो जाएंगे। उन्हें तसल्ली देते हुए बोले–"भाइयो, मुझे विवश होकर तुम्हारा साथ छोड़ना पड़ रहा है, पर मेरा हृदय आपके ही साथ रहेगा। संभव है, बाहर जाकर मैं आपकी कुछ सेवा कर सकूं। मैं प्रतिदिन आपसे मिलता रहूंगा।"

साथियों से विदा होकर ज्यों ही वह फाटक पर पहुंचे कि लाला प्रभाशंकर ने

दौड़कर उन्हें छाती से लगा लिया। जेल के चपरासियों ने उन्हें चारों ओर से घेर लिया और इनाम मांगने लगे। प्रभाशंकर ने हर एक को दो-दो रुपये दिए। बग्घी चलने ही वाली थी कि बाबू ज्वाला सिंह अपनी मोटर साइकिल पर आ पहुंचे और प्रेमशंकर के गले लिपट गए। प्रभाशंकर चाहते थे कि दोनों मित्रों को अपने घर ले जाएं और उनकी दावत करें, किंतु प्रेमशंकर ने पहले हाजीपुर जाकर फिर लौटने का निश्चय किया। बग्घी ज्यों ही बगीचे में पहुंची, हलवाहे और माली सब दौड़े और प्रेमशंकर के चारों ओर खड़े हो गए।

प्रेमशंकर–क्यों जी दमड़ी, जुताई हो रही है न?

दमड़ी ने लज्जित होकर कहा–"मालिक, औरों की तो नहीं कहता, पर मेरा मन काम करने में जरा भी नहीं लगता। यही चिंता लगी रहती थी कि आप न जाने कैसे होंगे (निकट आकर) भोला कल एक टोकरी अमरूद तोड़कर बेच आया है।"

भोला–दमड़ी, तुमने सरकार के कान में कुछ कहा तो ठीक न होगा। मुझे जानते हो कि नहीं? यहां जेल से नहीं डरते। जो कुछ कहना हो, मुंह पर बुरा-भला कहो।

दमड़ी–तो तुम नाहक जामे से बाहर हो गए। तुम्हें कोई कुछ थोड़े ही कहता है।

भोला–तुमने कानाफूसी की क्यों? मेरी बात न कही होगी, किसी और की कही होगी। तुम कौन होते हो, किसी की चुगली खानेवाले?

मस्ता कोरी ने समझाया–"भोला, तुम खामखा झगड़ा करने लगते हो। तुमसे क्या मतलब? जिसके जी मैं आता है मालिक कहता है। तुम्हें क्यों बुरा लगता है?"

भोला–चुगली खाने चले हैं, कुछ काम करें न धंधा, सारे दिन नशा खाए पड़े रहते हैं, इनका मुंह है कि दूसरों की शिकायत करें।

इतने में भवानी सिंह आ पहुंचे, जो मुखिया थे। यह विवाद सुना तो बोले–"क्यों लड़े मरते हो यारो, क्या फिर दिन न मिलेगा? मालिक से कुशल-क्षेम पूछना तो दूर रहा, कुछ सेवा-टहल तो हो न सकी, लगे आपस में तकरार करने।"

इस सामयिक चेतावनी ने सबको शांत कर दिया। कोई दौड़कर झोंपड़े में झाड़ू लगाने लगा, किसी ने पलंग डाल दिया, कोई मोढ़े निकाल लाया, कोई दौड़कर पानी लाया, कोई लालटेन जलाने लगा।

भवानी सिंह अपने घर से दूध लाए। जब तीनों सज्जन जलपान करके आराम से बैठे तो ज्वाला सिंह ने कहा–"इन आदमियों से आप क्योंकर काम लेते हैं? मुझे तो सभी निकम्मे जान पड़ते हैं।"

प्रेमशंकर—जी नहीं, यह सब लड़ते हैं तो क्या, खूब मन लगाकर काम करते हैं। दिन-भर के लिए जितना काम बता देता हूं, उतना दोपहर तक ही कर डालते हैं।

लाला प्रभाशंकर जी से डर रहे थे कि कहीं प्रेमशंकर अपने बरी हो जाने के विषय में कुछ पूछ न बैठें। वह इस रहस्य को गुप्त ही रखना चाहते थे, इसलिए वह ज्वाला सिंह से बातें करने लगे। जब से इनकी बदली हो गई थी, इन्हें शांति नसीब न हुई थी—ऊपर वाले नाराज, नीचे वाले नाराज, जमींदार नाराज। बात-बात पर जवाब-तलब होते थे। एक बार मुअत्तल भी होना पड़ा था। कितना ही चाहा कि वहां से कहीं और भेज दिया जाऊं, पर सफल न हुए। नौकरी से तंग आ गए थे और अब इस्तीफा देने का विचार कर रहे थे।

प्रभाशंकर ने कहा—"भूलकर भी इस्तीफा देने का इरादा न करना, यह कोई मामूली ओहदा नहीं है। इसी ओहदे के लिए बड़े-बड़े रईसों और अमीरों के माथे घिसे जाते हैं और फिर भी कामना पूरी नहीं होती। यह सम्मान और अधिकार आपको और कहां प्राप्त हो सकता है?"

ज्वाला सिंह—लेकिन इस सम्मान और अधिकार के लिए अपनी आत्मा का कितना हनन करना पड़ता है? अगर निःस्पृह भाव से अपना काम कीजिए तो बड़े-बड़े लोग पीछे पड़ जाते हैं। अपने सिद्धांतों का स्वाधीनता से पालन कीजिए तो हाकिम लोग त्योरियां बदलते हैं। यहां उसी को सफलता मिलती है, जो खुशामदी और चलता हुआ है, जिसे सिद्धांतों की परवाह नहीं। मैंने तो आज तक किसी सहृदय पुरुष को फलते-फूलते नहीं देखा। बस, शतरंजबाजों की चांदी है। मैंने अच्छी तरह आजमाकर देख लिया। यहां मेरा निर्वाह नहीं है। अब तो यही विचार है कि इस्तीफा देकर इस बगीचे में आ बसूं और बाबू प्रेमशंकर के साथ जीवन व्यतीत करूं, अगर इन्हें कोई आपत्ति न हो।

प्रेमशंकर—आप शौक से आइए, लेकिन खूब दृढ़ होकर आइएगा।

ज्वाला सिंह—अगर कुछ कोर-कसर होगी तो यहां पूरी हो जाएगी।

प्रेमशंकर ने अपने आदमियों से खेती-बाड़ी के संबंध में कुछ बातें कीं और 8 बजते-बजते लाला प्रभाशंकर के घर चले।

12

बेचारे प्रियनाथ मन में सहमे जाते थे। मालूम नहीं कि यह महाशय मुझे किस जाल में फांस रहे हैं?

इरफान अली–आप मेरे आखिरी सवाल का जवाब दीजिए?

"मेरे पास उसका कोई हिसाब नहीं है।"

"आपके यहां माहवार कितना दूध आता है और उसकी क्या कीमत पड़ती है?"

"इसका हिसाब मेरे नौकर रखते हैं।"

"घी पर माहवार क्या खर्च आता है?"

"मैं अपने नौकर से पूछे बगैर इन गृह-संबंधी प्रश्नों का उत्तर नहीं दे सकता।"

इरफान अली ने मजिस्ट्रेट से कहा–"मेरे सवालों के काबिल इत्मीनान जवाब मिलने चाहिए।"

रात के 10 बजे थे। ज्वाला सिंह तो भोजन करके प्रभाशंकर के दीवानखाने में ही लेटे, लेकिन प्रेमशंकर को मच्छरों ने इतना तंग किया कि नींद न आई। कुछ देर तक तो वह पंखा झलते रहे, अंत में जब भीतर न रहा गया तो व्याकुल होकर बाहर सहन में टहलने लगे। सहन के दूसरी ओर ज्ञानशंकर का द्वार था। चारों ओर सन्नाटा छाया हुआ था। नीरवता ने प्रेमशंकर की विचार-ध्वनि को गुंजित कर दिया। वे सोचने लगे, मेरा जीवन कितना विचित्र है! श्रद्धा जैसी देवी को पाकर भी मैं दांपत्य-सुख से वंचित रहा। सामने श्रद्धा का शयनगृह है, पर मैं उधर

ताकने का साहस नहीं कर सकता। वह इस समय कोई धर्म-ग्रंथ पढ़ रही होगी, पर मुझे उसकी कोमल वाणी सुनने का अधिकार नहीं।

अकस्मात् उन्हें ज्ञानशंकर के द्वार से कोई स्त्री निकलती हुई दिखाई दी। उन्होंने समझा, मजूरनी होगी, काम-धंधे से छुट्टी पाकर अपने घर जाती होगी, लेकिन नहीं, यह सिर से पैर तक चादर ओढ़े हुए है। मेहरियां इतनी लज्जाशील नहीं होतीं, फिर यह कौन है? चाल तो श्रद्धा की-सी है, कद भी वही है, पर इतनी रात गए, इस अंधकार में श्रद्धा कहां जाएगी? नहीं, कोई और होगी। मुझे भ्रम हो रहा है। इस रहस्य को खोलना चाहिए। यद्यपि प्रेमशंकर को एक अपरिचित और अकेली स्त्री के पीछे-पीछे भेदिया बनकर चलना सर्वथा अनुचित जान पड़ता था, इस गांठ को खोलने की इच्छा प्रबल थी कि वह उसे रोक न सके।

कुछ दूर तक गली में चलने के बाद वह स्त्री सड़क पर आ पहुंची और दशाश्वमेध घाट की ओर चली। सड़क पर लालटेनें जल रही थीं। रास्ता बंद न था, पर बहुत कम लोग चलते दिखाई देते थे। प्रेमशंकर को उस स्त्री की चाल से अब पूरा विश्वास हो गया कि वह श्रद्धा है। उनके आश्चर्य की कोई सीमा न रही। यह इतनी रात गए, इस तरफ कहां जाती है? उन्हें उस पर कोई संदेह न हुआ। वे उसके पतिव्रत को अखंड और अविचल समझते थे, पर इस विश्वास ने उनकी प्रश्नात्मक शंका को और भी उत्तेजित कर दिया। उसके पीछे-पीछे चलते रहे; यहां तक कि गंगातट की ऊंची-ऊंची अट्टालिकाएं आ पहुंचीं। गली में अंधेरा था, पर कहीं-कहीं खिड़कियों से प्रकाश ज्योति आ रही थी मानो कोई सोता हुआ आदमी स्वप्न देख रहा हो। पग-पग पर सांडों का सामना होता था। कहीं-कहीं कुत्ते भूमि पर पड़ी हुई पत्तलों को चाट रहे थे।

श्रद्धा सीढ़ियों से उतरकर गंगातट पर जा पहुंची। अब प्रेमशंकर को भय हुआ, कहीं इसने अपने मन में कुछ और तो नहीं ठानी है। उनका हृदय कांपने लगा। वह लपककर सीढ़ियों से उतरे और श्रद्धा से केवल इतनी दूर खड़े हो गए कि तनिक खटका होते ही एक छलांग में उसके पास जा पहुंचें। गंगा निद्रा में मग्न थीं। कहीं-कहीं जल-जंतुओं के छपकने की आवाज आ जाती थी। सीढ़ियों पर कितने ही भिक्षुक पड़े सो रहे थे। प्रेमशंकर को इस समय असह्य ग्लानि-वेदना हो रही थी। यह मेरी क्रूरता, मेरी हृदय-शून्यता का फल है। मैंने अपने सिद्धांत-प्रेम और आत्म-गौरव के घमंड में इसके विचारों की अवहेलना की, इसके मनोभावों को पैरों से कुचला, इसकी धर्मनिष्ठा को तुच्छ समझा। जब सारी बिरादरी मुझे दूध की मक्खी समझ रही है, जब मेरे विषय में नाना प्रकार के अपवाद फैले हुए हैं, जब मैं विधर्मी, नास्तिक और जातिच्युत समझा जा रहा हूं, तब एक धार्मिक-वृत्ति

की महिला का मुझसे विमुख हो जाना सर्वथा स्वाभाविक था। न जाने कितनी हृदय-वेदना, कितने आत्मिक कष्ट और मानसिक उत्ताप के बाद आज इस अबला ने ऐसा भयंकर संकल्प किया है!

श्रद्धा कई मिनट तक जलतट पर चुपचाप खड़ी रही, तब वह धीरे-धीरे पानी में उतरी। प्रेमशंकर ने देखा अब विलंब करने का अवसर नहीं है। उन्होंने एक छलांग मारी और अंतिम सीढ़ी पर खड़े होकर श्रद्धा को जोर से पकड़ लिया। श्रद्धा चौंक पड़ी, सशंक होकर बोली–"कौन है, दूर हट?"

प्रेमशंकर ने सदोष नेत्रों से देखकर कहा–"मैं हूं अभागा प्रेमशंकर!"

श्रद्धा ने पति की ओर ध्यान से देखा भयभीत होकर बोली–"आप...यहां?"

प्रेमशंकर–हां, आज अदालत ने मुझे बरी कर दिया। चाचा साहब के यहां दावत थी। भोजन करके निकला तो तुम्हें आते देखा और साथ हो लिया। अब ईश्वर के लिए पानी से निकलो। मुझ पर दया करो।

श्रद्धा पानी से निकलकर जीने पर आई और हाथ जोड़कर गंगा को देखती हुई बोली–"माता, तुमने मेरी विनती सुन ली, किस मुंह से तुम्हारा यश गाऊं। इस अभागिन को तुमने तार दिया।"

प्रेमशंकर–तुम अंधेरे में इतनी दूर कैसे चली आई? डर नहीं लगा?

श्रद्धा–मैं तो यहां कई दिनों से आती हूं, डर किस बात का?

प्रेमशंकर–क्या यहां के बदमाशों का हाल नहीं जानती?

श्रद्धा ने कमर से छुरा निकाल लिया और बोली–"मेरी रक्षा के लिए यह काफी है। संसार में जब दूसरा कोई सहारा नहीं होता तो आदमी निर्भय हो जाता है।"

प्रेमशंकर–घर के लोग तुम्हें यों आते देखकर अपने मन में क्या कहते होंगे?

श्रद्धा–जो चाहे समझें, किसी के मन पर मेरा क्या वश है? पहले लोक-लाज का भय था। अब वह भय नहीं रहा, उसका मर्म जान गई। वह रेशम का जाल है, देखने में सुंदर, किंतु कितना जटिल! वह बहुधा धर्म को अधर्म और अधर्म को धर्म बना देता है।

प्रेमशंकर का हृदय उछलने लगा, बोले–"ईश्वर, मेरा क्या भाग्य-चंद्र फिर उदित होगा? श्रद्धा, मैं तुमसे सत्य कहता हूं कि मेरी कितनी ही बार इच्छा हुई कि फिर अमेरिका लौट जाऊं, किंतु आशा का एक अत्यंत सूक्ष्म काल्पनिक बंधन पैरों में बेड़ियों का काम करता रहा। मैं सदैव अपने चारों ओर तुम्हारे प्रेम और सत्य व्रत को फैले हुए देखता हूं। मेरे आत्मिक अंधकार में यही ज्योति दीपक का काम देती है। मैं तुम्हारी सदिच्छाओं को किसी सघन वृक्ष की भांति अपने ऊपर छाया डालते हुए अनुभव करता हूं। मुझे तुम्हारी अकृपा में दया, तुम्हारी निष्ठुरता में हार्दिक

स्नेह, तुम्हारी भक्ति में अनुराग छिपा हुआ दिखता है। अब मुझे ज्ञात हुआ है कि मेरे ही उद्धार के लिए तुम यह अनुष्ठान कर रही हो। यदि मेरा प्रेम निष्काम होता तो मैं इस आत्मिक संयोग पर ही संतोष करता, किंतु मैं रूप और रस का दास हूं, इच्छाओं और वासनाओं का गुलाम, मुझे इस आत्मानुराग से संतोष नहीं होता।"

श्रद्धा—मेरे मन से यह शंका कभी दूर नहीं होती कि आपसे मेरा मिलना अधर्म है और अधर्म से मेरा हृदय कांप उठता है।

प्रेमशंकर—यह शंका कैसे शांत होगी?

श्रद्धा—आप जानकर मुझसे क्यों पूछते हैं?

प्रेमशंकर—तुम्हारे मुंह से सुनना चाहता हूं।

श्रद्धा—प्रायश्चित्त से।

प्रेमशंकर—वही प्रायश्चित्त जिसका विधान स्मृतियों में है?

श्रद्धा—हां, वही।

प्रेमशंकर—क्या तुम्हें विश्वास है कि कई नदियों में नहाने, कई लकड़ियों को जलाने से, घृणित वस्तुओं के खाने से, ब्राह्मणों को खिलाने से मेरी अपवित्रता जाती रहेगी? खेद है कि तुम इतनी विवेकशील होकर इतनी मिथ्यावादिनी हो?

श्रद्धा का एक हाथ प्रेमशंकर के हाथ में था। यह कथन सुनते ही उसने हाथ खींच लिया और दोनों अंगूठों से दोनों कान बंद करते हुए बोली—"ईश्वर के लिए मेरे सामने शास्त्रों की निंदा मत करो। हमारे ऋषि-मुनियों ने शास्त्रों में जो कुछ लिख दिया है, वह हमें मानना चाहिए। उनमें मीन-मेख निकालना हमारे लिए उचित नहीं। हममें इतनी बुद्धि कहां है कि शास्त्रों के सभी आदेशों को समझ सकें? उनको मानने में ही हमारा कल्याण है।"

प्रेमशंकर—मुझसे वह काम करने को कहती हो, जो मेरे सिद्धांत और विश्वास के सर्वथा विरुद्ध है। मेरा मन इसे कदापि स्वीकार नहीं करता कि विदेश-यात्रा कोई पाप है। ऐसी दशा में प्रायश्चित्त की शर्त लगाकर तुम मुझ पर बड़ा अन्याय कर रही हो।

श्रद्धा ने लंबी सांस खींचकर कहा—"आपके चित्त से अभी अहंकार नहीं मिटा। जब तक इसे न मिटाइएगा, ऋषियों की बातें आपकी समझ में न आएंगी।"

यह कहकर वह सीढ़ियों पर चढ़ने लगी। प्रेमशंकर कुछ न बोल सके। उसको रोकने का भी साहस न हुआ। श्रद्धा देखते-देखते सामने गली में घुसी और अंधकार में विलुप्त हो गई।

प्रेमशंकर कई मिनट तक वहीं चुपचाप खड़े रहे, तब वह सहसा इस अर्द्ध-चैतन्यावस्था से जागे, जैसे कोई रोगी देर तक मूर्च्छित रहने के बाद चौंक पड़े।

अपनी अवस्था का ज्ञान हुआ। हा! अवसर हाथ से निकल गया। मैंने विचार को मनुष्य से उत्तम समझा। सिद्धांत मनुष्य के लिए हैं, मनुष्य सिद्धांतों के लिए नहीं है। मैं इतना भी न समझ सका! माना, प्रायश्चित्त पर मेरा विश्वास नहीं है, पर उससे दो प्राणियों का जीवन सुखमय हो सकता था। इस सिद्धांत-प्रेम ने दोनों का ही सर्वनाश कर दिया। क्यों न चलकर श्रद्धा से कह दूं कि मुझे प्रायश्चित्त करना अंगीकार है। वह अभी बहुत दूर नहीं गई होगी। उसका विश्वास मिथ्या ही सही, पर कितना दृढ़ है! कितनी निःस्वार्थ पति-भक्ति है, कितनी अविचल धर्मनिष्ठा! प्रेमशंकर इन्हीं विचारों में डूबे हुए थे कि यकायक उन्होंने दो आदमियों को ऊपर से उतरते देखा। गहरे विचार के बाद मस्तिष्क को विश्राम की इच्छा होती है। वह उन दोनों मनुष्यों की ओर ध्यान से देखने लगे। ये कौन हैं? इस समय यहां क्या करने आए हैं? शनैः-शनैः वह दोनों नीचे आए और प्रेमशंकर से कुछ दूर खड़े हो गए। प्रेमशंकर ने उन दोनों की बातें सुनीं। आवाज पहचान गए। यह दोनों पद्मशंकर और तेजशंकर थे।

तेजशंकर ने कहा—"तुम्हारी बुरी आदत है कि जिससे होता है, उसी से इन बातों की चर्चा करने लगते हो। यह सब बातें गुप्त रखने की हैं। खोल देने से उसका असर जाता रहता है।"

पद्मशंकर—मैंने तो किसी से नहीं कहा।

तेजशंकर—क्यों? आज ही बाबू ज्वाला सिंह से कहने लगे कि हम लोग साधु हो जाएंगे। कई दिन हुए अम्मा से वही बात कही थी। इस तरह बकते फिरने से क्या फायदा? हम लोग साधु होंगे अवश्य, पर अभी नहीं। अभी इस 'बीसा' को सिद्ध कर लो, घर में लाख-दो लाख रुपये रख दो। बस, निश्चिंत होकर निकल खड़े हो। भैया घर की कुछ खोज-खबर लेते ही नहीं। हम लोग भी निकल जाएं तो लालाजी इतने प्राणियों का पालन-पोषण कैसे करेंगे? इम्तिहान तो मेरा न दिया जाएगा! कौन भूगोल-इतिहास रटता फिरे और मैट्रिक हो ही गए तो कौन राजा हो जाएंगे? बहुत होगा, कहीं 15-20 रुपये के नौकर हो जाएंगे। तीन साल से फेल हो रहे हैं, अबकी बार तो यों ही कहीं पढ़ने को जगह न मिलेगी।

पद्मशंकर—अच्छा, अब किसी से कुछ न कहूंगा। यह मंत्र सिद्ध हो जाए तो चाचा साहब मुकदमा जीत जाएंगे न?

तेजशंकर—अभी देखा नहीं क्या? लालाजी बीस हजार जमानत देते थे, पर मजिस्ट्रेट न लेता था। तीन दिन यहां आसन जमाया और आज वे बिलकुल बरी हो गए। एक कौड़ी भी जमानत न देनी पड़ी।

पद्मशंकर—चाचा साहब बड़े अच्छे आदमी हैं। मुझे उनसे बहुत मुहब्बत है। छोटे चाचा की ओर ताकते हुए डर मालूम होता है।

तेजशंकर–उन्होंने बड़े चाचा को फंसाया है। डरता हूं, नहीं तो एक सप्ताह-भर आसन लगाऊं तो उनकी जान ही लेकर छोड़ूं।

पद्मशंकर–मुझसे तो कभी बोलते ही नहीं। छोटी चाची का अदब करता हूं, नहीं तो एक दिन माया को खूब पीटता।

तेजशंकर–अबकी बार तो माया भी गोरखपुर जा रहा है–वहीं पढ़ेगा।

पद्मशंकर–जब से मोटर आई है, माया का मिजाज ही नहीं मिलता। यहां कोई मोटर का भूखा नहीं है।

यों बातें करते हुए दोनों सीढ़ी पर बैठ गए। प्रेमशंकर उठकर उनके पास आए और कुछ कहना चाहते थे कि पद्मशंकर ने चौंककर जोर से चीख मारी और तेजशंकर खड़ा होकर कुछ बुदबुदाने और छू-छू करने लगा।

प्रेमशंकर बोले–"डरो मत, मैं हूं।"

तेजशंकर–चाचा साहब! आप यहां इस वक्त कैसे आए?

पद्मशंकर–मुझे तो ऐसी शंका हुई कि कोई प्रेत आ गया है।

प्रेमशंकर–तुम लोग इस पाखंड में पड़कर अपना समय व्यर्थ गंवा रहे हो। बड़े जोखिम का काम है और तत्त्व कुछ नहीं। इन मंत्रों को जगाकर तुम जीवन में सफलता प्राप्त नहीं कर सकते। चित्त लगाकर पढ़ो, उद्योग करो। सच्चरित्र बनो। धन और कीर्ति का यही महामंत्र है। यहां से उठो।

तीनों आदमी घर की ओर चले। रास्ते-भर प्रेमशंकर दोनों शिकारों को समझाते रहे। घर पहुंचकर वे फिर निद्रा देवी की आराधना करने लगे। मच्छरों की जगह अब उनके सामने एक बाधा आ खड़ी हुई। यह श्रद्धा का अंतिम वाक्य था–'तुम्हारे चित्त से अभी अहंकार नहीं मिटा।'

प्रेमशंकर बड़ी निर्दयता से अपने कृत्यों की समीक्षा कर रहे थे। अपने अंतःकरण के एक-एक परदे को खोलकर देख रहे थे और प्रतिक्षण उन्हें विश्वास होता जाता था कि मैं वास्तव में अहंकार का पुतला हूं। वह अपने किसी काम को, किसी संकल्प को अहंकार-रहित न पाते थे। उनकी दया और दीन-भक्ति में भी अहंकार छिपा हुआ जान पड़ता था। उन्हें शंका हो रही थी, क्या सिद्धांत-प्रेम अहंकार का दूसरा स्वरूप है! इसके विपरीत श्रद्धा की धर्म-परायणता में अहंकार की गंध तक न थी।

इतने में ज्वाला सिंह ने आकर कहा–"क्या सोते ही रहिएगा?"

सवेरा हो गया था। प्रेमशंकर ने चौंककर द्वार की ओर देखा तो वास्तव में दिन निकल आया था, बोले–"मुझे तो मच्छरों के मारे नींद ही नहीं आई! आंखें तक न झपकीं।"

ज्वाला सिंह–और यहां एक ही करवट में भोर हो गया।

प्रेमशंकर उठकर हाथ-मुंह धोने लगे। आज उन्हें बहुत काम करना था। ज्वाला सिंह भी स्नानादि से निवृत्त हुए। अभी दोनों आदमी कपड़े पहन ही रहे थे कि तेजशंकर जलपान के लिए ताजा हलुआ, सेब का मुरब्बा, तले हुए पिस्ते और बादाम तथा गरम दूध लाया। ज्वाला सिंह ने कहा–"आपके चाचा साहब बड़े मेहमाननवाज आदमी हैं। ऐसा जान पड़ता है कि आतिथ्य-सत्कार में उन्हें हार्दिक आनंद आता है और एक हम हैं कि मेहमान की सूरत देखते ही मानो दब जाते हैं। उनका जो कुछ सत्कार करते हैं, वह केवल प्रथा-पालन के लिए–मन से यही चाहते हैं कि किसी तरह यह व्याधि सिर से टले।"

प्रेमशंकर–वे पवित्र आत्माएं अब संसार से उठती जाती हैं। अब तो जिधर देखिए, उधर स्वार्थ-सेवा का आधिपत्य है। चाचा साहब जैसा भोजन करते हैं, वैसा अच्छे-अच्छे रईसों को भी मयस्सर नहीं होता। वह स्वयं पाक-शास्त्र में निपुण हैं, लेकिन खाने का इतना शौक नहीं है, जितना खिलाने का है। मेरा तो जी चाहता है कि अवकाश मिले तो यह विद्या उनसे सीखूं।

दोनों मित्रों ने जलपान किया और लाला प्रभाशंकर से विदा होकर घर से निकले। ज्वाला सिंह ने कहा–"कोई वकील ठीक करना चाहिए।"

प्रेमशंकर–हां, यही सबसे जरूरी काम है। देखें, कोई महाशय मिलते हैं या नहीं। चाचा साहब को तो लोगों ने साफ जवाब दे दिया।

ज्वाला सिंह–डॉक्टर इरफान अली से मेरा खूब परिचय है–आइए, पहले वहीं चलें।

प्रेमशंकर–वह तो शायद ही राजी हों। ज्ञानशंकर से उनकी बातचीत पहले ही हो चुकी है।

ज्वाला सिंह–अभी वकालतनामा तो दाखिल नहीं हुआ। ज्ञानशंकर ऐसे नादान नहीं हैं कि ख्वामखाह हजारों रुपयों का खर्च उठाएं। उनकी जो इच्छा थी, वह पुलिस के हाथों पूरी हुई जाती है। सारा लखनपुर चक्कर में फंस गया। अब उन्हें वकील रखकर क्या करना है?

डॉक्टर महोदय अपने बाग में टहल रहे थे। दोनों सज्जनों को देखते ही बढ़कर हाथ मिलाया और बंगले में ले गए।

डॉक्टर–(ज्वाला सिंह से) आपसे तो एक मुद्दत के बाद मुलाकात हुई है। आजकल तो आप हरदोई में हैं न? आपके बयान ने तो पुलिसवालों की बोलती ही बंद कर दी, मगर याद रखिए, इसका परिणाम आपको उठाना पड़ेगा।

ज्वाला सिंह–उसकी नौबत ही न आएगी। मुझे इन दोरंगी चालों से नफरत हो गई। इस्तीफा देने का फैसला कर चुका हूं।

डॉक्टर—हालत ही ऐसी है कि खुद्दार आदमी उसे गंवारा नहीं कर सकता। अब यहां उन लोगों की चांदी है जिनके कॉन्शंस मुरदा हो गए हैं। मेरे पेशे को लीजिए, कहा जाता है कि यह आजाद पेशा है, लेकिन लाला प्रभाशंकर को सारे शहर में (प्रेमशंकर की तरफ देखकर) आपकी पैरवी करने के लिए कोई वकील न मिला। मालूम नहीं, वह मेरे यहां तशरीफ क्यों नहीं लाए?

ज्वाला सिंह—उस गलती की तलाफी (प्रायश्चित्त) करने के लिए हम लोग हाजिर हुए हैं। गरीब किसानों पर आपको रहम करना पड़ेगा।

डॉक्टर—मैं इस खिदमत के लिए हाजिर हूं। पुलिस से मेरी दुश्मनी है। ऐसे मुकदमों की मुझे तलाश रहती है। बस, यही मेरा आखिरी मुकदमा होगा। मुझे भी वकालत से नफरत हो गई है। मैंने यूनिवर्सिटी में दरख्वास्त दी है। मंजूर हो गई तो बोरिया-बंधना समेटकर उधर की राह लूंगा।

डॉक्टर इरफान अली की बातों से प्रभाशंकर को बड़ी तस्कीन हुई। मेहनताने के संबंध में उनसे कुछ रियायत चाहते थे, लेकिन संकोचवश कुछ न कह सकते थे। इतने में हमारे पूर्व-परिचित सैयद ईजाद हुसैन ने कमरे में प्रवेश किया और ज्वाला सिंह को देखते ही सलाम करके उनके सामने खड़े हो गए। उनके साथ एक हिंदू युवक और भी था, जो चाल-ढाल से धनाढ्य जान पड़ता था।

ज्वाला सिंह बोले—"आइए-आइए! मिजाज तो अच्छा है? आजकल किसकी पेशी में हैं?"

ईजाद हुसैन—जब से हुजूर तशरीफ ले गए, मैंने भी नौकरी को सलाम किया। जिंदगी शिकम-परवरी में गुजर जाती थी। इरादा हुआ, कुछ दिन कौम की खिदमत करूं। इसी गरज से 'अंजुमन इत्तिहाद' खोल रखी है। उसका मकसद हिंदू-मुसलमानों में मेल-जोल पैदा करना है। मैं इसे कौम का सबसे अहम् (महत्त्वपूर्ण) मसला समझता हूं। दोनों साहब अगर अंजुमन को अपने कदमों से मुमताज फरमाएं तो मेरी खुशनसीबी ही है।

ज्वाला सिंह—आप वाकई कौम की सच्ची खिदमत कर रहे हैं।

ईजाद हुसैन—शुक्र है, जनाब की जबान से यह कलाम निकला। यहां मुझे मियां 'इत्तिहाद' कहकर मेरा मजाक उड़ाया जाता है। अंजुमन पर आवाजें कसी जाती हैं। मुझे खुदमतलब और खुदगरज कहा जाता है। यह सब जिल्लत उठाता हूं। दोनों कौमों के बाहमी निफाक को देखता हूं तो जिगर के टुकड़े हो जाते हैं। वह मुहब्बत और अखलाक जिस पर कौम ही हस्ती कायम है, रोज-ब-रोज गायब होती जाती

है। अगर एक हिंदू इस्लाम पर यकीन लाता है तो शोर मच जाता है कि हिंदू कौम तबाह हुई जाती है। अगर एक हिंदू कोई ऊंचा ओहदा पा जाता है, तो मुसलमानों में हाय-हाय! की सदा उठने लगती है। कोई कहता है, इस्लाम गारत हुआ—कोई कहता है, इस्लाम की किश्ती भंवर में पड़ी। लाहौल बिला कूअत! मजहब रूहाना तस्कीन और नजात का जरिया है, न कि दुनिया के कमाने का ढकोसला। इस बहामी कुदरत को हमारे मुल्ला व पंडित और भी भड़काते हैं। मेरी आवाज नक्कारखाने में तूती की सदा है, पर कौमी दर्द, कौमी गैरत चुप नहीं बैठने देती। गला फाड़-फाड़ चिल्लाता हूं, कोई सुने या न सुने। अंजुमन में इस वक्त सौ मेंबर हैं—कोई सत्तर हिंदू साहेबान हैं और तीस मुसलमान। उनके इंतजाम से एक कुतुबखाना और मदरसा चलता है। अंजुमन का इरादा है कि एक इत्तिहादी इबादतगाह बनाई जाए, जिसके एक जानिब शिवाला हो और दूसरे जानिब मस्जिद। एक यतीमखाने की बुनियाद डाल दी गई है। दोनों कौमों के यतीमों को दाखिल किया जाता है, मगर अभी तक इमारतें नहीं बन सकीं। यह सब इरादे रुपये के मुहताज हैं। फकीर ने तो अपना सब कुछ निसार कर दिया। अब कौम को अख्तियार है, उसे चलाए या बंद कर दे। क्यों डॉक्टर साहब, मेरा हिब्बानामा आपने तैयार फरमाया?

इरफान अली—कोई तातील आए तो इत्मीनान से आपका काम करूं।

प्रेमशंकर ने श्रद्धा भाव से कहा—"सैयद साहब की जात कौम के लिए बरकत है। अंजुमन के लिए 100 रुपये की हकीर रकम नजर करता हूं और यतीमखाने के लिए 50 मन गेहूं, 5 मन शक्कर और 20 रुपये माहवार।

ईजाद हुसैन—खुदा आपको सबाब अता करे। अगर इजाजत हो तो जनाब का नाम भी ट्रस्टियों में दाखिल कर लिया जाए।

प्रेमशंकर—मैं इस इज्जत के लायक नहीं हूं।

ईजाद हुसैन—नहीं जनाब, मेरी यह इल्तिजा आपको कुबूल करनी होगी। खुदा ने आपको एक दर्दमंद दिल अता किया है। क्यों नहीं, आप लाला जटाशंकर मरहूम के खलक हैं जिनकी गरीब-परवरी से सारा शहर मालामाल होता था। यतीम आपको दुआएं देंगे और अंजुमन हमेशा आपकी ममनून रहेगी?

इरफान अली ने ज्वाला सिंह से पूछा—"आपका कयाम यहां कब तक रहेगा?"

ज्वाला सिंह—कुछ अर्ज नहीं कर सकता। आया तो इस इरादे से हूं कि बाबू प्रेमशंकर की गुलामी में जिंदगी गुजार दूं—मुलाजमत से इस्तीफा देना तय कर चुका हूं।

इरफान अली—वल्लाह! आप दोनों साहब बड़े जिंदादिल हैं। दुआ कीजिए कि खुदा मुझे भी कनाअत (संतोष) की दौलत अता करे और मैं भी आप लोगों की सोहबत में फैज उठाऊं।

ज्वाला सिंह ने मुस्कराकर कहा–"हमारे मुलाजिमों को बरी करा दीजिए, तब हम शबोरोज आपके लिए दुआएं करेंगे।"

इरफान अली हंसकर बोले–"शर्त तो टेढ़ी है, मगर मंजूर है। डॉक्टर चोपड़ा का बयान अपने मुआफिक हो जाए तो बाजी अपनी है।"

ईजाद हुसैन–अब जरा इस गरीब की भी खबर लीजिए। मेरे मुहल्ले में रहते हैं। कपड़े की बड़ी दुकान है। इनके बड़े भाई इनसे बेरुखी से पेश आते हैं। इन्हें जेबखर्च के लिए कुछ नहीं देते। हिसाब भी नहीं दिखाते, सारा नफा खुद हजम कर जाते हैं। कल इन्हें बहुत सख्त-सुस्त कहा। जब इनका आधा हिस्सा है, तो क्यों न अपने हिस्से का दावा करें। यह बालिग हैं, अपना फायदा-नुकसान समझते हैं, भाई की रोटियों पर नहीं रहना चाहते। बोलो भाई मथुरादास, बारिस्टर साहब से कहो क्या कहते हो?

मथुरादास ने जमीन की तरफ देखा और ईजाद हुसैन की ओर कनखियों से ताकते हुए बोले–"मैं यही चाहता हूं कि भैया से आप मेरी राजी-खुशी करा दें। कल मैंने उन्हें गाली दे दी थी। अब वह कहते हैं, तू ही घर संभाल, मुझसे कोई वास्ता नहीं। कुंजियां सब फेंक दी हैं और दुकान पर नहीं जाते।"

ईजाद हुसैन ने मथुरादास की ओर वक्रदृष्टि से देखकर कहा–"साफ-साफ अपना मतलब क्यों नहीं कहते? आप इनकी मंशा समझ गए होंगे। अभी ना-तजुर्बेकार आदमी, बातचीत करने की तमीज नहीं है, जभी तो रोज धक्के खाते हैं। इनकी मंशा है कि आप दावा दायर करें, लेकिन यह मामले को तूल नहीं देना चाहते, सिर्फ अलहदा होना चाहते हैं–क्यों, ठीक है न?"

मथुरादास–(सरल भाव से) जी हां, बस यही चाहता हूं कि उनसे मेरी राजी-खुशी हो जाए।

मुंशी रमजान अली मुहर्रिर थे। ईजाद हुसैन मथुरादास को उनके कमरे में ले गए। वहां खासा दफ्तर था। कई आदमी बैठे लिख रहे थे।

रमजान अली ने पूछा–"कितने का दावा होगा?"

ईजाद हुसैन–यही कोई एक लाख का।

रमजान अली ने वकालातनामा लिखा। कोर्ट फीस, तलबाना, मेहनताना, नजराना आदि वसूल किए, जो मथुरादास ने ईजाद हुसैन की ओर अविश्वास की दृष्टि से देखते हुए दिए, जैसे कोई किसान पछता-पछताकर दक्षिणा के पैसे निकालता है और फिर दोनों सज्जनों ने घर की राह ली।

रास्ते में मथुरादास ने कहा–"आपने जबरदस्ती मुझे भैया से लड़ा दिया। सैकड़ों रुपये की चपत पड़ गई और अभी कोर्ट फीस बाकी ही है।"

ईजाद हुसैन बोले–"अहसान तो न मानोगे कि भाई की गुलामी से आजाद होने का इंतजाम कर दिया। आधी दुकान के मालिक बनकर बैठोगे, उल्टे और शिकायत करते हो।"

डॉक्टर प्रियनाथ चोपड़ा बहुत ही उदार, विचारशील और सहृदय सज्जन थे। उन्हें चिकित्सा का अच्छा ज्ञान था और सबसे बड़ी बात यह है कि उनका स्वभाव अत्यंत कोमल और नरम था। अगर रोगियों के हिस्से की शाक-भाजी, दूध-मक्खन, उपले-ईंधन का एक भाग उनके घर में पहुंच जाता था, तो यह केवल वहां की प्रथा थी। उनसे पहले भी ऐसा ही व्यवहार होता था। उन्होंने इसमें हस्तक्षेप करने की जरूरत न समझी, इसलिए उन्हें कोई बदनाम न कर सकता था और न उन्हें स्वयं ही इसमें कुछ दूषण दिखाई देता था। वह कम वेतन वाले कर्मचारियों से केवल आधी फीस लिया करते थे और रात की फीस भी मामूली ही रखी थी। उनके यहां सरकारी चिकित्सालय से मुफ्त दवा मिल जाती थी, इसलिए उनकी अन्य डॉक्टरों से अधिक चलती थी। इन कारणों से उनकी आमदनी बहुत अच्छी हो गई थी।

तीन साल पहले जब डॉक्टर चोपड़ा यहां आए थे तो पैरगाड़ी पर चलते थे, अब एक फिटन थी। बच्चों को हवा खिलाने के लिए छोटी-छोटी सेजगाड़ियां थीं। फर्नीचर और फर्शें आदि अस्पताल के ही थे। नौकरों का वेतन भी गांठ से न देना पड़ता था, पर इतनी मितव्ययिता पर भी वह अपनी अवस्था की तुलना जिले के सब-इंजीनियर या कतिपय वकीलों से करते थे तो उन्हें विशेष आनंद न होता था। यद्यपि उन्हें कभी-कभी ऐसे अवसर मिलते थे, जो उनकी आर्थिक कामनाओं को सफल कर सकते थे, पर उनकी विचारशीलता भी उन्हें बहकने न देती थी। कॉलेज छोड़ने के बाद कई वर्ष तक उन्होंने निर्भीकता से अपने कर्तव्य का पालन किया था, लेकिन कई बार पुलिस के विरुद्ध गवाही देने पर मुंह की खानी पड़ी तो चेत गए।

डॉक्टर चोपड़ा नित्य पुलिस का रुख देखकर अपनी नीति स्थिर किया करते थे, तिस पर भी अपने निदानों को पुलिस की इच्छा के अधीन रखने में उन्हें मानसिक कष्ट होता था, अतएव जब गौस खां की लाश उनके पास निरीक्षण के लिए भेजी गई तो वह बड़े असमंजस में पड़े। निदान कहता था कि यह एक व्यक्ति का काम है, एक ही वार में काम तमाम हुआ है, किंतु पुलिस की धारणा थी कि यह एक गुट का काम है। बेचारे बड़ी दुविधा में पड़े हुए थे। यह

महत्त्वपूर्ण अभियोग था। पुलिस ने अपनी सफलता के लिए कोई बात न उठा रखी थी। उसका खंडन करना उससे वैर मोल लेना था और अनुभव से सिद्ध हो गया था कि यह बहुत महंगा सौदा है। गुनाह था, मगर बेलज्जत। कई दिन तक इसी हैस-बैस में पड़े रहे, पर बुद्धि कुछ काम न करती थी। इसी बीच एक दिन ज्ञानशंकर उनके पास रानी गायत्री देवी का एक पत्र और 500 रुपये पारितोषिक लेकर पहुंचे। रानी महोदय ने उनकी कीर्ति सुनकर अपनी गुण-ग्राहकता का परिचय दिया था। उनसे शिशुपालन पर एक पुस्तक लिखवाना चाहती थीं। इसके अतिरिक्त उन्हें अपना गृह-चिकित्सक भी नियत किया था और प्रत्येक 'विजिट' के लिए 100 रुपये का वादा था।

डॉक्टर साहब फूले न समाए। ज्ञानशंकर की ओर अनुग्रहपूर्ण नेत्रों से देखकर बोले—"श्रीमतीजी की इस उदार गुण-ग्राहकता का धन्यवाद देने के लिए मेरे पास शब्द नहीं हैं। आप मुझे अपना सेवक समझिए। यह सब आपकी कृपा-दृष्टि है, नहीं तो मेरे जैसे हजारों डॉक्टर पड़े हुए हैं।

ज्ञानशंकर ने इसका यथोचित उत्तर दिया। इसके बाद देश-काल संबंधी विषयों पर वार्तालाप होने लगा।

डॉक्टर साहब का दावा था—"मैं चिकित्सा में आई.एम.एस. वालों से कहीं कुशल हूं और ऐसे असाध्य रोगियों का उद्धार कर चुका हूं, जिन्हें सर्वज्ञ आई.एम. एस. वालों ने जवाब दे दिया था; लेकिन फिर भी मुझे इस जीवन में इस पराधीनता से मुक्त होने की कोई आशा नहीं। मेरे भाग्य में विलायत के नव-शिक्षित युवकों की मातहती लिखी हुई है।"

ज्ञानशंकर ने इसके उत्तर में देश की राजनीतिक परिस्थिति का उल्लेख किया। चलते समय उनसे बड़े नि:स्वार्थ भाव से पूछा—"लखनपुर के मामले में आपने क्या निश्चय किया? लाश तो आपके यहां आई होगी?"

प्रियनाथ—जी हां, लाश आई थी। चिह्न से तो यह पूर्णत: सिद्ध होता है कि यह केवल एक आदमी का काम है, किंतु पुलिस इसमें कई आदमियों को घसीटना चाहती है। आपसे क्या छिपाऊं, पुलिस को असंतुष्ट नहीं कर सकता, लेकिन यों निरपराधियों को फंसाते हुए आत्मा को घृणा होती है।

ज्ञानशंकर—संभव है, आपने चिह्न से राय स्थिर की है, वही मान्य हो, लेकिन वास्तव में यह हत्या कई आदमियों की साजिशों से हुई है। लखनपुर मेरा ही गांव है।

प्रियनाथ—अच्छा, लखनपुर आपका ही गांव है, तो यह कारिंदा आपका नौकर था?

ज्ञानशंकर—जी हां और बड़ा स्वामिभक्त, अपने काम में कुशल। गांववालों

को उससे केवल यही चिढ़ थी कि वह उनसे मिलता न था। प्रत्येक विषय में मेरे ही हानि-लाभ का विचार करता था। यह उसकी स्वामिभक्ति का दंड है, लेकिन मैं इस घटना को पुलिस की दृष्टि से नहीं देखता। हत्या हो गई, एक ने की या कई आदमियों ने मिलकर की। मेरे लिए यह समस्या इससे कहीं जटिल है। प्रश्न जमींदार और किसानों का है। अगर हत्याकारियों को उचित दंड न दिया गया तो इस तरह की दुर्घटनाएं आए दिन होने लगेंगी और जमींदारों को अपनी जान बचाना कठिन हो जाएगा।

प्रस्तुत प्रश्न को यह नया स्वरूप देकर ज्ञानशंकर विदा हुए। यद्यपि हत्या के संबंध में डॉक्टर साहब की अब भी वही राय थी, लेकिन अब यह गुनाह बेलज्जत न था। 500 रुपये का पारितोषिक 100 रुपये फीस, साल में हजार-दस हजार मिलते रहने की आशा, उस पर पुलिस की खुशनूदी अलग। अब आगा-पीछा करने की जरूरत न थी। हां, अब अगर भय था तो डॉक्टर इरफान अली की जिरहों का। डॉक्टर साहब की जिरह प्रसिद्ध थी, अतएव प्रियनाथ ने इस विषय के कई ग्रंथों का अवलोकन किया और अपने पक्ष समर्थन के तत्त्व खोज निकाले। कितने ही बेगुनाहों की गरदन पर छुरी फिर जाएगी, इसकी उन्हें एक क्षण के लिए भी चिंता न हुई। इस ओर उनका ध्यान ही न गया। ऐसे अवसरों पर हमारी दृष्टि कितनी संकीर्ण हो जाती है?

दिन के दस बजे थे। डॉक्टर महोदय ग्रंथों की एक पोटली लेकर फिटन पर सवार हो कचहरी चले। उनका दिल धड़क रहा था। जिरह में उखड़ जाने की शंका लगी हुई थी। वहां पहुंचते ही मजिस्ट्रेट ने उन्हें तलब किया। जब वह कटघरे के सामने आकर खड़े हुए और अभियुक्तों को अपनी ओर दीन नेत्रों से ताकते देखा तो एक क्षण के लिए उनका चित्त अस्थिर हो गया, लेकिन यह एक क्षणिक आवेग था, आया और चला गया। उन्होंने बड़ी तात्त्विक गंभीरता, मर्मज्ञतापूर्ण भाव से इस हत्याकांड का विवेचन किया। चिह्नों से यह केवल एक आदमी का काम मालूम होता है, लेकिन हत्याकारियों ने बड़ी चालाकी से काम लिया है। इस विषय में वे बड़े सिद्धहस्त हैं। मृत्यु का कारण कुल्हाड़ी या गंडासे का आघात नहीं है, बल्कि गले का घोंटना है और कई आदमियों की सहायता के बिना गौस खां जैसे बलिष्ठ मनुष्य का गला घोंटना असंभव है। प्राणांत हो जाने पर एक वार से उसकी गरदन काट ली गई है जिससे यह एक ही व्यक्ति का कृत्य समझा जाए।

इरफान अली की जिरह शुरू हुई।

"आपने कौन-सा इम्तिहान पास किया है?"

"मैं लाहौर का एल.एम.एस. और कलकत्ते का एम.बी. हूं।"

"आपकी उम्र क्या है?"

"चालीस वर्ष।"

"आपका मकान कहां है?"

"दिल्ली।"

"आपकी शादी हुई है? अगर हुई है तो औलाद हैं या नहीं?"

"मेरी शादी हो गई है और कई औलादें हैं।"

"उनकी परवरिश पर आपका कितना खर्च होता है?"

इरफान अली यह प्रश्न ऐसे पांडित्यपूर्ण स्वाभिमान से पूछ रहे थे मानो इन्हीं पर मुकदमे का दारोमदार है। प्रत्येक प्रश्न पर ज्वाला सिंह की ओर गर्व के साथ देखते मानो उनसे अपनी प्रखर न्यायिकता की प्रशंसा चाहते हैं, लेकिन इस अंतिम प्रश्न पर मजिस्ट्रेट ने एतराज किया–"इस प्रश्न से आपका क्या अभिप्राय है?"

इरफान अली ने गर्व से कहा–"अभी मेरी मंशा जाहिर हुई जाती है।"

यह कहकर उन्होंने प्रियनाथ से जिरह शुरू की। बेचारे प्रियनाथ मन में सहमे जाते थे। मालूम नहीं कि यह महाशय मुझे किस जाल में फांस रहे हैं?

इरफान अली–आप मेरे आखिरी सवाल का जवाब दीजिए?

"मेरे पास उसका कोई हिसाब नहीं है।"

"आपके यहां माहवार कितना दूध आता है और उसकी क्या कीमत पड़ती है?"

"इसका हिसाब मेरे नौकर रखते हैं।"

"घी पर माहवार क्या खर्च आता है?"

"मैं अपने नौकर से पूछे बगैर इन गृह-संबंधी प्रश्नों का उत्तर नहीं दे सकता।"

इरफान अली ने मजिस्ट्रेट से कहा–"मेरे सवालों के काबिल इत्मीनान जवाब मिलने चाहिए।"

मजिस्ट्रेट–मैं नहीं समझता कि इन सवालों से आपकी मंशा क्या है?

इरफान अली–मेरी मंशा गवाह की अखलाकी हालत का परदाफाश करना है। इन सवालों से मैं यह साबित कर देना चाहता हूं कि वह बहुत ऊंचे उसूलों का आदमी नहीं है।

मजिस्ट्रेट–मैं इन प्रश्नों को दर्ज करने से इनकार करता हूं।

इरफान अली–तो मैं भी जिरह करने से इनकार करता हूं।

यह कहकर बारिस्टर साहब इजलास से बाहर निकल आए और ज्वाला सिंह से बोले–"आपने देखा, यह हजरत कितनी बेजा तरफदारी कर रहे हैं? वल्लाह!

मैं डॉक्टर साहब के लत्ते उड़ा देता। यहां ऐसी-वैसी जिरह न करते। मैं साफ साबित कर देता कि जो आदमी छोटी-छोटी रकमों पर गिरता है, वह ऐसे बड़े मामले में बेलौस नहीं रह सकता–कोई मुजायका नहीं। दीवानी में चलने दीजिए, वहां इनकी खबर लूंगा।"

इसके एक घंटा पीछे मजिस्ट्रेट ने फैसला सुना दिया–"सब अभियुक्त सेशन सुपुर्द।"

संध्या हो गई थी। ये विपत्ति के मारे फिर हवालात चले। सबों के मुख पर उदासी छाई हुई थी। प्रियनाथ के बयान ने उन्हें हताश कर दिया था। वह यह कल्पना भी नहीं कर सकते थे कि ऐसा उच्च पदाधिकारी प्रलोभनों के फेर में पड़कर असत्य की ओर जा सकता है। सभी गरदन झुकाए चले जाते थे। अकेला मनोहर रो रहा था।

इतने में प्रियनाथ की फिटन सड़क से निकली। अभियुक्तों ने उन्हें अवहेलनापूर्ण नेत्रों से देखा मानो कह रहे थे–'आपको हम दीन-दुखियों पर तनिक भी दया न आई।' डॉक्टर साहब ने भी उन्हें देखा, आंखों में ग्लानि का भाव झलक रहा था।

जब मुकदमा सेशन सुपुर्द हो गया और ज्ञानशंकर को विश्वास हो गया कि अब अभियुक्तों का बचना कठिन है, तब उन्होंने गौस खां की जगह पर फैजुल्लाह को नियुक्त किया और खुद गोरखपुर चले आए। यहां से गायत्री की कई चिट्ठियां गई थीं। मायाशंकर को भी साथ लाए। विद्यावती ने बहुत कहा कि मेरा जी घबराएगा, पर उन्होंने न माना।

इस एक महीने में ज्ञानशंकर ने यह समस्या हल कर ली थी जिस पर वह कई सालों से विचार कर रहे थे। उन्होंने वह मार्ग निर्धारित कर लिया था जिससे गायत्री देवी के हृदय तक पहुंच सकें। इस मार्ग की दो शाखाएं थीं–एक विरोधात्मक और दूसरी विधानात्मक। ज्ञानशंकर ने यही दूसरा मार्ग ग्रहण करने का निश्चिय किया। गायत्री के धार्मिक भावों को हटाना, जो किसी गढ़ की दुर्भेद्य दीवारों की भांति उसको वासनाओं से बचाए हुए थे, दुस्तर था। ज्ञानशंकर एक बार इस प्रयत्न में असफल हो चुके थे और कोई कारण न था कि उस साधन का आश्रय लेकर वह फिर असफल न हों। इसकी अपेक्षा दूसरा मार्ग सुगम और सुलभ था। उन धार्मिक भावों को हटाने के बदले उन्हें और दृढ़ क्यों न कर दूं! इमारत को विध्वंस करने के बदले उसी भित्ति पर क्यों न और रद्दे चढ़ा दूं? पानी

के बहाव का रुख पलटने की जगह धारा को और तेज क्यों न कर दूं? उसको अपना बनाने के बदले क्यों न आप ही उसका हो जाऊं? .

ज्ञानशंकर ने गोरखपुर आकर पहले से भी अधिक उत्साह और अध्यवसाय से काम करना शुरू किया। धर्मशाला का काम स्थगित हो गया था। अबकी बार ठेकेदारों से काम न लेकर उन्होंने अपनी ही निगरानी में बनवाना शुरू किया। उसके सामने ही एक ठाकुरद्वारे का शिलारोपण भी कर दिया। वह नित्यप्रति प्रात:काल मोटर पर सवार होकर घर से निकल जाते और इलाके का चक्कर लगाकर संध्या तक लौट आते। किसी कारिंदे या कर्मचारी की मजाल न थी कि एक कौड़ी तक खा सके। किसी शहना या चपरासी की ताब न थी कि असामियों पर किसी प्रकार की सख्ती कर सके और न किसी असामी का दिल था कि लगान चुकाने में एक दिन का भी विलंब कर सके। सहकारी बैंक का काम भी चल निकला। किसान महाजनों के जाल से मुक्त होने लगे और उनमें यह सामर्थ्य आने लगी कि खरीददारों के भाव पर जिन्स न बेचकर अपने भाव पर बेच सकें।

ज्ञानशंकर का यह सुप्रबंध और कार्यपटुता देखकर गायत्री की सदिच्छा श्रद्धा का रूप धारण करती जाती है। वह विविध रूप से प्रत्युपकार की चेष्टा करती। विद्यावती के लिए तरह-तरह की सौगात भेजती और मायाशंकर पर तो जान ही देती थी। उसकी सवारी के लिए दो टांघन थे, पढ़ाने के लिए दो मास्टर—एक सुबह को आता था, दूसरा शाम को। उसकी टहल के लिए अलग से दो नौकर थे। उसे अपने सामने बुलाकर नाश्ता कराती थी। आप अच्छी-अच्छी चीजें बनाकर उसे खिलाती, कहानियां सुनाती और उसकी कहानियां सुनती। उसे आए दिन इनाम देती रहती।

मायाशंकर अपनी मां को भूल गया। वह ऐसा समझदार, ऐसा मिष्टभाषी, ऐसा विनयशील, ऐसा सरल बालक था कि थोड़े ही दिनों में गायत्री उसे हृदय से प्यार करने लगी।

ज्ञानशंकर के जीवन में भी एक विशेष परिवर्तन हुआ। अब वह नित्य संध्या समय भागवत की कथा सुना करते। दो-चार साधु-संत जमा होते, मेल-जोल के पांच-दस सज्जन आ जाते, मोहल्ले के दो-चार श्रद्धालु पुरुष आ बैठते और एक छोटी-मोटी धार्मिक सभा हो जाती। यहां कृष्ण भगवान की चर्चा होती, उनकी प्रेम-कथाएं सुनाई जातीं और कभी-कभी कीर्तन भी होता था। लोग प्रेम में मग्न होकर रोने लगते और सबसे अधिक अश्रु-वर्षा ज्ञानशंकर की ही आंखों से होती थी। वह प्रेम के हाथों बिक गए थे।

एक दिन गायत्री ने कहा—"अब तो आपके यहां नित्य कृष्ण-चर्चा होती है, परदे का प्रबंध हो जाए तो मैं भी आया करूं।"

ज्ञानशंकर ने श्रद्धापूर्ण नेत्रों से गायत्री को देखकर कहा–"यह सब आप ही के सत्संग का फल है। आपने ही मुझे यह भक्ति-मार्ग दिखाया है और मैं आपको ही अपना गुरु मानता हूं। आज से कई मास पहले मैं माया-मोह में फंसा हुआ, इच्छाओं का दास, वासनाओं का गुलाम और सांसारिक बंधनों में जकड़ा हुआ था। आपने मुझे बता दिया कि संसार में निर्लिप्त होकर क्योंकर रहना चाहिए। इतनी संपत्तिशालिनी होकर भी आप संन्यासिनी हैं। आपके जीवन ने मेरे लिए सदुपदेश का काम किया है।"

गायत्री ज्ञानशंकर को विद्या और ज्ञान का अगाध सागर समझती थी। वह महान पुरुष जिसकी लेखनी में यह सामर्थ्य हो कि मुझे रानी के पद से विभूषित करा दे, जिसकी वक्तृताओं को सुनकर बड़े-बड़े अंग्रेज उच्चाधिकारी दंग रह जाएं, जिसके सुप्रबंध की आज सारे जिले में धूम है, मेरा इतना भक्त हो, इस कल्पना से ही उसका गौरवशील हृदय विह्वल हो गया। ऐसे सम्मानों के अवसर पर उसे अपने स्वामी की याद आ जाती थी। वह विनीत भाव से बोली–"बाबूजी! यह सब भगवान की दया है। उन्होंने आपको यह भक्ति प्रदान की है, नहीं तो लोग यावज्जीवन धर्मोपदेश सुनते रह जाते हैं, फिर भी उनके ज्ञानचक्षु नहीं खुलते। कहीं स्वामी से आपकी भेंट हो गई होती तो आप उनके दर्शन-मात्र से ही मुग्ध हो जाते। वह धर्म और प्रेम के अवतार थे। मैं जो कुछ हूं, उन्हीं की बनाई हुई हूं। यथासाध्य उन्हीं की शिक्षाओं का पालन करती हूं, नहीं तो मेरी गति कहां थी कि भक्तिरस का स्वाद पा सकती!"

ज्ञानशंकर–मुझे भी यह खेद है कि उन महात्मा के दर्शनों से वंचित रह गया। जिनके सदुपदेश में यह महान शक्ति है, वह स्वयं कितना प्रतिभाशील होगा! मैं कभी-कभी स्वप्न में उनके दर्शन से कृतार्थ हो जाता हूं। कितनी सौम्य मूर्ति थी मुखारविंद से प्रेम की ज्योति-सी प्रसारित होती हुई जान पड़ती है। साक्षात् कृष्ण भगवान के अवतार मालूम होते हैं।

दूसरे दिन से परदे का आयोजन हो गया और गायत्री नित्य-प्रति इन सत्संगों में भाग लेने लगीं। भक्तों की संख्या दिनोंदिन बढ़ने लगी। कीर्तन के समय लोग भावोन्मत्त होकर नाचने लगते। गायत्री के हृदय से भी यही प्रेम-तरंगें उठतीं। यहां तक कि ज्ञानशंकर भी स्थिर चित्त न रह सकते। कृष्ण के पवित्र प्रेम की लीलाएं उनके चित्त को एक क्षण के लिए प्रेम से आभासित कर देती थीं और इस प्रकाश में उन्हें अपनी कुटिलता और क्षुद्रता अत्यंत घृणोत्पादक दिखाई पड़ती, लेकिन सत्संग समाप्त होते ही यह क्षणिक ज्योति फिर स्वार्थांन्धकार में विलीन हो जाती थी। बालक कृष्ण की भोली-भाली क्रीड़ाएं, उनकी वह मनोहर तोतली बातें,

यशोदा का वह विलक्षण पुत्र-प्रेम, गोपियों की वह आत्म-विस्मृति, प्रीति के वह भावमय रहस्य, वह अनुराग के उद्गार, वह बंसी की मतवाली तान, वह यमुना तट के विहार की कथाएं लोगों को अतीव आनंदप्रद और आत्मिक उल्लास का अनुभव देती थीं। भूतवादियों की दृष्टि में ये कथाएं कितनी ही लज्जास्पद क्यों न हों, पर उन भक्तों के अंतःकरण इनके श्रवण-मात्र से ही गद्गद हो जाते थे। राधा और यशोदा का नाम आते ही आंखों से आंसुओं की झड़ी लग जाती थी। कृष्ण के नाम में क्या जादू है–इसका अनुभव हो जाता था।

एक बार वृंदावन से रासलीला-मंडली आई और महीने-भर तक लीला करती रही। सारा शहर देखने को फट पड़ता था। ज्ञानशंकर प्रेम की मूर्ति बने हुए लोगों का आदर-सत्कार करते। छोटे-बड़े सबको खातिर से बैठाते। स्त्रियों के लिए विशेष प्रबंध कर दिया गया था। यहां गायत्री उनका स्वागत करती, उनके बच्चों को प्यार करती और मिठाई-मेवे बांटती।

जिस दिन कृष्ण के मथुरा गमन की लीला हुई, दर्शकों की इतनी भीड़ हुई कि सांस लेना मुश्किल था। यशोदा और नंद की हृदय-विदारणी बातें सुनकर दर्शकों में कोहराम मच गया, रोते-रोते कितने ही भक्तों की घिग्घी बंध गई और गायत्री तो मूर्च्छित होकर गिर ही पड़ी। होश आने पर उसने स्वयं को अपने शयनगृह में पाया। कमरे में सन्नाटा छाया हुआ था, केवल ज्ञानशंकर उसे पंखा झल रहे थे। गायत्री पर इस समय आलस्यता छाई हुई थी। जब मनुष्य किसी थके हुए पथिक की भांति अधीर होकर छांव की ओर दौड़ता है, उसका हृदय निर्मल, विशुद्ध प्रेम से परिपूर्ण हो जाता है। उसने ज्ञानशंकर को बैठ जाने का संकेत किया और तब शैशवोचित सरलता से उनकी गोद में सिर रखकर आकांक्षापूर्ण भाव से बोली–"मुझे वृंदावन ले चलो।"

तीसरे दिन रासलीला समाप्त हुई। उसी दिन ज्ञानशंकर गायत्री को संग ले बड़े समारोह के साथ वृंदावन चले।

13

प्रेमशंकर–मुझसे तो वह यही कहता है कि मैंने जुआ छोड़ दिया। जब कभी रुपये मांगता है, तो वह कहता है कि खाने को नहीं है। न दूं तो क्या करूं?

बुधिया–तभी तो उसके मिजाज नहीं मिलते। कुछ पेशगी तो नहीं ले गया है?

प्रेमशंकर–उसी से पूछो, ले गया होगा तो बताएगा न।

बुधिया–आपके यहां हिसाब-किताब नहीं है क्या?

प्रेमशंकर–मुझे कुछ याद नहीं है।

बुधिया–आपको याद नहीं है तो वह बता चुका! शराबियों-जुआरियों के भी कहीं ईमान होता है?

प्रेमशंकर–क्यों, क्या शराब से ईमान धुल जाता है?

बुधिया–धुल नहीं जाता तो और क्या? देखिए, बुलाके आपके मुंह पर पूछती हूं। या नारायण, निगोड़ा तलब-की-तलब उड़ा देता है, उस पर पेशगी लेकर खेल डालता है। अब देखूं, कहां से भरता है?

सेशन जज के इजलास में एक महीने से मुकदमा चल रहा है। अभियुक्त ने फिर सफाई दी। आज मनोहर का बयान था। इजलास में एक मेला-सा लगा हुआ था। मनोहर ने बड़ी निर्भीक दृढ़ता के साथ सारी घटना आदि से अंत तक बयान की और यदि जनता को अधिकार होता तो अभियुक्तों का बेदाग छूट जाना निश्चित था, किंतु अदालत जाब्ते और नियमों के बंधन में जकड़ी हुई थी। वह जानकर अनजान बनने पर

बाध्य थी। मनोहर के अंतिम वाक्य बड़े मार्मिक थे–"सरकार, माजरा यही है, जो मैंने आपसे अरज किया। मैंने गौस खां को इसी कुल्हाड़ी से और इन्हीं हाथों से मारा। कोई मेरा साथी, मेरा सलाहकार, मेरा मददगार नहीं था। अब आपको अख्तियार है, चाहे सारे गांव को फांसी पर चढ़ा दें, चाहे कालेपानी भेज दें, चाहे छोड़ दें। फैजू, बिसेसर, दरोगा ने जो कुछ कहा है, सब झूठ है। दरोगाजी की बात तो मैं नहीं चलाता, पर सरकार, फैजू और बिसेसर को अपने घर बुलाएं और दिलासा दें कि पुलिस तुम्हारा कुछ न कर सकेगी तो मेरी सच–झूठ की परख हो जाए, मैं और क्या कहूं? उन लोगों का काठ का कलेजा होगा, जो इतने गरीबों को बेकसूर फांसी पर चढ़वाए देते हैं। भगवान झूठ–सच सब देखते हैं। बिसेसर और फैजू की तो थोड़ी औकात है और दरोगाजी झूठ की रोटी खाते हैं, पर डॉक्टर साहब इतने बड़े आदमी और ऐसे विद्वान कैसे झूठी गंगा में तैरने लगे, इसका मुझे अचरज है। इसके सिवा और क्या कहा जाए कि गरीबों का नसीब ही खोटा है कि बिना कसूर किए फांसी पाते हैं। अब सरकार और पंचों से यही विनती है कि तुम इस घड़ी न्याय के आसन पर बैठे हो, अपने इंसाफ से दूध–का–दूध और पानी–का–पानी कर दो।"

अदालत उठी। यह दुखियारे हवालात चले और सभी ने तो मन को समझ लिया था कि भाग्य में जो कुछ बदा है, वह होकर रहेगा, पर दुखरन भगत की छाती पर सांप लोटता रहता था। उसे रह–रहकर उत्तेजना होती थी कि अवसर पाऊं तो मनोहर को खूब आड़े हाथों लूं, किंतु मजबूर था, क्योंकि मनोहर सबसे अलग रखा जाता था। हां, वह बलराज को ताना दे–देकर अपने चित्त की दाह को शांत किया करता था। आज मनोहर का बयान सुनकर उसे और भी चिढ़ हुई। जब चिड़ियां खेत चुग गई तो यह हांक लगाने चले हैं। उस घड़ी अकल कहां चली गई थी! जब एक जरा–सी बात पर कुल्हाड़ा बांधकर घर से चले थे। इस समय मार्ग में उसे मनोहर पर अपना क्रोध उतारने का मौका मिल गया, बोला–"आज क्या झूठ–मूठ बकवास कर रहे थे। आदमी को तीर चलाने से पहले सोच लेना चाहिए कि वह किसको लगेगा। जब तीर कमान से निकल गया तो फिर पछताने से क्या होता है? तुम्हारे कारण सारा गांव चौपट हो गया। अनाथ लड़कों और औरतों की कौन सुध लेने वाला है? बेचारे रोटियों को तरसते होंगे। तुमने सारे गांव को मटियामेट कर दिया।"

मनोहर को स्वयं आठों पहर यह शोक सताया करता था। गौस खां का वध करते समय उसे यही चिंता थी, इसलिए उसने खुद थाने में जाकर अपना अपराध स्वीकार कर लिया था। गांव को आफत से बचाने के लिए, जो कुछ हो सकता

था, वह उसने किया और उसे दृढ़ विश्वास था कि चाहे मुझे दुष्कृत्य पर कितना ही पश्चाताप हो रहा हो, अन्य लोग मुझे क्षम्य ही न समझते होंगे, मुझसे सहानुभूति भी रखते होंगे। मुझे जलाने के लिए अंदर की आग क्या कम है कि ऊपर से भी तेल छिड़का जाए। वह दुखरन की ये कटु बातें सुनकर बिलबिला उठा, जैसे पके हुए फोड़े में ठेस लग जाए। वह कुछ जवाब न दे सका।

आज अभियुक्तों के लिए प्रेमशंकर ने जेल के दरोगा की अनुमति से कुछ स्वादिष्ट भोजन बनवाकर भेजे थे। अपने उच्च सिद्धांतों के विरुद्ध वह जेलखाने के छोटे-छोटे कर्मचारियों की भी खातिर-खुशामद किया करते थे, जिससे वे अभियुक्तों पर कृपा-दृष्टि रखें। जीवन के अनुभवों ने उन्हें बता दिया था कि सिद्धांतों की अपेक्षा मनुष्य अधिक आदरणीय वस्तु है। औरों ने तो इच्छापूर्ण भोजन किया, लेकिन मनोहर इस समय हृदय ताप से विकल था। उन पदार्थों की रुचिवर्द्धक सुगंध भी उसकी क्षुधा को जाग्रत न कर सकी। आज वे शब्द उसके कानों में गूंज रहे थे, जो अब तक केवल हृदय में ही सुनाई देते थे–'तुम्हारे कारण सारा गांव मटियामेट हो गया, तुमने सारे गांव को चौपट कर दिया।'

हा, यह कलंक मेरे माथे पर सदा के लिए लग गया, अब यह दाग कभी न छूटेगा। जो अभी बालक हैं, वे मुझे गालियां दे रहे होंगे। उनके बच्चे मुझे गांव का द्रोही समझेंगे। जब मर्दों के यह विचार हैं, जो सब बातें जानते हैं, जिन्हें भली-भांति मालूम है कि मैंने गांव को बचाने के लिए अपनी ओर से कोई बात उठा नहीं रखी और जो यह अंधेर हो रहा है, वह समय का फेर है, तो भला स्त्रियां क्या कहती होंगी, जो बेसमझ होती हैं। बेचारी बिलासी गांव में किसी को मुंह न दिखा सकती होगी। उसका घर से निकलना मुश्किल हो गया होगा और क्यों न कहें? उनके सिर बीत रही है तो कहेंगे क्यों न? अभी तो अगहनी घर में खाने को हो जाएगी, लेकिन खेत तो बोए न गए होंगे। चैत में जब एक दाना भी न उपजेगा, बाल-बच्चे दाने-दाने को रोएंगे, तब उनकी क्या दशा होगी? मालूम होता है कि इस कंबल में खटमल हो गए हैं, नोचे डालते हैं और यह रोना साल-दो साल का नहीं है, कहीं सब कालेपानी भेज दिए गए तो जन्म-भर का रोना है। कादिर मियां का लड़का तो घर संभाल लेगा, लेकिन और सब तो मिट्टी में मिल जाएंगे और यह सब मेरी करनी का फल है।

मनोहर को सोचते-सोचते झपकी आ गई। उसने स्वप्न देखा कि एक चौड़े मैदान में हजारों आदमी जमा हैं। फांसी खड़ी है और मुझे फांसी पर चढ़ाया जा रहा है। हजारों आंखें मेरी ओर घृणा की दृष्टि से ताक रही हैं। चारों तरफ से यही ध्वनि आ रही है, इसी ने सारे गांव को चौपट किया, फिर उसे ऐसी भावना हुई

कि मर गया हूं और कितने ही भूत-पिशाच मुझे चारों ओर से घेरे हुए हैं और कह रहे हैं कि इसी ने हमें दाने-दाने को तरसाकर मार डाला। यही पापी है, इसे पकड़कर आग में झोंक दो। मनोहर के मुख से सहसा एक चीख निकल गई। आंखें खुल गईं। कमरे में खूब अंधेरा था, लेकिन जागने पर भी वह पैशाचिक भयंकर मूर्तियां उसके चारों तरफ मंडराती हुई जान पड़ती थीं। मनोहर की छाती बड़े वेग से धड़क रही थी। जी चाहता था, बाहर निकल भागूं, किंतु द्वार बंद थे।

अकस्मात् मनोहर के मन में यह विचार अंकुरित हुआ—क्या मैं यही सब कौतुक देखने और सुनने के लिए जिऊं? सारा गांव, सारा देश मुझसे घृणा कर रहा है। बलराज भी मन में मुझे गालियां दे रहा होगा। उसने मुझे कितना समझाया, लेकिन मैंने एक न मानी। लोग कहते होंगे, सारे गांव को बंधवाकर अब यह मुस्टंडा बना हुआ है। इसे तनिक भी लज्जा नहीं, सिर पटककर मर क्यों नहीं जाता! बलराज पर भी चारों ओर से बौछारें पड़ती होंगी, सुन-सुनकर कलेजा फटता होगा। अरे! भगवान, यह कैसा उजाला है? नहीं, उजाला नहीं है। किसी पिशाच की लाल-लाल आंखें हैं, मेरी ही तरफ लपकी आ रही हैं! या नारायण! क्या करूं? मनोहर की पिंडलियां कांपने लगीं। ये लाल आंखें प्रतिक्षण उसके समीप आती-जाती थीं। वह न तो उधर देख ही सकता था और न उधर से आंख ही हटा सकता था मानो किसी आसुरी शक्ति ने उसके नेत्रों को बांध दिया हो।

एक क्षण के बाद मनोहर को एक ही जगह कई आंखें दिखाई देने लगीं, नहीं, प्रज्वलित, अग्निमय, रक्तयुक्त नेत्रों का एक समूह है! धड़ नहीं, सिर नहीं, कोई अंग नहीं, केवल विदग्ध आंखें ही हैं, जो मेरी तरफ टूटे हुए तारों की भांति सर्राटा भरती चली आती हैं। एक पल और हुआ, यह नेत्र-समूह शरीरयुक्त होने लगा और गौस खां के आहत स्वरूप में बदल गया। यकायक बाहर धड़ाक की आवाज हुई। मनोहर बदहवास होकर पीछे की दीवार की ओर भागा, लेकिन एक ही पग में दीवार से टकराकर गिर पड़ा, सिर में चोट आई, फिर उसे जान पड़ा कि कोई द्वार का ताला खोल रहा है। किसी ने उसे पुकारा—"मनोहर! मनोहर!"

मनोहर ने आवाज पहचानी। जेल का दरोगा था। उसकी जान-में-जान आई, कड़ककर बोला—"हां साहब, जागता हूं।" पैशाचिक जगत से निकलकर वह फिर चैतन्य संसार में आया। उसे अब नेत्र-समूह का रहस्य खुला। दरोगा की लालटेन की ज्योति थी, जो किवाड़ की दरारों से कोठरी में आ रही थी। इसी साधारण-सी बात ने उसे इतना सशंक कर दिया था। दरोगा आज गश्त करने निकला था।

दरोगा के चले जाने के बाद मनोहर कुछ सावधान हो गया। शंकोत्पादक कल्पनाएं शांत हुईं, लेकिन अपने तिरस्कार और अपमान की चिंताओं ने फिर

आ घेरा। सोचने लगा—एक वह हैं, जो उजड़े हुए गांवों को आबाद करते हैं और जिनका यश संसार गाता है। एक मैं हूं, जिसने गांव को उजाड़ दिया। अब कोई भोर के समय मेरा नाम न लेगा। ऐसा जान पड़ता है कि सभी डामिल जाएंगे, एक भी न बचेगा। अभी न जाने कितने दिन यह मामला चलेगा। महीने-भर लगे, दो महीने लग जाएं। इतने दिनों तक मैं सबकी आंखों में कांटे की तरह खटकता रहूंगा, सब मुझे कोसेंगे, गालियां दिया करेंगे। आज दुखरन ने कह ही सुनाया, कल कोई और ताना देगा। कादिर खां को भी यह कैद अखरती ही होगी। और तो और, कहीं बलराज भी न खुल पड़े। हा! मुझे उसकी जवानी पर भी तरस न आया, मेरा लाल मेरे ही हाथों...मैं अपने जवान बेटे को अपने ही हाथों...हा भगवान! अब यह दुःख नहीं सहा जाता। फांसी न जाने कब होगी! कौन जाने कहीं सबके साथ मेरा भी डामिल हो जाए, तब तो मरते दम तक इन लोगों के जले-कटे वचन सुनने पड़ेंगे! बलराज, तुझे कैसे बचाऊं? कौन जाने हाकिम यही फैसला करे कि यह जवान है, इसी ने कुल्हाड़ा मारा होगा। हा भगवान! तब क्या होगा? क्या अपनी ही आंखों से यह देखूंगा? नहीं, ऐसे जीने से मरना ही अच्छा है। नकटा जिया बुरे हवाल! बस, एक ही उपाय है–हां!

फैजुल्लाह खां का गौस खां के पद पर नियुक्त होना गांव के दुखियारों के घाव पर नमक छिड़कना था। पहले ही दिन से खींच-तान होने लगी और फैजू ने विरोधाग्नि को शांत करने की जरूरत न समझी। अब वह मुसल्लम गांव के सत्ताधारी शासक थे। उनका हुक्म कानून के तुल्य था। किसी को चूं करने की मजाल न थी। गांव का दूध-घी, उपले-लकड़ी, घास-पयाल, कद्दू-कुम्हड़े, हल-बैल, सब उनके थे। जो अधिकार गौस खां को जीवनपर्यंत न प्राप्त हुए, वह समय के उलट-फेर और सौभाग्य से फैजुल्लाह को पहले ही दिन से प्राप्त हो गए। अन्याय और स्वेच्छा के मैदान में अब उनके घोड़ों को किसी ठोकर का भय न था। पहले करतार सिंह की ओर से कुछ शंका थी, किंतु उनकी नीति-कुशलता ने शीघ्र ही उसकी अभक्ति को परास्त कर दिया। वह अब उनका आज्ञाकारी सेवक, उनका परम शुभेच्छु था। वह अब गला फाड़-फाड़कर रामायण का पाठ करता। सारे गांव के ईंट-पत्थर जमा करके चौपाल के सामने ढेर लगा दिए और उन पर घड़ों पानी चढ़ाता। घंटों चंदन रंगड़ता, घंटों भंग घोटता, कोई रोक-टोक करने वाला न था!

फैजुल्लाह खां नित्य प्रातःकाल टांघन पर सवार होकर गांव का चक्कर लगाते, करतार और बिंदा महाराज लट्ठ लिये उनके पीछे-पीछे चलते। जो कुछ

नोचे-खसोटे मिल जाता, वह लेकर लौट आते थे। यों तो समस्त गांव उनके अत्याचार से पीड़ित था, पर मनोहर के घर पर इन लोगों कि विशेष कृपा थी। पूस में ही बिलासी पर बकाया लगान की नालिश हुई और उसके सब जानवर कुर्क हो गए। फैजू को पूरा विश्वास था कि अब की चैत में किसी से मालगुजारी वसूल तो होगी नहीं तो सभी पर बेदखली के दावे कर दूंगा और एक ही हल्के में सबको समेट लूंगा। मुसल्लम गांव को बेदखली कर दूंगा, आमदनी चटपट दूनी हो जाएगी, पर इस दुष्कल्पना से उन्हें संतोष न होता था। डांट-फटकार, गाली-गलौज के बिना रोब जमाना कठिन था। अतएव नियमपूर्वक इस नीति का सदुपयोग किया जाने लगा। बिलासी मारे डर के घर से निकलती ही न थी। उसकी रब्बी खेत में खड़ी सूख रही थी, पानी कौन दे? न बैल अपने थे और न किसी से मांगने का ही मुंह था।

एक दिन संध्या समय बिलासी अपने द्वार पर बैठी रो रही थी। मनोहर की आत्महत्या की खबर उसे कई दिन पहले मिल चुकी थी। उसे अपने सर्वनाश का इतना शोक न था, जितना इस बात का कि कोई उसकी बात पूछने वाला न था। जिसे देखिए, उसे जली-कटी सुनाता था। न कोई उसके घर आता, न जाता। यदि वह बैठे-बैठे उकताकर किसी के घर चली जाती, तो वहां भी उसका अपमान किया जाता। वह गांव की नागिन समझी जाती थी, जिसके विष ने समस्त गांव को काल का ग्रास बना दिया—और-तो-और उसकी बहू भी उसे ताने देती थी। सहसा उसने सुना, सुक्खू चौधरी अपने मंदिर में आकर बैठे हैं। वह तुरंत मंदिर की ओर चली। वह सहानुभूति की प्यासी थी। सुक्खू इन घटनाओं के विषय में क्या कहते हैं, यह जानने की उसे उत्कट इच्छा थी। उसे आशा थी कि सुक्खू अवश्य निष्पक्ष भाव से अपनी सम्मति प्रकट करेंगे। जब वह मंदिर के निकट पहुंची तो गांव की कितनी ही नारियों और बालिकाओं को वहां जमा पाया। सुक्खू की दाढ़ी बढ़ी हुई थी, सिर पर एक कंटोप था और शरीर पर एक रामनामी चादर। बहुत उदास और दुखी जान पड़ते थे। नारियां उनसे गौस खां की हत्या की चर्चा कर रही थीं। मनोहर की खूब ले-दे हो रही थी। बिलासी मंदिर के निकट पहुंचकर ठिठक गई कि इतने में सुक्खू ने उसे देखा और बोले—"आओ बिलासी, आओ बैठो। मैं तो तुम्हारे पास आप ही आने वाला था।"

बिलासी—तुम तो कुशल से रहे?

सुक्खू—जीता हूं, बस यही कुशल है। जेल से छूटा तो बद्रीनाथ चला गया। वहां से जगन्नाथ होता हुआ चला आता हूं। बद्रीनाथ में एक महात्मा के दर्शन हो गए, उनसे गुरुमंत्र भी ले लिया। अब मांगता-खाता फिरता हूं। गृहस्थी के जंजाल से छूट गया।

बिलासी ने डरते-डरते पूछा–"यहां का हाल तो तुमने सुना ही होगा?"

सुक्खू–हां, जब से आया हूं, वही चर्चा हो रही है और उसे सुनकर मुझे तुम पर ऐसी श्रद्धा हो गई है कि तुम्हारी पूजा करने को जी चाहता है। तुम क्षत्राणी हो, अहीर की कन्या होकर भी क्षत्राणी हो। तुमने वही किया, जो क्षत्राणियां किया करती हैं। मनोहर भी क्षत्री है, उसने वही किया, जो क्षत्री करते हैं। वह वीर आत्मा था। इस मंदिर में अब उसकी समाधि बनेगी और उसकी पूजा होगी। इसमें अभी तक किसी देवता की स्थापना नहीं हुई है, अब उसी वीर मूर्ति की स्थापना होगी। उसने गांव की लाज रख ली, स्त्री की मर्जाद रख ली। यह सब क्षुद्र आत्माएं बैठी उसे बुरा-भला कह रही हैं। कहती हैं, उसने गांव का सर्वनाश कर दिया। इनमें लज्जा नहीं है, अपनी मर्यादा का कुछ गौरव नहीं है। उसने गांव का सर्वनाश नहीं किया, उसे वीरगति दे दी, उसका उद्धार कर दिया! नारियों की रक्षा करना पुरुषों का धर्म है। मनोहर ने अपने धर्म का पालन किया। उसको बुरा वही कह सकता है जिसकी आत्मा मर गई हो, जो बेहया हो गया हो। गांव के पांच-दस पुरुष फांसी चढ़ जाएं तो कोई चिंता नहीं, यहां एक-एक स्त्री के पीछे लाखों सिर कट गए। सीता के पीछे रावण का राज्य विध्वंस हो गया। द्रौपदी के पीछे 18 लाख योद्धा मर मिटे। इज्जत के लिए पांच-दस जाने चली जाएं तो क्या बड़ी बात है! धन्य है मनोहर, तेरे साहस को, तेरे पराक्रम को, तेरे कलेजे को!

सुक्खू का एक-एक शब्द वीर रस में डूबा हुआ था।

बिलासी के हृदय में वह गुदगुदी हो रही थी, जो अपनी सराहना सुनकर हो सकती है। जी चाहता था, सुक्खू के चरणों पर सिर रख दूं, किंतु अन्य स्त्रियां सुक्खू की ओर कुतूहल से ताक रही थीं कि यह क्या बकता है!

एक क्षण के बाद सुक्खू ने बिलासी से पूछा–"खेती-बाड़ी का क्या हाल है?"

बिलासी के खेत सूख रहे थे, पर अपनी विपत्ति-कथा सुनाकर वह सुक्खू को दुखी नहीं करना चाहती थी, बोली–"दादा, तुम्हारी दया से खेती अच्छी हो गई है, कोई चिंता नहीं है।"

कई और साधु आ गए, जो सुक्खू के साथी जान पड़ते थे। उन्होंने धूनी जलाई और चरस के दम लगाने शुरू किए। गांव के लोग भी एक-एक करके वहां से चलने लगे। जब बिलासी जाने लगी तो सुक्खू ने कहा–"बिलासी, मैं पहर रात रहे यहां से चला जाऊंगा, घूमता-घामता कई महीनों में आऊंगा, तब यहां मूर्ति की स्थापना होगी। हम उस यज्ञ के लिए भीख मांगकर रुपये जमा करते हैं। तुम्हें किसी बात की तकलीफ हो तो कहो।"

बिलासी–नहीं दादा, तुम्हारी दया से कोई तकलीफ नहीं।

सुक्खू तो प्रातःकाल चले गए, लेकिन बिलासी पर उनकी भावनापूर्ण बातों का गहरा असर पड़ा। अब वह किसी दलित-दीन की भांति गांववालों के व्यंग्य और लांछन न सुनती और न किसी को उस पर उतनी निर्भयता से आक्षेप करने का साहस ही होता था। इतना ही नहीं, बिलासी की बातचीत, चाल-ढाल से अब आत्म-गौरव टपकता था। कभी-कभी वह बढ़कर बातें करने लगती, पड़ोसियों से कहती–"तुम अपनी लाज बेचकर अपनी चमड़ी को बचाओ, यहां इज्जत के पीछे जानें तक दे देते हैं। मैं विधवा हो गई तो क्या, घर सत्यानाश हुआ तो क्या, किसी के सामने आंख तो नीची नहीं हुई। अपनी लाज तो रखी।" पति की मृत्यु और पुत्र का वियोग अब उसे उतना असह्य न था।

एक दिन उसने इतनी डींग मारी कि उसकी बहू से न रहा गया। वह चिढ़कर बोली–"अम्मा! ऐसी बातें करके घाव पर नमक न छिड़को। तुम सब सुख-विलास कर चुकी हो, अब विधवा हो गई तो क्या? उन दुखियारियों से पूछो जिनकी अभी पहाड़-सी उम्र पड़ी है, जिन्होंने अभी जिंदगी का कुछ सुख नहीं जाना है। अपनी मरजाद सबको प्यारी होती है, पर उसके लिए जन्म-भर का रंडापा सहना कठिन है। तुम्हें क्या, आज नहीं तो कल रांड होतीं! तुम्हारे भी खेलने-खाने के दिन होते तो देखती कि अपनी लाज को कितनी प्यारी समझती हो।"

बिलासी तिलमिला उठी। उस दिन से उसने बहू से बोलना छोड़ दिया, यहां तक कि बलराज की भी चर्चा न करती। जिस पुत्र पर जान देती थी, उसके नाम से भी घृणा करने लगी। बहू के इन अरुचिकर शब्दों ने उसके मातृ-स्नेह का अंत कर दिया, जो 25 साल के जीवन का अवलंबन और आधार बना हुआ था। कुछ दिनों तक तो उसने मौन रूप से अपना कोप प्रकट किया, किंतु जब यह प्रयोग सफल होता दिखाई न पड़ा तो उसने बहू की निंदा करनी शुरू की। गांव में कितनी ही ऐसी वृद्ध महिलाएं थीं, जो अपनी बहुओं से जला करती थीं। उन्हें बिलासी से सहानुभूति हो गई। शनैः-शनैः यह कैफियत हुई कि बिलासी के बरौठे में सासों की नित्य बैठक होती और बहुओं के खूब दुखड़े रोए जाते। उधर बहुओं ने भी अपनी आत्म-रक्षा के लिए एक सभा स्थापित की। इसकी बैठक नित्य दुखरन भगत के घर होती। बिलासी की बहू इस सभा की संचालिका थी। इस प्रकार दोनों में विरोध बढ़ने लगा। यहां की बातें किसी-न-किसी प्रकार वहां जा पहुंचतीं और वहां की बातें भी किन्हीं गुप्त दूतों द्वारा आ जातीं। उनके उत्तर दिए जाते, उत्तरों के प्रत्युत्तर मिलते और नित्य यही कार्यक्रम चलता रहता था। इस प्रश्नोत्तर में जो आकर्षण था, वह अपनी विपत्ति और विडंबना पर आंसू बहाने में

कहां था? इस व्यंग्य-संग्राम में एक सजीव आनंद था। द्वेष की कानाफूसी शायद मधुर गान से भी अधिक शोकहारी होती है।

यहां तो यह हाल था, उधर फसल खेतों में सूख रही थी। मियां फैजुल्लाह सूखे को देखकर खिल जाते थे–देखते-देखते चैत का महीना आ गया। मालगुजारी का तकाजा होने लगा। गांव के बचे हुए लोग अब चेते। वह भूल-से गए थे कि मालगुजारी भी देनी है। दरिद्रता में मनुष्य प्रायः भाग्य पर आश्रित हो जाता है। फैजुल्लाह ने सख्ती करनी शुरू की। किसी को चौपाल के सामने धूप में खड़ा करते, किसी की मुश्कें कसकर पिटवाते। दीन नारियों के साथ और भी पाशविक व्यवहार किया जाता, किसी की चूड़ियां तोड़ी जातीं, किसी के जूड़े नोचे जाते। इन अत्याचारों को रोकनेवाला अब कौन था? सत्याग्रह में अन्याय का दमन करने की शक्ति है, यह सिद्धांत भ्रांतिपूर्ण सिद्ध हो गया। फैजू जानता था कि पत्थर दबाने से तेल न निकलेगा, लेकिन इन अत्याचारों से उसका उद्देश्य गांववालों का मान-मर्दन करना था। इन दुष्कृत्यों से उसकी पशुवृत्ति को असीम आनंद मिलता था।

धीरे-धीरे जेठ भी गुजरा, लेकिन लगान की एक कौड़ी न वसूल हुई। खेत में अनाज होता तो कोई-न-कोई महाजन खड़ा हो जाता, लेकिन सूखी खेती को कौन पूछता है? अंत में ज्ञानशंकर ने बेदखली दायर करने की ठान ली। इसी की देरी थी, नालिश हो गई, किंतु गांव में रुपयों का बंदोबस्त न हो सका। उज्रदारी करने वाला भी कोई न निकला। सबको विश्वास था कि एकतरफा डिग्री होगी और सब-के-सब बेदखल हो जाएंगे। फैजू और करतार बगलें बजाते फिरते थे। अब मैदान मार लिया है। खां साहब गए तो क्या, गांव साफ हो गया। कोई दाखिलकार असामी रहेगा ही नहीं, जितनी चाहें जमीन की दर बढ़ा सकते हैं। हजार की जगह दो हजार वसूल होंगे। इस कारगुजारी का सेहरा मेरे सिर बंधेगा। दूर-दूर तक मेरी धूम हो जाएगी। इन कल्पनाओं से फैजू मियां फूले नहीं समाते थे।

निदान, फैसले की तारीख आ गई। करतार सिंह ने मलमल का ढीला कुरता और गुलाबी पगड़ी निकाली, जूते में कड़वा तेल भरा, लाठी में तेल मला, बाल बनवाए और माथे पर भभूत लगाई। फैजुल्लाह खां ने चारजामे की मरम्मत कराई, अपनी काली अचकन और सफेद पगड़ी निकाली। बिंदा महाराज ने भी धुली हुई गाढ़े की मिरजई और गेरू में रंगी हुई धोती पहनी। बेगारों के सिरों पर कंबल, टाट आदि लादे गए और तीनों आदमी कचहरी चलने को तैयार हुए। केवल खां साहब की नमाज की देर थी।

किंतु गांव में जरा भी हलचल न थी। मर्दों में कादिर के छोटे लड़के के सिवा और सभी नीच जातियों के लोग थे, जिन्हें मान-अपमान का ज्ञान ही न था

और वह बेचारा कानूनी बातों से अनभिज्ञ था। झपट के दिल में ऐसा हौल समाया हुआ था कि घर से बाहर ही न निकलते थे। रही स्त्रियां, वे दीन अबलाएं कानून का मर्म क्या जानें! आज भी नियमानुसार उनके दोनों अखाड़े जमे हुए थे। बुढ़िया कहती थीं, खेत निकल जाएं, हमारी बला से। हमें क्या करना है? आज मरे, कल दूसरा दिन। रहे भी तो हमारे किस काम आएंगे? इन रानियों का घमंड तो चूर हो जाएगा! यहां तक कि बिलासी भी जो इस सारी विपत्ति-कथा की कैकेयी थी, आज निश्चिंत बैठी हुई थी। विपक्षी दल को आज संधि-प्रार्थना की इच्छा हो रही थी, लेकिन कुछ तो अभिमान और कुछ प्रार्थना की स्वीकृति की निराशा इच्छा को व्यक्त न होने देती थी।

आठ बजे खां साहब की नमाज पूरी हुई। इधर बिंदा महाराज ने चबेना खाकर तंबाकू फांका और करतार सिंह ने घोड़े को लाने का हुक्म दिया कि इतने में सुक्खू चौधरी सामने से आते दिखाई दिए। वही पहले का-सा वेश था, सिर पर कंटोप, ललाट पर चंदन, गले में चादर, हाथ में एक चिपटा। आकर चौपाल में जमीन पर बैठ गए। गांव के लड़के जो उनके साथ दौड़ते आए थे। बाहर ही रुक गए।

फैजू ने पूछा–"चौधरी, कहो, खैरियत से तो रहे? तुम्हें जेल से निकले कितना अरसा हुआ?"

चौधरी ने करतार से चिलम ली, एक लंबा दम लगाया और मुंह से धुएं को निकालते हुए बोले–"आज बेदखली की तारीख है न?"

करतार–कागज-पत्तर देखा जाए तो जान पड़े। यहां नित एक-न-एक मामला लगा ही रहता है। कहां तक कोई याद रखे!

चौधरी–बेचारों पर एक विपत्ति तो थी ही, यह एक और बला सवार हो गई।

फैजू–मैं मजबूर हो गया। क्या करता? जाब्ते और कानून से बंधा हुआ हूं। चैत, बैशाख, जेठ–तीन महीने तक तकाजे करता रहा, इससे ज्यादा मेरे बस में और क्या था?

यह कहकर उन्होंने चौधरी की ओर इस अंदाज से देखा मानो वह शील और दया के पुतले हों।

चौधरी–अगर आज सब रुपये वसूल हो जाएं तो मुकदमा खारिज हो जाएगा न?

फैजू ने विस्मित होकर चौधरी को देखा और बोले–"खर्चे का सवाल है।"

चौधरी–अच्छा, बतलाइए आपके कुल कितने रुपये होते हैं? खर्चे भी जोड़ लीजिए।

यह कहकर चौधरी ने कमर से नोटों का एक पुलिंदा निकाला। एक थैली में से कुछ रुपये भी निकाले और खां साहब की ओर परीक्षा भाव से देखने लगे।

फैजू के होश उड़ गए। करतार के चेहरे का रंग उड़ गया मानो घर से किसी के मरने की खबर आ गई हो। बिंदा महाराज ने ध्यान से रुपयों को देखा। उन्हें संदेह हो रहा था कि यह कोई इंद्रजाल न हो। किसी के मुंह से बात न निकलती थी। जिस आशालता को बरसों से पाल और सींच रहे थे, वह आंख के सामने एक पशु के विकराल मुख का ग्रास बनी जाती थी। इस अवसर के लिए उन लोगों ने कितनी आयोजनाएं की थीं, कितनी कूटनीति से काम लिया था, कितने अत्याचार किए थे! और जब वह शुभ घड़ी आई तो निर्दय भाग्य-विधाता उसे हाथों से छीन लेता था। गौस खां का खून रंग लाकर अब निष्फल हुआ जाता था। आखिर फैजू ने बड़े गंभीर भाव से कहा–"इसका फैसला तो अब अदालत के हाथ है।"

अदालत का नाम लेकर वह चौधरी को भयभीत करना चाहते थे।

चौधरी–अच्छी बात है तो वहीं चलो।

करतार ने नैतिक सर्वज्ञता के भाव से कहा–"पहले ये लोग मोहलत की दर्खास्त दें, उस दर्खास्त पर हमारी तरफ से उज्रदारी होगी। इस पर हाकिम जो कुछ तजवीज करेगा, वह होगा। हम लोग रुपये कैसे ले सकते हैं? यह जाब्ते के खिलाफ है।"

बिंदा महाराज के सम्मुख एक दूसरी समस्या उपस्थित थी–"इसे इतने रुपये कहां मिल गए? अभी जेल से छूटकर आया है। गांववालों से फूटी कौड़ी भी न मिली होगी। इसके पास जो लेई-पूंजी थी, वह तालाब और मंदिर बनवाने में खर्च हो गई। अवश्य उसे कोई जड़ी-बूटी हाथ लग गई है, जिससे वह रुपये बना लेता है। साधुओं के हाथ में बड़े-बड़े करतब होते हैं।"

फैजू समझ गए कि इस धांधली से काम न चलेगा। कहीं इसने अदालत के सामने जाकर सब रुपये गिन दिए तो अपना-सा मुंह लेकर जाना पड़ेगा। निराश होकर जूते उतार दिए और नालिश की परतें निकालकर हिसाब जोड़ने लगे, उस पर अदालत का खर्च, अमलों की रिसवत, वकील का हिसाब, मेहनताना, जमींदार का नजराना आदि और बढ़ाया, तब बोले–"कुल 1750 रुपये होते हैं।"

चौधरी–फिर देख लीजिए, कोई रकम रह न गई हो, मगर यह समझ लेना कि हिसाब से एक कौड़ी भी बेशी ली तो तुम्हारा भला न होगा?

बिंदा महाराज ने सशंक होकर कहा–"खां साहब, जरा फिर जोड़ लो।"

करतार–सब जोड़ा-जोड़ाया है, रात-दिन यही किया करते हैं–लाओ, निकालो 1750 रुपये।

चौधरी–1750 रुपये लेना है तो अदालत में ही लेना, यहां तो मैं 1000 रुपये से बेसी न दूंगा।

फैजू–और अदालत का खर्च?

सहसा चौधरी ने अपना चिमटा उठाया और इतने जोर से फैजुल्लाह के सिर पर मारा कि वह जमीन पर गिर पड़ा, तब बोले—"यही अदालत का खर्च है, जी चाहे और ले लो। बेईमान, पापी कहीं का! कारिंदा बना फिरता है। कल का बनिया आज का सेठ! इतनी जल्दी आंखों में चरबी छा गई। तू भी तो किसी जमींदार का असामी है। तेरा घर देख आया हूं। तेरे मां-बाप, भाई-बंधु सबका हाल देख आया हूं। वहां उन सबका बेगार भरते-भरते कचूमर निकल जाया करता है। तूने चार अक्षर पढ़ लिये तो जमीन पर पांव नहीं रखता। दीन-दुखियों को लूटता फिरता है। 800 रुपये की नालिश है, 100 रुपये अदालत का खर्च है। मैं कचहरी जाकर पेशकार से पूछ आया। उसके तू 1750 रुपये मांगता है! और क्यों रे ठाकुर, तू भी इस तुरक के साथ पड़कर अपने को भूल गया? चिल्ला-चिल्लाकर रामायण पढ़ता है, भागवत की कथा कहता है, ईंट-पत्थर के देवता बनाकर पूजता है। क्या पत्थर पूजते-पूजते तेरा हृदय भी पत्थर हो गया? यह चंदन क्यों लगाता है? तुझे इसका क्या अधिकार है? तू धन के पीछे धर्म को भूल गया? तुझे धन चाहिए? तेरे भाग्य में धन लिखा है तो यह थैली उठा ले। (यह कहकर चौधरी ने रुपयों की थैली करतार की ओर फेंकी) देख तो तेरे भाग्य में धन है या नहीं? तेरा मन इतना पापी हो गया है कि तू सोना भी छुए तो मिट्टी हो जाएगा। थैली छूकर देख ले, अभी ठीकरी हुई जाती है।"

करतार ने पहले बड़े धृष्ट अश्रद्धा के साथ बातें करना शुरू की थीं। वह यह दिखाना चाहता था, मैं साधुओं का भेष देखकर रोब में आने वाला आदमी नहीं हूं, ऐसे भोले-भाले काठ के उल्लू कहीं और होंगे, पर चौधरी की यह हिम्मत देखकर और यह कठोपदेश सुनकर उसकी अभक्ति लुप्त हो गई। उसे अब ज्ञान हुआ कि यह वह चौधरी नहीं है, जो गौस खां की हां-में-हां मिलाया करता था, किंतु बिना परीक्षा किए, वह अब भी भक्ति-सूत्र में न बंधना चाहता था। यहां तक कि वह उनकी सिद्धि का परदा खोलकर उनकी खबर लेने पर उतारू था। उसने थैली को ध्यान से देखा, रुपयों से भरी हुई थी, तब उसने डरते-डरते थैली उठाई, किंतु उसके छूते ही एक अत्यंत विस्मयकारी दृश्य दिखाई दिया। रुपये ठीकरे हो गए! यह कोई मायालीला थी अथवा कोई जादू या सिद्धि, कौन कह सकता है! मदारी का खेल था या नजरबंदी का तमाशा, चौधरी ही जाने! रुपये की जगह साफ लाल-लाल ठीकरे झलक रहे थे।

करतार के हाथ से थैली छूटकर गिर पड़ी। वह हाथ बांधकर बड़े भक्ति-भाव से चौधरी के पैरों पर गिर पड़ा और बोला—"बाबा, मेरा अपराध क्षमा कीजिए। मैं अधम, पापी दुष्ट हूं, मेरा उद्धार कीजिए। मैं अब आपकी ही सेवा में रहूंगा, मुझे इस लोभ के गड्ढे से निकालिए।"

चौधरी–दीनों पर दया करो और वही पुण्य तुम्हें गड्ढे से निकालेगा। दया ही सब मंत्रों का मूल है।

फैजू मियां गर्द झाड़कर उठ बैठे थे। वृद्ध दुर्बल चौधरी उस समय उनकी आंखों में एक देव–सा दिखाई पड़ता था। यह चमत्कार देखकर वह भी दंग रह गए। अपनी खता माफ कराने लगे–"बाबाजी, क्या करें! जंजाल में फंसकर सभी कुछ करना पड़ता है। अहलकार, अमले, अफसर, अर्दली, चपरासी सभी की खातिर करनी पड़ती है। अगर यह चालें न चलें तो उनका पेट कैसे भरें? वहां एक दिन भी निबाह न हो। अब मुझे भी गुलामी में कबूल कीजिए।"

करतार ने चिलम पर चरस रखकर चौधरी को दी। बिंदा महाराज का संशय भी मिट चुका था, बोले–"कुछ जलपान की इच्छा हो तो शरबत बनाऊं?"

फैजुल्लाह ने उनके बैठने को अपना कालीन बिछा दिया।

चौधरी प्रसन्न हो गए। अपनी झोली से एक जड़ी निकालकर दी और कहा–"यह मिर्गी की आजमाई हुई दवा है। जन्म की मिर्गी भी इससे जाती रहती है। इसे हिफाजत से रखना और देखो, आज ही मुकदमा उठा लेना। यह एक हजार के नोट हैं, गिन लो। सब असामियों को अलग-अलग बाकी की रसीद दे देना। अब मैं जाता हूं। कुछ दिनों में फिर आऊंगा।"

प्रात:काल ज्यों ही मनोहर की आत्महत्या का समाचार विदित हुआ, जेल में हाहाकार मच गया। जेल के दरोगा, अमले, सिपाही, पहरेदार–सब के हाथों के तोते उड़ गए। जरा–सी देर में पुलिस को खबर मिली, तुरंत छोटे-बड़े अधिकारियों का दल आ पहुंचा। मौके की जांच होने लगी, जेल कर्मचारियों के बयान लिखे जाने लगे। एक घंटे में सिविल सर्जन और डॉक्टर प्रियनाथ भी आ गए। मजिस्ट्रेट, कमिश्नर और सिटी–मजिस्ट्रेट का आगमन हुआ। दिन–भर तहकीकात होती रही। दूसरे दिन भी यही जमघट रहा और यही कार्यवाही होती रही, लेकिन सांप मर चुका था, उसकी बांबी को लाठी से पीटना व्यर्थ था। हां, जेल–कर्मचारियों पर बन आई, जेल दरोगा 6 महीने के लिए मुअत्तल कर दिए गए, रक्षकों पर कड़े जुर्माने हुए। जेल के नियमों में सुधार किया गया, खिड़कियों पर दोहरी छड़ें लगा दी गईं। शेष अभियुक्तों के हाथों में हथकड़ियां न डाली गई थीं, अब दोहरी हथकड़ियां डाल दी गईं।

प्रेमशंकर यह खबर पाते ही दौड़े हुए जेल आए, पर अधिकारियों ने उन्हें फाटक के सामने से ही भगा दिया। अब तक जेल कर्मचारियों ने उनके साथ सब

प्रकार की रियायत की थी। अभियुक्तों से उनकी मुलाकात करा देते थे, उनके यहां से आया हुआ भोजन अभियुक्तों तक पहुंचा देते थे, पर आज उन सबका रुख बदला हुआ था। प्रेमशंकर जेल के सामने खड़े सोच रहे थे, अब क्या करूं कि पुलिस का प्रधान अफसर जेल से निकला और उन्हें देखकर बोला–"यह तुम्हारे ही उपदेशों का फल है, तुम्हीं ने शेष अपराधियों को बचाने के लिए यह आत्महत्या कराई है।" जेल के दरोगा ने भी उनसे इसी तरह की बातें कीं। इन तिरस्कारों से प्रेमशंकर को बड़ा दुःख हुआ। जीवन उन्हें नए-नए अनुभवों की पाठशाला-सा जान पड़ता था। यह पहला ही अवसर था कि उनकी दयार्द्रता और सदिच्छा की अवहेलना की गई। वह आधे घंटे तक चिंता में डूबे वहीं खड़े रहे, फिर अपने झोंपड़े की ओर चले मानो अपने किसी प्रियबंधु की दाह-क्रिया करके आ रहे हों।

घर पहुंचकर वह फिर उन्हीं विचारों में मग्न हुए। कुछ समझ में न आता था कि जीवन का क्या लक्ष्य बनाया जाए! क्षुद्र लौकिकता से चित्त को घृणा होती थी और उत्कृष्ट नियमों पर चलने के नतीजे उल्टे होते थे। उन्हें अपनी विवशता का ऐसा निराशाजनक अनुभव कभी न हुआ था। मानव-बुद्धि कितनी भ्रमयुक्त है, उसकी दृष्टि कितनी संकीर्ण–इसका ऐसा स्पष्ट प्रमाण कभी न मिला था। यद्यपि वह अहंकार को अपने पास न आने देते थे, पर वह किसी गुप्त मार्ग से उनके हृदयस्थल में पहुंच जाता था। अपने सद्कार्यों को सफल होते देखकर उनका चित्त उल्लसित हो जाता था और हृदय-कणों में किसी ओर से मंद स्वरों में सुनाई देता था–'मैंने कितना अच्छा काम किया!'

प्रत्येक अवसर पर ही क्षण-भर के उपरांत उन्हें कोई ऐसी चेतावनी मिल जाती थी, जो उनके अहंकार को चूर-चूर कर देती थी–'मूर्ख! तुम्हें अपनी सिद्धांतप्रियता का अभिमान है! देख, वह कितने कच्चे हैं। तुम्हें अपनी बुद्धि और विद्या का घमंड है? देख, वह कितनी भ्रांतिपूर्ण है। तुम्हें अपने ज्ञान और सदाचार का गरूर है! देख, वह कितना अपूर्ण और भ्रष्ट है! क्या तुम्हें निश्चय है कि तुम्हारी ही उत्तेजनाएं गौस खां की हत्या का कारण नहीं हुई? तुम्हारे ही कटु उपदेशों ने मनोहर की जान नहीं ली? तुम्हारे ही वक्र नीति-पालन ने ज्ञानशंकर की श्रद्धा को तुमसे विमुख नहीं किया?'

यह सोचते-सोचते उनका ध्यान अपनी आर्थिक कठिनाइयों की ओर गया। अभी न जाने यह मुकदमा कितने दिनों चलेगा। इरफान अली कोई तीन हजार ले चुके और शायद अभी उनका इतना ही बाकी है। गन्ने तैयार हैं, लेकिन हजार रुपये से ज्यादा न ला सकेंगे। बेचारे गांववालों को कहां तक दबाऊं? फलों से जो कुछ मिला, वह सब खर्च हो गया। किसी को अभी हिसाब तक नहीं दिखाया। न

जाने यह सब अपने मन में क्या समझते हों! लखनपुर की कुछ खबर न ले सका। मालूम नहीं, उन दुखियों पर क्या बीत रही है?

अकस्मात् भोला की स्त्री बुधिया आकर बोली–"बाबू, दो दिन से घर में चूल्हा नहीं जला और आपका हलवाहा मेरी जान खाए जाता है। बताइए; मैं क्या करूं? क्या चोरी करूं? दिन-भर चक्की पीसती हूं और जो कुछ पाती हूं, वह सब गृहस्थी में झोंक देती हूं, तिस पर भी भरपेट दाना नसीब नहीं होता। आप उसके हाथ में तलब न दिया करें। सब जुए में उड़ा देता है। आप उसे न डांटते हैं, न समझाते हैं। आप समझते हैं कि मजदूरी बढ़ाते ही वह ठीक हो जाएगा। आप उसे महीने का हजार भी दें तो उसके लिए पूरे न पड़ेंगे। आज से आप तलब मेरे हाथ में दिया करें!"

प्रेमशंकर–जुआ खेलना तो उसने छोड़ दिया था?

बुधिया–वही एक-दो महीने नहीं खेला था। बीच-बीच में कभी छोड़ देता है, लेकिन उसकी तो लत पड़ गई है। आप तलब मुझे दे दिया करें, फिर देखूं, कैसे खेलता है? आपका सीधा स्वभाव है, जब मांगता है, तभी निकालकर दे देते हैं।

प्रेमशंकर–मुझसे तो वह यही कहता है कि मैंने जुआ छोड़ दिया। जब कभी रुपये मांगता है, तो वह कहता है कि खाने को नहीं है। न दूं तो क्या करूं?

बुधिया–तभी तो उसके मिजाज नहीं मिलते। कुछ पेशगी तो नहीं ले गया है?

प्रेमशंकर–उसी से पूछो, ले गया होगा तो बताएगा न।

बुधिया–आपके यहां हिसाब-किताब नहीं है क्या?

प्रेमशंकर–मुझे कुछ याद नहीं है।

बुधिया–आपको याद नहीं है तो वह बता चुका! शराबियों-जुआरियों के भी कहीं ईमान होता है?

प्रेमशंकर–क्यों, क्या शराब से ईमान धुल जाता है?

बुधिया–धुल नहीं जाता तो और क्या? देखिए, बुलाके आपके मुंह पर पूछती हूं। या नारायण, निगोड़ा तलब-की-तलब उड़ा देता है, उस पर पेशगी लेकर खेल डालता है। अब देखूं, कहां से भरता है?

यह कहकर वह झल्लाई हुई गई और जरा देर में भोला को साथ लिये आई। भोला की आंखें लाल थीं, लज्जा से सिर झुकाए हुए था। बुधिया ने पूछा–"बताओ तुमने बाबूजी से कितने रुपये पेशगी लिये हैं?"

भोला ने स्त्री की ओर सरोष नेत्रों से देखकर कहा–"तू कौन होती है पूछने वाली? बाबूजी जानते नहीं क्या?"

बुधिया–बाबूजी ही तो पूछते हैं, नहीं तो मुझे क्या पड़ी थी?

भोला–इनके मेरे ऊपर लाख आते हैं और मैं इनका जन्म-भर का गुलाम हूं।

बुधिया–देखा बाबूजी! कहती न थी, वह कुछ न बताएगा? जुआरी कभी ईमान के सच्चे हुए हैं कि यह होगा?

भोला–तू समझती है कि मैं बातें बना रहा हूं। बातें उनसे बनाई जाती हैं जो दिल के खोटे होते हैं, जो एक धेला देकर पैसे का काम कराना चाहते हैं। देवताओं से बात नहीं बनाई जाती। यह जान इनकी है, यह तन इनका है, इशारा-भर मिल जाए।

बुधिया–अरे जा, जालिए कहीं के! बाबूजी बीसों बार समझा के हार गए। तुझसे एक जुआ तो छोड़ा जाता नहीं, तू और क्या करेगा? जान पर खेलने वाले और होते हैं।

भोला–झूठी कहीं की, मैं कब जुआ खेलता हूं?

प्रेमशंकर–सच कहना भोला, क्या तुम अब भी जुआ खेलते हो? तुम मुझसे कई बार कह चुके हो कि मैंने बिलकुल छोड़ दिया।

भोला का गला भर आया। नशे में हमारे मनोभाव अतिशयोक्तिपूर्ण हो जाते हैं। वह जोर से रोने लगा। जब ग्लानि का वेग कम हुआ तो सिसकियां लेता हुआ बोला–"मालिक, यह आपका एक हुकूम है, जिसे मैंने टाला है और कोई बात न टाली। आप मुझे यहीं बैठाकर सिर पर 100 जूते गिनकर लगाएं, तब यह भूत उतरेगा। मैं रोज सोचता हूं कि अब कभी न खेलूंगा, पर सांझ होते ही मुझे जैसे कोई धकेलकर फड़ की ओर ले जाता है। हा! मैं आपसे झूठ बोला, आपसे कपट किया! भगवान मेरी क्या गति करेंगे?" यह कहकर वह फिर फूट-फूटकर रोने लगा!

लज्जाभाव की यह पवित्रता देखकर प्रेमशंकर की आंखें भर आईं। वह शराबी और जुआरी भोला, जिसे वह नीच समझते थे, ऐसा पवित्रात्मा, ऐसा निर्मल हृदय था! उन्होंने उसे गले लगा लिया, बोले–"तुम रोते क्यों हो? मैं तुम्हें कुछ कहता थोड़े ही हूं?"

भोला–आपका कुछ न कहना ही तो मुझे मार डालता है। मुझे गालियां दीजिए, कोड़े से मारिए, तब यह नशा उतरेगा। हम लातों के देवता बातों से नहीं मानते।

प्रेमशंकर–तुम्हारी तलब बुधिया को दे दिया करूं?

भोला–जी हां, आज से मुझे एक कौड़ी भी न दिया करें।

प्रेमशंकर–(बुधिया से) लेकिन जो यह जुए से भी बुरी कोई आदत पकड़ ले तो?

बुधिया–जुएं से बुरी चोरी है, जिस दिन इसे चोरी करते देखूंगी, जहर दे दूंगी। मुझे रांड बनना मंजूर है, चोर की लुगाई नहीं बन सकती।

उसने भोला का हाथ पकड़कर घर चलने का इशारा किया और प्रेमशंकर के लिए एक जटिल समस्या छोड़ गई।

14

गायत्री का हृदय पहले भी उदार था। अब वह और भी दानशीला हो गई थी। उसके यहां अब नित्य सदाव्रत चलता था और जितने साधु-संत आ जाएं, सबको इच्छापूर्वक भोजन-वस्त्र दिया जाता था। वह देश की धार्मिक और पारमार्थिक संस्थाओं की भी यथासाध्य सहायता करती रहती थी। अब उसे सनातन धर्म से विशेष अनुराग हो गया। अतएव अबकी सनातन धर्ममंडल का वार्षिकोत्सव गोरखपुर में होना निश्चित किया गया, तब सभासदों ने बहुमत से रानी गायत्री को सभापति नियुक्त किया। यह पहला अवसर था कि यह सम्मान एक विदुषी महिला को प्राप्त हुआ। गायत्री को रानी की पदवी मिलने से भी इतनी खुशी न हुई थी जितनी इस सम्मान पद से हुई।

डॉक्टर इरफान अली बैठे सोच रहे थे कि मनोहर की आत्महत्या का शेष अभियुक्तों पर क्या असर पड़ेगा? कानूनी ग्रंथों का ढेर सामने रखा हुआ था। बीच में विचार करने लगते थे; मैंने यह मुकदमा नाहक लिया। रोज 100 रुपये का नुकसान हो रहा है और अभी मालूम नहीं कितने दिन लगेंगे। लाहौल! फिर रुपये की तरफ ध्यान गया। कितना ही चाहता हूं कि दिल को इधर न आने दूं, मगर ख्याल आ ही जाता है। वकालत छोड़ते भी नहीं बनती। ज्ञानशंकर से प्रोफेसरी के लिए कह तो आया हूं, लेकिन जो सचमुच यह जगह मिल गई तो टेढ़ी खीर होगी! मैं अब ज्यादा दिनों तक इस पेशे में रह नहीं सकता और न सही तो सेहत

के लिए जरूर ही छोड़ देना पड़ेगा। बस, यही चाहता हूं कि घर बैठे 1000 रुपये माहवारी रकम मिल जाया करे। अगर प्रोफेसरी से 1000 रुपये भी मिले तो काफी होंगे। नहीं, अभी छोड़ने का वक्त नहीं आया। 3 साल तक सख्त मेहनत करने के बाद अलबत्ता छोड़ने का इरादा कर सकता हूं, लेकिन इन तीन वर्षों तक मुझे चाहिए कि रियासत और मुरौवत को बालायताक रख दूं। सबसे पूरा मेहताना लूं, वरना आजकल की तरह फंसता रहा तो जिंदगी-भर छुटकारा न होगा।

हां, तो आज इस मुकदमे में बहस होगी। उफ! अभी तक तैयार नहीं हो सका। गवाहों के बयानों पर निगाह डालने का भी मौका न मिला। खैर, कोई मुजायका नहीं है–कुछ-न-कुछ बातें तो याद ही हैं। बहुत-कुछ उधर के वकील की तकरीर से सूझ जाएंगी। जरा नमक-मिर्च और मिला दूंगा, खासी बहस हो जाएगी। यह तो रोज का ही काम है, इसकी क्या फिक्र...?

इतने में अमौली के राजा साहब की मोटर आ पहुंची। डॉक्टर साहब ने बाहर निकलकर राजा साहब का स्वागत किया। राजा साहब अंग्रेजी में कोरे, लेकिन अंग्रेजी रहन-सहन, रीति-नीति में पारंगत थे। उनके कपड़े विलायत से सिलकर आते थे। लड़कों को पढ़ाने के लिए लेडियां नौकर थीं और रियासत का मैनेजर भी अंग्रेज था। राजा साहब का अधिकांश समय अंग्रेजी दुकानों की सैर में कटता था। टिकट और सिक्के जमा करने का शौक था। थिएटर जाने में कभी नागा न करते थे। कुछ दिनों से उनके मैनेजर ने रियासत की आमदनी पर हाथ लपकाना शुरू किया था, इसलिए उन्हें हटाना चाहते थे, किंतु अंग्रेज अधिकारियों के भय से साहस न होता था। मैनेजर स्वयं राजा को कुछ न समझता था, आमदनी का हिसाब देना तो दूर रहा।

राजा साहब इस मामले को दीवानी में लाने का विचार कर रहे थे, लेकिन मैनेजर साहब की जज से गहरी मैत्री थी, इसलिए अदालत के और वकीलों ने इस मुकदमे को हाथ में लेने से इनकार कर दिया था। निराश होकर राजा साहब ने इरफान अली की शरण ली थी। डॉक्टर साहब देर तक उनकी बातें सुनते रहे। बीच-बीच में तस्कीन देते थे–"आप घबराएं नहीं। मैं मैनेजर साहब से एक-एक कौड़ी वसूल कर लूंगा। यहां के वकील दब्बू हैं, खुशामदी टट्टू–पेशे को बदनाम करने वाले। हमारा पेशा आजाद है। हक की हिमायत करना हमारा काम है, चाहे बादशाह से ही क्यों न मुकाबला करना पड़े! आप जरा भी तरद्दुद न करें। मैं सब बातें ऐसी खूबसूरती से तय कर दूंगा कि आप पर छींटा भी न आने पाएगा।"

अकस्मात् चपरासी ने आकर डॉक्टर साहब को एक तार का लिफाफा दिया। ज्ञानशंकर ने एक मुकदमे की पैरवी करने के लिए 500 रुपये रोज पर बुलाया था।

डॉक्टर महोदय ने राजा साहब से कहा—"यह पेशा बड़ा मूजी है। कभी आराम से बैठना नसीब नहीं होता। रानी गायत्री देवी का तार है, गोरखपुर बुला रही हैं।"

राजा—मैं अपने मुकदमे को मुलतवी नहीं कर सकता। मुमकिन है, मैनेजर कोई और चाल खेल जाए।

डॉक्टर साहब—आप मुतलक अंदेशा न करें, मैंने मुकदमे को हाथ में ले लिया। अपने दीवान साहब को भेज दीजिएगा, वकालतनामा तैयार हो जाएगा। मैं कागजात देखकर फौरन दावा दायर कर दूंगा। गोरखपुर गया तो आपके कागजात लेता जाऊंगा।

घड़ी में दस बजे थे। खानसामा ने दस्तरखान बिछाया। भोजनालय इस दफ्तर के बगल ही में था। मसाले की सुगंध कमरे में फैल गई, लेकिन डॉक्टर साहब अपना शिकार फंसाने में तल्लीन थे। भय होता था कि मैं भोजन करने चला जाऊं और शिकार हाथ से निकल न जाए। लगभग आधे घंटे तक वह राजा साहब से मुकदमे के संबंध में बातें करते रहे।

राजा साहब के जाने के बाद वह दस्तरखान पर बैठे। खाना ठंडा हो गया था। दो-चार ही कौर खाने पाए थे कि 11 बज गए। दस्तरखान से उठ बैठे। जल्दी-जल्दी कपड़े पहने और कचहरी चले। रास्ते में पछताते जाते थे कि भरपेट खाना भी नहीं खा पाया। आज पुलाव कैसा लजीज बना था! इस पेशे का बुरा हो, खाने की भी फुरसत नहीं। हां, रानी को क्या जवाब दूं? नीति तो यही है कि जब तक किसानों का मामला तय न हो जाए, कहीं न जाऊं, लेकिन यह 500 रुपये रोज का नुकसान कैसे बर्दाश्त करूं? फिर एक बड़ी रियासत से ताल्लुक हो रहा है। साल में सैकड़ों मुकदमें होते होंगे, सैकड़ों अपीलें होती होंगी। वहां अपना रंग जरूर जमाना चाहिए। मुहर्रिर साहब सामने ही बैठे थे, पूछा—"क्यों मुंशीजी, रानी साहिबा को क्या जवाब दूं? आपके ख्याल में इस वक्त वहां मेरा जाना मुनासिब है?"

मुहर्रिर—हुजूर किसी के ताबेदार नहीं हैं, शौक से जाएं। सभी वकील यही करते हैं! ऐसे मौके को न छोड़ें।

डॉक्टर साहब—बदनामी होती है।

मुहर्रिर—जरा भी नहीं। जब यही आम रिवाज है तो कौन-किसे बदनाम कर सकता है?

इन शब्दों ने इरफान अली की दुविधाओं को दूर कर दिया। औंघते को ठेलने का बहाना मिल गया। ज्यों ही मोटर कचहरी में पहुंची, प्रेमशंकर दौड़े हुए आए और बोले—"मैं तो बड़ी चिंता में था—पेशी हो गई।"

डॉक्टर साहब—अमौली के राजा साहब आ गए थे, इससे जरा देर हो गई, खाना भी नहीं नसीब हुआ। इस पेशे की न जाने क्यों लोग इतनी तारीफ करते हैं? असल में इससे बदतर कोई पेशा नहीं। थोड़े दिनों में आदमी कोल्हू का बैल बन जाता है।

प्रेमशंकर—आप उधर कहां तशरीफ लिये जाते हैं?

डॉक्टर साहब—जरा सब-जज के इजलास में एक बात पूछने। आप चलें, मैं अभी आता हूं।

प्रेमशंकर—सरकारी वकील ने बहस शुरू कर दी है।

डॉक्टर साहब—कोई मुजायका नहीं, करने दीजिए। मैं उसका जवाब पहले ही तैयार कर चुका हूं।

प्रेमशंकर उनके साथ सब-जज के इजलास तक गए। डॉक्टर साहब लगभग एक घंटे तक दफ्तरवालों से बातें करते रहे। अंत में निकले तो बड़े संकोच भाव से बोले—"आपको यहां खड़े-खड़े बेहद तकलीफ हुई, मुआफ फरमाइएगा। मुझे यह कहते हुए आपसे बहुत नादिम होना पड़ता है कि मैं तीन-चार दिन इस मुकदमे की पैरवी न कर सकूंगा।"

प्रेमशंकर—यह तो आपने बुरी खबर सुनाई। आप खुद अंदाजा लगा सकते हैं कि ऐसे नाजुक मौके पर आपका न रहना कितना जुल्म है?

डॉक्टर साहब—मजबूर हूं, आपके भाई साहब ने तार से गोरखपुर बुलाया है।

प्रेमशंकर—इस खबर से मेरी तो रूह ही फना हो गई। आप इन बेचारे किसानों को मझधार में छोड़े देते हैं। ख्याल फरमाइए, इनकी क्या हालत होगी? यहां इतने तंग वक्त में कोई दूसरा वकील भी तो नहीं मिल सकता।

डॉक्टर साहब—मुझे खुद निहायत अफसोस है, मगर जब तक दुकान है, तब तक खरीददारों की खातिर करनी ही पड़ेगी। यह पेशा ऐसा मनहूस है कि इसमें आईन पर कायम रहना दुश्वार है। मुझे इन मुसीबतजदों का खुद ख्याल है, लेकिन मिस्टर ज्ञानशंकर को नाराज भी तो नहीं कर सकता और जनाब, साफ बात तो यह है कि जब काफिर हुए तो शराब से क्यों तौबा करें? जब वकालत का सियाह जामा पहना तो उस पर शराफत का सफेद दाग क्यों लगाएं? जब लूटने पर आए तो दोनों हाथों से क्यों न समेटें? दिल में दौलत का अरमान क्यों रह जाए? बनियों को लोग ख्वामखाह लालची कहते हैं। इस लकब का हक हमको है। दौलत हमारा दीन है, हमारा ईमान है। यह न समझिए कि इस पेशे के जो लोग चोटी पर पहुंच गए हैं, वे ज्यादा रोशन ख्याल हैं। नहीं जनाब, वे बगुले भगत हैं। ऐसे खामोश बैठे रहते हैं, गोया दुनिया से कोई वास्ता नहीं, लेकिन

शिकार नजर आते ही आप उनकी झपट और फुर्ती देखकर दंग हो जाएंगे। जिस तरह कसाई बकरे को सिर्फ वजन के एतबार से देखता है, उसी तरह हम इंसान को महज इस एतबार से देखते हैं कि वह कहां तक आंख का अंधा और गांठ का पूरा है। लोग इसे आजाद पेशा कहते हैं, मैं इसे इंतिहा दरजे की गुलामी कहता हूं। अभी चंद महीने हुए मेरे भाई की शादी दरपेश थी। सादात के कस्बे में बरात गई थी। तीन दिन बरात वहां मुकीम रही। मैं रोज सवेरे यहां चला आता था और रात की गाड़ी से लौट जाता था। सभी रस्में मेरी गैर-हाजिरी में अदा हुईं। एक दिन भी कचहरी का नागा नहीं किया। मैं अपनी इस हवस को मकरूह समझता हूं और जिंदगी-भर उस आदमी का शुक्रगुजार रहूंगा जो मुझे इस मर्ज से नजात दिला दे।

यह कहकर डॉक्टर साहब मोटर पर आ बैठे और एक क्षण में घर पहुंच गए। एक बजे गाड़ी जाती थी। सफर का सामान तैयार होने लगा। दो चमड़े के संदूक, एक हैंड बेग, हैट रखने का संदूक, ऑफिस बक्स, भोजन सामग्रियों का संदूक आदि सभी सामान बग्घी पर लादा गया। प्रत्येक वस्तु पर डॉक्टर साहब का नाम लिखा हुआ था। समय बहुत कम था, डॉक्टर साहब घर में न गए। मोटर पर बैठना ही चाहते थे कि मेहरी ने आकर कहा—"हुजूर, जरा अंदर चलें, बेगम साहिबा बुला रही हैं। मुनीरा को कई दस्त और कै आए हैं।"

डॉक्टर साहब—तो जरा कपूर का अर्क क्यों नहीं पिला देती? खाने में कोई बदपरहेजी हुई होगी—चीखने-चिल्लाने की क्या जरूरत है?

मेहरी—हुजूर, दवा तो पिलाई है। जरा आप चलकर देख लें! बेगम साहिबा डॉक्टर बुलाने को कहती हैं।

इरफान अली झल्लाए हुए अंदर गए और बेगम से बोले—"तुमने क्या जरा-सी बात का तूफान मचा रखा है?"

बेगम—मुनीरा की हालत अच्छी नहीं मालूम होती। जरा चलकर देखो तो। उसके हाथ-पांव अकड़े जाते हैं। मुझे तो खौफ होता है, कहीं कालरा न हो!

इरफान अली—यह सब तुम्हारा वहम है। सिर्फ खाने-पीने की बेएहतियाती है और कुछ नहीं। अर्क-कपूर दो-दो घंटे बाद पिलाती रहो। शाम तक सारी शिकायत दूर हो जाएगी। घबराने की जरूरत नहीं। मैं इसी ट्रेन से जरा गोरखपुर जा रहा हूं। तीन-चार दिन में वापस आऊंगा। रोजाना खैरियत की इत्तिला देती रहना। मैं रानी गायत्री के बंगले में ठहरूंगा।

बेगम ने उन्हें तिरस्कार भाव से देखकर कहा—"लड़की की यह हालत है और आप इसे छोड़े चले जाते हैं। खुदा न करे, उसकी हालत ज्यादा खराब हुई तो?"

इरफान अली–तो मैं रहकर क्या करूंगा? उसकी तीमारदारी तो मुझसे होगी ही नहीं और न बीमारी से मेरी दोस्ती है कि मेरे साथ रियायत करे।

बेगम–लड़की की जान को खुदा के हवाले करते हो, लेकिन रुपये खुदा के हवाले नहीं किए जाते! लाहौल बिलाकूबत आदमी में इंसानियत न हो, औलाद की मुहब्बत तो हो! दौलत की हवस औलाद के लिए होती है। जब औलाद ही न रही, तो रुपयों का क्या अलाव लगेगा?

इरफान अली–तुम अहमक हो, तुमसे कौन सिर-मगज करे?

यह कहकर वह बाहर चले आए, मोटर पर बैठे और स्टेशन की तरफ चल पड़े।

सैयद ईजाद हुसैन का घर दारानगर की एक गली में था। बरामदे में दस-बारह वस्त्रविहीन बालक एक फटे हुए बोरिए पर बैठे करीमा और खालिकबारी की रट लगाया करते थे। कभी-कभी जब वे उमंग में आकर उच्च स्वर से अपने पाठ याद करने लगते तो कानों पड़ी आवाज न सुनाई देती। मालूम होता, बाजार लगा हुआ हो। इस हरबोंग में लौंडे गालियां बकते, एक-दूसरे को मुंह चिढ़ाते, चुटकियां काटते। यदि कोई लड़का शिकायत करता तो सब-के-सब मिलकर ऐसा कोलाहल मचाते कि उसकी आवाज ही दब जाती थी। बरामदे के मध्य में मौलवी साहब का तख्त था। उस पर एक दढ़ियल मौलवी लुंगी बांधे, एक मैला-कुचैला तकिया लगाए अपना मदरिया पिया करते और इस कलरव में भी शांतिपूर्वक झपकियां लेते रहते थे। उन्हें हुक्का पीने का रोग था। एक किनारे अंगीठी में उपले सुलगा करते थे और चिमटा पड़ा रहता था। चिलम भरना बालकों के मनोरंजन की मुख्य सामग्री थी। उनकी शिक्षोन्नति चाहे बहुत प्रशंसा के योग्य न हो, लेकिन गुरु-सेवा में सब-के-सब निपुण थे। यही सैयद ईजाद हुसैन का 'इत्तिहादी यतीमखाना' था।

बरामदे के ऊपरवाले कमरे में कुछ और ही दृश्य था। साफ-सुथरा फर्श बिछा हुआ था, कालीन और मसनद भी करीने से सजे हुए थे। पानदान, खसदान, उगालदान आदि मौके से रखे हुए थे। एक कोने में नमाज पढ़ने की दरी बिछी हुई थी। तस्बीह खूंटी पर लटक रही थी। छत में झालरदार छतगीर थी, जिसकी शोभा रंगीन हांडियों से और भी बढ़ गई थी। दीवारें बड़ी-बड़ी तस्वीरों से अलंकृत थीं।

प्रात:काल था। मिर्जा साहब मसनद लगाए हारमोनियम बजा रहे थे। उनके सम्मुख तीन छोटी-छोटी सुंदर बालिकाएं बैठी हुई डॉक्टर इकबाल की सुविख्यात रचना 'शिवाजी' के शेरों को मधुर स्वर में गा रही थीं। ईजाद हुसैन स्वयं उनके साथ गाकर ताल-स्वर बताते जाते। ये 'इत्तिहादी यतीमखाने' की लड़कियां बताई

जाती थीं, किंतु वास्तव में एक, उन्हीं की पुत्री और दो भांजियां थीं। 'इत्तिहाद' के प्रचार में यह त्रिमूर्ति लोगों को वशीभूत कर लेती थी। एक घंटे के अभ्यास के बाद मिर्जा साहब ने प्रसन्न हो सगर्व नेत्रों से लड़कियों को देखा और उन्हें छुट्टी दी। इसके बाद लड़कों की बारी आई, किंतु ये मकतबवाले, दुर्बल, वस्त्रहीन बालक न थे। थे तो चार ही, पर चारों स्फूर्ति और सजीवता की मूर्ति थे। सुंदर, सुकुमार सुवस्त्रित, चहकते हुए घर में से आए और फर्श पर बैठ गए।

मिर्जा साहब ने फिर हारमोनियम के स्वर मिलाए और लड़कों ने हक्कानी में एक गजल गानी शुरू की, जो स्वयं मिर्जा साहब की सुरचना थी। इसमें हिंदू-मुस्लिम एकता की एक सुंदर वाटिका से उपमा दी गई थी और जनता से अत्यंत करुण और प्रभावयुक्त शब्दों में प्रेरणा की गई थी कि वह इस बाग को अपनाएं, उसकी रमणीकता का आनंद उठाएं और द्वेष तथा वैमनस्य की कंटकमय झाड़ियों में न उलझें। लड़कों के सुकोमल, ललित स्वरों में यह गजब ढाती थी। भावों को व्यक्त करने में भी ये बहुत चतुर थे। यह 'इत्तिहादी यतीमखाने' के लड़के बताए जाते थे, किंतु वास्तव में यह मिर्जा साहब की दोनों बहनों के पुत्र थे।

मिर्जा साहब अभी गानाभ्यास में मग्न थे कि इतने में एक आदमी नीचे से आया और सामने खड़ा होकर बोला—"लाला गोपालदास ने भेजा है और कहा है कि आज हिसाब चुकता न हुआ तो कल नालिश कर दी जाएगी। कपड़े का व्यवहार महीने-दो महीने का है और आपको कपड़े लिये तीन साल से ज्यादा हो गए।"

मिर्जा साहब ने ऐसा मुंह बनाया मानो समस्त संसार की चिंता का भार उन्हीं के सिर पर लदा हुआ हो और बोले—"नालिश क्यों करेंगे? कह दो थोड़ा-सा जहर भेज दें, खाकर मर जाऊं। किसी तरह दुनिया से नजात मिले। उन्हें तो खुदा ने लाखों दिए हैं, घर में रुपयों के ढेर लगे हुए हैं। उन्हें क्या खबर कि यहां जान पर क्या गुजर रही है? कुनबा बड़ा, आमदनी का कोई जरिया नहीं—दुनिया-चालाक, हत्थे नहीं चढ़ती, क्या करूं? मगर इंशा अल्लाह! एक महीने के अंदर आकर सब नया-पुराना हिसाब साफ कर दूंगा। अबकी बार मुझे वह चाल सूझी है, जो कभी पट ही नहीं पड़ सकती। इन लड़कों की गजलें सुनकर मजलिसें फड़क उठेंगी। जाकर सेठजी से कह दो, जहां इतने दिनों सब्र किया है, एक महीना और करें।"

प्यादे ने हंसकर कहा—"आप तो मिर्जा साहब, ऐसी ही बातें करके टाल देते हैं और वहां मुझ पर लताड़ पड़ती है। मुनीमजी कहते हैं, तुम जाते ही न होगे या कुछ ले-देकर चले आते होगे!"

मिर्जा साहब ने एक चवन्नी उसको भेंट की। उसके चले जाने के बाद उन्होंने मौलवी साहब को बुलाया और बोले—"क्यों मियां अमजद, मैंने तुमसे ताकीद कर दी थी कि कोई आदमी ऊपर न आने पाए। इस प्यादे को क्यों आने दिया? मुंह में दही जमा हुआ था? इतना कहते न बनता था कि कहीं बाहर गए हुए हैं। अगर इस तरह तुम लोगों को आने दोगे तो सुबह से शाम तक तांता लगा रहेगा। आखिर तुम किस मर्ज की दवा हो?"

अमजद—मैं तो उससे बार-बार कहता रहा कि मियां कहीं बाहर गए हुए हैं, लेकिन वह जबरदस्ती जीने पर चढ़ आया। क्या करता, उससे क्या फौजदारी करता?

मिर्जाजी—बेशक, उसे धक्का देकर हटा देना चाहिए था।

अमजद—तो जनाब, रूखी रोटी और पतली दाल में इतनी ताकत नहीं होती, उस पर दिमाग लौंडे चर जाते हैं। हाथापाई किस बूते पर करूं? कभी सालन तक नसीब नहीं होता। दरवाजे पर पड़ा-पड़ा मसाले और प्याज की खुशबू लिया करता हूं। सारा घर पुलाव और जरदे उड़ाता है। यहां खुश्क रोटियों पर ही बसर है। दस्तरखान पर खाने को तरस गया। रोज वही मिट्टी की प्याली सामने आ जाती है। मुझे भी तर माल खिलाइए, फिर देखूं, कौन घर में कदम रखता है!

मिर्जाजी—लाहौल बिलाकूबत, तुम हमेशा पेट का ही रोना रोते रहे। अरे मियां, खुदा का शुक्र करो कि बैठे-बैठे रोटियां तो तोड़ने को मिल जाती हैं, वरना इस वक्त कहीं फक-फक फांय-फांय करते होते।

अमजद—आपसे दिल की बात कहता हूं तो आप गालियां देने लगते हैं। लीजिए, जाता हूं। अब अगर सूरत दिखाऊं तो समझिएगा कोई कमीना था। खुदा ने मुंह दिया तो रोटी भी देगा। इस सुदेशी के जमाने में मैं भूखा न मरूंगा।

यह कह मियां अमजद सजल नेत्र हो उतरने लगे कि ईजाद हुसैन ने फिर बुलाया और नम्रता से बोले—"आप तो बस जरा-सी बात पर बिगड़ जाते हैं—देखते नहीं हो, यहां घर में कितना खर्च है? औलाद की कसरत खुदा की मार है, उस पर रिश्तेदारों का बटोर टिड्डियों का दल है, जो आन-की-आन में दरख्त ठूंठ कर देता है। क्या करूं? औलाद की परवरिश फर्ज ही है और रिश्तेदारों से बेमुरौवत करना अपनी आदत नहीं। इस जाल में फंसकर तरह-तरह की चालें चलता हूं, तरह-तरह का स्वांग भरता हूं, फिर भी चूल नहीं बैठती। अब ताकीद कर दूंगा कि जो कुछ पके वह आपको जरूर मिले। देखिए, अब कोई ऊपर न आने पाए।"

अमजद—मैंने तो कसम खा ली है।

ईजाद—अरे मियां, कैसी बातें करते हो? ऐसी कसमें दिन में सैकड़ों बार खाया करते हैं। जाइए देखिए, फिर कोई शैतान आया है।

मियां अमजद नीचे आए तो सचमुच एक शैतान खड़ा था। ठिगना कद, उठा हुआ शरीर, श्याम वर्ण, तंजेब का नीचा कुर्ता पहने हुए। अमजद को देखते ही बोला–"मिर्जाजी से कह दो वफाती आया है।"

अमजद ने कड़ककर कहा–"मिर्जा साहब कहीं बाहर तशरीफ ले गए हैं।"

वफाती–मियां, क्यों झूठ बोलते हो? अभी गोपालदास का आदमी मिला था, कहता था–ऊपर कमरे में बैठे हुए हैं। इतनी जल्दी क्या उठकर चले गए?

अमजद–उसने तुम्हें झांसा दिया होगा। मिर्जा साहब कल से ही नहीं हैं।

वफाती–तो मैं जरा ऊपर जाकर देख ही न आऊं?

अमजद–ऊपर जाने का हुक्म नहीं है, बेगमात बैठी होंगी।

यह कहकर वे जीने का द्वार रोककर खड़े हो गए। वफाती ने उनका हाथ पकड़कर अपनी ओर घसीट लिया और जीने पर चढ़ा। अमजद ने पीछे से उनको पकड़ लिया।

वफाती ने झल्लाकर ऐसा झोंका दिया कि मियां अमजद गिरे और लुढ़कते हुए नीचे आ गए। लौंडों ने जोर से कहकहा मारा। वफाती ने ऊपर जाकर देखा तो मिर्जा साहब साक्षात् मसनद लगाए विराजमान हैं, बोले–"वाह मिर्जाजी, वाह! आपका निराला हाल है कि घर में बैठे रहते हैं और नीचे मियां अमजद कहते हैं, बाहर गए हुए हैं। अब भी दाम दीजिएगा या हश्र के दिन ही हिसाब होगा? दौड़ते-दौड़ते तो पैरों में छाले पड़ गए।"

मिर्जाजी–वाह, इससे बेहतर क्या होगा! हश्र के दिन तुम्हारा कौड़ी-कौड़ी चुका दूंगा। उस वक्त जिंदगी-भर की कमाई पास रहेगी, कोई दिक्कत न होगी।

वफाती–लाइए-लाइए, आज दिलवाइए, बरसों हो गए। आप यतीमखाने के नाम पर चारों तरफ से हजारों रुपये लाते हैं, मेरा क्यों नहीं देते?

मिर्जाजी–मियां, कैसी बातें करते हो? दुनिया न ऐसी अंधी है, न ऐसी अहमक। अब लोगों के दिल पत्थर हो गए हैं। कोई पसीजता नहीं। अगर इस तरह रुपये बरसते तो तकाजों में ऐसा क्या मजा है, जो उठाया करता? यह अपनी बेबसी है, जो तुम लोगों से नादिम कराती है। खुदा के लिए एक माह और सब्र करो। दिसंबर का महीना आने दो। जिस तरह क्वार और कातिक हकीमों की फसल के दिन होते हैं, उसी तरह दिसंबर में हमारी भी फसल तैयार होती है। हर एक शहर में जलसे होने लगते हैं। अबकी बार मैंने वह मंत्र जगाया है, जो कभी खाली जा ही नहीं सकता।

वफाती–इस तरह हीला-हवाला करते तो आपको बरसों हो गए। आज कुछ-न-कुछ पिछले हिसाब में तो दे दीजिए।

मिर्जाजी–आज तो अगर हलाल भी कर डालो तो लाश के सिवा और कुछ न पाओगे।

वफाती निराश होकर चला गया। मिर्जा साहब ने अबकी बार जाकर जीने का द्वार भीतर से बंद कर दिया और फिर हारमोनियम संभाला कि अकस्मात् डाकिए ने पुकारा। मिर्जा साहब चिट्ठियों के लिए बहुत उत्सुक रहा करते थे, जाकर द्वार खोला और समाचार-पत्रों तथा चिट्ठियों का एक पुलिंदा लिये प्रसन्न मुख ऊपर आए। पहला पत्र उनके पुत्र का था, जो प्रयाग में कानून पढ़ रहे थे। उन्होंने एक सूट और कानूनी पुस्तकों के लिए रुपये मांगे थे। मिर्जा ने झुंझलाकर पत्र को पटक दिया। जब देखो, रुपयों का तकाजा, गोया यहां रुपये फलते हैं। दूसरा पत्र एक अनाथ बालक का था। मिर्जाजी ने उसे सावधानी से संदूक में रखा। तीसरा पत्र एक सेवा समिति का था। उसने 'इत्तिहादी' अनाथालय के लिए 20 रुपये महीने की सहायता देने का निश्चय किया था। इस पत्र को पढ़कर वे उछल पड़े और उसे कई बार आंखों से लगाया। इसके बाद समाचार-पत्रों की बारी आई, लेकिन मिर्जाजी की निगाह लेखों या समाचारों पर न थी। वह केवल 'इत्तिहादी' अनाथालय की प्रशंसा के इच्छुक थे, पर इस विषय में उन्हें बड़ी निराशा हुई। किसी पत्र में भी इसकी चर्चा न दिखाई पड़ी। सहसा उनकी निगाह एक ऐसी खबर पर पड़ी कि वह खुशी के मारे फड़क उठे। गोरखपुर में सनातन धर्म-सभा का अधिवेशन होने वाला था। ज्ञानशंकर प्रबंधक मंत्री थे। विद्वज्जनों से प्रार्थना की गई थी कि वह उत्सव में सम्मिलित होकर उसकी शोभा बढ़ाएं। मिर्जा साहब, यात्रा की तैयारी करने लगे।

महाशय ज्ञानशंकर का धर्मानुराग इतना बढ़ा कि सांसारिक बातों से उन्हें अरुचि-सी होने लगी, दुनिया से जी उचाट हो गया। वह अब भी रियासत का प्रबंध उतने ही परिश्रम और उत्साह से करते थे, लेकिन अब सख्ती की जगह नरमी से काम लेते थे। निर्दिष्ट लगान के अतिरिक्त प्रत्येक असामी से ठाकुरद्वारा और धर्मशाला का चंदा भी लिया जाता था; पर इस रकम को वह इतनी नम्रता से वसूल करते थे कि किसी को शिकायत न होती थी। अब वह एखराज, इजाफा और बकाए के मुकदमे बहुत कम दायर करते। असामियों को बैंक से नाम-मात्र ब्याज लेकर रुपये देते और डेवढ़े-सवाई की जगह केवल अष्टांश वसूल करते। इन कामों से जितना अवकाश मिलता, उसका अधिकांश ठाकुराद्वारा और धर्मशाला की निगरानी में व्यय करते। दूर-दूर से कुशल कारीगर बुलाए गए थे, जो पच्चीकारी, गुलकारी,

चित्रांकन, कटाव और जड़ाव की कलाओं में निपुण थे। जयपुर से संगमरमर की गाड़ियां भरी चली आती थीं। चुनार, ग्वालियर आदि स्थानों से तरह-तरह के पत्थर मंगाए जाते थे।

ज्ञानशंकर की परम इच्छा थी कि ये दोनों इमारतें अद्वितीय हों और गायत्री तो यहां तक तैयार थी कि रियासत की सारी आमदनी निर्माण कार्य की ही भेंट हो जाए तो चिंता नहीं। 'मैं केवल सीर की आमदनी पर निर्वाह कर लूंगी।' लेकिन ज्ञानशंकर आमदनी के ऐसे-ऐसे विधान ढूंढ निकालते थे कि इतना सब कुछ व्यय होने पर भी रियासत की वार्षिक आय में जरा भी कमी न होती थी। बड़े-बड़े ग्रामों में पांच-छह बाजार लगवा दिए। दो-तीन नालों पर पुल बनवा दिए। कई-कई जगह पानी को रोकने के लिए बांध-बंधवा दिए। सिंचाई की कल मंगाकर किराए पर लगाने लगे। तेल निकालने का एक बड़ा कारखाना खोल दिया। इन आयोजनों से इलाके का नफा घटने के बदले कुछ और बढ़ गया। गायत्री तो उनकी कार्यपटुता की इतनी कायल हो गई थी कि किसी विषय में जबान न खोलती।

ज्ञानशंकर के आहार-व्यवहार, रंग-ढंग में भी अब विशेष अंतर दिखाई पड़ता था। सिर पर बड़े-बड़े केश थे, बूट की जगह प्राय: खड़ाऊं, कोट के बदले एक ढीला-ढाला घुटनियों से नीचे तक का गेरूए रंग में रंगा हुआ कुर्ता पहनते थे। यह पहनावा उनके सौम्य रूप पर बहुत खिलता था। उनके मुखारविंद पर अब एक दिव्य ज्योति आभासित होती थी और बातों में अनुपम माधुर्यपूर्ण सरलता थी। अब तर्क और न्याय से उन्हें रुचि न थी। इस तरह बातें करते मानो उन्हें दिव्य ज्ञान प्राप्त हो गया हो। यदि कोई उनसे भक्ति या प्रेम के विषय में शंका करता तो वह उसका उत्तर एक मार्मिक मुस्कान से देते थे, जो हजारों दलीलों से अधिक प्रभावोत्पादक होती थी।

उनके दीवानखाने में अब कुर्सियों और मेजों के स्थान पर एक साफ-सुथरा फर्श था, जिस पर मसनद और गावतकिए लगे हुए थे। सामने चंदन के एक सुंदर रत्नजड़ित सिंहासन पर कृष्ण की बाल-मूर्ति विराजमान थी। कमरे में नित्य अगरबत्तियां जला करती थीं। उसके अंदर जाते ही सुगंध से चित्त प्रसन्न हो जाता था। उसकी स्वच्छता और सादगी हृदय को भक्ति-भाव से परिपूर्ण कर देती थी। वह श्रीवल्लभ संप्रदाय के अनुयायी थे। फूलों से, ललित गान से, सुरम्य दृश्यों से, काव्यमय भावों से उन्हें विशेष रुचि हो गई थी, जो आध्यात्मिक विकास के लक्षण हैं। सौंदर्योपासना ही उनके धर्म का प्रधान तत्त्व था। इस समय वह एक सितारिये से सितार बजाना सीखते थे और सितार पर सूर के पदों को सुनाकर मस्त हो जाते थे।

गायत्री पर इस प्रेम-भक्ति का रंग और भी गाढ़ा चढ़ गया था। वह मीराबाई के सदृश कृष्ण की मूर्ति को स्नान कराती, वस्त्राभूषणों से सजाती, उनके लिए नाना प्रकार के स्वादिष्ट भोग बनाती और मूर्ति के सम्मुख अनुरागमग्न होकर घंटों कीर्तन किया करती। आधी रात तक उनकी क्रीड़ाएं और लीलाएं सुनती और सुनाती। अब उसने परदा करना छोड़ दिया था। साधु-संतों के साथ बैठकर उनकी प्रेम और ज्ञान की बातें सुना करती, लेकिन इस सत्संग से शांति मिलने के बदले उसका हृदय सदैव एक तृष्णा, एक विरहमय कल्पना से विकल रहता था। उसकी हृदय-वीणा एक अज्ञात आकांक्षा से गूंजती रहती थी। वह स्वयं निश्चय न कर सकती थी कि क्या चाहती हूं। वास्तव में वह राधा और कृष्ण के प्रेम तत्त्व को समझने में असमर्थ थी। उसकी भौतिक दृष्टि उस प्रेम के ऐंद्रिक स्वरूप से आगे न बढ़ सकती थी और उसका हृदय इन प्रेम-सुख कल्पनाओं से तृप्त न होता था।

गायत्री विरह और वियोग, ताप और व्यथा, मान और मानवता, रास और विहार, आमोद और प्रमोद का प्रत्यक्ष स्वरूप देखना चाहती थी। पहले पति-प्रेम उसका सर्वस्व था। नदी अपने पेटे में ही हलकोरे लिया करती थी। अब उसे उस प्रेम का स्वरूप कुछ मिटा हुआ, फीका, विकृत मालूम होता था। नदी उमड़ गई थी। पति-भक्ति का वह बांध जो कुल-मर्यादा और आत्म-गौरव पर आरोपित था। इस प्रेमभक्ति की बाढ़ से टूट गया। भक्ति लौकिक बंधनों को कब ध्यान में लाती है? वह अब उन भावनाओं और कल्पनाओं को बिना किसी आत्मिक संकोच के हृदय में स्थान देती थी, जिन्हें वह पहले अग्नि-ज्वाला समझा करती थी। उसे अब केवल कृष्ण क्रीड़ा के दर्शन-मात्र से संतोष न होता था।

गायत्री स्वयं कोई-न-कोई रास रचना चाहती थी। वह उन मनोभावों को वाणी से, कर्म से, व्यवहार से व्यक्त करना चाहती थी, जो उसके हृदयस्थल में पक्षियों की भांति अबाध्य रूप से उड़ा करते थे और उसका कृष्ण कौन था; वह स्वयं उसे स्वीकार करने का साहस न कर सकती थी, पर उसका स्वरूप ज्ञानशंकर से बहुत मिलता था। वह अपने कृष्ण को इसी रूप में प्रकट देखती थी।

गायत्री का हृदय पहले भी उदार था। अब वह और भी दानशीला हो गई थी। उसके यहां अब नित्य सदाव्रत चलता था और जितने साधु-संत आ जाएं, सबको इच्छापूर्वक भोजन-वस्त्र दिया जाता था। वह देश की धार्मिक और पारमार्थिक संस्थाओं की भी यथासाध्य सहायता करती रहती थी। अब उसे सनातन धर्म से विशेष अनुराग हो गया। अतएव अबकी सनातन धर्ममंडल का वार्षिकोत्सव गोरखपुर में होना निश्चित किया गया, तब सभासदों ने बहुमत से रानी गायत्री को सभापति नियुक्त किया। यह पहला अवसर था कि यह सम्मान एक विदुषी महिला

को प्राप्त हुआ। गायत्री को रानी की पदवी मिलने से भी इतनी खुशी न हुई थी जितनी इस सम्मान पद से हुई। उसने ज्ञानशंकर को, जो सभा के मंत्री थे, बुलाया और अपने गहनों का संदूक देकर बोली—"इसमें 50 हजार के गहने हैं। मैं इन्हें सनातन धर्मसभा को समर्पण करती हूं।"

समाचार-पत्रों में यह खबर छप गई। तैयारियां होने लगीं। मंत्रीजी का यह हाल था कि दिन-को-दिन और रात-को-रात न समझते। ऐसा विशाल सभा भवन कदाचित् ही पहले कभी बना हो। मेहमानों के आगत-स्वागत का ऐसा उत्तम प्रबंध कभी न किया गया था। उपदेशकों के लिए ऐसे बहुमूल्य उपहार न रखे गए थे और न जनता ने कभी सभा से इतना अनुराग ही प्रकट किया था। स्वयंसेवकों के दल-के-दल भड़कीली वर्दियां पहने चारों तरफ दौड़ते फिरते थे। पंडाल के अहाते में सैकड़ों दुकानें सजी हुई नजर आती थीं। एक सरकस और दो नाटक समितियां बुलाई गई थीं। सारे शहर में चहल-पहल दिखाई पड़ती थी। बाजारों में भी विशेष सजावट और रौनक थी। सड़कों पर दोनों तरफ बंदनवारें और पताकाएं शोभायमान थीं।

जलसे के एक दिन पहले उपदेशकगण आने लगे। उनके लिए स्टेशन पर मोटरें खड़ी रहती थीं। इनमें कितने ही महानुभाव संन्यासी थे। वे तिलकधारी पंडितों को तुच्छ समझते थे और मोटर पर बैठने के लिए अग्रसर हो जाते थे। एक संन्यासी महात्मा, जो विद्यारत्न की पदवी से अलंकृत थे, मोटर न मिलने से इतने अप्रसन्न हुए कि बहुत आरजू-मिन्नत करने पर भी फिटन पर न बैठे और सभा भवन तक पैदल आए।

लेकिन जिस समारोह से सैयद ईजाद हुसैन का आगमन हुआ, वह और किसी को नसीब न हुआ। जिस समय वे पंडाल में पहुंचे, जलसा शुरू हो गया था और एक विद्वान पंडितजी विधवा-विवाह पर भाषण कर रहे थे। ऐसे निंद्य विषय पर गंभीरता से विचार करना अनुपयुक्त समझकर वह इसकी खूब हंसी उड़ा रहे थे और यथोचित हास्य और व्यंग्य, धिक्कार और तिरस्कार से काम लेते थे।

"सज्जनो, यह कोई कल्पित घटना नहीं, मेरी आंखों देखी बात है। मेरे पड़ोस में एक बाबू साहब रहते हैं। एक दिन वह अपनी माता से विधवा-विवाह की प्रशंसा कर रहे थे। माताजी चुपचाप सुनती जाती थीं। जब बाबू साहब की वार्ता समाप्त हुई तो माता ने बड़े गंभीर भाव से कहा—'बेटा, मेरी एक विनती है, उसे मानो। क्यों मेरा भी किसी से पाणिग्रहण नहीं करा देते? देश-भर की विधवाएं सोहागिन हो जाएंगी, तो मुझसे क्योंकर रहा जाएगा?' श्रोताओं ने प्रसन्न होकर तालियां बजाईं, कहकहों से पंडाल गूंज उठा।"

इतने में सैयद ईजाद हुसैन ने पंडाल में प्रवेश किया–आगे-आगे चार लड़के कतार में थे–दो हिंदू और दो मुसलमान। हिंदू बालकों की धोतियां और कुर्ते पीले थे, मुसलमान बालकों के कुर्ते और पाजामे हरे। इनके पीछे चार लड़कियों की पंक्ति थी–दो हिंदू और दो मुसलमान, उनके पहनावे में भी वही अंतर था। सभी के हाथों में रंगीन झंड़ियां थीं, जिन पर उज्ज्वल अक्षरों में अंकित था–'इत्तिहादी यतीमखाना'। इनके पीछे सैयद ईजाद हुसैन थे। गौर वर्ण, श्वेत केश, सिर पर हरा अमामा, काले कल्पाके का आबा, सफेद तंजेब की अचकन, सलेमशाही जूते, सौम्य और प्रतिभा की प्रत्यक्ष मूर्ति थे। उनके हाथ में भी वैसी ही झंडी थी। उनके पीछे उनके सुपुत्र सैयद इरशाद हुसैन थे–लंबा कद, नाक पर सुनहरी ऐनक, अल्बर्ट फैसल की दाढ़ी, तुर्की टोपी, नीची अचकन–सजीवता की प्रत्यक्ष मूर्ति मालूम होते थे। सबसे पीछे साजिंदे थे। एक के हाथ में हारमोनियम था, दूसरे के हाथ में तबले, शेष दो आदमी करताल लिये हुए थे। इन सबों की वर्दी एक ही तरह की थी और उनकी टोपियों पर 'अंजुमन इत्तिहाद' की मोहर लगी हुई थी।

पंडाल में कई हजार आदमी जमा थे। सब-के-सब 'इत्तिहाद' के प्रचारकों की ओर टकटकी बांधकर देखने लगे। पंडितजी का रोचक व्याख्यान फीका पड़ गया। उन्होंने बहुत उछल-कूद की, अपनी संपूर्ण हास्य-शक्ति व्यय कर दी, अश्लील कवित्त सुनाए, एक भद्दी-सी गजल भी बेसुरे राग से गाई, पर रंग न जमा। समस्त श्रोतागण 'इत्तिहादियों' पर आसक्त हो रहे थे।

ईजाद हुसैन एक शान के साथ मंच पर जा पहुंचे। वहां कई संन्यासी, महात्मा, उपदेशक चांदी की कुर्सियों पर बैठे हुए थे। सैयद साहब को सबने ईर्ष्यापूर्ण नेत्रों से देखा और जगह से न हटे। केवल भक्त ज्ञानशंकर ही एक व्यक्ति थे जिन्होंने उनका सहर्ष स्वागत किया और मंच पर उनके लिए एक कुर्सी रखवा दी। लड़के और साजिंदे मंच के नीचे बैठ गए। उपदेशकगण मन-ही-मन ऐसे कुढ़ रहे थे मानो हंस समाज में कोई कौवा आ गया हो। एक-दो सहृदय महाशयों ने दबी जबान से फबतियां भी कसीं, पर ईजाद हुसैन के तेवर जरा भी मैले न हुए। वह इस अवहेलना के लिए तैयार थे। उनके चेहरे से वह शांतिपूर्ण दृढ़ता झलक रही थी, जो कठिनाइयों की परवाह नहीं करती और कांटों में भी राह निकाल लेती है।

पंडितजी ने अपना रंग जमते न देखा तो उन्होंने अपनी वक्तृता समाप्त कर दी और अपनी जगह पर आ बैठे। श्रोताओं ने समझा, अब इत्तिहादियों के राग सुनने में आएंगे। सबने कुर्सियां आगे खिसकाईं और सावधान हो बैठे; किंतु उपदेशक समाज इसे कब पसंद कर सकता था कि कोई मुसलमान उनसे बाजी ले जाए? एक संन्यासी महात्मा ने चट अपना व्याख्यान शुरू कर दिया। यह महाशय वेदांत

के पंडित और योगाभ्यासी थे–संस्कृत के उद्‌भट विद्वान थे। वह सदैव संस्कृत में ही बोलते थे। उनके विषय में किंवदंती थी कि संस्कृत ही उनकी मातृभाषा है। उनकी वक्तृता को लोग उसी शौक से सुनते थे, जैसे चंडूल का गाना सुनते हैं। किसी की भी समझ में कुछ न आता था, पर उनकी विद्वता और वाक् प्रवाह का रोब लोगों पर छा जाता था। वह एक विचित्र जीव ही समझे जाते थे और यही उनकी बहुप्रियता का मंत्र था। श्रोतागण कितने ही ऊबे हुए हों, उनके मंच पर आते ही उठने वाले बैठ जाते थे, जाने वाले थम जाते थे; महफिल जम जाती थी। इसी घमंड पर इस वक्त उन्होंने अपना भाषण आरंभ किया, पर आज उनका जादू भी न चला। इत्तिहादियों ने उनका रंग भी फीका कर दिया। उन्होंने संस्कृत की झड़ी लगा दी, खूब तड़पे, खूब गरजे, पर यह भादों की नहीं, चैत की वर्षा थी। अंत में वह भी थककर बैठ गए और अब किसी अन्य उपदेशक को खड़े होने का साहस न हुआ। इत्तिहादियों ने मैदान मार लिया।

ज्ञानशंकर ने खड़े होकर कहा–"अब इत्तिहाद संस्था के संचालक सैयद ईजाद हुसैन अपनी अमृत वाणी सुनाएंगे। आप लोग ध्यानपूर्वक श्रवण करें।"

सभा भवन में सन्नाटा छा गया। लोग संभलकर बैठे। ईजाद हुसैन ने हारमोनियम उठाकर मेज पर रखा, साजिंदों ने साज निकाले, अनाथ बालकवृंद वृत्ताकार बैठे। सैयद इरशाद हुसैन ने इत्तिहाद सभा की नियमावली का पुलिंदा निकाला। एक क्षण में ईश-वंदना के मधुर स्वर पंडाल में गूंजने लगे। बालकों की ध्वनि में एक खास लोच होता है। उनका परस्पर स्वर-में-स्वर मिलाकर गाना, उस पर साजों का मेल, एक समां छा गया–सारी सभा मुग्ध हो गई।

राग बंद हो गए और सैयद ईजाद हुसैन ने बोलना शुरू किया–"प्यारे दोस्तो, आपको यह हैरत होगी कि हंसों में यह कौआ क्योंकर आ घुसा, औलिया की जमघट में यह भांड कैसे पहुंचा? यह मेरी तकदीर की खूबी है। उलमा फरमाते हैं, जिस्म हाजिम (अनित्य) है, रूह कदीम (नित्य) है। मेरा तजुर्बा बिलकुल बरअक्स (उल्टा) है। मेरे जाहिर में कोई तब्दीली नहीं हुई। नाम वही है, लंबी दाढ़ी वही है, लिबास-पोशाक वही है, पर मेरी रूह की काया पलट हो गई। जाहिर से मुगालते में न आइए, दिल में बैठकर देखिए, वहां मोटे हुरूफ में लिखा हुआ है: हिंदी हैं हम, वतन है हिंदोस्तां हमारा।"

लड़कों और साजिंदों ने इकबाल की गजल अलापनी शुरू की। सभा लोट-पोट हो गई। लोगों की आंखों से गौरव की किरणें-सी निकलने लगीं, कोई मूंछों पर ताव देने लगा, किसी ने बेबसी की लंबी सांस खींची, किसी ने अपनी भुजाओं पर निगाह डाली और कितने ही सहृदय सज्जनों की आंखें भर

आईं। विशेषकर इस मिसरे पर–'हम बुलबुले हैं इसकी, यह गुलिस्तां हमारा।'
तो सारी मजलिस तड़प उठी, लोगों ने कलेजे थाम लिये। 'वंदेमातरम्' से भवन
गूंज उठा।

गाना बंद होते ही फिर व्याख्यान शुरू हुआ–"भाइयो, मजहब दिल की
तस्कीन के लिए है, दुनिया कमाने के लिए नहीं, मुल्की हुक्म हासिल करने के
लिए नहीं! वह आदमी जो मजहब की आड़ में दौलत और इज्जत हासिल करना
चाहता है, अगर हिंदू है तो मलिच्छ है, मुसलमान है तो काफिर है, हां काफिर
है, मजदूर है, रूसियाह है।"

करतल ध्वनि से पंडाल कांप उठा।

"हम सत्तर पुश्तों से इसी सरजमीन का दाना खा रहे हैं, इसी सरजमीन के
आब व गिल (पानी और मिट्टी) से हमारी शिरशिरी हुई है। तुफ है उस मुसलमान
पर, जो हिजाज और इराक को अपना वतन कहता है!"

तालियां फिर बजीं। एक घंटे तक व्याख्यान हुआ। सैयद ने सारी सभा पर
मानो मोहिनी डाल दी। उनकी गौरवयुक्त विनम्रता, उनकी निर्भीक यथार्थवादिता,
उनकी मीठी चुटकियां, उनकी जातीयता में डूबी वाक् कुशलता, उनकी उत्तेजनापूर्ण
आलोचना, उनके स्वदेशाभिमान, उस पर उनके शब्द-प्रवाह, भावोत्कर्ष और
राष्ट्रीय गानों ने लोगों को उन्मत्त कर दिया। हृदयों में जागृति की तरंगें उठने लगीं।
कोई सोचता था, न हुए मेरे पास एक लाख रुपये, नहीं तो इसी दम लुटा देता।
कोई मन में कहता था, बाल-बच्चों की चिंता न होती तो गले में झोली लटकाकर
जाति के लिए भिक्षा मांगता।

इस तरह जातीय भाव को उभारकर और भूमि को पोली बनाकर सैयद साहब
मतलब पर आए, बीज डालना शुरू किया।

"दोस्तो, अब मजहबपरवरी का जमाना नहीं रहा। पुरानी बातों को भूल जाइए।
एक जमाना था कि आरियों ने यहां के असली बाशिंदों पर सदियों तक हुकूमत
की, आज वही शूद्र आरियों में घुले-मिले हुए हैं। दुश्मनों को अपने सुलूक से
दोस्त बना लेना आपके बुजुर्गों का जौहर था। वह जौहर आप में मौजूद है। आप
बारहा हमसे गले मिलने के लिए बढ़े, लेकिन हम पिदरम सुलताबूद के जोश में
हमेशा आपसे दूर भागते रहे। दोस्तो, हमारी बदगुमानी से नाराज न हों। तुम जिंदा
कौम हो। तुम्हारे दिल में दर्द है, हिम्मत है, फैयाजी है। हमारी तंगदिली को भूल
जाइए। उसी बेगाना कौम का एक फर्द हकीर आज आपकी खिदमत में इत्तिहाद
का पैगाम लेकर हाजिर हुआ है, उसकी अर्ज कुबूल कीजिए। यह फकीर इत्तिहाद
का सौदाई है, इत्तिहाद का दीवाना है, उसका हौसला बढ़ाइए। इत्तिहाद का यह

नन्हा-सा मुरझाया हुआ पौधा आपकी तरफ भूखी-प्यासी नजरों से ताक रहा है। उसे अपने दरियादिली के उबलते हुए चश्मों से सैराब कर दीजिए, तब आप देखेंगे कि यह पौधा कितनी जल्द तनावर दरख्त हो जाता है और उसके मीठे फलों से कितनों की जबानें तर होती हैं। हमारे दिल में बड़े-बड़े हौसले हैं, बड़े-बड़े मंसूबे हैं। हम इत्तिहाद की सदा से इस पाक जमीन के एक-एक गोशे को भर देना चाहते हैं। अब तक जो कुछ किया है, आपने ही किया है, आइंदा जो कुछ करेंगे, आप ही करेंगे। चंदे की फेहरिस्त देखिए, वह आपके ही नामों से भरी हुई है और हक पूछिए तो आप ही उसके बानी हैं। रानी गायत्री कुंवर साहब की सखावत की एक वक्त सारी दुनिया में शोहरत है। भगत ज्ञानशंकर की कौमपरस्ती क्या पोशीदा है? वजीर ऐसा, बादशाह ऐसा! ऐसी पाक रूहें जिस कौम में हों, वह खुशनसीब है। आज मैंने इस शहर की पाक जमीन पर कदम रखा तो बाशिंदों के एखलाक और मुरौवत, मेहमाननवाजी और खातिरदारी ने मुझे हैरत में डाल दिया। तहकीकात करने से मालूम हुआ कि यह इसी मजहबी जोश की बरकत है, यह प्रेम के अवतार श्रीकृष्णजी की भक्ति का असर है जिसने लोगों को इंसानियत के दरजे से उठाकर फरिश्तों का हमसफर बना दिया है। हजरात, मैं अर्ज नहीं कर सकता कि मेरे दिल में श्रीकृष्णजी की कितनी इज्जत है। इससे चाहे मेरे मुस्लिम होने पर ताने ही क्यों न दिए जाएं, पर मैं बेखौफ कहता हूं कि वह रूहे पाक उलूहियत (ईश्वरत्व) के उस दरजे पर पहुंची हुई थी, जहां तक किसी नबी या पैगंबर को पहुंचना नसीब न हुआ। आज इस सभा में सच्चे दिल से अंजुमन इत्तिहाद को उसी रूहेपाक के नाम मानून (समर्पित) करता हूं। मुझे उम्मीद ही नहीं, यकीन है कि उनके भक्तों के सामने मेरा सवाल खाली न जाएगा! इत्तिहादी यतीमखाने के बच्चे और बच्चियां आपकी तरफ ही बेकस निगाहों से देख रहे हैं। यह कौमी भिखारी आपके दरवाजे पर खड़ा दुआएं दे रहा है। इस लंबी दाढ़ी पर निगाह डालिए, इन सफेद बालों की लाज रखिए।"

हारमोनियम फिर बजा, तबले पर थाप पड़ी, करताल ने झंकार ली और ईजाद हुसैन की करुण रस से पूर्ण गजल शुरू हुई। श्रोताओं के कलेजे मसोस उठे। चंदे की अपील हुई तो रानी गायत्री की ओर से 1000 रुपये की सूचना हुई, भक्त ज्ञानशंकर ने यतीमखाने के लिए एक गाय भेंट की, चारों तरफ से लोग चंदा देने को लपके। इधर तो चंदे की सूची चक्कर लगा रही थी, उधर इरशाद हुसैन ने अंजुमन के पैम्फलेट और तमगे बेचने शुरू किए। तमगे अतीव सुंदर बने हुए थे। लोगों ने शौक से हाथों-हाथ लिये। एक क्षण में हजारों वक्षस्थलों पर ये तमगे चमकने लगे। हृदयों पर दोनों तरफ से इत्तिहाद की छाप पड़ी गई। कुल चंदे का

योग 5000 रुपये हुआ। ईजाद हुसैन का चेहरा फूल की तरह खिल उठा। उन्होंने लोगों को धन्यवाद देते हुए एक गजल गाई और आज की कार्यवाही समाप्त हुई।

रात के दस बजे थे। जब ईजाद हुसैन भोजन करके लेटे और खमीरे का रस-पान करने लगे, तब उनके सुपुत्र ने पूछा–"इतनी उम्मीद तो आपको भी न थी?"

ईजाद–हर्गिज नहीं। मैंने ज्यादा-से-ज्यादा 1000 रुपये का अंदाज किया था, मगर आज मालूम हुआ कि ये सब कितने अहमक होते हैं। इसी अपील पर किसी इस्लामी जलसे में मुश्किल से 100 रुपये मिलते थे। इन बछिया के ताऊओं की खूब तारीफ कीजिए। हर्जोमलीह की हद तक हो तो मुजायका नहीं, फिर इनसे जितना चाहें, वसूल कर लीजिए।

इरशाद–आपकी तकरीर लाजवाब थी।

ईजाद–उसी पर तो जिंदगी का दारोमदार है–न किसी के नौकर, न गुलाम। बस, दुनिया में कामयाबी का नुस्खा है तो वह शतरंजबाजी है। आदमी जरा लस्सान (वाक्-चतुर) हो, जरा मर्दुमशनास हो और जरा गिरहबाज हो, बस उसकी चांदी है। दौलत उसके घर की लौंडी है।

इरशाद–सच फरमाया अब्बाजान, क्या आपका कभी यह ख्याल था कि यह सब दुनियासाजी है?

ईजाद–क्या मुझे मामूली आदमियों से भी गया-गुजरा समझते हो? यह दगाबाजी है, पर करूं क्या? औलाद और खानदान की मुहब्बत अपनी नजात की फिक्र से ज्यादा है।

15

प्रेमशंकर—आजकल गांव का क्या हाल है?

बुढ़िया—क्या हाल बताएं सरकार, जमींदार की निगाह टेढ़ी हो गई, सारा गांव बंध गया, कोई डामिल गया, कोई कैद हो गया। उनके बाल-बच्चे अब दाने-दाने को तरस रहे हैं। मेरे दो बेटे थे। दो हल की खेती होती थी। एक तो डामिल गया, दूसरे की साल-भर से कुछ टोह ही नहीं मिली। बैल थे, वे चारे बिना टूट गए। खेती-बाड़ी कौन करे? बहुएं हैं, वे बाहर आ-जा नहीं सकतीं। मैं ही उपले बेचकर ले जाती हूं तो सबके मुंह में दाना पड़ता है। पोते थे, उन्हें भगवान ने पहले ही ले लिया। बुढ़ापे में यही भोगना लिखा था।

जलसा बड़ी सुंदरता से समाप्त हुआ। रानी गायत्री के व्याख्यान पर समस्त देश में वाह-वाह मच गई। उसमें सनातन धर्म संस्था का ऐतिहासिक दिग्दर्शन कराने के बाद उसकी उन्नति और पतन, उसके उद्धार और सुधार, उसकी विरोधी तथा सहायक शक्तियों का बड़ी योग्यता से निरूपण किया गया था। संस्था की वर्तमान दशा और भावी लक्ष्य की बड़ी मार्मिक आलोचना की गई थी। पत्रों में उस वक्तृता को पढ़कर लोग चकित रह जाते थे और जिन्होंने उसे अपने कानों से सुना, वे उसका स्वर्गिक आनंद कभी न भूलेंगे। क्या वाक्-शैली थी, कितनी सरल, कितनी मधुर, कितनी प्रभावशाली, कितनी भावमयी! वक्तृता क्या थी—एक मनोहर गान था!

तीन दिन बीत चुके थे। ज्ञानशंकर अपने भव्य भवन में समाचार-पत्रों का एक दफ्तर सामने रखे बैठे हुए थे। आजकल उनका यही काम था कि

पत्रों में जहां कहीं इस जलसे की आलोचना हुई, तुरंत काटकर रख लेते। गायत्री अब ज्ञानशंकर को देवतुल्य समझती थी। उन्हीं की बदौलत आज समस्त देश में उसकी सुकीर्ति की धूम मची हुई थी। उसके इस अतुल उपकार का एक ही उपहार था और वह प्रेमपूर्ण श्रद्धा थी।

संध्या हो गई थी कि अकस्मात् ज्ञानशंकर पत्रों की एक पोटली लिये हुए अंदर आए और गायत्री से बोले—"देखिए, राय साहब ने यह नया शिगूफा छोड़ा।"

गायत्री ने भौंहें चढ़ाकर कहा—"मेरे सामने उनका नाम न लीजिए। मैंने उनकी कितनी चिरौरी की थी कि एक दिन के लिए जलसे में अवश्य आइए, पर उन्होंने जरा भी परवाह न की। पत्र का उत्तर तक न दिया। बाप हैं तो क्या! मैं उनके हाथों भी अपना अपमान नहीं सह सकती।"

ज्ञानशंकर—मैंने तो समझा था, यह उनकी लापरवाही है, लेकिन इस पत्र से विदित होता है कि आजकल वह एक दूसरी ही धुन में हैं। शायद इसी कारण अवकाश न मिला हो।

गायत्री—क्या बात है, किसी अंग्रेज से लड़ तो नहीं बैठे?

ज्ञानशंकर—नहीं, आजकल एक संगीत सभा की तैयारी कर रहे हैं।

गायत्री—उनके यहां तो बारहों मास संगीत सभा होती रहती है।

ज्ञानशंकर—नहीं, यह उत्सव बड़ी धूमधाम से होगा। देश के समस्त गवैयों के नाम निमंत्रण-पत्र भेजे गए हैं। यूरोप से भी कोई जगद्विख्यात गायनाचार्य बुलाए जा रहे हैं। रईसों और अधिकारियों को दावत दी गई है। एक सप्ताह तक जलसा होगा। यहां के संगीत-शास्त्र और पद्धति में सुधार करना उनका उद्देश्य है।

गायत्री—हमारा संगीत-शास्त्र ऋषियों का रचा हुआ है। उसमें क्या कोई सुधार करेगा? इस भैरव और ध्रुपद के शब्द यशोदानंदन की वंशी से निकलते थे। पहले कोई गा तो ले, सुधारना तो छोटा मुंह बड़ी बात है।

ज्ञानशंकर—राय साहब को कोई और चिंता तो है नहीं, एक-न-एक स्वांग रचते रहते हैं। कर्ज बढ़ता जाता है, रियासत बोझ से दबी जाती है, पर वह अपनी धुन में किसी की कब सुनते हैं! मेरा अनुमान है कि इस समय उन पर 3 लाख देना है।

गायत्री—इतना धन-कृष्ण भगवान की सेवा में खर्च करते तो परलोक बन जाता। चिट्ठियां तो खोलिए, जरूर कोई पत्र होगा।

ज्ञानशंकर—हां देखिए, यह लिफाफा उन्हीं का मालूम होता है। हां, उन्हीं का है। मुझे बुला रहे हैं और आपको भी बुला रहे हैं।

गायत्री—मैं जा चुकी। जब वह यहां आने में अपनी हेठी समझते हैं, तो मुझे

क्या पड़ी है कि उनके जलसों-तमाशों में जाऊं? हां, विद्यावती को चाहे पहुंचा दीजिए; मगर शर्त यह है कि आप दो दिन से ज्यादा वहां न ठहरें।

ज्ञानशंकर-इसके विषय में सोचकर निश्चय करूंगा। यह दो पत्र बहरहाल और आम-गांव के कारिंदों के हैं। दोनों लिखते हैं कि असामी सभा का चंदा देने से इनकार करते हैं।

गायत्री की त्योरियां बदल गईं। प्रेम की देवी क्रोध की मूर्ति बन गई, बोली-"क्या देहातों में भी वह हवा फैलने लगी? कारिंदों को लिख दीजिए कि इन पाजियों के घर में आग लगवा दें और उन्हें कोड़ों से पिटवाएं। उनका यह दिल कि मेरी आज्ञा का निरादर करें! देवकीनंदन, तुम इन नर-पिशाचों को क्षमा करो! आप आज ही वहां आदमी रवाना करें! मैं यह अवज्ञा नहीं सह सकती। ये सब-के-सब कृतघ्न हैं। किसी दूसरे राज में होते तो आटे-दाल का भाव खुलता। मैं उनके साथ इतनी रियायत करती हूं, उनकी मदद के लिए तैयार रहती हूं, उनके लिए नुकसान उठाती हूं और उसका यह फल!"

ज्ञानशंकर-यह मुंशी रामसनेही का पत्र है। लिखते हैं, ठाकुरद्वारे का काम तीन दिन से बंद है। बेगारों को कितनी ताकीद की जाती है, मगर काम पर नहीं आते।

गायत्री-उन्हें मजूरी दी जाती है न?

ज्ञानशंकर-जी हां, लेकिन जमींदारी की दर से दी जाती है। जमींदारी शरह दो आने हैं, आम शरह छह आने हैं।

गायत्री-आप उचित समझें तो रामसनेही को लिख दीजिए कि चार आने के हिसाब से मजूरी दी जाए।

ज्ञानशंकर-लिख तो दूं, वास्तव में दो आने में एक पेट भी नहीं भरता, लेकिन इन मूर्ख, उजड्ड़ गंवारों पर दया भी की जाए तो वह समझते हैं कि दब गए। कल को छह आने मांगने लगेंगे और फिर बात भी न सुनेंगे।

गायत्री-फिर लिख दीजिए कि बेगारों को जबरदस्ती पकड़वा लें। अगर न आएं तो उन्हें गांव से निकाल दीजिए। हम स्वयं दया भाव से चाहे उनके साथ जो सुलूक करें, मगर यह कदापि नहीं हो सकता कि कोई असामी मेरे सामने हेकड़ी जतावे। अपना रोब और भय बनाए रखना चाहिए।

ज्ञानशंकर-यह पत्र अमेलिया के बाजार से आया है। ठेकेदार लिखता है कि लोग गोले के भीतर गाड़ियां नहीं लाते। बाहर ही पेड़ों के नीचे अपना सौदा बेचते हैं। कहते हैं, हमारा जहां जी चाहेगा, बैठेंगे। ऐसी दशा में ठेका रद्द कर दिया जाए, अन्यथा मुझे बड़ी हानि होगी।

गायत्री—बाजार के बाहर भी तो मेरी ही जमीन है, वहां किसी को दुकान रखने का क्या अधिकार?

ज्ञानशंकर—कुछ नहीं, बदमाशी है। बाजारों में रुपये पीछे, एक पैसा बयाई देनी पड़ती है, तौल ठीक-ठीक होती है, कुछ धर्मार्थ कटौती देनी पड़ती है, बाहर मनमाना राज है!

गायत्री—यह क्या बात है कि जो काम जनता के सुभीते और आराम के लिए किए जाते हैं, उनका भी लोग विरोध करते हैं।

ज्ञानशंकर—कुछ नहीं, यह मानव प्रकृति है। मनुष्य को स्वभावत: दबाव से, रोकथाम से, चाहे वह उसी के उपकार के लिए क्यों न हो, चिढ़ ही होती है। किसान अपने मूर्ख पुरोहित के पैर धो-धो पिएगा, लेकिन कारिंदे को, चाहे वह विद्वान ब्राह्मण ही क्यों न हो, सलाम करने में भी उसे संकोच होता है। यों चाहे वह दिन-भर धूप में खड़ा रहे, लेकिन कारिंदे या चपरासी को देखकर चारपाई से उठना उसे असह्य होता है। वह आठों पहर अपनी दीनता और विवशता के भार से दबा रहना नहीं चाहता। अपनी खुशी से नीम की पत्तियां चबाएगा, लेकिन जबरदस्ती दूध और शरबत भी न पिएगा। यह जानते हुए भी हम उन पर सख्ती करने के लिए बाध्य हैं।

इतने में मायाशंकर एक पीतांबर ओढ़े हुए ऊपर से उतरा। अभी उसकी उम्र चौदह वर्ष से अधिक न थी, किंतु मुख पर एक विलक्षण गंभीरता और विचारशीलता झलक रही थी। जो इस अवस्था में बहुत कम देखने में आती है।

ज्ञानशंकर ने पूछा—"कहां चले मुन्नू?"

मायाशंकर ने तीव्र नेत्रों से देखते हुए कहा—"घाट की तरफ संध्या करने जाता हूं।"

ज्ञानशंकर—आज सरदी बहुत है। यहीं बाग में क्यों नहीं कर लेते?

मायाशंकर—वहां एकांत में चित्त खूब एकाग्र हो जाता है।

वह चला गया तो ज्ञानशंकर ने कहा—"इस लड़के का स्वभाव विचित्र है। समझ में ही नहीं आता। सवारियां सब तैयार हैं; पर पैदल ही जाएगा। किसी को साथ भी नहीं लेता।"

गायत्री—मेहरियां कहती हैं, अपना बिछावन तक किसी को छूने नहीं देते। वह बेचारियां इनका मुंह जोहा करती हैं कि कोई काम करने को कहें, पर किसी से कुछ मतलब ही नहीं।

ज्ञानशंकर—इस उम्र में कभी-कभी यह सनक सवार हो जाया करती है। संसार का कुछ ज्ञान तो होता नहीं। पुस्तकों में जिन नियमों की सराहना की गई है,

उनका पालन करने को प्रस्तुत हो जाता है, लेकिन मुझे तो यह कुछ मंदबुद्धि-सा जान पड़ता है। इतना पढ़ा हुआ, पैसे की कदर ही नहीं जानता। अभी 100 रुपये दे दीजिए तो शाम तक पास में कौड़ी न रहेगी। न जाने कहां उड़ा देता है; किंतु इसके साथ ही मांगता कभी नहीं। जब तक खुद न दीजिए, अपनी जबान से कभी न कहेगा।

गायत्री–मेरी समझ में तो यह पूर्व जन्म में कोई संन्यासी रहे होंगे।

ज्ञानशंकर ने आज ही गाड़ी से बनारस जाकर विद्यावती को साथ लेते हुए लखनऊ जाने का निश्चय किया। गायत्री बहुत कहने-सुनने पर भी राजी न हुई।

राय कमलानंद को देखे हुए हमें लगभग सात वर्ष हो गए, पर इस कालक्षेप का उन पर कोई चिह्न नहीं दिखाई देता। बाल-पौरुष, रंग-ढंग सब कुछ वही है। यथापूर्व उनका समय सैर और शिकार, पोलो और टेनिस, राग और रंग में व्यतीत होता है। योगाभ्यास भी करने जाते हैं। धन पर वह कभी लोलुप नहीं हुए और अब भी उसका आदर नहीं करते। जिस काम की धुन हुई, उसे करके छोड़ते हैं। इसकी जरा भी चिंता नहीं करते कि रुपये कहां से आएंगे। वह अब भी सलाहकारी सभा के मेंबर हैं। इस बीच दो बार चुनाव हुआ और दोनों बार वही बहुमत से चुने गए। यद्यपि किसान और मध्य श्रेणी के मनुष्यों को भी वोट देने का अधिकार मिल गया था, तथापि राय साहब के मुकाबले में कौन जीत सकता था? किसानों के वोट उनके और अन्य भाइयों के हाथों में थे और मध्य श्रेणी के लोगों को जातीय संस्थाओं में चंदे देकर वशीभूत कर लेना कठिन न था।

राय साहब इतने दिनों तक मेंबर बने रहे, पर उन्हें इस बात का अभिमान था कि मैंने अपनी ओर से कौंसिल में कभी कोई प्रस्ताव न किया। वह कहते, 'मुझे खुशामदी टट्टू कहने में अगर किसी को आनंद मिलता है तो कहे, मुझे देश और जाति का द्रोही कहने से अगर किसी का पेट भरता है तो मुझे कोई शिकायत नहीं है, पर मैं अपने स्वभाव को नहीं बदल सकता। अगर रस्सी तुड़ाकर मैं जंगल में अबाध्य फिर सकूं तो मैं आज ही खूंटा उखाड़ फेंकूं, लेकिन जब मैं जानता हूं कि रस्सी तुड़ाने पर भी मैं बाड़े से बाहर नहीं जा सकता, बल्कि ऊपर से और डंडे पड़ेंगे तो फिर खूंटे पर चुपचाप खड़ा क्यों न रहूं? कुछ और नहीं तो मालिक की कृपा-दृष्टि तो रहेगी। जब राज-सत्ता अधिकारियों के हाथों में है, हमारे असहयोग और असम्मति से उसमें कोई परिवर्तन नहीं हो सकता तो इसकी क्या जरूरत है कि हम व्यर्थ अधिकारियों पर टीका-टिप्पणी करने बैठें और उनकी आंखों में

खटकें? हम काठ के पुतले हैं, तमाशे दिखाने के लिए खड़े किए गए हैं, इसलिए हमें डोरी के इशारे पर नाचना चाहिए। यह हमारी खामख्याली है कि हम अपने को राष्ट्र का प्रतिनिधि समझते हैं। जाति हम जैसे को, जिसका अस्तित्व ही उसके रक्त पर अवलंबित है, कभी अपना प्रतिनिधि न बनाएगी। जिस दिन जाति में अपना हानि-लाभ समझने की शक्ति होगी, हम और आप खेतों में कुदाली चलाते नजर आएंगे। हमारा प्रतिनिधित्व संपूर्णतः हमारी स्वार्थपरता और सम्मान-लिप्सा पर निर्भर है। हम जाति के हितैषी नहीं हैं, हम उसे केवल स्वार्थ-सिद्धि का यंत्र बनाए हुए हैं। हम लोग अपने वेतन की तुलना अंग्रेजों से करते हैं। क्यों? हमें तो सोचना चाहिए कि ये रुपये हमारी मुट्ठी में आकर यदि जाति की उन्नति और उपकार में खर्च हों तो अच्छा है। अंग्रेज अगर दोनों हाथों से धन बटोरते हैं तो बटोरने दीजिए। वे इसी उद्देश्य से इस देश में आए हैं। उन्हें हमारे जाति-प्रेम का दावा नहीं है। हम तो जाति-भक्ति की हांक लगाते हुए भी देश का गला घोंट देते हैं। हम अपने जातीय व्यवसाय के अधःपतन का रोना रोते हैं। मैं कहता हूं कि आपके हाथों यह दशा और भी असाध्य हो जाएगी। हम अगणित मिलें खोलेंगे, बड़ी संख्या में कारखाने कायम करेंगे, परिणाम क्या होगा? हमारे देहात वीरान हो जाएंगे, हमारे कृषक कारखानों में मजदूर बन जाएंगे, राष्ट्र का सत्यानाश हो जाएगा। आप इसी को जातीय उन्नति की चरम सीमा समझते हैं। मेरी समझ में यह जातीयता का घोर अधःपतन है। जाति की जो कुछ दुर्गति हुई, हमारे हाथों हुई है। हम जमींदार हैं, साहूकार हैं, वकील हैं, सौदागर हैं, डॉक्टर हैं, पदाधिकारी हैं, इनमें कौन जाति की सच्ची वकालत करने का दावा कर सकता है?

आप जाति के साथ बड़ी भलाई करते हैं तो कौंसिल में अनिवार्य शिक्षा प्रस्ताव पेश करा देते हैं। अगर आप जाति के सच्चे नेता होते तो वह निरकुंशता कभी न करते। कोई अपनी इच्छा के विरुद्ध स्वर्ग भी नहीं जाना चाहता। हममें तो कितने ही महोदयों ने बड़ी-बड़ी उपाधियां प्राप्त की हैं! पर उस शिक्षा ने हममें सिवा विलास-लालसा और सम्मान-प्रेम, स्वार्थ-सिद्धि और अहम्मन्यता के और कौन-सा सुधार कर दिया? हम अपने घमंड में अपने को जाति का अत्यावश्यक अंग समझते हैं, पर वस्तुतः हम कीट-पतंगे से भी गए-बीते हैं। जाति-सेवा करने के लिए दो हजार मासिक, मोटर, बिजली, पंखे, फिटन, नौकर या चाकर की क्या जरूरत है? आप रूखी रोटियां खाकर जाति की सेवा इससे कहीं उत्तम रीति से कर सकते हैं। आप कहेंगे—वाह, हमने परिश्रम से विद्योपार्जन किया है; क्या इसीलिए? तो जब आपने अपने कायिक सुखभोग के लिए इतना अध्यवसाय किया है, तब जाति पर इसका क्या एहसान? आप किस मुंह से जाति के नेतृत्व का दावा

करते हैं? आप मिलें खोलते हैं, तो समझते हैं, हमने जाति की बड़ी सेवा की; पर यथार्थ में आपने दस-बीस आदमियों को बनवास दे दिया। आपने उनके नैतिक और सामाजिक पतन का सामान पैदा कर दिया है। हां, आपने और आपके साझेदारों ने 45 रुपये प्रति सैकड़े लाभ अवश्य उठाया। तो भई, जब तक यह धींगा-धींगी चलती है, चलने दो। न तुम मुझे बुरा कहो, न मैं तुम्हें बुरा कहूं। हम और आप, नरम और गरम–दोनों ही जाति के शत्रु हैं। अंतर यह है कि मैं अपने को शत्रु समझता हूं और आप अहंकार के मद में अपने को उसका मित्र समझते हैं।'

इन तर्कों को सुनकर लोग उन्हें बक्की और झक्की कहते थे। अवस्था के साथ राय साहब का संगीत-प्रेम और भी बढ़ता जाता था। अधिकारियों से मुलाकात का उन्हें अब इतना व्यसन नहीं था। जहां किसी उस्ताद की खबर पाते, तुरंत बुलाते और यथायोग्य सम्मान करते। संगीत की वर्तमान अभिरुचि को देखकर उन्हें भय होता था कि अगर कुछ दिनों यही दशा रही तो इसका स्वरूप ही मिट जाएगा, देश और भैरव की तमीज भी किसी को न होगी। वे संगीत-कला को जाति की सर्वश्रेष्ठ संपत्ति समझते थे। इसकी अवनति उनकी समझ में जातीय पतन का निकृष्टतम स्वरूप था। व्यय का अनुमान चार लाख किया गया था। राय साहब ने किसी से सहायता मांगना उचित न समझा था, लेकिन कई रईसों ने स्वयं 1-1 लाख के वचन दिए थे, तब भी राय साहब पर 2-3 लाख का भार पड़ना सिद्ध था। यूरोप से छह नामी संगीतज्ञ आ गए थे–दो जर्मनी से, दो इटली से, एक फ्रांस और एक इंगलिस्तान से। मैसूर, ग्वालियर, ढाका, जयपुर, काश्मीर के उस्तादों को निमंत्रण-पत्र भेज दिए गए थे। राय साहब का प्राइवेट सेक्रेटरी सारे दिन पत्र-व्यवहार में व्यस्त रहता था, तिस पर चिट्ठियों की इतनी कसरत हो जाती थी कि बहुधा राय साहब को स्वयं जवाब लिखने पड़ते थे। इसी काम को निबटाने के लिए उन्होंने ज्ञानशंकर को बुलाया और वह आज ही विद्यावती के साथ आ गए थे।

राय साहब ने गायत्री के न आने पर बहुत खेद प्रकट किया और बोले–"वह इसीलिए नहीं आई है कि मैं सनातन धर्मसभा के उत्सव में न आ सका था। अब रानी हो गई है। क्या इतना गर्व भी न होगा? यहां तो मरने की भी छुट्टी न थी, जाता क्योंकर?"

ज्ञानशंकर रात-भर के जागे थे, भोजन करके लेटे तो तीसरे पहर उठे। राय साहब दीवानखाने में बैठे हुए चिट्ठियां पढ़ रहे थे। ज्ञानशंकर को देखकर बोले–"आइए भक्तजी, आइए! तुमने तो काया ही पलट दी। बड़े भाग्यवान हो कि इतनी ही अवस्था में ज्ञान प्राप्त कर लिया। यहां तो मरने के किनारे आए, पर अभी

तक माया-मोह से मुक्त न हुआ। यह देखो, पूना से प्रोफेसर माधोल्लकर ने यह पत्र भेजा है। उन्हें न जाने कैसे यह शंका हो गई है कि मैं इस देश में विदेशी संगीत का प्रचार करना चाहता हूं। इस पर आपने मुझे खूब आड़े हाथों लिया है।"

ज्ञानशंकर मतलब की बात छेड़ने के लिए अधीर हो रहे थे, अवसर मिल गया, बोले—"आपने यूरोप से लोगों को नाहक बुलाया। इसी से जनता को ऐसी शंकाएं हो रही हैं। उन लोगों की फीस तय हो गई है?"

राय साहब—हां, यह तो पहली बात थी। दो सज्जनों की फीस तो रोजाना दो-दो हजार है—सफर का खर्च अलग। जर्मनी के दोनों महाशय डेढ़-डेढ़ हजार रोजाना लेंगे। केवल इटली के दोनों आदमियों ने निःस्वार्थ भाव से शरीक होना स्वीकार किया है।

ज्ञानशंकर—अगर यह चारों महाशय यहां 15 दिन भी रहें तो एक लाख रुपये तो उन्हीं को चाहिए?

राय साहब—हां, इससे क्या कम होगा?

ज्ञानशंकर—तो कुल खर्च चाहे 5-6 लाख तक जा पहुंचे।

राय साहब—तखमीना तो 4 लाख का किया था, लेकिन शायद इससे कुछ ज्यादा ही पड़ जाए।

ज्ञानशंकर—यहां के रईसों ने भी कुछ हिम्मत दिखाई?

राय साहब—हां, कई सज्जनों ने वचन दिए हैं। संभव है, दो लाख मिल जाएं।

ज्ञानशंकर—अगर वह अपने वचन पूरे भी कर दें तो आपको 2-3 लाख की जेरबारी होगी।

राय साहब ने व्यंग्यपूर्ण हास्य के साथ कहा—"मैं उसे जेरबारी नहीं समझता। धन सुख-भोग के लिए है। उसका और कोई उद्देश्य नहीं है। मैं धन को अपनी इच्छाओं का गुलाम समझता हूं, उसका गुलाम बनना नहीं चाहता।"

ज्ञानशंकर—लेकिन वारिसों को भी तो सुख-भोग का कुछ-न-कुछ अधिकार है?

राय साहब—संसार में सब प्राणी अपने कर्मानुसार सुख-दुःख भोगते हैं। मैं किसी के भाग्य का विधाता हूं?

ज्ञानशंकर—क्षमा कीजिएगा, यह शब्द ऐसे पुरुष के मुंह से शोभा नहीं देते, जो अपने जीवन का अधिकांश बिता चुका हो।

राय साहब ने कठोर स्वर में कहा—"तुमको मुझे उपदेश देने का कोई अधिकार नहीं है। मैं अपनी संपत्ति का स्वामी हूं, उसे अपनी इच्छा और रुचि के अनुसार खर्च करूंगा। यदि इससे तुम्हारे सुख-स्वप्न नष्ट होते हैं तो हों, मैं इसकी परवाह नहीं करता। यह मुमकिन नहीं कि सारे संसार में इस कॉन्फ्रेंस की सूचना देने के बाद अब मैं उसे स्थगित कर दूं। मेरी सारी जायदाद बिक जाए तो भी मैंने

जो काम उठाया है, उसे अंत तक पहुंचाकर छोड़ूंगा। मेरी समझ में नहीं आता कि तुम कृष्ण के ऐसे भक्त और त्याग तथा वैराग्य के ऐसे साधक होकर माया-मोह में इतने लिप्त क्यों हो? जिसने कृष्ण का दामन पकड़ा, प्रेम का आश्रय लिया, भक्ति की शरण गही, उसके लिए सांसारिक वैभव क्या चीज है! तुम्हारी बातें सुनकर और तुम्हारे चित्त की यह वृत्ति देखकर मुझे संशय होता है कि तुमने बहुरूप धरा है और प्रेम-भक्ति का स्वाद नहीं पाया। कृष्ण का अनुरागी कभी इतना संकीर्ण हृदय नहीं हो सकता। मुझे अब शंका हो रही है कि तुमने यह जाल कहीं सरल हृदय गायत्री के लिए न फैलाया हो!"

यह कहकर राय साहब ने ज्ञानशंकर को तीव्र नेत्रों से देखा। उनके संदेह का निशाना इतना ठीक बैठा था कि ज्ञानशंकर का हृदय कांप उठा। इस भ्रम का मूलोच्छेद करना परमाश्यक था। राय साहब के मन में इसकी जगह पाना अत्यंत भयंकर था। इतना ही नहीं, इस भ्रम को दूर करने के लिए निर्भीकता की आवश्यकता थी। शिष्टाचार का समय न था, बोले-"आपके मुख से स्वांग और बहुरूप की लांछना सुनकर एक मसल याद आती है, लेकिन आप पर उसे घटित करना नहीं चाहता। जो प्राणी धर्म के नाम पर विषय-वासना और विष-पान को स्तुत्य समझता हो, वह यदि दूसरों की धार्मिक वृत्ति को पाखंड समझे तो क्षम्य है।"

राय साहब ने ज्ञानशंकर को फिर चुभती हुई दृष्टि से देखा और कड़ी आवाज से बोले-"तुम्हें सच कहना होगा!"

ज्ञानशंकर को ऐसा अनुभव हुआ मानो उनके हृदय पर से कोई परदा-सा उठा जा रहा है। उन पर एक अर्द्ध-विस्मृति की दशा छा गई। वे दीन भाव से बोले-"जी हां, सच कहूंगा।"

राय साहब-तुमने यह जाल किसके लिए फैलाया है?

ज्ञानशंकर-गायत्री के लिए।

राय साहब-तुम उससे क्या चाहते हो?

ज्ञानशंकर-उसकी संपत्ति और उसका प्रेम।

राय साहब खिल-खिलाकर हंसे।

ज्ञानशंकर को जान पड़ा, मैं कोई स्वप्न देखते-देखते जाग उठा। उनके मुंह से जो बातें निकली थीं। वह उन्हें याद थीं। उनका कृत्रिम क्रोध शांत हो गया था। उसकी जगह उस लज्जा और दीनता ने ले ली थी, जो किसी अपराधी के चेहरे पर नजर आती है, वे समझ गए कि राय साहब ने मुझे अपने आत्म-बल के वशीभूत करके मेरी दुष्कल्पनाओं को स्वीकार करा लिया। इस समय वह अत्यंत भयावह रूप में दिखाई पड़ते थे। उनके मन में अत्याचार का प्रत्याघात करने की घातक

चेष्टा लहरें मार रही थीं; पर इसके साथ ही उन पर एक विचित्र भय आच्छादित हो गया था। वे इस शैतान के सामने अपने को सर्वथा निर्बल और अशक्त पाते थे। इन परिस्थितियों में वे ऐसे उद्विग्न हो रहे थे कि जी चाहता था, आत्महत्या कर लूं। जिस भवन को वे छः-सात वर्षों से एक-एक ईंट जोड़कर बना रहे थे, इस समय वह हिल रहा था और निकट था कि गिर पड़े। उसे संभालना उनकी शक्ति से बाहर था। शोक! मेरे मंसूबे मिट्टी में मिले जाते हैं। इधर से भी गया और उधर से भी गया।

यकायक राय साहब बोले—"बेटा, तुम व्यर्थ मुझ पर इतना कोप कर रहे हो। मैं इतना क्षुद्र-हृदय नहीं हूं कि तुम्हें गायत्री की दृष्टि में गिराऊं। उसकी जायदाद तुम्हारे हाथ लग जाए तो मेरे लिए इससे ज्यादा हर्ष की बात और क्या होगी? लेकिन तुम्हारी चेष्टा उसकी जायदाद ही रहती तो मुझे कोई आपत्ति न होती। आखिर वह जायदाद किसी-न-किसी को तो मिलेगी ही और जिन्हें मिलेगी, वह मुझे तुमसे ज्यादा प्यारे नहीं हो सकते, किंतु मैं उसके सतीत्व को उसकी जायदाद से कहीं ज्यादा बहुमूल्य समझता हूं और उस पर किसी की लोलुप दृष्टि का पड़ना सहन नहीं कर सकता। तुम्हारी सच्चरित्रता की मैं सराहना किया करता था, तुम्हारी योग्यता और कार्यपटुता का मैं कायल था, लेकिन मुझे इसका जरा भी गुमान न था कि तुम इतने स्वार्थ-भक्त हो। तुम मुझे पाखंडी और विषयी समझते हो, मुझे इसका जरा भी दुःख नहीं है। अनात्मवादियों को ऐसी शंका होना स्वाभाविक है, किंतु मैं तुम्हें विश्वास दिलाता हूं कि मैंने कभी सौंदर्य को वासना की दृष्टि से नहीं देखा। मैं सौंदर्य की उपासना करता हूं, उसे अपने आत्म-निग्रह का साधन समझता हूं, उससे आत्म-बल संग्रह करता हूं, उसे अपनी कुचेष्टाओं की सामग्री नहीं बनाता और मान लो, मैं विषयी ही सही। बहुत दिन बीत गए हैं, थोड़े दिन और बाकी हैं, जैसा अब तक रहा, वैसा ही आगे भी रहूंगा। अब मेरा सुधार नहीं हो सकता, लेकिन तुम्हारे सामने अभी सारी उम्र पड़ी हुई है, इसलिए मैं तुमसे अनुरोध करता हूं और प्रार्थना करता हूं कि इच्छाओं के, कुवासनाओं के गुलाम मत बनो। तुम इस भ्रम में पड़े हुए हो कि मनुष्य अपने भाग्य का विधाता है। यह सर्वथा मिथ्या है। हम तकदीर के खिलौने हैं, विधाता नहीं। वह हमें अपनी इच्छानुसार नचाया करती है। तुम्हें क्या मालूम है कि जिसके लिए तुम सत्यासत्य में विवेक नहीं करते, पुण्य और पाप को समान समझते हो, उस शुभ मुहूर्त तक सभी विघ्न-बाधाओं से सुरक्षित रहेगा? संभव है कि ठीक उस समय जब जायदाद पर उसका नाम चढ़ाया जा रहा हो, एक फुंसी उसका काम तमाम कर दे। यह न समझो कि मैं तुम्हारा बुरा चेत रहा हूं। तुम्हें आशाओं की असारता का केवल

एक स्वरूप दिखाना चाहता हूं। मैंने तकदीर की कितनी ही लीलाएं देखी हैं और मैं स्वयं उसका सताया हुआ हूं। उसे अपनी शुभ कल्पनाओं के सांचे में ढालना हमारी सामर्थ्य से बाहर है। मैं नहीं कहता कि तुम अपने और अपनी संतान के हित की चिंता मत करो, धनोपार्जन न करो। नहीं, खूब धन कमाओ और खूब समृद्धि प्राप्त करो, किंतु अपनी आत्मा और ईमान को उस पर बलिदान न करो। धूर्तता और पाखंड, छल और कपट से बचते रहो। मेरी जायदाद 20 लाख से कम की मालियत नहीं है। अगर दो-चार लाख कर्ज ही हो जाए तो तुम्हें घबराना नहीं चाहिए। क्या इतनी संपत्ति मायाशंकर के लिए काफी नहीं है। तुम्हारी पैतृक संपत्ति भी 2 लाख से कम की नहीं है। अगर इसे काफी नहीं समझते हो तो गायत्री की जायदाद पर निगाह रखो, इसे मैं बुरा नहीं कहता। अपने सुप्रबंध से, कार्य-कुशलता से, किफायत से, हितेच्छा से, उसके कृपा-पात्र बन जाओ, न कि उसके भोलेपन, उसकी सरलता और मिथ्या भक्ति को अपनी कूटनीति का लक्ष्य बनाओ और प्रेम का स्वांग भरकर उसके जीवन-रत्न पर हाथ बढ़ाओ।"

इतने में प्राइवेट सेक्रेटरी साहब आए। राय साहब उनकी ओर आकृष्ट हो गए। ज्ञानशंकर रो रहे थे। भेद खुल जाने का शोक था, चिरसंचित अभिलाषाओं के विनष्ट हो जाने का दुःख, कुछ ग्लानि, कुछ अपनी दुर्जनता का खेद, कुछ निर्बल क्रोध! तर्कना शक्ति इतने आघातों का प्रतिरोध न कर सकती थी।

ज्ञानशंकर उठकर बगल की बेंच पर जा बैठे। माघ का महीना था और संध्या का समय, लेकिन उन्हें इस समय जरा भी सरदी न लगती थी। समस्त शरीर अंतरस्थ चिंतादाह से खौल रहा था। राय साहब का उपदेश संपूर्णतः विस्मृत हो गया था। केवल यह चिंता थी कि गिरती हुई दीवार को क्योंकर थामें, मरती हुई अभिलाषाओं को क्योंकर संभालें? यह महाशय कहते हैं कि मैं गायत्री से कुछ न कहूंगा, लेकिन इनका एतबार ही क्या? इन्होंने जहां उनके कान भरे, वह मेरी सूरत से घृणा करने लगेगी। गौरवशाली स्त्री है, उसे अपने सतीत्व पर घमंड है। यद्यपि उसे मुझसे प्रेम है, किंतु अभी तक उसका आधार धर्म पर है, मनोवेगों पर नहीं। उसकी स्थिति का क्या भरोसा? दुष्ट अपनी जायदाद का सर्वनाश तो किए ही डालता है, उधर का द्वार भी बंद किए देता है कि मुझे कहीं निकलने का मार्ग ही न मिले! मैं इतनी निराशाओं का भार नहीं सह सकता। इस जीवन में अब कोई आनंद न रहा। जब अभिलाषाओं का ही अंत हुआ जाता है, तब जीकर ही क्या करना है? हा! क्या सोचता था और क्या हो रहा है?

राय साहब तो शाम को क्लब चले गए और ज्ञानशंकर उसी निर्जन स्थान पर बैठे हुए जीवन और मृत्यु का निर्णय करते रहे। उनकी दशा उस व्यापारी की-सी

थी, जिनका सब कुछ जलमग्न हो गया हो या उस विद्यार्थी की-सी थी, जो वर्षों से कठिन श्रम के बाद परीक्षा में गिर गया हो। जब बाग में खूब ओस पड़ने लगी तो वह उठकर कमरे में चले गए। उन्हें चिंताओं ने आ घेरा–'जीवन में अब निराशा और अपमान के सिवा और कुछ नहीं रहा। ठोकरें खाता रहूंगा। जीवन का अंत ही अब मेरे डूबते हुए बेड़े को पार लगा सकता है। राय साहब इतने नीच नहीं हैं कि मरने पर भी मुझे बदनाम करें। उन्होंने बहुत सच कहा था कि मनुष्य अपने भाग्य का खिलौना है। मैं इस दशा में हूं कि मृत्यु ही मेरे सारे दुःखों का एकमात्र उपाय है। सामान्यतः लोग यही समझेंगे कि मैंने संसार से विरक्त होकर प्राण त्याग दिए, माया-मोह के बंधन से मुक्त हो गया। ऐसी मुक्त आत्मा के लिए यह अंधकारमय जगत अनुकूल न था। विद्यावती की निगाह में मेरा आदर कई गुना बढ़ जाएगा और गायत्री तो मुझे कृष्ण का अवतार समझने लगेगी। बहुत संभव है कि मेरी आत्मा को प्रसन्न करने के लिए वह माया को गोद ले ले। चाचा और भाई दोनों मुझ पर कुपित हैं। मौत उनको भी नर्म कर देगी और मुश्किल ही क्या है। कल गोमती स्नान करने जाऊं। एक सीढ़ी भी नीचे उतर गया तो काम तमाम है। बीस हजार जो मैं नकद छोड़े जाता हूं, विद्यावती के निर्वाह के लिए काफी हैं–लखनपुर की आमदानी अलग।'

यह सोचते-सोचते ज्ञानशंकर इतने शोकातुर हुए कि जोर-जोर से सिसकियां भरकर रोने लगे। यही जीवन का फल है? इसीलिए दुनिया-भर के मंसूबे बांधे थे। यह दुष्ट कमलानंद मेरी गरदन पर छुरी फेर रहा है। यही निर्दयी मेरी जान का गाहक हो रहा है।

इतने में विद्यावती आ गई और बोली–"आज दादाजी की तुमसे कुछ तकरार हो गई क्या? मुख्तार साहब कहते थे कि राय साहब बड़े क्रोध में थे। तुम नाहक उनके बीच में बोला करते हो। वह जो कुछ करें, करने दो। अम्मा समझाते-समझाते मर गईं, इन्होंने कभी रत्ती-भर परवाह न की! अपने सामने वे किसी को कुछ समझते ही नहीं।"

ज्ञानशंकर–मैंने तो केवल इतना कहा कि आपको व्यर्थ 2-3 लाख रुपया फूंक देना उचित नहीं है। बस इतनी-सी बात पर बिगड़ गए।

विद्यावती–यह तो उनका स्वभाव ही है। जहां उनकी बात किसी ने काटी और वह आग हुए। बुरा मुझे भी लग रहा है, पर मुंह खोलते कांपती हूं।

ज्ञानशंकर–मुझे इनकी जायदाद की परवाह नहीं है। मैंने वृंदावन-विहारी का आश्रय लिया है, अब किसी बात की अभिलाषा नहीं; लेकिन यह अनर्थ नहीं देखा जाता।

विद्यावती चली गई। थोड़ी देर में महाराज ने भोजन की थाली लाकर रख दी, लेकिन ज्ञानशंकर को कुछ खाने की इच्छा न हुई। थोड़ा-सा दूध पी लिया और फिर विचारों में मग्न हुए–'स्त्रियों के विचार कितने संकुचित होते हैं! तभी तो इन्हें संतोष हो जाता है। वह समझती हैं, आदमी को चैन से भोजन, वस्त्र मिल जाएं, गहने-जेवर बनते जाएं, संतानें होती जाएं, बस और क्या चाहिए! मानो मानव-जीवन भी अन्य जीवधारियों की भांति केवल स्वाभाविक आवश्यकताएं पूरी करने के ही लिए है। विद्यावती को कितना संतोष है! लोग स्त्रियों के इस गुण की बड़ी प्रशंसा करते हैं। मेरा विचार तो यह है कि धैर्य और संतोष उनकी बुद्धिहीनता का प्रमाण है। उनमें इतना बुद्धि-सामर्थ्य ही नहीं होता कि अवस्था और स्थिति का यथार्थ अनुमान कर सकें। राय साहब की फूंक ताप विद्यावती को भी अखरती है, लेकिन कुछ बोलती नहीं, जरा भी चिंतित नहीं है। यह नहीं समझती कि वह सरासर अपनी ही हानि, अपना ही सर्वनाश है। दशा ने कैसा पलटा खाया है। अगर मेरे मंसूबे सफल हो जाते तो दो-चार वर्ष में 3 लाख रुपये वार्षिक का आदमी होता। दस-पंद्रह वर्षों में अतुल संपत्ति का स्वामी होता, लेकिन मन की मिठाई खाने से क्या होता है?'

ज्ञानशंकर बड़ी गंभीर प्रकृति के मनुष्य थे। उनमें शुद्धि संकल्प की भी कमी न थी। झोकों में उनके पैर न उखड़ते थे, कठिनाइयों में उनकी हिम्मत न टूटती थी। गोरखपुर में उन पर चारों ओर से दांव-पेंच होते रहे, लेकिन उन्होंने कभी परवाह न की, लेकिन उनकी अविचलता वह थी जो परिस्थिति ज्ञान-शून्यता की हद तक जा पहुंचती है। वह उन जुआरियों में से न थे, जो अपना सब कुछ एक दांव पर हारकर अकड़ते हुए चलते हैं। छोटी-छोटी हारों का, छोटी-छोटी असफलताओं का असर उन पर न होता था, लेकिन उन मंतव्यों का नष्ट-भ्रष्ट हो जाना जिन पर जीवन उत्सर्ग कर दिया गया हो, धैर्य को भी विचलित, अस्थिर कर देता है; वे विचारमग्न हो गए–'फिर यहां केवल नैराश्य और शोक न था। मेरे छल-कपट का परदा खुल गया! मेरी भक्ति और धर्मनिष्ठा की, मेरे वैराग्य और त्याग की, मेरे उच्चादर्शों की, मेरे पवित्र आचरण की कलई खुल गई! संसार अब मुझे यथार्थ रूप में देखेगा। अब तक मैंने अपनी तर्कनाओं से, अपनी प्रगल्भता से, अपनी कलुषता को छिपाया। अब वह बात कहां?'

ज्ञानशंकर को नींद न आई। जरा आंखें झपक जातीं तो भयावह स्वप्न दिखाई देने लगते। कभी देखते, मैं गोमती में डूब गया हूं और मेरा शव चिता पर जलाया जा रहा है। कभी नजर आता, मेरा विशाल भवन विध्वंस हो गया है और मायाशंकर उसके भग्नावेश पर बैठा हुआ रो रहा है। एक बार ऐसा जान

पड़ा कि गायत्री मेरी ओर कोप-दृष्टि से देख रही है-'तुम मक्कार हो, आंखों से दूर हो जाओ!'

प्रातःकाल ज्ञानशंकर उठे तो चित्त बहुत खिन्न था। ऐसे अलसाए हुए थे मानो कई मंजिल तय करके आए हों। उन्होंने किसी से कुछ बातचीत न की। धोती उठाई और पैदल गोमती की ओर चले। अभी सूर्योदय नहीं हुआ था, लेकिन तंबाकू वालों की दुकानें खुल गई थीं। ज्ञानशंकर ने सोचा-'क्या तंबाकू ही जीवन की मुख्य वस्तु है कि सबसे पहले इनकी दुकान खुलती है? जरा देर में 'मलाई-मक्खन' की ध्वनि कानों में आई। दुष्ट कितना जीभ ऐंठकर बोलता है। समझता होगा कि यह कर्णकटु शब्द रुचिवर्द्धक होंगे। भला गाता हो तो एक बात भी थी। अच्छा! 'चाय गरम' भी आ पहुंची। गरम तो अवश्य ही होगी, बिना फूंके पियो तो जीभ जल जाए, मगर स्वाद वही गरम पानी का। यह कौन महाशय घोड़ा दौड़ाए चले जाते हैं। कोई फौजी अफसर हैं। घोड़ा जरा ठोकर ले तो साहब बहादुर की हड्डियां चूर हो जाएं।'

वह गोमती के तट पर पहुंचे तो भक्तजनों की भीड़ देखी। श्यामल जलधारा पर श्यामल कुहिर छटा छाई हुई थी। सूर्य की सुनहरी किरणें इस श्याम घटा में प्रविष्ट होने के लिए उत्सुक थीं। दो-चार नौकाएं पानी में खड़ी कांप रही थीं।

ज्ञानशंकर ने धोती चौकी पर रख दी और पानी में घुसे तो सहसा उनकी आंखें सजल हो गईं। कमर तक पानी में गए। आगे बढ़ने का साहस न हुआ। अपमान और नैराश्य के जिन भावों ने उनकी प्रेरणाओं को उत्तेजित कर रखा था, वह अकस्मात् शिथिल पड़ गए। कितने रण-भेद के मतवाले रणक्षेत्र में आकर पीठ फेर लेते हैं! मृत्यु दूर से इतनी विकराल नहीं दिखाई पड़ती; जितनी सम्मुख आकर-सिंह कितना भयंकर जीव है, इसका अनुमान तो उसे सामने देखकर हो सकता है। पहाड़ों को दूर से देखो तो ऊंची मेड़ के सदृश दिखाई पड़ते हैं, उन पर चढ़ना आसान मालूम होता है, किंतु समीप जाइए तो उनकी गगनस्पर्शी चोटियों को देखकर चित्त कैसा भयभीत हो जाता है!

ज्ञानशंकर ने मरने को जितना सहज समझा था, उससे कहीं कठिन ज्ञात हुआ। उन्हें विचार हुआ-'मैं कैसा मंदबुद्धि हूं कि एक जरा-सी बात के लिए प्राण देने पर तत्पर हो रहा हूं। माना, मैं राय साहब की नजरों में गिर गया, माना गायत्री भी मुझे मुंह न लगाएगी और विद्यावती भी मुझसे घृणा करने लगेगी, तब भी क्या मैं जीवनकाल में कुछ काम नहीं कर सकता? अपना जीवन सफल नहीं बना सकता? संसार का कर्म क्षेत्र इतना तंग नहीं है। मैं इस समय आज से छह-सात वर्ष पूर्व की अपेक्षा कहीं अच्छी दशा में हूं। मेरे 20 हजार रुपये बैंक में जमा हैं, 200 मासिक की आमदानी गांव से है, बंगला है, मोटर है, मकान किराए पर बैठा दूं

तो 50-60 रुपये माहवार और मिलने लगें। अगर किसी की चाकरी न करूं तो भी एक भले आदमी की भांति जीवन व्यतीत कर सकता हूं। राय साहब यदि मेरी कलई खोल दें तो क्या मैं उनकी खबर नहीं ले सकता? उन्हें अपने कलम के जोर से इतना बिगाड़ सकता हूं कि वह किसी को मुंह दिखाने योग्य न रहेंगे। गायत्री भी मेरे पंजों में है, मेरी तरफ से जरा भी निगाह मोटी करे तो आन-की-आन में मैं उसे इस उच्चासन से गिरा सकता हूं। उसे मैंने ही नेकनाम बनाया है और बदनाम भी कर सकता हूं। मेरी बुद्धि न जाने कहां चली गई थी। कूटनीति की रंगभूमि क्या इतनी संकीर्ण है? अब तक मुझे जो कुछ सफलता हुई है, इसी की बदौलत हुई है तो अब मैं उसका दामन क्यों छोड़ूं? उससे निराश क्यों हो जाऊं? अगर इस टूटी हुई नौका पर बैठकर मैंने आधी नदी पार कर ली है तो अब उस पर से जल में क्यों कूद पड़ूं?'

ज्ञानशंकर स्नान करके जल से निकल आए। उनका चेहरा विजय-ज्योति से चमक रहा था।

विजयी सेना जिस प्रकार शत्रुदल को मैदान से हटाकर और भी उत्साहित हो जाती है और शत्रु को इतना निर्बल और अपंग बना देती है कि फिर उसके मैदान में आने की संभावना ही न रहे, उसी प्रकार ज्ञानशंकर के हौसले भी बढ़े। सोचा, 'इसकी नौबत ही क्यों आने दूं कि मुझ पर चारों ओर से आक्षेप होने लगें और मैं अपनी सफाई देता फिरूं? मैं मरकर नेकनाम बनना चाहता था, क्यों न मारकर वही उद्देश्य पूरा करूं? इस समय यही पुरुषोचित कर्तव्य है। मरने से मारना कहीं सुगम है। भाग्य-विधाता! तुम्हारी लीला कितनी विचित्र है! तुमने मुझको मृत्यु के मुख से निकाल लिया! बाल-बाल बचा! मैं अब भी अपने मंसूबों को पूरा कर सकता हूं–वैभव, यश, सुकीर्ति सब कुछ मेरे अधीन है, केवल थोड़ी-सी हिम्मत चाहिए। ईश्वर का कोई भय नहीं; वह सर्वज्ञ है। परदा तो केवल मनुष्य की आंखों पर डालना है और मैं इस काम में सिद्धहस्त हूं।'

ज्ञानशंकर एक किराए के तांगे पर बैठकर घर आए। रास्ते-भर वह इन्हीं विचारों में लीन रहे। उनकी सिद्धि-प्राप्ति के मार्ग में राय साहब ही बाधक हो रहे थे। इस बाधा को हटाना आवश्यक था। पहले ज्ञानशंकर ने निराश होकर मार्ग से लौट जाने का निश्चय किया था। अपने प्राण देकर इस संकट में निवृत्त होना चाहते थे। अब उन्होंने राय साहब को ही अपनी आकांक्षाओं की वेदी पर बलिदान करने की ठानी–'संसार इसे हिंसा कहेगा, उसकी दृष्टि से यह घोर पाप है–सर्वथा अक्षम्य, अमानुषीय, लेकिन दार्शनिक दृष्टि से देखिए तो इससे पाप का संपर्क तक नहीं है। राय साहब के मरने से किसी को हानि क्या होगी? उनके बाल-बच्चे

नहीं है, जो अनाथ हो जाएंगे। वह कोई ऐसा महान कार्य नहीं कर रहे हैं, जो उनके मर जाने से अधूरा रह जाएगा, उनकी जायदाद का भी ह्रास नहीं होगा; बल्कि एक ऐसी व्यवस्था का आरोपण हुआ जाता है जिससे वह सुरक्षित रहेगी। समाज और अर्थशास्त्र के सिद्धांत के अनुसार तो इसे हत्या कह ही नहीं सकते। नैतिक दृष्टि से भी इस पर कोई आपत्ति नहीं हो सकती। केवल धार्मिक दृष्टि से इसे पाप कहा जा सकता है और लौकिक रीति के अनुसार तो यह काम केवल, सराहनीय ही नहीं परमावश्यक है। यह जीवन संग्राम है। इस क्षेत्र में विवेक, धर्म और नीति का गुजर नहीं। यह कोई धर्मयुद्ध नहीं है! यहां कपट, दगा, फरेब सब कुछ उपयुक्त है, अगर उससे अपना स्वार्थ सिद्ध होता है। यहां छापा मारना, आड़ से शस्त्र चलाना विजय प्राप्ति के साधन हैं। यहां औचित्य-अनौचित्य का निर्णय हमारी सफलता के अधीन हैं। अगर जीत गए तो सारे धोखे और मुगालते सुअवसर के नाम से पुकारे जाते हैं, हमारी कार्य-कुशलता की प्रशंसा होती है–हारे तो उन्हें पाप कहा जाता है। बस, इस पत्थर को मार्ग से हटा दूं और मेरा रास्ता साफ है।'

ज्ञानशंकर ने नाना प्रकार के तर्कों से इन मनोगत विचारों को उसी तरह प्रोत्साहित किया, जैसे कोई कबूतरबाज बहके हुए कबूतरों के दाने बिखेर-बिखेरकर अपनी छतरी पर बुलाता है। अंत में उनकी हिंसात्मक प्रेरणा दृढ़ हो गई। जगत हिंसा के नाम से कांपता है–हिंसक पर बिना समझे-बूझे चारों ओर से वार होने लगते हैं। वह दुरात्मा है, दंडनीय है, उसका मुंह देखना भी पाप है, लेकिन यह संसार केवल मूर्खों की बस्ती है। इसके विचारों का सम्मान करना कांटों पर चलना है। यहां कोई नियम नहीं, कोई सिद्धांत नहीं, कोई न्याय नहीं। इसकी जबान बंद करने का बस एक ही उपाय है। इसकी आंखों पर परदा डाल दो और वह तुमसे जरा भी एतराज न करेगी। इतना ही नहीं, तुम समाज के सम्मान के अधिकारी हो जाओगे।

घर पहुंचकर ज्ञानशंकर तुरंत राय साहब के पुस्तकालय में गए और अंग्रेजी का बृहत् रसायन कोष निकालकर विषाक्त पदार्थों के गुण और प्रभाव का अन्वेषण करने लगे।

दो दिन हो गए और ज्ञानशंकर ने राय साहब से मुलाकात न की। राय साहब उन निर्दय पुरुषों में न थे, जो घाव लगाकर उस पर नमक छिड़कते हैं। वह जब किसी पर नाराज होते तो यह मानी हुई बात थी कि उसका नक्षत्र बलवान है, सौभाग्य चंद्र उसके दाहिने है, क्योंकि क्रोध शांत होते ही अपने कटु व्यवहारों का बड़ी उदारता के साथ प्रायश्चित्त किया करते थे। एक बार एक टहलुवे को इसलिए

पीटा था कि उसने फर्श पर पानी गिरा दिया था। दूसरे ही दिन पांच बीघे जमीन उसे मुआफी दे दी। एक कारिंदे से गबन के मामले में बहुत बिगड़े और अपने हाथों से हंटर लगाए, किंतु थोड़े ही दिन पीछे उसका वेतन बढ़ा दिया! हां, यह आवश्यक था कि चुपचाप धैर्य के साथ उनकी बातें सुन ली जाएं, उनसे बतबढ़ाव न किया जाए। ज्ञानशंकर को धिक्कारने के एक ही क्षण पीछे उन्हें पश्चाताप होने लगा। भय हुआ कि कहीं वह रूठकर चल न दें। संसार में ऐसा कौन प्राणी है, जो स्वार्थ के लिए अपनी आत्मा का हनन न करता हो। मैं खुद भी तो निःस्पृह नहीं हूं। जब संसार की यही प्रथा है तो मुझे उनका इतना तिरस्कार करना उचित न था। कम-से-कम मुझे तो उनके आचरण को कलंकित न करना चाहिए था। विचारशील पुरुष हैं, उनके लिए इशारा काफी है, लेकिन मैंने उन्हें गुस्से में आकर खुली-खुली गालियां दीं, अतएव आज वह भोजन करने बैठे तो महाराज से कहा–"बाबूजी को यहां बुला लो और उनकी थाली भी यहां लाओ। न आएं तो कहना–आप न चलेंगे तो वह भी भोजन न करेंगे।"

ज्ञानशंकर राजी न होते थे, पर विद्यावती ने समझाया–"चले क्यों नहीं जाते! जब वह बड़े होकर बुलाते हैं तो न जाने से उन्हें दुःख होगा। उनकी आदत है कि गुस्से में जो कुछ मुंह में आया, बक जाते हैं, लेकिन पीछे से लज्जित होते हैं।"

ज्ञानशंकर अब कोई हीला न कर सके। रोनी सूरत बनाए हुए आए और राय साहब से जरा हटकर आसन पर बैठ गए।

राय साहब ने कहा–"इतनी दूर क्यों बैठे हो? मेरे पास आ जाओ, देखो! आज मैंने तुम्हारे लिए कई अंग्रेजी चीजें बनवाई हैं। लाओ महाराज, यहीं थाली रखो।"

ज्ञानशंकर ने दबी जबान से कहा–"मुझे तो इस समय जरा भी इच्छा नहीं है, क्षमा कीजिए।"

राय साहब–इच्छा तो सुगंध से हो जाएगी, थाली सामने तो आने दो। महाराज को मैंने इनाम देने का वादा किया है। उसने अपनी सारी अक्ल खर्च कर दी होगी।

महाराज ने थाली लाकर ज्ञानशंकर के सामने रख दी। ज्ञानशंकर के चेहरे पर हवाइयां उड़ रही थीं। एक रंग आता था, एक रंग जाता था। छाती बड़े वेग से धड़क रही थी। भय ने आशा को दबा दिया था। वह किसी प्रकार यहां से भागना चाहते थे। यह दृश्य उनके लिए असह्य था। उनके शरीर का एक-एक अंग थर-थर कांप रहा था, यहां तक कि स्वर भी भंग हो रहा था। उन्हें इस समय अनुभव हो रहा था कि जान लेना देने से कहीं दुष्कर है।

राय साहब ने पांच-चार कौर ही खाए थे कि सहसा उन्होंने थाली से हाथ खींच लिया और ज्ञानशंकर को तीव्र और मर्मभेदी दृष्टि से देखा। ज्ञानशंकर के

प्राण सूख गए। राय साहब ने यदि गोली चलाई होती तो भी उन्हें इतनी चोट न लगती। संज्ञा-शून्य से हो गए। ऐसा जान पड़ता था मानो कोई आकर्षण शक्ति प्राणों को खींच रही है। अपनी नाव को भंवर में डूबते पाकर भी कोई इतना भयभीत, इतना असावधान न होता होगा। राय साहब की तीव्र दृष्टि ने सिद्ध कर दिया कि रहस्य खुल गया, सारे यत्न, सारी योजनाएं निष्फल हो गईं! हा हतभाग! कहीं का न रहा! क्या जानता था कि यह महाशय ऐसे आत्मदर्शी हैं।

इतने में राय साहब ने अपमानसूचक भाव से मुस्कराकर कहा—"मैंने एक बार तुमसे कह दिया कि धन-संपत्ति तुम्हारे भाग्य में नहीं है, तुम जो चालें चलोगे, वह सब उल्टी पड़ेंगी। केवल लज्जा और ग्लानि हाथ रहेगी।"

ज्ञानशंकर ने अज्ञान भाव से कहा—"मैंने आपका आशय नहीं समझा।"

राय साहब—बिलकुल झूठ है। तुम मेरा आशय खूब समझ रहे हो। इससे ज्यादा कुछ कहूंगा तो उसका परिणाम अच्छा न होगा। मैं चाहूं तो सारी राम कहानी तुम्हारी जबान से कहलवा लूं, लेकिन इसकी जरूरत नहीं। तुम्हें बड़ा भ्रम हुआ। मैं तुम्हें बड़ा चतुर समझता था; लेकिन अब विदित हुआ कि तुम्हारी निगाह बहुत मोटी है। तुम्हारा इतने दिनों तक मुझसे संपर्क रहा, लेकिन अभी तक तुम मुझे पहचान न सके। तुम सिंह का शिकार बांस की तीलियों से करना चाहते हो, इसलिए अगर दबोच में आ जाओ तो तुम्हारा अपना दोष है। मुझे मनुष्य मत समझो, मैं सिंह हूं। अगर अभी अपने दांत और पंजे दिखा दूं तो तुम कांप उठोगे। यद्यपि यह थाल बीस-पच्चीस आदमियों को सुलाने के लिए काफी है, शायद यह एक कौर खाने के बाद उन्हें दूसरे कौर की नौबत न आएगी, लेकिन मैं पूरा थाल हजम कर सकता हूं और तुम्हें मेरे माथे पर बल भी न दिखाई देगा। मैं शक्ति का उपासक हूं, ऐसी वस्तुएं मेरे लिए दूध और पानी हैं।

यह कहते-कहते राय साहब ने थाल से कई कौर उठाकर जल्द-जल्द खाए। अकस्मात् ज्ञानशंकर तेजी से लपके, थाल उठाकर भूमि पर पटक दिया और राय साहब के पैरों पर गिरकर बिलख-बिलखकर रोने लगे। राय साहब की योगसिद्धि ने आज उन्हें परास्त कर दिया। उन्हें ज्ञात हुआ कि यह चूहे और सिंह की लड़ाई है।

राय साहब ने उन्हें उठाकर बिठा दिया और बोले—"लाला, मैं इतना कोमल हृदय नहीं हूं कि इन आंसुओं से पिघल जाऊं। आज मुझे तुम्हारा यथार्थ रूप दिखाई दिया। तुम अधर्म, स्वार्थ के पंजे में दबे हुए हो। यह तुम्हारा दोष नहीं, तुम्हारी धर्म-विहीन शिक्षा का दोष है? तुम्हें आदि से ही भौतिक शिक्षा मिली। हृदय के भाव दब गए। तुम्हारे गुरुजन स्वयं स्वार्थ के पुतले थे। उन्होंने कभी सरल संतोषमय जीवन का आदर्श तुम्हारे सामने नहीं रखा। तुम अपने घर में, स्कूल में, जगत में

नित्य देखते थे कि बुद्धि-बल का कितना मान है! तुमने सदैव इनाम और पदक पाए, कक्षा में तुम्हारी प्रशंसा होती रही, प्रत्येक अवसर पर तुम्हें आदर्श बनाकर दूसरों को दिखाया जाता था। तुम्हारे आत्मिक विकास की ओर किसी ने ध्यान नहीं दिया, तुम्हारे मनोगत भावों को, तुम्हारे उद्गारों को सन्मार्ग पर ले जाने की चेष्टा नहीं की गई। तुमने धर्म और भक्ति का प्रकाश कभी नहीं देखा, जो मन पर छाए हुए तिमिर को नष्ट करने का एक ही साधन है। तुम जो कुछ हो, अपनी शिक्षा प्रणाली के बनाए हुए हो। पूर्व के संस्कारों ने जो अंकुश जमाया था, उसे शिक्षा ने सघन वृक्ष बना दिया। तुम्हारा कोई दोष नहीं, काल और देश का दोष है। मैं क्षमा करता हूं और ईश्वर से विनती करता हूं कि वह तुम्हें सद्बुद्धि दे।"

राय साहब के होंठ नीले पड़ गए, मुख कांतिहीन हो गया, आंखें पथराने लगीं। माथे पर स्वेद बिंदु चमकने लगे, पसीने से सारा शरीर तर हो गया, सांस बड़े वेग से चलने लगी। ज्ञानशंकर उनकी यह दशा देखकर विकल हो गए, कांपते हुए हाथों से पंखा झलने लगे; लेकिन राय साहब ने इशारा किया कि यहां से चले जाओ, मुझे अकेला रहने दो और तुरंत भीतर से द्वार बंद कर दिया।

ज्ञानशंकर मूर्तिवत् द्वार पर खड़े थे मानो किसी ने उनके पैरों को गाड़ दिया हो। इस समय उन्हें अपने कुकृत्य पर इतना अनुताप हो रहा था कि जी चाहता था, उसी थाल का एक कौर खाकर इस जीवन का अंत कर लूं। पहले राय साहब की अभिमानपूर्ण बातें सुनकर उन्हें आशा हो गई थी कि विष का इन पर कुछ असर न होगा, लेकिन अब इस आशा की जगह भय हो रहा था कि उन्होंने अपनी योग-शक्ति का भ्रमात्मक अनुमान किया था? 'क्या करूं! किसी डॉक्टर को बुलाऊं? उस धन-लिप्सा का सत्यानाश हो जिसने मन में यह विषय प्रेरणा उत्पन्न की, जिसने मुझसे यह हत्या कराई। हा कुटिल स्वार्थ! तूने मुझे नर-पिशाच बना दिया! मैं क्यों इनका शत्रु हो रहा हूं? इसी जायदाद के लिए, इसी रियासत के लिए, इसी संपत्ति के लिए! क्या वह संपत्ति मेरे हाथों में आकर दूसरों को मेरा शत्रु न बना देगी? कौन कह सकता है कि मेरा भी यही अंत न होगा?'

ज्ञानशंकर ने द्वार पर कान लगाकर सुना। ऐसा जान पड़ा कि राय साहब हाथ-पैर पटक रहे हैं। मारे भय के ज्ञानशंकर को रोमांच हो गया। उन्हें अपनी अधम नीचता, अपनी घोरतम पैशाचिक प्रवृत्तियों पर ऐसा शोकमय पश्चाताप कभी न हुआ था। उन्हें इस समय परिणाम की चिंता न थी, न यह शंका थी कि मेरा क्या हाल होगा! बस यही धड़का लगा हुआ था कि राय साहब की न जाने क्या गति हो रही है! कोई जबरदस्ती भी करता तो वह वहां से न हटते। मालूम नहीं, एक क्षण में क्या हो जाए?

इतने में महाराज थाली में कुछ और पदार्थ लाया। उसे देखते ही ज्ञानशंकर का रक्त सूख गया। समझ गए कि अब प्राण न बचेंगे। यह दुष्ट अभी यहां का हाल देखकर शोर मचा देगा, खोज-पूछ होने लगेगी, गिरफ्तार हो जाऊंगा। वह इस समय उन्हें कालस्वरूप दिखाई पड़ता था। उन्होंने उसे समीप न आने दिया, दूर से ही कहा–"हम लोग भोजन कर चुके हैं, अब कुछ न लाओ।"

महाराज ने बंद किवाड़ों को कुतूहल की दृष्टि से देखा और आगे बढ़ने की चेष्टा की कि अकस्मात् ज्ञानशंकर बाज की तरह झपटे और उसे जोर से धक्का देकर कहा–"तुमसे कहता हूं कि यहां किसी चीज की जरूरत नहीं है, बात क्यों नहीं सुनते?"

महाराज हक्का-बक्का होकर ज्ञानशंकर का मुंह ताकने लगा। ज्ञानशंकर इस समय उस सशंक दशा में थे, जबकि मनुष्य पत्ते का खुड़का सुनकर लाठी संभाल लेता है। उन्हें अब राय साहब की चिंता न थी। उनके विचारों में वह चिंता की उद्घाटक शक्ति से बाहर हो गए थे। वह अब अपनी जान की खैर मना रहे थे। संपूर्ण इच्छाशक्ति इस रहस्य को गुप्त रखने में व्यस्त हो रही थी।

एकाएक भीतर से द्वार खुला और राय साहब बाहर निकले। उनका मुखड़ा रक्तवर्ण हो रहा था। आंखें भी लाल थीं–पसीने से तर थे मानो कोई लोहार भट्ठी के सामने से उठकर आया हो। दोनों थाल समेटकर एक जगह रख दिए गए थे। कटोरे भी साफ थे। सब भोजन एक अंगीठी में जल रहा था। अग्नि उन पदार्थों का रसास्वादन कर रही थी।

क्षण-मात्र में ज्ञानशंकर के विचारों ने पलटा खाया। जब तक उन्हें शंका थी कि राय साहब दम तोड़ रहे हैं, तब तक उनकी प्राण-रक्षा के लिए ईश्वर से प्रार्थना कर रहे थे। जब बाहर खड़े-खड़े निश्चय हो गया कि राय साहब के प्राणांत हो गए, तब वह अपनी जान की खैर मनाने लगे। अब उन्हें सामने देखकर क्रोध आ रहा था कि वह मर क्यों न गए! इतना तिरस्कार, इतना मानसिक कष्ट व्यर्थ सहना पड़ा। उनकी दशा इस समय थके-मांदे हलवाहे की-सी हो रही थी, जिसके बैल खेत से द्वार पर आकर बिदक गए हों, दिन-भर कठिन परिश्रम के बाद सारी रात अंधेरे में बैलों के पीछे दौड़ने की संभावना उसकी हिम्मत को तोड़ डालती हो।

राय साहब ने बाहर निकलकर कई बार जोर से सांस ली मानो दम घुट रहा हो, तब कांपते हुए स्वर में बोले–"मरा नहीं, लेकिन मरने से बदतर हो गया। यद्यपि मैंने विष को योग-क्रियाओं से निकाल दिया, लेकिन ऐसा मालूम हो रहा है कि मेरी धमनियों में रक्त की जगह कोई पिघली हुई धातु दौड़ रही है। वह दाह मुझे कुछ दिन में भस्म कर देगी। अब मुझे फिर पोलो और टेनिस खेलना

नसीब न होगा। मेरे जीवन की अनंत शोभा का अंत हो गया। अब जीवन में वह
आनंद कहां, जो शोक और चिंता को तुच्छ समझता था। मैंने वाणी से तो तुम्हें
क्षमा कर दिया है, लेकिन मेरी आत्मा तुम्हें क्षमा न करेगी। तुम मेरे लड़के हो,
मैं तुम्हारे पिता-तुल्य हूं, लेकिन हम सब एक-दूसरे का मुंह न देखेंगे। मैं जानता
हूं कि इसमें तुम्हारा कोई दोष नहीं है, यह हमारे वर्तमान लोक-व्यवहार का दोष
है, किंतु यह जानकर भी हृदय को संतोष नहीं होता। यह सारी विडंबना इसी
जायदाद का फल है। इसी जायदाद के कारण हम और तुम एक-दूसरे के खून
के प्यासे हो रहे हैं। संसार में जिधर देखो, ईर्ष्या और द्वेष, आघात और प्रत्याघात
का साम्राज्य है। भाई-भाई का वैरी, बाप बेटे का वैरी, पुरुष स्त्री का वैरी, इसी
जायदाद के लिए, इसी धन के लिए। इसके हाथों जितना अनर्थ हुआ, हो रहा
है और होगा, उसके देखते कहीं अच्छा है कि अधिकार प्रथा ही मिटा दी जाती।
यही वह खेत हैं, जहां छल और कपट के पौधे लहराते हैं, जिसके कारण संसार
रणक्षेत्र बना हुआ है। इसी ने मानव जाति को पशुओं से भी नीचे गिरा दिया है।"

यह कहते-कहते राय साहब की आंखें बंद हो गईं। वह दीवार का सहारा
लिये हुए दीवानखाने में आए और फर्श पर गिर पड़े। ज्ञानशंकर भी पीछे-पीछे थे,
मगर इतनी हिम्मत न पड़ती थी कि उन्हें संभाल लें। नौकरों ने यह हालत देखी तो
दौड़े और उन्हें उठाकर कोच पर लिटा दिया। गुलाब और केवड़े का जल छिड़कने
लगे। कोई पंखा झलने लगा, कोई डॉक्टर के लिए दौड़ा। सारे घर में खलबली
मच गई। दीवानखाने में एक मेला-सा लग गया।

दस मिनट बाद राय साहब ने आंखें खोलीं और सबको हट जाने का इशारा
किया, लेकिन जब ज्ञानशंकर भी औरों के साथ जाने लगे, तो राय साहब ने उन्हें
बैठने का संकेत दिया और बोले—"यह जायदाद नहीं है। इसे रियासत कहना भूल
है। यह निरी दलाली है। इस भूमि पर मेरा क्या अधिकार है? मैंने इसे बाहुबल
से नहीं लिया। नवाबों के जमाने में किसी सूबेदार ने इस इलाके की आमदनी
वसूल करने के लिए मेरे दादा को नियुक्त किया था। मेरे पिता पर भी नवाबों
की कृपा-दृष्टि बनी रही। इसके बाद अंग्रेजों का जमाना आया और यह अधिकार
पिताजी के हाथ से निकल गया, लेकिन राज-विद्रोह के समय पिताजी ने तन-मन
से अंग्रेजों की सहायता की। शांति स्थापित होने पर हमें वही पुराना अधिकार फिर
से मिल गया। यही इस रियासत की हकीकत है। हम केवल लगान वसूल करने
के लिए रखे गए हैं। इसी दलाली के लिए हम एक-दूसरे के खून से अपने हाथ
रंगते हैं। इसी दीन-हत्या को हम रोब कहते हैं, इसी कारिंदगिरी पर हम फूले
नहीं समाते। सरकार अपना मतलब निकालने के लिए हमें इस इलाके का मालिक

कहती है, लेकिन जब साल में दो बार हमसे मालगुजारी वसूल की जाती है, तब हम मालिक कहां रहे? यह सब धोखे की टट्टी है। तुम कहोगे, यह सब कोरी बकवाद है, रियासत इतनी बुरी चीज है तो उसे छोड़ क्यों नहीं देते? हां! यही तो रोना है कि इस रियासत ने हमें विलासी, आलसी और अपाहिज बना दिया। अब हम किसी काम के नहीं रहे। हम पालतू चिड़ियां हैं, हमारे पंख शक्तिहीन हो गए हैं। हममें अब उड़ने की सामर्थ्य नहीं है। हमारी दृष्टि सदैव अपने पिंजरे के कुल्हिए और प्याली पर रहती है। अपनी स्वाधीनता को हमने मीठे टुकड़े पर बेच दिया है।"

राय साहब के चेहरे पर एक दुस्सह आंतरिक वेदना के चिह्न दिखाई देने लगे थे। वे लेटे थे, कराहकर उठ बैठे। उनकी मुखाकृति विकृति हो गई–पीड़ा से विकल हृदय-स्थल पर हाथ रखते हुए बोले–"आह! बेटा, तुमने वह हलाहल खिला दिया कि कलेजे के टुकड़े-टुकड़े हुए जाते हैं। अब प्राण न बचेंगे। अगर एक मरणासन्न पुरुष के श्राप में कुछ शक्ति है तो तुम्हें इस रियासत का सुख भोगना नसीब न होगा! जाओ, आंखों के सामने से हट जाओ। संभव है, मैं इस क्रोधावस्था में तुम्हें दोनों हाथों में दबाकर मसल डालूं! मैं अपने आपे में नहीं हूं। मेरी दशा मतवाले सर्प की-सी हो रही है। मेरी आंखों से दूर हो जाओ और फिर कभी मुंह मत दिखाना। मेरे मर जाने पर तुम्हें आने का अख्तियार है और याद रखो कि अगर तुम फिर गोरखपुर गए या गायत्री से कोई संबंध रखा तो तुम्हारे हक में बुरा होगा। मेरे दूत परछाई की भांति तुम्हारे साथ लगे रहेंगे। तुमने इस चेतावनी का जरा भी उल्लंघन किया तो जीते न बचोगे। हाय, शरीर फूंका जाता है! पापी, दुष्ट, अभी गया नहीं! शेख खां...कोई...है?...मेरी पिस्तौल लाओ, (चिल्लाकर) मेरी पिस्तौल लाओ, क्या सब मर गए?"

ज्ञानशंकर तुरंत उठकर वहां से भागे। अपने कमरे में आकर द्वार बंद कर लिया। जल्दी से कपड़े पहने, मोटरसाइकिल निकलवाई और सीधे रेलवे स्टेशन की ओर चले। उन्हें विद्यावती से मिलने का भी अवसर न मिला।

संध्या का समय था। बनारस के सेशन जज के इजलास में हजारों आदमी जमा थे। लखनपुर के मामले से जनता को अब एक विशेष अनुराग हो गया था। मनोहर की आत्महत्या ने उसकी चर्चा सारे शहर में फैला दी थी। प्रत्येक पेशी के दिन नगर की जनता अदालत में आ जाती थी। जनता को अभियुक्तों की निर्दोषिता का पूरा विश्वास हो गया था। मनोहर के आत्मघात की विविध प्रकार से मीमांसा की

जाती थी और सभी का तत्त्व यही निकलता था कि वही कातिल था और लोग तो केवल अदालत के कारण फंसा दिए गए हैं। डॉक्टर प्रियनाथ और इरफान अली की स्वार्थपरता पर खुली-खुली चोटें की जाती थीं। प्रेमशंकर की निष्काम सेवा की सभी सराहना किया करते थे। इस मुकदमे ने उन्हें बहुजनप्रिय बना दिया था।

आज फैसला सुनाया जाने वाला था, इसलिए जमाव और दिनों से भी अधिक था। लखनपुर के लोग तो आए ही थे, आस-पास के देहातों से लोग बड़ी संख्या में आ पहुंचे थे। ठीक चार बजे जज ने तजवीज सुनाई—बिसेसर साह रिहा हो गए, बलराज और कादिर खां को कालापानी हुआ, शेष अभियुक्तों को सात-सात वर्ष का सपरिश्रम कारावास दिया गया। बलराज ने बिसेसर को सरोष नेत्रों से देखा, जो कह रहे थे कि अगर क्षण-भर के लिए भी छूट जाऊं तो खून पी लूं। कादिर खां बहुत दुखी थे और उदास थे। यह तजवीज सुनी तो आंसुओं की कई बूंदें मूंछों पर गिर पड़ीं। जीवन का अंत ही हो गया। कब्र में पैर लटकाए बैठे, सजा मिली कालेपानी की! चारों ओर कुहराम मच गया। दर्शकगण अभियुक्तों की ओर लपके, पर रक्षकों ने किसी को उनसे कुछ कहने-सुनने की आज्ञा न दी। मोटर तैयार खड़ी थी। सातों आदमी उसमें बिठाए गए, खिड़कियां बंद कर दी गईं और मोटर जेल की तरफ चली।

प्रेमशंकर चिंता और शोक की मूर्ति बने एक वृक्ष के नीचे खड़े सकरुण नेत्रों से मोटर की ओर ताक रहे थे, जैसे गांव की स्त्रियां सिवान पर खड़ी सजल नेत्रों से ससुराल जाने वाली लड़की की पालकी को देखती हैं। मोटर कुछ दूर निकल गई तो दर्शकों ने उन्हें घेर लिया और तरह-तरह के प्रश्न करने लगे। प्रेमशंकर उनकी ओर मर्माहत भाव से देखते थे, पर कुछ उत्तर न देते थे। सहसा उन्हें कोई बात याद आ गई। जेल की ओर चले। जनता का दल भी उनके साथ-साथ चला। सबको आशा थी कि शायद अभियुक्तों को देखने का, उनकी बातें सुनने का सौभाग्य प्राप्त हो जाए। अभी यह लोग कचहरी के अहाते से निकले ही थे कि डॉक्टर इरफान अली अपनी मोटर पर दिखाई दिए। वे आज ही गोरखपुर से लौटे थे, हवा खाने जा रहे थे। प्रेमशंकर को देखते ही मोटर रोक ली और पूछा—"कहिए, आज तजवीज सुना दी गई?"

प्रेमशंकर ने रुखाई से उत्तर दिया—"जी हां।"

इतने में सैकड़ों आदमियों ने चारों ओर से मोटर को घेर लिया और एक तगड़े आदमी ने सामने आकर कहा—"इन्हीं की गरदन पर इन बेगुनाहों का खून है।"

सैकड़ों स्वरों से निकला—"मोटर से खींच लो, जरा इसकी खिदमत कर दी जाए, इसने जितने रुपये लिये हैं, सब इसके पेट से निकाल लो।"

उसी वृहद्काय पुरुष ने इरफान अली का पहुंचा पकड़कर इतने जोर से झटक दिया कि वह बेचारे गाड़ी से बाहर निकल पड़े। जब तक मोटर में थे, क्रोध से चेहरा लाल हो रहा था। बाहर आकर धक्के खाए तो प्राण सूख गए। दया प्रार्थी नेत्रों से प्रेमशंकर को देखा। वह हैरान थे कि क्या करूं? उन्हें पहले कभी ऐसी समस्या हल नहीं करनी पड़ी थी और न उस श्रद्धा का ही कुछ ज्ञान था, जो लोगों की उनमें थी। हां, वह सेवा-भाव जो दीन जनों की रक्षा के लिए उद्यत रहता था, सजग हो गया। उन्होंने इरफान अली का दूसरा हाथ पकड़कर अपनी ओर खींचा और क्रोधोन्मत्त होकर बोले—"क्या करते हो, हाथ छोड़ दो।"

एक बलवान युवक बोला—"इनकी गरदन पर गांव-भर का खून सवार है।"

प्रेमशंकर—खून इनकी गरदन पर नहीं, इनके पेशे की गरदन पर सवार है।

युवक—इनसे कहिए, इस पेशे को छोड़ दें।

कई कंठों से आवाज आई—"बिना कुछ जलपान किए इनकी अकल ठिकाने न आएगी।"

सैकड़ों आवाजें आईं—"हां-हां, लगे! बेभाव की पड़े।"

प्रेमशंकर ने गरजकर कहा—"खबरदार, जो एक हाथ भी उठा, नहीं तो तुम्हें यहां मेरी लाश दिखाई पड़ेगी। जब तक मुझमें खड़े होने की शक्ति है, तुम इनका बाल भी बांका नहीं कर सकते।"

इस वीरोचित ललकार ने तत्क्षण असर किया। लोग डॉक्टर साहब के पास से हट गए। हां, उनकी सेवा-सत्कार का ऐसा सुंदर अवसर हाथ से निकल जाने पर आपस में कानाफूसी करते रहे। डॉक्टर साहब ने ज्यों ही मैदान साफ पाया, कृतज्ञ नेत्रों से प्रेमशंकर को देखा और मोटर पर बैठकर हवा हो गए। हजारों आदमियों ने तालियां बजाईं—भागा! भागा!!

प्रेमशंकर बड़े संकट में पड़े हुए थे। प्रतिक्षण शंका होती थी कि ये लोग न जाने क्या ऊधम मचाएं! किसी बग्घी या फिटन को आते देखकर उसका दिल धड़कने लगता कि ये लोग उसे रोक न लें। वह किसी तरह उनसे पीछा छुड़ाना चाहते थे, पर इसका कोई उपाय न सूझता था। हजारों झल्लाएं हुए आदमियों को काबू में लाना कठिन था। सोचते थे, अबकी बार तो मेरी धमकी ने काम किया, कौन कह सकता है कि दूसरी बार भी वह उपयुक्त होगी। कहीं पुलिस आ गई तो अनर्थ ही हो जाएगा। अवश्य दो-चार आदमियों की जान पर आ बनेगी। वह इन्हीं चिंताओं में डूबे हुए आगे बढ़े। रास्ते में डॉक्टर प्रियनाथ का बंगला था। वह इस वक्त बरामदे में टहल रहे थे। टेनिस का रैकेट हाथ में था। शायद गाड़ी की राह देख रहे थे। यह भीड़-भाड़ देखी तो अपने फाटक पर आकर खड़े हो गए।

सहसा किसी ने कहा–"जरा इनकी भी खबर लेते चलो। सच पूछिए तो इन्हीं महाशय ने बेचारों की गरदन काटी है।"

कई आदमियों ने इसका अनुमोदन किया–"हां-हां, पकड़ लो–जाने न पाए।"

जब तक प्रेमशंकर डॉक्टर साहब के पास पहुंचे, तब तक सैकड़ों आदमियों ने उन्हें घेर लिया। उसी बलिष्ठ युवक ने आगे बढ़कर डॉक्टर साहब के हाथ से रैकेट छीन लिया और कहा–"बताइए साहब, लखनपुर के मामले में कितनी रिश्वत खाई है?"

कई आदमियों ने कहा–"बोलते क्यों नहीं; कितने रुपये उड़ाए थे?"

डॉक्टर महोदय ने चिल्ला-चिल्लाकर नौकरों को पुकारना शुरू किया, किंतु नौकरों ने आना उचित न समझा।

एक आदमी बोला–"यह बिना समझावन-बुझावन के न बताएंगे।"

प्रियनाथ–मैं तुम सबको जेल भिजवा दूंगा, रैसकल्स!

डॉक्टर साहब ने भय दिखलाकर काम निकालना चाहा, पर यह न समझे कि साधारणतः जो लोग आंख के इशारे पर कांप उठते हैं, वे विद्रोह के समय गोलियों की भी परवाह नहीं करते। उनके मुंह से इतना निकला था कि लोगों के तेवर बदल गए। शोर मचा–"जाने न पाए, मारकर गिरा दो, देखा जाएगा।"

इतने में प्रेमशंकर डॉक्टर साहब के पास आकर खड़े हो गए। सैकड़ों लाठियां, छतरियां और छड़ियां उठ चुकी थीं। प्रेमशंकर को सम्मुख देखकर सबकी-सब हवा में रह गईं, केवल एक लाठी न रुक सकी, वह प्रेमशंकर के कंधे में जोर से लगी।

उसी बलिष्ठ युवक ने डॉक्टर साहब को धिक्कारकर कहा–"उनके पीछे क्या चोरों की तरह छिपे खड़े हो? सामने आ जाओ तो मजा चखा दूं। खूब रिश्वतें ले-लेकर खफीफ को शहीद और शहीद को खफीफ बनाया।"

अभी यह वाक्य पूरा न होने पाया था कि लोगों ने प्रेमशंकर को लड़खड़ाकर जमीन पर गिरते देखा। किसी ने किसी से कुछ कहा नहीं, पर सबको किसी अनिष्ट की सूचना मिल गई। चारों तरफ सन्नाटा छा गया। लोगों की उद्दंडता शंका में परिवर्तित हो गई।

लोग पूछने लगे–'यह किसकी लाठी थी, यह किसने मारा? उसके हाथ तोड़ दो, पकड़कर गरदन मरोड़ दो, किसकी लाठी थी? सामने क्यों नहीं आता? क्या ज्यादा चोट आई?'

सहसा डॉक्टर प्रियनाथ ने उच्च स्वर में कहा–"अधमरा ही क्यों छोड़ दिया? एक लाठी और क्यों न जड़ दी कि काम तमाम हो जाता? मूर्खो! तुम्हारा अपराधी तो मैं था, इन्होंने तुम्हारा क्या बिगाड़ा था?"

यह कहकर वह प्रेमशंकर के पास घुटनों के बल बैठ गए और घाव को भली-भांति देखा। कंधे की हड्डी टूट गई थी, तुरंत रुमाल निकालकर कंधे में पट्टी बांधी, फिर अस्पताल जाकर एक चारपाई लिवा लाए और प्रेमशंकर को उठाकर ले गए। हजारों आदमी अस्पताल के सामने चिंता में डूबे खड़े थे। सबको यही भय हो रहा था कि कहीं चोट ज्यादा न आ गई हो, लेकिन जब डॉक्टर साहब ने मरहम-पट्टी के बाद आकर कहा—"चोट तो बहुत ज्यादा आई है, कंधे की हड्डी टूट गई है; लेकिन आशा है कि बहुत जल्द अच्छे हो जाएंगे।"

यह सुनकर लोगों के चित्त शांत हुए। एक-एक करके सभी वहां से चले गए।

लाला प्रभाशंकर को ज्यों ही यह शोक संवाद मिला, वह बदहवास दौड़े हुए आए और प्रेमशंकर के पास बैठकर देर तक रोते रहे। प्रेमशंकर सचेत हो गए थे। हां, विषम-पीड़ा से विकल थे। डॉक्टर ने बोलने या हिलने को मना कर दिया था, इसलिए चुपचाप पड़े हुए थे, लेकिन जब प्रभाशंकर को बहुत अधीर देखा तो धीरे से बोले—"आप घबराएं नहीं, मैं जल्द अच्छा हो जाऊंगा। कंधों में दर्द हो रहा है, इसके सिवा मुझे और कोई कष्ट नहीं है।"

ये बातें सुनकर प्रभाशंकर को तस्कीन हुई। चलते समय उन्होंने डॉक्टर साहब के पास जाकर बड़े विनीत भाव से कहा—"बाबूजी, यह लड़का मेरे कुल का दीपक है। आप इस पर कृपा-दृष्टि रखिएगा। इसके प्राण बच गए तो यथाशक्ति आपकी सेवा करने में कोई बात उठा न रखूंगा। यद्यपि मैं किसी लायक नहीं हूं, तथापि अपने से जो कुछ हो सकेगा, वह अवश्य आपको भेंट करूंगा।"

प्रियनाथ ने कहा—"लालाजी, आप यह क्या कहते हैं? अगर मैं इनकी सेवा-सुश्रूषा में तन-मन से न लगूं तो मुझसे ज्यादा कृतघ्न प्राणी संसार में न होगा। मेरे ही कारण इन्हें यह चोट आई है। अगर यह वहां न होते तो मेरी हड्डियों का भी पता न मिलता। इन्होंने जान पर खेलकर मेरी प्राणरक्षा की। इनका एहसान कभी मेरे सिर से नहीं उतर सकता।"

तीन-चार दिन में प्रेमशंकर इतने स्वस्थ हो गए कि तकिए के सहारे बैठ सकें। लकड़ी लेकर औषधालय के बरामदे में टहलने भी लगे। उनका कुशल समाचार पूछने के लिए शहर के सैकड़ों आदमी प्रतिदिन आते रहते थे। प्रेमशंकर सबसे डॉक्टर साहब की मुक्त कंठ से प्रशंसा करते। प्रियनाथ के सेवा-भाव ने उन्हें मोहित कर दिया था। वह दिन में कई बार उन्हें देखने आते। कभी-कभी समाचार-पत्र पढ़कर सुनाते, उनके लिए अपने घर में विशेष रीति से भोजन बनवाते। प्रेमशंकर मन में बहुत लज्जित थे कि ऐसे सज्जन, ऐसे देवतुल्य पुरुष के विषय में मैंने क्यों अनुचित संदेह किए! वह अपनी विमल श्रद्धा से उस अभक्ति की पूर्ति कर रहे थे।

एक सप्ताह बीत चुका था। प्रेमशंकर उदास बैठे हुए सोच रहे थे कि उन दीन अभियुक्तों का अब क्या हाल होगा? मैं यहां पड़ा हूं। अपीलों का अभी तक कुछ निश्चय न हो सका और अपील होगी कैसे? इतने रुपये कहां से आएंगे? आजकल तो न्याय गरीबों के लिए एक अलभ्य वस्तु हो गया है। पग-पग पर रुपये का खर्च और यह क्या मालूम कि अपील का नतीजा हमारे अनुकूल होगा! कहीं ये ही सजाएं बहाल रह गई तो अपील करना निष्फल हो जाएगा; लेकिन कुछ भी हो, अपील करनी चाहिए। रुपये का कोई-न-कोई उपाय निकल ही आएगा और कुछ न होगा तो दुकान-दुकान और घर-घर घूमकर चंदा मागूंगा। दीनों से स्वभावतः लोगों की सहानुभूति होती है। संभव है कि काफी धन हाथ आ जाए। ज्ञानशंकर को बुरा लगेगा तो लगे, इसमें मेरा कुछ बस नहीं। क्या उन्हें इस दुर्घटना की खबर न मिली होगी? आना तो दूर रहा, एक पत्र भी न लिखा कि मुझे तस्कीन होती।

वह इन विचारों में मग्न थे कि प्रियनाथ आ गए और बोले–"आप इस समय बहुत चिंतित मालूम होते हैं। थोड़ी-सी चाय पी लीजिए, चित्त प्रसन्न हो जाएगा।"

प्रेमशंकर–जी नहीं, बिलकुल इच्छा नहीं है। आप मुझे यहां से कब तक विदा करेंगे?

प्रियनाथ–अभी शायद आपको यहां एक सप्ताह और नजरबंद रहना पड़ेगा, अभी हड्डी में जुड़ने के थोड़ी कसर है और फिर ऐसी जल्दी क्या है? यह भी तो आपका ही घर है।

प्रेमशंकर–आप मेरे सिर पर उपकारों का इतना बोझ रखते जाते हैं कि मैं शायद हिल भी न सकूं। यह आपकी कृपा, स्नेह और शालीनता का फल है कि मुझे पीड़ा का कष्ट कभी जान ही न पड़ा। मुझे याद नहीं आता कि इतनी शांति कहीं और मिली हो। आपकी हार्दिक संवेदना ने मुझे दिखा दिया कि संसार में भी देवताओं का वास हो सकता है। सभ्य जगत से मेरा विश्वास उठ गया था। आपने उसे फिर जीवित कर दिया।

प्रेमशंकर की नम्रता और सरलता डॉक्टर महोदय के हृदय को दिनोंदिन मोहित करती जाती थी। ऐसे शुद्धात्मा, साधु और निःस्पृह पुरुष का श्रद्धा-पात्र बनकर उनकी क्षुद्रताएं और मलिनताएं आप-ही-आप मिटती जाती थीं। वह ज्योति दीप की भांति उनके अंतःकरण के अंधेरे को विच्छिन्न किए देती थी। इस श्रद्धा रत्न को पाकर वे ऐसे मुग्ध थे, जैसे कोई दरिद्र पुरुष अनायास ही कोई संपत्ति पा जाए। उन्हें सदैव यही चिंता रहती थी कि कहीं यह रत्न मेरे हाथ से निकल न जाए। उन्हें कई दिनों से यह इच्छा हो रही थी कि लखनपुर के मुकदमे के विषय में प्रेमशंकर से अपनी स्थिति स्पष्ट रूप से प्रकट कर दें, पर इसका कोई अवसर

न पाते थे। इस समय अवसर पाकर बोले–"आप मुझे बहुत लज्जित कर रहे हैं। किसी दूसरे सज्जन के मुंह से ये बातें सुनकर मैं अवश्य समझता कि वह मुझे बना रहा है। आप मुझे उससे कहीं ज्यादा विवेक-परायण और सच्चरित्र समझ रहे हैं, जितना मैं हूं। साधारण मनुष्यों की भांति मैं भी लोभ से ग्रसित, इच्छाओं का दास और इंद्रियों का भक्त हूं। मैंने अपने जीवन में घोर पाप किए हैं। यदि वह आपसे बयान करूं तो आप चाहे कितने ही उदार क्यों न हों, मुझे तुरंत नजरों से गिरा देंगे। मैं स्वयं अपने कुकृत्यों का परदा बना हुआ हूं, इन्हें बाह्य आडंबरों से ढांके हुए हूं, लेकिन इस मुकदमे के संबंध में जनता ने मुझे कितना बदनाम कर रखा है, उसका मैं भागी नहीं हूं। मैं आपसे सत्य कहता हूं कि मुझ पर जो आक्षेप किए गए हैं, वे सर्वथा निर्मूल हैं। संभव है कि हत्या निरूपण में मुझे भ्रम हुआ हो और अवश्य हुआ है, लेकिन मैं इतना निर्दय और विवेकहीन नहीं हूं कि अपने स्वार्थ के लिए इतने निरपराधियों का गला काटता। यह मेरी दासवृत्ति है जिसने मेरे माथे पर अपयश का टीका लगा दिया।"

प्रेमशंकर ने ग्लानिमय भाव से कहा–"भाई साहब, आपकी इस बदनामी का सारा दोष मेरे सिर है। मैं ही आपका अपराधी हूं। मैंने ही दूसरों के कहने में आकर आप पर अनुचित संदेह किए। इसका मुझे जितना दुःख और खेद है, वह आपसे कह नहीं सकता। आप जैसे साधु पुरुष पर ऐसा घोर अन्याय करने के लिए परमात्मा मुझे न जाने क्या दंड देंगे? आपसे मेरी यह प्रार्थना है कि मेरी अल्पज्ञता पर विचार कर मुझे क्षमा कीजिए।"

प्रियनाथ के हृदय से एक बोझ-सा उतर गया। प्रेमशंकर इसके दो-चार दिन बाद हाजीपुर लौट आए, पर डॉक्टर साहब रोज संध्या समय उनसे मिलने आया करते। अब वह पहले से कहीं ज्यादा कर्तव्य-परायण हो गए थे। दस बजे से पहले प्रातःकाल चिकित्सा भवन में आ बैठते, रोगियों की दशा ध्यान से देखते, उन्हें सांत्वना देते। इतना ही नहीं, पहले वह पूरी फीस लिये बिना जगह से हिलते न थे, अब बहुधा बिना फीस लिये ही गरीबों को देखने चले जाते। छोटे-छोटे कर्मचारियों से आधी फीस ही लेते। नगर की सफाई का नियमानुसार निरीक्षण करते। जिस गली या सड़क से निकल जाते, लोग बड़े आदर से उन्हें सलाम करते। चंद ही महीनों में सारे नगर में उनका बखान होने लगा।

काशी का प्रसिद्ध समाचार-पत्र 'गौरव' प्रियनाथ का पुराना शत्रु था। पहले उन पर खूब चोटें किया करता था। अब वह भी उनका भक्त हो गया। उसने अपने एक लेख में यह आलोचना की–'काशी के लिए यह परम सौभाग्य की बात है कि बहुत दिनों के बाद उसे ऐसा प्रजा-वत्सल, ऐसा सहृदय, ऐसा कर्तव्य-परायण

डॉक्टर मिला। चिकित्सा का लक्ष्य धनोपार्जन नहीं, यशोपार्जन होना चाहिए और महाशय प्रियनाथ ने अपने व्यवहार से सिद्ध कर दिया है कि वह इस उच्चादर्श का पालन करना अपना ध्येय समझते हैं।' डॉक्टर साहब को सुकीर्ति का स्वाद मिल गया। अब दीनों की सेवा से उनका चित्त जितना उल्लसित होता था, उतना पहले संचित धन की बढ़ती हुई संख्याओं से भी न हुआ था। यद्यपि धन की तृष्णा से वह अभी मुक्त नहीं हुए थे, पर कीर्ति-लाभ की सदिच्छा ने धन-लिप्सा को परास्त कर दिया था।

प्रेमशंकर के सम्मुख जाते ही उनका हृदय ओस बिंदुओं से धुले हुए फूलों के सदृश निर्मल हो जाता, निखर उठता। उस सरल संतोषमय, कामनारहित जीवन के सामने उन्हें अपनी धन-लालसा तुच्छ मालूम होने लगती थी। संतान की चिंता का बोझ कुछ हल्का हो जाता था। जब इस दशा में भी हम संतुष्ट और प्रसन्न रह सकते हैं, यशस्वी बन सकते हैं, दूसरों की सहायता कर सकते हैं, प्रेम और श्रद्धा के पात्र बन सकते हैं, तो फिर धन पर जान देना व्यर्थ है। उन्हें ज्ञात होता था कि सफल जीवन के लिए धन कोई अनिवार्य साधन नहीं है। उन्हें खेद होता था कि मेरी आवश्यकताएं क्यों इतनी बढ़ी हुई हैं, मैं डॉक्टर होकर रसना का दास क्यों बना हुआ हूं, सुंदर वस्त्रों पर क्यों मरता हूं! इन्हीं के कारण तो मैं सारे नगर में बदनाम था। लोभी, स्वार्थी, निर्दय बना हुआ था और अब भी हूं। लोगों को शंका होती थी कि कहीं यह रोग को बढ़ा न दे, इसलिए जल्दी कोई मुझे बुलाता न था। इन विचारों का डॉक्टर साहब के रहन-सहन पर प्रभाव पड़ने लगा।

एक दिन डॉक्टर साहब किसी मरीज को देखकर लौटते हुए प्रेमशंकर की कृषिशाला के सामने से निकले। दस बजे गए थे। धूप तेज थी। सूर्य की प्रखर किरणें आकाशमंडल को बाणों से छेदती हुई जान पड़ती थीं। डॉक्टर साहब के जी में आया, देखता चलूं, क्या कर रहे हैं? अंदर पहुंचे तो देखा कि वह अपने झोंपड़े के सामने वृक्ष के नीचे खड़े गेहूं के पोले बिखेर रहे थे। कई मजूर छौनी कर रहे थे। प्रियनाथ को देखते ही प्रेमशंकर झोंपड़े में आ गए और बोले-"धूप तेज है।"

प्रियनाथ-लेकिन आप तो इस तरह काम में लगे हुए हैं मानो धूप है ही नहीं।

प्रेमशंकर-उन मजूरों को देखिए! धूप की कुछ परवाह नहीं करते।

प्रियनाथ-वे मजूर हैं, इसके आदी हैं।

प्रेमशंकर-हमें इस कृत्रिम जीवन ने चौपट कर दिया, नहीं तो हम भी ऐसे ही आदमी होते और श्रम को बुरा न समझते।

प्रेमशंकर कुछ और कहना चाहते थे कि इतने में दो वृद्धाएं सिर पर लकड़ी के गट्ठे रखे आईं और पूछने लगीं-"सरकार, लकड़ी ले लो।" इन स्त्रियों के

पीछे-पीछे लड़के भी लकड़ी के बोझ लिये हुए थे। सबों के कपड़े पसीने से तरबतर हो रहे थे। छाती पर पसली की हड्डियां निकली हुई थीं। होंठ सूखे हुए, देह पर मैल जमी हुई, उस पर सूखे हुए पसीने की धारियां-सी बन गई थीं। प्रेमशंकर ने लकड़ी के दाम पूछे, सबके गट्ठे उतरवा लिये, लेकिन देखा तो संदूक में पैसे न थे। गुमाश्ता को रुपया भुनाने को दिया। तो दोनों वृद्धाएं वृक्ष के नीचे छांव में बैठ गईं और लड़के बिखरे हुए दाने चुन-चुनकर खाने लगे।

प्रेमशंकर को उन पर दया आ गई। थोड़े-थोड़े मटर सब लड़कों को दे दिए तो दोनों स्त्रियां आशीष देती हुई बोलीं—"बाबूजी, नारायण तुम्हें सदा सुखी रखें। इन बेचारों ने अभी कलेवा नहीं किया है।"

प्रेमशंकर—तुम्हारा घर कहां है?

एक बुढ़िया—सरकार, लखनपुर का नाम सुना होगा, वहीं।

प्रियनाथ—आपने गट्ठे देखे नहीं, सबों ने खूब कैंची लगाई है।

प्रेमशंकर—दरिद्रता सब कुछ करा देती है। (बुढ़िया से) तुम लोग इतनी दूर लकड़ी बेचने आ जाती हो?

बुढ़िया—क्या करें मालिक, बीच में कोई बस्ती नहीं है। घड़ी रात के चले हैं, दुपहरी हो गई, किसी पेड़ के नीचे पड़े रहेंगे, दिन ढलेगा तो सांझ तक घर पहुंचेंगे। कर्म का लिखा भोग है! जो कभी न करना था, वह मरते समय करना पड़ा!

प्रेमशंकर—आजकल गांव का क्या हाल है?

बुढ़िया—क्या हाल बताएं सरकार, जमींदार की निगाह टेढ़ी हो गई, सारा गांव बंध गया, कोई डामिल गया, कोई कैद हो गया। उनके बाल-बच्चे अब दाने-दाने को तरस रहे हैं। मेरे दो बेटे थे। दो हल की खेती होती थी। एक तो डामिल गया, दूसरे की साल-भर से कुछ टोह ही नहीं मिली। बैल थे, वे चारे बिना टूट गए। खेती-बाड़ी कौन करे? बहुएं हैं, वे बाहर आ-जा नहीं सकतीं। मैं ही उपले बेचकर ले जाती हूं तो सबके मुंह में दाना पड़ता है। पोते थे, उन्हें भगवान ने पहले ही ले लिया। बुढ़ापे में यही भोगना लिखा था।

प्रेमशंकर—तुम डपट सिंह की मां तो नहीं हो?

बुढ़िया—हां सरकार, आप कैसे जानते हो?

प्रेमशंकर—ताऊन के दिनों में जब तुम्हारे पोते बीमार थे, तब मैं वहीं था। कई बार और वहां आया हूं, तुमने मुझे पहचाना नहीं? मेरा नाम प्रेमशंकर है।

बुढ़िया ने थोड़ा-सा घूंघट निकाल लिया। दीनता की जगह लज्जा का हल्का-सा रंग चेहरे पर आ गया, बोली—"हां बेटा, अब मैंने पहचाना। आंखों से अच्छी तरह सूझता नहीं। भैया, तुम जुग-जुग जियो। आज सारा गांव तुम्हारा यश

गा रहा है। तुमने अपनी वाली कर दी, पर भाग में जो कुछ लिखा था, वह कैसे टलता? बेटा! सारे गांव में हाहाकार मचा हुआ है। दुखरन भगत को तो जानते ही होंगे? यह बुढ़िया उन्हीं की घरवाली है। पुराना खाती थी, नया रखती थी। अब घर में कुछ नहीं रहा। यह दोनों लड़के बंधू के हैं, एक रंगी का लड़का है और ये दोनों कादिर मियां के पोते हैं। न जाने क्या हो गया कि घर से मर्दों के जाते ही जैसे बरक्कत ही उठ गई। सुनती थी कि कादिर मियां के पास बड़ा धन है; पर इतने ही दिनों में यह हाल हो गया कि लड़के मजदूरी न करें तो मुंह में मक्खी आए-जाए। भगवान इस कलमुंहे फैजू का सत्यानाश करे, इसने और भी अंधेर मचा रखा है। अब तक तो उसने गांव-भर को बेदखल कर दिया होता, पर नारायण सुक्खू चौधरी का भला करे जिन्होंने सारी बाकी कौड़ी पाई-पाई चुका दी, पर अबकी बार उन्होंने भी खबर न ली और फिर अकेला आदमी सारे गांव को कहां तक संभाले? साल-दो साल की बात हो तो निबाह दे, यहां तो उम्र-भर का रोना है। कारिंदा अभी से धमका रहे हैं कि अबकी बार बेदखल करके दम लेंगे। अबकी साल तो कुछ आधे-साझे में खेती हो गई थी। खेत निकल जाएंगे तो न जाने क्या गति होगी?"

यह कहते-कहते बुढ़िया रोने लगी। प्रेमशंकर की आंखें भी भर आईं, पूछा-"बिसेसर साह का क्या हाल है?"

बुढ़िया-क्या जानूं भैया, मैंने तो साल-भर से उसके द्वार पर झांका भी नहीं। अब कोई उधर नहीं जाता। ऐसे आदमी का मुंह देखना पाप है। लोग दूसरे गांव से नोन-तेल लाते हैं। वह भी अब घर से बाहर नहीं निकलता। दुकान उठा दी है। घर में बैठा न जाने क्या-क्या करता है? जो दूसरे के लिए गड्ढा खोदेगा, उसके लिए कुआं तैयार है। देखा तो नहीं, पर सुनती हूं, जब से यह मामला उठा है, उसके घर में किसी को चैन नहीं है। एक-न-एक प्राणी के सिर भूत आया ही रहता है। ओझे-सयाने रात-दिन जमा रहते हैं। पूजा-पाठ, जप-तप हुआ करता है। एक दिन बिलासी से रास्ते में मिल गया था, रोने लगा। बहुत पछताता था कि मैंने दूसरों की बातों में आकर यह कुकर्म किया। मनोहर उसके गले पड़ा हुआ है। मारे डर के सांझ से केवाड़ बंद हो जाता है। रात को बाहर नहीं निकलता। मनोहर रात-दिन उसके द्वार पर खड़ा रहता है-जिसको पाता है, उसी को चपेट लेता है। सुनती हूं, अब गांव छोड़कर किसी दूसरे गांव में बसने वाला है।

प्रेमशंकर यह बातें सुनकर गहरी सोच में डूब गए। मैं कितना बेपरवाह हूं। इन बेचारों को सजा पाए हुए साल-भर होने को आया और मैंने उनके बाल-बच्चों की सुध तक न ली। वह सब अपने मन में क्या कहते होंगे? ज्ञानशंकर से बात हार

चुका हूं, लेकिन अब वहां जाना पड़ेगा। अपने वचन के पीछे इतने दुखियारों को मरने दूं? यह नहीं हो सकता। इनका जीवन मेरे वचन से कहीं ज्यादा मूल्यवान है। अकस्मात् बुढ़िया ने कहा—"कहो भैया, अब कुछ नहीं हो सकता? लोग कहते हैं, अभी किसी और बड़े हाकिम के यहां फरियाद लग सकती है।"

प्रेमशंकर ने इसका कुछ उत्तर न दिया। धन का प्रबंध तो बहुत कठिन न था, लेकिन उन्हें अपील से उपकार होने की बहुत कम आशा थी। वकीलों की भी यही राय थी, इसीलिए इस प्रश्न को टाल आते थे। डॉक्टर साहब से भी उन्होंने अपील की चर्चा कभी न की थी। प्रियनाथ उनके मुख की ओर ध्यान से देख रहे थे। उनके मन के भावों को भांप गए और उनके असमंजस को दूर करने के लिए बोले—"हां, फरियाद लग सकती है। उसका बंदोबस्त हो रहा है—धीरज रखो, जल्दी ही अपील दायर कर दी जाएगी।"

बुढ़िया—बेटा, दूधो नहाव पूतो फलो। सुनती हूं, कोई बड़ा डॉक्टर था, उसी ने जमींदार से कुछ ले-देकर इन गरीबों को फंसा दिया। न हो, तुम दोनों उसी डॉक्टर के पास जाकर हाथ-पैर जोड़ो, कौन जाने तुम्हारी बात मान जाए! उसके आगे भी तो बाल-बच्चे होंगे? क्यों हम बेकसूर गरीबों को मारता है? किसी की हाय बटोरना अच्छा नहीं होता।

प्रेमशंकर जमीन में गड़े जा रहे थे। डॉक्टर साहब को कितना दुःख हो रहा होगा, अपने मन में कितने लज्जित हो रहे होंगे! कहीं बुढ़िया गाली न देने लगे, इसे कैसे चुप कर दूं? इन विचारों से वह बहुत विकल हो रहे थे, किंतु प्रियनाथ के चेहरे पर उदारता झलक रही थी, नेत्रों से वात्सल्य भाव प्रस्फुटित हो रहा था। वे मुस्कराते हुए बोले—"हम लोग उस डॉक्टर के पास गए थे। उसे खूब समझाया। है तो लालची, पर कहने-सुनने से राह पर आ गया है और अब सच्ची गवाही देगा।"

इतने में मस्ता पैसे लेकर आ गया। प्रेमशंकर ने लकड़ी के दाम दिए। बुढ़िया लकड़ी के साथ आशीर्वाद देकर चली गई। द्वार पर पहुंचकर उसने फिर कहा—"भैया! भूल मत जाना, धर्म का काम है, तुम्हें बड़ा जस होगा।"

उनके चले जाने के बाद कुछ देर तक प्रेमशंकर और प्रियनाथ मौन बैठे रहे। प्रेमशंकर का मुंह संकोच ने बंद कर दिया था और डॉक्टर का लज्जा ने।

सहसा प्रियनाथ खड़े हो गए और निश्चयात्मक भाव से बोले—"भाई साहब, अवश्य अपील कीजिए। आप आज ही इलाहाबाद चले जाइए। आज के दृश्य ने मेरे हृदय को हिला दिया। ईश्वर ने चाहा तो अबकी बार सत्य की विजय होगी।"

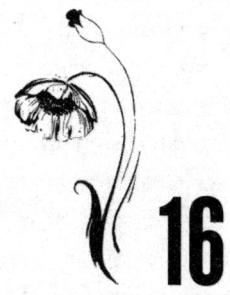

16

"आप मुझे अपने घर बुलाकर इतना अपमान कर रहे हैं, यह आपको शोभा नहीं देता। आपका हृदय इतना कठोर हो गया है। जब आपके मन में ऐसे-ऐसे भाव उठ रहे हैं, तब मैं यहां एक क्षण भी रुकना नहीं चाहती। मैं जिस पुरुष की स्त्री हूं, उस पर संदेह करके अपना परलोक नहीं बिगाड़ सकती। वह आपके कथनानुसार कुचरित्र सही, दुरात्मा सही, कुमार्गी सही, परंतु मेरे लिए पूज्य और देवतुल्य हैं। यदि मैं जानती कि आप मेरा इतना अपमान करेंगे तो भूलकर भी न आती। अगर आपका विचार है कि मैं रियासत के लोभ से यहां आती हूं और आपको फंदे में फंसाना चाहती हूं तो आप बड़ी भूल करते हैं। मुझे रियासत की जरा भी परवाह नहीं। ईश्वर को साक्षी मानकर कहती हूं कि मैं अपनी स्थिति से संतुष्ट हूं और मुझे पूरा विश्वास है कि मायाशंकर भी संतोषी बालक है। उसे आपके चित्त की यह वृत्ति मालूम हो गई तो वह इस रियासत की ओर आंख उठाकर भी न देखेगा। आपको इस विषय में आदि से अंत तक धोखा हुआ है।"

डॉक्टर इरफान अली उस घटना के बाद हवा खाने न जा सके, सीधे घर की ओर चले। रास्ते-भर उन्हें संशय हो रहा था कि कहीं उन उपद्रवियों से फिर मुठभेड़ न हो जाए, नहीं तो अबकी बार जान के लाले पड़े जाएंगे। आज बड़ी खैरियत हुई कि प्रेमशंकर मौजूद थे, नहीं तो इन बदमाशों के हाथों मेरी न जाने क्या दुर्गति होती! जब

वह अपने घर सकुशल पहुंच गए और बरामदे में आरामकुर्सी पर लेटे तो इस समस्या पर आलोचना करने लगे। अब तक वह न्याय और सत्य के निर्भीक समर्थक समझे जाते थे। पुलिस के विरुद्ध सदैव उनकी तलवार निकली ही रहती थी। यही उनकी सफलता का तत्त्व था। वह बहुत अध्ययनशील, तत्त्वान्वेषी, तार्किक वकील न थे, लेकिन उनकी निर्भीकता इन सारी त्रुटियों पर परदा डाल दिया करती थी। इस पर लखनपुर वाले मुकदमे में पहली बार उनकी स्वार्थपरता की कलई खुली। पहले वह प्रायः पुलिस से हारकर भी जीत में रहते थे, जनता का विश्वास उनके ऊपर जमा रहता था, बल्कि और बढ़ जाता था। आज पहली बार उनकी सच्ची हार हुई। जनता का विश्वास उनसे उठ गया। लोकमत ने उनका तिरस्कार कर दिया। उनके कानों में उपद्रवियों के ये शब्द गूंज रहे थे–'इन लोगों का खून इन्हीं की गरदन पर है।' इरफान अली उन मनुष्यों में न थे। जिनकी आत्मा ऋद्धि-लालसा के नीचे दबकर निर्जीव हो जाती है। वह सदैव अपने इष्ट मित्रों से कठिनाइयों का रोना रोया करते थे और निस्संदेह ये आंसू उनके हृदय से निकलते थे। वह बार-बार इरादा करते थे कि इस पेशे को छोड़ दें, लेकिन जुआरियों की प्रतिज्ञा की भांति उनका निश्चय भी दृढ़ न होता था, बल्कि दिनोंदिन वह लोभ में और भी डूबते जाते थे। उनकी दशा उस पथिक की-सी थी, जो संध्या होने से पहले ठिकाने पर पहुंचने के लिए कदम तेजी से बढ़ाता है। इरफान अली वकालत छोड़ने के पहले इतना धन कमा लेना चाहते थे कि जीवन सुख से व्यतीत हो, अतएव वह लोभ-मार्ग में और भी तीव्रगति से चल रहे थे।

आज की घटना ने उन्हें मर्माहत कर दिया। अब तक उनकी दशा उन रईसों की-सी थी, जो वहम की दवा किया करते हैं। कभी कोई स्वादिष्ट अवलेह बनवा लिया, कभी कोई सुगंधित अर्क खिंचवा लिया या रुचि के अनुसार उसका सेवन करते रहे, किंतु आज उन्हें ज्ञात हुआ कि मैं एक जीर्ण रोग से ग्रसित हूं, अब अर्क और अवलेह से काम न चलेगा। इस रोग का निवारण तेज नश्तरों और तीक्ष्ण औषधियों से होगा। मैं सत्य का सेवक बनता था। वास्तव में अपनी इच्छाओं का दास हूं। प्रेमशंकर ने मुझे नाहक बचा लिया। जरा दो-चार चोटें पड़ जातीं तो मेरी आंखें और खुल जातीं।

मुआजल्लाह! मैं कितना स्वार्थी हूं? अपने स्वार्थ के सामने दूसरों की जान की परवाह नहीं करता। मैंने इस मुआमले में आदि से अंत तक कपट-व्यवहार से काम लिया। कभी मिसलों को गौर से नहीं पढ़ा, कभी जिरह के प्रश्नों पर विचार नहीं किया, यहां तक कि गवाहों के बयान भी आद्योपांत न सुने,

कभी दूसरे मुकदमे में चला जाता था, कभी मित्रों से बातें करने लगता था। मैंने थोड़ा-सा अध्ययन किया होता तो प्रियनाथ को चुटकियों पर उड़ा देता। मुखबिर को दो-चार जिरहों में उखाड़ सकता था। थानेदार का बयान कुछ ऐसा प्रामाणिक न था, लेकिन मैंने तो अपने कर्तव्य पर कभी विचार ही नहीं किया। अदालत में इस तरह जा बैठता था, जैसे कोई मित्रों की सभा में जा बैठता हो। मैं इस पेशे को बुरा कहता हूं, यह मेरी मक्कारी है। हमारी अनीति है जिसने इस पेशे को बदनाम कर रखा है। उचित तो यह है कि हमारी दृष्टि सत्य पर हो, पर इसके बदले हमारी निगाह सदैव रुपये पर रहती है। खुदा ने चाहा तो आइंदा से अब वही करूंगा, जो मुझे करना चाहिए। हां, अब से ऐसा ही होगा। अब मैं भी प्रेमशंकर के जीवन को अपना आदर्श बताऊंगा, संतोष और सेवा के सन्मार्ग पर चलूंगा।

जब तक प्रेमशंकर औषधालय में रहे, इरफान अली प्राय: नित्य उनका समाचार पूछने जाया करते थे। उनके धैर्य और साहस पर डॉक्टर साहब को आश्चर्य होता था। प्रेमशंकर के प्रति उनकी श्रद्धा दिनोंदिन बढ़ती जाती थी। अपने मुवक्किलों के साथ उनका व्यवहार अब अधिक विनयपूर्ण होता था। वह उनके मुआमले ध्यान से देखते, एक समय में एक से अधिक मुकदमा न लेते और एक मुकदमे को इजलास पर छोड़कर दूसरे मुकदमे की पैरवी करने की तो उन्होंने मानो शपथ ही खा ली। वह अपील करने के लिए बार-बार प्रेमशंकर को प्रेरित करना चाहते थे, पर अपनी असज्जनता को याद करके सकुचा जाते थे। अंत में उन्होंने सीतापुर जाकर बाबू ज्वाला सिंह से इस विषय में परामर्श करने का निश्चय किया; किंतु वह महाशय अभी तक दुविधा में पड़े हुए थे। वह प्रेमशंकर को लिख चुके थे कि त्याग-पत्र देकर शीघ्र ही आपकी सेवा में आता हूं, लेकिन फिर कोई-न-कोई ऐसी बात आ जाती थी कि उन्हें अपने इरादे को स्थगित करने पर विवश होना पड़ता था।

बात यह थी कि शीलमणि उनके इस्तीफा देने पर राजी न होती थी। वह कहती–'बला से तुम्हारे अफसर तुमसे अप्रसन्न हैं, तरक्की नहीं होती है, न सही। तुम्हारे हाथों में न्याय करने का अधिकार तो है। अगर तुम्हारे विधातागण तुम्हारे व्यवहार से असंतुष्ट होकर तुम्हें पदच्युत कर दें, तो तुम्हें अपील करनी चाहिए और चोटी के हाकिमों से लड़ना चाहिए। यह नहीं कि अफसरों ने जरा तेवर बदले और तुमने भयभीत होकर त्याग-पत्र देने की ठान ली। तुम्हारी इस अकर्मण्यता से तुम्हारे कितने ही न्यायशील और आत्माभिमानी सहवर्गियों की हिम्मत टूट जाएगी और वह भाग निकलने का उपाय करने लगेंगे। यह विभाग

सज्जनों से खाली हो जाएगा और वही खुशामदी टट्टू, हाकिमों के इशारे पर नाचने वाले बाकी रह जाएंगे।'

ज्वाला सिंह इस दलील का कोई जवाब न दे सकते थे। जब डॉक्टर इरफान अली सिर पर जा पहुंचे तो वह अपनी शिथिलता और अधिकार-प्रेम का दोष शीलमणि पर रखकर अपने को मुक्त न कर सके।

शीलमणि समझ गई कि अब उन्हें रोकना कठिन है, मेरी एक न सुनेंगे। ज्यों ही अवसर मिला, उसने ज्वाला सिंह से पूछा–"डॉक्टर साहब को क्या जवाब दिया?"

ज्वाला सिंह–जवाब क्या देना है, इस्तीफा दिए देता हूं। अब हीला-हवाला करने से काम न चलेगा। जब तक मैं न जाऊंगा; बाबू प्रेमशंकर कुछ न कर सकेंगे। दुर्भाग्य से वह मुझ पर उससे कहीं ज्यादा विश्वास करते हैं, जिसके योग्य मैं हूं। अपील की अवधि बीत जाएगी तो फिर बनाए न बनेगी। अपील के सफल होने की बहुत कुछ आशा है और यदि मेरे सदुद्योग से कई निरपराधों की जानें बच जाएं, तो मुझे अब एक क्षण भी विलंब न करना चाहिए।

शीलमणि–तो अधिक दिनों की छुट्टी क्यों नहीं ले लेते?

ज्वाला सिंह–तुम तो जान-बूझकर अनजान बनती हो। वहां मुझे कितनी ही ऐसी बातें करनी पड़ेंगी, जो दासत्व की बेड़ियां पहने हुए नहीं कर सकता। रुपये के लिए चंदे मांगना, वकीलों से मिलना-जुलना, लखनपुर वालों के कष्ट-निवारण की आयोजना करना–ये सभी काम करने पड़ेंगे। पुलिसवालों की निगाह पर चढ़ जाऊंगा, अधिकारी वर्ग तन जाएंगे, तो इस बेड़ी को काट ही क्यों न दूं? मुझे पूरा विश्वास है कि मैं स्वाधीन होकर जितनी जाति-सेवा कर सकता हूं, उतनी इस दशा में कभी न कर सकूंगा।

शीलमणि बहुत देर तक उनसे तर्क-वितर्क करती रही, अंत में क्रुद्ध होकर बोली–"उंह, जो इच्छा हो, करो। मुझे क्या करना है? जैसा सूखा सावन, वैसा भरा भादों। आप ही पछताओगे। यह सब आदर-सम्मान तभी तक है, जब तक हाकिम हो। जब जाति सेवकों में जा मिलोगे तो कोई बात भी न पूछेगा। क्या वहां सबके सब सज्जन ही भरे हुए हैं? अच्छे-बुरे सभी जगह होते हैं। प्रेमशंकर की तो मैं नहीं कहती, वह देवता हैं, लेकिन जाति-सेवकों में तुम्हें सैकड़ों आदमी ऐसे मिलेंगे, जो स्वार्थ के पुतले हैं और सेवा भेष बनाकर गुलछर्रे उड़ाते हैं। वह निस्पृह, पवित्र आत्माओं को फूटी आंख नहीं देख सकते। तुम्हें उनके बीच में रहना दूभर हो जाएगा। उनका अन्याय, कपट-व्यवहार और संकीर्णता

देखकर तुम कुढ़ोगे, पर उनसे कुछ न कह सकोगे, इसलिए जो कुछ करो, सोच-समझकर करो।"

ये वही बातें थी, जो ज्वाला सिंह ने स्वयं शीलमणि से कही थीं। कदाचित् यही बातें सुन-सुनकर वह इस्तीफे के विपक्ष में हो गई थी, पर इस समय वह यह निराशाजनक बातें न सुन सके, उठकर बाहर चले आए और उसी आवेश में आकर त्याग-पत्र लिखना शुरू किया।

कई महीने बीत चुके, लेकिन प्रेमशंकर अपील दायर करने का निश्चय न कर सके। जिस काम में उन्हें किसी दूसरे से मदद मिलने की आशा न होती थी, उसे वह बड़ी तत्परता के साथ करते थे, लेकिन जब कोई उन्हें सहारा देने के लिए हाथ बढ़ा देता था, तब उन पर एक विचित्र शिथिलता-सी छा जाती थी। इसके सिवा धनाभाव भी अपील का बाधक था। दीवानी के खर्च ने उन्हें इतना जेरबार कर दिया था कि हाईकोर्ट जाने की हिम्मत न पड़ती थी। यद्यपि कितने ही आदमियों को उनसे श्रद्धा थी और वह इस पुण्य कार्य के लिए पर्याप्त धन एकत्र कर सकते थे, पर उनकी स्वाभाविक सरलता और कातरता इस आधार को उनकी कल्पना में भी न आने देती थी।

एक दिन संध्या समय प्रेमशंकर बैठे हुए समाचार-पत्र देख रहे थे। गोरखपुर के सनातन धर्म महोत्सव का समाचार मोटे अक्षरों में छपा हुआ दिखाई दिया। गौर से पढ़ने लगे। ज्ञानशंकर को उन्होंने स्वयं मन में धूर्त और स्वार्थ-परायणता का पुतला समझ रखा था। अब उनकी इस सत्य-निष्ठा और धर्म-परायणता का वृत्तांत पढ़कर उन्हें अपनी संकीर्णता पर अत्यंत खेद हुआ। मैं कितना निर्बुद्धि हूं। ऐसी दिव्य और विमल आत्मा पर अनुचित संदेह करने लगा। ज्ञानशंकर के प्रति उनके हृदय में भक्ति की तरंगें-सी उठने लगीं। उनकी सराहना करने की ऐसी उत्कट इच्छा हुई कि उन्होंने मस्ता और भोला को कई बार पुकारा। जब उनमें से किसी ने जवाब न दिया तो वह मस्ता की झोंपड़ी की ओर चले कि अकस्मात् दुर्गा, मस्ता और कृषिशाला के कई और नौकर एक मनुष्य को खींच-खींचकर लाते हुए दिखाई दिए। सब-के-सब उसे गालियां दे रहे थे और मस्ता रह-रहकर एक धौल जमा देता था। प्रेमशंकर ने आगे बढ़कर तीव्र स्वर में कहा–"क्या है भोला, इसे क्यों मार रहे हो?"

मस्ता–भैया, यह न जाने कौन आदमी है? फाटक से चिपटा खड़ा था। अभी मैं फाटक बंद करने गया तो इसे देखा। मुझे देखते ही वह दुबक गया। बस, मैंने

चुपके से आकर सबको साथ लिया और बच्चू को पकड़ लिया। जरूर-से-जरूर कोई चोर है।

प्रेमशंकर—चोर ही सही, तुम्हारा कुछ चुराया तो नहीं? फिर क्यों मारते हो?

यह कहते हुए अपने बरामदे में बैठ गए। चोर को भी लोगों ने वहीं लाकर खड़ा किया। ज्यों ही लालटेन के प्रकाश में उसकी सूरत दिखाई दी, प्रेमशंकर के मुंह से एक चीख-सी निकल गई—"अरे, यह तो बिसेसर साह है!"

बिसेसर ने आंसू पोंछते हुए कहा—"हां सरकार, मैं बिसेसर ही हूं।"

प्रेमशंकर ने अपने नौकरों से कठोर स्वर में कहा—"तुम लोग निरे गंवार और मूर्ख हो। न जाने तुम्हें कभी समझ आएगी भी या नहीं!"

मस्ता—भैया, हम तो बार-बार पूछते रहे कि तुम कौन हो? वह कुछ बोले ही नहीं, तो मैं क्या करता?

प्रेमशंकर—बस, चुप रह गंवार कहीं का!

नौकरों ने देखा कि हमसे भूल हो गई तो चुपके से एक-एक करके वहां से सरक गए। प्रेमशंकर को क्रोध में देखकर सब-के-सब थर-थर कांपने लगे थे। यद्यपि प्रेमशंकर उन सबसे भाईचारे का बर्ताव करते थे, पर वह सब उनका बड़ा अदब करते थे। उनके सामने चिलम तक न पीते। उनके चले जाने के बाद प्रेमशंकर ने बिसेसर साह को खाट पर बैठाया और अत्यंत लज्जित होकर बोले—"साहजी, मुझे बड़ा दुःख है कि मेरे आदमियों ने आपके साथ अनुचित व्यवहार किया। सब-के-सब उजड्ड और मूर्ख हैं।"

बिसेसर ने ठंडी सांस लेकर कहा—"नहीं भैया, इन्होंने कोई बुरा सलूक नहीं किया। मैं इसी लायक हूं। आप मुझे खंभे से बांधकर कोड़े लगवाएं, तब भी बुरा न मानूंगा। मैं विश्वासघाती हूं। मुझे जो सजा मिले, वह थोड़ी है। मैंने अपनी जान के डर से सारे गांव को मटियामेट कर दिया। न जाने मेरी बुद्धि कहां चली गई थी। पुलिसवासों की भभकी में आ गया। वह सब ऐसी-ऐसी बातें करते हैं, इतना डराते और धमकाते हैं कि सीधा-सादा आदमी बिलकुल उनकी मुट्ठी में आ जाता है। उन्हें जरूर-से-जरूर किसी देवता का इष्ट है कि जो कुछ वह कहलाते हैं, वही मुंह से निकलता है। भगवान जानते हैं, जो गौस खां के बारे में किसी से कुछ बात हुई हो। मुझे तो उनके कत्ल का हाल दिन चढ़े मालूम हुआ, जब मैं पूजा-पाठ करके दुकान पर आया, पर दरोगाजी थाने में ले जाकर मेरी सांसत करने लगे, तब मुझ पर जैसे कोई जादू हो गया। मैं उनकी एक-एक बात दुहराने लगा।

जब मैं अदालत में बयान दे रहा था, तब शर्म के मारे मेरी आंखें ऊपर न

उठती थीं। मेरे जैसा कुकर्मी संसार में न होगा। जिन आदमियों के साथ रात-दिन का रहना-सहना, उठना-बैठना था, जो मेरे दुःख-दर्द में शरीक होते थे, उन्हीं की गरदन पर मैंने छुरी चलाई। जब कादिर ने मेरा बयान सुनकर कहा–'बिसेसर, भगवान से डरो!' उस घड़ी मेरा ऐसा जी चाहता था कि धरती फट जाए और मैं उसमें समा जाऊं। मन होता था कि साफ-साफ कह दूं–'यह सब सिखाई-पढ़ाई बातें हैं!' पर दरोगाजी की ओर ज्यों ही आंख उठती थी मेरा हियाव छूट जाता था। जिस दिन से मनोहर ने अपने गले में फांसी लगाई है, उस दिन से मेरी नींद हराम हो गई। रात को सोते-सोते चौंक पड़ता हूं, जैसे मनोहर सिरहाने खड़ा हो। सांझ होते ही घर के केवाड़ बंद कर देता हूं। बाहर निकलता हूं तो जान पड़ता है, मनोहर सामने आ रहा है। घरवाली उसी दिन से बीमार पड़ी हुई है। घर की तो यह दुर्दशा है, उधर गांव में अंधेर मचा हुआ है। सबके बाल-बच्चे भूखों मर रहे हैं। फैजू और करतार नित नए तूफान रचते रहते हैं। भगवान सुक्खू चौधरी का भला करे, उनके हृदय में दया आई, दो साल की मालगुजारी अदा कर दी, नहीं तो अब तक सारा गांव बेदखल हो गया होता। इस पर फैजू जला जाता है। जब सुक्खू आ जाते हैं तो भीगी-बिल्ली बन जाता है, लेकिन ज्यों ही वह चले जाते हैं फिर वही उपद्रव करने लगता है। इन गरीबों का कष्ट मुझसे नहीं देखा जाता। जिसे चाहता है, मारता है, डांट लेता है। एक दिन कादिर मियां के घर में आग लगवा दी–और-तो-और अब गांव की बहू-बेटियों की इज्जत-हुरमत भी बचती नहीं दिखाई देती। मनोहर के घर सास-बहू में रार मची हुई है। दोनों अलग-अलग रहती हैं। परसों रात की बात है, फैजू और करतार दोनों बहू के घर में घुस गए। उस बेचारी ने चिल्लाना शुरू किया तो सास पहुंच गई, फिर और लोग भी पहुंच गए। दोनों निकलकर भागे। सवेरा होते ही इसकी कसर निकली। करतार ने मनोहर की दुलहिन को इतना मारा कि बेचारी पड़ी हल्दी पी रही है। यह सब पाप मेरे सिवा और किसके सिर पड़ता होगा? मैं ही इस सारी विपद् लीला की जड़ हूं। भगवान न जाने मेरी क्या दुर्गत करेंगे! काहे भैया, क्या अब कुछ नहीं हो सकता? सुनते हैं, तुम अपील करने वाले हो, तो जल्दी कर क्यों नहीं देते? ऐसा न हो कि मियाद गुजर जाए। तुम मुझे तलब करा देना, मुझ पर दरोगा-हलफी का इल्जाम जाएगा तो क्या! पर मैं अबकी बार सब कुछ सच-सच कह दूंगा। यही न होगा, मेरी सजा हो जाएगी, गांव का तो भला हो जाएगा। मैं हजार-पांच सौ से मदद भी कर सकता हूं।"

प्रेमशंकर–हाईकोर्ट में तो मिसल देखकर फैसला होता है, किसी के बयान नहीं लिये जाते।

बिसेसर–भैया, कुछ देने-लेने से काम चले तो दे दो, हजार-पांच सौ का मुंह मत देखो। मुझसे जो कुछ फरमाओ, उसके लिए हाजिर हूं। यह बात मेरे मन में महीनों से समाई हुई है, पर आपको मुंह दिखाने की हिम्मत नहीं पड़ती थी। आज कुछ सौदा लेने चला तो चौपाल के सामने फैजू मिल गए। कहने लगे–'जाते हो तो यह रुपये लेते जाओ, मालिकों के घर भेजवा देना।' मैंने रुपए लिये और डेवढ़ी पर जाकर छोटी बहू के पास रुपये भेज दिए। जब चलने लगा तो बड़ी बहू ने दीवानखाने में मुझे बुलाया। उनको देखकर ऐसा जान पड़ा मानो साक्षात् देवी के दर्शन हो गए। उन्होंने मुझे ऐसा-ऐसा उपदेश दिया कि आपसे क्या कहूं? मेरी आंखें खुल गईं। मन में ठानकर चला कि आपसे अपील दायर करने की कहूं, जिससे मेरा भी उद्धार हो जाए, लेकिन दो-तीन बार आ-जाकर लौट गया। आपको मुंह दिखाते लाज आती थी। सूरज डूबते वक्त फिर आया, पर वहीं फाटक के पास दुविधा में खड़ा सोच रहा था कि क्या करूं? इतने में आपके आदमियों ने देख लिया और आपकी शरण में ले आए। मुझ जैसे झूठे-दगाबाज आदमी का ऐतबार ही क्या? पर अब मैं सौगंध खाकर कहता हूं कि फिर जो मेरा बयान लिया जाएगा तो मैं एक-एक बात खोलकर कह दूंगा। चाहे उल्टी पड़े या सीधी। आप जरूर अपील कीजिए।

प्रेमशंकर बिसेसर साह को महा नीच, कपटी, अधम मनुष्य समझते थे। उनके विचार में वह मनुष्य कहलाने के योग्य भी न था, लेकिन उसकी इस ग्लानि-सूचक बातों ने उसे पिशाच श्रेणी से उठाकर देवासन पर बैठा दिया। भगवान! जिसे मैं इतना दुरात्मा समझता था, उसके हृदय में आत्म-ग्लानि का यह पवित्र भाव! यह आत्मोत्कर्ष, यह ईश्वर-भीरुता, यह सदुद्गार! मैं कितने भ्रम में पड़ा हुआ था? दुनिया के लोग अनायास ही बदनाम करते हैं, पर मैंने तो हर एक बुरे को अच्छा ही पाया। इसे अपने सौभाग्य के सिवा और क्या कहूं? ईश्वर मुझे इस अविश्वास के लिए क्षमा करना। यह सोचकर उनकी आंखों में आंसू भर आए, बोले–"साहजी, तुम्हारी बातें सुनकर मुझे वही आनंद हुआ, जो किसी सच्चे साधु के उपदेश से होता है। मैं बहुत जल्द अपील करने वाला हूं। अड़चन यही है कि गवाहों के बयान कैसे बदले जाएं? संभव है, हाईकोर्ट मुकदमे पर नजरसानी करने की आज्ञा दे दे और फिर इसी अदालत में मामला पेश हो; लेकिन बयान बदलने से तुम और डॉक्टर प्रियनाथ दोनों ही फंस जाओगे! प्रियनाथ ने तो अपने बचाव की युक्ति सोच ली, लेकिन तुम्हारा बचाव कठिन है। इसे अच्छी तरह सोच लो।"

बिसेसर–खूब सोच लिया है।

प्रेमशंकर–ईश्वर ने चाहा तो तुम भी बच जाओगे। मैं कल वकीलों से इस विषय में सलाह लूंगा।

यह कहकर वे बिसेसर साह के खाने-पीने का प्रबंध करने चले गए।

ज्ञानशंकर लखनऊ से सीधे बनारस पहुंचे, किंतु उदास और खिन्न रहते थे। न हवा खाने जाते, न किसी से मिलते-जुलते। उनकी दशा इस समय उस पक्षी की-सी थी जिसके दोनों पंख कट गए हों या उस स्त्री की-सी, जो किसी दैवी प्रकोप से पति-पुत्र विहीन हो गई हो। उनके जीवन की सारी आकांक्षाएं मिट्टी में मिलती हुई जान पड़ती थीं। अभी एक सप्ताह पहले उनकी आशा-लता सुखद समीरण से लहरा रही थी। उस स्थान पर अब केवल झुलसी हुई पत्तियों का ढेर था। उन्हें पूरा विश्वास था कि राय साहब ने सारा वृत्तांत गायत्री को लिख दिया होगा। पूरी के लिए लपके थे, आधी भी हाथ से गई। उन्हें सबसे विषम वेदना यह थी कि मेरे मनोभावों की कलई खुल गई। अगर धैर्य का कोई आधार था तो यही दार्शनिक विचार था कि इन अवस्थाओं में मेरे लिए अपने लक्ष्य पर पहुंचने का और कोई मार्ग न था। उन्हें अपने कृत्यों पर लेश-मात्र भी ग्लानि या लज्जा न थी। बस, यही खेद था कि मेरे सारे षड्यंत्र निष्फल हो गए।

लखनऊ से उन्होंने गायत्री को कई पत्र लिखे थे, पर बनारस से उसे पत्र लिखने की हिम्मत ही न पड़ती थी। उसके पास से आई हुई चिट्ठियों को भी वह बहुत डरते-डरते खोलते थे। समाचार-पत्रों को खोलते हुए उनके हाथ कांपने लगते थे। विद्यावती के पत्र रोज आते थे। उन्हें पढ़ना ज्ञानशंकर के लिए अपनी भाग्य-रेखा पढ़ने से कम रोमांचकारी न था। वह एक-एक वाक्य को इस तरह डर-डरकर पढ़ते मानो किसी अंधेरी गुफा में कदम रखते हों। भय लगा रहता था कि कहीं उस दुर्घटना का जिक्र न आ जाए। बहुधा साधारण वाक्यों पर विचार करने लगते कि कहीं इसमें कोई गूढ़ाशय, कोई रहस्य, कोई उक्ति तो नहीं है।

दसवें दिन गायत्री के यहां से एक बहुत लंबा पत्र आया। ज्ञानशंकर ने उसे हाथ में लिया तो उनकी छाती बल्लियों उछलने लगी। बड़ी मुश्किल से पत्र खोला और जैसे हम कड़वी दवा को एक ही घूंट में पी जाते हैं, उन्होंने एक ही सरसरी निगाह में सारा पत्र पढ़ लिया। चित्त शांत हुआ। राय साहब की कोई चर्चा न थी, तब उन्होंने निश्चिंत होकर पत्र को दुबारा पढ़ा। गायत्री ने उनके पत्र न भेजने पर मर्मस्पर्शी शब्दों में अपनी विकलता प्रकट की थी और उन्हें शीघ्र ही गोरखपुर आने के लिए बड़े विनीत भाव से आग्रह किया था। ज्ञानशंकर ने सावधान होकर

सांस ली। गायत्री ने अपने चित्त की दशा को छिपाने का बहुत प्रयत्न किया था, पर उसका एक-एक शब्द ज्ञानशंकर की मरणासन्न आशाओं के लिए सुधा के तुल्य था। आशा बंधी, संतोष हुआ कि अभी बात नहीं बिगड़ी, मैं अब भी जरूरत पड़ने पर शायद उसकी दृष्टि में निर्दोष बन सकूं, शायद राय साहब के लांछनों को मिथ्या सिद्ध कर सकूं, शायद सत्य को असत्य कर सकूं। संभव है, मेरे सजल नेत्र अब भी मेरी निर्दोषिता का विश्वास दिला सकें। इसी आवेश में उन्होंने गायत्री को पत्र लिखा, जिसका अधिकांश भाग विरह-व्यथा में भेंट करने के बाद उन्होंने राय साहब के मिथ्याक्षेप की ओर भी संकेत दिया। उनके अंतिम शब्द थे—"आप मेरे स्वभाव और मनोविचारों से भली-भांति परिचित हैं। मुझे अगर जीवन में कोई अभिलाषा है तो यही है कि मुरली की धुन सुनते हुए इस असार संसार से प्रस्थान कर जाऊं। मरने लगूं तो उसी मुरली वाले की सूरत आंखों के सामने हो और यह सिर राधा की गोद में हो। इसके अतिरिक्त मुझे कोई इच्छा और कोई लालसा नहीं है। राधिका की एक तिरछी चितवन, एक मृदुल मुस्कान, एक मीठी चुटकी, एक अनोखी छटा पर मैं समस्त संसार की संपदा न्योछावर कर सकता हूं, पर जब तक संसार में हूं, संसार की कालिमा से क्योंकर बच सकता हूं? मैंने राय साहब से संगीत-परिषद् के विषय में कुछ स्पष्ट भाषण किया था। उसका फल यह हुआ कि अब वे मेरी जान के दुश्मन हो गए हैं। आपसे अपनी विपत्ति-कथा क्या कहूं, आपको सुनकर दुःख होगा। उन्होंने मुझे मारने के लिए पिस्तौल हाथ में लिया था। अगर भाग न आता तो यह पत्र लिखने के लिए जीवित भी न रहता। मुझे हुक्म है कि अब फिर उन्हें मुंह न दिखलाऊं। इतना ही नहीं, मुझे आपसे पृथक रहने की आज्ञा मिली है। इस आज्ञा को भंग करने का ऐसा कठोर दंड चुना गया है कि उसका उल्लेख करके मैं आपके कोमल हृदय को दुखाना नहीं चाहता। मेरे मौनव्रत का यही कारण है। संभव है, आपके पास भी इस आशय का कोई पत्र पहुंचा हो और आपको भी मुझे दूध की मक्खी समझने का उपदेश किया गया हो। ऐसी दशा में आप जो उचित समझें, करें। पिताजी की आज्ञा के सामने सिर झुकाना आपका कर्तव्य है। उसका आप पालन करें। मैं आपसे दूर रहकर भी आपके निकट हूं, संसार की कोई शक्ति मुझे आपसे अलग नहीं कर सकती। आध्यात्मिक बंधन को कौन तोड़ सकता है? यह कृष्ण का प्रेमी निरंतर राधा की गोद में संलग्न रहेगा। आपसे केवल यही भिक्षा मांगता हूं कि मेरी ओर से मनमुटाव न करें और अपने उदार हृदय के एक कोने में मेरी स्मृति बनाए रखें।"

ज्ञानशंकर के जाने के बाद गायत्री को एक-एक क्षण काटना दुस्तर हो गया था। उसे अब ज्ञात हुआ कि मैं कितने गहरे पानी में आ गई हूं। जब तक ज्ञानशंकर

के हाथों का सहारा था; उस गहराई का अंदाज न होता था। उस सहारे के टूटते ही उसके पैर फिसलने लगे। वह संभलना चाहती थी, पर तरंग का वेग संभलने न देता था। अबकी बार ज्ञानशंकर पूरे साल-भर के बाद गोरखपुर से निकले थे। वह नित्य उन्हें देखती थी, नित्य उनसे बातें करती थी। यद्यपि यह अवसर दिन में एक या दो बार से अधिक न मिलता था, तथापि उन्हें अपने समीप देखकर उसका हृदय संतुष्ट रहता था। अब पिंजरे को खाली देखकर उसे पक्षी की बार-बार याद आती थी। वह सरल और गौरवशील थी; लेकिन उसके हृदय-स्थल में प्रेम का एक उबलता हुआ सोता छिपा हुआ था। वह अब तक अभिमान के मोटे कत्तल से दबा हुआ प्रवाह का कोई मार्ग न पाकर एक सुषुप्तावस्था में पड़ा हुआ था। यही सुषुप्ति उसका सतीत्व थी, पर भक्ति और अनुराग ने उस अभिमान के कत्तल को हटा दिया था और उबलता हुआ सोता प्रबल वेग से द्रवित हो रहा था। वह आत्म-विस्मृति की दशा में मग्न हो गई थी। वह अचेत-सी हो गई थी। उसे लेश-मात्र भी अनुमान न होता था कि वह भक्ति मुझे वासना की ओर खींचे लिये जाती है। वह इस प्रेम के नशे में कितनी ही ऐसी बातें करती थी और कितनी ही ऐसी बातें सुनती थी, जिन्हें सुनकर वह पहले कानों पर हाथ रख लेती थी, जो पहले मन में आतीं तो वह आत्मघात कर लेती; परंतु अब वह गोपिका थी, वह सद्‌नुराग की साक्षात् प्रतिमा थी। इस आध्यात्मिक उद्‌गार में वासना का लगाव कहां? ऐंद्रिक तृष्णाओं का मिश्रण कहां? कृष्ण का नाम, कृष्ण की भक्ति, कृष्ण की रट ने उसके हृदय और आत्मा को पवित्र प्रेम से परिपूरित कर दिया था।

गायत्री जब ज्ञानशंकर की ओर चंचल चितवनों से ताकती या उनके सतृष्ण लोचनों को अपनी मृदुल मुस्कान-सुधा से प्लावित करती तो वह अपने को गोपिका समझती, जो कृष्ण से ठिठोली या रहस्य कर रही हो। उसकी इस चितवन और मुस्कान से सच्चा प्रेमानुराग झलकता था। ज्ञानशंकर अब उसे प्रेमोन्मत्त नेत्रों से देखते या उसकी निष्ठुरता और अकृपा का गिला करते, तो उसे इसमें भी उन्हीं पवित्र भावों की झलक दिखाई देती थी। इस प्रेम रहस्य और आमोद-विनोद का चस्का दिनोंदिन बढ़ता जाता था। उन प्रेम कल्पनाओं के बिना चित्त उचटा रहता था। गायत्री इस विकलता की दशा में कभी ज्ञानशंकर के दीवानखाने की ओर जाती, कभी ऊपर, कभी नीचे, कभी बाग में, पर कहीं जी न लगता। वह गोपिकाओं की विरह-व्यथा की अपने वियोग-दुःख से तुलना करती। सूरदास के उन पदों को गाती जिनमें गोपिकाओं के विरह का वर्णन किया गया है। उसके बाग में एक कदम का पेड़ था। उसकी छांव में हरी घास पर लेटी हुई वह कभी गाती, कभी रोती, कभी-कभी उद्विग्न होकर टहलने लगती। कभी सोचती, लखनऊ चलूं,

कभी ज्ञानशंकर को तार देकर बुलाने का इरादा करती, कभी निश्चय करती, अब उन्हें कभी बाहर न जाने दूंगी। उनकी सूरत उसकी आंखों में फिरा करती, उनकी बातें कानों में गूंजा करतीं। कितना मनोहर स्वरूप है, कितनी रसीली बातें! साक्षात् कृष्णस्वरूप हैं! उसे आश्चर्य होता कि मैंने उन्हें अकेले क्यों जाने दिया? क्या मैं उनके साथ न जा सकती थी? वह ज्ञानशंकर को पत्र लिखती तो उनकी निर्दयता और हृदय-शून्यता का खूब रोना रोती। उनके पत्र आते तो बार-बार पढ़ती। उसके प्रेम-कथन में अब संकोच या लज्जा बाधक न होती थी। गोपियों की विरह-कथा में उसे अब एक करुण वेदनामय आनंद मिलता था। वह प्रेमसागर की दो-चार चौपाइयां भी न पढ़ने पाती कि आंखों से आंसुओं की झड़ी लग जाती।

जब ज्ञानशंकर बनारस चले गए और उनकी चिट्ठियों का आना बिलकुल बंद हो गया, तब गायत्री को ऐसा अनुभव होने लगा मानो मैं इस संसार में हूं ही नहीं या यह कोई दूसरा निर्जन, नीरव, अचेतन संसार है। उसे ज्ञानशंकर के बनारस आने का समाचार ज्ञात न था। वह लखनऊ के पते से नित्य प्रति पत्र भेजती रही, लेकिन जब लगातार कई पत्रों का जवाब न आया, तब उसे अपने ऊपर झुंझलाहट होने लगी। वह गोपियों की भांति अपना ही तिरस्कार करती कि मैं क्यों ऐसे निर्दय, निष्ठुर, कठोर मनुष्य के पीछे अपनी जान खपा रही हूं। क्या उनकी तरह मैं भी निष्ठुर नहीं बन सकती? वह मुझे भूल सकते हैं तो क्या मैं भी उन्हें नहीं भूल सकती? किंतु एक ही क्षण में उसका यह मान लुप्त हो जाता और वह फिर खोई हुई-सी इधर-उधर फिरने लगती।

जब दसवें दिन ज्ञानशंकर का विवशता-सूचक पत्र पहुंचा तो पढ़ते ही गायत्री का चंचल हृदय अधीर हो उठा। वह उस विवशकारी आवेश के साथ उनकी ओर लपकी। यह उसकी प्रीति की पहली परीक्षा थी। अब तक उसका प्रेम-मार्ग कांटों से साफ था। यह पहला कांटा था, जो उसके पैर में चुभा। क्या पहली ही बाधा मुझे प्रेम-मार्ग से विचलित कर देगी? मेरे ही कारण तो ज्ञानशंकर पर मुसीबतें आई हैं। मैं ही तो उनकी इन विडंबनाओं की जड़ हूं। पिताजी उनसे नाराज हैं तो हुआ करें, मुझे इसकी चिंता नहीं। मैं क्यों प्रेम-नीति से मुंह मोड़ूं? प्रेम का संबंध केवल दो हृदयों से है, किसी तीसरे प्राणी को उसमें हस्तक्षेप करने का अधिकार नहीं। आखिर पिताजी ने उन्हें क्यों मुझसे पृथक रहने का आदेश किया? वे मुझे क्या समझते हैं? उनका सारा जीवन भोग-विलास में गुजरा है। वह प्रेम के गूढ़ाशय क्या जानें? उन्हें इस पवित्र मनोवृत्ति का क्या ज्ञान? परमात्मा ने उन्हें ज्ञान-ज्योति प्रदान की होती तो वह ज्ञानशंकर के आत्मोत्कर्ष को जानते, उनकी आत्मा का महत्त्व पहचानते, तब उन्हें विदित होता कि मैंने ऐसी पवित्रात्मा पर

दोषारोपण करके कितना घोर अन्याय किया है! पिताजी की आज्ञा मानना मेरा धर्म अवश्य है; किंतु प्रेम के सामने पिता की आज्ञा की क्या हस्ती है! यह ताप अनादि ज्योति की एक आभा है, यह दाह अनंत शांति का एक मंत्र है। इस ताप को कौन मिटा सकता है?

दूसरे दिन गायत्री ने ज्ञानशंकर को तार दिया–"मैं आ ही रही हूं और शाम की गाड़ी से मायाशंकर को साथ लेकर बनारस चलो।"

ज्ञानशंकर को बनारस आए दो सप्ताह से अधिक बीत चुके थे। संगीत-परिषद् समाप्त हो चुकी थी और अभी सामयिक पत्रों में उस पर वाद-विवाद हो रहा था। यद्यपि अस्वस्थ होने के कारण राय साहब उसमें उत्साह के साथ भाग न ले सके थे, पर उनके प्रबंध-कौशल ने परिषद् की सफलता में कोई बाधा न होने दी। संध्या हो गई थी। विद्यावती अंदर बैठी हुई एक पुराना शाल रफू कर रही थी। राय साहब ने उसके सैर करने के लिए एक बहुत अच्छी सेजगाड़ी दे दी थी और कोचवान को ताकीद की थी कि जब विद्यावती का हुक्म मिले, तुरंत सवारी तैयार करके उसके पास ले जाए; लेकिन इतने दिनों से विद्यावती एक दिन भी कहीं सैर करने न गई। उसका मन घर के कामों में अधिक लगता था। उसे न थिएटर का शौक था, न सैर करने का, न गाने-बजाने का। इनकी अपेक्षा उसे भोजन बनाने या सीने-पिरोने में ज्यादा आनंद मिलता था। इस एकांत-सेवन के कारण उसका मुखकमल मुरझाया रहता था। वह बहुधा सिर-पीड़ा से ग्रसित रहती थी। यद्यपि वह परम सुंदर, कोमलांगी रमणी थी, पर उसमें अभिमान का लेश भी न था। उसे मांग-चोटी, आईने-कंघी से अरुचि थी। उसे आश्चर्य होता था कि गायत्री क्योंकर अपना अधिकांश समय बनाव-संवार में व्यतीत किया करती है? कमरे में अंधेरा हो रहा था; पर वह अपने काम में इतनी रत थी कि उसे बिजली के बटन दबाने का भी ध्यान न था। इतने में राय साहब उसके द्वार पर आकर खड़े हो गए और बोले–"ईश्वर से बड़ी भूल हो गई कि उसने तुम्हें दर्जिन न बना दिया। अंधेरा हो गया, आंखों को सूझता नहीं, लेकिन तुम्हें अपने सुई-तागे से छुट्टी नहीं।"

विद्यावती ने शॉल समेट दिया और लज्जित होकर बोली–"थोड़ा-सा बाकी रह गया था, मैंने सोचा कि इसे पूरा कर लूं तो उठूं।"

राय साहब पलंग पर बैठ गए और कुछ कहना चाहते थे कि जोर से खांसी आई और थोड़ा-सा खून मुंह से निकल पड़ा, आंखें निस्तेज हो गईं और

हृदय में विषम पीड़ा होने लगी—मुखाकार विकृत हो गया। विद्यावती ने घबराकर पूछा—"पानी लाऊं? यह मर्ज तो आपको न था। किसी डॉक्टर को बुला भेजूं?"

राय साहब—नहीं, कोई जरूरत नहीं। अभी अच्छा हो जाऊंगा। यह सब मेरे सुयोग्य, विद्वान और सर्वगुणसंपन्न पुत्र बाबू ज्ञानशंकर की कृपा का फल है।

विद्यावती ने प्रश्नसूचक विस्मय से राय साहब की ओर देखा और कातर भाव से जमीन की ओर ताकने लगी। राय साहब संभलकर बैठ गए और एक बार पीड़ा से कराहकर बोले—"जी तो नहीं चाहता कि मुझ पर जो कुछ बीती है, वह मेरे और ज्ञानशंकर के सिवा किसी दूसरे व्यक्ति के कानों तक पहुंचे; किंतु तुमसे परदा रखना अनुचित ही नहीं, बल्कि अक्षम्य है। तुम्हें सुनकर दुःख होगा, लेकिन संभव है, इस समय का शोक और खेद तुम्हें आने वाली मुसीबतों से बचाए, जिनका सामान प्रारब्ध के हाथों हो रहा है। शायद तुम अपनी चतुराई से उन विपत्तियों का निवारण कर सको।"

विद्यावती के चित्त में भांति-भांति की शंकाएं आंदोलित होने लगीं। वह एक पक्षी की भांति डालियों-डालियों में उड़ने लगी। मायाशंकर का ध्यान आया, कहीं वह बीमार तो नहीं हो गया। ज्ञानशंकर तो किसी बला में नहीं फंस गए। उसने सशंक और सजल लोचनों से राय साहब की तरफ देखा।

राय साहब बोले—"मैं आज तक ज्ञानशंकर को एक धर्म-परायण, सच्चरित्र और सत्यनिष्ठ युवक समझता था। मैं उनकी योग्यता पर गर्व करता था और अपने मित्रों से उनकी प्रशंसा करते कभी न थकता था, पर अब मुझे ज्ञात हुआ कि देवता के स्वरूप में भी पिशाच का वास हो सकता है।"

विद्यावती की त्योरियों पर अब बल पड़ गए। उसने कठोर दृष्टि से राय साहब को देखा, पर मुंह से कुछ न बोली। ऐसा जान पड़ता था कि वह इन बातों को नहीं सुनना चाहती।

राय साहब ने उठकर बिजली का बटन दबाया और प्रकाश में विद्यावती की अनिच्छा स्पष्ट दिखाई दी, पर उन्होंने इसकी कुछ परवाह न करके कहा—"यह मेरा बहत्तरवां साल है। हजारों आदमियों से मेरा व्यवहार रहा, किंतु मेरे चरित्र-ज्ञान ने मुझे कभी धोखा नहीं दिया। इतना बड़ा धोखा खाने का मुझे जीवन में यह पहला ही अवसर है। मैंने ऐसा स्वार्थी आदमी कभी नहीं देखा।"

विद्यावती अधीर हो गई, पर मुंह से कुछ न बोली। उसकी समझ में न आता था कि राय साहब यह क्या भूमिका बांध रहे हैं, ऐसे अपशब्दों का प्रयोग कर रहे हैं?

राय साहब—मेरा इस मनुष्य के चरित्र पर अटल विश्वास था। मेरी ही प्रेरणा से गायत्री ने इसे अपनी रियासत का मैनेजर बनाया। मैं जरा भी सचेत होता तो

गायात्री पर इसकी छाया भी न पड़ने देता। ज्ञान और व्यवहार में इतना घोर विरोध हो सकता है, इसका मुझे अनुमान भी न था। जिसकी कलम में इतनी प्रतिभा हो, जिसके मुख से स्वच्छ, निर्मल भावों की धारा बहती हो, उसका अंत:करण ऐसा कलुषित, इतना मलीन होगा, यह मैं बिलकुल नहीं जानता था।

विद्यावती से न रहा गया। यद्यपि वह ज्ञानशंकर की स्वार्थ-भक्ति से भली-भांति परिचित थी, जिसका प्रमाण उसे कई बार मिल चुका था, पर उसका आत्म-सम्मान उनका अपमान सह न सकता था। उनकी निंदा का एक शब्द भी वह अपने कानों से सुनना न चाहती थी। उसकी धर्मनीति में यह घोर पातक था। वह तीव्र स्वर में बोली—"आप मेरे सामने उनकी बुराई न कीजिए।" यह कहते-कहते उसका गला रुंध गया और वह भाव जो व्यक्त न हो सके थे, आंखों से बह निकले।

राय साहब ने संकोचपूर्ण शब्दों में कहा—"मैं बुराई नहीं करता, यथार्थ कहता हूं। मुझे अब मालूम हुआ कि उसने महात्माओं का स्वरूप क्यों बनाया है और धार्मिक कार्यों में क्यों इतना प्रवृत्त हुआ है! मैंने उसके मुंह से सब कुछ निकलवा लिया है। यह रंगीन जाल उसने भोली-भाली गायत्री के लिए बिछाया है और वह कदाचित् इसमें फंस भी चुकी है।"

विद्यावती की भौंहें तन गईं, मुखराशि रक्तावर्ण हो गई। वह गौरवयुक्त भाव से बोली—"पिताजी, मैंने सदैव आपका अदब किया है और आपकी अवज्ञा करते हुए मुझे जितना दु:ख हो रहा है, वह वर्णन नहीं कर सकती, पर यह असंभव है कि उनके विषय में यह लांछन अपने कानों से सुनूं। मुझे उनकी सेवा में सत्रह वर्ष बीत गए, पर मैंने उन्हें कभी कुवासनाओं की ओर झुकते नहीं देखा। जो पुरुष अपने यौवनकाल में संयम से रहा हो, उसके प्रति ऐसा अनुचित संदेह करके आप उसके साथ नहीं, गायत्री बहन के साथ भी घोर अत्याचार कर रहे हैं। इससे आपकी आत्मा को पाप लगता है।"

राय साहब—तुम मेरी आत्मा की चिंता मत करो। उस दुष्ट को समझाओ, नहीं तो उसकी कुशल नहीं है। मैं गायत्री को उसकी कामचेष्टा का शिकार न बनने दूंगा। मैं तुमको वैधव्य रूप में देख सकता हूं, पर अपने कुल-गौरव को यों मिट्टी में मिलते नहीं देख सकता। मैंने चलते-चलते उससे ताकीद कर दी थी, गायत्री से कोई सरोकार न रखे, लेकिन गायत्री के पत्र नित्य चले आ रहे हैं, जिससे विदित होता है कि वह उसके फंदे से कैसी जकड़ी हुई है! यदि तुम उसे बचा सकती हो तो बचाओ, अन्यथा यही हाथ जिन्होंने एक दिन उसके पैरों पर फूल और हार चढ़ाए थे, उसे कुल-गौरव की वेदी पर बलिदान कर देंगे।

विद्यावती रोती हुई बोली–"आप मुझे अपने घर बुलाकर इतना अपमान कर रहे हैं, यह आपको शोभा नहीं देता। आपका हृदय इतना कठोर हो गया है। जब आपके मन में ऐसे-ऐसे भाव उठ रहे हैं, तब मैं यहां एक क्षण भी रुकना नहीं चाहती। मैं जिस पुरुष की स्त्री हूं, उस पर संदेह करके अपना परलोक नहीं बिगाड़ सकती। वह आपके कथनानुसार कुचरित्र सही, दुरात्मा सही, कुमार्गी सही, परंतु मेरे लिए पूज्य और देवतुल्य हैं। यदि मैं जानती कि आप मेरा इतना अपमान करेंगे तो भूलकर भी न आती। अगर आपका विचार है कि मैं रियासत के लोभ से यहां आती हूं और आपको फंदे में फंसाना चाहती हूं तो आप बड़ी भूल करते हैं। मुझे रियासत की जरा भी परवाह नहीं। ईश्वर को साक्षी मानकर कहती हूं कि मैं अपनी स्थिति से संतुष्ट हूं और मुझे पूरा विश्वास है कि मायाशंकर भी संतोषी बालक है। उसे आपके चित्त की यह वृत्ति मालूम हो गई तो वह इस रियासत की ओर आंख उठाकर भी न देखेगा। आपको इस विषय में आदि से अंत तक धोखा हुआ है।"

इस तिरस्कार से राय साहब कुछ धीमे पड़ गए। वे लज्जित होकर बोले–"हां, संभव है, इसीलिए कि अब मैं बूढ़ा हुआ। कुछ-का-कुछ देखता हूं, कुछ-का-कुछ सुनता हूं। अधिक लोभी, अधिक शक्की हो गया हूं। मैं नहीं चाहता था कि तुम्हारी आंखों में तुम्हारे पति को उससे ज्यादा गिराऊं, जितना कि उसकी प्राणरक्षा के लिए आवश्यक है, पर तुम्हारी मिथ्या पतिभक्ति मुझे मजबूर कर रही है कि उसके कुकृत्यों को सविस्तार बयान करूं। तुमने मुझे पहले भी देखा था, क्या मेरी यह दशा थी? मैं ऐसा ही दुर्बल, रुग्ण और जर्जर था? क्या इसी तरह मुझे एक पग चलना भी कठिन था? मैं इसी तरह रुधिर थूकता था? यह सब उसी का किया हुआ है। उसने मुझे भोजन के साथ इतना विष खिला दिया कि यदि उसे बीस आदमी खाते तो एक की भी जान न बचती। यह केवल भ्रम नहीं है; मैं उसका संदेह प्रमाण बना बैठा हूं। उसने स्वयं इस पापाचार को स्वीकार किया, पहला ग्रास खाते ही मुझ पर सारा रहस्य खुल गया, पर मैंने केवल यह दिखलाने के लिए कि मुझे मारना इतना सुलभ नहीं है, जितना उसने समझा था, पूरी थाली साफ कर दी। मुझे विश्वास था कि मैं योग-क्रियाओं द्वारा विष को निकाल डालूंगा, पर क्षण-मात्र में विष रोम-रोम में घुस गया, मैं उसे निकाल न सका। मैंने अपनी स्वास्थ्य-रक्षा और दीर्घ जीवन के लिए सब कुछ किया, जो मनुष्य कर सकता है और जिसका फल यह था कि बहत्तर साल का बुड्ढा होकर एक पच्चीस वर्ष के युवक से अधिक बलवान और साहसी था। मैं अपने जीवन को चरम सीमा तक ले जाना चाहता था। इसके लिए मैंने कितना संयम किया, कितनी योग-क्रियाएं कीं, साधु-संतों की कितनी सेवा की, जड़ी-बूटियों की खोज में कहां-कहां मारा-मारा

फिरा, तिब्बत और कश्मीर की खाक छानता फिरा, पर इस नराधम ने मेरी सारी आयोजनाओं पर पानी फेर दिया! मैंने अपनी सारी संपत्ति कार्यसिद्धि पर अर्पण कर दी थी। योग और तंत्र का अभ्यास इसी हेतु किया था कि अक्षय यौवन तेज का आनंद उठाता रहूं। विलास-भोग ही मेरे जीवन का एकमात्र उद्देश्य था। चिंता को मैं सदैव काला नाग समझता रहा। मेरे नौकर-चाकर प्रजा पर नाना प्रकार के अत्याचार करते, पर मैंने उसकी फरियाद को कभी सुख-भोग में बाधक नहीं होने दिया। अगर कभी अपने इलाके में जाता भी था तो प्रजा का कष्ट निवारण करने के लिए, किंतु इस निर्दयी पिशाच की बदौलत सारे गुनाह बेलज्जत हो गए। अब मैं केवल अस्थि-पिंजर हूं--प्राणशून्य, शक्तिहीन।"

यह कहते-कहते राय साहब विषम पीड़ा से कराह उठे। जोर से खांसी आई और खून के लोथड़े मुंह से निकल आए। कई मिनट तक वह मूर्च्छावस्था में पड़े रहे। सहसा लपककर उठे और बोले--"तुम प्रातःकाल बनारस चली जाओ और हो सके तो अपने पति को अग्निकुंड में गिरने से बचाओ। तुम्हारी पतिभक्ति ने मुझे शांत कर दिया। मैं उसे प्राणदान देना चाहता हूं, लेकिन सरल-हृदय गायत्री की रक्षा का भार तुम्हारे ही ऊपर है। अगर उसके सतीत्व पर जरा भी धब्बा लगा तो तुम्हारे कुल का सर्वनाश हो जाएगा। यही मेरी अंतिन चेतावनी है। इस श्राप का निवारण गायत्री के सतीत्व की रक्षा से ही होगा। तुम्हारे कल्याण की और कोई युक्ति नहीं है।"

यह कहकर राय साहब धीरे से उठे और चले गए, तब विद्यावती ग्लानि, लज्जा और नैराश्य से मर्माहत होकर पलंग पर लेट गई और बिलख-बिलखकर रोने लगी। राय साहब के पहले आक्षेप का उसने प्रतिवाद किया था, पर इस दूसरे अपराध के विषय में वह अविश्वास का सहारा न ले सकी। अपने पति की स्वार्थ-नीति से वह खूब परिचित थी, पर उनकी वक्रता इतनी घोर और घातक हो सकती है, इसका उसे अनुमान भी न था। अब तक उनकी कुवृत्तियों का परदा ढका हुआ था। जो कुछ दुःख और संताप होता था, वह उसी तक रहता था, पर यहां आकर परदा खुल गया। वह अपने पिता की निगाह में गिर गई, उसके मुंह में कालिख लग गई। राय साहब का यह समझना स्वाभाविक था कि इस दुष्कर्म में विद्यावती का भी कुछ-न-कुछ भाग अवश्य होगा। कदाचित् यही समझकर वह उसे यह वृत्तांत कहने आए थे। वह सारा दोष पति के सिर मढ़कर अपने को क्योंकर मुक्त कर सकती थी? इस उधेड़बुन में विद्यावती का ध्यान जब पाप-परिणाम की ओर गया तो वह कांप उठी--'भगवान! मैं दुखिया हूं, अभागिनी हूं, मुझ पर दया करो, तुम्हारी शरण में हूं।' भांति-भांति की शंकाएं उसके चित्त को विचलित

करने लगीं। मायाशंकर की सूरत आंखों में फिरने लगी। ऐसा जी चाहता था कि पैरों में पर लग जाएं और वह उड़कर उसके पास जा पहुंचूं। रह-रहकर उसके हृदय में एक हूक-सी उठती थी और अनिष्ट कल्पना से चित्त विकल हो जाता था।

एक क्षण में इन ग्लानि और शंकाओं ने उग्र रूप धारण किया। आग की बिखरी हुई चिंगारियां एक प्रचंड ज्वाला के रूप में ज्ञानशंकर की ओर लपकीं–'तुम इतने नीच, इतने क्रूर, इतने दुर्बल हो! तुमने कहीं का न रखा। तुम्हारे ही कारण मेरी यह दुर्दशा हो रही है और अभी न जाने क्या-क्या होगी! तुम धूर्त हो। न जाने पूर्व जन्म में ऐसा क्या पाप किया था कि तुम्हारे पल्ले पड़ी!' उसने ज्ञानशंकर को उसी दम एक पत्र लिखने का निश्चय किया और सोचने लगी, उसकी शैली क्या हो? इसी सोच में पड़े-पड़े उसे नींद आ गई। वह बहुत देर तक पड़ी रही। जब सरदी लगी तो चौंकी, कमरे में सन्नाटा था, सारे घर में निस्तब्धता छाई थी। मेहरियां भी सो गईं थीं। उसके व्यालू का थाल सामने मेज पर रखा हुआ था और एक पालतू बिल्ली उसके निकट उन चूहों की ताक में बैठी हुई थी, जो भोज्य पदार्थों का रसास्वादन करने के लिए अलमारी के कोने से निकलकर आते थे और अज्ञात भय के कारण आधे रास्ते लौट जाते थे।

विद्यावती कई मिनट तक इस दृश्य में मग्न रही। निद्रा ने उसके चित्त को शांत कर दिया था। उसे चूहे पर दया आई, जो एक क्षण में बिल्ली के मुंह का ग्रास बन जाएगा। इसके साथ ही उसकी कल्पना चूहे से ज्ञानशंकर की अवस्था की तुलना करने लगी। क्या उसकी दशा भी इसी चूहे की-सी नहीं है? उन पर क्रोध क्यों करूं? वह दया के योग्य हैं। वह इसी चूहे की भांति स्वाद के वश होकर काल के मुंह में दौड़े जा रहे हैं और माया-लोभ के हाथों काठ की पुतली बने हुए नाच रहे हैं। मैं जाकर उन्हें समझाऊंगी, उनसे विनय करूंगी कि मुझे ऐसी संपत्ति की लालसा नहीं है जिस पर आत्मा और विवेक का बलिदान किया गया हो। ऐसी जायदाद को मेरी तिलांजलि है। मेरा लड़का गरीब रहेगा, अपने पसीने की कमाई खाएगा, लेकिन जब तक मेरा वश चलेगा, मैं उसे इस जायदाद की हवा भी न लगने दूंगी।

17

गायत्री को अपनी दुर्बलता और क्षुद्रता पर इतना खेद हुआ, लज्जा और तिरस्कार के भावों ने उसे इतना मर्माहत किया कि वह चीख मारकर रोने लगी। हा! विद्यावती मुझे अपने मन में कितना कुटिल समझ रही होगी! वह मेरा कितना आदर करती थी, कितना लिहाज करती थी, अब मैं उसकी दृष्टि में छिछोरी हूं, कुलकलंकिनी हूं। उसके सामने सत्य और व्रत की कैसी डींगें मारती थी, सेवा और सत्कर्म की कितनी सराहना करती थी! मैं उसके सामने साध्वी सती बनती थी, अपने पतिव्रत पर घमंड करती थी, पर अब उसे मुंह दिखाने के योग्य नहीं हूं। हाय! वह मुझे अपनी सौत समझ रही होगी, मुझे आंखों की किरकिरी, अपने हृदय का कांटा ख्याल करती होगी!

गायत्री बनारस पहुंचकर ऐसी प्रसन्न हुई, जैसे कोई बालू पर तड़पती हुई मछली पानी में जा पहुंचे। ज्ञानशंकर पर राय साहब की धमकियों का ऐसा भय छाया हुआ था कि गायत्री के आने पर वह और भी सशंक हो गए, लेकिन गायत्री की सांत्वनाओं ने शनै:-शनै: उन्हें सावधान कर दिया। उसने स्पष्ट कह दिया कि मेरा प्रेम पिता की आज्ञा के अधीन नहीं हो सकता। वह ज्ञानशंकर को अन्याय-पीड़ित समझती थी और अपनी स्नेहमयी बातों से उनका क्लेश दूर करना चाहती थी। ज्ञानशंकर जब गायत्री की ओर से निश्चिंत हो गए तो उसे बनारस के घाटों और मंदिरों की सैर कराने लगे। प्रात:काल उसे लेकर गंगा स्नान

करने जाते, संध्या समय बजरे या नौका पर बैठाकर घाटों की बहार दिखाते। उनके द्वार पर पंडों की भीड़ लगी रहती। गायत्री की दानशीलता की सारे नगर में धूम मच गई। वह एक दिन हिंदू विश्वविद्यालय देखने गई और बीस हजार दे आई। दूसरे दिन 'इत्तिहादी यतीमखाने' का मुआयना किया और दो हजार रुपये बिल्डिंग फंड में प्रदान किए। सनातन धर्म के नेतागण गुरुकुल आश्रम के लिए चंदा मांगने आए। चार हजार उनकी नजर किए। एक दिन गोपाल मंदिर में पूजा करने गई और महंतजी को दो हजार भेंट कर आई। आधी रात तक कीर्तन का आनंद उठाती रही। उसका मन कीर्तन में सम्मिलित होने के लिए लालायित हो रहा था, पर ज्ञानशंकर को यह अनुचित जान पड़ता था। ऐसा कीर्तन उसने कभी न सुना था।

इसी भांति एक सप्ताह बीत गया। संध्या हो गई थी। गायत्री बैठी हुई बनारसी साड़ियों का निरीक्षण कर रही थी। वह उनमें से एक साड़ी लेना चाहती थी, पर रंग का निश्चय न कर सकती थी। एक-एक साड़ी को सिर पर ओढ़कर आईने में देखती और उसे तह करके रख देती। कौन-सा रंग सबसे अधिक खिलता है, इसका फैसला न होता था। इतने में श्रद्धा आ गई। गायत्री ने कहा–"बहन, भली आईं। बताओ, इनमें से कौन-सी साड़ी लूं? मुझे तो सब एक-सी लगती हैं।"

श्रद्धा ने मुस्कराकर कहा–"मैं गंवारिन इन बातों को क्या समझूं?"

गायत्री–चलो, बातें न बनाओ। मैं इसका फैसला तुम्हारे ही ऊपर छोड़ती हूं। एक अपने लिए चुनो और एक मेरे लिए।

श्रद्धा–आप ले लीजिए, मुझे जरूरत नहीं है। यह फिरोजी साड़ी आप पर खूब खिलेगी।

गायत्री–मेरी खातिर एक साड़ी ले लो।

श्रद्धा–लेकर क्या करूंगी? धरे-धरे कीड़े खा जाएंगे।

श्रद्धा ने यह बात कुछ ऐसे करुण भाव से कही कि गायत्री के हृदय पर चोट-सी लग गई, बोली–"कब तक यह जोग साधोगी। बाबू प्रेमशंकर को मना क्यों नहीं लेतीं?"

श्रद्धा ने सजल नेत्रों से मुस्कराकर कहा–"क्या करूं, मुझे मनाना नहीं आता।"

गायत्री–मैं मना दूं?

श्रद्धा–इससे बड़ा और कौन उपकार होगा, पर मुझे आपके सफल होने की आशा नहीं है। उन्हें अपनी टेक है और मैं धर्म-शास्त्र से टल नहीं सकती, फिर भला मेल क्योंकर होगा?

गायत्री–प्रेम से।

श्रद्धा–मुझे उनसे जितना प्रेम है, वह प्रकट नहीं कर सकती। अगर उनका जरा

भी इशारा पाऊं तो आग में कूद पड़ूं और मुझे विश्वास है कि उन्हें भी मुझसे इतना ही प्रेम है, लेकिन प्रेम केवल हृदयों को मिलाता है, देह पर उसका बस नहीं है।

इतने में ज्ञानशंकर आ गए और गायत्री से बोले—"मैं जरा गोपाल मंदिर की ओर चला गया था। वहां कुछ भक्तों का विचार है कि आपके शुभागमन के उत्सव में कृष्ण लीला करें। मैंने उनसे कह दिया है कि इसी बंगले के सामने वाले सहन में नाट्यशाला बनाई जाए।"

गायत्री का मुखकमल खिल उठा, बोली—"यह जगह काफी होगी?"

ज्ञानशंकर—हां, बहुत जगह है। उन लोगों की यह भी इच्छा है कि आप भी कोई पार्ट लें।

गायत्री—(मुस्कराकर) आप लेंगे तो मैं भी लूंगी।

ज्ञानशंकर दूसरे ही दिन रंगभूमि के बनाने में दत्तचित्त हो गए। एक विशाल मंडप बनाया गया। कई दिनों तक उसकी सजावट होती रही। फर्श, कुर्सियां, शीशे के सामान, फूलों के गमले, अच्छी-अच्छी तस्वीरें सभी यथास्थान शोभा देने लगीं—बाहर विज्ञापन बांटे गए। रईसों के पास छपे हुए निमंत्रण-पत्र भेजे गए। चार दिन तक ज्ञानशंकर को बैठने का अवसर न मिला। एक पैर दीवानखाने में रहता था, जहां अभिनेतागण अपने-अपने पार्ट का अभ्यास किया करते थे, दूसरा पैर शामियाने में रहता था, जहां सैकड़ों मजदूर, बढ़ई, चित्रकार आदि अपने-अपने काम कर रहे थे। स्टेज की छटा अनुपम थी। जिधर देखिए, हरियाली की बहार थी। परदा उठते ही बनारस में ही वृंदावन का दृश्य आंखों के सामने आ जाता था। यमुना तट के कुंज, उनकी छाया में विश्राम करती हुई गाएं, हिरनों के झुंड, कदंब की डालियों पर बैठे हुए मोर और पपीहे—संपूर्ण दृश्य काव्य रस में डूबा हुआ था।

रात के आठ बजे थे। बिजली की बत्तियों से सारा मंडप ज्योतिर्मय हो रहा था। सदर फाटक पर बिजली का एक सूर्य बना हुआ था, जिसके प्रकाश में जमीन पर रेंगने वाली चींटियां भी दिखाई देती थीं। सात बजे से ही दर्शकों का समारोह होने लगा। लाला प्रभाशंकर अपना काला चोंगा पहने, एक केसरिया पाग बांधे मेहमानों का स्वागत कर रहे थे। महिलाओं के लिए दूसरी ओर परदे डाल दिए गए थे। यद्यपि श्रद्धा को इन लीलाओं से विशेष प्रेम न था, तथापि गायत्री के अनुरोध से उसने महिलाओं के आदर-सत्कार का भार अपने सिर ले लिया था।

आठ बजते-बजते पंडाल दर्शकों से भर गया, जैसे मेले में रेलगाड़ियां ठस जाती हैं। मायाशंकर ने सबके आग्रह करने पर भी कोई पार्ट न लिया था। वह मंडप के द्वार पर खड़ा लोगों के जूतों की रखवाली कर रहा था। इस वक्त तक शामियाने में बाजार-सा लगा हुआ था, कोई हंसता था, कोई अपने सामने वाले

को धक्का देता था, कुछ लोग राजनीतिक प्रश्नों पर वाद-विवाद कर रहे थे, कहीं जगह के लिए लोगों में हाथापाई हो रही थी। बाहर सरदी से हाथ-पांव अकड़े जाते थे, पर मंडप में खासी गर्मी थी।

ठीक नौ बजे परदा उठा। राधिका हाथ में वीणा लिये, कदंब के नीचे खड़ी सूरदास का एक पद गा रही थी। यद्यपि राधिका का पार्ट उस पर फबता न था। उसकी गौरवशीलता, उसकी प्रौढ़ता, उसकी प्रतिभा एक चंचल ग्वाल-कन्या के स्वभावानुकूल न थी, किंतु जगमगाहट ने सबकी समालोचक शक्तियों को वशीभूत कर लिया था। सारी सभा विस्मय और अनुराग में डूबी हुई थी, यह तो कोई स्वर्ग की अप्सरा है! उसकी मृदुल वाणी, उसका कोमल गान, उसके अलंकार और भूषण, उसके हाव-भाव, उसके स्वर-लालित्य, किस-किसकी प्रशंसा की जाए! वह एक थी, अद्वितीय थी, कोई उसका सानी, उसका जवाब न था।

राधा के पीछे तीन सखियां और आईं–ललिता, चंद्रावली और श्यामा। सब अपनी-अपनी विरह-कथा सुनाने लगीं। कृष्ण की निष्ठुरता और कपट की चर्चा होने लगी। उस पर घरवालों की रोकथाम, डांट-डपट भी मारे डालती थी। एक बोली–'मुझे तो पनघट पर जाने की रोक हो रही है।' दूसरी बोली–'मैं तो द्वार पर खड़ी होकर झांकने भी न पाती।' तीसरी बोली–'जब दही बेचने जाती हूं, तब बुढ़िया साथ हो लेती है।' राधिका ने सजल नेत्र होकर कहा–'मैं तो बदनाम हो गई, अब किसी से उनकी बात नहीं हो सकती।' ललिता बोली–'वह आप ही निर्दयी हैं, नहीं तो क्या मिलने का कोई उपाय ही न था?'

चंद्रावली–उन्हें हमको जलाने और तड़पाने में आनंद मिलता है?

श्यामा–यह बात नहीं, वह हमारे घरवालों से डरते हैं।

राधा–चल, तू उनका यों ही पक्ष लिया करती है। बड़े चतुर तो बनते हैं? क्या इन बुद्धुओं को भी धता नहीं बता सकते? बात यह है कि उन्हें हमारी सुध ही नहीं है।

ललिता–चलो, आज हम सब उनको परखें।

इस पर सब सहमत हो गईं। इधर-उधर चौकन्नी आंखों से ताक-ताककर हाथों से बता-बताकर, भौंहे नचा-नचाकर आपस में सलाह होने लगी। परीक्षा का क्या रूप होगा, इसका निश्चय हो गया। चारों प्रसन्न होकर एक गीत गाती हुई स्टेज से चली गईं और परदा गिर गया।

परदा फिर उठा। वृक्षों के समूह में एक छोटा-सा गांव दिखाई दिया। फूस के कई झोंपड़े थे, बहुत ही साफ-सुथरे, फूल-पत्तियों से सजे हुए। उनमें कहीं-कहीं गाएं बंधी हुई थीं, कहीं बछड़े किलोलें करते थे, कहीं दूध बिलोया जाता था। बड़ा सुरम्य दृश्य था! एक मकान में चंद्रावली पलंग पर पड़ी कराह रही थी। उसके

सिरहाने कई आदमी बैठे पंखा झल रहे थे, कई स्त्रियां पैरों की ओर खड़ी थीं। 'बैद! बैद!' की पुकार हो रही थी। दूसरी झोंपड़ी में ललिता पड़ी थी। उसके पास भी कई स्त्रियां बैठी टोना-टोटका कर रही थीं, कई कहती थी—आसेब है, कोई चुड़ैल का फेर बतलाती थीं। ओझाजी को बुलाने की बातचीत हो रही थी। एक युवक खड़ा कह रहा था—'यह सब तुम्हारा ढकोसला है, इसे कोई हृदयरोग है, किसी चतुर वैद्य को बुलाना चाहिए।' तीसरे झोंपड़े में श्यामा की खटोली थी। वहां भी यही वैद्य की पुकार थी। चौथा मकान बहुत बड़ा था। द्वार पर बड़ी-बड़ी गाएं थीं। एक ओर अनाज के ढेर लगे हुए थे, दूसरी ओर मटकों में दूध भरा रखा था। चारों तरफ सफाई थी। इसमें राधिका रुग्णावस्था में बेचैन पड़ी थी। उसके समीप एक पंडितजी आसन पर बैठे हुए पाठ कर रहे थे। द्वार पर भिक्षुकों को अन्नदान किया जा रहा था। घर के लोग राधिका को चिंतित नेत्रों से देखते थे और 'बैद! बैद!' पुकारते थे।

सहसा दूर से आवाज आई—बैद! बैद! सब रोगों का बैद, काम का बैद, क्रोध का बैद, मोह का बैद, लोभ का बैद, धर्म का बैद, कर्म का बैद, मोक्ष का बैद! मन का मैल निकाले, अज्ञान का मैल निकाले, ज्ञान की सींगी लगाए, हृदय की पीर मिटाए! बैद! बैद!! लोगों ने बाहर निकलकर वैद्यजी को बुलाया। उसके कांधे पर झोली थी, सिर पर एक लाल गोल पगड़ी, देह पर एक हरी बनात की गोटेदार चपकन थी। आंखों में सुरमा, अधरों पर पान की लाली, चेहरे पर मुस्कराहट थी। चाल-ढाल से बांकापन बरसता था। स्टेज पर आते ही उन्होंने झोली उतारकर रख दी और बांसुरी बजा-बजाकर गाने लगे—

> "मैं तो हरत विरह की पीर।
> प्रेमदाह को शीतल करता जैसे अग्नि को नीर।
> मैं तो हरत...
> निर्मल ज्ञान की बूटी देकर देत हृदय को धीर—
> मैं तो हरत...।"

राधा के घरवाले उन्हें हाथों-हाथ अंदर ले गए। राधिका ने उन्हें देखते ही मुस्कराकर मुंह छिपा लिया। वैद्यजी ने उसकी नाड़ी देखने के बहाने से उसकी गोरी-गोरी कलाई पकड़कर धीरे से दबा दी। राधा ने झिझककर हाथ छुड़ा लिया, तब प्रेम-नीति की भाषा में बातें होने लगीं।

राधा—नदी में अथाह जल है।

वैद्य—जिसके पास नौका है, उसे जल का क्या भय?

राधा—आंधी है, भयानक लहरें हैं और बड़े-बड़े भयंकर जल-जंतु हैं।

वैद्य—मल्लाह चतुर है।

राधा—सूर्य भगवान निकल आए, पर तारे क्यों जगमगा रहे हैं?

वैद्य—प्रकाश फैलेगा तो वह स्वयं लुप्त हो जाएंगे।

वैद्यजी ने घरवालों को आंखों के इशारे से हटा दिया। जब एकांत हो गया, तब राधा ने मुस्कराकर कहा—"प्रेम का धागा कितना दृढ़ है?"

ज्ञानशंकर ने इसका कुछ उत्तर न दिया।

गायत्री फिर बोली—"आग लकड़ी को जलाती है, पर लकड़ी जल जाती है तो आग भी बुझ जाती है।"

ज्ञानशंकर ने इसका भी कुछ जवाब न दिया।

गायत्री ने उनके मुख की ओर विस्मय भाव से देखा, यह मौन क्यों? अपना पार्ट भूल तो नहीं गए? तब तो बड़ी हंसी होगी।

ज्ञानशंकर के होंठ बंद ही थे, सांस बड़े वेग से चल रही थी। पांव कांप रहे थे, नेत्रों में विषम प्रेरणा झलक रही थी और मुख से भयंकर संकल्प प्रकट होता था मानो कोई हिंसक पशु अपने शिकार पर टूटने के लिए अपनी शक्तियों को एकाग्र कर रहा हो। वास्तव में ज्ञानशंकर ने छलांग मारने का निश्चय कर लिया था। इसी एक छलांग में वह सौभाग्य के शिखर पर पहुंचना चाहते थे। इसके लिए महीनों से तैयार हो रहे थे, इसीलिए उन्होंने यह ड्रामा खेला था, इसीलिए उन्होंने यह स्वांग भरा था। छलांग मारने का यही अवसर था। इस वक्त चूकना पाप था। उन्होंने तोते को दाना खिलाकर परचा लिया था, जो निःशंक होकर उनके आंगन में दाना चुगता फिरता था। उन्हें विश्वास था कि दाने की चाट उसे पिंजरे में खींच ले जाएगी। उन्होंने पिंजरे का द्वार खोल दिया था। तोते ने पिंजरे को देखते ही चौंककर पर खोले और मुंडेर पर उड़कर जा बैठा। दाने की चाट उसकी स्वेच्छावृत्ति का सर्वनाश न कर सकी थी।

गायत्री की भी यही दशा थी। वह ज्ञानशंकर की यह अव्यक्त प्रेरणा देखकर झिझकी। यह उसका इच्छित कर्म न था। वह प्रेम का रस-पान कर चुकी थी, उसकी शीतल दाह और सुखद पीड़ा का स्वाद चख चुकी थी, वशीभूत हो चुकी थी, पर सतीत्व-रक्षा की आंतरिक प्रेरणा अभी शिथिल न हुई थी। वह झिझकी और उसी भांति उठ खड़ी हुई, जैसे किसी आकस्मिक आघात को रोकने के लिए हमारे हाथ स्वयं अनिच्छित रूप से उठ जाते हैं। वह घबराकर उठी और वेग से स्टेज के पीछे की ओर निकल गई। वहां पर चारपाई पड़ी हुई थी, वह उस पर जाकर गिर पड़ी। वह संज्ञा शून्य-सी हो रही थी, जैसे रात के सन्नाटे से कोई गीदड़ बादल की आवाज सुने और चिल्लाकर गिर पड़े। उसे कुछ ज्ञान था तो केवल भय का!

गायत्री में तोते की-सी स्वाभाविक शंका थी, तो इसी तोते का-सा अल्प-सम्मान भी था। तोता जैसे एक ही क्षण में फिर दाने पर गिरता है और अंत में पिंजर-बद्ध हो जाता है, उसी भांति गायत्री भी एक ही क्षण में अपनी झिझक पर लज्जित हुई। उसकी मानसिक पवित्रता कब की विनष्ट हो चुकी थी। अब वह अनिच्छित प्रतिकार की शक्ति भी विलुप्त हो गई। उसके मनोभाव का क्षेत्र अब बहुत विस्तृत हो गया था। पति-प्रेम उसके एक कोने में पैर फैलाकर बैठ सकता था, अब हृदयदेश पर उसका आधिपत्य न था। एक क्षण में वह फिर स्टेज पर आई, शरमा रही थी कि ज्ञानशंकर मन में क्या कहते होंगे! हा! मैं भक्ति के वेग में अपने को न भूल सकी। यहां भी अहंकार को न मिटा सकी। दर्शक-वृंद मन में न जाने क्या विचार कर रहे होंगे! वह स्टेज पर पहुंची तो ज्ञानशंकर एक पद गाकर लोगों का मनोरंजन कर रहे थे। उसके स्टेज पर आते ही परदा गिर गया।

आधे घंटे के बाद तीसरी बार परदा उठा, फिर वही कदंब का वृक्ष था, वही सघन कुंज। चारों सखियां बैठी हुई कृष्ण के वैद्य रूप धारण करने की चर्चा कर रही थीं। वह कितने प्रेमी, कितने भक्त-वत्सल हैं, स्वयं भक्तों के भक्त हैं।

इस वार्तालाप के उपरांत एक पद्य-बद्ध संभाषण होने लगा, जिसमें ज्ञान और भक्ति की तुलना की गई और अंत में भक्ति पक्ष को ही सिद्ध किया गया। चारों सखियों ने आरती गाई और अभिनय समाप्त हुआ। परदा गिर गया। गायत्री के भाव-चित्रण, स्वर-लालित्य और अभिनय-कौशल की सभी प्रशंसा कर रहे थे। कितने ही सरल हृदय भक्तजनों को तो विश्वास हो गया कि गायत्री तो राधिका का इष्ट है। सभ्य समाज इतना प्रगल्भ तो न था, फिर भी गायत्री की प्रतिभा, उसके तेजमय सौंदर्य, उसके विशाल गांभीर्य, उसकी अलौकिक मृदुलता का जादू सभी पर छाया हुआ था। ज्ञानशंकर के अभिनय-कौशल की भी सराहना हो रही थी। यद्यपि उनका गाना किसी को पसंद न आया। उनकी आवाज में लोच का नाम भी न था, फिर भी वैद्य-लीला निर्दोष बताई जाती थी।

गायत्री अपने कमरे में आकर कोच पर बैठी तो एक बज गया था। वह आनंद से फूली न समाती थी–चारों तरफ उसकी वाह-वाह हो रही थी। शहर के कई रसिक सज्जनों ने चलते समय आकर उसके मानव चरित्र-ज्ञान की प्रशंसा की थी, यहां तक कि श्रद्धा भी उसके अभिनय नैपुण्य पर विस्मित हो रही थी। उसका गौरवशील हृदय इस विचार से उन्मत्त हो रहा था कि आज सारे नगर में मेरी ही चर्चा, मेरी ही धूम है और यह सब किसके सत्संग का, किसकी सत्प्रेरणा का फल था? गायत्री के रोम-रोम से ज्ञानशंकर के प्रति श्रद्धा-ध्वनि निकलने लगी। उसने ज्ञानशंकर पर अनुचित संदेह करने के लिए अपने को तिरस्कृत किया। मुझे उनसे

क्षमा मांगनी चाहिए, उनके पैरों पर गिरकर उनके हृदय से इस दुःख को मिटाना चाहिए। मैं उनकी पदरज हूं, उन्होंने मुझे धरती से उठाकर आकाश पर पहुंचाया है। मैंने उन पर संदेह किया! मुझसे बड़ा कृतघ्न और कौन होगा?

वह इन्हीं विचारों में मग्न थी कि ज्ञानशंकर आकर खड़े हो गए और बोले–"आज आपने मजलिस पर जादू कर दिया।"

गायत्री बोली–"यह जादू आपका सिखाया हुआ है।"

ज्ञानशंकर–सुना करता था कि मनुष्य का जैसा नाम होता है, वैसे ही गुण भी उसमें आ जाते हैं, पर विश्वास न आता था। अब विदित हो रहा है कि यह कथन सर्वथा निस्सार नहीं है। मुझे दो बार से अनुभव हो रहा है कि जब मैं अपना पार्ट खेलने लगता हूं, तब किसी दूसरे ही जगत में पहुंच जाता हूं। चित्त पर एक विचित्र आनंद छा जाता है, ऐसा भ्रम होने लगता है कि मैं वास्तव में कृष्ण हूं।

गायत्री–मैं भी यह कहने वाली थी। मैं तो अपने को बिलकुल भूल ही जाती हूं।

ज्ञानशंकर–संभव है, उस आत्म-विस्मृति की दशा में मुझसे कोई अपराध हो गया हो तो उसे क्षमा कीजिएगा।

गायत्री सकुचाती हुई बोली–"प्रेमोद्गार में अंतःकरण निर्मल हो जाता है, वासनाओं का लेश भी नहीं रहता।"

ज्ञानशंकर एक मिनट तक खड़े इन शब्दों के आशय पर विचार करते रहे, फिर बाहर चले गए।

दूसरे दिन विद्यावती बनारस पहुंची। उसने अपने आने की सूचना न दी थी, केवल एक भरोसे के नौकर को साथ लेकर चली आई थी। ज्यों ही द्वार पर पहुंची उसे बृहत् पंडाल दिखाई दिया। अंदर गई तो श्रद्धा दौड़कर उससे गले मिली। मेहरियां दौड़ी आईं। वह सब-की-सब विद्यावती को करुणा-सूचक नेत्रों से देख रही थीं। गायत्री गंगा स्नान करने गई थी। विद्यावती के कमरे में गायत्री का राज्य था। उसके संदूक और अन्य सामान चारों ओर भरे हुए थे। विद्यावती को ऐसा क्रोध आया कि गायत्री का सब सामान उठाकर बाहर फेंक दे, पर कुछ सोचकर रह गई। गायत्री के साथ कई मेहरियां भी आई थीं। वे वहां की मेहरियों पर रोब जमाती थीं। विद्यावती को देखकर सब इधर-उधर हट गईं, कोई कुशल समाचार पूछने पर भी न आई। विद्यावती इन परिस्थितियों को उसी दृष्टि से देख रही थी, जैसे कोई पुलिस अफसर किसी घटना के प्रमाणों को देखता है! उसके मन में जो शंका आरोपित हुई थी, उसकी पग-पग पर पुष्टि होती जाती थी। ज्यों ही एकांत हुआ, विद्यावती ने श्रद्धा से पूछा–"यह शामियाना कैसे तना हुआ है?"

श्रद्धा–रात को वहां कृष्णलीला हुई थी।

विद्यावती–बहन ने भी कोई पार्ट लिया?

श्रद्धा–वह राधिका बनी थी और बाबूजी ने कृष्ण का पार्ट लिया था।

विद्यावती–बहन से खेलते तो न बना होगा?

श्रद्धा–वाह! वह इस कला में निपुण हैं। सारी सभा लट्टू हो गई। आती होंगी, आप ही कहेंगी।

विद्यावती–क्या नित्य गंगा स्नान करने जाती हैं?

श्रद्धा–हां, प्रातःकाल गंगा स्नान होता है, संध्या को कीर्तन सुनने जाती हैं।

इतने में मायाशंकर ने आकर माता के चरण स्पर्श किए। विद्यावती ने उसे छाती से लगाया और बोली–"बेटा, आराम से तो रहे?"

मायाशंकर–जी हां, खूब आराम से था।

विद्यावती–बहन, देखो इतने ही दिनों में इसकी आवाज कितनी बदल गई है! बिलकुल नहीं पहचानी जाती। मौसीजी के क्या रंग-ढंग हैं? खूब प्यार करती हैं न?

मायाशंकर–हां, मुझे बहुत चाहती हैं, बहुत अच्छा मिजाज है।

विद्यावती–वहां भी कृष्णलीला होती थी कि नहीं?

मायाशंकर–हां, वहां तो रोज ही होती रहती थी। कीर्तन नित्य होता था। मथुरा-वृंदावन से रासवाले बुलाए जाते थे। बाबूजी भी कृष्ण का पार्ट खेलते हैं। उनके केश खूब बढ़ गए हैं। सूरत से महंत मालूम होते हैं, तुमने तो देखा होगा?

विद्यावती–हां, देखा क्यों नहीं! बहन अब भी उदास रहती है?

मायाशंकर–मैंने तो उन्हें कभी उदास नहीं देखा। हमारे घर में ऐसा प्रसन्नचित्त कोई है ही नहीं।

विद्यावती यह प्रश्न यों पूछ रही थी, जैसे कोई वकील गवाह से जिरह कर रहा हो। प्रत्येक उत्तर संदेह को दृढ़ करता था। दस बजे द्वार पर मोटर की आवाज सुनाई दी। सारे घर में हलचल मच गई। कोई मेहरी गायत्री का पलंग बिछाने लगी, कोई उसके स्लीपरों को पोंछने लगी, किसी ने फर्श झाड़ना शुरू किया, कोई उसके जलपान की सामग्रियां निकालकर तश्तरी में रखने लगी और एक ने लोटा-गिलास मांजकर रख दिया। इतने में गायत्री ऊपर आ पहुंची। उसके पीछे ज्ञानशंकर भी थे। विद्यावती अपने कमरे से न निकली, लेकिन गायत्री लपककर उसके गले से लिपट गई और बोली–"तुम कब आईं? पहले से खत भी न लिखा?"

विद्यावती गला छुड़ाकर अलग खड़ी हो गई और रुखाई से बोली–"खत लिखकर क्या करती? यहां किसे फुरसत थी कि मुझे लेने आता? दामोदर महाराज के साथ चली आई।"

ज्ञानशंकर ने विद्यावती के चेहरे की ओर प्रश्नात्मक दृष्टि से देखा। उत्तर मोटे अक्षरों में स्पष्ट लिखा हुआ था। विद्यावती भावों को छिपाने में कच्ची थी। सारी कथा उसके चेहरे पर अंकित थी। उसने ज्ञानशंकर को आंख उठाकर भी न देखा, कुशल-समाचार पूछने की बात ही क्या! नंगी तलवार बनी हुई थी। उसके तेवर साफ कह रहे थे कि वह भरी बैठी है और अवसर पाते ही उबल पड़ेगी।

ज्ञानशंकर का चित्त उद्विग्न हो गया। वे शंकाएं, वे परिणाम-चिंता जो गायत्री के आने से दब गई थीं, फिर जाग उठीं और उनके हृदय में कांटों के समान चुभने लगीं। उन्हें निश्चय हो गया कि विद्यावती सब कुछ जान गई, अब वह मौका पाते ही ईर्ष्यावेग में गायत्री से सब कुछ कह सुनाएगी। मैं उसे किसी भांति नहीं रोक सकता। उसे समझाना, डराना, धमकाना, विनय और चिरौरी करना सब निष्फल होगा। बस अगर अब प्राणरक्षा का कोई उपाय है तो यही कि उसे गायत्री से बातचीत करने का अवसर ही न मिले या तो आज ही शाम की गाड़ी से गायत्री को लेकर गोरखपुर चला जाऊं या दोनों बहनों में ऐसा मनमुटाव करा दूं कि एक-दूसरे से खुलकर मिल ही न सकें। स्त्रियों को लड़ा देना कौन-सा कठिन काम है? एक इशारे में तो उनके तेवर बदलते हैं। ज्ञानशंकर को अभी तक यह ध्यान भी न था कि विद्यावती मेरी भक्ति और प्रेम के मर्म तक पहुंची हुई है। वह अभी तक केवल राय साहब वाली दुर्घटनाओं को ही इस मनो-मालिन्य का कारण समझ रहे थे।

विद्यावती ने गायत्री से अलग हटकर उसके नख-शिख को चुभती हुई दृष्टि से देखा। उसने उसे छह साल पहले देखा था, तब उसका मुखकमल मुरझाया हुआ था, वह संध्याकाल के सदृश उदास, मलिन, निश्चेष्ट थी, पर इस समय उसके मुख पर खिले हुए कमल की शोभा थी। वह उषा की भांति विकसित तेजोमय, सचेष्ट स्फूर्ति से भरी हुई दिखाई पड़ती थी। विद्यावती इस विद्युत प्रकाश के सम्मुख दीपक के समान ज्योतिहीन मालूम होती थी।

गायत्री ने पूछा—"संगीत सभा का तो खूब आनंद उठाया होगा?"

ज्ञानशंकर का हृदय धकधक करने लगा। उन्होंने विद्यावती की ओर बड़ी दीन दृष्टि से देखा, पर उसकी आंखें जमीन की तरफ थीं, बोली—"मैं तो कभी संगीत के जलसे में गई ही नहीं। हां, इतना जानती हूं कि जलसा बड़ा फीका रहा। लालाजी बहुत बीमार हो गए और एक दिन भी जलसे में शरीक न हो सके।"

गायत्री—मेरे न जाने से नाराज तो अवश्य ही हुए होंगे?

विद्यावती—तुम्हें उनके नाराज होने की क्या चिंता है? वह नाराज होकर तुम्हारा क्या बिगाड़ सकते हैं?

यद्यपि यह उत्तर काफी तौर पर द्वेषमूलक था, पर गायत्री अपनी कृष्णलीला

की चर्चा करने के लिए इतनी उतावली हो रही थी कि उसने इस पर कुछ ध्यान ही न दिया, बोली–"क्या कहूं, तुम कल न आ गईं, नहीं तो यहां कृष्णलीला का आनंद उठातीं। भगवान की कुछ ऐसी दया हो गई कि सारे शहर में इस लीला की वाह-वाह मच गई। किसी प्रकार की त्रुटि न रही। रंगभूमि तो तुमको अभी दिखाऊंगी, पर उसकी सजावट ऐसी मनोहर थी कि तुमसे क्या कहूं! केवल परदों को बनवाने में हजारों रुपये खर्च हो गए। बिजली के प्रकाश से सारा मंडप ऐसा जगमगा रहा था कि उसकी शोभा देखते ही बनती थी। मैं इतनी बड़ी सभा के सामने आते हुए डरती थी, पर कृष्ण भगवान ने ऐसी कृपा की कि मेरा पार्ट सबसे बढ़कर रहा। पूछो बाबूजी से, शहर में उसकी कैसी चर्चा हो रही है? लोगों ने मुझसे एक-एक पद कई-कई बार गवाया।"

विद्यावती ने व्यंग्य भाव से कहा–"मेरा अभाग्य था कि कल न आई।"

गायत्री–एक बार फिर वही लीला करने का विचार है। अबकी बार तुम्हें भी कोई-न-कोई पार्ट दूंगी।

विद्यावती–नहीं, मुझे क्षमा करना। नाटक खेलकर स्वर्ग में जाने की मुझे आशा नहीं है।

गायत्री विस्मित होकर विद्यावती का मुंह ताकने लगी, लेकिन ज्ञानशंकर मन में मुग्ध हुए जाते थे। दोनों बहनों में वह जो भेद-भाव डालना चाहते थे, वह आप-ही-आप आरोपित हो रहा था। ये शुभ लक्षण थे। गायत्री से बोले–"मेरे विचार से, यहां अब आपको कष्ट होगा। क्यों न बंगले में एक कमरा आपके लिए खाली करा दूं? वहां आप ज्यादा आराम से रह सकेंगी।"

गायत्री ने विद्यावती की तरफ देखते हुए कहा–"क्यों विद्यावती, बंगले में चली जाऊं? बुरा तो न मानोगी? मेरे यहां रहने से तुम्हारे आराम में विघ्न पड़ेगा। मैं बहुधा भजन गाया करती हूं।"

विद्यावती–तुम मेरे आराम की चिंता मत करो, मैं इतने नाजुक दिमाग की नहीं हूं। हां, अगर तुम्हें यहां कोई असमंजस हो तो शौक से बंगले में चली जाओ।

ज्ञानशंकर ने गायत्री का असबाब उठाकर बंगले में रखवा दिया। गायत्री ने भी विद्यावती से और कुछ न कहा। उसे मालूम हो गया कि वह इस समय ईर्ष्या के मारे मरी जाती है और ऐसा कौन प्राणी होगा, जो ईर्ष्या की क्रीड़ा का आनंद न उठाना चाहे? उसने एक बार विद्यावती को सगर्व नेत्रों से देखा और जीने की तरफ चली गई।

रात के नौ बजे थे। गायत्री वीणा पर गा रही थी कि ज्ञानशंकर ने कमरे में प्रवेश किया। उन्होंने आज देवी से वरदान मांगने का निश्चय कर लिया था। लोहा लाल हो रहा था, अब आगा-पीछा करने का अवसर न था, ताबड़तोड़ चोटों की

जरूरत थी। एक दिन की देर भी बरसों के अविरल उद्योग पर पानी फेर सकती थी, जीवन की समस्त आशाओं को मिट्टी में मिला सकती थी। विद्यावती की अनुचित बात सारी बाजी को पलट सकती थी, उसका एक द्वेषमूलक संकेत उनके सारे हवाई किलों का विध्वंस कर सकता था। कदाचित् किसी सेनापति को रणक्षेत्र में इतना महत्त्वपूर्ण और निश्चयकारी अवसर न प्रतीत होगा, जितना इस समय ज्ञानशंकर को मालूम हो रहा था। उनकी अवस्था उस सिपाही की-सी थी, जो कुछ दूर खड़ा शस्त्रशाला में आग की चिंगारी पड़ते देखे और उसको बुझाने के लिए बेतहाशा दौड़े। उसका द्रुतवेग कितना महत्त्वपूर्ण, कितना मूल्यवान है! एक क्षण का विलंब सेना के सर्वनाश, दुर्ग के दमन, राज्य के विक्षेप और जाति के पददलित होने का कारण हो सकता है।

ज्ञानशंकर आज दोपहर से इसी समस्या को हल करने में व्यस्त थे। क्योंकर विषय को छेड़ूं? ऐसा अंदाजा होना चाहिए कि मेरी निष्काम वृत्ति का परदा न खुलने पाए। उन्होंने अपने मन में विषय-प्रवेश का ऐसा क्रम बांधा था कि मायाशंकर को गोद लेने का प्रस्ताव गायत्री की ओर से हो और मैं उसके गुण-दोषों की निःस्वार्थ भाव से व्याख्या करूं। मेरी हैसियत एक तीसरे आदमी की-सी रहे, एक शब्द से भी पक्षपात प्रकट न हो। उन्होंने अपनी बुद्धि, विचार, दूरदर्शिता और पूर्व-चिंता से कभी इतना काम न लिया था। सफलता में जो बाधाएं उपस्थित होने की कल्पना हो सकती थी, उन सभी की उन्होंने योजना कर ली थी। अपने मन में एक-एक शब्द, एक-एक इशारे, एक-एक भाव का निश्चय कर लिया था। वह एक केसरिया रंग की रेशमी चादर ओढ़े हुए थे, लंबे केश चादर पर बिखरे पड़े थे, आंखों से भक्ति का आनंद टपक रहा था और मुखारविंद प्रेम की दिव्य-ज्योति से आलोकित था।

उन्होंने गायत्री को अनुरागमय दृष्टि से देखकर कहा–"आपके पदों में गजब का जादू है। हृदय में प्रेम की तरंगे उठने लगती हैं, चित्त भक्ति से उन्मत्त हो जाता है।"

गायत्री ने मुस्कराकर कहा–"यह जादू मेरे पदों में नहीं है। आपके कोमल हृदय में है। बाहर की फीकी नीरस ध्वनि भी अंदर जाकर सुरीली और रसमयी हो जाती है। साधारण दीपक भी मोटे शीशे के अंदर बिजली का लैंप बन जाता है।"

ज्ञानशंकर–मेरे चित्त की आजकल एक विचित्र दशा हो गई है। मुझे अब विश्वास हो गया है कि मनुष्य में एक ही साथ दो भिन्न-भिन्न प्रवृत्तियों का समावेश नहीं हो सकता, एक आत्मा दो रूप धारण नहीं कर सकती।

गायत्री ने उनकी ओर जिज्ञासा भाव से देखा और वीणा को मेज पर रखकर उनका मुंह देखने लगी।

ज्ञानशंकर ने कहा–"हम जो रूप धारण करते हैं। उसका हमारी बातचीत और आचार-व्यवहार पर इतना असर पड़ता है कि हमारी वास्तविक स्थिति लुप्त-सी हो जाती है। अब मुझे अनुभव हो रहा है कि लोग क्यों लड़कों को नाटकों में स्त्रियों का रूप धरने, नाचने और भाव बताने पर आपत्ति करते हैं! एक दयालु प्रकृति का मनुष्य सेना में रहकर कितना उद्दंड और कठोर हो जाता है। परिस्थितियां उसकी दयालुता का नाश कर देती हैं। मेरे कानों में अब नित्य बंसी की मधुर ध्वनि गूंजा करती है और आंखों के सामने गोकुल और बरसाने की छटा फिरा करती है। मेरी सत्ता कृष्ण में विलीन होती जाती है, राधा अब, एक क्षण के लिए भी मेरे ध्यान से नहीं उतरती। कुछ समझ में नहीं आता कि मेरा मन मुझे किधर लिये जाता है?"

यह कहते-कहते ज्ञानशंकर की आंखों से ज्योति-सी निकलने लगी, मुखमंडल पर अनुराग छा गया और वाणी माधुर्य रस में डूब गई, बोले–"गायत्री देवी, चाहे यह छोटा मुंह और बड़ी बात हो, पर सच्ची बात यह है कि इसे आत्मोत्सर्ग की दशा में तुम्हारा उच्च पद, तुम्हारा धन-वैभव, तुम्हारा नाता सब मेरी आंखों से लुप्त हो जाता है और तुम मुझे वही राधा, वही वृंदावन की अलबेली, तिरछी चितवन वाली, मीठी मुस्कान वाली, मृदुल भावों वाली, चंचल-चपल राधा मालूम होती हो। मैं इन भावनाओं को हृदय से मिटा देना चाहता हूं, लाखों यत्न करता हूं, पर वह मेरी मानता ही नहीं। मैं चाहता हूं कि तुम्हें रानी गायत्री समझूं जिसका मैं एक तुच्छ सेवक हूं, पर बार-बार भूल जाता हूं। तुम्हारी एक आवाज, तुम्हारी एक झलक, तुम्हारे पैरों की आहट, यहां तक कि केवल तुम्हारी याद मुझे इस बाह्य जगत से उठाकर किसी दूसरे जगत में पहुंचा देती है। मैं अपने को बिलकुल भूल जाता हूं। अब तक इस चित्तवृत्ति को तुमसे गुप्त रखा था, लेकिन जैसे मिजराव की चोट से सितार ध्वनित हो जाता है, उसी भांति प्रेम की चोट से हृदय स्वरयुक्त हो जाता है। मैंने आपसे अपने चित्त की दशा कह सुनाई, संतोष हो गया। इस प्रीति का अंत क्या होगा, इसे उसके सिवा और कौन जानता है जिसने हृदय में यह ज्वाला प्रदीप्त की है।"

जिस प्रकार प्यास से तड़पता हुआ मनुष्य ठंडा पानी पीकर तृप्त हो जाता है, एक-एक घूंट उसकी आंखों में प्रकाश और चेहरे पर विकास उत्पन्न कर देता है, उसी प्रकार यह प्रेम वृत्तांत सुनकर गायत्री का मुख चंद्र उज्ज्वल हो गया, उसकी आंखें उन्मत्त हो गईं, उसे अपने जीवन में एक स्फूर्ति का अनुभव होने लगा। उसके विचारों में यह आध्यात्मिक प्रेम था, इसमें वासना का लेश भी न था। इसके प्रेरक कृष्ण थे। वही ज्ञानशंकर के दिल में बैठे हुए उनके कंठ से यह प्रेम-स्वर अलाप रहे थे। उसके मन में भी ऐसे भाव पैदा होते थे, लेकिन वह लज्जावश उन्हें प्रकट न कर सकती थी। राधा का पार्ट खेल चुकने के बाद वह फिर गायत्री हो जाती

थी, किंतु इस समय ये बातें सुनकर उस पर नशा-सा छा गया। उसे ज्ञात हुआ कि राधा मेरे हृदय-स्थल में विराज रही है, उसकी वाणी लज्जा के बंधन से मुक्त हो गई। इस आध्यात्मिक रत्न के सामने समग्र संसार, यहां तक कि अपना जीवन भी तुच्छ प्रतीत होने लगा। आत्म-गौरव से आंखें चमकने लगीं। वह बोली—"प्रियतम, मेरी भी यही दशा है। मैं भी इसी ताप से फुंक रही हूं! यह तन और मन अब तुम्हारी भेंट है। तुम्हारे प्रेम जैसा रत्न पाकर अब मुझे कोई आकांक्षा, लालसा नहीं रही। इस आत्म-ज्योति ने माया और मोह के अंधकार को मिटा दिया, सांसारिक पदार्थों से जी भर गया। अब यही अभिलाषा है कि यह मस्तक तुम्हारे चरणों पर हो और तुम्हारे कीर्ति-गान में जीवन समाप्त हो जाए। मैं रानी नहीं हूं, गायत्री नहीं हूं, मैं तुम्हारे प्रेम की भिखारिनी, तुम्हारे प्रेम की मतवाली, तुम्हारी चेरी राधा हूं। तुम मेरे स्वामी, मेरे प्राणाधार, मेरे इष्टदेव हो। मैं तुम्हारे साथ बरसाने की गलियों में विचरूंगी, यमुना तट पर तुम्हारा प्रेम-राग गाऊंगी। मैं जानती हूं कि मैं तुम्हारे योग्य नहीं हूं, अभी मेरा चित्त भोग-विलास का दास है। अभी मैं धर्म और समाज के बंधनों को तोड़ नहीं सकी हूं, पर जैसी कुछ हूं, अब तुम मेरी सेवाओं को स्वीकार करो। तुम्हारे ही सत्संग ने इस स्वर्गिक सुख का रस चखाया है, क्या वह मन के विकारों को शांत न कर देगा?" यह कहते-कहते गायत्री के लोचन सजल हो गए। वह भक्ति के आवेग में ज्ञानशंकर के पैरों में गिर पड़ी।

ज्ञानशंकर ने उसे तुरंत उठाकर छाती से लगा लिया। अकस्मात् कमरे का द्वार धीरे से खुला और विद्यावती ने अंदर कदम रखा। ज्ञानशंकर और गायत्री दोनों ने चौंककर द्वार की ओर देखा और झिझककर अलग खड़े हो गए। दोनों की आंखें जमीन की तरफ झुक गईं, चेहरे पर हवाइयां उड़ने लगीं। ज्ञानशंकर तो सामने की अलमारी में से एक पुस्तक निकालकर पढ़ने लगे, किंतु गायत्री ज्यों-की-त्यों अवाक् और अचल, पाषाण मूर्ति के सदृश खड़ी थी। माथे पर पसीना आ गया। जी चाहता था, धरती फट जाए और मैं उसमें समा जाऊं। वह कोई बहाना, कोई हीला न कर सकी। आत्म-ग्लानि ने दुस्साहस का स्थान ही न छोड़ा था। उसे फर्श पर मोटे अक्षरों में यह शब्द लिखे हुए दिखते थे—'अब तू कहीं की न रही, तेरे मुख में कालिख पुत गई!' यही विचार उसके हृदय को आंदोलित कर रहा था, यही ध्वनि कानों में आ रही थी। वह बिलख-बिलखकर रोने लगी। अभी एक क्षण पहले उसकी आंखों से आत्माभिमान बरस रहा था, पर इस वक्त उससे दीन, उससे दलित प्राणी संसार में न था। क्षण-मात्र में उसकी भक्ति और अनुराग, उसके प्रेम और ज्ञान का परदा खुल गया। उसे ज्ञात हुआ कि मेरी भक्ति के स्वच्छ जल के नीचे कीचड़ था, मेरे प्रेम के सुरम्य पर्वत शिखर के नीचे निर्मल अंधकारमय गुफा थी। मैं स्वच्छ जल

में पैर रखते ही कीचड़ में आ फंसी, शिखर पर चढ़ते ही अंधेरी गुफा में आ गिरी। हा! इस उज्ज्वल, कंचनमय, लहराते हुए जल ने मुझे धोखा दिया, इन मनोरम शुभ्र शिखरों ने मुझे ललचाया और अब मैं कहीं की न रही।

गायत्री को अपनी दुर्बलता और क्षुद्रता पर इतना खेद हुआ, लज्जा और तिरस्कार के भावों ने उसे इतना मर्माहत किया कि वह चीख मारकर रोने लगी। हा! विद्यावती मुझे अपने मन में कितना कुटिल समझ रही होगी! वह मेरा कितना आदर करती थी, कितना लिहाज करती थी, अब मैं उसकी दृष्टि में छिछोरी हूं, कुलकलंकिनी हूं। उसके सामने सत्य और व्रत की कैसी डींगें मारती थी, सेवा और सत्कर्म की कितनी सराहना करती थी! मैं उसके सामने साध्वी सती बनती थी, अपने पतिव्रत पर घमंड करती थी, पर अब उसे मुंह दिखाने के योग्य नहीं हूं। हाय! वह मुझे अपनी सौत समझ रही होगी, मुझे आंखों की किरकिरी, अपने हृदय का कांटा ख्याल करती होगी! मैं उसकी गृह-विनाशिनी अग्नि, उसकी हांडी में मुंह डालने वाली कुतिया हूं! भगवान! मैं कैसी अंधी हो गई थी। यह मेरी छोटी बहन है, मेरी कन्या के समान है। इस विचार ने गायत्री के हृदय को इतने जोर से मसोसा कि वह कलेजा थामकर बैठ गई। सहसा वह रोती हुई उठी और विद्यावती के पैरों पर गिर पड़ी।

विद्यावती इस वक्त केवल संयोग से आ गई थी। वह ऊपर अपने कमरे में बैठी सोच रही थी कि गायत्री बहन को क्या हो गया है? उसे क्योंकर समझाऊं कि यह महापुरुष (ज्ञानशंकर) तुझे प्रेम और भक्ति के सब्ज-बाग दिखा रहे हैं। यह सारा स्वांग तेरी जायदाद के लिए भरा जा रहा है। न जाने क्यों धन-संपत्ति के पीछे इतने अंधे हो रहे हैं कि धर्म-विवेक को पैरों तले कुचले डालते हैं। हृदय का कितना काला, कितना धूर्त, कितना लोभी, कितना स्वार्थांध मनुष्य है कि अपनी स्वार्थ-सिद्धि के लिए किसी की जान, किसी की आबरू की भी परवाह नहीं करता। वह बातें तो ऐसी करता है मानो ज्ञानचक्षु खुल गए हों, मानो ऐसा साधु-चरित्र, ऐसा विद्वान परमार्थी पुरुष संसार में न होगा, पर अंतःकरण में कूट-कूटकर पशुता, कपट और कुकर्म भरा हुआ है। बस, इसे यही धुन है कि गायत्री किसी तरह माया को गोद ले ले, उसकी लिखा-पढ़ी हो जाए और इलाके पर मेरा प्रभुत्व जम जाए, उसका संपूर्ण अधिकार मेरे हाथों में आ जाए, इसीलिए इसने यह ज्ञान और भक्ति का जाल फैला रखा है। भक्त बन गया है, बाल बढ़ा लिये हैं, नाचता है, गाता है, कन्हैया बनता है। कितनी भयंकर धूर्तता है, कितना घृणित व्यवहार, कितनी आसुरी प्रवृत्ति!

वह इन्हीं विचारों में मग्न थी कि उसके कानों में गायत्री के गाने की आवाज आई। वह वीणा पर सूरदास का एक पद गा रही थी। राग इतना सुमधुर

और भावमय था, ध्वनि इतनी करुणा और आकांक्षा भरी हुई थी, स्वर में इतना लालित्य और लोच था कि विद्यावती का मन सुनने के लिए लोलुप हो गया। वह विवश हो गई, स्वर-लालित्य ने उसे मुग्ध कर दिया। उसने सोचा, सच्चे अनुराग और हार्दिक वेदना के बिना गाने में यह असर, यह विरक्ति असंभव है। इसकी लगन सच्ची है, इसकी भक्ति सच्ची है। इस पर मंत्र डाल दिया गया है। मैं इस मंत्र को उतार दूं। यदि हो सके तो उसे गार में गिरने से बचा लूं, उसे जता दूं, जगा दूं। नि:संदेह यह महोदय मुझसे नाराज होंगे, मुझे वैरी समझेंगे, मेरे खून के प्यासे हो जाएंगे, लेकिन कोई चिंता नहीं। इस काम में अगर मेरी जान भी जाए तो मुझे विलंब न करना चाहिए। जो पुरुष ऐसा खूनी, ऐसा विघातक, ऐसा रंगा हुआ सियार हो, उससे मेरा कोई नाता नहीं। उसका मुंह देखना, उसके घर में रहना, उसकी पत्नी कहलाना पाप है।

वह ऊपर से उतरी और धीरे-धीरे गायत्री के कमरे में आई; किंतु पहला ही पग अंदर रखा था कि ठिठक गई। सामने गायत्री और ज्ञानशंकर आलिंगन कर रहे थे। वह इस समय बड़ी शुभ इच्छाओं के साथ आई थी, लेकिन निर्लज्जता का यह दृश्य देखकर उसका खून और खौल उठा, आंखों में चिंगारियां-सी उड़ने लगीं, अपमान और तिरस्कार के शब्द मुंह से निकलने के लिए जोर मारने लगे। उसने आग्नेय नेत्रों से पति को देखा। उसके श्राप में यदि इतनी शक्ति होती कि वह उन्हें जलाकर भस्म कर देती तो वह अवश्य श्राप दे देती। उसके हाथ में यदि इतनी शक्ति होती कि वह एक ही वार में उनका काम तमाम कर दे तो अवश्य वार करती, पर उसके वश में इसके सिवाय और कुछ न था कि वह वहां से टल जाए। इस उद्विग्न दशा में वहां ठहर न सकती थी। वह उल्टे पांव लौटना चाहती थी। खलिहान में आग लग चुकी थी, चिड़िया के गले पर छुरी चल चुकी थी, अब उसे बचाने का उद्योग करना व्यर्थ था।

गायत्री से उसे एक क्षण पहले जो हमदर्दी हो गई थी, वह लुप्त हो गई। अब वह सहानुभूति की पात्र न थी। हम सफेद कपड़ों को छींटों से बचाते हैं, लेकिन जब छींटें पड़ गए हों तो दूर फेंक देते हैं, उसे छूने से घृणा होती है। उसके विचार में गायत्री अब इसी योग्य थी कि अपने किए का फल भोगे। मैं इस भ्रम में थी कि इस दुरात्मा ने तुझे बहका दिया, तेरा अंत:करण शुद्ध है, पर अब यह विश्वास जाता रहा। कृष्ण की भक्ति और प्रेम का नशा इतना गाढ़ा नहीं हो सकता कि सुकर्म और कुकर्म का विवेक ही न रहे। आत्म-पतन की दशा में ही इतनी बेहयाई हो सकती है। हा अभागिनी! आधी अवस्था बीत जाने पर तुझे यह सूझी! जिस पति को तू देवता समझती थी, जिसकी पवित्र स्मृति की तू उपासना करती

थी, जिसका नाम लेते ही आत्म-गौरव से तेरे मुख पर लाली छा जाती थी, उसकी आत्मा को तूने यों भ्रष्ट किया, उसकी मिट्टी यों खराब की।

किंतु जब उसने गायत्री को सिर झुकाकर चीख-चीखकर रोते देखा तो उसका हृदय नरम हो गया और जब गायत्री आकर पैरों पर गिर पड़ी, तब स्नेह और भक्ति के आवेश से आतुर होकर वह बैठ गई। उसने गायत्री का सिर उठाकर अपने कंधे पर रख लिया। दोनों बहनें रोने लगीं–एक ग्लानि और दूसरी प्रेमोद्रेक से।

अब तक ज्ञानशंकर दुविधा में खड़े थे, विद्यावती पर कुपित हो रहे थे, पर जबान से कुछ कहने का साहस न था। उन्हें शंका हो रही थी कि कहीं यह शिकार फंदा तोड़कर भाग न जाए। गायत्री के रोने-धोने पर उन्हें बड़ा क्रोध आ रहा था। जब तक गायत्री अपनी जगह पर खड़ी रोती रही, तब तक उन्हें आशा थी कि इस चोट की दवा हो सकती है; लेकिन जब गायत्री जाकर विद्यावती के पैरों में गिर पड़ी और दोनों बहने गले मिलकर रोने लगीं, तब वह अधीर हो गए। अब चुप रहना जीती-जिताई बाजी को हाथ से खोना, जाल में फंसे हुए शिकार को भगाना था। उन्होंने कर्कश स्वर में विद्यावती से कहा–"तुमको बिना आज्ञा के किसी के कमरे में आने का क्या अधिकार है?"

विद्यावती कुछ न बोली। गायत्री ने उसकी गरदन और जोर से पकड़ ली मानो डूबने से बचने का यही एकमात्र सहारा है।

ज्ञानशंकर ने और सरोष होकर कहा–"तुम्हारे यहां आने की कोई जरूरत नहीं और तुम्हारा कल्याण इसी में है कि तुम इसी दम यहां से चली जाओ, नहीं तो मैं तुम्हारा हाथ पकड़कर बाहर निकाल देने पर मजबूर हो जाऊंगा। तुम कई बार मेरे मार्ग का कांटा बन चुकी हो, लेकिन अबकी बार मैं तुम्हें हमेशा के लिए रास्ते से हटा देना चाहता हूं।"

विद्यावती ने त्यौरियां बदलकर कहा–"मैं अपनी बहन के पास आई हूं, जब तक वह मुझे जाने को न कहेगी, मैं न जाऊंगी।"

ज्ञानशंकर ने गरजकर कहा–"चली जा, नहीं तो अच्छा न होगा।"

विद्यावती ने निर्भीकता से उत्तर दिया–"कभी नहीं, तुम्हारे कहने से नहीं!"

ज्ञानशंकर क्रोध से कांपते हुए तड़ित वेग से विद्यावती के पास आए और चाहा कि झपटकर उसका हाथ पकड़ लूं कि गायत्री खड़ी हो गई और गर्व से बोली–"मेरी समझ में नहीं आता कि आप इतने क्रुद्ध क्यों हो रहे हैं? मुझसे मिलने आई है और मैं अभी न जाने दूंगी।"

गायत्री की आंखों में अब भी आंसू थे। उसका गला अभी तक थरथरा रहा था। वह सिसकियां ले रही थी, पर यह विगत जलोद्वेग के लक्षण थे, अब सूर्य

निकल आया था। वह फिर अपने आपे में आ चुकी थी, उसका स्वाभाविक अभिमान फिर जाग्रत हो गया!

ज्ञानशंकर ने कहा—"गायत्री देवी, तुम अपने को बिलकुल भूली जाती हो। मुझे अत्यंत खेद है कि बरसों की भक्ति और प्रेम की वेदी पर आत्म-समर्पण करके भी तुम ममत्व के बंधनों में जकड़ी हुई हो। याद करो कि तुम कौन हो? सोचो, मैं कौन हूं? सोचो, मेरा और तुम्हारा क्या संबंध है? क्या तुम इस पवित्र संबंध को इतना जीर्ण समझ रही हो कि उसे वायु और प्रकाश से भी न बचाया जाए? वह एक आध्यात्मिक संबंध है, अटल और अचल है। कोई पार्थिक शक्ति उसे तोड़ नहीं सकती। कितने शोक की बात है कि हमारे आत्मिक ऐक्य से भली-भांति परिचित होकर भी तुम मेरी इतनी अवहेलना कर रही हो! क्या मैं यह समझ लूं कि तुम इतने दिनों तक केवल गुड़ियों का खेल खेल रही थी? अगर वास्तव में यही बात है तो तुमने मुझे कहीं का न रखा। मैं अपना तन और मन, धर्म और कर्म—सब प्रेम की भेंट कर चुका हूं। मेरा विचार था कि तुमने भी सोच-समझकर प्रेम-पथ पर पग रखा है और उसकी कठिनाइयों को जानती हो। प्रेम का मार्ग कठिन, दुर्गम और अपार है; यहां बदनामी है, कलंक है, यहां लोकनिंदा और अपमान है, लांछन है—व्यंग्य है। यहां वही धाम पर पहुंचता है, जो दुनिया से मुंह मोड़े, संसार से नाता तोड़े। इस मार्ग में सांसारिक संबंध पैरों की बेड़ी है, उसे तोड़े बिना एक पग भी रखना असंभव है। यदि तुमने परिणाम का विचार नहीं किया और केवल मनोविनोद के लिए चल खड़ी हुई तो तुमने मेरे साथ घोर अन्याय किया है। इसका अपराध तुम्हारी गरदन पर होगा।"

यद्यपि ज्ञानशंकर मनोभावों को गुप्त रखने में सिद्धहस्त थे, पर इस समय उनका खिसियाया हुआ चेहरा उनकी इस सारगर्भित प्रेम-व्याख्या का परदा खोल देता था। मुलम्मे की अंगूठी ताव खा चुकी थी।

इससे पहले ज्ञानशंकर के मुंह से ये बातें सुनकर कदाचित् गायत्री रोने लगती और ज्ञानशंकर के पैरों पर गिरकर क्षमा मांगती; नहीं, बल्कि ज्ञानशंकर की अभक्ति पर ये शब्द स्वयं उसके मुंह से निकलते, लेकिन वह नशा हिरन हो चुका था। उसने ज्ञानशंकर के मुंह की तरफ उड़ती हुई निगाह से देखा। वहां भक्ति का रोग न था। नट के लंबे केश और भड़कीले वस्त्र उतर चुके थे। वह मुखश्री जिस पर दर्शकगण लट्टू हो जाते थे और जिसका रंगमंच पर करतल-ध्वनि से स्वागत किया जाता था, क्षीण हो गई थी। जिस प्रकार कोई सीधा-सादा देहाती एक बार ताशवालों के दल में आकर फिर उसके पास खड़ा भी नहीं होता कि कहीं उनके बहकावे में न आ जाए, उसी प्रकार गायत्री भी यहां से दूर भागना

चाहती थी। उसने ज्ञानशंकर को कुछ उत्तर न दिया और विद्यावती का हाथ पकड़े हुए द्वार की ओर चली।

ज्ञानशंकर को ज्ञात हो गया कि मेरा मंत्र न चला। उन्हें क्रोध आया, मगर गायत्री पर नहीं, अपनी विफलता और दुर्भाग्य पर। शोक! मेरी सात वर्षों की अविश्रांत तपस्याएं निष्फल हुई जाती हैं। जीवन की आशाएं सामने आकर रूठी जाती हैं–क्या करूं, उन्हें क्योंकर मनाऊं? मैंने अपनी आत्मा पर कितना अत्याचार किया, कैसे-कैसे षड्यंत्र रचे? इसी एक अभिलाषा पर अपना दीन-ईमान न्योछावर कर दिया। वह सब कुछ किया जो न करना चाहिए था। नाचना सीखा, नकल की, स्वांग भरे, पर सारे प्रयत्न निष्फल हो गए। राय साहब ने सच कहा था कि संपत्ति तेरे भाग्य में नहीं है। मेरा मनोरथ कभी पूरा न होगा। यह अभिलाषा चिता पर मेरे साथ जलेगी। गायत्री की निष्ठुरता भी कुछ कम हृदय-विदारक न थी। ज्ञानशंकर को गायत्री से सच्चा प्रेम न सही, पर वह उसके रूप-लावण्य पर मुग्ध थे। उसकी प्रतिभा, उदारता, स्नेहशीलता, बुद्धिमत्ता, सरलता उन्हें अपनी ओर खींचती थी। अगर एक ओर गायत्री होती और दूसरी ओर उसकी जायदाद और ज्ञानशंकर से कहा जाता कि तुम इन दोनों में से जो चाहे ले लो तो अवश्यंभावी था कि वह उसकी जायदाद पर ही लपकते, लेकिन उसकी जात से अलग होकर उसकी जायदाद लवणहीन भोजन के समान थी। वही गायत्री उनसे मुंह फेरकर चली जाती थी।

इन क्षोभयुक्त विचारों ने ज्ञानशंकर के हृदय को मसोसा कि उनकी आंखें भर आईं। वह कुर्सी पर बैठ गए और दीवार की तरफ मुंह फेरकर रोने लगे। अपनी विवशता पर उन्हें इतना दुःख कभी न हुआ था। वे अपनी याद में इतने शोकातुर कभी न हुए थे। अपनी स्वार्थपरता, अपनी इच्छा-लिप्सा, अपनी क्षुद्रता पर इतनी ग्लानि कभी न हुई थी। जिस तरह बीमारी में मनुष्य को ईश्वर याद आता है, उसी तरह अकृत कार्य होने पर उसे अपने दुस्साध्यों पर पश्चाताप होता है। पराजय का आध्यात्मिक महत्त्व विजय से कहीं अधिक होता है।

गायत्री ने ज्ञानशंकर को रोते देखा तो द्वार पर जाकर ठिठक गई। उसके पग बाहर न पड़ सके। स्त्रियों के आंसू पानी हैं, वे धैर्य और मनोबल के ह्रास के सूचक हैं। गायत्री को अपनी निष्ठुरता और अश्रद्धा पर खेद हुआ। आत्मरक्षा की अग्नि जो एक क्षण पहले प्रदीप्त हुई थी, इन आंसुओं से बुझ गई। वे भावनाएं सजीव हो गईं, जो सात बरसों से मन को लालायित कर रही थीं। वे सुखद वार्ताएं वे मनोहर क्रीड़ाएं, वे आनंदमय कीर्तन, वे प्रीति की बातें, वे वियोग-कल्पनाएं नेत्रों के सामने फिरने लगीं। लज्जा और ग्लानि के बादल फट गए, प्रेम का चांद चमकने लगा। वह ज्ञानशंकर के पास आकर खड़ी हो गई और रूमाल से उनके

आंसू पोंछने लगी। प्रेमानुराग से विह्वल होकर उसने उनका मस्तक अपनी गोद में रख लिया। उन अश्रुप्लावित नेत्रों में उसे प्रेम का अथाह सागर लहरें मारता हुआ नजर आया। यह मुख-कमल प्रेम-सूर्य की किरणों से विकसित हो रहा था। उसने उनकी तरफ सतृष्ण नेत्रों से देखा, उनमें क्षमा-प्रार्थना भरी हुई थी मानो वह कह रही हो-'हा! मैं कितनी दुर्बल, कितनी श्रद्धाहीन हूं। कितनी जड़भक्त हूं कि रूप और गुण का निरूपण न कर सकी। मेरी अभक्ति ने इनके विशुद्ध और कोमल हृदय को व्यथित किया होगा। तुमने मुझे धरती से उठाकर आकाश पर पहुंचाया, तुमने मेरे हृदय में शक्ति का अंकुर जमाया, तुम्हारे ही सदुपदेशों से मुझे सत्प्रेम का स्वर्गिक आनंद प्राप्त हुआ। एकाएक मेरी आंखों पर परदा कैसे पड़ गया? मैं इतनी अंधी कैसे हो गई? निस्संदेह कृष्ण भगवान मेरी परीक्षा ले रहे थे और मैं उसमें अनुत्तीर्ण हो गई। उन्होंने मुझे प्रेम-कसौटी पर कसा और मैं खोटी निकली। शोक! मेरी सात वर्षों की तपस्या एक क्षण में भंग हो गई। मैंने उस पुरुष पर संदेह किया जिसके हृदय में कृष्ण का निवास है, जिसके कंठ में मुरली की ध्वनि है। राधा! तुमने क्यों मेरे दिल से अपना जादू खींच लिया? मेरे हृदय में आकर बैठो और मुझे धर्म का अमृत पिलाओ।'

यह सोचते-सोचते गायत्री की आंखें अनुरक्त हो गईं। वह कंपित स्वर में बोली-"भगवन्! तुम्हारी चेरी तुम्हारे सामने हाथ बांधे खड़ी अपने अपराधों की क्षमा मांगती है।"

ज्ञानशंकर ने उसे चुभती हुई दृष्टि से देखा और समझ गए कि मेरे आंसू काम कर गए। वह इस तरह चौंक पड़े मानो नींद से जगे हो और बोले-"राधा?"

गायत्री-मुझे क्षमादान दीजिए।

ज्ञानशंकर-तुम मुझसे क्षमा मांगती हो? यह तुम्हारा अन्याय है। तुम प्रेम की देवी हो, वात्सल्य की मूर्ति, निर्दोष, निष्कलंक। यह मेरा दुर्भाग्य है कि तुम इतनी अस्थिर चित्त हो! प्रेमियों के जीवन में सुख कहां? तुम्हारी अस्थिरता ने मुझे संज्ञाहीन कर दिया है। मुझे अब भी भ्रम हो रहा है कि गायत्री देवी से बातें कर रहा हूं या राधा रानी से! मैं अपने आपको भूल गया हूं। मेरे हृदय को ऐसा आघात पहुंचा है कि कह नहीं सकता, यह घाव कभी भरेगा या नहीं। जिस प्रेम और भक्ति को मैं अटल समझता था, वह बालू की भीत से भी ज्यादा पोली निकली। उस पर मैंने जो आशालता आरोपित की थी, जो बाग लगाया था, वह सब जलमग्न हो गया। आह! मैं कैसे-कैसे मनोहर स्वप्न देख रहा था? सोचा था, यह प्रेम वाटिका कभी फूलों से लहराएगी, हम और तुम सांसारिक मायाजाल को हटाकर वृंदावन के किसी शांतिकुंज में बैठे हुए भक्ति का आनंद उठाएंगे। अपनी प्रेम-ध्वनि से

वृक्ष कुंजों को गुंजित कर देंगे। हमारे प्रेम-गान से कालिंदी की लहरें प्रतिध्वनित हो जाएंगी। मैं कृष्ण का चाकर बनूंगा, तुम उनके लिए पकवान बनाओगी। संसार से अलग, जीवन के अपवादों से दूर—हम अपनी प्रेम-कुटी बनाएंगे और राधा-कृष्ण की अटल भक्ति में जीवन के बचे हुए दिन काट देंगे अथवा अपने ही कृष्ण मंदिर में राधा-कृष्ण के चरणों से लगे हुए इस असार संसार से प्रस्थान कर जाएंगे। इसी सदुद्देश्य से मैंने आपकी रियासत की और यहां की पूरी व्यवस्था की, पर अब ऐसा प्रतीत हो रहा है कि वह सब शुभकामनाएं दिल में ही रहेंगी और मैं शीघ्र ही संसार से हताश और भग्न-हृदय विदा हो जाऊंगा।

गायत्री प्रेमोन्मत होकर बोली—"भगवान, ऐसी बातें मुंह से न निकालो। मैं दीन अबला हूं, अज्ञान के अंधकार में डूबी हुई मिथ्या भ्रम में पड़ जाती हूं, पर मैंने तुम्हारा दामन पकड़ा है, तुम्हारी शरणागत हूं—तुम्हें मेरी क्षुद्रताएं, मेरी दुर्बलताएं सभी क्षमा करनी पड़ेंगी। मेरी भी यह अभिलाषा है कि तुम्हारे चरणों से लगी रहूं। मैं भी संसार से मुंह मोड़ लूंगी, सबसे नाता तोड़ लूंगी और तुम्हारे साथ बरसाने व वृंदावन की गलियों में विचरूंगी। मुझे अगर कोई सांसारिक चिंता है तो वह यह है कि मेरे पीछे मेरे इलाके का प्रबंध सुयोग्य हाथों में रहे, मेरी प्रजा पर अत्याचार न हो और रियासत की आमदनी परमार्थ में लगे। मेरा और तुम्हारा निर्वाह दस-बारह हजार रुपयों में हो जाएगा। मुझे और कुछ न चाहिए। हां, यह लालसा अवश्य है कि मेरी स्मृति बनी रहे—मेरा नाम अमर हो जाए। लोग मेरे यश और कीर्ति की चर्चा करते रहें। यही चिंता है, जो अब तक मेरे पैरों की बेड़ी बनी हुई है। आप इस बेड़ी को काटिए। यह भार मैं आपके ही ऊपर रखती हूं। ज्यों ही आप इन दोनों बातों की व्यवस्था कर देंगे, मैं निश्चिंत हो जाऊंगी और फिर यावज्जीवन हम में वियोग न होगा। मेरी तो यह राय है कि एक 'ट्रस्ट' कायम कर दीजिए। मेरे पतिदेव की भी यह इच्छा थी।"

ज्ञानशंकर—ट्रस्ट कायम करना तो आसान है, पर मुझे आशा नहीं है कि उससे आपका उद्देश्य पूरा हो। मैं पहले भी एक-दो बार ट्रस्ट के विषय में अपने विचार प्रकट कर चुका हूं। आप अपने विचार में कितने ही निःस्पृह, सत्यवादी ट्रस्टियों को नियुक्त करें, लेकिन अवसर पाते ही वे अपने घर भरने पर उद्यत हो जाएंगे। मानव स्वभाव बड़ा ही विचित्र है। आप किसी के विषय में विश्वस्त रीति से नहीं कह सकतीं कि उसकी नीयत कभी डांवाडोल न होगी, वह सन्मार्ग से कभी विचलित न होगा। हम तो वृंदावन में बैठे रहेंगे, यहां प्रजा पर नाना प्रकार के अत्याचार होंगे। कौन उनकी फरियाद सुनेगा? सदाव्रत की रकम नाच-मुजरे में उड़ेगी, रासलीला की रकम गार्डन-पार्टियों में खर्च होगी, मंदिर की सजावट के सामान ट्रस्टियों के दीवानखाने में

नजर आएंगे, साधु-महात्माओं के सत्कार के बदले यारों की दावतें होंगी, आपको यश की जगह अपयश मिलेगा। यों तो कहिए, आपकी आज्ञा का पालन कर दूं, लेकिन ट्रस्टियों पर मेरा जरा भी विश्वास नहीं है। आपका उद्देश्य उसी दशा में पूरा होगा, जब रियासत किसी ऐसे व्यक्ति के हाथों में हो, जो आपको अपना पूज्य समझता हो, जिसे आपसे श्रद्धा हो, जो आपका उपकार माने, जो दिल से आपकी शुभेच्छाओं का आदर करता हो, जो स्वयं आपके ही रंग में रंगा हुआ हो, जिसके हृदय में दया और प्रेम हो और यह सब गुण उसी मनुष्य में हो सकते हैं जिसे आपसे पुत्रवत् प्रेम हो, जो आपको अपनी माता समझता हो। अगर आपको ऐसा कोई लड़का नजर आए तो मैं सलाह दूंगा, उसे गोद ले लीजिए। उससे उत्तम मुझे और कोई व्यवस्था नहीं सूझती। संभव है, कुछ दिनों तक हमको उसकी देख-रेख करनी पड़े, किंतु इसके बाद हम स्वच्छंद हो जाएंगे, तब हमारे आनंद और विहार के दिन होंगे। मैं अपनी प्यारी राधा के गले में प्रेम का हार डालूंगा, उसे प्रेम के राग सुनाऊंगा, दुनिया की कोई चिंता, कोई उलझन, कोई झोंका हमारी शांति में विघ्न न डाल सकेगा।

गायत्री पुलकित हो गई। उस आनंदमय जीवन का दृश्य उसकी कल्पना में सचित्र हो गया। उसकी तबियत लहराने लगी। इस समय उसे अपने पति की वह वसीयत याद न रही, जो उन्होंने जायदाद के प्रबंध के विषय में की थी और जिसका विरोध करने के लिए वह ज्ञानशंकर से कई बार गरम हो पड़ी थी। वह ट्रस्ट के गुण-दोष पर स्वयं कुछ विचार न कर सकी। ज्ञानशंकर का कथन निश्चयवाचक था। ट्रस्ट से उसका विश्वास उठ गया। वह बोली—"आपका कहना यथार्थ है। ट्रस्टियों का क्या विश्वास? आदमी किसी के मन में तो बैठ नहीं सकता, अंदर का हाल कौन जाने?"

वह दो-तीन मिनट तक विचार में मग्न रही। सोच रही थी कि ऐसा कौन लड़का है जिसे मैं गोद ले सकूं। मन-ही-मन अपने संबंधियों और कुटुंबियों का दिग्दर्शन किया, लेकिन यह समस्या हल न हुई। लड़के थे, एक नहीं अनेक, लेकिन किसी-न-किसी कारण से वह गायत्री को न जंचते थे। सोचते-सोचते सहसा वह चौंक पड़ी और मायाशंकर का नाम उसकी जबान पर आते-आते रह गया।

ज्ञानशंकर ने अब तक अपनी मनोवांछा को ऐसा गुप्त रखा था और अपने आत्मसम्मान की ऐसी धाक जमा रखी थी कि पहले तो मायाशंकर की ओर गायत्री का ध्यान ही न गया और जब गया तो उसे अपना विचार प्रकट करते हुए भय होता था कि कहीं ज्ञानशंकर के मर्यादाशील हृदय को चोट न लगे। हालांकि ज्ञानशंकर का इशारा साफ था, लेकिन गायत्री पर इस समय वह नशा था, जो शराब और पानी में भेद नहीं कर सकता। उसने कई बार हिम्मत की कि जिक्र छेड़ूं, किंतु

ज्ञानशंकर के चेहरे से ऐसा निष्काम भाव झलक रहा था कि उसकी जबान न खुल सकी। मायाशंकर की विचारशीलता, सच्चरित्रता, बुद्धिमत्ता आदि अनेक गुण उसे याद आने लगे। उससे अच्छे उत्तराधिकारी की वह कल्पना भी न कर सकती थी।

ज्ञानशंकर उसको असमंजस में देखकर बोले–"आया कोई लड़का ध्यान में?"

गायत्री सकुचाती हुई बोली–"जी हां, आया तो, पर मालूम नहीं आप भी उसे पसंद करेंगे या नहीं? मैं इससे अच्छा चुनाव नहीं कर सकती।"

ज्ञानशंकर–सुनूं, कौन है?

गायत्री–वचन दीजिए कि आप उसे स्वीकार करेंगे।

ज्ञानशंकर के हृदय में गुदगुदी होने लगी, बोले–"बिना जाने-बूझे मैं यह वचन कैसे दे सकता हूं?"

गायत्री–मैं जानती हूं कि आपको उसमें आपत्ति होगी और विद्यावती तो किसी प्रकार राजी ही न होगी, लेकिन इस बालक के सिवा मेरी नजर और किसी पर पड़ती नहीं।

ज्ञानशंकर अपने मनोल्लास को छिपाए हुए बोले–"सुनूं तो किसके भाग्य का सूर्य उदय हुआ है?"

गायत्री–बता दूं? बुरा तो न मानिएगा?

ज्ञानशंकर–जरा भी नहीं, कहिए।

गायत्री–मायाशंकर।

ज्ञानशंकर इस तरह चौंक पड़े मानो कानों के पास कोई बंदूक छूट गई हो। विस्मित नेत्रों से देखा और इस भाव से बोले मानो उसने दिल्लगी की है–"मायाशंकर!"

गायत्री–हां, आप वचन दे चुके हैं, मानना पड़ेगा।

ज्ञानशंकर–मैंने कहा था कि नाम सुनकर राय दूंगा। अब नाम सुन लिया और विवशता से कहता हूं कि मैं आपसे सहमत नहीं हो सकता।

गायत्री–मैं यह बात पहले से ही जानती थी, पर मुझमें और आपमें जो संबंध है, उसे देखते हुए आपको आपत्ति न होनी चाहिए।

ज्ञानशंकर–मुझे स्वयं कोई आपत्ति नहीं है। मैं अपना सर्वस्व आप पर समर्पण कर चुका हूं, लड़का भी आपकी भेंट है, लेकिन आपको मेरी कुल-मर्यादा का हाल मालूम है। काशी में सम्मानित और कोई घराना नहीं है। सब तरह से पतन होने पर भी उसका गौरव अभी तक बचा हुआ है। मेरे चाचा और संबंधी इसे कभी मंजूर न करेंगे और विद्यावती तो सुनकर विष खाने को उतारू हो जाएगी। इसके अतिरिक्त मेरी बदनामी भी है। संभव है, लोग यह समझेंगे कि मैंने आपकी

सरलता और उदारता से अनुचित लाभ उठाया है और आपके कुटुंब के लोग तो मेरी जान के गाहक ही हो जाएंगे।

गायत्री–मेरे कुटुंबियों की ओर से तो आप निश्चिंत रहिए, मैं उन्हें आपस में लड़ाकर मारूंगी। बदनामी और लोक-निंदा आपको मेरी खातिर से सहनी पड़ेगी। रही विद्यावती, उसे मैं मना लूंगी।

ज्ञानशंकर–नहीं, यह आशा न रखिए। आप उसे मनाना जितना सुगम समझ रही हैं, उससे कहीं कठिन है। आपने उसके तेवर नहीं देखे। वह इस समय सौतिया डाह से जल रही है। उसे अमृत भी दीजिए तो विष समझेगी। जब तक लिखा-पढ़ी न हो जाए और प्रथानुसार सब संस्कार पूरे न हो जाएं, उसके कानों में इसकी भनक भी न पड़नी चाहिए। यह तो सच होगा, मगर उन लोगों की हाय किस पर पड़ेगी, जो बरसों से रियासत पर दांत लगाए बैठे हैं? उनके घरों में तो कुहराम मच जाएगा। सब-के-सब मेरे खून के प्यासे हो जाएंगे। यद्यपि मुझे उनसे कोई भय नहीं है, लेकिन शत्रु को कभी तुच्छ न समझना चाहिए। हम जिससे धन और धरती लें, उससे कभी निःशंक नहीं रह सकते।

गायत्री–आप इन दुष्टों का ध्यान ही न कीजिए। ये कुत्ते हैं, एक छीछड़े पर लड़ मरेंगे।

ज्ञानशंकर कुछ देर तक मौन रूप से जमीन की ओर ताकते रहे, जैसे कोई महान त्याग कर रहे हों, फिर सजल नेत्रों से बोले–"जैसी आपकी मर्जी, आपकी आज्ञा सिर पर है। परमात्मा से प्रार्थना है कि यह लड़का आपको मुबारक हो और उससे आपकी जो आशाएं हैं, वह पूरी हों। ईश्वर उसे सद्बुद्धि प्रदान करे कि वह आपके आदर्श को चरितार्थ करे। वह आज से मेरा लड़का नहीं, आपका है। यद्यपि अपने एकमात्र पुत्र को छाती से अलग करते हुए दिल पर जो कुछ बीत रही है, वह मैं ही जानता हूं, लेकिन वृंदावन-बिहारी ने आपके अंतःकरण में यह बात डालकर मानो हमारे लिए भक्ति-पथ का द्वार खोल दिया है। वह हमें अपने चरणों की ओर बुला रहे हैं–हमारा परम सौभाग्य है।"

गायत्री ने ज्ञानशंकर का हाथ पकड़कर कहा–"कल ही किसी पंडित से शुभ मुहूर्त पूछ लीजिए।"

18

गायत्री के बिना अब उन्हें सब कुछ सूना मालूम होता था। यह विपुल संपत्ति अगर सुख-सरिता थी तो गायत्री उसकी नौका थी। नौका के बिना जलविहार का आनंद कहां? पर थोड़ी देर में उनका यह आवेग शांत हो गया। सोचा, अभी वह मुझसे भरी बैठी है, मुझे देखते ही जल जाएगी। मेरी ओर से उसका चित्त कितना कठोर हो गया है? माया को मुझसे छीन लेती है। अपने विचार में उसने मुझे कड़े से कड़ा दंड दिया है। ऐसी दशा में मेरे लिए सबसे सुलभ यही है कि अपनी स्वामिभक्ति से, सुप्रबंध से, प्रजा-हित से उसे प्रसन्न करूं। प्रेमशंकर ने अच्छा निशाना मारा। बगुला भगत है, बैठे-बैठे दो हजार रुपये मासिक की जागीर बना ली। बेचारा माया कहीं का न रहा। प्रेमशंकर उसे कुशल कृषक बना देंगे, लेकिन चतुर इलाकेदार नहीं बना सकते।

रात के आठ बजे थे। ज्ञानशंकर के दीवानखाने में शहर के कई प्रतिष्ठित सज्जन जमा थे। बीच में एक लोहे का हवनकुंड रखा हुआ था, उसमें हवन हो रहा था। हवनकुंड के एक तरफ गायत्री बैठी थी, दूसरी तरफ ज्ञानशंकर और माया। एक पंडितजी वेद-मंत्रों का पाठ कर रहे थे। गायत्री का चंपई वर्ण अग्नि-ज्वाला से प्रतिबिंबित होकर कुंदन हो रहा था। फिरोजी रंग की साड़ी उस पर खूब खिल रही थी। सबकी आंखें उसी के मुख-दीपक की ओर लगी हुई थीं। यह माया को गोद लेने का संस्कार था, वह गायत्री का धर्मपुत्र बन रहा था। कुछ सज्जन आपस में

कानाफूसी कर रहे थे, कैसा भाग्यवान लड़का है! लाखों की संपत्ति का स्वामी बनाया जाता है, यहां आज तक एक पैसा भी पड़ा हुआ न मिला। कुछ लोग कह रहे थे–"ज्ञानशंकर एक ही बना हुआ आदमी है, ऐसा हत्थे पर चढ़ाया कि जायदाद लेकर ही छोड़ा। अब मालूम हुआ कि महाशय ने स्वांग किसलिए रचा है। ये जटाएं इसी दिन के लिए बढ़ाई थीं।"

कुछ सज्जनों का मत था कि ज्ञानशंकर इससे भी कहीं मलिन हृदय है।

लाला प्रभाशंकर ने पहले यह प्रस्ताव सुना तो बहुत बिगड़े, लेकिन जब गायत्री ने बड़ी नम्रता से सारी परिस्थिति प्रकट की तो वह भी नीमराजी-से हो गए। हवन के पश्चात् दावत शुरू हुई। इसका सारा प्रबंध उन्हीं के हाथों में था। उनकी अर्द्ध-स्वीकृति को पूर्ण बनाने का इससे उत्तम अन्य उपाय न था। उन्हें पूरा अधिकार दे दिया गया था कि वह जितना चाहे खर्च करें, जो पदार्थ चाहे पकवाएं। अतएव इस अवसर पर उन्होंने अपनी संपूर्ण पाक-कला प्रदर्शित कर दी थी। इस समय खुशी से उनकी बांछें खिली जाती थीं, लोगों के मुंह से भोजन की सराहना सुन-सुनकर फूले न समाते थे। इनमें कितने ही ऐसे सज्जन थे जिन्हें भोजन से नितांत अरुचि रहती थी, जो दावतों में शरीक होना अपने ऊपर अन्याय समझते थे। ऐसे लोग भी थे, जो प्रत्येक वस्तु को गिनकर और तौलकर खाते थे, पर इन स्वादयुक्त पदार्थों ने तीव्र और मंदाग्नि में कोई भेद न रखा था। रुचि ने दुर्बल पाचनशक्ति को भी सबल बना दिया था।

दावत समाप्त हो गई तो गाना शुरू हुआ। अलादीन एक सात वर्ष का बालक था, लेकिन गायनशास्त्र का पूरा पंडित और संगीत कला में अत्यंत निपुण। यह उसकी ईश्वरदत्त शक्ति थी। जलतरंग, ताऊस, सितार, सरोद, वीणा, पखावज, सारंगी–सभी यंत्रों पर उसका विलक्षण आधिपत्य था। इतनी अल्पावस्था में उसकी यह अलौकिक सिद्धि देखकर लोग विस्मित हो जाते थे। जिन गायनाचार्यों ने एक-एक यंत्र की सिद्धि में अपना जीवन बिता दिया, वह भी उसके हाथों की सफाई और कोमलता पर सिर धुनते थे। उसकी बहुज्ञता गायनाचार्यों की विशेषता को लज्जित किए देती थी। इस समय समस्त भारत में उसकी ख्याति थी मानो उसने दिग्विजय कर लिया हो। ज्ञानशंकर ने उस उत्सव पर उसे कलकत्ता से बुलाया था। वह बहुत दुर्बल, कुत्सित, कुरूप बालक था, पर उसका गुण उसके रूप को भी चमत्कृत कर देता था। उसके स्वर में कोयल की कूक का-सा माधुर्य था। सारी सभा मुग्ध हो गई।

इधर तो यह राग-रंग था, उधर विद्यावती अपने कमरे में बैठी हुई भाग्य को रो रही थी। तबले की एक-एक थाप उसके हृदय पर हथौड़े की चोट के समान

लगती थी। वह एक गर्वशाली, धर्मनिष्ठा, संतोष और त्याग के आदर्श का पालन करने वाली महिला थी। यद्यपि पति की स्वार्थभक्ति से उसे घृणा थी, पर इस भाव को वह पति-सेवा में बाधक न होने देती थी। जब से उसने राय साहब के मुंह से ज्ञानशंकर के नैतिक अध:पतन का वृत्तांत सुना था, तब से उसकी पति-श्रद्धा क्षीण हो गई थी। रात का लज्जास्पद दृश्य देखकर बची-खुची श्रद्धा भी जाती रही। जब ज्ञानशंकर को देखकर गायत्री दीवानखाने के द्वार पर आकर फिर उनके पास चली गई तो विद्यावती वहां न ठहर सकी। वह उन्माद की दशा में तेजी से ऊपर आई और अपने कमरे में फर्श पर गिर पड़ी। यह ईर्ष्या का भाव न था जिसमें अहित चिंता होती है, यह प्रीति का भाव न था जिसमें रक्त की तृष्णा होती है। यह अपने आपको जलाने वाली आग थी, यह वह विघातक क्रोध था, जो अपना ही होंठ चबाता है, अपना ही चमड़ा नोचता है, अपने ही अंगों को दांतों से काटता है। वह भूमि पर पड़ी सारी रात रोती रही–'अब मैं किसकी होकर रहूं? मेरा पति नहीं, मेरा घर अब मेरा घर नहीं। मैं अब अनाथ हूं, कोई मेरा पूछनेवाला नहीं। ईश्वर! तुमने किस पाप का मुझे दंड दिया? मैंने तो अपने जानते किसी का बुरा नहीं चेता। तुमने मेरा सर्वनाश क्यों किया? मेरा सुहाग क्यों लूट लिया? यही मेरे पास एक धन था, इसी का मुझे अभिमान था, इसी का मुझे बल था। तुमने मेरा अभिमान तोड़ दिया, मेरा बल हर लिया। जब आग ही नहीं तो राख किस काम की! यह सुहाग की पिटारी है, यह सुहाग की डिबिया है, इन्हें लेकर क्या करूं?'

विद्यावती ने सुहाग की पिटारी ताक से उतार ली और उसी आत्म-वेदना और नैराश्य की दशा में उनकी एक-एक चीज खिड़की से नीचे बाग में फेंक दी। कितना करुणाजनक दृश्य था? आंखों से अश्रु-धारा बह रही थी और वह अपनी चूड़ियां तोड़-तोड़कर जमीन पर फेंक रही थी। वह उसके निर्बल क्रोध की चरम सीमा थी। वह एक ऐश्वर्यशाली पिता की पुत्री थी, यहां उसे इतना आराम भी न था, जो उसके मैके की मेहरियों को था, लेकिन उसके स्वभाव में संतोष और धैर्य था, अपनी दशा से संतुष्ट थी। ज्ञानशंकर स्वार्थ-सेवी थे, लोभी थे, निष्ठुर थे, कर्तव्यहीन थे–इसका उसे शोक न था, मगर अपने थे, उसको समझाने का, उनका तिरस्कार करने का उसे अधिकार था। उनकी दुष्टता, नीचता और भोग-विलास का हाल सुनकर उसके शरीर में आग-सी लग गई थी। वह लखनऊ से दामिनी बनी हुई आई। वह ज्ञानशंकर पर तड़पना और उनकी कुवृत्तियों को भस्सीभूत कर देना चाहती थी, वह उन्हें व्यंग्य-शेरों से छेदना और कटु शब्दों से उनके हृदय को बेधना चाहती थी। इस वक्त तक उसे अपने सोहाग का अभिमान था। रात के आठ बजे तक वह ज्ञानशंकर को अपना समझती थी, अपने को उन्हें कोसने की,

उन्हें जलाने की अधिकारिणी समझती थी, उसे उनको लज्जित, अपमानित करने का हक था, क्योंकि वह अपने थे।

हमसे अपने घर में आग लगते नहीं देखा जाता। घर चाहे मिट्टी का ढेर ही क्यों न हो, खंडहर ही क्यों न हो, हम उसे आग में जलते नहीं देख सकते, लेकिन जब किसी कारण वह घर अपना न रहे तो फिर चाहे अग्नि-शिखा आकाश तक जाए, हमको शोक नहीं होता। रात के निंद्य, घृणित दृश्य ने विद्यावती के दिल से इस अपनेपन को, इस ममत्व को मिटा दिया था। अब उसे दुःख था तो अपने अभाग्य का, शोक था तो अपनी अवलंबहीनता का। उसकी दशा उस पतंग की-सी थी, जिसकी डोर टूट गई हो अथवा उस वृक्ष-सी जिसकी जड़ कट गई हो।

विद्यावती सारी रात इसी उद्विग्न दशा में पड़ी रही। कभी सोचती लखनऊ चली जाऊं और वहां जीवनक्षेप करूं, कभी सोचती जीकर करना ही क्या है? ऐसे जीने से मरना क्या बुरा है? सारी रात आंखों में कट गई। दिन निकल आया, लेकिन उसका उठने का जी न चाहता था। इतने में श्रद्धा आकर खड़ी हो गई और उसके श्रीहीन मुख की ओर देखकर बोली—"आज सारी रात जागती रही? आंखें लाल हो रही हैं।"

विद्यावती ने आंखें नीची करके कहा—"हां, आज नींद नहीं आई।"

श्रद्धा—गायत्री देवी से कुछ बातचीत नहीं हुई। मुझे तो ढंग ही निराले दिखते हैं! तुम तो इनकी बड़ी प्रशंसा किया करती थीं!

विद्यावती—क्यों, कोई नई बात देखी क्या?

श्रद्धा—नित्य ही देखती हूं, लेकिन रात जो दृश्य देखा और जो बातें सुनीं, वह कहते लज्जा आती है। कोई ग्यारह बजे होंगे। मुझे अपने कमरे में पड़े-पड़े नीचे किसी की बोलचाल की आहट मिली। डरी कि कहीं चोर न आए हों। धीरे से उठकर नीचे गई। दीवानखाने में लैंप जल रहा था। मैंने शीशे से झांका तो मन में कटकर रह गई। अब तुमसे क्या कहूं, मैं गायत्री को इतना चंचल न समझती थी। कहां तो कृष्ण की उपासना करती है, वह कहां छिछोरापन! मैं तो उन्हें देखते ही मन में खटक गई थी, पर यह न जानती थी कि इतने गहरे पानी में है।

विद्यावती—मैंने भी तो कुछ ऐसा तमाशा देखा था। तुम मेरे आने के बहुत देर पीछे गई थी। मुझे लखनऊ में ही सारी कथा मालूम हो गई थी। इसी भयंकर परिणाम को रोकने के लिए मैं वहां से दौड़ी आई, किंतु यहां का रंग देखकर हताश हो गई। ये लोग अब मंझधार में पहुंच चुके हैं, इन्हें बचाना दुस्तर है, लेकिन मैं फिर कहूंगी कि इसमें गायत्री बहन का दोष नहीं, सारी करतूत इन्हीं महाशय की है, जो जटा बढ़ाए पीतांबर पहने भक्तजी बने फिरते हैं। गायत्री बेचारी सीधी-सादी,

सरल स्वभाव की स्त्री है। धर्म की ओर उसकी विशेष रुचि है, इसीलिए यह महाशय भी भक्त बन बैठे और यह भेष धारण करके उस पर अपना मंत्र चलाया। ऐसा पापात्मा संसार में न होगा। बहन, तुमसे दिल की बात कहती हूं, मुझे इनकी सूरत से घृणा हो गई। मुझ पर ऐसा आघात हुआ है कि मेरा बचना मुश्किल है। इस घोर पाप का दंड अवश्य मिलेगा। ईश्वर न करे, मुझे इन आंखों से कुल का सर्वनाश देखना पड़े। वह सोने की घड़ी होगी, जब संसार से मेरा नाता टूटेगा।

श्रद्धा-किसी की बुराई करना तो अच्छा नहीं है, इसीलिए मैं अब तक सब कुछ देखती हुई भी अंधी बनी रही, लेकिन अब बिना बोले नहीं रहा जाता। मेरा वश चले तो ऐसी कुटिलताओं का सिर कटवा लूं। यह भोलापन नहीं है, बेहयाई है। दिखाने के लिए भोली बनी बैठी हुई हैं। पुरुष हजार रसिया हो, हजार चतुर हो, हजार घातिया हो, हजार डोरे डाले, किंतु सती स्त्रियों पर उसका मंत्र भी नहीं चल सकता। वह आंख ही क्या, जो एक निगाह में पुरुष की चाल-ढाल को ताड़ न ले। जलाना आग का गुण है, पर हरी लकड़ी को भी किसी ने जलते देखा है? हया स्त्रियों की जान है, इसके बिना वह सूखी लकड़ी है जिन्हें आग की एक चिंगारी जलाकर राख कर देती है। इसे अपने पतिदेव की आत्मा पर भी दया न आई। उसे कितना क्लेश हो रहा होगा? इसके आने से मेरा घर अपवित्र हो गया। रात को दोनों प्रेमियों की बातों की भनक जो मेरे कान में पड़ी, उससे ऐसा कुछ मालूम होता है कि गायत्री माया को गोद लेना चाहती है।

विद्यावती ने भयभीत होकर कहा-"माया को?"

श्रद्धा-हां, शायद आज ही उसकी तैयारी है! शहर में नेवते भेजे जा रहे हैं।

विद्यावती की आंखों में आंसू की बड़ी-बड़ी बूंदें दिखाई दीं, जैसे मटर की फली में दाने होते हैं। वह बोली-"बहन, तब तो मेरी नाव डूब गई। जो कुछ होना था, हो चुका। अब सारी स्थिति समझ में आ गई। इस धूर्त ने इसीलिए यह जाल फैलाया था, इसीलिए इसने यह भेष रचा है, इसी नीयत से इसने गायत्री की गुलामी की थी। मैं पहले ही डरती थी। कितना समझाया, कितना मना किया, पर इसने मेरी एक न सुनी। अब मालूम हुआ कि इसके मन में क्या ठनी थी! आज सात साल से यह इसी धुन में पड़ा हुआ है। अभी तक मैं यह समझती थी कि इसे गायत्री के रंग-रूप, बनाव-चुनाव, बातचीत ने मोहित कर लिया है। वह निंद्य कर्म होने पर भी घृणा के योग्य नहीं है। जो प्राणी प्रेम कर सकता है, वह धर्म, दया, विनय आदि सद्गुणों से शून्य नहीं हो सकता, प्रेम की ज्योति उसके हृदय को प्रकाशित करती रहती है, लेकिन जो प्राणी प्रेम का स्वांग भरकर उससे अपना कुटिल अर्थ सिद्ध करता है, जो टट्टी की आड़ से शिकार खेलता है, उससे ज्यादा

नीच, नराधम कोई हो ही नहीं सकता। वह उस डाकू से भी गया बीता है, जो धन के लिए लोगों के प्राण हर लेता है। वह प्रेम जैसी पवित्र वस्तु का अपमान करता है। उसका पाप अक्षम्य है। मैं बेचारी गायत्री को अब भी निर्दोष समझती हूं। बहन, अब इस कुल का सर्वनाश होने में विलंब नहीं है। जहां इतना अधर्म, इतना पाप, इतना छल-कपट हो, वहां कल्याण कैसे हो सकता है? अब मुझे पिताजी की चेतावनी याद आ रही है। उन्होंने चलते समय मुझसे कहा था–'अगर तूने यह आग न बुझाई तो तेरे वंश का नाम मिट जाएगा।' हाय! मेरे रोएं खड़े हो रहे हैं! बेचारे माया पर क्या बीतेगी? यह हराम का माल, यह हराम की जायदाद उसकी जान की ग्राहक हो जाएगी, सर्प बनकर उसे डस लेगी? बहन, मेरा कलेजा फटा जाता है। मैं अपने माया को इस आग से क्योंकर बचाऊं? वह मेरी आंखों की पुतली है, वही मेरे प्राणों का आधार है। यह निर्दयी पिशाच, यह बधिक मेरे लाल की गरदन पर छुरी चला रहा है। कैसे उसे गोद में छिपा लूं? कैसे उसे हृदय में बिठा लूं? बाप होकर उसको विष दे रहा है। पाप का अग्निकुंड जलाकर मेरे लाल को उसमें झोंक रहा है। मैं अपनी आंखों से यह सर्वनाश नहीं देख सकती? बहन, तुमसे आज कहती हूं, मुन्नी के जन्म के बाद इस पापी ने मुझे न जाने क्या खिलाकर मेरी कोख हर ली, न जाने कौन-सा अनुष्ठान कर दिया? वही विष इसने पहले ही खिला दिया होता, वही अनुष्ठान पहले ही करा दिया होता तो आज यह दिन क्यों आता? बांझ रहना इससे कहीं अच्छा है कि संतान गोद से छिन जाए। हाय! मेरे लाल को कौन बचाएगा? मैं अब उसे नहीं बचा सकती। आग की लपटें उसकी ओर दौड़ी चली आती हैं। बहन, तुम जाकर उस निर्दयी को समझाओ। अगर अब भी हो सके तो मेरे माया को बचा लो। नहीं, अब तुम्हारे बस की बात नहीं है, यह पिशाच अब किसी के समझाने से न मानेगा। उसने मन में ठान लिया है तो आज ही सब कुछ कर डालेगा।"

यह कहते-कहते वह उठी और खिड़की से नीचे देखा। दीवानखाने के सामने वाले सहन की सफाई हो रही थी, दरियां झाड़ी जा रही थीं। उसकी आंखें माया को खोज रही थीं, वह माया को अपने हृदय से चिपटाना चाहती थी। माया न दिखाई दिया। एक क्षण में मोटर सहन में आई, गायत्री और ज्ञानशंकर उस पर बैठे। माया भी एक मिनट में दीवानखाने से निकला और मोटर पर आ बैठा।

विद्यावती ने आतुरता से पुकारा–"माया, माया! यहां आओ!" लेकिन या तो माया ने सुना ही नहीं या सुनकर ध्यान ही नहीं दिया। वह खड़ी पुकारती ही रही और मोटर हवा हो गई। विद्यावती को ऐसा जान पड़ा मानो पानी में पैर फिसल गए। वह तुरंत पछाड़ खाकर गिर पड़ी। लेकिन श्रद्धा ने संभाल लिया, चोट नहीं आई।

थोड़ी देर तक विद्यावती मूर्च्छित दशा में पड़ी रही। श्रद्धा उसका सिर गोद में लिये बैठी रोती रही। मैं अपने को ही अभागिनी समझती थी। इस दुखिया की विपत्ति और भी दुस्सह है। किसी रीति से उन्हें (प्रेमशंकर को) यह खबर होती, तो वह अवश्य गायत्री को समझाते। गायत्री उनका आदर करती है। शायद मान जाती; लेकिन इस महापुरुष के सामने उनकी भेंट भी तो गायत्री से नहीं हो सकती। इसी भय से तो घर से बाहर निकल गए हैं कि काम में कोई विघ्न-बाधा न पड़े। कुछ नहीं, सब इसी की भूल है। ज्यों ही मैंने इससे गोद लेने की बात कही, इसे उसी क्षण बाहर जाकर दोनों को फटकारना और माया का हाथ पकड़कर खींच लाना चाहिए था। मजाल थी कि मेरे पुत्र को कोई मुझसे छीन ले जाता! सहसा विद्यावती ने आंखें खोल दीं और क्षीण स्वर से बोली–"बहन, अब क्या होगा?"

श्रद्धा–होने को तो अब भी सब कुछ हो सकता है–करने वाला चाहिए।

विद्यावती–अब कुछ नहीं हो सकता। सब तैयारियां हो रही हैं, चाचाजी न जाने कैसे राजी हो गए!

श्रद्धा–मैं जरा जाकर कहारों से पूछती हूं कि कब तक आने को कह गए हैं!

विद्यावती–शाम होने से पहले ये लोग कभी न लौटेंगे। माया को हटा देने के लिए ही यह चाल चली गई है। इन लोगों ने जो बात मन में ठान ली है, वह होकर रहेगी। पिताजी का श्राप मेरी आंखों के सामने है। यह अनर्थ होना है और होगा।

श्रद्धा–जब तुम्हारी यही दशा है तो जो कुछ हो जाए, वह थोड़ा है।

विद्यावती ने कुतूहल से देखकर कहा–"भला मेरे बस की कौन-सी बात है?"

श्रद्धा–बस की बात क्यों नहीं है? अभी शाम को जब यह लोग लौटें, तब नीचे चली जाओ और माया का हाथ पकड़कर खींच लाओ। वह न आए तो सारी बातें खोलकर उससे कह दो। समझदार लड़का है, तुरंत उनसे उसका मन फिर जाएगा।

विद्यावती–(सोचकर) और यदि समझाने से भी न आए? इन लोगों ने उसे खूब सिखा-पढ़ा रखा होगा।

श्रद्धा–तो रात को जब शहर के लोग जमा हों, जाकर भरी सभा में कह दो, यह सब मेरी इच्छा के विरुद्ध है। मैं अपने पुत्र को गोद नहीं देना चाहती। लोगों की सब चालें पट पड़ जाएं। तुम्हारी जगह मैं होती तो वह महनामथ मचता कि इनके दांत खट्टे हो जाते। क्या करूं, मेरा कुछ अधिकार नहीं है, नहीं तो इन्हें तमाशा दिखा देती!

विद्यावती ने निराश भाव से कहा–"बहन, मुझसे यह न होगा। मुझमें न इतनी सामर्थ्य है और न इतना साहस। अगर और कुछ न हो, माया ही मेरी बातों को

दुलख दे तो उसी क्षण मेरा कलेजा फट जाएगा। भरी सभा में जाना तो मेरे लिए असंभव है। उधर पैर ही न उठेंगे। उठे भी तो वहां जाकर जबान बंद हो जाएगी।"

श्रद्धा–पता नहीं ये लोग किधर गए हैं। एक क्षण के लिए गायत्री एकांत में मिल जाती तो एक बार मैं भी समझाकर देखती।

दीवानखाने में आनंदोत्सव हो रहा था। मास्टर अलादीन का अलौकिक चमत्कार लोगों को मुग्ध कर रहा था। द्वार पर दर्शकों की भीड़ लगी हुई थी। सहन में ठठ के ठठ कंगले जमा थे। मायाशंकर को दिन-भर के बाद मां की याद आई। वह आज आनंद से फूला न समाता था। जमीन पर पांव न पड़ते थे। दौड़-दौड़कर काम कर रहा था। ज्ञानशंकर बार-बार कहते–'तुम आराम से बैठो। इतने आदमी तो हैं ही, तुम्हारे हाथ लगाने की क्या जरूरत है?' पर उससे बेकार नहीं बैठा जाता था। कभी लैंप साफ करने लगता, कभी खसदान उठा लेता। आज सारा दिन मोटर पर सैर करता रहा। लौटते ही पद्मशंकर और तेजशंकर को सैर का वृत्तांत सुनाने लगा–'यहां गए, वहां गए, यह देखा, वह देखा।' उसे अतिशयोक्ति में बड़ा मजा आ रहा था। यहां से छुट्टी मिली तो हवन पर जा बैठा। इसके बाद भोजन में सम्मिलित हो गया। जब गाना आरंभ हुआ तो उसका चंचल चित्त स्थिर हुआ। सब लोग गाना सुनने में तल्लीन हो रहे थे, उसकी बातें सुननेवाला कोई न था। अब उसे याद आया, अम्मा को प्रणाम करने तो गया ही नहीं! ओहो, अम्मा मुझे देखते ही दौड़कर छाती से लगा लेंगी। आशीर्वाद देंगी। मेरे इन रेशमी कपड़ों की खूब तारीफ करेंगी। वह ख्याली पुलाव पकाता, मुस्कराता हुआ विद्यावती के कमरे में गया। वहां सन्नाटा छाया हुआ था, एक धुंधली-सी दीवालगीर जल रही थी। विद्यावती पलंग पर पड़ी हुई थी। मेहरियां नीचे गाना सुनने चली गई थीं। लाला प्रभाशंकर के घर की स्त्रियों को बुलावा न दिया गया था और न ही वे आई थीं। श्रद्धा अपने कमरे में बैठी हुई कुछ पढ़ रह थी।

माया ने मां के समीप जाकर देखा–उसके बाल बिखरे हुए थे, आंखों से आंसू बह रहे थे, होंठ नीले पड़ गए थे और मुख निस्तेज हो रहा था। उसने घबराकर कहा–"अम्मा, अम्मा!"

विद्यावती ने आंखें खोलीं और एक मिनट तक उसकी ओर टकटकी बांधकर देखती रही मानो अपनी आंखों पर विश्वास नहीं हुआ हो। वह उठ बैठी। माया को छाती से लगाकर उसका सिर आंचल से ढक लिया मानो उसे किसी आघात से बचा रही हो और उखड़े हुए स्वर में बोली–"आओ मेरे प्यारे लाल! तुम्हें आंख-भर देख लूं। तुम्हारे ऊपर बहुत देर से जी लगा हुआ था। तुम्हें लोग अग्निकुंड की ओर धकेले लिये जाते थे। मेरी छाती धड़-धड़ करती थी–बार-बार पुकारती थी,

लेकिन तुम सुनते ही न थे। भगवान ने तुम्हें बचा लिया। वही दीनों के रक्षक हैं। अब मैं तुम्हें न जाने दूंगी। यहीं मेरी आंखों के सामने बैठो। मैं तुम्हें देखती रहूंगी–देखो, देखो! वह तुम्हें पकड़ने के लिए दौड़ा आता है, मैं किवाड़ बंद कर देती हूं। तुम्हारा बाप है, लेकिन उसे तुम्हारे ऊपर जरा भी दया नहीं आती। मैं किवाड़ बंद कर देती हूं–तुम बैठे रहो।" यह कहते हुए वह द्वार की ओर चली, मगर पैर लड़खड़ाए और अचेत होकर फर्श पर गिर पड़ी।

माया उसकी दशा देखकर और बहकी-बहकी बातें सुनकर थर्रा गया। मारे भय के वहां एक क्षण भी न ठहर सका। तीर के समान कमरे से निकला और दीवानखाने में आकर दम लिया। ज्ञानशंकर मेहमानों के आदर-सत्कार में व्यस्त थे। उनसे कुछ कहने का अवसर न था। गायत्री चिक कि आड़ में बैठी हुई सोच रही थी, इस अलादीन को कीर्तन के लिए नौकर रख लूं तो अच्छा हो। मेरे मंदिर की सारे देश में धूम मच जाए, तभी माया ने आकर कहा–"मौसीजी, आप चलकर जरा अम्मा को देखिए। न जाने कैसी हुई जाती हैं? उन्हें डेलिरियम-सा हो गया है।"

गायत्री का कलेजा सन्न-सा हो गया। वह विद्यावती के स्वभाव से परिचित थी। यह खबर सुनकर उससे कहीं ज्यादा शंका हुई, जितनी सामान्य दशा में होनी चाहिए थी। वह कल से विद्यावती के बदले हुए तेवर देख रही थी। रात की घटना भी उसे याद आई। वह जीने की ओर चली। माया भी पीछे-पीछे चला। इस कमरे में इस समय कितनी ही चीजें इधर-उधर बिखरी पड़ी थीं। गायत्री ने कहा–"तुम यहीं बैठो, नहीं तो इनमें से एक चीज का भी पता न चलेगा। मैं अभी आती हूं। घबराने की कोई बात नहीं है, शायद उसे बुखार आ गया है।"

गायत्री विद्यावती के कमरे में पहुंची। उसका हृदय बांसों उछल रहा था। उसे वास्तविक अवस्था का कुछ गुप्त ज्ञान-सा हो रहा था। उसने बहुत धीरे से कमरे में पैर रखा। धुंधली दीवालगीर अब भी जल रही थी और विद्यावती द्वार के पास फर्श पर बेखबर पड़ी हुई थी। उसके चेहरे पर मुर्दनी छाई हुई थी, आंखें बंद थीं और जोर-जोर से सांस चल रही थी। यद्यपि खूब सरदी पड़ रही थी, पर उसकी देह पसीने से तर थी। माथे पर स्वेद बिंदु झलक रहे थे, जैसे मुरझाए फूल पर ओस की बूंदें झलकती हैं। गायत्री ने लैंप तेज करके विद्यावती को देखा। होंठ पीले पड़ गए थे और हाथ-पैर धीरे-धीरे कांप रहे थे। उसने विद्यावती का सिर अपनी गोद में रख लिया, अपना सुगंध से डूबा हुआ रुमाल निकाल लिया और उसके मुंह पर झलने लगी। प्रेममय शोक-वेदना से उसका हृदय विकल हो उठा और गला भर आया। वह बोली–"विद्यावती, कैसा जी है?"

विद्यावती ने आंखें खोल दीं और गायत्री को देखकर बोली—"बहन!" इसके सिवा वह और कुछ न कह सकी। बोलने की बार-बार चेष्टा करती थी, पर मुंह से आवाज न निकलती थी, उसके मुख पर एक अतीव करुणाजनक दीनता छा गई। उसने विवश दृष्टि से फिर गायत्री को देखा। उसकी आंखें लाल थीं, लेकिन उनमें उन्मत्तता या उग्रता न थी। उनमें आत्म-ज्योति झलक रही थी। वह विनय, क्षमा और शांति से परिपूर्ण थी। हमारी अंतिम चितवनें हमारे जीवन का सार होती हैं, निर्मल और स्वच्छ—ईर्ष्या व द्वेष जैसी मलिनताओं से रहित।

विद्यावती की जबान बंद थी, लेकिन आंखें कह रही थीं—'मेरा अपराध क्षमा करना। मैं थोड़ी देर की मेहमान हूं, मेरी ओर से तुम्हारे मन में जो मलाल हो, वह निकाल डालना। मुझे तुमसे कोई शिकायत नहीं है, मेरे भाग्य में जो कुछ बदा था, वह हुआ। तुम्हारे भाग्य में जो कुछ बदा है, वह होगा। तुम्हें अपना सर्वस्व सौंपे जाती हूं—उसकी रक्षा करना।'

गायत्री ने रोते हुए कहा—"विद्यावती, तुम कुछ बोलती क्यों नहीं? कैसा जी है, डॉक्टर बुलाऊं?"

विद्यावती ने निराश दृष्टि से देखा और दोनों हाथ जोड़ दिए। उसकी आंखें बंद हो गईं। गायत्री व्याकुल होकर नीचे दीवानखाने में गई और माया से बोली—"बाबूजी को ऊपर ले जाओ। मैं जाती हूं, विद्यावती की दशा अच्छी नहीं है।"

एक क्षण में ज्ञानशंकर और माया दोनों ऊपर आ गए। श्रद्धा भी हलचल सुनकर दौड़ी हुई आ गई। ज्ञानशंकर ने विद्यावती को दो-तीन बार पुकारा, पर उसने आंखें न खोलीं, तब उन्होंने अलमारी से गुलाबजल की बोतल निकाली और उसके मुंह पर कई बार छींटें दिए। विद्यावती की आंखें खुल गईं, किंतु पति को देखते ही उसने जोर से चीख मारी। यद्यपि उसके हाथ-पांव अकड़े हुए थे, पर ऐसा जान पड़ा कि उसमें कोई विद्युत-शक्ति दौड़ गई। वह तुरंत उठकर खड़ी हो गई। दोनों हाथों से आंखें बंद किए द्वार की ओर चली। गायत्री ने उसे संभाला और पूछा—"विद्यावती, इन्हें पहचानती नहीं, बाबू ज्ञानशंकर हैं।"

विद्यावती ने सशंक और भयभीत नेत्रों से देखा और पीछे हटती हुई बोली—"अरे, यह फिर आ गया। ईश्वर के लिए मुझे इससे बचाओ।"

गायत्री—विद्यावती, तबीयत को जरा संभालो। तुमने कुछ खा तो नहीं लिया है। डॉक्टर को बुलाऊं!

विद्यावती—मुझे इससे बचाओ, ईश्वर के लिए मुझे इससे बचाओ।

गायत्री—पहचानती नहीं हो, बाबूजी हैं।

विद्यावती—नहीं-नहीं, यह पिशाच है। इसके लंबे बाल हैं। वह देखो दांत

निकाले मेरी ओर दौड़ा आता है। हाय-हाय! इसे भगाओ, मुझे खा जाएगा।
देखो-देखो, मुझे पकड़े लेता है। इसके सींग हैं, बड़े-बड़े दांत हैं, बड़े-बड़े नख
हैं। नहीं, मैं न जाऊंगी। छोड़ दे दुष्ट, मेरा हाथ छोड़ दे। हाय! मुझे अग्निकुंड में
झोंके देता है। अरे देखो, माया को पकड़ लिया। कहता है, बलिदान दूंगा! दुष्ट,
तेरे हृदय में जरा भी दया नहीं है? उसे छोड़ दे, मैं चलती हूं, मुझे कुंड में झोंके
दे, पर ईश्वर के लिए उसे छोड़ दे।

यह कहते-कहते विद्यावती फिर मूर्च्छित होकर गिर पड़ी।

ज्ञानशंकर ने लज्जायुक्त चिंता से कहा–"इसने जहर खा लिया। मैं अभी
डॉक्टर प्रियनाथ के यहां जाता हूं। शायद उनके यत्न से अब भी इसके प्राण
बच जाएं। मुझे क्या मालूम था कि माया को तुम्हारी गोद में देने का इसे इतना
दुख होगा! मैंने इसे आज तक न समझा। यह पवित्र आत्मा थी, देवी थी, मेरे
जैसे लोभी, स्वार्थी मनुष्य के योग्य न थी।" यह कहकर वह आंखों में आंसू
भरे चले गए।

श्रद्धा ने विद्यावती को उठाकर गोद में ले लिया। गायत्री पंखा झलने लगी।
माया खड़ा रो रहा था। कमरे में सन्नाटा छाया हुआ था, वह सन्नाटा जो मृत्यु के
स्थान के सिवा और कहीं नहीं होता। सब-के-सब विद्यावती को होश में लाने
का प्रयास कर रहे थे, पर मुंह से कोई कुछ न कहता था। सब के दिलों में मृत्यु
का भय छाया हुआ था।

आधे घंटे के बाद विद्यावती की आंखें खुलीं। उसने चारों ओर सहमे हुए नेत्रों
से देखकर इशारे से पानी मांगा।

श्रद्धा ने गुलाबजल और पानी मिलाकर कटोरा उसके मुंह से लगाया। उसने
पानी पीने को मुंह खोला, लेकिन होंठ खुले रह गए, अंगों पर इच्छा का अधिकार
नहीं रहा। एक क्षण में उसकी आंखों की पुतलियां फिर गईं।

श्रद्धा समझ गई कि यह अंतिम क्षण है, बोली–"बहन, किसी से कुछ कहना
चाहती हो? माया तुम्हारे सामने खड़ा है।"

विद्यावती की बुझी आंखें श्रद्धा की ओर फिरीं, आंसू की चंद बूंदें गिरीं, शरीर
में कंपन हुआ और दीपक बुझ गया!

एक सप्ताह पीछे मुन्नी भी हुड़क-हुड़ककर बीमार पड़ गई। रात-दिन
अम्मा-अम्मा की रट लगाया करती। न कुछ खाती न पीती, यहां तक कि दवाएं
पिलाने के समय मुंह ऐसा बंद कर लेती कि किसी तरह न खोलती। श्रद्धा गोद में
लिये पुचकारती-फुसलाती, पर सफल न होती। बेचारा माया गोद में लिये उसके
मुरझाए मुंह की ओर देखता और रोता। ज्ञानशंकर को तो अवकाश न मिलता था।

लाला प्रभाशंकर दिन में कई बार डॉक्टर के पास जाते, दवाएं लाते, लड़की का मन बहलाने के लिए तरह-तरह के खिलौने लाते, पर मुन्नी उनकी ओर आंख उठाकर भी न देखती! गायत्री से न जाने क्या चिढ़ थी! उसकी सूरत देखते ही रोने लगती। एक बार गायत्री ने गोद में उठा लिया तो उसे दांतों से काट लिया। चौथे दिन उसे ज्वर हो आया और तीन दिन बीमार रहकर मातृ-हृदय की भूखी बालिका चल बसी।

विद्यावती के मरने के पीछे विदित हुआ कि वह कितनी बहुप्रिय और सुशीला थी। मुहल्ले की स्त्रियां श्रद्धा के पास आकर चार आंसू बहा जातीं। दिन-भर उनका तांता लगा रहता! बड़ी बहू और उनकी बहू भी सच्चे दिल से उसका मातम कर रही थीं–'उस देवी ने अपने जीवन में किसी को 'रे' या 'तू' नहीं कहा। मेहरियों से हंस-हंसकर बातें करती। नसीब चाहे खोटा था, पर हृदय में दया थी। किसी का दु:ख न देख सकती थी। दानशीला ऐसी थी कि किसी भूखे भिखारी, दुखियारे को द्वार से फिरने न देती थी, धेले की जगह पैसा और आध पाव की जगह पाव-भर देने की नीयत रखती थी।' गायत्री इन स्त्रियों से आंखें चुराया करती। अगर वह कभी आ पड़ती तो सब-की-सब चुप हो जातीं और उसकी अवहेलना करतीं। गायत्री उनकी श्रद्धापात्र बनने के लिए उनके बालकों को मिठाइयां और खिलौने देती, विद्यावती की रो-रोकर चर्चा करती, पर उसका मनोरथ पूरा न होता था। यद्यपि कोई स्त्री मुंह से कुछ न कहती थी, लेकिन उनके कटाक्ष व्यंग्य से भी अधिक मर्मभेदी होते थे।

एक दिन बड़ी बहू ने गायत्री के मुंह पर कहा–"न जाने ऐसा कौन-सा कांटा था जिसने उसके हृदय में चुभकर जान ले ली। दूध-पूत सब भगवान ने दिया था, पर इस कांटे की पीड़ा न सही गई।" यह कांटा कौन था, इस विषय में महिलाओं की आंखें उनकी वाणी से कहीं सशब्द थीं। गायत्री मन में कटकर रह गई।

वास्तव में कुटुंब या मुहल्ले की स्त्रियों को विद्यावती के मरने का जितना शोक था, उससे कहीं ज्यादा गायत्री को था। डॉक्टर प्रियनाथ ने स्पष्ट कह दिया कि इसने विष खाया है। लक्षणों से भी यही बात सिद्ध होती थी। गायत्री इस खून से अपना हाथ रंगा हुआ पाती थी। उसकी सगर्व आत्मा इस कल्पना से ही कांप उठती थी। वह अपनी मेहरियों से भी विद्यावती की चर्चा करते झिझकती थी–मौत की रात का दृश्य कभी न भूलती थी। विद्यावती की वह क्षमाप्रार्थी चितवनें सदैव उसकी आंखों में फिरा करतीं। हां, यदि मुझे पहले मालूम होता कि उनके मन में मेरी ओर से इतना मिथ्या भ्रम हो गया है तो यह नौबत न आती। जब वह उससे

पहले वाली रात की घटनाओं पर विचार करती तो उसका मन स्वयं कहता था कि विद्यावती का संदेह करना स्वाभाविक था। नहीं, अब उसे कितनी ही छोटी-छोटी बातें ऐसी भी याद आतीं थीं, जो उसने विद्यावती का मनो-मालिन्य देखकर केवल उसे जलाने और सुलगाने के लिए की थीं। यद्यपि उस समय उसने ये बातें अपने पवित्र प्रेम की तरंग में की थीं और विद्यावती के ही सामने नहीं, सारी दुनिया के सामने करने पर तैयार थी, पर इन खून के छींटों से वह नशा उतर गया था। उसका मन स्वयं स्वीकार करता था कि वह विशुद्ध प्रेम न था, अज्ञात रीति से उसमें वासना का लेश आ गया था। विद्यावती मुझे देखकर सदय हो गई थी, लेकिन ज्ञानशंकर की सूरत देखते ही उसका झिझकना, चीखना, चिल्लाना साफ कह रहा था कि उसने हमारे ही ऊपर जान दी। यह उसकी परम उदारता थी कि उसने मुझे निर्दोष समझा। इतने भयंकर उत्तरदायित्व का भार उसकी आत्मा को कुचले देता था। शनेः-शनैः भाव का उस पर इतना प्राबल्य हुआ कि भक्ति और प्रेम से उसे अरुचि होने लगी। उसके विचार में यह दुर्घटना इस बात का प्रमाण थी कि हम भक्ति के ऊंचे आदर्श से गिर गए, प्रेम के निर्मल जल पर तैरते हुए हम भोग के सेवारों में उलझ गए मानो यह हमारी आत्मा को सजग करने के लिए देवप्रेरित चेतावनी थी।

अब ज्ञानशंकर उसके पास आते तो उनसे खुलकर न मिलती। ज्ञानशंकर ने विद्यावती की दाह-क्रिया आप न की थी, यहां तक कि चिता में आग भी न दी थी। एक ब्राह्मण से सब संस्कार कराए थे। गायत्री को यह असज्जनता और हृदयशून्यता नागवार मालूम होती थी। उसकी इच्छा थी कि विद्यावती की अंत्येष्टि प्रथानुसार और यथोचित सम्मान के साथ की जाए। उसकी आत्मा की शांति का अब यही एक उपाय था। उसने ज्ञानशंकर से इसका इशारा भी किया, पर वह टाल गए। वह उन्हें देखते ही मुंह फेर लेती थी, उन्हें अपनी वाणी का मंत्र मारने का अवसर ही न देती थी। उसे भय होता था कि उनकी यह उच्छृंखलता मुझे और भी बदनाम कर देगी। वह कम-से-कम संसार की दृष्टि में इस हत्या के अपराध से मुक्त रहना चाहती थी।

गायत्री पर अब ज्ञानशंकर के चरित्र के जौहर भी खुलने लगे। उन्होंने उससे अपने कुटुंबियों की इतनी बुराइयां की थीं कि उन्हें धैर्य और सहनशीलता की मूर्ति समझती थी, पर यहां कुछ और ही बात दिखाई देती थी। उन्होंने प्रेमशंकर को शोक सूचना तक न दी, लेकिन उन्होंने ज्यों ही खबर पाई, वे तुरंत दौड़े हुए आए और सोलह दिनों तक नित्य प्रति आकर यथायोग्य संस्कार में भाग लेते रहे। लाला प्रभाशंकर संस्कारों की व्यवस्था में, ब्रह्मभोज में, बिरादरी की दावत में व्यस्त

थे मानो आपस में कोई द्वेष नहीं। बड़ी बहू के व्यवहार से भी सच्ची संवेदना प्रकट होती थी, लेकिन ज्ञानशंकर के रंग-ढंग से साफ-साफ जाहिर होता था कि इन लोगों का शरीक होना उन्हें नागवार है। वह उनसे दूर-दूर रहते थे, उनसे बात करते तो रुखाई से, मानो सभी उनके शत्रु हैं और इसी बहाने उनका अहित करना चाहते हैं। ब्रह्मभोज के दिन उनकी लाला प्रभाशंकर से खासी झपट हो गई। प्रभाशंकर आग्रह कर रहे थे, मिठाइयां घर में बनवाई जाएं। ज्ञानशंकर कहते थे कि यह अनुपयुक्त है। संभव है, घर की मिठाइयां अच्छी न बनें, पर खर्च बहुत पड़ेगा। बाजार से मामूली मिठाइयां मंगवाई जाएं।

प्रभाशंकर ने कहा–"खिलाते हो तो ऐसे पदार्थ खिलाओ कि खानेवाले भी समझें कि कहीं दावत खाई थी।"

ज्ञानशंकर ने बिगड़कर कहा–"मैं ऐसा अहमक नहीं हूं कि इस वाह-वाह के लिए अपना घर लुटा दूं।" नतीजा यह हुआ कि बाजार से सस्ते मेल की मिठाइयां आईं। ब्राह्मणों ने डटकर खाया, लेकिन सारे शहर में निंदा की।

गायत्री को जो बात सबसे अप्रिय लगती थी, वह अपनी नजरबंदी थी। ज्ञानशंकर उसकी चिट्ठियां खोलकर पढ़ लेते, इस भय से कि कहीं राय साहब का कोई पत्र न हो। अगर वह प्रेमशंकर या लाला प्रभाशंकर से कुछ बातें करने लगती तो वह तुरंत आकर बैठ जाते और ऐसी असंगत बात करने लगते कि साधारण बातचीत भी विवाद का रूप धारण कर लेती थी। उनके व्यवहार से स्पष्ट विदित होता था कि गायत्री के पास किसी अन्य मनुष्य का उठना-बैठना उन्हें असह्य है। इतना ही नहीं, वह यथासाध्य गायत्री को स्त्रियों से मिलने-जुलने का भी अवसर न देते। आत्माभिमान धार्मिक विषयों में लोकमत को जितना तुच्छ समझता है, लौकिक विषयों में लोकमत का उतना ही आदर करता है।

गायत्री को विद्यावती के हत्यापराध से मुक्त होने के लिए घर, मुहल्ले की स्त्रियों की सहानुभूति आवश्यक जान पड़ती थी। वह अपने बर्ताव से, विद्यावती की सुकीर्ति के बखान से, यहां तक कि ज्ञानशंकर की निंदा से भी यह उद्देश्य पूरा करना चाहती थी। षोड्शे और ब्रह्मभोज के बाद एक दिन उसने नगर की कई कन्या पाठशालाओं का निरीक्षण किया और प्रत्येक को विद्यावती के नाम पर पारितोषिक देने के लिए रुपये दे आई। यह केवल दिखावा ही नहीं था, विद्यावती से उसे बहुत मुहब्बत थी, उसकी मृत्यु का उसे सच्चा शोक था। विद्यावती को याद करके वह बहुधा एकांत में रो पड़ती, उसकी सूरत आंखों से कभी न उतरती थी। जब श्रद्धा और बड़ी बहू आदि विद्यावती की चर्चा करने लगतीं तो वह अद-बदाकर उनकी बातें सुनने के लिए जा बैठती। उनके कटाक्ष और संकेतों की

ओर उसका ध्यान नहीं जाता। ऐसे अवसरों पर जब ज्ञानशंकर उसे रियासत के किसी काम के बहाने से बुलाते तो उसे बहुत नागवार मालूम होता।

वह कभी-कभी झुंझलाकर कहती, जाकर कह दो मुझे फुरसत नहीं है। जरा-जरा सी बातों में मुझसे सलाह लेने की क्या जरूरत है? क्या इतनी बुद्धि भी ईश्वर ने नहीं दी? रियासत! रियासत!! उन्हें किसी के मरने-जीने की परवाह न हो, सबके हृदय एक-से नहीं हो सकते। कभी-कभी वह केवल ज्ञानशंकर को चिढ़ाने के लिए श्रद्धा के पास घंटों बैठी रहती। वह अब उनकी कठपुतली बनकर न रहना चाहती थी। उसकी गौरवशाली प्रकृति स्वच्छंद होने के लिए तड़पती थी। वह इस बंधन से निकल भागना चाहती थी। एक दिन वह ज्ञानशंकर से कुछ कहे बिना ही प्रेमशंकर की कृषिशाला में जा पहुंची और पूरा दिन वहीं रही। एक दिन उसने लाला प्रभाशंकर और प्रेमशंकर की दावत की और सारा जेवनार अपने हाथों से पकाया! लालाजी को भी उसके पाक-नैपुण्य को स्वीकार करना पड़ा!

दो महीने गुजर गए। धीरे-धीरे महिलाओं को गायत्री पर विश्वास होने लगा। द्वेष और मालिन्य के परदे हटने लगे। उसके सम्मुख ऐसी-ऐसी बातें होने लगीं जिनकी भनक भी पहले उसके कानों में न पड़ने पाती थी, यहां तक कि वह इस समाज का एक प्रधान अंग बन गई। यहां प्राय: नित्य ही ज्ञानशंकर के चरित्र की चर्चा होती और फलत: उनका आदर गायत्री के हृदय से उठता जाता था। बड़ी बहू और उनकी बहू दोनों ज्ञानशंकर की द्वेष कथा कहने लगती तो उसका अंत ही न होता था। यद्यपि श्रद्धा इतनी प्रगल्भा न थी, पर यह अनुमान करने के लिए बहुत सूक्ष्मदर्शिता की जरूरत न थी कि उसे भी ज्ञानशंकर से विशेष स्नेह न था। ज्ञानशंकर की संकीर्णता और स्वार्थपरता दिनोंदिन गायत्री को विदित होने लगी। अब उसे ज्ञान होने लगा कि पिताजी ने मुझे ज्ञानशंकर से बचकर रहने की जो ताकीद की थी, उसमें भी कुछ-न-कुछ रहस्य अवश्य था। ज्ञानशंकर के प्रेम और भक्ति पर से भी उसका विश्वास उठने लगा। उसे संदेह होने लगा कि उन्होंने केवल अपना कार्य सिद्ध करने के लिए तो यह स्वांग नहीं रचा।

अब उसे कितनी ही ऐसी बातें याद आने लगीं, जो इस संदेह की पुष्ट करती थीं। ज्यों-ज्यों वह संदेह बढ़ता था, ज्ञानशंकर की ओर से उसका चित्त फिरता जाता था। ज्ञानशंकर गायत्री के चित्त की यह वृत्ति देखकर बड़े असमंजस में रहते थे। उनके विचार में यह मनो-मालिन्य शांत करने का सर्वोत्तम उपाय यही था कि गायत्री को किसी प्रकार गोरखपुर खींच ले चलूं, लेकिन उससे यह प्रस्ताव करते हुए वह डरते थे। अपनी गोटी लाल करने के लिए वह गायत्री का एकांत सेवन परमावश्यक समझते थे। मायाशंकर को गोद लेने से ही कोई विशेष लाभ न था।

गायत्री की आयु 35 वर्ष से अधिक न थी और कोई कारण न था कि वह अभी 45 वर्ष जीवित न रहे। यह लंबा इंतजार ज्ञानशंकर जैसे अधीर पुरुषों के लिए असह्य था, इसलिए वह श्रद्धा और भक्ति का वही वशीकरण मंत्र मारकर गायत्री को अपनी मुट्ठी में करना चाहते थे।

एक दिन वे एक पत्र लिये हुए गायत्री के पास आकर बोले–"गोरखपुर से यह बहुत जरूरी खत आया है। मुख्तार साहब ने लिखा है कि ये फसल के दिन हैं। आप लोगों का आना जरूरी है, नहीं तो सीर की उपज हाथ न लगेगी, नौकर-चाकर खा जाएंगे।"

गायत्री ने रुष्ट होकर कहा–"इसका उत्तर तो मैं पीछे दूंगी, पहले यह बतलाइए कि आप मेरी चिट्ठियां क्यों खोल लिया करते हैं?"

ज्ञानशंकर सन्नाटे में आ गए, समझ गए कि मैं इसकी आंखों में उससे कहीं ज्यादा गिर गया हूं, जितना मैं समझता हूं। वे बगलें झांकते हुए बोले–"मेरा अनुमान था कि इतनी आत्मिक घनिष्ठता के बाद इस शिष्टाचार की जरूरत नहीं रही, लेकिन आपको नागवार लगता है तो आगे ऐसी भूल न होगी।"

गायत्री ने लज्जित होकर कहा–"मेरा यह आशय नहीं था। मैं केवल यह चाहती हूं कि मेरी निज की चिट्ठियां न खोली जाया करें।"

ज्ञानशंकर–इस धृष्टता का कारण यह था कि मैं अपनी आत्मा को आपकी आत्मा में संयुक्त समझता था, लेकिन ऐसा जान पड़ता है कि इस घर की द्वेष-पोषक जलवायु ने हमारे बीच भी अंतर डाल दिया। भविष्य में ऐसा दुस्साहस न होगा। मालूम होता है कि मेरे कुदिन आए हैं। देखें, क्या-क्या झेलना पड़ता है!

गायत्री ने बात का पहलू बदलकर कहा–"मुख्तार साहब को लिख दीजिए कि अभी हम लोग न आ सकेंगे, तहसील-वसूल शुरू कर दें।"

ज्ञानशंकर–मेरे विचार में हम लोगों का वहां रहना जरूरी है।

गायत्री–तो आप चले जाएं, मेरे जाने की क्या जरूरत है? मैं अभी यहां कुछ दिन और रहना चाहती हूं।

ज्ञानशंकर ने हताश होकर कहा–"जैसी आपकी इच्छा, लेकिन आपके बिना वहां एक-एक क्षण मुझे एक-एक साल मालूम होगा। कृष्ण मंदिर तैयार ही है। वहां भजन-कीर्तन में जो आनंद आएगा, वह यहां दुर्लभ है। मेरी इच्छा थी कि अबकी बार बरसात वृंदावन में कटती। इस आशा पर पानी फिर गया। आप मेरे जीवन-पथ की दीपक हैं, आप ही मेरे प्रेम और भक्ति की केंद्रस्थल हैं। आपके बिना मुझे अपने चारों ओर अंधेरा दिखाई देगा। संभव है, मैं पागल हो जाऊं।"

दो महीने पहले ऐसी प्रेमरसपूर्ण बातें सुनकर गायत्री का हृदय गद्गद हो
जाता, लेकिन इतने दिनों यहां रहकर उसे उनके चरित्र का पूरा परिचय मिल चुका
था। वह साज जो बेसुरे अलाप को भी रसमय बना देता था, अब बंद था। वह
मंत्र का प्रतिहार करना सीख गई थी, बोली–"यहां मेरी दशा उससे भी दुस्सह
होगी, खोई-खोई-सी फिरूंगी, लेकिन करूं क्या? यहां लोगों के हृदय को अपनी
ओर से साफ करना आवश्यक है। यह वियोग-दुःख इसीलिए उठा रही हूं, नहीं
तो आप जानते हैं, यहां मन बहलाव की क्या सामग्री है? देह पर अपना वश है,
उसे यहां रखूंगी। रहा मन, मन एक क्षण के लिए भी अपने कृष्ण का दामन न
छोड़ेगा। प्रेमस्थल में हजारों कोस की दूरी भी कोई चीज नहीं है, वियोग में भी
मिलाप का आनंद मिलता रहता है। हां, पत्र नित्य प्रति लिखते रहिएगा, नहीं तो
मेरी जान पर बन आएगी।"

ज्ञानशंकर ने गायत्री को भेद की दृष्टि से देखा। यह वह भोली-भाली सरल
गायत्री न थी। वह अब त्रिया-चरित्र में निपुण हो गई थी, दगा का जवाब दगा से
देना सीख गई थी। वे समझ गए कि अब यहां मेरी दाल न गलेगी। इस बाजार
में अब खोटे सिक्के न चलेंगे। यह बाजी जीतने के लिए कोई नई चाल चलनी
पड़ेगी, नए किले बांधने पड़ेंगे। गायत्री को यहां छोड़कर जाना शिकार को हाथ से
खोना था। किसी दूसरे अवसर पर यह जिक्र छेड़ने का निश्चय करके वह उठे।

सहसा गायत्री ने पूछा–"तो कब तक जाने का विचार है? मेरे विचार से
आपका प्रातःकाल की गाड़ी से चले जाना अच्छा होगा।"

ज्ञानशंकर ने दीन भाव से भूमि की ओर ताकते हुए कहा–"अच्छी बात है।"

गायत्री–हां, जब जाना ही है, तब देर न कीजिए। जब तक इस मायाजाल में
फंसे हुए हैं, तब तक तो यहां के राग अलापने ही पड़ेंगे।

ज्ञानशंकर–जैसी आज्ञा।

यह कहकर वह मर्माहत भाव से उठकर चले गए। उनके जाने के बाद गायत्री
को वही खेद हुआ, जो किसी मित्र को व्यर्थ कष्ट देने पर हमको होता है, पर
उसने उन्हें रोका नहीं।

श्रद्धा और गायत्री में दिनोंदिन मेल-जोल बढ़ने लगा। गायत्री को अब ज्ञात हुआ
कि श्रद्धा में कितना त्याग, विनय, दया और सतीत्व है। मेल-जोल से उनमें
आत्मीयता का विकास हुआ–वे एक-दूसरे से अपने हृदय की बात कहने लगीं,
आपस में कोई परदा न रहा। दोनों आधी-आधी रात तक बैठी अपनी बीती

सुनाया करतीं। श्रद्धा की बीती प्रेम और वियोग की करुण कथा थी जिसमें आदि से अंत तक कुछ छिपाने की जरूरत न थी। वह रो-रोकर अपनी विरह व्यथा का वर्णन करती, प्रेमशंकर की निर्दयता और सिद्धांत प्रेम का रोना रोती, अपनी टेक पर भी पछताती। कभी प्रेमशंकर के सद्गुणों की चर्चा अभिमान के साथ करती। अपनी कथा कहने में, अपने हृदय के भावों को प्रकट करने में उसे शांतिमय आनंद मिलता था।

इसके विपरीत गायत्री की कथा प्रेम से शुरू होकर आत्म-ग्लानि पर समाप्त होती थी। विश्वास के उद्गार में भी उसे सावधान रहना पड़ता था, वह कुछ-न-कुछ छिपाने और दबाने पर मजबूर हो जाती थी। उसके हृदय में कुछ ऐसे काले धब्बे थे जिन्हें दिखाने का उसे साहस न होता था, विशेषत: श्रद्धा को जिसका मन और वचन एक था। वह उसके सामने प्रेम और भक्ति का जिक्र करते हुए शरमाती थी। वह जब ज्ञानशंकर के उस दुस्साहस को याद करती, जो उन्होंने रात को थिएटर से लौटते समय किया था, तब उसे मालूम होता था कि उस समय तक मेरा मन शुद्ध और उज्ज्वल था, यद्यपि वासनाएं अंकुरित हो चली थीं। उसके बाद जो कुछ हुआ, वह सब ज्ञानशंकर की काम-तृष्णा और मेरी आत्म-दुर्बलता का नतीजा था जिसे मैं भक्ति कहती थी।

ज्ञानशंकर ने केवल अपनी दुष्कामना पूरी करने के लिए मेरे सामने भक्ति का यह रंगीन जाल फैलाया। मेरे विषय में उनका यह लेख लिखना, धार्मिक और सामाजिक क्षेत्र में मुझे आगे बढ़ाना, उनकी वह अविरल स्वामिभक्ति, वह आत्म-समर्पण—सब उनकी अभीष्ट-सिद्धि के मंत्र थे। मुझे मेरे अहंकार ने डुबाया, मैं अपने ख्याति-प्रेम के हाथों मारी गई। मेरा वह धर्मानुराग, मेरी वह विवेकहीन मिथ्या भक्ति, मेरे वह आमोद-प्रमोद, मेरी वह आवेशमयी कृतज्ञता जिस पर मुझे अपने संयम और व्रत को बलिदान करने में लेश-मात्र भी संकोच न होता था, केवल मेरे अहंकार की क्रीड़ाएं थीं। इस व्याध ने मेरी प्रकृति के सबसे भेद्य स्थान पर निशाना मारा। उन्होंने मेरे व्रत और नियम को धूल में मिला दिया, केवल अपने ऐश्वर्य-प्रेम हेतु मेरा सर्वनाश कर दिया। स्त्री अपनी कुप्रवृत्ति का दोष सदैव पुरुष के सिर पर रखती है, अपने को वह दलित और आहत समझती है। गायत्री के हृदय में इस समय ज्ञानशंकर का प्रेमालाप, वह मृदुल व्यवहार, वह सतृष्ण चितवनें तीर की तरह लग रही थीं। वह कभी-कभी शोक और क्रोध से इतनी उत्तेजित हो जाती कि उसका जी चाहता कि उसने जैसे मेरे जीवन को भ्रष्ट किया है, वैसे ही मैं भी उसका सर्वनाश कर दूं।

एक दिन वह इन्हीं उद्दंड विचारों में डूबी हुई थी कि श्रद्धा आकर बैठ गई

और उसके मुख की ओर देखकर बोली–"मुख क्यों लाल हो रहा है? आंखों में आंसू क्यों भरे हैं?"

गायत्री–कुछ नहीं, मन ही तो है।

श्रद्धा–मुझसे कहने योग्य नहीं है?

गायत्री–तुमसे छिपा ही क्या है, जो मुझसे पूछती हो! मैंने अपनी तरफ से छिपाया है, लेकिन तुम सब कुछ जानती हो। यहां कौन नहीं जानता? उन बातों को जब याद करती हूं तो ऐसी इच्छा होती है कि एक ही कटार से अपनी और उसकी गरदन काट डालूं। खून खौलने लगता है। मुझे जरा भी भ्रम न था कि वह इतना बड़ा धूर्त और पाजी है। बहन, अब चाहे जो कुछ हो, मैं उससे अपनी आत्महत्या का बदला अवश्य लूंगी। मर्यादा तो यही कहती है कि विद्यावती की भांति विष खाकर मर जाऊं, लेकिन यह तो उसके मन की बात होगी, वह अपने भाग्य को सराहेगा और दिल खोलकर वैभव का भोग करेगा। नहीं, मैं यह मूर्खता न करूंगी। नहीं, मैं उसे घुला-घुला और रटा-रटाकर मारूंगी। मैं उसका सिर इस तरह कुचलूंगी, जैसे सांप का सिर कुचला जाता है। हा! मुझ जैसी अभागिनी संसार में न होगी।

यह कहते-कहते गायत्री फूट-फूटकर रोने लगी। जरा दम लेकर फिर उसी प्रवाह में बोली–"श्रद्धा, तुम्हें विश्वास न आएगा, यह मनुष्य पक्का जादूगर है। इसने मुझ पर ऐसा मंत्र मारा कि मैं अपने को बिलकुल भूल गई। मैं तुमसे अपनी सफाई नहीं दे रही हूं। वायुमंडल में नाना प्रकार के रोगाणु उड़ा करते हैं। उनका विष उन्हीं प्राणियों पर असर करता है, जिनमें उसके ग्रहण करने का विकार पहले से मौजूद रहता है। मच्छर के डंक से सबको ताप और जूड़ी नहीं आती। वह बाह्य उत्तेजना केवल भीतर के विकार को उभार देती है। ऐसा न होता तो आज समस्त संसार में एक भी स्वस्थ प्राणी न दिखाई देता। मुझमें यह विकृत पदार्थ था। मुझे अपने आत्म-बल पर घमंड था। मैं ऐंद्रिक भोग को तुच्छ समझती थी। इस दुरात्मा ने उसी दीपक से जिससे मेरे अंधेरे घर में उजाला था, घर में आग लगा दी, जो तलवार मेरी रक्षा करती थी, वही तलवार मेरी गरदन पर चला दी। अब मैं वही तलवार उसकी गरदन पर चलाऊंगी। वह समझता होगा कि मैं अबला हूं, उसका कुछ बिगाड़ नहीं सकती, लेकिन मैं दिखा दूंगी कि पानी द्रव होकर भी पहाड़ों को छिन्न-भिन्न कर सकता है। मेरे पूज्य पिता आत्म-दर्शी हैं। उन्हें उसकी बुरी नीयत मालूम हो गई थी, इसी कारण उन्होंने मुझे उससे दूर रहने की ताकीद की थी। उन्होंने अवश्य विद्यावती से यह बात कही होगी, इसीलिए विद्यावती यहां मुझे सचेत करने आई थी, लेकिन शोक! मैं नशे में ऐसी चूर थी कि पिताजी की

चेतावनी की कुछ परवाह न की। इस धूर्त ने मुझे उनकी नजरों में भी गिरा दिया। अब वह मेरा मुंह देखना भी न चाहेंगे।"

गायत्री यह कहकर फिर शोकमग्न हो गई। श्रद्धा की समझ में न आता था कि इसे कैसे सांत्वना दूं। अकस्मात् गायत्री उठ खड़ी हुई। संदूक में से कलम, दवात, कागज निकाल लाई और बोली–"बहन, जो कुछ होना था, हो चुका; इसके लिए जीवनपर्यंत रोना है। विद्या देवी थी, उसने अपमान से मर जाना अच्छा समझा। मैं पिशाचिनी हूं, मौत से डरती हूं, लेकिन अब से यह जीवन त्याग और पश्चाताप पर समर्पण होगा। मैं अपनी रियासत से इस्तीफा दे देती हूं, मेरा उस पर कोई अधिकार नहीं है। तीन साल से उस पर मेरा कोई हक नहीं है। मैं इतने दिनों तक बिना अधिकार ही उसका उपभोग करती रही। यह रियासत मेरे पतिव्रत-पालन का उपहार थी। यह ऐश्वर्य और संपत्ति मुझे इसलिए मिली थी कि कुल-मर्यादा की रक्षा करती रहूं, मेरी पतिभक्ति अचल रहे। वह मर्यादा कितने महत्त्व की वस्तु होगी जिसकी रक्षा के लिए मुझे करोड़ों की संपत्ति प्रदान की गई, लेकिन मैंने उस मर्यादा को भंग कर दिया, उस अमूल्य रत्न को अपनी विलासिता की भेंट कर दिया। अब मेरा उस रियासत पर कोई हक नहीं है। उस घर में पांव रखने का मुझे स्वत्व नहीं, वहां का एक-एक दाना मेरे लिए त्याज्य है। मैं इतने दिनों से हराम के माल पर ऐश करती रही।"

यह कहकर गायत्री कुछ लिखने लगी, लेकिन श्रद्धा ने कागज उठा लिया और बोली–"खूब सोच-समझ लो, इतना उतावलापन अच्छा नहीं।"

गायत्री–खूब सोच लिया है। मैं इसी क्षण ये मंगनी के वस्त्र फेंकूंगी और किसी ऐसे स्थान पर जा बैठूंगी, जहां कोई मेरी सूरत न देखे।

श्रद्धा–भला सोचो तो दुनिया क्या कहेगी? लोग भांति-भांति की मनमानी कल्पनाएं करेंगे। मान लिया, तुमने इस्तीफा ही दे दिया तो यह क्या मालूम है कि जिनके हाथों में रियासत जाएगी, वे उसका सदुपयोग करेंगे। अब तो तुम्हारे लोक और परलोक की भलाई इसी में है कि शेष जीवन भगवत-भजन में काटो, तीर्थ-यात्रा करो और साधु-संतों की सेवा करो। संभव है कि कोई ऐसे महात्मा मिल जाएं, जिनके उपदेश से तुम्हारे चित्त को शांति हो। भगवान ने तुम्हें धन दिया है, उससे अच्छे काम करो। अनाथों और विधवाओं को पालो, धर्मशालाएं बनवाओ, तालाब और कुएं खुदवाओ, भक्ति को छोड़कर ज्ञान पर चलो। भक्ति का मार्ग सीधा है, लेकिन कांटों से भरा हुआ है। ज्ञान का मार्ग टेढ़ा है, लेकिन साफ है।

श्रद्धा का ज्ञानोपदेश अभी समाप्त न होने पाया था कि एक मेहरी ने आकर कहा–"बहूजी, वह डिपटियाइन आई हैं, जो पहले यहीं रहती थीं। यहीं लिवा लाऊं?"

श्रद्धा–शीलमणि तो नहीं हैं?

मेहरी–हां-हां वही हैं सांवली! पहले तो गहने से लदी रहती थीं, आज तो एक मुंदरी भी नहीं है। बड़े आदमियों का मन गहने से भी फिर जाता है।

श्रद्धा–हां, यहीं लिवा लाओ।

एक क्षण में शीलमणि आकर खड़ी हो गईं। केवल एक उजली साड़ी पहने हुई थीं। गहनों का तो कहना ही क्या, अधरों पर पान की लाली भी न थी। श्रद्धा उठकर उनसे गले मिली और पूछा–"सीतापुर से कब आईं?"

शीलमणि–आज ही आई हूं, इसीलिए आई हूं कि लाला ज्ञानशंकर से दो-दो बातें करूं। जब से बेचारी विद्या के विष खाकर जान देने का हाल सुना है, कलेजे में एक आग-सी सुलग रही है। यह सब उसकी उसी बहन की करामात है, जो रानी बनी फिरती है–उसी ने विष दिया होगा।

शीलमणि ने गायत्री की ओर देखा न था और देखा भी हो तो पहचानती न थीं। श्रद्धा ने दांतों तले जीभ दबाई और छाती पर हाथ रखकर आंखों से गायत्री की ओर इशारा किया। शीलमणि ने चौंककर बाईं तरफ देखा तो एक स्त्री सिर झुकाए बैठी हुई थी। उसकी प्रतिभा, सौंदर्य और वस्त्राभूषण देखकर समझ गई कि गायत्री यही है। उसकी छाती धक् से हो गई, लेकिन उसके मुख से ऐसी बातें निकल गई थीं, जिनको फेरना या संभालना मुश्किल था। वह जलता हुआ ग्रास मुंह में रख चुकी थी और उसे निगलने के सिवा दूसरा उपाय न था। यद्यपि उसका क्रोध न्याय-संगत था, पर शायद गायत्री के मुंह पर वह ऐसे कटु शब्द मुंह से न निकाल सकती। अब तीर कमान से निकल चुका था, इसलिए उसके क्रोध ने हेकड़ी का रूप धारण किया, लज्जित होने के बदले और उद्दंड हो गई। गायत्री की ओर मुंह करके बोली–"अच्छा, रानी साहिबा तो यहीं विराजमान हैं। मैंने आपके विषय में जो कुछ कहा है, वह आपको अवश्य अप्रिय लगा होगा, लेकिन उसके लिए मैं आपसे क्षमा नहीं मांग सकती। यही बातें मैं आपके मुंह पर कह सकती थी और एक मैं क्या सारा संसार यही कह रहा है। मुंह से चाहे कोई न कहे, किंतु सब के मन में यही बात है। लाला ज्ञानशंकर से जिसे एक बार भी पाला पड़ चुका है, वह उसे अग्राह्य नहीं समझ सकता। मेरे बाबूजी इनके साथ के पढ़े हुए हैं और इन्हें खूब समझते हैं। जब वह मजिस्ट्रेट थे, तो उन्होंने अपने असामियों पर इजाफा लगान का दावा किया था। महीनों मेरी खुशामद करते रहे कि मैं बाबूजी से डिग्री करवा दूं। मैं क्या जानूं, इनके चकमें में आ गई। बाबूजी पहले तो बहुत आनाकानी करते रहे, लेकिन जब मैंने जिद की तो राजी हो गए। कुशल यह हुई कि इसी बीच मुझे उनके अत्याचार का हाल मालूम हो गया और

डिग्री न होने पाई, नहीं तो कितने दीन असामियों की जान पर बन आती। दावा डिसमिस हो गया। इस पर यह इतने रुष्ट हुए कि समाचार-पत्रों में लिख-लिखकर बाबूजी को बदनाम किया। वह अब पत्रों में इनके धर्मोत्साह की खबरें पढ़ते थे, तो कहते थे—महाशय, अब जरूर कोई-न-कोई स्वांग रच रहे हैं। गोरखपुर सनातन धर्म के उत्सव पर जो धूम-धाम हुई और बनारस में कृष्णलीला का जो नाटक खेला गया, उनका वृत्तांत पढ़कर बाबूजी ने खेद के साथ कहा था, 'यह महाशय रानी साहिबा को सब्ज-बाग दिखा रहे हैं। इसमें अवश्य कोई-न-कोई रहस्य है।' लालाजी मुझे मिल जाते तो ऐसा आड़े हाथों लेती कि वह भी याद करते।"

गायत्री खिड़की की ओर ताक रही थी, यहां तक कि उसकी दृष्टि से खिड़की भी लुप्त हो गई। उसके अंतःकरण से पश्चाताप और ग्लानि की लहरें उठ-उठकर कंठ तक आती थीं और उसके नेत्र-रूपी नौका को झकोरे देकर लौट जाती थीं। वह संज्ञाहीन हो गई थी। सारी चैतन्य शक्तियां शिथिल हो गई थीं। श्रद्धा ने उसके मुख की ओर देखा, आंसू न रोक सकी। इस अभागिनी दुखिया पर उसे कभी इतनी दया न आई। वहां बैठना तक अन्याय था। वह और कुछ न कर सकी, शीलमणि को अपने साथ लेकर दूसरे कमरे में चली गई। वहां दोनों में देर तक बातचीत होती रहीं। श्रद्धा हत्या का सारा भार ज्ञानशंकर के सिर पर रखती थी। शीलमणि गायत्री को भी दोष का भागी समझती थी। दोनों ने अपने-अपने पक्ष को स्थिर किया। अंत में श्रद्धा का पल्ला भारी रहा। इसके बाद शीलमणि ने अपना वृत्तांत सुनाया। संतानोत्पत्ति के निमित्त कौन-कौन से यत्न किए, कौन-कौन सी दवाइयां खाईं, किन-किन डॉक्टरों से दवा कराई? यहां तक कि वह श्रद्धा को अपने गर्भवती हो जाने का विश्वास दिलाने में सफल हो गई, किंतु महाशोक! सातवें महीने में गर्भपात हो गया, सारी आशाएं धूल में मिल गईं! श्रद्धा ने सच्चे हृदय से संवेदना प्रकट की। फिर कुछ देर तक इधर-उधर की बातें होती रहीं।

श्रद्धा ने पूछा—"अब डिप्टी साहब का क्या इरादा है?"

शीलमणि—अब तो इस्तीफा देकर आए हैं और बाबू प्रेमशंकर के साथ रहना चाहते हैं। उनकी इन पर असीम भक्ति है। पहले जब इस्तीफा देने की चर्चा करते तो समझती थी कि काम से जी चुराते हैं। राजी न होती थी, लेकिन इन तीन वर्षों में मुझे अनुभव हो गया कि इस नौकरी के साथ आत्म-रक्षा नहीं हो सकती। जाति के नेतागण प्रजा के उपकार के लिए जो उपाय करते हैं, सरकार उसी में विघ्न डालती है, उसे दबाना चाहती है। उसे अब भय होता है कि कहीं यहां के लोग इतने उन्नत न हो जाएं कि उसका रोब न मानें। इसीलिए वह प्रजा के भावों को दबाने के लिए, उसका मुंह बंद करने के लिए नए-नए कानून बनाती रहती

है। नेताओं ने देश को दरिद्रता के चंगुल से छुड़ाने के लिए चरखों और करघों की व्यवस्था की। सरकार उसमें बाधा डाल रही है। स्वदेशी कपड़े का प्रचार करने के लिए दुकानदारों और ग्राहकों को समझाना अपराध ठहरा दिया गया है। नशे की चीजों का प्रचार कम करने के लिए नशेबाजों और ठेकेदारों से कुछ कहना-सुनना भी अपराध है। अभी पिछले साल जब यूरोप की लड़ाई हुई थी तो सरकार ने प्रजा से कर्ज लिया। कहने को तो कर्ज था, पर असल में जरूरी टैक्स था। अधिकारियों ने दीन-दरिद्र प्रजा पर नाना प्रकार के अत्याचार किए, तरह-तरह के दबाव डाले, यहां तक कि उन्हें अपने हल-बैल बेचकर सरकार को कर्ज देने पर मजबूर किया गया जिसने इनकार किया, उसे या तो पिटवाया या कोई झूठा इल्जाम लगाकर फंसा दिया। बाबूजी ने अपने इलाके में किसी के साथ सख्ती नहीं की। कह दिया-'जिसका जी चाहे कर्ज दे, जिसका जी चाहे न दे।' नतीजा यह हुआ कि और इलाकों से तो लाखों रुपये वसूल हुए, इनके इलाके से बहुत कम मिला। इस पर जिले के हाकिम ने नाराज होकर इनकी शिकायत कर दी। इनसे यह ओहदा छीन लिया गया, दर्जा घटा दिया गया। जब मैंने यह हाल देखा तो आप ही जिद करके इस्तीफा दिलवा दिया। जब प्रजा की कमाई खाते हैं तो प्रजा के फायदे का ही काम करना चाहिए। यह क्या कि जिसकी कमाई खाएं, उसी का गला दबाएं। यह तो नमकहरामी है, घोर नीचता है। यह तो वह करे जिसकी आत्मा मर गई हो, जिसे पेट पालने के सिवा लोक-परलोक की कुछ भी चिंता न हो। जिसके हृदय में जाति-प्रेम का लेश-मात्र है, वह ऐसे अन्याय नहीं कर सकता। भला तो होता है सरकार का, रोब और बल तो उसका बढ़ता है, जेब तो अंग्रेज व्यापारियों की भरते हैं और पाप के भागी होते हैं यह पेट के बंदे नौकर, यह स्वार्थ के दास अधिकारी और फिर हमें नौकरी की परवाह ही क्या है? घर में खाने को बहुत है। दो-चार को खिलाकर खा सकते हैं। अब तो पक्का इरादा करके आए हैं कि यहीं बाबू प्रेमशंकर के साथ रहें और अपने से जहां तक हो सके, प्रजा की भलाई करें। अब यह बताओ कि तुम कब तक रूठी रहोगी? क्या इसी तरह रो-रोकर उम्र काटने की ठान ली है?

श्रद्धा-प्रारब्ध में जो कुछ है, उसे कौन मिटा सकता है?

शीलमणि-कुछ नहीं, यह तुम्हारी व्यर्थ की टेक है। मैं अबकी बार तुम्हें घसीट ले चलूंगी। उस उजाड़ में मुझसे अकेले न रहा जाएगा। हम और तुम दोनों रहेंगी तो सुख से दिन काटेंगे। अवसर पाते ही मैं उन महाशय की भी खबर लूंगी। संसार के लिए तो जान देते फिरते हैं और घरवालों की खबर नहीं लेते। जरा-सा प्रायश्चित्त करने में क्या शान घटी जाती है?

श्रद्धा–तुम अभी उन्हें जानती नहीं हो। वह सब कुछ करेंगे, पर प्रायश्चित्त न करेंगे। वह अपने सिद्धांत को न तोड़ेंगे! तिस पर भी वह मेरी ओर से निश्चिंत नहीं हैं। ज्ञानशंकर जब से गोरखपुर रहने लगे, तब से वह प्राय: रोज यहां एक बार आ जाते हैं। अगर काम पड़े तो उन्हें यहां रहने में भी आपत्ति न होगी, लेकिन अपने नियम उन्हें प्राणों से भी प्रिय हैं।

शीलमणि ने आकाश की तरफ देखा तो बादल घिर आए थे, घबराकर बोली–"कहीं पानी न बरसने लगे–अब चलूंगी।"

श्रद्धा ने उसे रोकने की बहुत चेष्टा की, लेकिन शीलमणि ने न माना। आखिर उसने कहा–"जरा चलकर उनके आंसू तो पोंछ दो। बेचारी तभी से बैठी रो रही होंगी।"

शीलमणि–रोना तो उनके नसीब में लिखा है। अभी क्या रोई हैं! ऐसे आदमी की यही सजा है। नाराज होकर मेरा क्या बना लेंगी? रानी होंगी तो अपने घर की होंगी।

शीलमणि को विदा करके श्रद्धा झेंपती हुई गायत्री के पास आई। वह डर रही थी, कहीं गायत्री मुझ पर संदेह न करने लगी हो कि सारी करतूत इसी की है। उसने डरते-डरते अपराधी की भांति कमरे में कदम रखा। गायत्री ने प्रार्थी दृष्टि से उसे देखा, पर कुछ बोली नहीं। वह बैठी हुई कुछ लिख रही थी। मुख पर शोक के साथ दृढ़ संकल्प की झलक थी। कई मिनट तक वह लिखने में ऐसी मग्न रही मानो श्रद्धा के आने का उसे ज्ञान ही न हो। सहसा बोली–"बहन, अगर तुम्हें कष्ट न हो तो जरा माया को बुला दो और मेरी मेहरियों को भी पुकार लेना।"

श्रद्धा समझ गई कि इसके मन में कुछ और ठन गई। कुछ पूछने का साहस न हुआ। बाहर जाकर माया और मेहरियों को बुलाया। एक क्षण में माया आकर गायत्री के सामने खड़ा हो गया। मेहरियां बाग में झूल रही थीं। भादों का महीना था, घटा छाई थी, कजली बहुत सुहावनी लगती थी।

गायत्री ने माया को सिर से पांव तक देखकर कहा–"तुम जानते हो कि किसके लड़के हो?"

माया ने कुतूहल से कहा–"इतना भी नहीं जानता?"

गायत्री–मैं तुम्हारे मुंह से सुनना चाहती हूं जिससे मुझे मालूम हो जाए कि तुम मुझे क्या समझते हो?

माया पहले इस प्रश्न का आशय न समझता था। इतना इशारा पाकर सचेत हो गया, बोला–"पहले लाला ज्ञानशंकर का लड़का था, अब आपका लड़का हूं।"

गायत्री–इसीलिए तुम्हें प्रत्येक विषय में ईश्वर के पीछे मेरी इच्छा को मान्य समझना चाहिए।

मायाशंकर—निस्संदेह।

गायत्री—बाबू ज्ञानशंकर को तुम्हारे पालन-पोषण, दीक्षा से कोई संबंध नहीं है, यह मेरा अधिकार है।

मायाशंकर—आपकी ताकीद की जरूरत नहीं, मैं स्वयं उनसे दूर रहना चाहता हूं। जब से मैंने अम्मा को अंतिम समय उनकी सूरत देखते ही चीखकर भागते देखा, तभी से उनका सम्मान मेरे हृदय से उठ गया।

गायत्री—तो तुम उससे कहीं ज्यादा चतुर हो, जितना मैं समझती थी। आज मैं बद्रीनाथ की यात्रा करने जा रही हूं। कुछ पता नहीं कि कब तक लौटूं। मैं समझती हूं कि तुम्हें बाबू प्रेमशंकर की निगरानी में रखूं। यह मेरी आज्ञा है कि तुम उन्हें अपना पिता समझो और उनके अनुगामी बनो। मैंने उनके नाम यह पत्र लिख दिया है। इसे लेकर तुम उनके पास जाओ। वह तुम्हारी शिक्षा की उचित व्यवस्था कर देंगे। तुम्हारी स्थिति के अनुसार तुम्हारे आराम और जरूरत की आयोजना भी करेंगे। तुमको थोड़े ही दिनों में ज्ञात हो जाएगा कि तुम अपने पिता से कहीं ज्यादा सुयोग्य हाथों में हो। संभव है कि लाला प्रेमशंकर को तुमसे उतना प्रेम न हो, जितना तुम्हारे पिता को है, लेकिन इसमें जरा भी संदेह नहीं है कि तुम्हें अपने आने वाले कर्तव्यों का पालन करने के लिए जितनी क्षमता उनके द्वारा प्राप्त हो सकती है, तुम्हारे आचार-विचार और चरित्र का जैसा उत्तम संगठन वह कर सकते हैं, कोई और नहीं कर सकता। मुझे आशा है कि वह इस भार को स्वीकार करेंगे। इसके लिए तुम और मैं दोनों ही उनके बाध्य होंगे। यह दूसरा पत्र मैंने बाबू ज्ञानशंकर को लिखा है। मेरे लौटने तक वह रियासत के मैनेजर होंगे। मैंने उन्हें ताकीद कर दी है कि बाबू प्रेमशंकर के पास प्रति मास दो हजार रुपये भेज दिया करें। यह पत्र डाकखाने भिजवा दो।

इतने में चारों मेहरियां आ गईं। गायत्री ने उनसे कहा—"मैं आज बद्रीनाथ की यात्रा करने जा रही हूं। तुममें से कौन मेरे साथ चलती है?"

मेहरियों ने एक स्वर से कहा—"हम सब-की-सब चलेंगी।"

"नहीं, मुझे केवल एक की जरूरत है। गुलाबो, तुम मेरे साथ चलोगी?"

"सरकार जैसा हुक्म दें। बाल-बच्चों को महीनों से नहीं देखा है।"

"तो तुम घर जाओ—तुम चलोगी केसरी?"

"कब तक लौटना होगा?"

"यह नहीं कह सकती।"

"मुझे चलने की कोई उजुर नहीं है, पर सुनती हूं कि वहां का पहाड़ी पानी बहुत लगता है।"

"तो तुम भी घर जाओ। तू चलेगी अनसूया?"

"सरकार, मेरे घर कोई मर्द-मानुष नहीं है। घर चौपट हो रहा है। वहां चलूंगी तो छटांक-भर दाना भी न मिलेगा।"

"तो तुम भी घर जाओ। अब तो तुम्हीं रह गई राधा, तुमसे भी पूछ रही हूं कि चलोगी मेरे साथ?"

"हां, सरकार चलूंगी।"

"आज चलना होगा।"

"जब सरकार का जी चाहे, चलें।"

"तुम्हें बीस बीघे मुआफी मिलेगी।"

तीनों मेहरियों ने लज्जित होकर कहा–"सरकार, चलने को हम सभी तैयार हैं। आपका दिया खाती हैं तो साथ किसके रहेंगी?"

"नहीं, मुझे तुम लोगों की जरूरत नहीं। मेरे साथ अकेली राधा रहेगी। तुम सब कृतघ्न हो, तुमसे अब मेरा कोई नाता नहीं।"

यह कहकर गायत्री यात्रा की तैयारी करने लगी। राधा खड़ी देख रही थी, पर कुछ बोलने का साहस न होता था। ऐसी दशा में आदमी अव्यवस्थित-सा हो जाता है। जरा-सी बात पर झुंझला पड़ता है और जरा-सी बात पर प्रसन्न हो जाता है।

बाबू ज्ञानशंकर गोरखपुर आए, लेकिन इस तरह जैसे लड़की ससुराल आती है। वह प्राय: शोक और चिंता में पड़े रहते। उन्हें गायत्री से सच्चा प्रेम न सही, लेकिन वह प्रेम अवश्य था, जो शराबियों को शराब से होता है। उसके बिना उनका यहां जरा भी जी न लगता। पूरा दिन अपने कमरे में पड़े कुछ-न-कुछ सोचते या पढ़ते रहते थे–न कहीं सैर करने जाते और न किसी से मिलते-जुलते। कृष्ण मंदिर की ओर भूलकर भी न जाते। उन्हें बार-बार यही पछतावा होता था कि मैंने गायत्री को बनारस जाने से क्यों नहीं रोका? यह सब उसी भूल का फल है।

श्रद्धा, प्रेमशंकर और बड़ी बहू ने यह सारा विष बोया है। उन्होंने गायत्री के कान भरे, मेरी ओर से मन मैला किया। कभी-कभी उन्हें उद्भ्रांत वासनाओं पर भी क्रोध आता और वह इस नैराश्य में प्रारब्ध के कायल हो जाते थे। हरि-इच्छा भी अवश्य कोई प्रबल वस्तु है, नहीं तो क्या मेरे सारे खेल यों बिगड़ जाते? कोई चाल सीधी ही न पड़ती? धन लालसा ने मुझसे क्या-क्या नहीं कराया? मैंने अपनी आत्मा की, कर्म की, नियमों की, हत्या की और एक सती-साध्वी स्त्री के खून से अपने हाथों को रंगा, पर प्रारब्ध पर विजय न पा सका। अभीष्ट का

मार्ग अवश्य दिखाई दे रहा है, पर मालूम नहीं कि वहां तक पहुंचना नसीब होगा या नहीं। इस क्षोभ और नैराश्य की दशा में उन्हें बार-बार गायत्री की याद आती, उसकी प्रतिभा-मूर्ति आंखों में फिरा करती—अनुराग में डूबी हुई उसकी बातें कानों में गूंजने लगतीं तो ह्रदय से एक ठंडी आह निकल जाती।

ज्ञानशंकर को अब नित्य यह धड़का लगा रहता था कि कहीं गायत्री मुझे अलग न कर दे। वह चिट्ठियां खोलते हुए डरते थे कि कहीं गायत्री का कोई पत्र न निकल आए। उन्होंने उसे कई पत्र लिखे थे, पर एक का भी उत्तर न आया था। उससे उन्हें और भी उलझन होती थी। मायाशंकर के पत्र अवश्य आते थे, पर उससे उन्हें शांति न मिलती थी। बनारस में क्या हो रहा है, यह जानने के लिए वह व्यग्र रहते थे, पर ऐसा कोई न था, जो वहां के समाचार विस्तारपूर्वक उनको लिखता। कभी-कभी वह स्वयं बनारस जाने का विचार करते, लेकिन डरते कि न जाने इसका क्या नतीजा हो! यहां तो उसकी आंखों से दूर पड़ा हूं, संभव है कि कुछ दिनों में उसका क्रोध शांत हो जाए। मुझे देखकर वह कहीं और भी अप्रसन्न हो जाए तो रही-सही आशा भी जाती रहे।

इस भांति तीन-चार महीने बीत गए। भादों का महीना था। जन्माष्टमी आ रही थी। शहर में उत्सव मनाने की तैयारी हो रही थी। कई वर्षों से गायत्री के यहां उत्सव बड़ी धूमधाम से मनाया जाता था। दूर-दूर से गवैये आते थे, रासलीला की मंडलियां बुलाई जाती थीं, रईसों और हाकिमों को दावत दी जाती थी। ज्ञानशंकर ने समझा, गायत्री को यहां बुलाने का यह बहुत ही अच्छा बहाना है। एक लंबा पत्र लिखा और बड़े ही आग्रह के साथ उसे बुलाया। कृष्ण मंदिर की सजावट होने लगी, लेकिन तीसरे ही दिन जवाब आया, मेरे यहां जन्माष्टमी न होगी, कोई तैयारी न की जाए। यह शोक का साल है, मैं किसी प्रकार का आनंदोत्सव नहीं कर सकती, चाहे वह धार्मिक ही क्यों न हो!

ज्ञानशंकर के ह्रदय पर बिजली-सी गिर गई! समझ गए कि यहां से विदा होने के दिन निकट आ गए। वैराग्य का रंग और भी गहरा हो गया। शंका ने ऐसा उग्र रूप धारण किया कि डाकिए की सूरत देखते ही उनकी छाती धड़-धड़ करने लगती थी। किसी बग्घी या मोटर की आवाज सुनकर सिर में चक्कर आ जाता था कि उसमें गायत्री न हो! रात और दिन में बनारस से चार गाड़ियां आती थीं। यह ज्ञानशंकर के लिए कठिन परीक्षा की घड़ियां थीं। गाड़ियों के आने के समय उनकी नींद आप-ही-आप खुल जाती थी। चार दिन तक उनकी यह हालत रही। पांचवें दिन की डाक से गायत्री की रजिस्टरी चिट्ठी आई। शिरनामा देखते ही ज्ञानशंकर के पांव तले से जमीन सरक गई। निश्चय हो गया कि यह मुझे हटाने

का परवाना है, नहीं तो रजिस्टरी चिट्ठी भेजने की क्या जरूरत थी? कांपते हुए हाथों से पत्र खोला। लिखा था–

'मैं आज बद्रीनाथ जा रही हूं। आप सावधानी से रियासत का प्रबंध करते रहिएगा। मुझे आपके ऊपर पूरा भरोसा है, इसी भरोसे ने मुझे यह यात्रा करने पर उत्साहित किया है।'

इसके बाद वह आदेश था जिसका ऊपर जिक्र किया जा चुका है। ज्ञानशंकर का चित्त कुछ शांत हुआ। लिफाफा रख दिया और सोचने लगे, बात वही हुई, जो वह चाहते थे। गायत्री सब कुछ उनके सिर छोड़कर चली गई। यात्रा कठिन है, रास्ता दुर्गम है, पानी खराब है, इन विचारों ने उन्हें जरा देर के लिए चिंता में डाल दिया। कौन जानता है कि क्या हो? वह इतने व्याकुल हुए कि एक बार जी में आया, क्यों न मैं भी बद्रीनाथ चलूं? रास्ते में भेंट हो जाएगी। वहां तो उसके कोई कान भरनेवाला न होगा। संभव है, मैं अपना खोया हुआ विश्वास फिर जमा लूं, प्रेम के बुझे हुए दीपक को फिर जला दूं, इस संदिग्ध दशा का अंत हो जाए।

गायत्री के बिना अब उन्हें सब कुछ सूना मालूम होता था। यह विपुल संपत्ति अगर सुख-सरिता थी तो गायत्री उसकी नौका थी। नौका के बिना जलविहार का आनंद कहां? पर थोड़ी देर में उनका यह आवेग शांत हो गया। सोचा, अभी वह मुझसे भरी बैठी है, मुझे देखते ही जल जाएगी। मेरी ओर से उसका चित्त कितना कठोर हो गया है? माया को मुझसे छीन लेती है। अपने विचार में उसने मुझे कड़े से कड़ा दंड दिया है। ऐसी दशा में मेरे लिए सबसे सुलभ यही है कि अपनी स्वामिभक्ति से, सुप्रबंध से, प्रजा-हित से उसे प्रसन्न करूं। प्रेमशंकर ने अच्छा निशाना मारा। बगुला भगत है, बैठे-बैठे दो हजार रुपये मासिक की जागीर बना ली। बेचारा माया कहीं का न रहा। प्रेमशंकर उसे कुशल कृषक बना देंगे, लेकिन चतुर इलाकेदार नहीं बना सकते। उन्हें खबर ही नहीं कि रईसों की कैसी शिक्षा होनी चाहिए। खैर, जो कुछ हो, मेरी स्थिति उतनी शोचनीय नहीं है, जितना मैं समझता था।

ज्ञानशंकर ने अभी तक दूसरी चिट्ठियां न खोली थीं। अपने चित्त को यों समझाकर उन्होंने दूसरा लिफाफा उठाया तो राय साहब का पत्र था। उनके विषय में ज्ञानशंकर को केवल इतना ही मालूम था कि विद्या के देहांत के बाद वह अपनी दवा कराने के लिए मंसूरी चले गए हैं। पत्र खोलकर पढ़ने लगे–

'बाबू ज्ञानशंकर, आशीर्वाद।

एक-दो महीने पहले मेरे मुंह से तुम्हारे प्रति आशीर्वाद का शब्द न निकलता, किंतु अब मेरे मन की वह दशा नहीं है। ऋषियों का वचन है कि बुराई से भलाई पैदा होती है। मेरे हक में यह वचन अक्षरश: चरितार्थ हुआ। तुम मेरे शत्रु होकर परम मित्र निकले। तुम्हारी बदौलत मुझे आज यह शुभ अवसर मिला। मैं अपनी दवा कराने के लिए मंसूरी आया, लेकिन यहां मुझे वह वस्तु मिल गई जिस पर मैं ऐसे सैकड़ों जीवन न्योछावर कर सकता हूं।

मैं भोग-विलास का भक्त था। मेरी समस्त प्रवृत्तियां जीवन का सुख भोगने में लिप्त थीं। लोक-परलोक की चिंताओं को मैं अपने पास न आने देता था। यहां मुझे एक दिव्य आत्मा के सत्संग का सौभाग्य प्राप्त हो गया और अब मुझे यह ज्ञात हो रहा है कि मेरा सारा जीवन नष्ट हो गया। मैंने योग का अभ्यास किया, शिव और शक्ति की आराधना की, अपनी आकर्षण-शक्ति को बढ़ाया, यहां तक कि मेरी आत्मा विद्युत का भंडार हो गई, पर इन सारी क्रियाओं का उद्देश्य केवल वासनाओं की तृप्ति था। कभी-कभी भोग के आनंद में मग्न होकर मैं समझता था कि यही आत्मिक शांति है, पर अब ज्ञात हो रहा है कि मैं भ्रम-जाल में फंसा हुआ था! उसी अज्ञान की दशा में अपने को आत्म-ज्ञानी समझता हुआ मैं संसार से प्रस्थान कर जाता, लेकिन तुमने मुझे वैद्य की तलाश में घर से बाहर निकाला और दैवयोग से शारीरिक रोगों के वैद्य की जगह मुझे आत्मिक रोगों का वैद्य मिल गया।

मेरे हृदय से तुम्हारे कल्याण की प्रार्थना निकलती है, लेकिन याद रखो, मेरी शुभकामनाओं से तुम्हारा जितना हित होगा, उससे कहीं ज्यादा अहित गायत्री की ठंडी सांसों से होगा। विद्यावती के आत्मघात ने उसे सचेत कर दिया है। ऐसी दशा में अन्य स्त्रियां प्रसन्न होतीं, लेकिन गायत्री की आत्मा संपूर्णत: निर्जीव नहीं हुई थी। उसने तुम्हारे मंत्र को विफल कर दिया। तुम्हारा अंत:करण अब गायत्री के लिए खुला हुआ पृष्ठ है। तुम उसकी श्राप-अग्नि से किसी तरह बच नहीं सकते। तुम्हें जल्द अपनी तृष्णाओं को साथ लिये ही संसार से जाना पड़ेगा। अतएव मुनासिब है कि तुम अपने जीवन के गिने-गिनाए दिन आत्म-शुद्धि में व्यतीत करो। तुम्हारे कल्याण का यही मार्ग है।

मैं अपनी कुल जायदाद मायाशंकर को देता हूं। वह होनहार बालक है और कुल को उज्ज्वल करेगा। उसके वयस्कत्व तक तुम रियायस का प्रबंध करते रहो। मुझे अब उससे कोई प्रयोजन नहीं है।'

यह पत्र पढ़कर ज्ञानशंकर के मन में हर्ष की जगह एक अव्यक्त शंका उत्पन्न हुई। वह भविष्यवाणी के कायल न थे, लेकिन ऐसे पुरुष के मुंह से अनिष्ट की बातें सुनकर, जिसके त्याग ने उसके आत्म-ज्ञानी होने में कोई संदेह न रखा हो, उनका हृदय कातर हो गया। इस समय उनके जीवन की चिर-संचित अभिलाषा पूरी हुई थी।

ज्ञानशंकर को स्वप्न में भी यह आशा न थी कि मैं इतनी जल्द राय साहब की विपुल संपत्ति का स्वामी हो जाऊंगा। नहीं, वह उसकी ओर से निराश हो चुके थे। उन्हें विश्वास हो गया था कि राय साहब उसे ट्रस्ट के हवाले कर जाएंगे। यह सब शंकाएं मिथ्या निकलीं, लेकिन तिस पर भी इस पत्र से उन्हें वही दुश्शंका हुई, जो किसी स्त्री को अपनी दाईं आंखें फड़कने से होती है। उनकी दशा इस समय उस मनुष्य की-सी थी जिसे डाकुओं की कैद में मिठाइयां खाने को मिलें! सूखे ठूंठ का कुसुमित होना किसे आशंकित नहीं कर देगा? वह एक घंटे तक चिंता में डूबे रहे। इसके बाद वह कृष्ण मंदिर में गए और बड़े उत्साह से जन्माष्टमी के उत्सव की तैयारियां करने लगे।

ज्ञानशंकर के जीवनाभिनय में अब से एक नए दृश्य का सूत्रपात हुआ, पहले से कहीं ज्यादा शुभ्र, मंजु और सुखद। अभी दस मिनट पहले उनकी आशा-नौका मंझधार में पड़ी चक्कर खा रही थी, पर देखते-देखते लहरें शांत हो गईं। वायु अनुकूल हो गई और नौका तट पर आ पहुंची, जहां दृष्टि की परम सीमा की निधियों का भव्य विस्तृत उपवन लहरा रहा था।

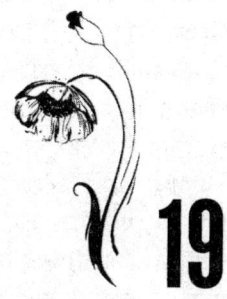

19

गायत्री ने अपने आभूषण तो बनारस में ही उतारकर श्रद्धा को सौंप दिए थे, अब उसने रंगीन कपड़े भी त्याग दिए। पान खाने का शौक था, उसे भी छोड़ा। आईने और कंघी को त्रिवेणी में डाल दिया। रुचिकर भोजन को तिलांजलि दी। उसे अनुभव हो रहा था कि इन्हीं व्यसनों ने मेरे मन को चंचल बना दिया। मैं अपने सतीत्व के गर्व में विलास-प्रेम को निर्विकार समझती थी। मुझे वह न सूझता था कि वासना केवल इंद्रियों पर विजय प्राप्त करके संतुष्ट नहीं होती, वह शनै:-शनै: मन को भी अपना आज्ञाकारी बना लेती है। अब वह केवल एक उजली साड़ी पहनती थी, नंगे पांव चलती थी और रूखा-सूखा भोजन करती थी। इच्छाओं का दमन कर रही थी, उन्हें कुचल डालना चाहती थी। शीशा ज्यों-ज्यों साफ दिखाई दे रहा था। उसके बाल स्पष्ट होते जाते हैं।

बाबू ज्वाला सिंह को बनारस से आए आज दूसरा दिन था। कल तो वह थकावट के मारे दिन-भर पड़े रहे, पर प्रात:काल ही उन्होंने लखनपुर वालों की अपील का प्रश्न छेड़ दिया। प्रेमशंकर ने कहा—"मैं तो आपकी ही बाट जोह रहा था। पहले मुझे प्रत्येक काम में अपने ऊपर विश्वास होता था, पर आप-सा सहायक पाकर मुझे पग-पग पर आपसे सहारे की इच्छा होती है। अपने ऊपर से विश्वास ही उठ गया। आपके विचार में अपील करने के लिए कितने रुपये चाहिए?"

ज्वाला सिंह–ज्यादा नहीं तो चार-पांच हजार तो अवश्य ही लग जाएंगे।

प्रेमशंकर–और मेरे पास चार-पांच सौ भी नहीं हैं।

ज्वाला सिंह–इसकी चिंता नहीं। आपके नाम पर दस-बीस हजार मिल सकते हैं।

प्रेमशंकर–मैं ऐसा कौन-सा जाति का नेता हूं जिस पर लोगों की इतनी श्रद्धा होगी?

ज्वाला सिंह–जनता आपको आपसे अधिक समझती है। मैं आज ही चंदा वसूल करना शुरू कर दूंगा।

प्रेमशंकर–मुझे आशा नहीं कि आपको इसमें सफलता मिलेगी। संभव है, दो-चार सौ रुपये मिल जाएं, लेकिन लोग यही समझेंगे कि उन्होंने भी कमाने का यह ढंग निकाला है। चंदे के साथ ही लोगों को संदेह होने लगता है। आप तो देखते ही हैं, चंदों ने हमारे कितने ही श्रद्धेय नेताओं को बदनाम कर दिया। ऐसा विरला ही कोई मनुष्य होगा, जो चंदों के भंवर में पड़कर बेदाग निकल गया हो। मेरे पास श्रद्धा के कुछ गहने अभी बचे हुए हैं। अगर वह सब बेच दिए जाएं तो शायद हजार रुपये मिल जाएं।

इतने में शीलमणि इन लोगों के लिए नाश्ता ले आई। यह बात उसके कानों में पड़ी तो बोली–"कभी उसकी सुधि भी लेते हैं या गहनों पर हाथ साफ करना ही जानते हैं? अगर ऐसी ही जरूरत है तो मेरे गहने ले जाइए।"

ज्वाला सिंह–क्यों न हो, आप ऐसी ही दानी तो हैं! एक-एक गहने के लिए तो आप महीनों रूठती हैं, उन्हें लेकर कौन अपनी जान गाड्ढे में डाले?

शीलमणि–जिस आग से आदमी हाथ सेंकता है, क्या काम पड़ने पर उससे अपने चने नहीं भून लेता? स्त्रियां गहनों पर प्राण देती हैं, लेकिन अवसर पड़ने पर उतार भी फेंकती हैं।

मायाशंकर एक तरफ अपनी किताब खोले बैठा हुआ था, पर उसका ध्यान इन्हीं बातों की ओर था। एक कल्पना बार-बार उसके मन में उठ रही थी, पर संकोचवश उसे प्रकट न कर सकता था। कई बार इरादा किया कि कहूं, पर प्रेमशंकर की ओर देखते ही जैसे कोई मुंह बंद कर देता था। आंखें नीची हो जाती थीं! शीलमणि की बात सुनकर वह अधीर हो गया। ज्वाला सिंह की तरफ कातर नेत्रों से देखता हुआ बोला–"आज्ञा हो तो मैं भी कुछ कहूं?"

ज्वाला सिंह–हां-हां, शौक से कहो।

मायाशंकर–इस महीने की मेरी पूरी वृत्ति अपील में खर्च कर दीजिए। मुझे रुपयों की कोई विशेष जरूरत नहीं है।

शीलमणि और ज्वाला सिंह दोनों ने इस प्रस्ताव को बालोचित आवेश समझकर प्रेमशंकर की तरफ मुस्कराते हुए देखा। माया ने उनका यह भाव देखकर समझा,

मुझसे धृष्टता हो गई। ऐसे महत्त्व के विषय में मुझे बोलने का कोई अधिकार न था। चाचाजी दुस्साहस पर अवश्य नाराज होंगे। लज्जा से उसकी आंखें भर आईं और मुंह से एक सिसकी निकल गई।

प्रेमशंकर ने चौंककर उसकी तरफ देखा, हृद्यगत भावों को समझ गए। उसे प्रेमपूर्वक छाती से लगाकर आश्वासन देते हुए बोले–"तुम रोते क्यों हो बेटा? तुम्हारी यह उदारता देखकर मेरा चित्त जितना प्रसन्न हुआ है, वह प्रकट नहीं कर सकता। तुम मेरे पुत्रतुल्य हो, लेकिन मेरा जी चाहता है कि तुम्हारे पैरों पर अपना सिर रख दूं। तुम्हारे हृदय में दया और विवेक है और मुझे विश्वास है कि तुम्हारा जीवन परोपकारी होगा, लेकिन मैंने तुम्हारी शिक्षा के लिए जो व्यवस्थाएं की हैं, उनका व्यय तुम्हारी वृत्ति से कुछ अधिक ही है।"

मायाशंकर को अब कुछ साहस हुआ, बोला–"मेरी शिक्षा पर इतने रुपये खर्च करने की क्या जरूरत है?"

प्रेमशंकर–क्यों, आखिर तुम्हें घर पर पढ़ाने के लिए अध्यापक रहेंगे या नहीं? एक अंग्रेजी और हिसाब पढ़ाएगा, एक हिंदी और संस्कृत, एक उर्दू और फारसी, एक फ्रेंच और जर्मन, पांचवां तुम्हें व्यायाम, घोड़े की सवारी, नाव चलाना और शिकार खेलना सिखाएगा। इतिहास और भूगोल मैं पढ़ाया करूंगा।

मायाशंकर–मेरी कक्षा में जो लड़के सबसे अच्छे हैं, वे घर पर किसी मास्टर से नहीं पढ़ते। मैं उनको अपने से कम नहीं समझता।

प्रेमशंकर–तुम्हें हवा खाने के लिए एक फिटन की जरूरत है। सवारी के अभ्यास के लिए दो घोड़े चाहिए।

मायाशंकर–अपराध क्षमा कीजिएगा, मेरे लिए इतने मास्टरों की जरूरत नहीं है। फिटन, मोटर, शिकार, पोलो को भी मैं व्यर्थ समझता हूं। हां, एक घोड़ा गोरखपुर से मंगवा दीजिए तो सवारी किया करूं। नाव चलाने के लिए मैं मल्लाहों की नाव पर जा बैठूंगा। उनके साथ पतवार घुमाने और डांड चलाने में जो आनंद मिलेगा, वह अकेले अध्यापक के साथ बैठने में नहीं आ सकता। अभी से लोग कहने लगे हैं कि इसका मिजाज नहीं मिलता। पदमू कई बार ताने दे चुके हैं! मुझे नक्कू रईसों की भांति अपनी हंसी कराने की इच्छा नहीं है। लोग यही कहेंगे कि अभी कल तक तो एक मास्टर भी न था, आज दूसरों की संपत्ति पाकर इतना घमंड हो गया है।

प्रेमशंकर–प्रतिष्ठा का ध्यान रखना आवश्यक है।

मायाशंकर–मैं तो देखता हूं कि आप इन चीजों के बिना ही सम्मान की दृष्टि से देखे जाते हैं, सभी आपकी इज्जत करते हैं। मेरे स्कूल के लड़के भी आपका

नाम आदर से लेते हैं, हालांकि शहर के और बड़े रईसों की हंसी उड़ाते हैं। मेरे लिए किसी विशेष चीज की जरूरत क्यों हो?

माया के प्रत्येक उत्तर पर प्रेमशंकर का हृदय अभिमान से फूला पड़ता था। उन्हें आश्चर्य होता था कि इस लड़के में संतोष और त्याग का भाव क्योंकर उदित हुआ? इस उम्र में तो प्रायः लड़के टीमटाम पर जान देते हैं, सुंदर वस्त्रों से उनका जी नहीं भरता, चमक-दमक की वस्तुओं पर लट्टू हो जाते है। यह पूर्व संस्कार हैं और कुछ नहीं।

प्रेमशंकर निरुत्तर होकर बोले–"रानी गायत्री की यही इच्छा थी, नहीं तो वे इतने रुपये क्यों खर्च करतीं?"

मायाशंकर–यदि उनकी यह इच्छा होती तो वह मुझे ताल्लुकेदारों के स्कूलों में नहीं भेज देतीं? मुझे आपकी सेवा में रखने से उनका उद्देश्य यही होगा कि मैं आपके ही पदचिह्नों पर चलूं।

प्रेमशंकर–तो यह रुपये खर्च क्योंकर होंगे?

मायाशंकर–इसका फैसला रानी अम्मा ने आप पर ही छोड़ दिया है। मुझे आप उसी तरह रखिए, जैसे आप अपने लड़के को रखते हैं। मुझे ऐसी शिक्षा न दीजिए और ऐसे व्यसनों में न डालिए कि मैं अपनी दीन प्रजा के दुःख-दर्द में शरीक न हो सकूं। आपके विचार में मेरी शिक्षा की यही सबसे उत्तम विधि है?

प्रेमशंकर–नहीं, मेरा विचार तो ऐसा नहीं, लेकिन दुनिया को दिखाने के लिए ऐसा ही करना पड़ेगा। नहीं तो लोग यहीं कहेंगे कि मैं तुम्हारी वृत्ति का दुरुपयोग कर रहा हूं।

मायाशंकर–तो आप मुझे इस ढंग की शिक्षा देना चाहते हैं जिसे आप स्वयं उपयोगी नहीं समझते। लोगों के दुराक्षेपों से बचने के लिए ही आपने यह व्यवस्थाएं की हैं?

प्रेमशंकर शरमाते हुए बोले–"हां, बात तो कुछ ऐसी ही है।"

मायाशंकर–मैंने अपने वजीफे को खर्च करने की और भी विधि सोची है। आप बुरा न मानें तो कहूं?

प्रेमशंकर–हां-हां, शौक से कहो। तुम्हारी बातों से मेरी आत्मा प्रसन्न होती है। मैं तुम्हें इतना विचारशील न समझता था।

ज्वाला सिंह–इस उम्र में मैंने किसी को इतना चैतन्य नहीं देखा।

शीलमणि प्रेमशंकर की ओर मुंह करके मुस्कराई और बोली–"इस पर आपकी ही परछाईं पड़ी है।"

मायाशंकर–मैं चाहता हूं कि मेरा वजीफा गरीब लड़कों की सहायता में खर्च

किया जाए। दस-दस रुपये की 199 वृत्तियां दी जाएं तो मेरे लिए दस रुपये बचे रहेंगे। इतने में मेरा काम अच्छी तरह चल सकता है।

प्रेमशंकर पुलकित होकर बोले—"बेटा, तुम्हारी उदारता धन्य है, तुम देवात्मा हो। कितना देव-दुर्लभ त्याग है! कितना संतोष! ईश्वर तुम्हारे इन पवित्र भावों को सुदृढ़ करें, पर मैं तुम्हारे साथ इतना अन्याय नहीं कर सकता।"

मायाशंकर—तो दो-चार वृत्तियां कम कर दीजिए, लेकिन यह सहायता उन्हीं लड़कों को दी जाए, जो यहां आकर खेती और बुनाई का काम सीखें।

ज्वाला सिंह—मैं इस प्रस्ताव का अनुमोदन करता हूं। मेरी राय में तुम्हें अपने लिए कम-से-कम 500 रुपये रखने चाहिए, बाकी रुपये तुम्हारी इच्छा के अनुसार खर्च किए जाएं। 75 वृत्तियां बुनाई और 75 खेती के काम सिखाने के लिए दी जाएं। भाई साहब कृषिशास्त्र और विज्ञान में निपुण हैं। बुनाई का काम मैं सिखाया करूंगा। मैंने इसका अच्छी तरह अभ्यास कर लिया है।

प्रेमशंकर ने ज्वाला सिंह का खंडन करते हुए कहा—"मैं इस विषय में रानी गायत्री की आज्ञा और इच्छा के बिना कुछ नहीं करना चाहता।"

मायाशंकर ने निराश भाव से ज्वाला सिंह को देखा और फिर अपनी किताब देखने लगा।

इसी समय डॉक्टर इरफान अली के दीवानखाने में भी इसी विषय पर वार्तालाप हो रहा था। डॉक्टर साहब सदैव अपने पेशे की दिल खोलकर निंदा किया करते थे। कभी-कभी न्याय और दर्शन के अध्यापक बन जाने का इरादा करते, लेकिन उनके विचार में स्थिरता न थी, न विचारों को व्यवहार में लाने के लिए आत्म-बल ही था। अनर्थ यह था कि वह जिन दोषों की निंदा करते थे, उन्हें व्यवहार में लाते हुए जरा भी संकोच न करते थे, जैसे कोई जीर्ण रोगी पथ्यों से ऊबकर सभी प्रकार के कुपथ्य करने लगे। उन्हें इस पेशे की धन-लोलुपता से घृणा थी, पर आप मुवक्किलों को बड़ी निर्दयता से निचोड़ते थे। वकीलों की अनीति का नित्य रोना रोते थे, पर आप दुर्नीति के परम भक्त थे। अपने हलवे-मांडे से काम था, मुवक्किल चाहे मरे या जिए। इसकी स्वार्थ-परायणता और दुर्नीति के ही कारण लखनपुर का सर्वनाश हुआ था।

जब से प्रेमशंकर ने उपद्रवकारियों के हाथों से उनकी रक्षा की थी, तभी से उनकी रीति-नीति और आचार-विचार में एक विशेष जागृति-सी दिखाई देती थी। उनकी धन-लिप्सा अब उतनी निर्दय न थी, मुवक्किलों से बड़ी नम्रता का व्यवहार करते, उनके वृत्तांत को विचारपूर्वक सुनते, मुकदमे को दिल लगाकर तैयार करते। इतना ही नहीं, बहुधा गरीब मुवक्किलों से केवल शुकराना लेकर ही संतुष्ट हो

जाते थे। इस सद्व्यवहार का कारण केवल यही नहीं था कि वह अपने खोए हुए सम्मान को फिर प्राप्त करना चाहते थे, बल्कि प्रेमशंकर का संतोषमय, निष्काम और निःस्पृह जीवन उनके चित्त की शांति और सहृदयता का मुख्य प्रेरक था। उन्हें जब अवसर मिलता, प्रेमशंकर से अवश्य मिलने जाते और हर बार उनके सरल और पवित्र जीवन से मुग्ध होकर लौटते थे।

अब तक शहर में कोई ऐसा साधु, सात्विक पुरुष न था, जो उन पर अपनी छाप डाल सके। अपने सहवर्गियों में वह किसी को अपने से अधिक विवेकशील, नीति-परायण और सहृदय न पाते थे। इस दशा में वह अपने को ही सर्वश्रेष्ठ समझते थे और वकालत की निंदा करके अपने को धन्य मानते थे। उनकी स्वार्थवृत्ति को उन्मत्त करने के लिए इतना ही काफी था, पर अब उनकी आंखों के सामने एक ऐसा पुरुष उपस्थित था, जो उन्हीं का सा विद्वान, लेखक और वाणी में उन्हीं का सा कुशल था, पर कितना विनयी, कितना उदार, कितना दयालु, कितना शांतिचित्त! जो उनकी असाधुता से दुःखी होकर भी उनकी उपेक्षा न करता था। अतएव अब डॉक्टर साहब को अपने पिछले अपकारों पर पश्चाताप होता था। वह प्रायश्चित्त करके अपयश और कलंक के दाग को मिटाना चाहते थे। उन्हें लज्जावश प्रेमशंकर से अपील के लिए अनुरोध करने का साहस न होता था, पर उन्होंने संकल्प कर लिया था कि अपील में अभियुक्तों को छुड़ाने के लिए दिल तोड़कर प्रयत्न करूंगा।

इरफान अली अपील के खर्च का बोझ भी अपने ही सिर लेना चाहते थे। महीनों से अपील की तैयारी कर रहे थे। मुकदमे की मिस्लें विचारपूर्वक देख डाली थीं, जिरह के प्रश्न निश्चित कर लिये थे और अपना कथन भी लिख डाला था। उन्हें इतना मालूम हो गया था कि ज्वाला सिंह के आने पर अपील होगी। वे उनके आने की बड़ी उत्सुकता से प्रतीक्षा कर रहे थे।

प्रातःकाल का समय था। डॉक्टर साहब को ज्वाला सिंह के आने की खबर मिल गई थी। उनसे मिलने के लिए जा रहे थे कि सैयद ईजाद हुसैन का आगमन हुआ। उनकी सौम्यमूर्ति पर काला चोगा बहुत खिलता था। सलाम-बंदी के बाद सैयद साहब ने इरफान अली की ओर संदेह की दृष्टि से देखकर कहा–“आपने देखा, इन दोनों भाइयों ने रानी गायत्री को कैसे शीशे में उतार लिया? एक साहब ने रियासत हाथ में कर ली और दूसरे साहब दो हजार रुपये के मौरूसी वसीकेदार बन गए। लौंडे की तालीम में ज्यादा-से-ज्यादा चार-पांच सौ रुपये खर्च हो जाएंगे, और क्या? दुनिया में कैसे-कैसे बगुला भगत छिपे हुए हैं!”

ईजाद हुसैन को बदगुमानी का मर्ज था। जब से उन्हें यह बात मालूम हुई थी, उनकी छाती पर सांप लोट रहा था मानो उन्हीं की जेब से रुपये निकाले जाते हैं।

यह कितना अनर्थ था कि प्रेमशंकर को तो दो हजार रुपये महीने बिना हाथ-पैर हिलाए घर बैठे मिल जाएं और उस गरीब को इतना छल-प्रपंच करने पर भी रोटियों की चिंता लगी रहे!

डॉक्टर महाशय ने व्यंग्य भाव से कहा–"इस मौके पर आप चूक गए। अगर आप रानी साहिबा की खिदमत में डेपुटेशन लेकर जाते तो 'इत्तिहादी यतीमखाने' के लिए एक हजार का वसीका जरूर बंध जाता।"

ईजाद हुसैन–आप तो जनाब मजाक करते हैं। मैं ऐसा खुशनसीब नहीं हूं, मगर दुनिया में कैसे-कैसे लोग पड़े हुए हैं, जो तर्क और नूरानी जाल फैलाकर सोने की चिड़िया फंसा लेते हैं।

डॉक्टर साहब ने तिरस्कार की दृष्टि से देखकर कहा–"लाला ज्ञानशंकर की निस्बत आप जो चाहे ख्याल करें, लेकिन बाबू प्रेमशंकर जैसे नेकनीयत आदमी पर आपका शुबहा करना बिलकुल बेजा है और जब वह आपके मददगारों में हैं तो आपका उनसे बदगुमान होना सरासर बेइंसाफी है। मैं उन्हें अरसे से जानता हूं और दावे के साथ कह सकता हूं कि ऐसा बेलौस आदमी इस शहर में क्या, इस मुल्क में मुश्किल से मिलेगा। वह अपने को मशहूर नहीं करते, लेकिन कौम की जो खिदमत कर रहे हैं, काश! और लोग भी करते तो यह मुल्क रश्के-फिरदोस (स्वर्ग तुल्य) हो जाता। जो आदमी दस रुपये माहवार पर जिंदगी बसर करे, अपने मजदूरों से मसावत (बराबरी) का बर्ताव करे, मजलूमों (अन्याय पीड़ित) की हिमायत करने में दिलोजान से तैयार रहे, अपने उसूलों (सिद्धांत) पर अपनी जायदाद तक कुर्बान कर दे, उसकी निस्बत ऐसा शक करना शराफत के खिलाफ है। आप उनके मुलाजिमों को सौ रुपये माहवार पर भी रखना चाहें तो न आएंगे। वह उनके नौकर नहीं हैं, बल्कि पैदावार में बराबर के हिस्सेदार हैं। गायत्री गजब की मर्दुमशनास (आदमियों को पहचानने वाली) औरत मालूम होती है।

ईजाद हुसैन ने चकित होकर कहा–"वाकई वह दस रुपये माहवार पर बसर करते हैं? यह क्योंकर?"

इरफान अली अपनी जरूरतों को घटाकर हम और आप तकल्लुफ (विलास) की चीजों को जरूरियात में शामिल किए हुए हैं और रात-दिन उसी फिक्र में परेशान रहते हैं। यह नफ्स (इंद्रिय) की गुलामी है। उन्होंने इसे अपने काबू में कर लिया है। हम लोग अपनी फुरसत का वक्त जमाने और तकदीर की शिकायत करने में सर्फ करते हैं। रात-दिन इसी उधेड़बुन में रहते हैं कि क्योंकर और मिले! और हलाल और हराम का भी लिहाज नहीं करते। उन्हें मैंने कभी अपनी तकदीर के दुखड़े रोते हुए नहीं पाया। वह हमेशा खुश नजर आते हैं, गोया कोई गम ही नहीं...।

इतने में बाबू ज्वाला सिंह आ पहुंचे। डॉक्टर साहब ने उठकर हाथ मिलाया। शिष्टाचार के बाद पूछा–"अब तो आपका इरादा यहां मुस्तकिल तौर पर रहने का है न?"

ज्वाला सिंह–जी हां, आया तो इसी इरादे से हूं?

इरफान अली–फरमाइए, अपील कब होगी?

ज्वाला सिंह–इसका जिक्र पीछे करूंगा। इस वक्त तो मुझे सैयद से कुछ अर्ज करना है। हुजूर के दौलतखाने पर हाजिर हुआ था। मालूम हुआ कि आप यहां तशरीफ रखते हैं। मुझे बाबू प्रेमशंकर ने आपसे यह पूछने के लिए भेजा है कि आप मायाशंकर को उर्दू-फारसी पढ़ाना मंजूर करेंगे?

इरफान अली–मंजूर क्यों न करेंगे, घर बैठे-बैठे क्या करते हैं? जलसे तो साल में पांच-दस ही होते हैं और रोटियों की फिक्र चौबीसों घंटे सिर पर रहती है। तनख्वाह की क्या तजवीज की है?

ज्वाला सिंह–अभी 100 रुपये माहवार मिलेंगे।

इरफान अली–बहुत माकूल है। क्यों मिर्जा साहब, मंजूर है न? ऐसा मौका फिर आपको न मिलेगा।

ईजाद हुसैन ने कृतज्ञ भाव से कहा–"दिलोजान से हाजिर हूं। मेरी जबान में ताकत नहीं है कि इस एहसान का शुक्रिया अदा कर सकूं। हैरत तो यह है कि मुझे उनसे एक ही बार नियाज हासिल हुआ और उन्हें मेरी परवरिश का इतना ख्याल है।"

ज्वाला सिंह–वह आदमी नहीं फरिश्ते हैं। आपके यतीमखाने का कई बार जिक्र कर चुके हैं। शायद यतीमों के लिए कुछ वजीफे मुकर्रर करना चाहते हैं। इस वक्त सब कितने यतीम हैं?

उपकार ने ईजाद हुसैन के हृदय को पवित्र भावों से परिपूरित कर दिया था। अतिशयोक्ति से काम न ले सके। एक क्षण तक वह असमंजस में पड़े रहे, पर अंत में सद्भावों ने विजय पाई, बोले–"जनाब, अगर आपने किसी दूसरे मौके पर यह सवाल किया होता तो मैं उसका कुछ और भी जवाब देता, पर आप लोगों की शराफत और हमदर्दी का मुझ जैसे दगाबाज आदमी पर भी असर पड़ ही गया। मेरे यहां दो किस्सों के यतीम हैं–एक मुस्तकिल और दूसरे फसली। जरूरत के वक्त इन दोनों की तादाद पचास से भी बढ़ जाती है, लेकिन फसली यतीमों को निकाल दीजिए तो सिर्फ दस यतीम रह जाते हैं। मुमकिन है कि आप इनको यतीम न ख्याल करें, लेकिन मैं समझता हूं कि गरीब आदमी से अजीजों के लड़के सच्चे यतीम हैं।"

इरफान अली ने मुस्कराकर कहा–"तो हजरत, आपने क्या यतीमखाने का स्वांग ही खड़ा कर रखा है? कम-से-कम मुझसे तो परदा न रखना चाहिए था, तभी आपने अपनी सारी जायदाद यतीमखाने के नाम लिख दी थी।"

ईजाद हुसैन ने शर्म से सिर झुकाकर कहा–"किबला, जरूरत इंसान से सब कुछ करा लेती है। मैं वकील नहीं, बैरिस्टर नहीं, ताजिर जागीरदार नहीं; एक मामूली लियाकत का आदमी हूं। मुझ बदनसीब के वालिद टोंक की रियासत में ऊंचे मंसबदार थे। हजारों की आमदनी थी, हजारों का खर्च। जब तक वह जिंदा रहे, मैं आजाद घूमता रहा, कनकैये और बटेरों से दिल बहलाता रहा। उनकी आंखें बंद होते ही खानदान की परवरिश का भार मुझ पर पड़ा और खानदान भी वह जो ऐश का आदी था। मेरी गैरत ने गंवारा न किया कि जिन लोगों पर वालिद मरहूम ने अपना साया कर रखा था, उनसे मुंह मोड़ लूं। मुझमें लियाकत न हो, पर खानदानी गैरत मौजूद थी। बुरी सोहबतों ने दगा और मक्र को फन में पुख्ता कर दिया। टोंक में गुजारे की कोई सूरत न देखी तो सरकारी मुलाजमत कर ली और कई जिलों की खाक छानता हुआ यहां आया। आमदनी कम थी, खर्च ज्यादा। थोड़े दिनों में घर की लेई-पूंजी गायब हो गई। अब सिवाय इसके और कोई सूरत न थी कि या तो फाके करूं या गुजारे की कोई राह निकालूं। सोचते-सोचते यही सूझी, जो अब कर रहा हूं।"

इरफान अली–अंदाजन आपको सालाना कितने रुपये मिल जाते होंगे?

ईजाद हुसैन–अब क्या कुछ भी परदा न रहने दीजिएगा?

इरफान अली–अधूरी कहानी नहीं छोड़ी जाती।

ईजाद हुसैन–तो जनाब, कोई बंधी हुई रकम है नहीं और न मैं हिसाब लिखने का आदी हूं। जो कुछ मुकद्दर में है, मिल जाता है। कभी-कभी एक-एक महीने में हजारों की याफ्त हो जाती है, कभी महीनों रुपये की सूरत देखनी नसीब नहीं होती, मगर कम हो या ज्यादा, इस कमाई में बरकत नहीं है। हमेशा शैतान की फटकार रहती है। कितनी ही अच्छी गिजा खाइए, कितने ही कीमती कपड़े पहनिए, कितने ही शान से रहिए, पर वह दिली इत्मीनान नहीं हासिल होता, जो हलाल की रूखी रोटियों और गजी-गाढ़ों में है। कभी-कभी तो इतना अफसोस होता है कि जी चाहता है, जिंदगी का खात्मा हो जाए तो बेहतर। मेरे लिए सौ रुपये लाखों के बराबर हैं। इंशा अल्लाह, इर्शाद भी जल्द ही किसी-न-किसी काम में लग जाएगा तो रोजी की फिक्र से निजात हो जाएगी। बाकी जिंदगी तोबा और इबादत में गुजरेगी, इत्तिहाद की खिदमत अब भी करता रहूंगा, लेकिन अब से यह सच्ची खिदमत होगी, खुदगर्जी से पाक। इसका सबाब खुदा बाबू प्रेमशंकर को अदा करेगा।

थोड़ी देर अपील के विषय में परामर्श करने के बाद ज्वाला सिंह मिर्जा साहब को साथ लेकर हाजीपुर चले। डॉक्टर साहब भी साथ हो लिये।

दशहरे की छुट्टियों के बाद ज्यों ही हाईकोर्ट खुला, अपील दायर हो गई और समाचार-पत्रों के कॉलम उसकी कार्यवाही से भरे जाने लगे। समस्या बड़ी जटिल थी। दंड प्राप्तों ने उन साक्षियों को फिर पेश किए जाने की प्रार्थना की थी जिनके आधार पर उन्हें दंड दिए गए थे। सरकारी वकील ने इस प्रार्थना का घोर विरोध किया, किंतु इरफान अली ने अपने दावे को ऐसी सबल युक्तियों से पुष्ट किया और दंड-भोगियों पर हुई निर्दयता को ऐसे करुणा-भाव से व्यक्त किया कि जजों ने मुकदमे की दुबारा जांच किए जाने की अनुमति दे दी।

मातहत अदालत ने विवश होकर शहादतों को तलब किया। बिसेसर साह, डॉक्टर प्रियनाथ, दरोगा खुर्शेद आलम, करतार सिंह, फैज और तहसीलदार साहब कचहरी में हाजिर हुए। बिसेसर साह का बयान तीन दिन तक होता रहा। बयान क्या था, पुलिस के हथकंडों और कूटनीति का विशद् और शिक्षाप्रद निरूपण था। अब वह दुर्बल, इनकम टैक्स से डरने वाला, पुलिस के इशारों पर नाचने वाला बिसेसर साह न था। इन दो वर्षों की ग्लानि, पश्चाताप और दैविक व्याधियों ने संपूर्णत: उसकी कायापलट कर दी थी। एक तो उसका बयान यों ही भंडाफोड़ था, दूसरे इरफान अली की जिरहों ने रहा-सहा परदा भी खोल दिया। सरकारी वकील ने पहले तो बिसेसर साह को अपने पिछले बयान से फिर जाने पर धमकाया, जज ने भी डांट लगाई, पर बिसेसर जरा भी न डगमगाया।

इरफान अली ने बड़ी नम्रता से कहा—"गवाह का यों फिर जाना बेशक सजा के काबिल है, पर इस मुकदमे की हालत निराली है। यह सारा तूफान पुलिस का खड़ा किया हुआ है। इतने बेगुनाहों की जिंदगी का ख्याल करके अदालत को शहादत के कानून की इतनी सख्ती से पाबंदी न करनी चाहिए। इन विनीत शब्दों ने जज साहब को शांत कर दिया। पुराना जज तब्दील हो गया था, उसकी जगह नए साहब आए थे।"

सरकारी वकील ने भी अपने पत्र के अनुकूल खूब जिरह की, सिद्ध करना चाहा कि गांववालों की धमकी, प्रेमशंकर के आग्रह या इसी प्रकार के अन्य संभावित कारणों ने गवाहों को विचलित कर दिया, पर बिसेसर किसी तरह फंदे में न आया। अंग्रेजी और जातीय पत्रों ने इस घटना की आलोचना करनी शुरू की। अंग्रेजी पत्रों का अनुमान था कि गवाह का यह रूपांतर राष्ट्रवादियों के

दुराग्रह का फल है। उन्होंने पुलिस को नीचा दिखाने के लिए यह चाल खेली है। अदालत ने इस बयान को स्वीकार करने में बड़ी भूल की है। मुखबिर को यथोचित दंड मिलना चाहिए। हिंदुस्तानी पत्रों को पुलिस पर छींटे उड़ाने का अवसर मिला। अदालत में मुकदमा पेश ही था, मगर पत्रों ने आग्रह करना शुरू किया कि पुलिस के कर्मचारियों से जवाब-तलब करना चाहिए। एक मनचले ने पत्र लिखा—

'यह घटना इस बात का उज्ज्वल प्रमाण है कि हिंदुस्तान की पुलिस प्रजा-रक्षण के लिए नहीं, वरन् भक्षण के लिए स्थापित की गई है। अगर खोज की जाए तो पूर्णत: सिद्ध हो जाएगा कि यहां की 87 सैकड़े दुर्घटनाओं का उत्तरदायित्व पुलिस के सिर है।'

बाज पत्रों को पुलिस की आड़ में जमींदारों के अत्याचार का भयंकर रूप दिखाई देता था। उन्हें जमींदारों के न्याय पर जहर उगलने का अवसर मिला। कतिपय पत्रों ने जमींदारों की दुरवस्था पर आंसू बहाने शुरू किए। यह आंदोलन होने लगा कि सरकार की ओर से जमींदारों को ऐसे अधिकार मिलने चाहिए कि वह अपने असामियों को काबू में रख सकें, नहीं तो बहुत संभव है कि उच्छृंखलता का यह प्रचंड झोंका सामाजिक संगठन को जड़ से हिला दे।

बिसेसर साह के बाद डॉक्टर प्रियनाथ की शहादत हुई। पुलिस अधिकारियों को उन पर पूरा विश्वास था, पर जब उनका बयान सुना तो हाथों के तोते उड़ गए। उनके कुतूहल का पारावार न था, मानो किसी नए जगत की सृष्टि हो गई। वह पुरुष जो पुलिस का दाहिना हाथ बना हुआ था, जो पुलिस के हाथों की कठपुतली था, जिसने पुलिस की बदौलत हजारों कमाए, वह आज यों दगा दे जाए, नीति को इतनी निर्दयता से पैरों तले कुचले।

डॉक्टर साहब ने स्पष्ट कह दिया कि पिछला बयान शास्त्रोक्त न था, लाश के हृदय और विकृति की दशा देखकर मैंने जो धारणा की थी, वह शास्त्रानुकूल नहीं थी। बयान देने से पहले मुझे पुस्तकों को देखने का अवसर न मिला था। इन स्थलों में खून का रहना सिद्ध करता है कि उसकी क्रिया आकस्मिक रीति पर बंद हो गई। यंत्राघात से पहले गला घोंटने से यह क्रिया क्रम से बंद होती और इतनी मात्रा में रक्त का जमना संभव न था। अपनी युक्ति के समर्थन में उन्होंने कई प्रसिद्ध डॉक्टरों की सम्मति का भी उल्लेख किया। डॉक्टर इरफान अली ने भी इस विषय पर कई प्रामाणिक ग्रंथों का अवलोकन किया था। उनकी जिरहों ने प्रियनाथ की धारणा को और भी पुष्ट कर दिया। तीसरे दिन सरकारी

वकील की जिरह शुरू हुई। उन्होंने जब वैद्यक प्रश्नों से प्रियनाथ को काबू में आते न देखा, तब उनकी नीयत पर आक्षेप करने लगे।

वकील—क्या यह सत्य है कि पहले जिस दिन अभियोग का फैसला सुनाया गया था, उस दिन उपद्रवकारियों ने आपके बंगले पर जाकर आपको घेर लिया था?

प्रियनाथ—जी हां।

वकील—उस समय बाबू प्रेमशंकर ने आपको मार-पीट से बचाया था?

प्रियनाथ—जी हां, वह न आते तो शायद मेरी जान न बचती।

वकील—यह भी सत्य है कि आपको बचाने में वे स्वयं जख्मी हो गए थे?

प्रियनाथ—जी हां, उन्हें बहुत चोट आई थी। कंधे की हड्डी टूट गई थी।

वकील—आप यह भी स्वीकार करेंगे कि वह दयालु प्रकृति के मनुष्य हैं और अभियुक्तों से उन्हें सहानुभूति है?

प्रियनाथ—जी हां, ऐसा ही है।

वकील—ऐसी दशा में यह स्वाभाविक है कि उन्होंने आपको अभियुक्तों की रक्षा करने पर प्रेरित किया हो?

प्रियनाथ—मेरे और उनके बीच में इस विषय पर कभी बातचीत भी नहीं हुई।

वकील—क्या संभव नहीं है कि उनके एहसान ने आपको ज्ञात रूप से बाधित किया हो?

प्रियनाथ—मैं अपने व्यक्तिगत भावों को अपने कर्तव्य से अलग रखता हूं। यदि ऐसा होता तो सबसे पहले बाबू प्रेमशंकर ही अवहेलना करते।

वकील साहब एक पहलू से दूसरे पहलू पर आते थे, पर प्रियनाथ चालाक मछली की तरह चारा कुतरकर निकल जाते थे। दो दिन तक जिरह करने के बाद अंत में हारकर बैठ रहे।

दरोगा खुर्शेद आलम का बयान शुरू हुआ। यह उनके पहले बयान की पुनरावृत्ति थी, पर दूसरे दिन इरफान अली की जिरहों ने उनको बिलकुल उखाड़ दिया। बेचारे बहुत तड़फड़ाए, पर जिरह-जाल से न निकल सके।

इरफान अली को अब अपनी सफलता का विश्वास हो गया। वह आज अदालत से निकले तो उनकी बांछें खिली जाती थीं। इससे पहले भी बड़े-बड़े मुकदमों की पैरवी कर चुके थे और दोनों जेब नोटों से भरे हुए घर चले जाते थे, पर चित्त कभी इतना प्रफुल्लित न हुआ था। प्रेमशंकर तो ऐसे खुश थे मानो लड़के का विवाह हो रहा हो।

इसके बाद तहसीलदार साहब का बयान हुआ। वह घंटों तक लखनपुर वालों

की उद्दंडता और दुर्जनता की आल्हा गाते रहे, लेकिन इरफान अली ने दस ही मिनट में उसका सारा ताना-बाना उधेड़कर रख दिया।

इरफान अली–आप यह तसलीम करते हैं कि यह सब मुलजिम लखनपुर के खास आदमियों में से हैं?

तहसीलदार–हो सकते हैं, लेकिन जात के अहीर, जुलाहे और कुर्मी हैं।

इरफान अली–अगर कोई चमार लखपति हो जाए तो आप उससे अपनी जूती गंठवाने का काम लेते हुए हिचकेंगे या नहीं?

तहसीलदार–उन आदमियों में कोई लखपति नहीं है।

इरफान अली–मगर सब काश्तकार हैं, मजदूर नहीं–उनसे आपको घास छिलवाने की क्या जरूरत थी?

तहसीलदार–सरकारी जरूरत।

इरफान अली–क्या यह सरकारी जरूरत मजदूरों को मजदूरी देकर काम कराने से पूरी न हो सकती थी?

तहसीलदार–मजदूरों की तायदाद उस गांव में ज्यादा नहीं है।

इरफान अली–आपके चपरासियों में अहीर, कुर्मी या जुलाहे न थे? आपने उनसे यह काम क्यों न लिया?

तहसीलदार–उनका यह काम नहीं है।

इरफान अली–और काश्तकारों का यह काम है?

तहसीलदार–जब जरूरत पड़ती है तो उनसे भी यह काम लिये जाते हैं।

इरफान अली–आप जानते हैं, जमीन लीपना किसका काम है?

तहसीलदार–यह किसी खास जात का काम नहीं है।

इरफान अली–मगर आपको इससे तो इनकार नहीं हो सकता कि आम तौर पर अहीर और ठाकुर यह नहीं करते?

तहसीलदार–जरूरत पड़ने पर कर सकते हैं।

इरफान अली–जरूरत पड़ने पर क्या आप अपने घोड़े के आगे घास नहीं डाल देते? इस लिहाज से आप अपने को साईस कहलाना पसंद करेंगे?

तहसीलदार–मेरी हालत का उन काश्तकारों से मुकाबला नहीं हो सकता।

इरफान अली–बहरहाल यह आपको मानना पड़ेगा कि जो लोग जिस काम के आदी नहीं हैं, वह उसे करना अपनी जिल्लत समझते हैं, उनसे यह काम लेना बेइंसाफी है। कोई बरहमन खुशी से आपके बरतन धोएगा। अगर आप उससे जबरन यह काम लें तो वह चाहे खौफ से करे, पर उसका दिल जख्मी हो जाएगा। वह मौका पाएगा तो आपकी शिकायत करेगा।

तहसीलदार–हां, आपका यह फरमाना बजा है, लेकिन कभी-कभी अफसरों को मजबूर होकर सभी कुछ करना पड़ता है।

इरफान अली–तो आपको ऐसे हालात में नामुलायम बातें सुनने के लिए भी तैयार रहना चाहिए, फिर लखनपुर वालों पर इल्जाम रखते हैं, यह इंसानी फितरत का कुसूर है। अब तो आप तसलीम करेंगे कि काश्तकारों से जो बेअदबी हुई, वह आपकी ज्यादती का नतीजा था।

तहसीलदार–अफसरों की आसाइश के लिए...।

तहसीलदार साहब का आशय समझकर जज ने उन्हें रोक दिया।

इरफान अली जब संध्या समय घर पहुंचे, तब उन्हें बाबू ज्ञानशंकर का अर्जेंट तार मिला–उन्होंने एक जरूरी मुकदमे की पैरवी करने के लिए बुलाया था। एक हजार रुपये रोजाना मेहनताने का वादा था। डॉक्टर साहब ने तार फाड़कर फेंक दिया और तत्क्षण तार से जवाब दिया–"खेद है, मुझे फुरसत नहीं है। मैं लखनपुर के मामले की पैरवी कर रहा हूं।"

गायत्री की दशा इस समय उस पथिक की-सी थी, जो साधु भेषधारी डाकुओं के कौशल-जाल में पड़कर लुट गया हो। वह उस पथिक की भांति पछताती थी कि मैं कुसमय चली क्यों? मैंने चलती सड़क क्यों छोड़ दी? मैंने भेष बदले हुए साधुओं पर विश्वास क्यों किया और उनको अपने रुपयों की थैली क्यों दिखाई? उसी पथिक की भांति अब वह प्रत्येक बटोही को आशंकित नेत्रों से देखती थी। यह विडंबना उसके लिए सहस्रों उपदेशों से अधिक शिक्षाप्रद और सजगकारी थी। अब उसे याद आया था कि एक साधु ने मुझे प्रसाद खिलाया था। जरा दूर चलकर मुझे प्यास लगी तो उसने मुझे शरबत पिलाया, जो तृषित होने के कारण मैंने पेट भर पिया। अब उसे यह भी ज्ञात हो रहा था कि वह प्यास उसी प्रसाद का फल थी। ज्यों-ज्यों वह उस घटना पर विचार करती थी, उसके सभी रहस्य, कारण और कार्य सूत्र में बंधे हुए मालूम होते थे।

गायत्री ने अपने आभूषण तो बनारस में ही उतारकर श्रद्धा को सौंप दिए थे, अब उसने रंगीन कपड़े भी त्याग दिए। पान खाने का शौक था, उसे भी छोड़ा। आईने और कंघी को त्रिवेणी में डाल दिया। रुचिकर भोजन को तिलांजलि दी। उसे अनुभव हो रहा था कि इन्हीं व्यसनों ने मेरे मन को चंचल बना दिया। मैं अपने सतीत्व के गर्व में विलास-प्रेम को निर्विकार समझती थी। मुझे वह न सूझता था कि वासना केवल इंद्रियों पर विजय प्राप्त करके संतुष्ट नहीं होती, वह शनै:-शनै:

मन को भी अपना आज्ञाकारी बना लेती है। अब वह केवल एक उजली साड़ी पहनती थी, नंगे पांव चलती थी और रूखा-सूखा भोजन करती थी। इच्छाओं का दमन कर रही थी, उन्हें कुचल डालना चाहती थी। शीशा ज्यों-ज्यों साफ दिखाई दे रहा था। उसके बाल स्पष्ट होते जाते हैं।

गायत्री को अब अपने मन की कुप्रवृत्तियां साफ दिखाई दे रही थीं। कभी-कभी क्षोभ और ग्लानि के उद्वेग में उसका जी चाहता कि प्राणाघात कर लूं। उसे अब स्वप्न में अक्सर अपने पति के दर्शन होते। उनकी मर्मभेदी बातें कलेजे के पार हो जातीं, उनकी तीव्र दृष्टि हृदय को छेद डालती।

बनारस से वह प्रयाग आई और कई दिनों तक झूसी की एक धर्मशाला में ठहरी रही। यहां उसे कई महात्माओं के दर्शन हुए, लेकिन उसे उपदेशों से शांति न मिली। वे सब दुनिया के बंदे थे। पहले तो उससे बात तक न की, पर ज्यों ही मालूम हुआ कि यह रानी गायत्री है, त्यों ही सब ज्ञान और वैराग्य के पुतले बन गए!

गायत्री को विदित हो गया कि उनका त्याग केवल उद्योगहीनता है और उनका भेष केवल सरल हृदय भक्तों के लिए मायाजाल। वह निराश होकर चौथे दिन हरिद्वार जा पहुंची, पर यहां धर्म का आडंबर तो बहुत देखा, भाव कम। यात्रीगण दूर-दूर से आए हुए थे, पर तीर्थ करने के लिए नहीं, केवल विहार करने के लिए। आठों पहर गंगा तट पर विलास और आभूषण की बहार रहती थी। गायत्री खिन्न होकर तीसरे ही दिन यहां से ऋषिकेश चली गई। वहां उसने किसी को अपना परिचय न दिया। नित्य पहर रात रहे, उठती और गंगा स्नान करके दो-तीन घंटे गीता का पाठ किया करती। शेष समय धर्मग्रंथों के पढ़ने में काटती। संध्या को साधु-महात्माओं के ज्ञानोपदेश सुना करती। यद्यपि वहां एक-दो त्यागी आत्माओं के दर्शन हुए, पर कोई ऐसा तत्त्वज्ञानी न मिला, जो उसके चित्त को संसार से विरक्त कर दे।

इतना संयम और इंद्रियनिग्रह करने पर भी गायत्री को सांसारिक चिंताएं सताया करती थीं। मालूम नहीं घर पर क्या हो रहा है? न जाने सदाव्रत चलता है या ज्ञानशंकर ने बंद कर दिया? फर्श आदि की न जाने क्या दशा होगी? नौकर-चाकर चारों ओर लूट मचा रहे होंगे। मेरे दीवानखाने में मनों गर्द जम रही होगी। अबकी बार अच्छी तरह मरम्मत न हुई होगी तो छतें कई जगह से कट गई होंगी। मोटरें और बग्घियां रोज मांगी जाती होंगी। जो ही आकर दो-चार लल्लो-चप्पो की बातें करता होगा, लालाजी उसी को दे देते होंगे, समझते होंगे, अब तो मैं मालिक हूं। बगीचा बिलकुल जंगल हो गया होगा। ईश्वर जाने कोई चिड़ियों और जानवरों

की सुध लेता है या नहीं। बेचारे भूखों मर गए होंगे। दोनों पहाड़ी मैना कितनी दौड़-धूप करने से मिले थे। अब या तो मर गए होंगे या कोई मांगकर ले गया होगा। संदूकों की कुंजियां तो श्रद्धा को दे आई हूं, पर ज्ञानशंकर जैसे दुष्ट चरित्र आदमी से कोई बात बाहर नहीं। बहुधा धर्मग्रंथों के पढ़ने या मंत्र-जाप करते समय दुश्चिंताएं उसे आ घेरती थीं।

टूटे हुए बरतन में जैसे एक ओर से पानी भरो तो दूसरी ओर से टपक जाता है, उसी तरह गायत्री एक ओर तो आत्म-शुद्धि की क्रियाओं में तत्पर हो रही थी, पर दूसरी ओर चिंता-व्याधि उसे घेरे रहती थी। वह शांति, वह एकाग्रता न प्राप्त होती थी, जों आत्मोत्कर्ष का मूल मंत्र है। आश्चर्य तो यह है कि वह विघ्न-बाधाओं का स्वागत करती थी और उन्हें प्यार से हृदयागार में बैठाती थी। वह बनारस से यह ठानकर चली थी कि अब संसार से कोई नाता न रखूंगी, लेकिन अब उसे ज्ञात होता था कि आत्म-ज्ञान प्राप्त करने के लिए वैराग्य की जरूरत नहीं है। मैं अपने घर पर रहकर रियासत की देख-रेख करते हुए क्या निर्लिप्त नहीं रह सकती? इस विचार से उसका जी झुंझला पड़ता था। वह खुद को समझाती, अब उसे रियासत से क्या प्रयोजन है? बहुत भोग कर चुकी। मुझे मोक्ष मार्ग पर चलना चाहिए, यह जन्म तो बिगड़ ही गया, दूसरा जन्म क्यों बिगाड़ूं?

इस तर्क-वितर्क में गायत्री बद्रीनाथ की यात्रा पर आरूढ़ न हो सकी। ऋषिकेश में पड़े-पड़े तीन महीने गुजर गए और हेमंत सिर पर आ पहुंचा–यात्रा दुस्साध्य हो गई।

पौष मास था, पहाड़ों पर बर्फ गिरने लगी थी। प्रातःकाल की सुनहरी किरणों में तुषारमंडित पर्वत श्रेणियों की शोभा अकथनीय थी। एक दिन गायत्री ने सुना कि चित्रकूट में कहीं से ऐसे महात्मा आए हैं, जिनके दर्शन-मात्र से ही आत्मा तृप्त हो जाती है। वह उपदेश बहुत कम करते हैं, लेकिन उनका दृष्टिपात उपदेशों से भी ज्यादा सुधावर्षक होता है। उनके मुखमंडल पर ऐसी कांति है मानो तपाया हुआ कुंदन हो। दूध ही उनका आहार है और वह भी एक छटांक से अधिक नहीं, पर डीलडौल और तेज ऐसा है कि ऊंची-से-ऊंची पहाड़ियों पर खटाखट चढ़ते चले जाते हैं–न दम फूलता है, न पैर कांपते हैं और न पसीना आता है। उनका पराक्रम देखकर अच्छे-अच्छे योगी भी दंग रह जाते हैं। पसूनी के गलते हुए पानी में पहर रात से ही खड़े होकर दो-तीन घंटे तक तप किया करते हैं। उनकी आंखों में कुछ ऐसा आकर्षण है कि वन के जीवधारी भी उनके इशारों पर चलने लगते हैं।

गायत्री ने उन महात्मा की सिद्धि का यह वृत्तांत सुना तो उसे उनके दर्शनों

की प्रबल उत्कंठा हुई। उसने दूसरे ही दिन चित्रकूट की राह ली और चौथे दिन वह पसूनी के तट पर एक धर्मशाला में बैठी हुई थी।

यहां जिसे देखिए, वही स्वामीजी का कीर्तिगान कर रहा था, भक्तजन दूर-दूर से आए हुए थे। कोई कहता था–यह त्रिकालदर्शी हैं, कोई उन्हें आत्म-ज्ञानी बतलाता था। गायत्री उनकी सिद्धि की कथाएं सुनकर इतनी विह्वल हुई कि इसी दम जाकर उनके चरणों पर सिर रख दे, लेकिन रात होने के कारण मजबूर थी। वह सारी रात करवटें बदलती और सोचती रही कि मैं मुंह अंधेरे जाकर महात्माजी के पैरों पर गिर पड़ूंगी कि महाराज, मैं अभागिनी हूं, आप आत्म-ज्ञानी हैं, आप सर्वज्ञ हैं, मेरा हाल आपसे छिपा हुआ नहीं है। मैं अथाह जल में डूबी जाती हूं, अब आप ही मुझे उबार सकते हैं। मुझे ऐसा उपदेश दीजिए और मेरी निर्बल आत्मा को इतनी शक्ति प्रदान कीजिए कि वह माया-मोह के बंधनों से मुक्त हो जाए। मेरे हृदय-स्थल में अंधकार छाया हुआ है, उसे आप अपनी व्यापक ज्योति से आलोकित कर दीजिए।'

इस दीन कल्पना से गायत्री गद्गद होकर घंटों रोती रही। उसकी कल्पना इतनी सजग हो गई कि स्वामीजी के आश्वासन शब्द भी उसके कानों में गूंजने लगे। ज्यों ही उनके चरणों पर गिरूंगी, वह प्रेम से मेरे सिर पर हाथ रखकर कहेंगे–'बेटी, तुझ पर बड़ी विपत्ति पड़ी है, ईश्वर तेरा कल्याण करेंगे।'

जाड़े की लंबी रात किसी भांति कटती ही न थी। वह बार-बार उठकर देखती कि तड़का तो नहीं हो गया है, लेकिन आकाश में जगमगाते हुए तारों को देखकर निराश हो जाती थी। पांचवीं बार जब उठी तो पौ फट रही थी। तारागण किसी मधुर गान के अंतिम स्वरों की भांति लुप्त होते जाते थे। आकाश एक पीतवस्त्रधारी योगी की भांति था, जिसका मुखकमल आत्मोल्लास से खिला हुआ हो और पृथ्वी एक माया रहस्य थी, चारों ओर के नीले परदे में छिपी हुई गायत्री ने तुरंत पसूनी में स्नान किया और स्वामीजी के दर्शन करने चली।

स्वामीजी की कुटी एक ऊंची पहाड़ी पर थी। वह एक वृक्ष के नीचे बैठे हुए थे। वहीं चट्टानों के फर्श पर भक्तजन आ-आकर बैठते जाते थे। चढ़ाई कठिन थी, पर श्रद्धा लोगों को ऊपर खींचे लिये जाती थी। अशक्तता और निर्बलता ने भी सद्नुराग के सामने सिर झुका दिया था। नीचे से ऊपर तक आदमियों का तांता लगा हुआ था।

गायत्री ने पहाड़ी पर चढ़ना शुरू किया। थोड़ी दूर चलकर उसका दम फूल गया। पैर मन-मन भर के हो गए, उठाए न उठते थे, लेकिन वह दम ले-लेकर हाथों और घुटनों के बल चट्टानों पर चढ़ती हुई ऊपर जा पहुंची। उसकी सारी देह

पसीने से तर थी और आंखों के सामने अंधेरा छा रहा था, लेकिन ऊपर पहुंचते ही उसका चित्त ऐसा प्रफुल्लित हुआ, जैसे किसी प्यासे को पानी मिल जाए।

गायत्री की छाती में धड़कन-सी होने लगी। ग्लानि की ऐसी विषम, ऐसी भीषण पीड़ा उसे कभी न हुई थी। इस ज्ञान ज्योति को कौन-सा मुंह दिखाऊं! उसे स्वामीजी की ओर ताकने का साहस न हुआ, जैसे कोई आदमी सर्राफ के हाथ में खोटा सिक्का देता हुआ डरे। बस इसी हैस-बैस में थी कि सहसा उसके कानों में आवाज आई–'गायत्री, मैं बहुत देर से तेरी बाट जोह रहा हूं।' यह राय कमलानंद की आवाज थी, करुणा और स्नेह में डूबी हुई।

गायत्री ने चौंककर सामने देखा स्वामीजी उसकी ओर चले आ रहे थे। उनके तेजोमय मुखारविंद पर करुणा झलक रही थी। उन्हें देखकर गायत्री की आंखें झुक गईं। ऐसा जान पड़ा मानो मैं तेज तरंगों में बही जाती हूं। हा! मैं इस विशाल आत्मा की पुत्री हूं। ग्लानि ने कहा–'हा, पतिता!' लज्जा ने कहा–'हा, कुलकलंकिनी!' निराशा बोली–'हा, अभागिनी!' शोक ने कहा–'तुझ पर धिक्कार! तू इस योग्य नहीं कि संसार को अपना मुंह दिखाए। अध:पतन अब क्या शेष है जिसके लिए जीवन की अभिलाषा! विधाता ने तेरे भाग्य में ज्ञान और वैराग्य नहीं लिखा।'

इन दुष्कल्पनाओं ने गायत्री को इतना मर्माहत किया कि पश्चाताप, आत्मोद्धार और परमार्थ की सारी सदिच्छाएं लुप्त हो गईं। उसने उन्मत्त नेत्रों से नीचे की ओर देखा और तब जैसे कोई चोट खाया हुआ पंछी दोनों डैने फैलाए वृक्ष से गिरता है, वह दोनों हाथ फैलाए शिखर से गिर पड़ी। नीचे एक गहरा कुंड था, जिसने उसकी अस्थियों को संसार के निर्दय कटाक्षों से बचाने के लिए अपने अंत:स्तल के अपार अंधकार में छिपा लिया।

20

प्रभाशंकर–इन जजों का यही हाल है। उनका अभीष्ट सरकार
का रोब जमाना होता है, न्याय करना नहीं। इस मुकदमे में तुमने
दौड़-धूप न की होती तो उन बेचारों की कौन सुनता? ऐसे कितने
निरपराधी केवल पुलिस के कौशल तथा वकीलों की दुर्जनता के
कारण दंड भोगा करते हैं! मैं तो जब वकीलों को बहस करते
देखता हूं तो ऐसा मालूम होता है मानो भाट कवित्त पढ़ रहे हों।
न्याय पर किसी पक्ष की दृष्टि नहीं होती।

लाला प्रभाशंकर ने भविष्य चिंता का पाठ न पढ़ा था। 'कल' की
चिंता उन्हें कभी न सताती थी। उनका समस्त जीवन विलास
और कुल-मर्यादा की रक्षा में व्यतीत हुआ था। खिलाना, खाना और नाम
के लिए मर जाना–यही उनके जीवन के ध्येय थे। उन्होंने सदैव इसी
त्रिमूर्ति की आराधना की थी और अपनी वंशगत संपत्ति का अधिकांश
भाग बर्बाद कर चुकने पर भी वह अपने व्यावहारिक नियमों में संशोधन
करने की जरूरत नहीं समझते थे या समझते थे तो अब किसी नए मार्ग
पर चलना उनके लिए असाध्य था। वह एक उदार, गौरवशील पुरुष थे।
संपत्ति उनकी दृष्टि में मर्यादा पालन का एक साधन-मात्र थी। इससे
श्रीवृद्धि भी हो सकती है, धन-से-धन की उन्नति भी हो सकती है,
यह उनके ध्यान में भी नहीं आया था। चिंताओं को वह तुच्छ समझते
थे, शायद इसीलिए कि उनका निवारण करने के लिए ज्यादा-से-ज्यादा
अपने महाजन के द्वार तक जाना पड़ता था।

प्रभाशंकर का जो समय और धन मेहमानों के आदर-सत्कार में लगता था, उसी को वह श्रेयस्कर समझते थे। दान-दक्षिणा के शुभ अवसर आते, तो उनकी हिम्मत आसमान पर जा पहुंचती थी। उस नशे में उन्हें इसकी सुध न रहती थी कि फिर क्या होगा और काम कैसे चलेंगे? यह बड़ी बहू का ही काम था कि इस चढ़ी हुई नदी को थामे। वह रुपये को उनकी आंखों से इस तरह बचाती थी, जैसे दीपक को हवा से बचाते हैं। वह बेधड़क कह देती थी, अब यहां कुछ नहीं है। लालाजी उसे धिक्कारने लगते–दुष्टा, अभागिनी, तुच्छ हृदया, जो कुछ मुंह में आता कहते; पर वह टस-से-मस न होती थी। अगर वह सदैव इस नीति पर चल सकती, तो अब तक जायदाद बची न रहती, पर लाला साहब ऐसे अवसरों पर कौशल से काम लेते। वह विनय के महत्त्व से अनभिज्ञ नहीं थे। बड़ी बहू उनके कोप का सामना कर सकती थी, पर उनके मृदु वचनों से हार जाती।

प्रेमशंकर की जमानत के अवसर पर लाला प्रभाशंकर ने जो रुपये कर्ज लिये थे, उसका अधिकांश उनके पास बच रहा था। वह रुपये उन्होंने महाजन को लौटाकर न दिए। शायद ऋण-धन को वह अपनी कमाई समझते थे। धन-प्राप्ति का कोई अन्य उपाय उन्हें ज्ञात ही न था। बहुत दिनों के बाद इतने रुपये एक मुश्त उन्हें मिले थे मानो भाग्य का सूर्य उदय हो गया हो। आत्मीय जनों और मित्रों के यहां तोहफे और सौगात जाने लगे, मित्रों की दावतें होने लगीं। लालाजी पाक-कला में सिद्धहस्त थे। उनका निज रचित एक ग्रंथ था, जिसमें नाना प्रकार के व्यंजनों को बनाने की विधि लिखी हुई थी। वह विद्या उन्होंने बहुत खर्च करके हलवाइयों और बावर्चियों से प्राप्त की थी। वह निमकौड़ियों की ऐसी स्वादिष्ट खीर पका सकते थे कि बादाम को धोखा हो। लाल विषाक्त मिर्चा का ऐसा हलवा बना सकते थे कि मोहनभोग का भ्रम हो। आम की गुठलियों का कबाब बनाकर उन्होंने अपने कितने ही रसज्ञ मित्रों को धोखा दे दिया था। उनका लिसोढ़े का मुरब्बा अंगूर से भी बाजी मार ले जाता था। यद्यपि इन पदार्थों को तैयार करने में धन का अपव्यय होता था, सिरमगजन भी बहुत करना पड़ता था और नक्ल नक्ल ही रहती थी, लेकिन लालाजी इस विषय में पूरे कवि थे जिनके लिए सुहृदजनों की प्रशंसा ही सबसे बड़ा पुरस्कार है।

अबकी बार कई साल के बाद उन्होंने अपने बड़े भाई की जयंती हौसले के साथ की। भोज और दावत की हफ्तों तक धूम रही। शहर में एक-से-एक गणमान्य सज्जन पड़े हुए थे, पर कोई उनसे टक्कर लेने का साहस न कर सकता था।

बड़ी बहू जानती थी कि जब तक घर में रुपये रहेंगे, इनका हाथ न रुकेगा। साल-आध साल में सारी रकम खा-पीकर बराबर कर देंगे, इसलिए जब घर में आग ही लगाई है तो क्यों न हाथ सेंक लें! अवसर पाते ही उसने दोनों कन्याओं

के विवाह की बातचीत छेड़ दी। यद्यपि लड़कियां अभी विवाह के योग्य न थीं, पर मस्लेहत यही थी कि चलते हाथ-पैर भार से उऋण हो जाएं। जिस दिन ज्वाला सिंह अपील दायर करने चले, उसी दिल लाला प्रभाशंकर ने फलदान चढ़ाए। दूसरे ही दिन से वह बरातियों के आदर-सत्कार की तैयारियों में व्यस्त हो गए। ऐसे शुभ कार्यों में वह किफायत को दूषित ही नहीं, अक्षम्य समझते थे। उनके इरादे तो बहुत बड़े थे, लेकिन कुशल यह थी कि आजकल प्रेमशंकर प्राय: नित्य उनकी मदद करने के लिए आ जाते। प्रभाशंकर दिल से उनका आदर करते थे, इसलिए उनकी सलाहें सर्वथा निरर्थक न होतीं।

विवाह की तिथि अगहन में पड़ती थी। वे डेढ़-दो महीने तैयारियों में ही कटे। प्रेमशंकर अक्सर संध्या को यहीं भोजन भी करते और कुछ देर तक गप-शप करके हाजीपुर चले जाते। आश्चर्य यह था कि अब महाशय ज्ञानशंकर भी चाचा से प्रसन्न मालूम होते थे। उन्होंने गोरखपुर से कई बोरे चावल, शक्कर और कई कुप्पे घी भेजे। विवाह से एक दिन पहले वह स्वयं आए और बड़े ठाठ-बाट से आए। कई सशस्त्र सिपाही उनके साथ थे। फर्श-कालीनें, दरियां तो इतनी लाए थे कि उनसे कई बरातें सज जातीं। दोनों वरों को सोने की एक-एक घड़ी और एक-एक मोहनमाला दी। बरातियों को भोजन करते समय एक-एक अशर्फी भेंट की। दोनों भतीजियों के लिए सोने के हार बनवा लाए थे और दोनों समधियों को एक-एक सजी हुई पालकी भेंट की। बरात के नौकरों, कहारों और नाइयों को पांच-पांच रुपये विदाई दी। ज्ञानशंकर की इस असाधारण उदारता पर सारा घर चकित हो रहा था और प्रभाशंकर तो उनके ऐसे भक्त हो गए मानो वह कोई देवता थे। सारे शहर में वाह-वाह होने लगी। लोग कहते थे—'मरा हाथी तो भी नौ लाख का! हालात बिगड़ गए, लेकिन फिर भी हौसला और शान वही है। यह पुराने रईसों का ही गुर्दा है! दूसरे क्या खाकर इनकी बराबरी करेंगे? घर में लाखों भरे हों, कौन देखता है? यही हौसला अमीरी की पहचान है।' लेकिन यह किसे मालूम था कि लाला साहब ने किन दामों यह नामवरी खरीदी है?

विवाह के बाद कुछ दिन तो बची-खुची सामग्रियों से लाला प्रभाशंकर की रसना तृप्त होती रही, लेकिन शनै:-शनै: यह द्वार भी बंद हुआ और दिन रूखे-फीके भोजन पर कटने लगे। उस वर्षा के बाद यह सूखा बहुत अखरता था। स्वादिष्ट पदार्थों के बिना उन्हें तृप्ति न होती थी। रूखा भोजन कंठ से नीचे उतरता ही न था। बहुधा मौके से मुंह जूठा करके उठ आते, पर पूरा दिन जी ललचाया करता। अपनी किताब खोलकर उसके पन्ने उलटते कि कौन-सी चीज आसानी से बन सकती है, पर वहां ऐसी कोई चीज न मिलती। बेचारे निराश होकर किताब

बंद कर देते और मन को बहलाने के लिए बरामदे में टहलने लगते। बार-बार घर में जाते, अलमारियों और ताखों की ओर उत्कंठित नेत्रों से देखते कि शायद कोई चीज निकल आए। अभी तक थोड़ी-सी नवरत्न चटनी बची हुई थी। कुछ और न मिलता तो सबकी नजर बचाकर उसमें से एक चम्मच निकालकर चाट जाते।

विडंबना यह थी कि इस दुःख में कोई उनका साथी, कोई हमदर्द न था। बड़ी बहू से कभी अगर डरते-डरते अच्छी चीजें बनाने को कहते, तो वह या तो टाल जाती या झुंझलाकर कह बैठती–'तुम्हारी जीभ भी लड़कों की तरह चटोरी है, जब देखो तब खाने की ही फिक्र। सारी जायदाद हलवे और पुलाव की भेंट कर दी और अब तक तस्कीन न हुई। अब क्या रखा है?' बेचारे लाला साहब यह झिड़कियां सुनकर लज्जित हो जाते। प्रेमियों को प्रेमिका की चर्चा से शांति प्राप्त होती है, किंतु खेद यह था कि यहां कोई वह चर्चा सुननेवाला भी न था।

अंत में यहां तक नौबत आ पहुंची कि वह खोंमचेवालों को बुलाते और उनसे चाट के दोने लेकर घर के किसी कोने में जा बैठते और चुपचाप मजे ले-लेकर खाते। पहले चाट की ओर वह आंख उठाकर ताकते भी न थे, पर अब वह शान न थी। डेढ़-दो महीने तक उनका यही ढंग रहा, पर टटपुंजिए खोंमचेवाले वादों पर कब तक रहते! उनके तकाजे होने लगे। लालाजी पहले तो उनकी विचित्र पुकार पर कान लगाए रहते थे, अब उनकी आवाज सुनते ही छिपने के लिए बिल ढूंढने लगते। उनके वादे अब सुनिश्चित न होते थे, उनमें अविनय और अविश्वास की मात्रा अधिक होती थी। मालूम नहीं, इन तकाजों से उन्हें कब तक मुंह छिपाना पड़ता, लेकिन संयोग से उनके पूरे करने की एक विधि उपस्थित हो गई। श्रद्धा ने एक दिन उन्हें बाजार से दो जोड़ी साड़ियां लाने के लिए दाम दिया। वह साड़ियां उधार लाए और रुपये खोंमचेवालों को देकर गला छुड़ाया। बजाज की ओर से ऐसे दुराग्रहपूर्ण और निंदास्पद तकाजों की आशंका न थी। उसे बरसों वादे पर टाला जा सकता था, मगर उस दिन से चाटवालों ने उनके द्वार पर आना ही छोड़ दिया।

लेकिन चाट बुरी लत है। अच्छे दिनों में वह गले की जंजीर है, किंतु बुरे दिनों में तो यह पैनी छुरी हो जाती है, जो आत्म-सम्मान और लज्जा का तसमा भी नहीं छोड़ती। माघ का महीना, सरदी का यह हाल था कि नाड़ियों में रक्त जमा हो जाता था। लाला प्रभाशंकर नित्य वायु सेवन के बहाने प्रेमशंकर के पास जा पहुंचते और देश-काल के समाचार सुनते। मौका पाते ही किसी-न-किसी स्वादिष्ट पदार्थ की चर्चा छेड़ देते और उस समय की कथा कहने लगते, जब वह चीज खाई थी, मित्रों ने उस पर क्या-क्या टिप्पणियां की थीं। प्रेमशंकर उनका इशारा समझ जाते और शीलमणि से वह पदार्थ बनवाकर लाते, लेकिन प्रभाशंकर

की स्वाद-लिप्सा कितनी दारुण थी, इसका उन्हें ज्ञान न था। अतएव कभी-कभी लालाजी का मनोरथ वहां भी पूरा न होता, तब घर आते समय वह सीधी राह से न आते। स्वाद-तृष्णा उन्हें नानबाइयों के मुहल्ले में ले जाती। प्याज और मसालों की सुगंध से उनकी लोलुप आत्मा तृप्त होती थी।

कितना करुणाजनक दृश्य था! सत्तर साल का बूढ़ा, उच्च कुल-मर्यादा पर जान देनेवाला पुरुष, गंध से रस का आनंद उठाने के लिए घंटों नानबाइयों की गली में चक्कर लगाया करता, लज्जा से मुंह छिपाए हुए कि कोई देख न ले! ताजे कबाब की सुगंध से उनके मुंह में पानी भर आता, यहां तक कि खाद्याखाद्य का विचार भी न रहता। उस समय केवल एक अव्यक्त शंका, एक मिथ्या संकोच उनके फिसलते हुए पैरों को संभाल लिया करता था। एक दिन लालाजी प्रेमशंकर के पास गए तो उन्होंने अपील का फैसला सुनाया। प्रभाशंकर प्रसन्न होकर बोले—"यह बहुत अच्छा हुआ। ईश्वर ने तुम्हारा उद्योग सफल किया। बेचारे निरपराध किसान जेल में पड़े सड़ रहे थे। ईश्वर बड़ा दयालु है। इन आनंदोत्सव में एक दावत होनी चाहिए।"

माया बोला—"जी हां, यही तो अभी मैं कह रहा था। मैं तो अपने स्कूल के सब लड़कों को नेवता दूंगा।"

प्रेमशंकर—पहले बेचारे आ तो जाएं। अभी तो उनके आने में महीनों की देर है, कोई किसी जेल में है, कोई किसी में। जज ने तो पुलिस का पक्ष करना चाहा था, पर डॉक्टर इरफान अली ने उसकी एक न चलने दी।

प्रभाशंकर—इन जजों का यही हाल है। उनका अभीष्ट सरकार का रोब जमाना होता है, न्याय करना नहीं। इस मुकदमे में तुमने दौड़-धूप न की होती तो उन बेचारों की कौन सुनता? ऐसे कितने निरपराधी केवल पुलिस के कौशल तथा वकीलों की दुर्जनता के कारण दंड भोगा करते हैं! मैं तो जब वकीलों को बहस करते देखता हूं तो ऐसा मालूम होता है मानो भाट कवित्त पढ़ रहे हों। न्याय पर किसी पक्ष की दृष्टि नहीं होती। दोनों मौखिक बल से एक-दूसरे को परास्त करना चाहते हैं, जो वाक्-चतुर है, उसी की जीत होती है। आदमियों के जीवन-मरण का निर्णय सत्य और न्याय के बल पर नहीं, न्याय को धोखा देने के बल पर होता है।

प्रेमशंकर—जब तक मुद्दई और मुद्दालेह अपने-अपने वकील अदालत में नहीं लाएंगे, तब तक इस दिशा में सुधार नहीं हो सकता, क्योंकि वकील तो अपने मुवक्किल का मुख-पात्र होता है। उसे सत्यासत्य निर्णय से कोई प्रयोजन नहीं, उसका कर्तव्य केवल अपने मुवक्किल के दावे को सिद्ध करना है। सच्चे न्याय की आशा तो तभी हो सकती है, जब वकीलों को अदालत स्वयं नियुक्त करे और अदालत भी राजनीतिक भावों और अन्य दुस्संस्कारों से मुक्त हो। मेरे विचार में गवर्नमेंट को पुलिस

में सुयोग्य और सच्चरित्र आदमी छांट-छांटकर रखने चाहिए। अभी तक इस विभाग में सच्चरित्रता पर जरा भी ध्यान नहीं दिया गया। वही लोग भर्ती किए जाते हैं, जो जनता को दबा सकें, उन पर रोब जमा सकें। न्याय का विचार नहीं किया जाता।

प्रभाशंकर–जरा फैसला तो सुनाओ, देखूं क्या लिखा है?

प्रेमशंकर–हां सुनिए, मैं अनुवाद करता हूं। देखिए, पुलिस की कैसी तीव्र आलोचना की है। यह अभियोग पुलिस के कार्यक्रम का एक उज्ज्वल उदाहरण है। किसी विषय का सत्यासत्य निर्णय करने के लिए आवश्यक है, साक्षियों पर निष्पक्ष भाव से विचार किया जाए और उनके आधार पर कोई धारणा स्थिर की जाए, लेकिन पुलिस के अधिकारी वर्ग ठीक उल्टे चलते हैं। ये पहले एक धारणा स्थिर कर लेते हैं, तब उसको सिद्ध करने के लिए साक्षियों और प्रमाणों की तलाश करते हैं। स्पष्ट है कि ऐसी दशा में वह कार्य के कारण की ओर चलते हैं और अपनी मनोनीत धारणा में कोई संशोधन करने के बदले प्रमाणों को ही तोड़-मरोड़कर अपनी कल्पनाओं के सांचे में ढाल देते हैं। यह उल्टी चाल क्यों चली जाती है? इसका अनुमान करना कठिन है, पर प्रस्तुत अभियोग में कठिन नहीं। एक समूह जितना भार संभाल सकता है, उतना एक व्यक्ति के लिए असाध्य है।

प्रभाशंकर ने चिंता भाव से कहा–"यह तो खुला आक्षेप है। पुलिस से जवाब तो न तलब होगा?"

प्रेमशंकर–इन आक्षेपों को कौन पूछता है? इन पर कुछ ध्यान दिया जाता, तो पुलिस कब की सुधर गई होती।

इतने में ज्वाला सिंह आते हुए दिखाई दिए। प्रेमशंकर ने कहा–"चाचा साहब कहते हैं कि इस विजय का उत्सव करना चाहिए।"

बाल्यावस्था के पश्चात् ऐसा समय आता है, जब उद्दंडता की धुन सिर पर सवार हो जाती है। इसमें युवाकाल की सुनिश्चित इच्छा नहीं होती, उसकी जगह एक विशाल आशावादिता है, जो दुर्लभ को सरल और असाध्य को मुंह का कौर समझती है। भांति-भांति की मृदु कल्पनाएं चित्त को आंदोलित करती रहती है। सैलानीपन का भूत-सा चढ़ा रहता है। कभी जी में आता है कि रेलगाड़ी में बैठकर देखूं कि कहां तक जाती है। अर्थी को लेकर उसके साथ श्मशान तक जाते हैं कि वहां क्या होता है? मदारी का खेल देखकर जी में उत्कंठा होती है कि हम भी गले में झोली लटकाए देश-विदेश घूमते और ऐसे ही तमाशे दिखाते। अपनी क्षमता पर ऐसा विश्वास होता है कि बाधाएं ध्यान में भी नहीं आती। ऐसी सरलता तो

अलादीन के चिराग को ढूंढ निकालना चाहती है। इस काल में अपनी योग्यता की सीमाएं अपरिमित होती हैं। विद्या क्षेत्र में हम तिलक को पीछे हटा देते हैं, रणक्षेत्र में नेपोलियन से आगे बढ़ जाते हैं। कभी जटाधारी योगी बनते हैं, कभी टाटा से भी धनवान हो जाते हैं। हमें इस अवस्था में फकीरों और साधुओं पर ऐसी श्रद्धा होती है, जो उनकी विभूति को कामधेनु समझती है।

तेजशंकर और पद्मशंकर दोनों ही सैलानी थे। घर पर कोई देखभाल करने वाला न था, जो उन्हें उत्तेजनाओं से दूर रखता, उनकी सजीवता को, उनकी अबाध्य कल्पनाओं को सुविचार की ओर कर सकता। लाला प्रभाशंकर उन्हें पाठशाला में भर्ती करके ज्यादा देखभाल अनावश्यक समझते थे। दोनों लड़के घर से स्कूल को चलते; लेकिन रास्ते में नदी के तट पर घूमते, बैंड सुनते या सेना की कवायद देखने की इच्छा उन्हें रोक लिया करती। किताबों से दोनों को अरुचि थी और दोनों एक ही श्रेणी में कई-कई साल फेल हो जाने के कारण हताश हो गए थे। उन्हें ऐसा मालूम होता था कि हमें विद्या आ ही नहीं सकती। एक बार लालाजी की अलमारी में इंद्रजाल की एक पुस्तक मिल गई थी। दोनों ने उसे बड़े चाव से पढ़ा और मंत्रों को जगाने की चेष्टा करने लगे। दोनों अक्सर नदी की ओर चले जाते और साधु-संतों की बातें सुनते। सिद्धियों की नई-नई कथाएं सुनकर उनके मन में भी कोई सिद्धि प्राप्त करने की प्रबल इच्छा होती। इस कल्पना से उन्हें गर्वयुक्त आनंद मिलता था कि इन सिद्धियों के बल से हम सब कुछ कर सकते हैं, गड़ा हुआ धन निकाल सकते हैं, शत्रुओं पर विजय पा सकते हैं, पिशाचों को वश में कर सकते हैं, उन्होंने एक-दो लटकों का अभ्यास किया था। यद्यपि अभी तक उनकी परीक्षा करने का अवसर न मिला था तथापि अपनी कृतकार्यता पर उन्हें अटल विश्वास था।

जब से रानी गायत्री ने मायाशंकर को गोद लिया था, ईर्ष्या और स्वार्थ से दोनों जल रहे थे। यह दाह एक क्षण के लिए भी न शांत होता था। जो लड़का अभी कल तक उनके साथ का खिलाड़ी था, वह सहसा इतने ऊंचे पद पर पहुंच जाए! दोनों यही सोचा करते थे कि कोई ऐसी सिद्धि प्राप्त करनी चाहिए जिसके सामने धन और वैभव की कोई हस्ती न रहे, जिसके प्रभाव से वे मायाशंकर को नीचा दिखा सकें। अंत में बहुत सोच-विचार के पश्चात् उन्होंने भैरव-मंत्र जगाने का निश्चय किया। उन्होंने एक तंत्र ग्रंथ ढूंढ निकाला जिसमें तांत्रिक क्रिया की विधियां विस्तार से लिखी हुई थीं। दोनों ने कई दिनों तक मंत्र को कंठस्थ किया। उसके मुखाग्र हो जाने पर यह सलाह होने लगी कि इसे जगाने का आरंभ कब से किया जाए? तेजशंकर ने कहा–"चलो, आज से ही श्रीगणेश कर दें।"

पद्मशंकर–जब कहो, तब। बस, अस्सी घाट की ओर चलें।

तेजशंकर–चालीस किसी तरह पूरा हो जाए, फिर तो हम अमर हो जाएंगे। बंदूक, तलवार, तोप का हम पर कुछ असर ही न होगा।

पद्मशंकर–यार, बड़ा मजा आएगा। सैकड़ों बरस तक जीते रहेंगे।

तेजशंकर–सैकड़ों! अजी, हजारों क्यों नहीं कहते? हिमालय की गुफाओं में ऐसे-ऐसे साधु पड़े हैं जिनकी अवस्थाएं चार-चार सौ साल से अधिक हैं। उन्होंने भी यही मंत्र जगाया होगा। मौत का उन पर कोई वश नहीं चलता।

पद्मशंकर–माया बड़ी शेखी मारा करते हैं। बच्चा एक दिन मर जाएंगे, सब यहीं रखा रह जाएगा। यहां कौन चिंता है? तोप से भी न डरेंगे।

तेजशंकर–लेकिन मंत्र जगाना सहज नहीं है। डरे और काम तमाम हुआ, जरा चौंके और वहीं ढेर हो गए। तुमने तो किताब में पढ़ा ही है, कैसी-कैसी भयंकर सूरतें दिखाई देती हैं? कैसी-कैसी डरावनी आवाजें सुनाई देती हैं? भूत, प्रेत, पिशाच नंगी तलवार लिये मारने दौड़ते हैं। उस वक्त जरा भी शंका न करनी चाहिए।

पद्मशंकर–मैं जरा भी न डरूंगा, वह कोई सचमुच के भूत-प्रेत थोड़े न होंगे। देवता लोग परीक्षा के लिए डराते होंगे।

तेजशंकर–हां और क्या! सब भ्रम है। अपना कलेजा मजबूत किए रहना।

पद्मशंकर–और जो कहीं तुम डर जाओ?

तेजशंकर ने हंसकर कहा–"मैंने डर को भूनकर खा लिया है। वह मेरे पास नहीं फटक सकता। मैं तो सचमुच के प्रेतों से न डरूं, शंकाओं की कौन चलाए?"

पद्मशंकर–तो हम लोग अमर हो जाएंगे?

तेजशंकर–अवश्य, इसमें भी कुछ संदेह है?

दोनों ने इस भांति निश्चय करके मंत्र जगाना शुरू किया। जब घर के सब लोग सो जाते तो दोनों चुपके से निकल जाते और अस्सी घाट पर गंगा के किनारे बैठकर मंत्र का जाप करते। इस प्रकार उन्तालीस दिनों तक दोनों ने अभ्यास किया। इस विकट परीक्षा में वे कैसे पूरे उतरे, इसकी व्याख्या करने के लिए एक पोथी अलग चाहिए। उन्हें वह सब विकराल सूरतें दिखाई दीं, वे सब रोमांचकारी शब्द सुनाई दिए, जिनका उस पुस्तक में जिक्र था। कभी मालूम होता था कि आकाश फटा पड़ता है, कभी आग की एक लहर सामने आती, कहीं कोई भयंकर राक्षस मुंह से अग्नि की ज्वाला निकालता हुआ उन्हें निगलने को लपकता, लेकिन भय की पराकाष्ठा का नाम साहस है। दोनों लड़के आंखें बंद किए, नीरव, निश्चल, निस्तब्ध, मूर्ति के समान बैठे रहते। जाप का तो केवल नाम था, सारी मानसिक शक्तियां इन शंकाओं को दूर रखने में ही केंद्रीभूत हो जाती थीं। यह भय कि जरा भी चौंके, झिझके या विचलित हुए तो तत्क्षण प्राणांत हो जाएगा, उन्हें अपनी जगह पर बांधे रहता था। मेरा भाई समीप ही

बैठा है, यह विश्वास उनकी दृढ़ता का एक मुख्य कारण था, हालांकि इस विश्वास से तेजशंकर को उतना ढांढस न होता था जितना पद्मशंकर को। उसे पद्मशंकर पर वह भरोसा न था, जो पद्मशंकर को उस पर था। अतएव तेजशंकर के लिए यह परीक्षा ज्यादा दुस्साध्य थी, पर यह भय कि मैं जरा भी हिला तो पद्मशंकर की जान पर बन जाएगी, उस विश्वास की थोड़ी-सी कसर पूरी कर देता था।

इन दिनों वे दोनों बहुत दुर्बल हो गए थे, मुख पीले, आंखें चंचल और होंठ सूखे हुए। दोनों पूरा दिन संज्ञाहीन-से पड़े रहते, खेल-कूद, सैर-सपाटे, आमोद-विनोद में उन्हें जरा भी रुचि न थी, आठों पहर मन उचटा रहता था, यहां तक कि भोजन भी अच्छा न लगता। इस तरह उन्तालीस दिन बीत गए और चालीसवां दिन आ पहुंचा। आज भोर से ही उनके चित्त उद्विग्न होने लगे, शंकाओं ने उग्र रूप धारण किया, आशाएं भी प्रबल हुईं। दोनों आशा और भय की दशा में बैठे हुए कभी अमरत्व की कल्पना से प्रफुल्लित हो जाते, कभी आज की कठिनतम परीक्षाओं के भय से कांपते, पर आशाएं भय के ऊपर थीं। सारे शहर में हलचल मच जाएगी, हम लोग जलती हुई आग में कूद पड़ेंगे और बेदाग निकल जाएंगे, आंच तक न आएगी। उस मुंडेर पर से निश्शंक नीचे कूद पड़ेंगे, जरा भी चोट न लगेगी। लोग देखकर दंग हो जाएंगे। दिन-भर दोनों ने कुछ नहीं खाया। कभी नीचे जाते, कभी ऊपर जाते, कभी हंसते, कभी रोते, कभी नाचते; कोई दूसरा आदमी उनकी यह दशा देखकर समझता कि पागल हो गए हैं।

जब अंधेरा हुआ तो तेजशंकर घर से एक तलवार निकाल लाया जिसे लालाजी ने हाल ही में जयपुर से मंगवाया था। दोनों ने कमरे का द्वार बंद कर उसे मिट्टी के तेल से खूब साफ किया, उसे पत्थर पर रगड़ा, यहां तक कि उसमें से चिंगारियां निकलने लगीं। उस तलवार को बिछावन के नीचे छिपाकर दोनों बाजार की सैर करने निकल गए। लौटे तो नौ बज गए थे। बड़ी बहू के बहुत अनुरोध करने पर दोनों ने कुछ सूक्ष्म भोजन किया और तब अपने कमरे में लोगों के निद्रामग्न हो जाने का इंतजार करने लगे। ज्यों-ज्यों समय निकट आता था, उनका आशादीपक भय-तिमिर में विलुप्त हो जाता था। इस समय उनकी दशा कुछ उस अपराधी की-सी थी जिसकी फांसी का समय प्रतिक्षण निकट आता जा रहा हो। भांति-भांति की शंकाएं और दुष्कल्पनाएं उठ रही थीं, किंतु इस आंधी और तूफान में भी एक नौका का स्पष्ट चिह्न दूर से दिखाई देता था जिससे उनकी हिम्मत बंध जाती थी। तेजशंकर चिंतित और गंभीर था और पद्मशंकर की सरल, आशामय बातों का जवाब तक न देता था। निश्चित समय आ पहुंचा तो दोनों घर से निकले। माघ का महीना, तुषारवेष्टित वायु हड्डियों में चुभती थी। हाथ-पांव अकड़े जाते थे।

तेजशंकर ने तलवार को अपनी चादर के नीचे छिपा लिया और दोनों चले, जैसे कोई मंदबुद्धि बालक परीक्षा भवन की ओर चले। पग-पग पर वे शंका-विह्वल होकर ठिठक जाते, फिर कलेजा मजबूत करके आगे बढ़ते। यहां तक कि कई बार उन्होंने लौटने का इरादा किया, लेकिन उन्तालीस दिन की तपस्या के बाद वरदान मिलने के दिन हिम्मत हार जाना अक्षम्य दुर्बलता और भीरुता थी। अब तो चाहे जो हो, यह अंतिम परीक्षा अनिवार्य थी। इस तरह डरते, हिचकते दोनों घाट पर पहुंच गए। रास्ते में किसी के मुंह से एक शब्द भी न निकला।

अमावस की रात थी। आंखों का होना और न होना बराबर था। तारागण भी बादलों में मुंह छिपाए हुए थे। अंधकार ने जल और बालू, पृथ्वी और आकाश को समान कर दिया था। केवल जल की मधुर ध्वनि गंगा का पता देती थी। ऐसा सन्नाटा छाया हुआ था कि जलनाद भी उसमें निमग्न हो जाता था। ऐसा जान पड़ता था कि पृथ्वी अभी शून्य के गर्भ में पड़ी हुई है। अनंत जीवन के दोनों आराधक पग-पग पर ठोकरें खाते, शंका-रचित बाधाओं से पग-पग पर चौंकते नदी के किनारे पहुंचे और नग्न होकर जल में उतरे। पानी बर्फ हो रहा था। उनके सारे अंग शिथिल हो गए। स्नान करके दोनों रेत पर बैठ गए और मंत्र का जाप करने लगे, लेकिन आश्चर्य यह था कि आज उन्हें कोई ऐसा दृश्य न दिखाई दिया जिसे वे देख न चुके हों, न कोई ऐसी आवाजें सुनाई दीं, जो वे सुन न चुके हों। कोई असाधारण घटना न हुई। सरदी ने शंकाओं को भी शांत कर दिया था। विषम कल्पनाएं भी निर्जीव हो गई थीं। दोनों डर रहे थे कि आज न जाने कैसी-कैसी विकराल मूर्तियां दिखाई देंगी, प्रेतगण न जाने किन मंत्रों से आघात करेंगे? न जाने प्राण बचेंगे या जाएंगे? लेकिन आज और दिनों से भी सस्ते छूट गए।

जब रात समाप्त हो गई और दोनों साधकों ने आंखें खोलीं, तब आकाश पर उषा की लालिमा दिखाई दी। पृथ्वी शनैः-शनैः तिमिर-तट से निकलने लगी। उस पार के वृक्ष और रेत व्यक्त हो गए जैसे किसी मूर्च्छित रोगी के मुख पर चैतन्य का विकास हो रहा हो। श्यामल जल वेग से बह रहा था मानो अंधकार को अपने साथ बहाए लिये जाता हो। उस पार के वृक्ष इस तरह सिर झुकाए खड़े थे मानो शोक समाज किसी की दाह-क्रिया करके शोक से सिर झुकाए चला जाता है।

सहसा तेजशंकर उठ खड़ा हुआ और बोला—"जय भैरव की।"

दोनों के नेत्रों में एक अलौकिक प्रकाश था, दोनों के मुख पर एक अद्भुत प्रतिभा झलक रही थी।

तेजशंकर—तलवार हाथ में लो, मैं सिर झुकाए हुए हूं।

पद्मशंकर—नहीं, पहले तुम चलाओ मैं सिर झुकाता हूं।

तेजशंकर—क्या अब भी डरते हो? हमने मौत को कुचल दिया—काल को जीत लिया—अब हम अमर हैं।

पद्मशंकर—पहले तुम ही श्रीगणेश करो। ऐसा हाथ चलाना कि एक ही वार में गरदन अलग जा गिरे, मगर यह तो बताओ दर्द तो न होगा?

तेजशंकर—कैसा दर्द? ऐसा जान पड़ेगा जैसे किसी ने फूल से मारा हो। इसी से तो कहता हूं कि पहले तुम शुरू करो।

पद्मशंकर—नहीं, पहले मैं सिर झुकाता हूं।

तेजशंकर ने तलवार हाथ में ली, उसे तौला, दो-तीन बार पैंतरे बदले और तब 'जय भैरव की' कहकर पद्मशंकर की गरदन पर तलवार चलाई। हाथ भरपूर पड़ा; तलवार तेज थी, तुरंत सिर धड़ से अलग जा गिरा और रक्त का फव्वारा छूटने लगा। तेजशंकर खड़ा मुस्करा रहा था मानो कोई फुलझड़ी छूट रही हो। उसके चेहरे पर तेजोमय शांति छाई हुई थी। कोई शिकारी भी पक्षी को भूमि पर तड़पते देखकर इतना अविचलित न रहता होगा। कोई अभ्यस्त बधिक भी पशु की गरदन पर तलवार चलाकर इतना स्थिर चित्त न रह सकता होगा। वह ऐसे सुदृढ़ विश्वास के भाव से खड़ा था, जैसे कोई कबूतरबाज अपने कबूतर को उड़ाकर उसके लौट आने की राह देख रहा हो। लाश कुछ देर तक तड़पती रही, इसके बाद शिथिल हो गई। खून के छींटे बंद हो गए, केवल एक-एक बूंद टपक रही थी, जैसे पानी बरसने के बाद ओरी टपकती है, किंतु पुनरुज्जीवन का शरीर में कोई लक्षण न दिखाई दिया। एक मिनट और गुजरा।

तेजशंकर को कुछ भ्रम हुआ, पर विश्वास ने उसे शांत कर दिया। उसने गंगाजल चुल्लू में लेकर भैरव मंत्र पढ़ा और उस पर एक फूंक मारकर उसे लाश पर छिड़क दिया; किंतु यह क्रिया भी असफल हुई। उस कटे हुए सिर में कोई गति नहीं हुई, उस मृत देह में स्फूर्ति का कोई चिह्न न दिखाई दिया। मंत्र की जीवन-संचारिणी शक्ति का कुछ असर न हुआ।

अब तेजशंकर को शंका होने लगी, विश्वास की नींव हिलने लगी—'उस पुस्तक में स्पष्ट लिखा था कि सिर गरदन से अलग होते ही तुरंत उससे चिमट जाता है और यदि इस क्रिया में कुछ विलंब हो तो भैरव मंत्र से फूंके हुए पानी का एक चुल्लू काफी है। यहां इतनी देर हो गई और अभी तक कुछ भी असर न हुआ। यह बात क्या है? मगर यह असंभव है कि मंत्र निष्फल हो। कितने लोगों ने इस मंत्र को सिद्ध किया है! नहीं, घबराने की कोई बात नहीं, अभी जान आई जाती है।'

तेजशंकर ने तीन-चार मिनट तक और इंतजार किया, पर लाश ज्यों-की-त्यों शांत, शिथिल पड़ी हुई थी। उसने फिर गंगाजल छिड़का, फिर मंत्र पढ़ा, किंतु लाश

न उठी। उसने चिल्लाकर कहा—"हा ईश्वर! अब क्या करूं?"

विश्वास का दीपक बुझ गया। तेजशंकर ने निराश भाव से नदी की ओर देखा। लहरें दहाड़े मार-मारकर रोती हुई जान पड़ीं। वृक्ष शोक से सिर धुनते हुए मालूम हुए। उसके कंठ से बलात् क्रंदन ध्वनि निकल आई, वह चीख मारकर रोने लगा।

अब उसे ज्ञान हुआ कि मैंने कैसा घोर अनर्थ किया! अनंत जीवन की सिद्धि कितनी उद्भ्रांत, कितनी मिथ्या थी! वह चिल्ला उठा—"हा! मैं कितना अंधा, कितना मंदबुद्धि, कितना उद्दंड हूं। हा! प्राणों से प्यारे पद्म! मैंने मिथ्या भक्ति की धुन में अपने ही हाथों से, इन्हीं निर्दय हाथों से, तुम्हारी गरदन पर तलवार चलाई। हा! मैंने तुम्हारे प्राण लिये! मुझ-सा पापी, अभागा और कौन होगा? अब कौन-सा मुंह लेकर घर जाऊं? कौन-सा मुंह दुनिया को दिखाऊं? अब जीवन वृथा है। तुम मुझे प्राणों से भी प्यारे थे। अब तुम्हें कैसे देखूंगा, तुम्हें कैसे पाऊंगा?"

तेजशंकर कई मिनट तक इन्हीं शोकमय विचारों से विह्वल होकर खड़ा रोता रहा। अभी एक क्षण पहले उसके दिल में क्या-क्या इरादे थे, कैसी-कैसी अभिलाषाएं थीं? वे सब इरादे मिट्टी में मिल गए। वह फिर चीख उठा—"आह! जिस धूर्त, पापी ने यह किताब लिखी है, उसे पाता तो इसी तलवार से उसकी गरदन काट लेता, उसके भ्रमजाल में पड़कर मैंने अपना सर्वनाश किया। हाय! अभी तक लाश में जान नहीं आई।" उसे लाश की ओर ताकते हुए अब भय होता था।

नैराश्य-व्यथा, शोकाघात, परिणाम-भय, प्रेमोद्गार, ग्लानि—इन सभी भावों ने उसके हृदय को कुचल दिया! इतना होने पर भी अभी तक उसकी आशाओं का प्राणांत न हुआ था। उसने एक बार डरते-डरते कनखियों से लाश को देखा, पर अब भी उसमें प्राण-प्रवेश का चिह्न न दिखाई दिया तो आशाओं का अंतिम सूत्र भी टूट गया और धैर्य ने साथ छोड़ दिया।

तेजशंकर ने एक बार निराश होकर आकाश की ओर देखा। भाई की लाश पर अंतिम दृष्टि डाली। वह अब संभलकर बैठ गया, फिर उसने निराश होकर वही तलवार अपने गले पर फेर दी। रक्त के फव्वारे छूटे, शरीर तड़पने लगा और उसकी पुतलियां फैल गईं। मिथ्या श्रद्धा और विश्वास ने दो लहलहाते हुए जीव-पुष्पों को बुरी तरह मसलकर उनका अंत कर दिया।

सूर्यदेव अपने आरक्त नेत्रों से यह विषम मायालीला देख रहे थे। उनकी नीरव, पीत किरणें उन दोनों मंत्राहत बालकों पर इस भांति पड़ रही थीं मानो कोई शोक-विह्वल प्राणी से लिपटकर रो रहा हो!

21

तीन महीने के अंदर पांच प्राणी चल दिए। इस तरह एक दिन मैं भी चल बसूंगी और मन-की-मन में रह जाएगी। आठ साल से हम दोनों अपनी-अपनी टेक पर अड़े हैं, न वह झुकते हैं, न मैं दबती हूं। जब इतने दिनों तक उन्होंने प्रायश्चित्त नहीं किया, तब अब कदापि न करेंगे। उनकी आत्मा अपने पुण्य कार्यों से संतुष्ट है, न इसकी जरूरत समझती है, न महत्त्व! अब मुझी को दबना पड़ेगा। अब मैं ही किसी विद्वान पंडित से पूछूं कि मेरे किसी अनुष्ठान से उनका प्रायश्चित्त हो सकता है या नहीं? क्या मेरी इतने दिनों की तपस्या, गंगा-स्नान, पूजा-पाठ, व्रत और नियम अकारथ हो जाएंगे? माना, उन्होंने विदेश में कितने ही काम अपने धर्म के विरुद्ध किए, लेकिन जब से यहां आए हैं, तब से तो बराबर सत्कार्य ही कर रहे हैं।

इस शोकाघात ने लाला प्रभाशंकर को संज्ञा-विहीन कर दिया। दो सप्ताह बीत चुके थे, पर अभी तक घर से बाहर न निकले थे। दिन-के-दिन चारपाई पर पड़े छत की ओर देखा करते, रातें करवटें बदलने में कट जातीं। उन्हें अपना जीवन अब शून्य-सा जान पड़ता था। आदमियों की सूरत से अरुचि थी, अगर कोई सांत्वना देने के लिए भी जाता तो मुंह फेर लेते। केवल प्रेमशंकर ही एक ऐसे प्राणी थे जिनका आना उन्हें नागवार न मालूम पड़ता था, इसलिए कि वह संवेदना का एक शब्द भी मुंह से न निकालते। सच्ची संवेदना मौन हुआ करती है।

एक दिन प्रेमशंकर आकर बैठे, तो लालाजी को कपड़े पहनते देखा, द्वार पर एक्का भी खड़ा था, जैसे कहीं जाने की तैयारी हो। उन्होंने पूछा–"कहीं जाने का इरादा है क्या?"

प्रभाशंकर ने दीवार की ओर मुंह फेरकर कहा–"हां, जाता हूं, उसी निर्दयी दयाशंकर के पास, उसकी चिरौरी-विनती करके घर लाऊंगा। कोई यहां रहने वाला भी तो चाहिए। मुझसे गृहस्थी का बोझ नहीं संभाला जाता! कमर टूट गई, बलहीन हो गया। प्रतिज्ञा भी तो की थी कि जीते जी उसका मुंह न देखूंगा, लेकिन परमात्मा को मेरी प्रतिज्ञा निबाहनी मंजूर न थी, उसके पैरों पर गिरना पड़ा। वंश का अंत हुआ जाता है। कोई नामलेवा तो रहे, मरने के बाद चुल्लू-भर पानी को तो न रोना पड़े। मेरे बाद दीपक तो न बुझ जाए। अब दयाशंकर के सिवाय और दूसरा कौन है? उसी से अनुनय-विनय करूंगा, मनाऊंगा, आकर घर आबाद करे। लड़कों के बिना घर भूतों का डेरा हो रहा है। दोनों लड़कियां ससुराल ही चली गईं, दोनों लड़के भैरव की भेंट हुए; अब किसको देखकर जी को समझाऊं? मैं तो चाहे कलेजे पर पत्थर की सिल रखकर बैठा भी रहता, पर तुम्हारी चाची को कैसे समझाऊं? आज दो हफ्ते से ऊपर हुए उन्होंने दाने की ओर ताका तक नहीं। रात-दिन रोया करती हैं। बेटा, सच पूछो तो मैं ही दोनों लड़कों का घातक हूं। वे जैसा चाहते थे, जहां चाहते थे, करते रहे। मैंने उन्हें कभी अच्छे रास्ते पर लगाने की चेष्टा ही न की। संतान का पालन कैसे करना चाहिए, इसकी कभी मैंने चिंता न की!"

प्रेमशंकर ने करुणार्द्र होकर कहा–"इक्के का सफर है, आपको कष्ट होगा। कहिए तो मैं चला जाऊं, कल तक आ जाऊंगा।"

प्रभाशंकर–वह यों न आएगा, उसे खींचकर लाना होगा। वह कठोर नहीं, केवल लज्जा के मारे नहीं आता। वहां पड़ा रोता होगा। भाइयों को बहुत प्यार करता था।

प्रेमशंकर–मैं उन्हें जबरदस्ती खींच लाऊंगा।

प्रभाशंकर राजी हो गए। प्रेमशंकर उसी दम चल खड़े हुए। थाना यहां से बारह मील पर था। नौ बजते-बजते पहुंच गए। थाने में सन्नाटा था। केवल मुंशीजी फर्श पर बैठे लिख रहे थे।

प्रेमशंकर ने उनसे कहा–"आपको तकलीफ तो होगी, पर जरा दरोगाजी को इत्तिला कर दीजिए कि एक आदमी आपसे मिलने आया है।"

मुंशीजी ने प्रेमशंकर को सिर से पांव तक देखा और लपककर उठे। उनके लिए एक कुर्सी निकालकर रख दी और पूछा–"जनाब का नाम बाबू प्रेमशंकर तो नहीं है?"

प्रेमशंकर–जी हां, मेरा यही नाम है।

मुंशीजी—आप खूब आए। दरोगाजी अभी आपका ही जिक्र कर रहे थे। आपका अकसर जिक्र किया करते हैं। चलिए, मैं आपके साथ चलता हूं। कॉन्स्टेबल सब उन्हीं की खिदमत में हाजिर हैं। कई दिन से बहुत बीमार हैं।

प्रेमशंकर—बीमार हैं? क्या शिकायत है?

मुंशीजी—जाहिर में तो बुखार है, पर अंदर का हाल कौन जाने? हालत बहुत बदतर हो रही है। जिस दिन से दोनों छोटे भाइयों की बेवक्त मौत की खबर सुनी, उसी दिन से बुखार आया। उस दिन से फिर थाने नहीं आए। घर से बाहर निकलने की नौबत न आई। पहले भी थाने में बहुत कम आते थे, नशे में डूबे पड़े रहते थे, ज्यादा नहीं तो तीन-चार बोतल रोजाना जरूर पी जाते होंगे, लेकिन इन पंद्रह दिनों से एक घूंट भी नहीं पी। खाने की तरफ ताकते ही नहीं। या तो बुखार में बेहोश पड़े रहते हैं या तबियत जरा हल्की हुई तो रोया करते हैं। ऐसा मालूम होता है कि फाजिल गिर गई है, करवट तक नहीं बदल सकते। डॉक्टरों का तांता लगा हुआ है, मगर कोई फायदा नहीं होता। सुना है, आप कुछ हिकमत करते हैं। देखिए, शायद आपकी दवा कारगर हो जाए। बड़ा अनमोल आदमी था। हम लोगों को ऐसा सदमा हो रहा है, जैसे कोई अपना अजीज उठा जाता हो। पैसे की मुहब्बत छू तक नहीं गई थी। हजारों रुपये माहवार लाते थे और सब-का-सब अमलों के हाथों में रख देते थे। रोजाना शराब मिलती जाए बस, और कोई हवस न थी। किसी मातहत से गलती हो जाए, पर कभी शिकायत न करते थे, बल्कि सारा इल्जाम अपने सर ले लेते थे। क्या मजाल कि कोई हाकिम उनके मातहतों को तिरछी निगाह से भी देख सके, सीना-सिपर हो जाते थे। मातहतों की शादी और गमी में इस तरह शरीक होते थे, जैसे कोई अपना अजीज हो। कई कॉन्स्टेबलों की लड़कियों की शादियां अपने खर्च से करा दीं। उनके लड़कों की तालीम की फीस अपने पास से देते थे, अपनी सख्ती के लिए सारे इलाके में बदनाम थे। सारा इलाका उनका दुश्मन था, मगर थाने वाले चैन करते थे। हम गरीबों को ऐसा गरीब-परवर और हमदर्द अफसर न मिलेगा।

मुंशीजी ने ऐसे अनुरक्त भाव से यह यशगान किया कि प्रेमशंकर गद्गद हो गए। वह दयाशंकर को लोभी, कुटिल और स्वार्थी समझते थे कि जिसके अत्याचारों से इलाके में हाहाकार मचा हुआ था। जो कुल का द्रोही, कुपुत्र और व्यभिचारी था, जिसने अपनी विलासिता और विषय-वासना की धुन में माता-पिता, भाई-बहन यहां तक कि अपनी पत्नी से भी मुंह फेर लिया था। उनकी दृष्टि में वह एक बेशर्म, पतित हृदयशून्य आदमी था। यह गुणानुवाद सुनकर उन्हें अपनी संकीर्णता पर बहुत खेद हुआ। वह मन में अपना तिरस्कार करने लगे। उन्हें फिर

आत्मिक यंत्रणा मिली–'हा! मुझमें कितना अहंकार है। मैं कितनी जल्द भूल जाता हूं कि यह विराट जगत अनंत ज्योति से प्रकाशमय हो रहा है। इसका एक-एक परमाणु उसी ज्योति से आलोकित है। यहां किसी मनुष्य को नीचा या पतित समझना ऐसा पाप है जिसका प्रायश्चित्त नहीं।' उन्होंने मुंशीजी से पूछा–"डॉक्टरों ने कुछ तशखीस नहीं की?"

मुंशीजी ने उपेक्षा भाव से कहा–"डॉक्टरों की कुछ न पूछिए, कोई कुछ बताता है, तो कोई कुछ। या तो उन्हें खुद ही इल्म नहीं या गौर से देखते ही नहीं उन्हें तो अपनी फीस से काम है। आइए, अंदर चले आइए, यही मकान है।"

प्रेमशंकर अंदर गए तो कॉन्स्टेबलों की भीड़ लगी हुई थी। कोई रो रहा था, कोई उदास, कोई मलिन-मुख खड़ा था, कोई पंखा झलता था। कमरे में सन्नाटा था। प्रेमशंकर को देखते ही सभी ने सलाम किया और कातर नेत्रों से उनकी ओर देखने लगे। दयाशंकर चारपाई पर पड़े थे, चेहरा पीला हो गया था और शरीर सूखकर कांटा हो गया था मानो किसी हरे-भरे खेत को टिड्डियों ने चर लिया हो। आंखें बंद थीं, माथे पर पसीने की बूंदें पड़ी हुई थीं और श्वास-क्रिया में एक चिंताजनक शिथिलता थी।

प्रेमशंकर यह शोकमय दृश्य देखकर तड़प उठे, चारपाई के निकट जाकर दयाशंकर के माथे पर हाथ रखा और बोले–"भैया?"

दयाशंकर ने आंखें खोलीं और प्रेमशंकर को गौर से देखा मानो किसी भूली हुई सूरत को याद करने की चेष्टा कर रहे हैं। वे बड़े शांति भाव से बोले–"तुम हो प्रेमशंकर? खूब आए। तुम्हें देखने की बड़ी इच्छा थी। कई बार तुमसे मिलने का इरादा किया, पर शर्म के मारे हिम्मत न पड़ी। लालाजी तो नहीं आए? उनसे भी एक बार भेंट हो जाती तो अच्छा होता, न जाने फिर दर्शन हों या न हों।"

प्रेमशंकर–वह आने को तैयार थे, पर मैंने ही उन्हें रोक दिया। मुझे तुम्हारी हालत मालूम न थी।

दयाशंकर–अच्छा किया। इतनी दूर इक्के पर आने में उन्हें कष्ट होता। वह मेरा मुंह न देखें, यही अच्छा है। मुझे देखकर कौन उनकी छाती हुलसेगी?

यह कहकर वह चुप हो गए, ज्यादा बोलने की शक्ति न थी, फिर दम लेकर बोले–"क्यों प्रेम, संसार में मुझ-सा अभागा और भी कोई होगा? यह सब मेरे ही कर्मों का फल है। मैं ही वंश का द्रोही हूं। मैं क्या जानता था कि पापी के पापों का दंड इतना बड़ा होता है। मुझे अगर किसी से कुछ मुहब्बत थी तो दोनों लड़कों से। मेरे पापों का भैरव बनकर उन...।"

उनकी आंखों से आंसू बहने लगे, मूर्च्छा-सी आ गई। आधे घंटे तक इसी

अचेत दशा में पड़े रहे। सांस प्रतिक्षण धीमी होती जाती थी। प्रेमशंकर पछता रहे थे, यह हाल मुझे पहले न मालूम हुआ, नहीं तो डॉक्टर प्रियनाथ को साथ लेता आता। यहां तारघर तो है। क्यों न उन्हें तार दे दूं? वह इसे मेरा काम समझकर फीस न लेंगे, यही अड़चन है। यही सही, पर उनको बुलाना जरूर चाहिए।

यह सोचकर उन्होंने तार लिखना शुरू किया कि सहसा डॉक्टर प्रियनाथ ने कमरे में कदम रखा। प्रेमशंकर ने चकित होकर एक बार उनकी ओर देखा और उनके गले से लिपट गए, फिर कुंठित स्वर में बोले–"आइए भाई साहब, अब मुझे विश्वास हो गया कि ईश्वर दीनों की विनय सुनता है। आपके पास यह तार भेज रहा था–इसकी जान बचाइए।"

प्रियनाथ ने आश्वासन देते हुए कहा–"आप घबराइए नहीं, मैं अभी देखता हूं। क्या करूं, मुझे पहले किसी ने खबर न दी? इस इलाके में बुखार का जोर है। मैं कई गांवों का चक्कर लगाता हुआ थाने के सामने से गुजरा तो मुंशीजी ने मुझे यह हाल बतलाया।" यह कहकर डॉक्टर साहब ने हैंडबेग से एक यंत्र निकालकर दयाशंकर की छाती से लगाया और खूब ध्यान से निरीक्षण करके बोले–"फेफड़ों पर बलगम आ गया है, लेकिन चिंता की कोई बात नहीं। मैं दवा देता हूं। ईश्वर ने चाहा तो शाम तक जरूर असर होगा।"

डॉक्टर साहब ने दवा पिलाई और वहीं कुर्सी पर बैठ गए।

प्रेमशंकर ने कहा–"मैं शाम तक आपको न छोड़ूंगा।"

प्रियनाथ ने मुस्कराकर कहा–"आप मुझे भगाए भी तो न जाऊंगा। यह मेरे पुराने दोस्त हैं। इनकी बदौलत मैंने हजारों रुपये उड़ाए हैं।"

एक वृद्ध चौकीदार ने कहा–"हुजूर, इनका अच्छा कर देओ–और तो नहीं, मुदा हम सब जने एक-एक तलब आपके नजर कर दे हैं।"

प्रियनाथ हंसकर बोले–"मैं तुम लोगों को इतने सस्ते में न छोड़ूंगा। तुम्हें वचन देना पड़ेगा कि अब किसी गरीब को न सताएंगे, किसी से जबरदस्ती बेगार न लेंगे और जिसका सौदा लेंगे, उसको उचित दाम देंगे।"

चौकीदार–भला सरकार, हमारा गुजर-बसर कैसे होगा? हमारे भी तो बाल-बच्चे हैं, दस-पंद्रह रुपयों में क्या होता है?

प्रियनाथ–तो अपने हाकिमों से तरक्की करने के लिए क्यों नहीं कहते? सब लोग मिलकर जाओ और अर्ज-मारूज करो। तुम लोग प्रजा की रक्षा के लिए नौकर हो, उन्हें सताने के लिए नहीं। अवकाश के समय कोई दूसरा काम किया करो, जिससे आमदनी बढ़े। रोज दो-तीन घंटें कोई काम कर लिया करो तो 10-12 रुपये की मजदूरी हो सकती है।

चौकीदार—भला ऐसा कौन काम है हुजूर?

प्रियनाथ—काम बहुत है–हां, शर्म छोड़नी पड़ेगी। इस भाव को दिल से निकाल देना पड़ेगा कि हम कॉन्स्टेबल हैं तो अपने हाथों से मेहनत कैसे करें? सच्ची मेहनत की कमाई में अन्याय और जुल्म की कमाई से कहीं ज्यादा बरकत होती है।

मुंशीजी बोले—"हुजूर, इस बारे में सरकारी कायदे बड़े सख्त हैं। पुलिस के मुलाजिम को कोई दूसरा काम करने का मजाल नहीं है। अगर हम लोग कोई काम करने लगें तो निकाल दिए जाएं।"

प्रियनाथ—यह आपकी गलती है। आपको फुरसत के वक्त कपड़े बुनने या सूत कातने या कपड़े सीने से कोई नहीं रोक सकता। हां, सरकारी काम में हरज न होना चाहिए। आप लोगों को अपनी हालत हाकिमों से कहनी चाहिए।

मुंशीजी—हुजूर, कोई सुननेवाला भी तो हो? हमारा रियाया को लूटना हुक्काम की निगाह में इतना बड़ा जुर्म है, जितना कुछ अर्ज-मारूज करना। फौरन साजिश और गरोहबंदी का इल्जाम लग जाए।

प्रियनाथ—इससे तो यह कहीं अच्छा होता कि आप लोग कोई हुनर सीखकर आजादी से रोजी कमाते। मामूली कारीगर भी आप लोगों से ज्यादा कमा लेता है।

मुंशीजी—हुजूर, यह तकदीर का मुआमला है। जिसके मुकद्दर में गुलामी लिखी हो, वह आजाद कैसे हो सकता है?

दोपहर हो गई थी, प्रियनाथ ने दूसरी खुराक दवा दी। इतने में महाराज ने आकर कहा—"सरकार, रसोई तैयार है–भोजन कर लीजिए।"

प्रेमशंकर यहां से उठना न चाहते थे, लेकिन प्रियनाथ ने उन्हें इत्मीनान दिलाकर कहा—"चाहे अभी जाहिर न हो, पर पहली खुराक का कुछ-न-कुछ असर हुआ है। आप देख लीजिएगा कि शाम तक यह होश-हवास की बातें करने लगेंगे।"

दोनों आदमी भोजन करने गए। महाराज ने खूब मसालेदार भोजन बनाया था। दयाशंकर चटपटे भोजन के आदी थे। सब चीजें इतनी कड़वी थीं कि प्रेमशंकर दो-चार कौर से अधिक न खा सके। आंख और नाक से पानी बहने लगा।

प्रियनाथ ने हंसकर कहा—"आपकी तो खूब दावत हो गई। महाराज ने तो मदरासियों को भी मात कर दिया। यह उत्तेजक मसाले पाचनशक्ति को निर्बल कर देते हैं। देखो महाराज, जब तक दरोगाजी अच्छे न हो जाएं, ऐसी चीजें उन्हें न खिलाना, मसाले बिलकुल न डालना।"

महाराज—हुजूर, मैंने तो आज बहुत कम मसाले दिए हैं। दरोगाजी के सामने यह भोजन जाता तो कहते यह क्या फीकी-पीच पकाई है।

प्रेमशंकर ने रूखे चावल खाए, मगर प्रियनाथ ने मिर्ची की परवाह नहीं की। दोनों आदमी भोजन करके फिर दयाशंकर के पास जा बैठे। तीन बजे प्रियनाथ ने अपने हाथों से उनकी छाती में एक अर्क की मालिश की और शाम तक दो बार और दवा दी। दयाशंकर अभी तक चुपचाप पड़े हुए थे, पर मूर्च्छा नहीं, नींद थी। उनकी श्वास क्रिया स्वाभाविक होती जा रही थी और मुख की विवर्णता मिट रही थी।

जब अंधेरा हुआ तो प्रियनाथ ने कहा—"अब मुझे आज्ञा दीजिए। ईश्वर ने चाहा तो रात-भर में इनकी दशा बहुत अच्छी हो जाएगी। अब भय की कोई बात नहीं है। मैं कल आठ बजे तक फिर आऊंगा।"

सहसा दयाशंकर जाग गए। उनकी आंखों में अब वह चंचलता न थी। प्रियनाथ ने पूछा—"अब कैसी तबियत है?"

दयाशंकर—ऐसा जान पड़ता है कि किसी ने जलती हुई रेत से उठाकर वृक्ष की छांव में लिटा दिया हो।

प्रियनाथ—कुछ भूख मालूम होती है?

दयाशंकर—जी नहीं, प्यास लगी है।

प्रियनाथ—तो आप थोड़ा-सा गरम दूध पी लें। मैं इस वक्त जाता हूं। कल आठ बजे तक आ जाऊंगा।

दयाशंकर ने मुंशीजी की तरफ देखकर कहा—"मेरा संदूक खोलिए और उसमें से जो कुछ हो, लाकर डॉक्टर साहब के पैरों पर रख दीजिए। बाबूजी, यह रकम कुछ नहीं है, पर आप इसे कुबूल करें।"

प्रियनाथ—अभी आप चंगे तो हो जाएं, मेरा हिसाब फिर हो जाएगा।

दयाशंकर—मैं चंगा हो गया, मौत के मुंह से निकल आया। कल तक मरने का ही जी चाहता था, लेकिन अब जीने की इच्छा है। यह फीस नहीं, मैं आपको फीस देने के लायक नहीं हूं। दैहिक रोग-निवृत्ति की फीस हो सकती है, लेकिन मुझे ज्ञात हो रहा है कि आपने आत्मिक उद्धार कर दिया है। इसकी फीस वह एहसान है, जो जीवनपर्यंत मेरे सिर पर रहेगा और ईश्वर ने चाहा तो आपको इस पापी जीवन को मौत के पंजे से बचा लेने का दुःख न होगा।

प्रियनाथ ने फीस न ली, चले गए। प्रेमशंकर थोड़ी देर बैठे रहे। जब दयाशंकर दूध पीकर फिर सो गए, तब वह बाहर निकलकर टहलने लगे। अकस्मात् उन्हें लाला प्रभाशंकर इक्के पर आते हुए दिखाई दिए। निकट आते ही वह इक्के से उतरे और कंपित स्वर में बोले—"बेटा, बताओ दयाशंकर की क्या हालत है? तुम्हारे चले आने के बाद यहां से एक चौकीदार मेरे पास पहुंचा था। उसने कुछ ऐसी

बुरी खबर सुनाई कि होश उड़ गए, उसी वक्त चल खड़ा हुआ। घर में हाहाकार मचा हुआ है। सच-सच बताओ बेटा, क्या हाल है?"

प्रेमशंकर—अब तो तबियत बहुत कुछ संभल गई है, कोई चिंता की बात नहीं, पर जब मैं आया था तो वास्तव में हालत खराब थी। खैरियत यह हो गई कि डॉक्टर प्रियनाथ आ गए। उनकी दवा ने जादू का-सा असर किया। अब सो रहे हैं।

प्रभाशंकर—बेटा! चलो, जरा देख लूं, चित्त बहुत व्याकुल है।

प्रेमशंकर—आपको देखकर शायद वह रोने लगे।

प्रभाशंकर ने बड़ी नम्रता से कहा—"बेटा, मैं जरा भी न बोलूंगा। बस, एक आंख देखकर चला जाऊंगा। जी बहुत घबराया हुआ है।"

प्रेमशंकर—आइए, मगर चित्त को शांत रखिएगा। अगर उन्हें जरा भी आहट मिल गई तो दिन-भर की मेहनत निष्फल हो जाएगी।

प्रभाशंकर—भैया, कसम खाता हूं, जरा भी न बोलूंगा। बस, दूर से एक आंख देखकर चला जाऊंगा।

प्रेमशंकर मजबूर हो गए। लालाजी को लिये हुए दयाशंकर के कमरे में गए। प्रभाशंकर ने चौखट से ही इस तरह डरते-डरते भीतर झांका—जैसे कोई बालक घटा की ओर देखता है कि कहीं बिजली न चमक जाए, पर दयाशंकर की दशा देखते ही प्रेमोद्गार से विवश होकर वह जोर से चिल्ला उठे और 'बेटा' कहकर उनकी छाती से चिपट गए।

प्रेमशंकर ने तुरंत उपेक्षा भाव से उनका हाथ पकड़ा और खींचकर कमरे से बाहर लाए।

दयाशंकर ने चौंककर पूछा—"कौन था? दादाजी आए हैं क्या?"

प्रेमशंकर—आप आराम से लेटें। इस वक्त बातचीत करने से बेचैनी बढ़ जाएगी।

दयाशंकर—नहीं, मुझे एक क्षण के लिए उठाकर बिठा दो। मैं उनके चरणों पर सिर रखना चाहता हूं।

प्रेमशंकर—इस वक्त नहीं, कल इत्मीनान से मिलिएगा।

यह कहकर प्रेमशंकर बाहर चले आए। प्रभाशंकर बरामदे में खड़े रो रहे थे, बोले—"बेटा, नाराज न हो। मैंने बहुत रोका, पर दिल काबू में न रहा। इस समय मेरी दशा उस टूटी नाव पर बैठे हुए मुसाफिर की-सी है जिसके लिए हवा का एक झोंका भी मौत के थप्पड़ के समान है। सच-सच बताओ, डॉक्टर साहब क्या कहते थे?"

प्रेमशंकर—उनके विचार में अब कोई चिंता की बात नहीं है। लक्षणों से भी यही प्रकट होता है।

प्रभाशंकर–ईश्वर उनका कल्याण करें, पर मुझे तो तब ही इत्मीनान होगा, जब वह उठ बैठेंगे। यह उनके ग्रह का साल है।

दोनों आदमी बाहर आकर सायबान पर बैठे। दोनों अपने विचारों में मग्न थे। थोड़ी देर के बाद प्रभाशंकर बोले–"हमारा यह कितना बड़ा अन्याय है कि अपनी संतान में उन्हीं कुसंस्कारों को देखकर जो हममें स्वयं मौजूद हैं, उनके दुश्मन हो जाते हैं! दयाशंकर से मेरा केवल इसी बात पर मनमुटाव था कि वह घर की खबर क्यों नहीं लेता? दुर्व्यसनों में क्यों अपनी कमाई उड़ा देता है? मेरी मदद क्यों नहीं करता, किंतु मुझसे पूछो कि तुमने अपनी जिंदगी में क्या किया? मेरी इतनी उम्र भोग-विलास में ही गुजरी है। इसने अगर लुटाई तो अपनी कमाई लुटाई, बरबाद की तो अपनी कमाई बरबाद की। मैंने तो पुरखों की जायदाद का सफाया कर दिया। मुझे इससे बिगड़ने का कोई अधिकार न था।"

थाने के कई अमले और चौकीदार आकर बैठ गए और दयाशंकर की सहृदयता और सज्जनता की सराहना करने लगे। प्रभाशंकर उनकी बातें सुनकर गर्व से फूले जाते थे।

आठ बजे प्रेमशंकर ने जाकर फिर दवा पिलाई और वहीं रात-भर एक आराम कुर्सी पर लेटे रहे। उन्होंने पलक को झपकने भी न दिया।

सवेरे प्रियनाथ आए और दयाशंकर को देखा तो प्रसन्न होकर बोले–"अब जरा भी चिंता नहीं है। इनकी हालत बहुत अच्छी है। एक सप्ताह में यह अपना काम करने लगेंगे। दवा से ज्यादा बाबू प्रेमशंकर की सुश्रूषा का असर है। शायद आप रात को बिलकुल न सोए!"

प्रेमशंकर–सोया क्यों नहीं? हां, घोड़े बेचकर नहीं सोया।

प्रभाशंकर–डॉक्टर साहब, मैं गवाही देता हूं कि रात-भर इनकी आंखें नहीं झपकीं। मैं कई बार झांकने आया तो इन्हें बैठे या कुछ पढ़ते पाया।

दयाशंकर ने श्रद्धामय भाव से कहा–"जीता बचा तो बाकी उम्र इनकी खिदमत में काटूंगा। इनके साथ रहकर मेरा जीवन सुधर जाएगा।"

इस भांति एक हफ्ता गुजर गया। डॉक्टर प्रियनाथ रोज आते और घंटे-भर ठहरकर देहातों की ओर चले जाते। प्रभाशंकर तो दूसरे ही दिन घर चले गए, लेकिन प्रेमशंकर एक दिन के लिए भी न हिले। आठवें दिन दयाशंकर पालकी में बैठकर घर जाने के योग्य हो गए। उनकी छुट्टी मंजूर हो गई थी।

प्रात:काल था। दयाशंकर थाने से चले। यद्यपि वह केवल तीन महीने की छुट्टी पर जा रहे थे, पर थाने के कर्मचारियों को ऐसा मालूम हो रहा था कि अब इनसे सदा के लिए साथ छूट रहा है। सारा थाना मील-भर तक उनकी

पालकी के साथ दौड़ता हुआ आया। लोग किसी तरह लौटते ही न थे। अंत में प्रेमशंकर के बहुत दिलासा देने पर लोग विदा हुए। सब-के-सब फूट-फूटकर रो रहे थे।

प्रेमशंकर मन में पछता रहे थे कि ऐसे सर्वप्रिय श्रद्धेय मनुष्य से मैं इतने दिनों तक घृणा करता रहा। दुनिया में ऐसे सज्जन, ऐसे दयालु, ऐसे विनयशील पुरुष कितने हैं, जिनकी मुट्ठी में इतने आदमियों के हृदय हों, जिनके वियोग से लोगों को इतना दुःख हो।

होली का दिन था। शहर में चारों तरफ अबीर और गुलाल उड़ रही थी। फाग और चौताल की धूम थी, लेकिन लाला प्रभाशंकर के घर पर मातम छाया हुआ था। श्रद्धा अपने कमरे में बैठी हुई गायत्री देवी के गहने और कपड़े सहेज रही थी कि अबकी बार ज्ञानशंकर आए तो यह अमानत सौंप दूं। विद्यावती के देहांत और गायत्री के चले जाने के बाद से श्रद्धा की तबीयत अकेले बहुत घबराया करती थी। अक्सर दिन-के-दिन बड़ी बहू के पास बैठी रहती, पर जब से दोनों लड़कों की मृत्यु हुई, उसका जी और भी उचटा रहता था। हां, कभी-कभी शीलमणि के आ जाने से जरा देर के लिए जी बहल जाता था। गायत्री के मरने की खबर उसके यहां कल ही आई थी।

श्रद्धा गायत्री को याद करके सारी रात रोती रही। इस वक्त भी गायत्री उसकी आंखों में फिर रही थी, उसकी मृदु, सरल, निष्कपट बातें याद आ रही थीं–कितनी उदार, कितनी नम्र, कितनी प्रेममयी रमणी थी! जरा भी अभिमान नहीं, पर हा शोक! कितना भीषण अंत हुआ। इसी शोकावस्था में दोनों लड़कों की ओर ध्यान जा पहुंचा। हा! दोनों कैसे हंसमुख, कैसे होनहार, कैसे सुंदर बालक थे! जिंदगी का कोई भरोसा नहीं, आदमी कैसे-कैसे इरादे करता है, कैसे-कैसे मंसूबे बांधता है, किंतु यमराज के आगे किसी की नहीं चलती। वह आन-की-आन में सारे मंसूबों को धूल में मिला देता है।

तीन महीने के अंदर पांच प्राणी चल दिए। इस तरह एक दिन मैं भी चल बसूंगी और मन-की-मन में रह जाएगी। आठ साल से हम दोनों अपनी-अपनी टेक पर अड़े हैं, न वह झुकते हैं, न मैं दबती हूं। जब इतने दिनों तक उन्होंने प्रायश्चित्त नहीं किया, तब अब कदापि न करेंगे। उनकी आत्मा अपने पुण्य कार्यों से संतुष्ट है, न इसकी जरूरत समझती है, न महत्त्व! अब मुझी को दबना पड़ेगा। अब मैं ही किसी विद्वान पंडित से पूछूं कि मेरे किसी अनुष्ठान से उनका प्रायश्चित्त हो

सकता है या नहीं? क्या मेरी इतने दिनों की तपस्या, गंगा-स्नान, पूजा-पाठ, व्रत और नियम अकारथ हो जाएंगे?

माना, उन्होंने विदेश में कितने ही काम अपने धर्म के विरुद्ध किए, लेकिन जब से यहां आए हैं, तब से तो बराबर सत्कार्य ही कर रहे हैं। दीनों की सेवा और पतितों के उद्धार में दत्तचित्त रहते हैं। अपनी जान की भी परवाह नहीं करते। कोई बड़े-से-बड़ा धर्मात्मा भी परोपकार में इतना व्यस्त न रहता होगा। उन्होंने खुद को बिलकुल मिटा दिया है। धर्म के जितने लक्षण ग्रंथों में लिखे हुए हैं, वे उनमें मौजूद हैं। जिस पुरुष ने अपने मन को, अपनी इंद्रियों को, अपनी वासना को ज्ञान-बल से जीत लिया हो, क्या उसके लिए भी प्रायश्चित्त की जरूरत है? क्या कर्मयोग का मूल्य प्रायश्चित्त के बराबर नहीं? कोई पुस्तक नहीं मिलती जिसमें इस तपस्या की साफ-साफ व्यवस्था की गई हो। कोई ऐसा विद्वान नहीं दिखाई देता, जो मेरी शंकाओं का समाधान करे। भगवान, मैं क्या करूं? इन्हीं दुविधाओं में पड़ी एक दिन मर जाऊंगी और उनकी सेवा करने की अभिलाषा मन में ही रह जाएगी। उनके साथ रहकर मेरा जीवन सार्थक हो जाता, नहीं तो इस चहारदीवारी में पड़े जीवन वृथा गंवा रही हूं।

श्रद्धा इन्हीं विचारों में मग्न थी कि अचानक उसे द्वार पर हलचल-सी सुनाई दी। खिड़की से झांका तो नीचे सैकड़ों आदमियों की भीड़ दिखाई दी। इतने में मेहरी ने आकर कहा–"बहूजी, लखनपुर के जितने आदमी कैद हुए थे, वह सब छूट आए हैं और द्वार पर खड़े बाबूजी को आशीर्वाद दे रहे हैं। जरा सुनो, वह बुड्ढा दाढ़ी वाला कह रहा है–'अल्लाह! बाबू प्रेमशंकर को कयामत तक सलामत रखे!' इनके साथ एक बूढ़ा साधु भी है। सुखदास नाम है। वह बाजार से यहां तक रुपये-पैसे लुटाता आया है। जान पड़ता है, कोई बड़ा धनी आदमी है।"

इतने में मायाशंकर लपका हुआ आया और बोला–"बड़ी अम्मा, लखनपुर के सब आदमी छूट आए हैं। बाजार में उनका जुलूस निकला था। डॉक्टर इरफान अली, बाबू ज्वाला सिंह, डॉक्टर प्रियनाथ, चाचा साहब, चाचा दयाशंकर और शहर के सैकड़ों छोटे-बड़े आदमी जुलूस के साथ थे। लाओ, दीवानखाने की कुंजी दे दो–कमरा खोलकर सबको बैठाऊं।"

श्रद्धा ने कुंजी निकालकर दे दी और सोचने लगी, इन लोगों का क्या सत्कार करूं कि इतने में जय-जयकार का गगनव्यापी नाद सुनाई दिया–"बाबू प्रेमशंकर की जय! लाला दयाशंकर की जय! लाला प्रभाशंकर की जय!"

मायाशंकर फिर दौड़ा हुआ आया और बोला–"बड़ी अम्मा, जरा ढोल-मजीरा निकलवा दो, बाबा सुखदास भजन गाएंगे। वह देखो, वह दाढ़ी वाला बुड्ढा, वही

कादिर खां है। वह जो लंबा-तगड़ा आदमी है, वही बलराज है। इसी के बाप ने गौस खां को मारा था।"

श्रद्धा का चेहरा आत्मोल्लास से चमक रहा था। हृदय ऐसा पुलकित हो रहा था मानो द्वार पर बरात आई हो। मन में भांति-भांति की उमंगें उठ रही थीं। इन लोगों को आज यहीं ठहरा लूं, सबकी दावत करूं, खूब धूमधाम से सत्यनारायण की कथा हो। प्रेमशंकर के प्रति श्रद्धा का ऐसा प्रबल आवेग हो रहा था कि इसी दम जाकर उनके चरणों से लिपट जाऊं। तुरंत ही ढोल और मजीरें निकालकर मायाशंकर को दे दिए।

सुखदास ने ढोल गले में डाला औरों ने मजीरें लिये, मंडल बांधकर खड़े हो गए और यह भजन गाने लगे—

"सतगुरु ने मोरी गह लई बांह, नहीं रे मैं तो जात बहा।"

माया खुशी के मारे फूला न समाता था। पास आकर बोला—"कादिर मियां खूब गाते हैं।"

श्रद्धा—इन लोगों की कुछ आवभगत करनी चाहिए।

मायाशंकर—मेरा तो जी चाहता है कि सबकी दावत हो। तुम अपनी तरफ से कहला दो। जो सामान चाहिए, वह मुझे लिखवा दो। जाकर आदमियों को लाने के लिए भेज दूं। यह सब बेचारे इतने सीधे, गरीब हैं कि मुझे तो विश्वास नहीं आता कि इन्होंने गौस खां को मारा होगा। बलराज है तो पूरा पहलवान, लेकिन वह भी बहुत ही सीधा मालूम होता है।

श्रद्धा—दावत में बड़ी देर लगेगी। बाजार से चीजें आएंगी, बनाते-बनाते तीसरा पहर हो जाएगा। इस वक्त बीस रुपये की मिठाई मंगाकर जलपान करा दो। रुपये हैं या दूं?

मायाशंकर—रुपये बहुत हैं। क्या कहूं, मुझे पहले यह बात न सूझी।

दोपहर तक भजन होता रहा। शहर के हजारों आदमी इस आनंदोत्सव में शरीक थे। प्रेमशंकर ने सबको आदर से बिठाया। इतने में बाजार से मिठाइयां आ गईं, लोगों ने नाश्ता किया और प्रेमशंकर का यशगान करते हुए विदा हुए, लेकिन लखनपुर वालों को छुट्टी न मिली। श्रद्धा ने कहला भेजा कि खा-पीकर शाम को जाना। यद्यपि सब-के-सब घर पहुंचने के लिए उत्सुक हो रहे थे, पर यह निमंत्रण कैसे अस्वीकार करते!

लाला प्रभाशंकर भोजन बनवाने लगे। अब तक उन्होंने केवल बड़े आदमियों को ही व्यंजन-कला से मुग्ध किया था। आज देहातियों को भी यह सौभाग्य प्राप्त हुआ। लाला ऐसा स्वादयुक्त भोजन देना चाहते थे, जो उन्हें तृप्त कर दें, जिसको वह सदैव याद करते रहें। भांति-भांति के पकवान बनने लगे। बहुत जल्दी की गई,

फिर भी खाते-खाते आठ बज गए। प्रियनाथ और इरफान अली ने अपनी सवारियां भेज दी थीं। उस पर बैठकर लोग लखनपुर चले। सबने मुक्त कंठ से आशीर्वाद दिए। अभी घरवाले बाकी थे। उनके खाने में दस बज गए। प्रेमशंकर हाजीपुर जाने को प्रस्तुत हुए तो मेहरी ने आकर धीरे से कहा—"बहूजी कहती हैं कि आज यहीं सो रहिए, रात बहुत हो गई है।" इस असाधारण कृपा-दृष्टि ने प्रेमशंकर को चकित कर दिया। वह इसका मर्म न समझ सके।

ज्वाला सिंह ने मेहरी से हंसी की—"हम लोग भी रहें या चले जाएं?"

मेहरी सतर्क थी, बोली—"नहीं सरकार, आप भी रहें, माया भैया भी रहें, यहां किस चीज की कमी है?"

ज्वाला सिंह—चल, बातें बनाती है!

मेहरी चली गई तो वह प्रेमशंकर से बोले—"आज मालूम होता है, आपके नक्षत्र बलवान हैं—अभी और विजय प्राप्त होने वाली है।"

प्रेमशंकर ने विरक्त भाव से कहा—"कोई नया उपदेश सुनना पड़ेगा और क्या?"

ज्वाला सिंह—जी नहीं, मेरा मन कहता है कि आज देवी आपको वरदान देगी। आपकी तपस्या पूरी हो गई।

प्रेमशंकर—मेरी देवी इतनी भक्त-वत्सला नहीं है।

ज्वाला सिंह—अच्छा, कल आप ही ज्ञात हो जाएगा—हमें आज्ञा दीजिए।

प्रेमशंकर—क्यों, यहीं न सो रहिए?

ज्वाला सिंह—मेरी देवी और भी जल्द रूठती है।

यह कहकर वह मायाशंकर के साथ चले गए।

मेहरी ने प्रेमशंकर के लिए पलंग बिछा दिया था। वह लेटे तो अनिवार्यतः मन में जिज्ञासा होने लगी कि श्रद्धा आज क्यों मुझ पर इतनी सदय हुई है? कहीं यह मेहरी का कौशल तो नहीं है! नहीं, मेहरी ऐसी हंसोड़ तो नहीं जान पड़ती। कहीं वास्तव में उसने दिल्लगी की तो व्यर्थ लज्जित होना पड़े। श्रद्धा न जाने अपने मन में क्या सोचे! अंत में इन शंकाओं को शांत करने के लिए उन्होंने ज्ञानशंकर की अलमारी में से एक पुस्तक निकाली और उसे पढ़ने लगे।

ज्वाला सिंह की भविष्यवाणी सत्य निकली। आज वास्तव में उनकी तपस्या पूरी हो गई थी। उनकी सुकीर्ति ने श्रद्धा को वशीभूत कर लिया था। आज जब से उसने सैकड़ों आदमियों को द्वार पर खड़े प्रेमशंकर की जय-जयकार करते देखा था, तभी से उसके मन में यह समस्या उठ रही थी—क्या इतने अंतःकरण से निकली हुई शुभेच्छाओं का महत्त्व प्रायश्चित्त से कम है? कदापि नहीं। परोपकार की महिमा प्रायश्चित्त से किसी तरह कम नहीं हो सकती, बल्कि सच्चा प्रायश्चित्त

तो परोपकार ही है। इतनी आशीषें किसी महान पापी का भी उद्धार कर सकती हैं। कोरे प्रायश्चित्त का इनके सामने क्या महत्त्व हो सकता है और इन आशीषों का आज ही थोड़े ही अंत हो गया? जब यह सब घर पहुंचेंगे तो इनके घरवाले और भी आशीष देंगे। जब तक दम-में-दम रहेगा, उनके हृदय से नित्य ये सदिच्छाएं निकलती रहेंगी। ऐसे यशस्वी, ऐसे श्रद्धेय पुरुष को प्रायश्चित्त की कोई जरूरत नहीं। इस सुधा-वृष्टि ने उसे पवित्र कर दिया है।

ग्यारह बजे थे। श्रद्धा ऊपर से उतरी और सकुचाती हुई आकर दीवानखाने के द्वार पर खड़ी हो गई। लैंप जल रहा था, प्रेमशंकर किताब देख रहे थे। श्रद्धा को उनके मुखमंडल पर आत्म-गौरव की एक दिव्य ज्योति झलकती हुई दिखाई दी। उसका हृदय बांसों उछल रहा था और आंखें आनंद के अश्रु-बिंदुओं से भरी हुई थीं। आज चौदह वर्ष के बाद उसे अपने प्राणपति की सेवा का सौभाग्य प्राप्त हुआ था। अब विरहिणी श्रद्धा न थी जिसकी सारी आकांक्षाएं मिट चुकी हों। इस समय उसका हृदय अभिलाषाओं से आंदोलित हो रहा था, किंतु उसके नेत्रों में तृष्णा न थी, उसके अधरों पर मृदु मुस्कान न थी। वह इस तरह नहीं आई थी, जैसे कोई नववधु अपने पति के पास आती है, वह इस तरह आई थी, जैसे कोई उपासिका अपने इष्टदेव के सामने आती है, श्रद्धा और अनुराग में डूबी हुई।

22

मायाशंकर—बातचीत से मालूम होता था कि पंद्रह-बीस हजार का मुआमला है।

प्रेमशंकर—यही मेरा अनुमान है। दो-चार दिन में कुछ-न-कुछ उपाय निकल ही आएगा या तो महाजन को समझा-बुझा दूंगा या दो-चार हजार देकर कुछ दिन की मुहलत ले लूंगा।

मायाशंकर—मैं चाहता हूं कि बाबा को मालूम भी न होने पाए और महाजन के सब रुपये पहुंच जाएं जिससे यह झंझट न रहे। जब हमारे पास रुपये हैं तो फिर महाजन की खुशामद क्यों की जाए?

प्रेमशंकर—वह रुपये अमानत हैं। उन्हें छूने का अधिकार नहीं है। उन्हें मैंने तुम्हारी यूरोप-यात्रा के लिए अलग कर दिया है।

मायाशंकर—मेरी यूरोप-यात्रा इतनी आवश्यक नहीं है कि घरवालों को संकट में छोड़कर चला जाऊं।

मानव-चरित्र न बिलकुल श्यामल होता है और न बिलकुल श्वेत। उसमें दोनों ही रंगों का विचित्र सम्मिश्रण होता है। स्थिति अनुकूल हुई तो वह ऋषितुल्य हो जाता है, प्रतिकूल हुई तो नराधम। वह अपनी परिस्थितियों का खिलौना-मात्र है। बाबू ज्ञानशंकर अगर अब तक स्वार्थी, लोभी और संकीर्ण हृदय थे तो वह परिस्थितियों का फल था। भूखा आदमी उस समय तक कुत्ते को कौर नहीं देता, जब तक वह स्वयं संतुष्ट न हो जाए। अप्रसन्नता ने उनकी श्यामलता को और भी उज्ज्वल कर दिया था। उन्होंने ऐसे घर में जन्म लिया था, जिसने कुल-मर्यादा की रक्षा में अपने

श्री का अंत कर दिया था। ऐसी अवस्था में उन्हें संतोष से ही शांति मिल सकती थी, पर उनकी उच्च शिक्षा ने उन्हें जीवन को एक बृहत संग्राम-क्षेत्र समझना सिखाया था। उनके सामने जिन महान पुरुषों के आदर्श रखे गए थे, उन्होंने भी संघर्ष-नीति का आश्रय लेकर सफलता प्राप्त की थी। इसमें संदेह नहीं कि शिक्षा ने उन्हें लेख और वाणी में प्रवीण, तर्क में कुशल, व्यवहार में चतुर बना दिया था, पर उसके साथ ही उन्हें स्वार्थ और स्वहित का दास बना दिया था। यह वह शिक्षा न थी, जो अपने झोंपड़े का द्वार खुला रखने का अनुरोध करती है, जो दूसरों को खिलाकर आप खाने की नीति सिखाती है।

ज्ञानशंकर किसी को आश्रय देने की कल्पना भी न कर सकते थे, जब तक अपना प्रासाद न बना लें। वह किसी को मुट्ठी-भर भी अन्न न दे सकते थे, जब तक अपनी धान्यशाला को भर न लें।

सौभाग्य से उनका प्रसाद निर्मित हो चुका था। अब वह दूसरों को आश्रय देने को तैयार थे, उनकी धान्यशाला परिपूर्ण हो चुकी थी। अब उन्हें भिक्षुओं से घृणा न थी। संपत्तिशाली होकर वह उदार, दयालु, दीन-वत्सल और कर्तव्य-परायण हो गए थे। लाला प्रभाशंकर की पुत्रियों के विवाह में उन्होंने खासी मदद की थी और पुत्रों के मातम में शरीक होने के लिए भी गोरखपुर से आए थे। प्रेमशंकर के प्रति भी उनका भ्रातृ-प्रेम जाग्रत हो गया था, यहां तक कि लखनपुर वालों के मुक्त हो जाने पर उन्हें बधाई दी थी। गायत्री की मृत्यु का शोक समाचार मिला तो उन्होंने उसका संस्कार बड़ी धूमधाम से किया और कई हजार रुपये खर्च किए। उसकी यादगार में एक पक्का तालाब खुदवा दिया। जब तक वह फूस के झोंपड़े में रहते थे, आग की चिंगारियों से डरते थे। अब उनका पक्का महल था-फुलझड़ियों का तमाशा आसानी से देख सकते थे।

ज्ञानशंकर अब ख्याति और सुकीर्ति के लिए लालायित रहते थे। लखनऊ के मान्यगण उन्हें अनधिकारी समझकर उनसे कुछ खिंचे रहते थे। यद्यपि गोरखपुर से पहले ही उन्होंने सम्मान-पद प्राप्त कर लिया था, तथापि इस नई हैसियत में देखकर अक्सर लोग उनसे जलते थे। ज्ञानशंकर ने दोनों शहरों के रईसों से मेल-जोल बढ़ाना शुरू किया। पहले वह राय साहब के अव्यवस्थित व्यय को घटाना परमावश्यक समझते थे। कई घोड़े, एक मोटर, कई सवारी गाड़ियां निकाल देना चाहते थे, लेकिन अब उन्हें अपनी सम्मान रक्षा के लिए उस ठाठ-बाट को निबाहना ही नहीं, उसे और बढ़ाना जरूरी मालूम होता था, जिससे लोग उनकी हंसी न उड़ाएं। वह उन लोगों की बार-बार दावतें करते, छोटे-बड़े सबसे नम्रता और विनय का व्यवहार करते और सत्कार्यों के लिए दिल खोलकर चंदे देते।

पत्र-संपादकों से उनका परिचय पहले से ही था, अब और भी घनिष्ठ हो गया। अखबारों में उनकी उदारता और सज्जनता की प्रशंसा होने लगी। यहां तक कि साल भी न बीतने पाया था कि वह लखनऊ की ताल्लुकेदार सभा के मंत्री चुन लिये गए। राज्याधिकारियों में भी उनका सम्मान होने लगा। वह वाणी में कुशल थे ही, प्राय: जातीय सम्मेलनों में ओजस्विनी वक्तृता देते। पत्रों में वाह-वाह होने लगती, अतएव इधर तो जाति के नेताओं में गिने जाने लगे, उधर अधिकारियों में भी मान-प्रतिष्ठा होने लगी।

किंतु अपनी मूक और दीन प्रजा के साथ उनका बर्ताव इतना सदय न था। उन वृक्षों में कांटे न थे, इसलिए उनके फल तोड़ने में कोई बाधा न थी। असामियों पर अखराज, बकाया और इजाफे की नालिशें धूम से हो रही थीं, उनके पट्टे बदले जा रहे थे और नजराने बड़ी कठोरता से वसूल किए जा रहे थे।

राय साहब ने रियासत पर पांच लाख का ऋण छोड़ा था। उस पर लगभग 25 हजार वार्षिक ब्याज होता था। ज्ञानशंकर ने इन प्रयत्नों से सूद की पूर्ति कर ली। इतने अत्याचार पर भी प्रजा उनसे असंतुष्ट न थी। वह कड़वी दवाएं मीठी करके पिलाते थे। गायत्री की बरसी में उन्होंने असामियों को एक हजार कंबल बांटे और ब्राह्मणों को भोज दिया। इसी तरह राय साहब के इलाके में होली के दिन जलसे कराए और भोले-भाले असामियों को भरपेट भांग पिलाकर मुग्ध कर दिया। कई जगह मंडियां लगवा दीं जिससे कृषकों को अपनी जिन्सें बेचने में सुविधा हो गई और सियासत को भी अच्छा लाभ होने लगा।

इस तरह दो साल गुजर गए। ज्ञानशंकर का सौभाग्य-सूर्य अब मध्याह्न पर था। राय साहब के ऋण से वह बहुत कुछ मुक्त हो चुके थे। हाकिमों में मान था, रईसों में प्रतिष्ठा थी, विद्वज्जनों में आदर था, मर्मज्ञ लेखक थे, कुशल वक्ता थे। उन्हें सुख-भोग की सब सामग्रियां प्राप्त थीं। जीवन की महत्त्वकांक्षाएं पूरी हो गई थीं। वह जब कभी अवकाश के समय अपनी गत अवस्था पर विचार करते, तब अपनी सफलता पर आश्चर्य होता था। मैं क्या से क्या हो गया? अभी तीन ही साल पहले मैं एक हजार सालाना नफे के लिए सारे गांव को फांसी पर चढ़वा देना चाहता था, तब मेरी दृष्टि कितनी संकीर्ण थी! एक तुच्छ बात के लिए चाचा से अलग हो गया, यहां तक कि अपने सगे भाई का भी अहित सोचता था। उन्हें फंसाने में कोई बात उठा नहीं रखी—पर अब ऐसी कितनी रकमें दान कर देता हूं। कहां एक तांगा रखने की सामर्थ्य न थी, कहां अब मोटरें मंगनी दिया करता हूं।

निस्संदेह इस सफलता के लिए मुझे स्वांग भरने पड़े, हाथ रंगने पड़े, पाप, छल, कपट—सब कुछ करने पड़े; किंतु अंधेरे में, खोह में उतरे बिना अनमोल

रत्न कहां मिलते हैं? इसे अपने ही कृत्यों का फल समझना मेरी नितांत भूल है। ईश्वरीय व्यवस्था न होती तो मेरी चाल कभी सीधी न पड़ती! उस समय तो ऐसा जान पड़ता था कि पासा पलट पड़ा, वार खाली गया, लेकिन सौभाग्य से उन्हीं खाली वारों ने, उल्टी चालों ने बाजी जिता दी।

ज्ञानशंकर दूसरे-तीसरे महीने बनारस अवश्य जाते और प्रेमशंकर के पास रहकर सरल जीवन का आनंद उठाते। उन्होंने प्रेमशंकर से कितनी ही बार साग्रह कहा कि अब आपको इस उजाड़ में झोंपड़ा बनाकर रहने की क्या जरूरत है? घर पर चलकर रहिए और ईश्वर की दी हुई संपत्ति भोगिए। यह मंजूर न हो तो मेरे साथ चलिए। हजार-दो हजार बीघे चक दे दूं, वहां दिल खोलकर कृषक जीवन का आनंद उठाइए, लेकिन प्रेमशंकर कहते, मेरे लिए इतना ही काफी है, ज्यादा की जरूरत नहीं। हां, इस अनुरोध का इतना फल अवश्य हुआ कि वह अपनी जोत को बढ़ाने पर राजी हो गए। उनके डांड से मिली हुई पचास बीघे जमीन एक दूसरे जमींदार की थी। उन्होंने उसका पट्टा लिखवा लिया और फूस के झोंपड़े की जगह खपरैल के मकान बनवा लिये।

ज्ञानशंकर उनसे यह सब प्रस्ताव करते थे, पर उनके संतोषमय, सरल, निर्विरोध जीवन के महत्त्व से अनभिज्ञ थे। नाना प्रकार की चिंताओं और बाधाओं में ग्रस्त रहने के बाद वहां के शांतिमय, निर्विघ्न विश्राम से उनका चित्त प्रफुल्लित हो जाता था। यहां से जाने को जी न चाहता था। यह स्थान अब पहले की तरह न था, जहां केवल एक आदमी साधुओं की भांति अपनी कुटी में पड़ा रहता हो। अब वह एक छोटी-सी गुलजार बस्ती थी, जहां नित्य राजनीतिक और सामाजिक विषयों पर संवाद होते थे और जीवन-मरण के गूढ़ जटिल प्रश्नों की मीमांसा की जाती थी! यह विद्वज्जनों की एक छोटी-सी संगत थी, विद्वानों के पक्षपात और अहंकार से मुक्त! वास्तव में यह सारल्य, संतोष और सुविचार की तपोभूमि थी। यहां न ईर्ष्या का संताप था, न लोभ का उन्माद, न तृष्णा का प्रकोप। यहां धन की पूजा न होती थी और न दीनता पैरों तले कुचली जाती थी। यहां न एक गद्दी लगाकर बैठता था और न दूसरा अपराधियों की भांति उनके सामने हाथ बांधकर खड़ा होता था। यहां स्वामी की घुड़कियां न थीं, न सेवक की दीन ठकुर-सोहातियां।

यहां सब एक-दूसरे के सेवक, एक दूसरे के मित्र और हितैषी थे। एक तरफ डॉक्टर इरफान अली का सुंदर बंगला था, फूलों और लताओं से सजा हुआ। डॉक्टर साहब अब केवल वही मुकदमे लेते थे, जिनके सच्चे होने का उन्हें विश्वास होता था और उतना ही पारिश्रमिक लेते थे, जितना खर्च के लिए आवश्यक हो। संचय और संग्रह की चिंताओं से निवृत्त हो गए थे। शाम-सवेरे वह प्रेमशंकर के साथ

बागवानी करते थे, जिसका उन्हें पहले से ही शौक था। पहले गमलों में लगे हुए पौधों को देखकर खुश होते थे, काम माली करता था। अब सारा काम अपने ही हाथों से करते थे। उनके बंगले से मिला हुआ डॉक्टर प्रियनाथ का मकान था। मकान के सामने एक औषधालय था। अब वे प्राय: देहातों में घूम-घूमकर रोगियों का कष्ट निवारण करते थे। नौकरी छोड़ दी थी। जीविका के लिए एक गौशाला खोल ली थी, जिसमें कई पछाहीं गाएं-भैंसें थीं। दूध-मक्खन बिकने के लिए शहर चला आता था। रोगियों से कुछ फीस न लेते थे।

बाबू ज्वाला सिंह और प्रेमशंकर एक ही मकान में रहते थे। श्रद्धा और शीलमणि में खूब बनती थी। घर के कामों से फुरसत पाते ही दोनों चरखे पर बैठ जाती थीं या मोजे बुनने लगती थीं। प्रेमशंकर नियमानुसार खेत में काम करते थे, ज्वाला सिंह के नए प्रकार के करघों पर आप कपड़े बुनते थे और हाजीपुर के कई युवकों को बुनना सिखाते थे। इस कला में वह बहुत निपुण हो गए थे।

सैयद ईजाद हुसैन ने भी यहीं अड्डा जमाया। उनका परिवार अब भी शहर में ही रहता था, पर यतीमखाना यहीं उठ आया था। उसमें अब नकली नहीं, सच्चे यतीमों का पालन-पोषण होता था। सैयद साहब अपना 'इत्तिहाद' अब भी निकालते थे और 'इत्तिहाद' पर अपने व्याख्यान देते थे, लेकिन चंदे न वसूल करते थे और न स्वांग भरते थे। वह अब हिंदू-मुस्लिम एकता के सच्चे प्रचारक थे। यतीमखाने के समीप ही मायाशंकर का मित्र भवन था। यह एक छोटा-सा छात्रालय था। इसमें इरफान अली के दो लड़के, प्रियनाथ के तीनों लड़के, दुर्गा माली का एक लड़का और मस्ता का एक छोटा भाई साथ-साथ रहते थे। सब साथ-साथ पाठशाला जाते और साथ-साथ भोजन करते। उनका सब खर्च मायाशंकर अपने वजीफे से देता था। भोजन श्रद्धा पकाती थी। ज्ञानशंकर ने कई बार चाहा कि माया को ले जाकर लखनऊ के ताल्लुकेदार स्कूल में दाखिल करा दें, लेकिन वह राजी न होता था।

एक बार ज्ञानशंकर लखनऊ से आए तो माया के वास्ते एक बहुत सुंदर रेशमी सूट सिला लाए, लेकिन माया ने उसको उस वक्त तक न पहना, जब तक मित्र-भवन के और छात्रों के लिए वैसे ही सूट न तैयार हो गए। ज्ञानशंकर मन में बहुत लज्जित हुए और बहुत जब्त करने पर भी उनके मुंह से इतना निकल ही गया—"भाई साहब, मैं इस साम्य सिद्धांत पर आपसे सहमत नहीं हूं। यह एक अस्वाभाविक सिद्धांत है। सिद्धांत रूप से हम चाहे इसकी कितनी प्रशंसा करें, पर इसका व्यवहार में लाना असंभव है। मैं यूरोप के कितने ही साम्यवादियों को जानता हूं, जो अमीरों की भांति रहते हैं, मोटरों पर सैर करते हैं और साल में छह महीने इटली या फ्रांस में विहार किया करते हैं। जब वह खुद

को साम्यवादी कह सकते हैं तो कोई कारण नहीं है कि हम इस अस्वाभाविक नीति पर जान दें।"

प्रेमशंकर ने विनीत भाव से कहा—"यहां साम्यवाद की तो कभी चर्चा नहीं हुई है।"

ज्ञानशंकर—तो फिर यहां की जलवायु में यह असर होगा। यद्यपि मुझे इस विषय में आपसे कुछ कहने का अधिकार नहीं है, पर पिता होने के नाते मैं इतना कहने के लिए क्षमा चाहता हूं कि ऐसी शिक्षा का फल माया के लिए हितकर न होगा।

प्रेमशंकर—अगर तुम चाहो और माया की इच्छा हो तो उसे लखनऊ ले जाओ, मुझे कोई आपत्ति नहीं है। यहां की जलवायु को बदलना मेरे वश की बात नहीं।

ज्ञानशंकर—यह तो आप जानते हैं कि माया और उसके साथियों की स्थिति में कितना अंतर है!

प्रेमशंकर ने गंभीरता से कहा—"हां, खूब जानता हूं, पर यह नहीं जानता कि इस अंतर को प्रदर्शित क्यों किया जाए? मायाशंकर थोड़े दिनों में एक बड़ा इलाकेदार होगा, यह सब लड़कों को मालूम है। क्या यह बात उन्हें अपने दुर्भाग्य पर रुलाने के लिए काफी नहीं है कि इस विभिन्नता का स्वांग दिखाकर उन्हें और भी चोट पहुंचाई जाए? तुम्हें मालूम न होगा, पर मैं यह विश्वस्त रूप से कहता हूं कि तेजू और पद्म का बलिदान माया को गोद लिये जाने के ही कारण हुआ। माया को अचानक इस रूप में देखकर सिद्धि प्राप्त करने की प्रेरणा हुई। माया डींगे मार-मारकर उनकी लालसा को और भी उत्तेजित करता रहा और उसका यह भयंकर परिणाम हुआ...।"

इतने में माया आ गया और प्रेमशंकर को अपनी बात अधूरी छोड़नी पड़ी। ज्ञानशंकर भी अन्यमनस्क होकर वहां से उठ गए।

गायत्री के आदेशानुसार ज्ञानशंकर 2000 रुपये महीना मायाशंकर के खर्च के लिए देते जाते थे। प्रेमशंकर की इच्छा थी कि कई अध्यापक रखे जाएं, सैर करने के लिए गाड़ियां रखी जाएं, कई नौकर सेवा-टहल के लिए लगाए जाएं, पर मायाशंकर अपने ऊपर इतना खर्च करने को राजी न हुआ। प्रेमशंकर को मजबूर होकर उसकी बात माननी पड़ी। केवल दो अध्यापक उसे पढ़ाने आते थे। फारसी पढ़ाने के लिए ईजाद हुसैन और संस्कृत पढ़ाने के लिए एक पंडित। सवारी के लिए एक घोड़ा भी था। अंग्रेजी प्रेमशंकर स्वयं पढ़ाते थे। गणित ज्वाला सिंह के

जिम्मे था, डॉक्टर प्रियनाथ सप्ताह में दो दिन गाने की शिक्षा देते थे, जिसमें वह निपुण थे और दो दिन आरोग्य शास्त्र पढ़ाते थे। डॉक्टर इरफान अली अर्थशास्त्र के ज्ञाता थे। सप्ताह में दो दिन कानून सिखाते और दो दिन अर्थशास्त्र की व्याख्या करते। कॉलेज के कई विद्यार्थी शहर से इन व्याख्यानों को सुनने के लिए आ जाते थे और प्रियनाथ का संगीत-समाज तो सारे शहर में प्रसिद्ध था। इधर की बचत मित्र-भवन, इत्तिहादी अनाथालय और प्रियनाथ के चिकित्सालय के संचालन में खर्च होती थी। विद्यावती के नाम से बीस-बीस रुपये की दस छात्रवृत्तियां भी दी जाती थीं। इतना सब खर्च करने पर भी महीने में खासी बचत हो जाती थी। इन तीन वर्षों में कोई 25 हजार रुपये जमा हो गए थे।

प्रेमशंकर चाहते थे कि ज्ञानशंकर की सम्मति लेकर माया को कुछ दिनों के लिए यूरोप, अमेरिका आदि देशों में भ्रमण करने के लिए भेज दिया जाए। इस धन का इससे अच्छा उपयोग न हो सकता था, पर मायाशंकर की कुछ और ही इच्छा थी। वह यात्रा करने के लिए तो उत्सुक था, पर एक हजार रुपये महीने से ज्यादा खर्च न करना चाहता था। इस धन के सदुपयोग की उसने दूसरी ही विधि सोची थी, पर प्रेमशंकर से यह प्रकट करते हुए सकुचाता था। संयोग से इसी बीच उसे इसका अच्छा अवसर मिल गया।

लाला प्रभाशंकर ने प्रेमशंकर को लखनपुर के मुकदमे से बचाने के लिए जो रुपये उधार लिये थे, उसकी अवधि तीन साल थी। यह मियाद पूरी हो गई थी, पर रुपये का सूद तक अदा न हुआ था। पहले प्रेमशंकर को इस मामले की जरा भी खबर न थी, पर जब महाजन ने अदालत में नालिश की तो उन्हें खबर हुई। रुपये क्यों उधार लिये गए, यह बात शीघ्र ही मालूम हो गई, तब से वे घोर चिंता में पड़े हुए थे कि ये रुपये कैसे दिए जाएं? यद्यपि मुकदमे में रुपये का एक ही भाग खर्च हुआ था, अधिकांश खाने-खिलाने, शादी-ब्याह में उड़ गया था, पर यह हिसाब-किताब करने का समय न था। प्रेमशंकर ऋण का पूरा भार लेना चाहते थे, लेकिन रुपये कहां से आएं? वे कई दिन तक इसी चिंता में विकल रहे। कभी सोचते ज्ञानशंकर से मांगूं, कभी प्रियनाथ से मांगने का विचार करते, पर संकोचवश किसी से कहते न बनता था।

एक दिन वह इसी उधेड़बुन में पड़े हुए थे कि भोला आकर खड़ा हो गया और उन्हें चिंतित देखकर बोला—"बाबूजी, आजकल आप बहुत उदास रहते हैं, क्या बात है? हमारे लायक कोई काम हो तो बताइए, भरसक उसे पूरा करेंगे।"

प्रेमशंकर को भोला से बहुत स्नेह था। इनके सत्संग से उसकी शराब और जुए की आदत छूट गई थी। वह इनको अपना मुक्तिदाता समझता था और इन

पर असीम श्रद्धा रखता था। प्रेमशंकर भी उस पर विश्वास करते थे, बोले–"कुछ ऐसी ही चिंता है, मगर तुम सुनकर क्या करोगे?"

भोला–और तो क्या करूंगा? हां, जान लड़ा दूंगा।

प्रेमशंकर–जान लड़ाने से मेरी चिंता दूर न होगी, उसका कोई और ही उपाय करना पड़ेगा।

भोला–कहिए, वह करने को तैयार हूं। जब तक आप न बताएंगे, पिंड न छोड़ूंगा।

अंत में विवश होकर प्रेमशंकर ने कहा–"मुझे कुछ रुपयों की जरूरत है और समझ में नहीं आता कि कौन-सा उपाय करूं।"

भोला–हजार-दो हजार से काम चले तो मेरे पास हैं, ले लीजिए। ज्यादा की जरूरत हो तो कोई और उपाय करूं?

प्रेमशंकर–हजार-दो हजार का तुम क्या प्रबंध करोगे? तुम्हारे पास तो है ही नहीं, किसी से लेने ही पड़ेंगे।

भोला–नहीं बाबूजी, आपकी दुआ से अब इतने फटेहाल नहीं हैं। हजार से कुछ ऊपर तो अपने ही हैं। एक हजार मस्ता ने रखने को दिए हैं। दुर्गा और दमड़ी भी कुछ रुपये रखने को देते थे, पर मैंने नहीं लिये। पराये रुपये घर में रखकर कौन जंजाल पाले? कहीं कुछ हो जाए तो लोग समझेंगे, इसने खा लिये होंगे।

प्रेमशंकर–तुम लोगों के पास इतने रुपये कहां से आ गए?

भोला–आप ही ने दिए हैं और कहां से आए? जवानी की कसम खाकर कहता हूं कि इधर तीन साल से एक दिन भी कौड़ी हाथ से छुई हो या दारू मुंह से लगाई हो। आप जैसे भले आदमियों के साथ रहकर ऐसे कुकर्म करता तो कौन मुंह दिखाता? मस्ता के बारे में भी कह सकता हूं कि इधर दो-ढाई साल से किसी के माल की तरफ आंख उठाकर नहीं देखा। अभी थोड़े ही दिनों की बात है, भवानी सिंह की अंटी से पांच गिन्नियां गिर गई थीं; मस्ता ने खेत में पड़ी पाईं और उसी दिन जाकर उन्हें दे आया। पहले इस बगीचे से फल-फलारी तोड़कर बेच लिया करता था, पर अब ये सारी आदतें छूट गईं। दुर्गा और दमड़ी गांजा-चरस तो पीते हैं, लेकिन बहुत कम और मैंने उन्हें कोई कुचाल चलते नहीं देखा। हम अभी रोटी, दाल, तरकारी खाकर दो-तीन सौ रुपये बचा लेते हैं। तो कहिए, जितने रुपये मेरे पास हैं, वे लाऊं?

प्रेमशंकर–यह सुनकर मुझे बड़ी खुशी हुई कि तुम लोग भी चार पैसे के आदमी हो गए। यह सब तुम्हारे सुविचार का फल है, लेकिन मेरा काम इतने रुपयों में न चलेगा। मुझे पच्चीस हजार की जरूरत है।

सहसा मायाशंकर आकर खड़ा हो गया। उसकी आंखें डबडबाई हुई थीं और मुंह पर करुण उत्सुकता झलक रही थी। प्रेमशंकर ने भोला को आंखों के इशारे से हटा दिया, तब माया से बोले–"आंखें क्यों भरी हुई हैं? बैठो।"

मायाशंकर–जी, कुछ नहीं। अभी तेजू और पद्मू की याद आ रही थी। दोनों अब तक होते तो उन्हें यहीं बुलाकर रखता। उस समय मैं बड़ा निर्दयी था। बेचारों को अपना ठाठ दिखाकर जलाना चाहता था। मेरी शेखी की बातें सुन-सुनकर वे भी कहा करते थे, हम वह मंत्र जगाएंगे कि कोई मार ही न सके। ऐसे-ऐसे मंत्रों को अपने वश में कर लेंगे कि घर बैठे संसार की जो वस्तु चाहें, मंगा लेंगे! उस वक्त मेरी समझ में वे बातें न आती थीं, दिल्लगी समझता था, पर अब तो उन बातों को याद करता हूं तो ऐसा मालूम होता है कि मैं उनका घातक हूं। चित्त व्याकुल हो जाता है और अपने ऊपर ऐसा क्रोध आता है कि क्या कहूं! अभी बाबा से मिलने गया था। बहुत दुःखी थे। किसी महाजन ने उन पर नालिश भी कर दी है। इससे और भी चिंतित थे। अगर यह मुसीबत न आती तो शायद वे इतने दुःखी न होते। विपत्ति में शोक और भी दुस्सह हो जाता है। शोक का घाव भरना तो असंभव है, पर इस नई विपत्ति का निवारण हो सकता है। आपसे कहते हुए संकोच होता है, पर इस समय मुझे क्षमा कीजिए। चाचा दयाशंकर तो बाबा से कह रहे थे, हमें जमीन की परवाह नहीं है, निकल जाने दीजिए। आपको अब क्या करना है? मेरे सिर पर जो पड़ेगी, देख लूंगा, लेकिन बाबा की इच्छा यह थी कि महाजन से कुछ दिनों की मुहलत ली जाए। अगर आपकी आज्ञा हो तो मैं जाकर बातचीत करूं, मुझसे वह कुछ दबेगा भी।

प्रेमशंकर–रुपयों की फिक्र तो मैं कर रहा हूं, पर मालूम नहीं कि उन्हें कितने रुपयों की जरूरत है। उन्होंने मुझसे कभी यह जिक्र नहीं किया।

मायाशंकर–बातचीत से मालूम होता था कि पंद्रह-बीस हजार का मुआमला है।

प्रेमशंकर–यही मेरा अनुमान है। दो-चार दिन में कुछ-न-कुछ उपाय निकल ही आएगा या तो महाजन को समझा-बुझा दूंगा या दो-चार हजार देकर कुछ दिन की मुहलत ले लूंगा।

मायाशंकर–मैं चाहता हूं कि बाबा को मालूम भी न होने पाए और महाजन के सब रुपये पहुंच जाएं जिससे यह झंझट न रहे। जब हमारे पास रुपये हैं तो फिर महाजन की खुशामद क्यों की जाए?

प्रेमशंकर–वह रुपये अमानत हैं। उन्हें छूने का अधिकार नहीं है। उन्हें मैंने तुम्हारी यूरोप-यात्रा के लिए अलग कर दिया है।

मायाशंकर–मेरी यूरोप-यात्रा इतनी आवश्यक नहीं है कि घरवालों को संकट में छोड़कर चला जाऊं।

प्रेमशंकर–जिस काम के लिए वे रुपये दिए गए हैं, उसी काम में खर्च होने चाहिए।

माया मन में खिन्न होकर चला गया, पर श्रद्धा से ढीठ हो गया था। उसके पास जाकर बोला–"अगर चाचा साहब बाबा को रुपये न देंगे तो मैं यूरोप कदापि न जाऊंगा। तीस हजार लेकर मैं वहां क्या करूंगा? मेरे लिए चलते समय पांच हजार काफी हैं। चाचा साहब से पच्चीस हजार दिला दो।"

प्रेमशंकर ने श्रद्धा से भी वही बातें कहीं। श्रद्धा ने माया का पक्ष लिया। बहस होने लगी, मगर कुछ निश्चय न हो सका। दूसरे दिन श्रद्धा ने फिर वही प्रश्न उठाया। आखिर जब उसने देखा कि यह दलीलों से हार जाने पर भी रुपये नहीं देना चाहते तो जरा गरम होकर बोली–"अगर तुमने दादाजी को रुपये न दिए तो माया कभी यूरोप न जाएगा।"

प्रेमशंकर–वह मेरी बात को कभी नहीं टाल सकता है।

श्रद्धा–और बातों को नहीं टाल सकता, पर इस बात को हरगिज न मानेगा।

प्रेमशंकर–तुमने यह शिक्षा दी होगी।

श्रद्धा ने कुछ जवाब न दिया। यह बात उसे लग गई। एक क्षण तक चुपचाप बैठी रही, फिर जाने के लिए उठी। प्रेमशंकर के मुंह से बात तो निकल गई थी, पर अपनी कठोरता पर लज्जित थे, बोले–"अगर ज्ञानशंकर कुछ आपत्ति करें तो?"

श्रद्धा ने तिनककर कहा–"तो साफ-साफ क्यों नहीं कहते कि ज्ञानशंकर के डर से नहीं देता। अधिकार, कर्तव्य और अमानत का आश्रय क्यों लेते हो?"

प्रेमशंकर ने असमंजस में पड़कर कहा–"डर की बात नहीं है। रुपयों के विषय में मुझे पूरा अधिकार है, लेकिन ज्ञानशंकर की अनुमति के बिना मैं उन्हें इस तरह खर्च नहीं करना चाहता।"

श्रद्धा–तो एक चिट्ठी लिखकर पूछ लो। मुझे तो पूरा विश्वास है कि उन्हें कोई आपत्ति न होगी। अब वह ज्ञानशंकर नहीं हैं, जो पैसे-पैसे पर जान देते थे।

प्रेमशंकर बाहर आकर ज्ञानशंकर को पत्र लिखने बैठे, लेकिन फिर ख्याल आया कि उन्होंने अनुमति दे दी तो अनुमति देने में उनकी क्या हानि है? तब मुझे विवश होकर रुपये देने पड़ेंगे। ये रुपये न मेरे हैं, न ज्ञानशंकर के हैं। ये माया की शिक्षावृत्ति हैं। पत्र न लिखा। ज्वाला सिंह के सामने यह समस्या पेश की। उन्होंने भी कुछ निश्चय न किया। डॉक्टर इरफान अली से परामर्श लेने की ठहरी। डॉक्टर साहब ने फैसला किया कि यह रकम माया की शिक्षा के सिवा और किसी काम में नहीं खर्च की जा सकती।

मायाशंकर ने यह फैसला सुना तो झुंझला उठा। जी में आया कि चलकर डॉक्टर साहब से खूब बहस करूं, पर डरा कि कहीं वह इसे बेअदबी न समझें। क्यों न महाजन के पास जाकर वह सब रुपये मांग लूं? अभी नाबालिग हूं, शायद उसे कुछ आपत्ति हो, लेकिन एक के दो देने पर तैयार हो गया तो मुंह से तो चाहे कुछ न कहें, पर मन में बहुत नाराज होंगे। बेचारा इन्हीं दुश्चिंताओं में डूबा हुआ मलिन, उदास जाकर लेटा रहा। संध्या हो गई, पर कमरे से न निकला। डॉक्टर इरफान अली ने पढ़ने के लिए बुलाया। कहला भेजा, मेरे सिर में दर्द है। भोजन का समय आया। मित्र-भवन के और सब छात्र भोजन करने लगे। माया ने कहला भेजा, मेरे सिर में दर्द है। श्रद्धा बुलाने आई। उसे देखते ही माया रो पड़ा।

श्रद्धा ने प्रेम से आंसू पोंछते हुए कहा–"बेटा, चलकर थोड़ा-सा खाना खा लो। सवेरे मैं फिर उनसे कहूंगी। डॉक्टर इरफान अली ने बात बिगाड़ दी, नहीं तो मैंने तो राजी कर लिया था।"

मायाशंकर–चाची, मेरी खाने की बिलकुल इच्छा नहीं है। (रोकर) तेजू और पद्मू के प्राण मैंने लिये और अब मैं बाबा की कुछ मदद भी नहीं कर सकता। ऐसे जीने पर धिक्कार है।

श्रद्धा भी करुणावेग से विवश हो गई। आंचल से माया के आंसू पोंछती थी और स्वयं रोती थी।

माया ने कहा–"चाची, तुम नाहक हलकान होती हो! मैं अभागा हूं, मुझे रोने दो।"

श्रद्धा–तुम चलकर कुछ खा लो। मैं आज ही रात को यह बात छेड़ूंगी।

माया का चित्त बहुत खिन्न था, पर श्रद्धा की बात न टाल सका। दो-चार कौर खाए, पर ऐसा मालूम होता था कि कौर मुंह से निकला पड़ता है। हाथ-मुंह धोकर फिर अपने कमरे में आ लेट रहा।

सारी रात श्रद्धा यही सोचती रही कि इन्हें कैसे समझाऊं! शीलमणि से भी सलाह ली, पर कोई युक्ति न सूझी।

प्रात:काल बुधिया किसी काम से आई। बातों-बातों में कहने लगी–"बहूजी, पैसा सब कोई देखता है, मेहनत कोई नहीं देखता। मर्द दिन-भर में एक-दो रुपया कमा लाता है तो मिजाज ही नहीं मिलता, औरत बेचारी रात-दिन चूल्हे-चक्की में जुटी रहे, फिर भी वह निकम्मी ही समझी जाती है।"

श्रद्धा सहसा उछल पड़ी। जैसे सुलगती हुई आग हवा पाकर भभक उठती है, उसी भांति इन बातों ने उसे एक युक्ति सुझा दी–भटकते हुए पथिक को रास्ता मिल गया। कोई चीज जिसे घंटों से तलाश करते-करते थक गई थी, अचानक

मिल गई। ज्यों ही बुधिया गई, वह प्रेमशंकर के पास आकर बोली—"चाचाजी को रुपये देने के बारे में क्या निश्चय किया?"

प्रेमशंकर—फिक्र में हूं। दो-चार दिन में कोई सूरत निकल ही आएगी।

श्रद्धा—रुपये तो रखे ही हैं।

प्रेमशंकर—मुझे खर्च करने का अधिकार नहीं है।

श्रद्धा—यह किसके रुपये हैं?

प्रेमशंकर—(विस्मित होकर) माया के शिक्षार्थ दिए गए हैं।

श्रद्धा—तो क्या 2000 रुपये महीने खर्च नहीं होते हैं?

प्रेमशंकर—क्या तुम जानती नहीं? लगभग 800 रुपये खर्च होते हैं, बाकी 1200 रुपये बचे रहते हैं।

श्रद्धा—यह क्यों बचे रहते हैं? क्या यह तुम्हारी समझ में नहीं आता? डॉक्टर इरफान अली को पढ़ाने के लिए कितना वेतन मिलना चाहिए? डॉक्टर प्रियनाथ और बाबू ज्वाला सिंह को भी नौकर रखते तो कुछ-न-कुछ देना पड़ता। तुम्हारी मजूरी भी कुछ-न-कुछ होनी ही चाहिए। तुम्हारे विचार में इरफान अली का वेतन कुछ होता ही नहीं? उनका एक दिन का मेहनताना 500 रुपये न दोगे? प्रियनाथ की आमदनी 100 रुपये प्रतिदिन से कम नहीं थी। पहले तो वह किसी के घर पढ़ाने जाएं ही नहीं, जाएं तो 500 रुपये महीने से कम न लें। बाबू ज्वाला सिंह भी 100 रुपये पर महंगे नहीं हैं। रहे तुम, तुम्हारा भतीजा है, उसे शौक से, प्रेम से पढ़ाते हो; पर दूसरों को क्या पड़ी है कि वह सेंत में अपनी सिरपच्ची करें? इन रुपयों को तुम बचत समझते हो, यह सर्वथा अन्याय है। इसे चाहे अपनी सज्जनता का पुरस्कार समझो या उनके एहसान का मूल्य, इस धन को खर्च करने का उन्हें अधिकार है।

प्रेमशंकर ने संदिग्ध भाव से कहा—"माया और तुम बिना रुपये दिलाए न मानोगे, जैसी तुम्हारी इच्छा। तुम्हारी युक्ति में न्याय है, इसे मैं मानता हूं, पर आत्मा संतुष्ट नहीं होती। मैं इस वक्त दिए देता हूं, पर इसे ऋण समझकर सदैव अदा करने की चेष्टा करता रहूंगा।"

470

23

मायाशंकर—बातचीत से मालूम होता था कि पंद्रह-बीस हजार का मुआमला है।

प्रेमशंकर—यही मेरा अनुमान है। दो-चार दिन में कुछ-न-कुछ उपाय निकल ही आएगा या तो महाजन को समझा-बुझा दूंगा या दो-चार हजार देकर कुछ दिन की मुहलत ले लूंगा।

मायाशंकर—मैं चाहता हूं कि बाबा को मालूम भी न होने पाए और महाजन के सब रुपये पहुंच जाएं जिससे यह झंझट न रहे। जब हमारे पास रुपये हैं तो फिर महाजन की खुशामद क्यों की जाए?

प्रेमशंकर—वह रुपये अमानत हैं। उन्हें छूने का अधिकार नहीं है। उन्हें मैंने तुम्हारी यूरोप-यात्रा के लिए अलग कर दिया है।

मायाशंकर—मेरी यूरोप-यात्रा इतनी आवश्यक नहीं है कि घरवालों को संकट में छोड़कर चला जाऊं।

लाला प्रभाशंकर को रुपये मिले तो वे रोए। गांव तो बच गया, पर उसे कौन बिलसेगा? दयाशंकर का चित्त फिर घर से उचाट हो चला था। साधु-संतों के सत्संग के प्रेमी हो गए थे—दिन-दिन वैराग्यमय होते जाते थे। इधर मायाशंकर की यूरोप-यात्रा पर ज्ञानशंकर राजी न हुए। उनके विचारों में अभी यात्रा से माया को यथेष्ट लाभ न पहुंच सकता था। उससे यह कहीं उत्तम था कि वह अपने इलाकों का दौरा करे। उसके बाद हिंदुस्तान के मुख्य-मुख्य स्थानों को देखे, अतएव चैत के महीने में मायाशंकर गोरखपुर चला गया और दो महीने तक अपने इलाके की सैर

करने के बाद लखनऊ जा पहुंचा। दो महीने तक वहां भी अपने गांवों का दौरा करता रहा। प्रतिदिन जो कुछ देखता, अपनी डायरी में लिख लेता। उसने कृषकों की दशा का खूब अध्ययन किया। दोनों इलाकों के किसान उसके प्रजा-प्रेम, विनय और शिष्टता पर मुग्ध हो गए। उसने उनके दिलों में घर कर लिया। भय की जगह प्रेम का विकास हो गया। लोग उसे अपना उच्च हितैषी समझने लगे। उसके पास आकर अपनी विपत्ति-कथा सुनाते। उसे उनकी वास्तविक दशा का ऐसा परिचय किसी अन्य रीति से न मिल सकता था।

चारों तरफ तबाही छाई हुई थी। ऐसा विरला ही कोई घर था जिसमें धातु के बरतन दिखाई पड़ते हों। कितने ही घरों में लोहे के तवे तक न थे! मिट्टी के बरतनों को छोड़कर झोंपड़े में और कुछ दिखाई न देता था। न ओढ़ना, न बिछौना, यहां तक कि बहुत-से घरों में खाटें तक न थीं और वे घर ही क्या थे? एक-एक, दो-दो छोटी कोठरियां थीं। एक मनुष्यों के लिए, एक पशुओं के लिए। उसी एक कोठरी में खाना, सोना, बैठना-सब कुछ होता था।

बस्तियां इतनी घनी थीं कि गांव में खुली हुई जगह दिखाई ही नहीं देती थी। किसी के द्वार पर सहन नहीं, हवा और आकाश का शहरों की घनी बस्तियों में भी इतना अभाव न होगा। जो किसान बहुत संपन्न समझे जाते थे, उनके बदन पर साबुत कपड़े न थे, उन्हें भी एक जून चबेना पर ही काटना पड़ता था। वह भी ऋण के बोझ से दबे हुए थे। अच्छे जावनरों के रखने को आंखें तरस जाती थीं। जहां देखों छोटे-छोटे मरियल, दुर्बल बैल दिखाई देते और खेत में रेंगते और चरनियों पर औंघाते थे। कितने ही ऐसे गांव थे जहां दूध तक न मयस्सर होता था!

इस व्यापक दरिद्रता और दीनता को देखकर माया का कोमल हृदय तड़प जाता था। वह स्वभाव से ही भावुक था-बहुत नरम, उदार और सहृदय। शिक्षा और संगीत ने इन भावों को और भी चमका दिया था। प्रेमाश्रय में नित्य सेवा और प्रजा-हित की चर्चा रहती थी। माया का सरल हृदय उसी रंग में रंग गया। वह इन दृश्यों से दुःखित होकर प्रेमशंकर को बार-बार पत्र लिखता, अपनी अनुभूत घटनाओं का उल्लेख करता और इस कष्ट का निवारण करने का उपाय पूछता, किंतु प्रेमशंकर या तो उनका कुछ उत्तर ही न देते या किसानों की मूर्खता, आलस्य आदि दुःस्वभावों की गाथा ले बैठते।

माया तो अपने इलाकों की सैर कर रहा था, इधर स्थानीय राजसभा के सदस्यों का चुनाव होने लगा। ज्ञानशंकर इस सम्मान-पद के पुराने अभिलाषी थे-बड़े उत्साह से मैदान में उतरे। यद्यपि ताल्लुकेदार सभा के मंत्री थे, पर ताल्लुकेदारों की सहायता पर उन्हें भरोसा न था। कई बड़े-बड़े ताल्लुकेदार अपने गांव के

प्रतिनिधि बनने के लिए तत्पर थे। उनके सामने ज्ञानशंकर को अपनी सफलता की कोई आशा न थी, इसलिए उन्होंने गोरखपुर के किसानों की ओर से खड़ा होने का निश्चय किया। वहां संग्राम इतना भीषण न था। उनके गोइंदे देहातों में घूम-घूमकर उनका गुणगान करने लगे। बाबू साहब कितने दयालु, ईश्वरभक्त हैं, उन्हें चुनकर तुम कृतार्थ हो जाओगे। वह राजसभा में तुम्हारी उन्नति और उपकार के लिए जान लड़ा देंगे, लगान घटवाएंगे, प्रत्येक गांव में गोचर भूमि की व्यवस्था करेंगे, नजराने उठवा देंगे, इजाफा लगान का विरोध करेंगे और इखराज को समूल उखाड़ देंगे।

सारे प्रांत में धूम मची हुई थी। सहालग के दिनों में जैसे ढोल और नगाड़ों का नाद गूंजने लगता है, उसी भांति इस समय जिधर देखिए, जाति-प्रेम की चर्चा सुनाई देती थी। डॉक्टर इरफान अली बनारस महाविद्यालय की तरफ से खड़े हुए। बाबू प्रियनाथ ने बनारस म्युनिसिपैलिटी का दामन पकड़ा। ज्वाला सिंह इटावा के रईस थे, उन्होंने इटावा के कृषकों का आश्रय लिया। सैयद ईजाद हुसैन को भी जोश आया। वह मुस्लिम स्वत्व की रक्षा के लिए उठ खड़े हुए। प्रेमशंकर इस क्षेत्र में न आना चाहते थे, पर भवानी सिंह, बलराज और कादिर खां ने बनारस के कृषकों पर उनका मंत्र चलाना शुरू किया। तीन-चार महीनों तक बाजार खूब गरम रहा, छापेखाने को ट्रैक्टों के छापने से सिर उठाने का अवकाश न मिलता था। कहीं दावतें होती थीं, कहीं नाटक दिखाए जाते थे। प्रत्येक उम्मीदवार अपना-अपना ढोल पीट रहा था मानो संसार के कल्याण का उसी ने बीड़ा उठाया है।

अंत में चुनाव का दिन आ पहुंचा। उस दिन नेताओं का सदुत्साह, उनकी तत्परता, उनकी शीलता और विनय आदि दर्शनीय थे और राय देने वालों का तो मानो सौभाग्य सूर्य उदय हो गया था। मोहनभोग तथा मेवे खाते थे और मोटरों पर सैर करते थे। सुबह से पहर रात तक रायों की चिट्ठियां पढ़ी जाती रहीं।

इसके बाद के सात दिन बड़ी बेचैनी के दिन थे, ज्यों-त्यों करके कटे। आठवें दिन राजपत्र में नतीजे निकल गए। आज कितने ही घरों में घी के चिराग जले, कितनों ने मातम मनाया! ज्ञानशंकर ने मैदान मार लिया, लेकिन प्रेमाश्रम निवासियों को जो सफलता प्राप्त हुई, वह आश्चर्यजनक थी, इस अखाड़े के सभी योद्धा विजय-पताका फहराते हुए निकले। सबसे बड़ी फतह प्रेमशंकर की थी। वह बिना उद्योग और इच्छा के इस उच्चासन पर पहुंच गए थे।

ज्ञानशंकर ने यह खबर सुनी तो उनका उत्साह भंग हो गया। राजसभा में बैठने का उतना शौक न रहा। बहुधा वृक्षपुंजों में संध्या समय पक्षियों के कलरव से कान पड़ी आवाज नहीं सुनाई देती, लेकिन ज्यों ही अंधेरा हो जाता है और चिड़ियां अपने-अपने घोंसलों में जा बैठती हैं, वहां नीरवता छा जाती है, उसी भांति जाति

के प्रतिनिधिगण राजसभा के सुसज्जित सुविशाल भवन में पहुंचकर शांति में मग्न हो गए थे। वे लंबे-चौड़े वादे, वे बड़ी-बड़ी बातें–सब भूल गए। कोई मुवक्किलों के सेवा-सत्कार में लिप्त हुआ, कोई अपने बही-खाते की देखभाल में, कोई अपने सैर और शिकार में अब जाति-हित की वह उमंग शांत हो गई। लोग मनोविनोद की रीति से राजसभा में आते और कुछ निरर्थक प्रश्न पूछकर या अपने वाक्य-नैपुण्य का परिचय देकर विदा हो जाते। वे कौन-सी प्रेरक शक्तियां थीं, जिन्होंने लोगों को इस अधिकार पर आसक्त कर रखा था! इसका निर्णय करना कठिन है, पर उनमें सेवाभाव का जरा भी लगाव न था–यह निर्भ्रांत है। कारण और कार्य, साधन और फल दोनों उसी अधिकारी में विलीन हो गए।

प्रेमाश्रम में यह शिथिलता न थी। यहां लोग पहले से ही सेवाधर्म के अनुगामी थे। अब उन्हें अपने कार्यक्षेत्र को और विस्तृत करने का सुअवसर मिला। ये लोग नए-नए सुधार के प्रस्ताव सोचते, राजकीय प्रस्तावों के गुण-दोष की मीमांसा करते, सरकारी रिपोर्टों का निरीक्षण करते। प्रश्नों द्वारा अधिकारियों के अत्याचारों का पता देते, जहां कहीं न्याय का खून होता देखते, तुरंत सभा का ध्यान उसकी ओर आकर्षित करते। ये लोग केवल प्रश्नों से ही संतुष्ट न हो जाते थे, वरन् प्रस्तुत विषयों के मर्म तक पहुंचने की चेष्टा करते–विरोध के लिए विरोध न करते–बल्कि शोध के लिए। इस सदुद्योग और कर्तव्य-परायणता ने शीघ्र ही राजसभा में इस मित्र-मंडल का सिक्का जमा किया। उनकी शंकाएं, उनके प्रस्ताव, उनके प्रतिवाद आदर की दृष्टि से देखे जाते थे। अधिकारी वर्ग उनकी बातों को चुटकियों में न उड़ा सकते थे। यद्यपि डॉक्टर इरफान अली इस मंडल के मुख-पात्र थे, पर खुला हुआ भेद था कि प्रेमशंकर ही उसके कर्णधार हैं।

इस तरह दो साल बीत गए और यद्यपि मित्र-मंडल ने सभा को मुग्ध कर लिया था, पर अभी तक प्रेमशंकर को अपना वह प्रस्ताव सभा में पेश करने का साहस न हुआ, जो बहुत दिनों से उनके मन में समाया हुआ था और जिसका उद्देश्य यह था कि जमींदारों से असामियों को बेदखल करने का अधिकार ले लिया जाए। वह स्वयं जमींदार घराने के थे, माया जिसे वे पुत्रवत् प्यार करते थे, एक बड़ा ताल्लुकेदार हो गया था। ज्वाला सिंह भी जमींदार थे। लाला प्रभाशंकर जिन्हें वे पिता-तुल्य समझते थे, अपने अधिकारों से जौ-भर की कमी भी न सह सकते थे। इन कारणों से वह प्रस्ताव को सभा के सम्मुख लाते हुए सकुचाते थे। यद्यपि सभा में भूपतियों की संख्या काफी थी और संख्या को देखते हुए दबाव और भी ज्यादा था, पर प्रेमशंकर को सभा का इतना भय न था, जितना अपने संबंधियों का था। इसके साथ ही कर्तव्य-मार्ग से विचलित होते हुए उनकी आत्मा को दुःख होता था।

एक दिन वह इसी दुविधा में बैठे हुए थे कि मायाशंकर एक पत्र लिये हुए आया और बोला–"देखिए, बाबू दीपक सिंह सभा में कितना घोर अनर्थ करने का प्रयत्न कर रहे हैं! वह सभा में इस आशय का प्रस्ताव लाने वाले हैं कि जमींदारों को असामियों से लगान वसूल करने के लिए ऐसे अधिकार मिलने चाहिए कि वह अपनी इच्छा से जिस असामी को चाहें, बेदखल कर दें। उनके विचार में जमींदारों को यह अधिकार मिलने से रुपये वसूल करने में बड़ी सुविधा हो जाएगी।"

प्रेमशंकर ने उदासीन भाव से कहा–"मैं यह पत्र देख चुका हूं।"

मायाशंकर–पर आपने इसका कुछ उत्तर नहीं दिया?

प्रेमशंकर ने आकाश की ओर ताकते हुए कहा–"अभी तो नहीं दिया।"

मायाशंकर–आप समझते हैं कि सभा में प्रस्ताव स्वीकृत हो जाएगा?

प्रेमशंकर–हां, संभव है।

मायाशंकर–तब तो जमींदार लोग असामियों को कुचल ही डालेंगे।

प्रेमशंकर–हां, और क्या?

मायाशंकर–अभी से इस आंदोलन की जड़ काट देनी चाहिए। आप इस पत्र का जवाब दे दें तो बाबू दीपक सिंह को अपना प्रस्ताव सभा में पेश करने का साहस न हो।

प्रेमशंकर–ज्ञानशंकर क्या कहेंगे?

मायाशंकर–मैं जहां तक समझता हूं, वह इस प्रस्ताव का समर्थन न करेंगे।

प्रेमशंकर–हां, मुझे भी ऐसी आशा है।

मायाशंकर चाचा की बातों से उनकी चित्त-वृत्ति को ताड़ गए।

वह जब से अपने इलाके का दौरा करके लौटा था, अक्सर कृषकों की सुदशा के उपाय सोचा करता था। इस विषय की कई किताबें पढ़ी थीं और डॉक्टर इरफान अली से भी जिज्ञासा करता रहता था। प्रेमशंकर को असमंजस में देखकर उसे बहुत खेद हुआ। वह उनसे तो और कुछ न कह सका, पर उस पत्र का प्रतिवाद करने के लिए उसका मन अधीर हो गया। आज तक उसने कभी समाचार-पत्रों के लिए कोई लेख न लिखा था। डरता था, लिखते बने या न बने, संपादक छापें या न छापें। दो-तीन दिन वह इसी आगा-पीछा में पड़ा रहा। अंत में उसने उत्तर लिखा और सकुचाते, कुछ डरते हुए डॉक्टर इरफान अली को दिखाने ले गया। डॉक्टर महोदय ने लेख पढ़ा तो, चकित होकर पूछा–"यह सब तुम्हीं ने लिखा है?"

मायाशंकर–जी हां, लिखा तो है, पर बना नहीं।

इरफान अली–वाह! इससे अच्छा तो मैं भी नहीं लिख सकता। यह सिफत तुम्हें बाबू ज्ञानशंकर से विरासत में मिली है।

मायाशंकर–तो भेज दूं, छप जाएगा?

इरफान अली–छपेगा क्यों नहीं? मैं खुद भेज देता हूं।

प्रेमशंकर रोज पत्रों को ध्यान से देखते थे कि दीपक सिंह के पत्र का किसी ने उत्तर दिया या नहीं, पर आठ-दस दिन बीत गए और आशा न पूरी हुई। कई बार उनकी इच्छा हुई कि कल्पित नाम से इस लेख का उत्तर दूं, लेकिन कुछ तो अवकाश न मिला, कुछ चित्त की दशा अनिश्चित रही, न लिख सके। बारहवें दिन उन्होंने पत्र खोला तो मायाशंकर का लेख नजर आया। आद्योपांत पढ़ गए। हृदय में एक गौरवपूर्ण उल्लास का आवेग हुआ, तुरंत श्रद्धा के पास गए और लेख पढ़ सुनाया, फिर इरफान अली के पास गए। उन्होंने पूछा–"कोई खबर है क्या?"

प्रेमशंकर–आपने देखा नहीं, माया ने दीपक सिंह के पत्र का कैसा युक्तिपूर्ण उत्तर दिया है?

इरफान अली–जी हां, देखा। मैं तो आपसे पूछने आ रहा था कि यह माया ने ही लिखा है या आपने कुछ मदद की है?

प्रेमशंकर–मुझे तो खबर भी नहीं, उसी ने लिखा होगा।

इरफान अली–तो उसको मुबारकबाद देनी चाहिए, बुलाऊं?

प्रेमशंकर–जी नहीं! उसके इस जोश को दबाने की जरूरत है। ज्ञानशंकर यह लेख देखकर रोएंगे। सारा इल्जाम मेरे ऊपर आएगा–कहेंगे कि आपने लड़के को बहका दिया, पर मैं आपको यकीन दिलाता हूं कि मैंने उसे यह पत्र लिखने के लिए इशारा तक नहीं किया। इसी बदनामी के डर से मैंने खुद नहीं लिखा।

इरफान अली–आप यह इल्जाम मेरे सिर पर रख दीजिएगा। मैं बड़ी खुशी से इसे ले लूंगा।

प्रेमशंकर–कल उनका कोप-पत्र आ जाएगा। माया ने मेरे साथ अच्छा सुलूक नहीं किया।

इरफान अली–भाभी साहिबा का क्या ख्याल है?

प्रेमशंकर–उनकी कुछ न पूछिए। वह तो इस खुशी में दावत करना चाहती हैं।

प्रेमशंकर का अनुमान अक्षरशः सत्य निकला। तीसरे दिन ज्ञानशंकर का कोप-पत्र आ पहुंचा। आशय भी यही था–

"मुझे आपसे ऐसी आशा न थी। साम्यवाद के पाठ पढ़ाकर आपने सरल बालक पर घोर अत्याचार किया है। उसका अट्ठारहवां वर्ष पूरा हो रहा है। उसे शीघ्र ही अपने इलाके का शासनाधिकार मिलने वाला है। मैं इस महीने के अंत तक इन्हीं तैयारियों के लिए आने वाला हूं। हिज एक्सीलेंसी गवर्नर महोदय स्वयं

राज्यतिलक देने के लिए पधारने वाले हैं। उस मृदु संगीत को इस बेसुरे राग ने चौपट कर दिया। आपको अपने प्रजावाद का बीज किसी और खेत में बोना चाहिए था। आपने अपने शिक्षाधिकार का खेदजनक दुरुपयोग किया है।

अब मुझ पर दया कर माया को मेरे पास भेज दीजिए। मैं नहीं चाहता कि अब वह एक क्षण भी वहां और रहे। अभिषेक तक मैं उसे अपने साथ रखूंगा। मुझे भय है कि वहां रहकर वह कोई और उपद्रव न कर बैठे...अस्तु।

संध्या की गाड़ी से मायाशंकर ने लखनऊ की ओर प्रस्थान किया।

महाशय ज्ञानशंकर का भवन आज किसी कवि-कल्पना की भांति अलंकृत हो रहा है। आज वह दिन आ गया है जिसके इंतजार में एक युग बीत गया। प्रभुत्व और ऐश्वर्य का मनोहर स्वप्न पूरा हो गया है। मायाशंकर के तिलकोत्सव का शुभ मुहूर्त आ पहुंचा है। बंगले के सामने एक विशाल और प्रशस्त मंडप तना हुआ है। उसकी सजावट के लिए लखनऊ के चतुर फर्राश बुलाए गए हैं। मंच गंगा-जमुनी कुर्सियों से जगमगा रहा है। चारों तरफ अनुपम शोभा है। गोरखपुर, लखनऊ और बनारस के मान्य पुरुष उपस्थित हैं। दीवानखाना, मकान, बंगला सब मेहमानों से भरे हुए हैं। एक ओर फौजी बाजा है, दूसरी ओर बनारस के कुशल शहनाई वाले बैठे हैं। एक दूसरे शामियाने में नाटक खेलने की तैयारियां हो रही हैं। मित्र-भवन के छात्र अपने अभिनय का कौशल दिखाएंगे। डॉक्टर प्रियनाथ का संगीत-समाज अपने जौहर दिखाएगा।

लाला प्रभाशंकर मेहमानों के आदर-सत्कार में प्रवृत्त हैं। दोनों रियासतों के देहातों से सैकड़ों नंबरदार और मुखिया आए हुए हैं। लखनपुर ने भी अपने प्रतिनिधि भेजे हैं। ये सब ग्रामीण सज्जन प्रेमशंकर के मेहमान हैं। कादिर खां, दुखरन भगत, डपट सिंह सब आज केसरिया बाना धारण किए हुए हैं। वे आज अपने कारावास जीवन पर नकल करेंगे।

सैयद ईजाद हुसैन ने एक जोरदार कसीदा लिखा है। इत्तिहादी यतीमखाने के लड़के हरी-हरी झंडियां लिये मायाशंकर का स्वागत करने के लिए खड़े हैं। अंग्रेज मेहमानों का स्थान अलग है। वे भी एक-एक करके आते-जाते हैं। उनके सेवा-सत्कार का भार डॉक्टर इरफान अली ने लिया है। उन लोगों के लिए प्रोफेसर रिचर्डसन कलकत्ता से बुलाए गए हैं जिनका गान विद्या में कोई सानी नहीं है। बाबू ज्ञानशंकर गवर्नर महोदय के स्वागत की तैयारियों में मग्न हैं।

संध्या का समय था। बसंत की शुभ्र, सुखद समीर चल रही थी। लोग गवर्नर का स्वागत करने के लिए स्टेशन की तरफ चले। ज्ञानशंकर का ही हाथी सबसे आगे था–पीछे-पीछे बैंड बजता जा रहा था। स्टेशन पर पहले से ही फूलों का ढेर लगा दिया गया था। ज्यों ही गवर्नर की स्पेशल गाड़ी आई और वह गाड़ी से उतरे, उन पर फूलों की वर्षा हुई। उन्हें एक सुसज्जित फिटन पर बिठाया गया। जुलूस चला। आगे-आगे हाथियों की माला थी। उनके पीछे राजपूतों की एक रेजीमेंट थी। फौज के बाद गवर्नर महोदय की फिटन थी जिस पर कारचोबी का छत्र लगा हुआ था। फिटन के पीछे शहर के रईसों की सवारियां थीं। उनके बाद पुलिस के सवारों की एक टोली थी। सबसे पीछे बाजे थे।

यह जलूस नगर की मुख्य सड़कों पर होता हुआ, चिराग जलते-जलते ज्ञानशंकर के मकान पर आ पहुंचा। हिज एक्सीलेंसी महाराज गुरुदत्त राय चौधरी फिटन से उतरे और मंच पर आकर अपनी निर्दिष्ट कुर्सी पर विराजमान हो गए। विद्युत के उज्ज्वल प्रकाश में उनकी विशाल प्रतिभासंपन्न मूर्ति, गंभीर, तेजमय ऐसी मालूम होती थी मानो स्वर्ग से कोई दिव्य आत्मा आई हो। केसरिया साफा और सादे श्वेत वस्त्र उनकी प्रतिभा को और भी चमकाते थे। रईस लोग कुर्सियों पर बैठे। देहाती मेहमानों के लिए एक तरफ उज्ज्वल फर्श बिछा हुआ था। प्रेमशंकर ने उन्हें वहां पहले से ही बिठा रखा था। सब लोगों के यथास्थान बैठ जाने के बाद मायाशंकर रेशम और रत्नों से चमकता हुआ दीवानखाने से निकला और मित्र-भवन के छात्रों के साथ पंडाल में आया।

बंदूकों की सलामी हुई, ब्राह्मण समाज ने मंगलाचरण का गान शुरू किया। सब लोगों ने खड़े होकर उसका अभिवादन किया। महाराज गुरुदत्त राय ने नीचे उतरकर उसे आलिंगन किया और लाकर उसके सिंहासन पर बैठा दिया। मायाशंकर के मुखमंडल पर इस समय हर्ष या उल्लास का कोई चिह्न न था। वह चिंता और विचारों में डूबा हुआ नजर आता था। विवाह के समय मंडप के नीचे वर की जो दशा होती है, वही दशा इस समय उसकी थी। उसके ऊपर कितना उत्तरदायित्व का भार रखा जाता था! आज से उसे कितने प्राणियों के पालन का, कल्याण का, रक्षा का, कर्तव्य का पालन करना पड़ेगा, सोते-जागते, उठते-बैठते न्याय और धर्म पर निगाह रखनी पड़ेगी, उसके कर्मचारी प्रजा पर जो-जो अत्याचार करेंगे, उन सबका दोष उसके सिर पर होगा। दीनों की हाय और दुर्बलों के आंसुओं से उसे कितना सशंक रहना पड़ेगा! इन आंतरिक भावों के अतिरिक्त ऐसी भद्र मंडली के सामने खड़े होने और हजारों नेत्रों का केंद्र बनने का संकोच कुछ कम अशांतिकारक न था।

ज्ञानशंकर उठे और अपना प्रभावशाली अभिनंदन-पत्र पढ़कर सुनाया। उसकी

भाषा और भाव दोनों ही निर्दोष थे। डॉक्टर इरफान अली ने हिंदुस्तानी भाषा में उसका अनुवाद किया, तब महाराज साहब उसका उत्तर देने के लिए खड़े हुए। उन्होंने पहले ज्ञानशंकर और अन्य रईसों को धन्यवाद दिया, दो-चार मार्मिक वाक्यों में ज्ञानशंकर की कार्यपटुता और योग्यता की प्रशंसा की, राय कमलानंद और रानी गायत्री के सुयश और सुकीर्ति, प्रजारंजन और आत्मोत्सर्ग का उल्लेख किया, फिर मायाशंकर को संबोधित करके उसके सौभाग्य पर हर्ष प्रकट किया। वक्तृता के शेष भाग में मायाशंकर को कर्तव्य और सुनीति का उपदेश दिया, अंत में आशा प्रकट की कि वह अपने देश, जाति और राज्य का भक्त और समाज का भूषण बनेगा।

मायाशंकर उत्तर देने के लिए उठा। उसके पैर कांप रहे थे और छाती में जोर से धड़कन हो रही थी। उसे भय होता था कि कहीं मैं घबराकर बैठ न जाऊं, उसका दिल बैठा जाता था। ज्ञानशंकर ने पहले से ही उसे तैयार कर रखा था। उत्तर लिखकर याद करा दिया था, पर मायाशंकर के मन में कुछ और ही भाव थे। उसने अपने विचारों का जो क्रम स्थिर कर रखा था, वह छिन्न-भिन्न हो गया था। एक क्षण तक वह हतबुद्धि बना अपने विचारों को संभालता रहा, कैसे शुरू करूं, क्या कहूं? प्रेमशंकर सामने बैठे हुए उसके संकट पर अधीर हो रहे थे। सहसा मायाशंकर की निगाह उन पर पड़ गई। इस निगाह ने उस पर वही काम किया, जो रुकी हुई गाड़ी पर ललकार करती है। उसकी वाणी जाग्रत हो गई।

मायाशंकर ईश्वर-प्रार्थना और उपस्थित महानुभावों को धन्यवाद देने के बाद बोला—"महाराज साहब, मैं उन अमूल्य उपदेशों के लिए अंतःकरण से आपका अनुगृहीत हूं, जो आपने मेरे आने वाले कर्तव्यों के विषय में प्रदान किए हैं। मैं आपको विश्वास दिलाता हूं कि यथासाध्य उन्हें कार्य में परिणत करूंगा। महोदय ने कहा है कि ताल्लुकेदार अपनी प्रजा का मित्र, गुरु और सहायक है। मैं बड़ी विनय के साथ निवेदन करूंगा कि वह इतना ही नहीं, कुछ और भी है, वह अपनी प्रजा का सेवक भी है। यही उसके अस्तित्व का उद्देश्य और हेतु है, अन्यथा संसार में उसकी कोई जरूरत न थी, उसके बिना समाज के संगठन में कोई बाधा न पड़ती। वह इसीलिए नहीं है कि प्रजा के पसीने की कमाई को विलास और विषय-भोग में उड़ाए, उनके टूटे-फूटे झोंपड़ों के सामने अपना ऊंचा महल खड़ा करे, उनकी नम्रता को अपने रत्नजड़ित वस्त्रों से अपमानित करे, उनकी संतोषमय सरलता को अपने पार्थिव वैभव से लज्जित करे, अपनी स्वाद-लिप्सा से उनकी क्षुधा-पीड़ा का उपहास करे। अपने स्वत्वों पर जान देता हो; पर अपने कर्तव्य से अनभिज्ञ हो, ऐसे निरंकुश प्राणियों से प्रजा की जितनी जल्द मुक्ति हो, उनका भार प्रजा के सिर से जितनी जल्द दूर हो, उतना ही अच्छा हो। विज्ञ सज्जनो, मुझे यह

मिथ्याभिमान नहीं है कि मैं इन इलाकों का मालिक हूं। पूर्व संस्कार और सौभाग्य ने मुझे ऐसे पवित्र, उन्नत, दिव्य आत्माओं की सत्संगति से उपकृत होने का अवसर दिया है कि अगर यह भ्रम का महत्त्व एक क्षण के लिए मेरे मन में आता तो मैं अपने को अधम और अक्षम्य समझता। भूमि या तो ईश्वर की है जिसने इसकी सृष्टि की या किसान की, जो ईश्वरीय इच्छा के अनुसार इसका उपयोग करता है। राजा देश की रक्षा करता है, इसलिए उसे किसानों से कर लेने का अधिकार है, चाहे प्रत्यक्ष रूप में ले या कोई इससे कम आपत्तिजनक व्यवस्था करे। अगर किसी अन्य वर्ग या श्रेणी को मीरास, मिल्कियत, जायदाद, अधिकार के नाम पर किसानों को अपना भोग्य-पदार्थ बनाने की स्वच्छंदता दी जाती है तो इस प्रथा को वर्तमान समाज व्यवस्था का कलंक समझना चाहिए।"

ज्ञानशंकर के मुंह पर हवाइयां उड़ने लगीं। गवर्नर साहब ने अनिच्छा भाव से पहलू बदला, रईसों में इशारे होने लगे। लोग चकित थे कि इन बातों का अभिप्राय क्या है? प्रेमशंकर तो मारे शर्म के गड़े जाते थे। हां, डॉक्टर इरफान अली और ज्वाला सिंह के चेहरे खिले पड़े थे!

मायाशंकर ने जरा दम लेकर फिर कहा–"मुझे भय है कि मेरी बातें कहीं तो अनुपयुक्त और समय विरुद्ध और कहीं क्रांतिकारी और विद्रोहमय समझी जाएंगी; लेकिन यह भय मुझे उन विचारों को प्रकट करने से रोक नहीं सकता, जो मेरे अनुभव के फल हैं और जिन्हें कार्य रूप में लाने का मुझे सुअवसर मिला है। मेरी धारणा है कि मुझे किसानों की गरदन पर अपना जुआ रखने का कोई अधिकार नहीं है। यह मेरी नैतिक दुर्बलता और भीरुता होगी, अगर मैं अपने सिद्धांत को भोग-लिप्सा पर बलिदान कर दूं। अपनी ही दृष्टि में पतित होकर कौन जीना पसंद करेगा? मैं आप सब सज्जनों के सम्मुख उन अधिकारों और स्वत्वों का त्याग करता हूं, जो प्रथा, नियम और समाज व्यवस्था ने मुझे दिए हैं। मैं अपनी प्रजा को अपने अधिकारों के बंधन से मुक्त करता हूं। वह न मेरे असामी हैं और न मैं उनका ताल्लुकेदार हूं। वह सब सज्जन मेरे मित्र हैं, मेरे भाई हैं, आज से वह अपनी जोत के स्वयं जमींदार हैं। अब उन्हें मेरे कारिंदों के अन्याय और मेरी स्वार्थ-भक्ति की यांत्रणाएं न सहनी पड़ेंगी। वह इजाफे, एखराज, बेगार की विडंबनाओं से निवृत्त हो गए। यह न समझिए कि मैंने किसी आवेग के वशीभूत होकर यह निश्चय किया है। नहीं, मैंने उसी समय यह संकल्प किया, जब मैं अपने इलाकों का दौरा पूरा कर चुका था। आपको मुक्त करके मैं स्वयं मुक्त हो गया। अब मैं अपना स्वामी हूं, मेरी आत्मा स्वच्छंद है। अब मुझे किसी के सामने घुटने टेकने की जरूरत नहीं। इस दलाली की बदौलत मुझे अपनी आत्मा पर कितने अन्याय करने पड़ते, इसका

मुझे कुछ थोड़ा अनुभव हो चुका है। मैं ईश्वर को धन्यवाद देता हूं कि उसने मुझे इस आत्म-पतन से बचा लिया। मेरा अपने समस्त भाइयों से निवेदन है कि वह एक महीने के अंदर मेरे मुख्तार के पास जाकर अपने-अपने हिस्से का सरकारी लगान पूछ लें और वह रकम खजाने में जमा कर दें। मैं श्रद्धेय डॉक्टर इरफान अली से प्रार्थना करता हूं कि वह इस विषय में मेरी सहायता करें और जाब्ते व कानून की जटिल समस्याओं को तय करने की व्यवस्था करें। मुझे आशा है कि मेरा समस्त भ्रातृवर्ग आपस में प्रेम से रहेगा और जरा-जरा सी बातों के लिए अदालत की शरण न लेंगे। परमात्मा आपके हृदय में सहिष्णुता, सद्भाव और सुविचार उत्पन्न करे और आपको अपने नए कर्तव्यों का पालन करने की क्षमता प्रदान करें। हां, मैं यह जता देना चाहता हूं कि आप अपनी जमीन असामियों के नफे पर न उठा सकेंगे। यदि आप ऐसा करेंगे तो मेरे साथ घोर अन्याय होगा, क्योंकि जिन बुराइयों को मैं मिटाना चाहता हूं, आप उन्हीं का प्रचार करेंगे। आपको प्रतिज्ञा करनी पड़ेगी कि आप किसी दशा में भी इस व्यवहार से लाभ न उठाएंगे, असामियों से नफा लेना हराम समझेंगे।"

मायाशंकर ज्यों ही अपना कथन समाप्त करके अपनी जगह बैठा कि हजारों आदमी चारों तरफ से आ-आकर उसके इर्द-गिर्द जमा हो गए। कोई उसके पैरों पर गिर पड़ता था, कोई रोता था, कोई दुआएं देता था, कोई आनंद से विह्वल होकर उछल रहा था। आज उन्हें अमूल्य वस्तु मिल गई थी जिसकी वे स्वप्न में भी कल्पना न कर सकते थे। दीन किसान को जमींदार बनने का हौसला कहां? सैकड़ों आदमी गवर्नर महोदय के पैरों पर गिर पड़े, कितने ही लोग बाबा ज्ञानशंकर के पैरों से लिपट गए। शामियाने में हलचल मच गई। लोग आपस में एक-दूसरे से गले मिलते थे और अपने भाग्य को सराहते थे।

प्रेमशंकर सिर झुकाए खड़े थे मानो किसी विचार में डूबे हुए हों, लेकिन उनके अन्य मित्र खुशी से फूले न समाते थे। उनकी सगर्व आंखें कह रही थीं कि यह हमारी संगति और शिक्षा का फल है, हमको भी इसका कुछ श्रेय मिलना चाहिए, जबकि रईसों के प्राण संकट में पड़े हुए थे। वे आश्चर्य से एक-दूसरे का मुंह ताकते थे मानो अपने कानों और आंखों पर विश्वास न आता हो। कई विद्वान इस प्रश्न पर अपने विचार प्रकट करने के लिए आतुर हो रहे थे, पर यहां उसका अवसर न था।

गवर्नर महोदय बड़े असमंजस्य में पड़े हुए थे कि इस कथन का किन शब्दों में उत्तर दूं? वह दिल में मायाशंकर के महान त्याग की प्रशंसा कर रहे थे, पर उसे प्रकट करते हुए उन्हें भय होता था कि अन्य ताल्लुकेदारों और रईसों को बुरा न लगे। इसके साथ ही चुप रहना मायाशंकर के इस महान यज्ञ का अपमान करना था। उन्हें मायाशंकर से यह प्रेममय श्रद्धा हो गई थी, जो पुनीत आत्माओं का भाग है।

गवर्नर महोदय खड़े होकर मृदु स्वर में बोले–"मायाशंकर! यद्यपि हममें से अधिकांश सज्जन उन सिद्धांतों के कायल न होंगे जिससे प्रेरित होकर आपने यह अलौकिक संतोष व्रत धारण किया है, पर जो पुरुष सर्वथा हृदय-शून्य नहीं है, वह अवश्य आपको देवतुल्य समझेगा। संभव है कि जीवनपर्यंत सुख भोगने के बाद किसी को वैराग्य हो जाए, किंतु जिस युवक ने अभी प्रभुत्व और वैभव के मनोहर, सुखद उपवन में प्रवेश किया, उसका यह त्याग आश्चर्यजनक है। यदि बाबू साहब को बुरा न लगे तो मैं कहूंगा कि समाज की कोई व्यवस्था केवल सिद्धांतों के आधार पर निर्दोष नहीं हो सकती, चाहे वे सिद्धांत कितने ही उच्च और पवित्र हों। उसकी उन्नति मानव चरित्र के अधीन है–एकधिपतियों में देवता हो गए हैं और प्रजावादियों में भयंकर राक्षस। आप जैसे उदार, विवेकशील, दयालु स्वामी की जात से प्रजा का कितना उपकार हो सकता था! आप उनके पथ-प्रदर्शक बन सकते थे। अब वह प्रजा हित-साधनों से वंचित हो जाएगी, लेकिन मैं इन कुत्सित विचारों से आपको भ्रम में नहीं डालना चाहता। शुभ कार्य सदैव ईश्वर की ओर से होते हैं। यह भी ईश्वरीय इच्छा है और हमें आशा करनी चाहिए कि इसका फल अनुकूल होगा। मैं परमात्मा से प्रार्थना करता हूं कि वह इन नए जमींदारों का कल्याण करे और आपकी कीर्ति अमर हो।"

इधर तो मित्र-भवन की मंडली नाटक खेल रही थी, मस्ताने की तानें और प्रियनाथ की सरोद-ध्वनि रंग-भवन में गूंज रही थी, उधर बाबू ज्ञानशंकर नैराश्य के उन्मत्त आवेश में गंगातट की ओर लपके चले जाते थे, जैसे कोई टूटी हुई नौका जल-तरंगों में बहती चली जाती हो। आज प्रारब्ध ने उन्हें परास्त कर दिया। अब तक उन्होंने सदैव प्रारब्ध पर विजय पाई थी। आज पासा पलट गया और ऐसा पलटा कि संभलने की कोई आशा न थी। अभी एक क्षण पहले उनका भाग्य-भवन जगमगाते हुए दीपकों से प्रदीप्त हो रहा था, पर वायु के एक प्रचंड झोंके ने उन दीपकों को बुझा दिया। अब उनके चारों तरफ गहरा, घना और भयावह अंधेरा था, जहां कुछ न सूझता था।

वह सोचते चले जाते थे–'क्या इसी उद्देश्य के लिए मैंने अपना जीवन समर्पण किया? क्या अपनी नाव इसीलिए बोझी थी कि वह जलमग्न हो जाए? हा वैभव लालसा! तेरी बलिवेदी पर मैंने क्या नहीं चढ़ाया? अपना धर्म, अपनी आत्मा तक भेंट कर दी। हा! तेरे भाड़ में मैंने क्या नहीं झोंका? अपना मन, वचन, कर्म सब कुछ आहुति कर दी। क्या इसीलिए कि कालिमा के सिवा और कुछ हाथ न लगे? मायाशंकर का कुसूर नहीं, प्रेमशंकर का दोष नहीं, यह सब मेरे प्रारब्ध की कूटलीला है। मैं समझता था, मैं स्वयं अपना विधाता हूं। विद्वानों ने भी ऐसा कहा

है; पर आज मालूम हुआ कि मैं इसके हाथों का एक खिलौना था। उसके इशारों पर नाचने वाली कठपुतली था। बिल्ली जैसे चूहे से खेलती है, मछुआ जैसे मछली से खेलता है, उसी भांति इसने मुझे अभी तक खिलाया। कभी पंजे से पकड़ लेता था, कभी छोड़ देता था।

जरा देर के लिए उसके पंजे से छूटकर मैं सोचता था, उस पर विजय पाई, पर आज खेल का अंत हो गया, बिल्ली ने गरदन दबा दी, मछुए ने बंसी खींच ली। मनुष्य कितना दीन, कितना परवश है? भावी कितनी प्रबल, कितनी कठोर!

जो तिमंजिला भवन मैंने एक युग में अविश्रांत उद्योग से खड़ा किया, वह क्षण-मात्र में इस भांति भूमिस्थ हो गया मानो उसका अस्तित्व न था, उसका चिह्न तक नहीं दिखाई देता। क्या वह विशाल अट्टालिका भावी की केवल माया रचना थी? हा! जीवन कितना निरर्थक सिद्ध हुआ। विषय-लिप्सा! तूने मुझे कहीं का न रखा। मैं आंख तेज करके तेरे पीछे-पीछे चला और तूने मुझे इस घातक भंवर में डाल दिया। मैं अब किसी को मुंह दिखाने योग्य नहीं रहा। संपत्ति, मान, अधिकार किसी का शौक नहीं। इनके बिना भी आदमी सुखी रह सकता है, बल्कि सच पूछो तो सुख इनसे मुक्त रहने में ही है। शोक यह है कि मैं अल्पांश में भी इस यश का भागी नहीं बन सकता। लोग इसे मेरे विषय-प्रेम की यंत्रणा समझेंगे। कहेंगे कि बेटे ने बाप का कैसा मान-मर्दन किया, कैसी फटकार बताई। यह व्यंग्य, यह अपमान कौन सहेगा? हा! मुझे पहले से इस अंत का ज्ञान हो जाता तो आज मैं पूज्य समझा जाता, त्यागी पुत्र का धर्मज्ञ पिता कहलाने का गौरव प्राप्त करता। प्रारब्ध ने कैसा गुप्ताघात किया! अब क्यों जिंदा रहूं? इसीलिए कि तू मेरी दुर्गति और उपहास पर खुश हो, मेरी प्राण-पीड़ा पर तालियां बजाए! नहीं, अभी मैं इतना लज्जाहीन, इतना बेहया नहीं हूं।

हा विद्यावती! मैंने तेरे साथ कितना अत्याचार किया? तू सती थी, मैंने तुझे पैरों तले रौंदा। मेरी बुद्धि कितनी भ्रष्ट हो गई थी। देवी, इस पतित आत्मा पर दया कर!'

इन्हीं दुःखमय भावों में डूबे हुए ज्ञानशंकर नदी के किनारे जा पहुंचे। घाटों पर इधर-उधर सांड बैठे हुए थे। नदी का मध्यम स्वर नीरवता को और भी नीरव बना रहा था।

ज्ञानशंकर ने नदी को कातर नेत्रों से देखा। उनका शरीर कांप उठा, वह रोने लगे। उनका दुःख नदी से कहीं अपार था। जीवन की घटनाएं सिनेमा के चित्रों के सदृश उनके सामने मूर्तिमान हो गईं। उनकी कुटिलताएं आकाश के तारागण से भी उज्ज्वल थीं। उनके मन ने प्रश्न किया-'क्या मरने के सिवा और कोई उपाय नहीं है?'

नैराश्य ने कहा-'नहीं, कोई उपाय नहीं!'

वह घाट के एक पील पाए पर जाकर खड़े हो गए। दोनों हाथ तौले जैसे चिड़िया पर तौलती है, पर पैर न उठे। मन ने कहा–'तुम भी प्रेमाश्रम में क्यों नहीं चले जाते?'

ग्लानि ने जवाब दिया–'कौन मुंह लेकर जाऊं, मरना तो नहीं चाहता, पर जीऊं कैसे? हाय! मैं जबरन मारा जा रहा हूं।' यह सोचकर ज्ञानशंकर जोर से रो पड़े, आंसुओं की झड़ी लग गई।

शोक और भी अथाह हो गया। चित्त की समस्त वृत्तियां इस अथाह शोक में निमग्न हो गईं। धरती और आकाश, जल और थल सब इसी शोक सागर में समा गए। ज्ञानशंकर अचेत, शून्य दशा में उठे और गंगा में कूद पड़े–शीतल जल ने उनके हृदय को शांत कर दिया।

उपसंहार

दो साल हो गए। संध्या का समय है। बाबू मायाशंकर घोड़े पर सवार लखनपुर में दाखिल हुए। उन्हें वहां रौनक और सफाई दिखाई दी। प्रायः सभी द्वारों पर सायबान थे। उनमें बड़े-बड़े तख्ते बिछे हुए थे। अधिकांश घरों पर सफेदी हो गई थी। फूस के झोंपड़े गायब हो गए थे। अब सब घरों पर खपरैल थे। द्वारों पर बैलों के लिए पक्की चरनियां बनी हुई थीं और कई द्वारों पर घोड़े बंधे हुए नजर आते थे। पुराने चौपाल में पाठशाला थी और उसके सामने एक पक्का कुआं और धर्मशाला थी। मायाशंकर को देखते ही लोग अपने-अपने काम छोड़कर दौड़े और एक क्षण में सैकड़ों आदमी जमा हो गए।

मायाशंकर सुक्खू चौधरी के मंदिर पर रुके। वहां इस वक्त बड़ी बहार थी। मंदिर के सामने सहन में भांति-भांति के फूल खिले हुए थे। चबूतरे पर चौधरी बैठे हुए रामायण पढ़ रहे थे और कई स्त्रियां बैठी हुई सुन रही थीं। मायाशंकर घोड़े से उतरकर चबूतरे पर जा बैठे।

सुखदास हकबकाकर खड़े हो गए और पूछा–"सब कुशल है न? क्या अभी चले आ रहे हैं?"

मायाशंकर–हां, मैंने सोचा चलूं, तुम लोगों से भेंट-भांट करता आऊं।

सुखदास–बड़ी कृपा की। हमारे धन्य भाग कि घर बैठे स्वामी के दर्शन होते हैं।

यह कहकर वह लपके हुए घर में गए, एक ऊनी कालीन लाकर बिछा दी, कल्से में पानी खींचा और शरबत घोलने लगे।

मायाशंकर ने मुंह-हाथ धोया, शरबत पिया, घोड़े की लगाम उतार रहे थे कि कादिर खां ने आकर सलाम किया।

माया ने कहा—"कहिए खां साहब, मिजाज तो अच्छा है?"

कादिर खां—सब अल्लाताला का फजल है। तुम्हारे जान-माल की खैर मनाया करते हैं। आज तो रहना होगा न?

मायाशंकर—यही इरादा करके तो चला हूं।

थोड़ी देर में वहां गांव के सब छोटे-बड़े आ पहुंचे। इधर-उधर की बातें होने लगीं। कादिर ने पूछा—"बेटा, आजकल कौंसिल में क्या हो रहा है? असामियों पर कुछ निगाह होने की आशा है या नहीं?"

मायाशंकर—हां, है चाचा साहब! उनके मित्र लोग बड़ा जोर लगा रहे हैं। आशा है कि जल्दी ही कुछ-न-कुछ नतीजा निकलेगा।

कादिर खां—अल्लाह उनकी मेहनत सफल करे और क्या दुआ दें? रोएं-रोएं से तो दुआ निकल रही है। काश्तकारों की दशा बहुत कुछ सुधरी है। बेटा, मुझी को देखो! पहले बीस बीघे का काश्तकार था, 100 रुपये लगान देना पड़ता था। दस-बीस रुपये साल नजराने में निकल जाते थे। अब जुमला 20 रुपये लगान है और नजराना नहीं लगता। पहले अनाज खलिहान से घर तक न आता था। आपके चपरासी-कारिंदे वहीं गला दबाकर तुलवा लेते थे। अब अनाज घर में भरते हैं और सुभीते से बेचते हैं। दो साल में कुछ नहीं तो तीन-चार सौ बचे होंगे। डेढ़ सौ की एक जोड़ी बैल लाए, घर की मरम्मत कराई, सायबान डाला, हांडियों की जगह तांबे और पीतल के बरतन लिये और सबसे बड़ी बात यह है कि अब किसी की धौंस नहीं। मालगुजारी दाखिल करके चुपके घर चले आते हैं। नहीं तो हरदम जान सूली पर चढ़ी रहती थी। अब अल्लाह की इबादत में भी जी लगता है, नहीं तो नमाज भी बोझ मालूम होती थी।

मायाशंकर—तुम्हारा क्या हाल है दुखरन भगत?

दुखरन—भैया, अब तुम्हारे अकबाल से सब कुशल है। अब जान पड़ता है कि हम भी आदमी हैं, नहीं तो पहले बैलों से भी गए-बीते थे। बैल हर से आता है, तो आराम से भोजन करके सो जाता हूं। यहां हर से आकर बैल की फिक्र करनी पड़ती थी। उससे छुट्टी मिले तो कारिंदे साहब की खुशामद करने जाते। वहां से दस-ग्यारह बजे लौटते तो भोजन मिलता। 15 बीघे का काश्तकार था। 10 बीघे मौरूसी थे। उसके 50 रुपये लगान देता था। बीघे शिकमी जोतते थे। उनके 60

रुपये देने पड़ते थे। अब 15 बीघे के कुल 30 रुपये देने पड़ते हैं। हारी-बेगारी, गजर-नियाज सबसे गला छूटा। दो साल में तीन-चार सौ हाथ में हो गए। 100 रुपये की एक पछाहीं भैंस लाया हूं–कुछ कर्जा था, चुका दिया।

सुखदास–और तबला-हारमोनियम लिया है, वह क्यों नहीं कहते? एक पक्का कुआं बनवाया है, उसे क्यों छिपाते हो? भैया, यह पहले ठाकुरजी के बड़े भक्त थे। एक बार बेगार में पकड़े गए तो आकर ठाकुरजी पर क्रोध उतारा। उनकी प्रतिमा को तोड़-ताड़कर फेंक दिया। अब फिर ठाकुरजी के चरणों में इनकी श्रद्धा हुई है! भजन-कीर्तन का सब सामान इन्होंने मंगवाया है!

दुखरन–छिपाऊं क्यों? मालिक से कौन परदा? यह सब इन्हीं का अकबाल तो है।

मायाशंकर–ये बातें चाचाजी सुनते, तो फूले न समाते।

कल्लू–भैया, जो सच पूछो तो चांदी मेरी है। रंक से राजा हो गया। पहले 6 बीघे का असामी था, सब शिकमी, 75 रुपये लगान के देने पड़ते थे, उस पर हरदम गौस मियां की चिरौरी किया करता था कि कहीं खेत न छीन लें। 50 रुपये खाली नजराना लगता था। पियादों की पूजा अलग करनी पड़ती थी। अब कुल 9 रुपये लगान देता हूं। दो साल में आदमी बन गया। फूस के झोंपड़े में रहता था, अबकी बार मकान बनवा लिया है। पहले हरदम धड़का लगा रहता था कि कोई कारिंदे से मेरी चुगली न कर आया हो। अब आनंद से मीठी नींद सोता हूं और तुम्हारा जस गाता हूं।

मायाशंकर–(सुक्खू चौधरी से) तुम्हारी खेती तो सब मजदूरों से ही होती होगी? तुम्हें भजन-भाव से कहां छुट्टी?

सुक्खू–(हंसकर) भैया, मुझे अब खेती-बाड़ी करके क्या करना है? अब तो यही अभिलाषा है कि भगवत्-भजन करते-करते यहां से सिधार जाऊं। मैंने अपने चालीसों बीघे उन बेचारों को दे दिए हैं जिनके हिस्से में कुछ न पड़ा था। इस तरह सात-आठ घर जो पहले मजूरी करते थे और बेगार के मारे मजूरी भी न करने पाते थे, अब भले आदमी हो गए। मेरा अपना निर्वाह भिक्षा से हो जाता है। हां, इच्छापूर्ण भिक्षा यहीं मिल जाती है, किसी दूसरे गांव में पेट के लिए नहीं जाना पड़ता है। दो-चार साधु-संत नित्य ही आते रहते हैं। उसी भिक्षा में उनका सत्कार भी हो जाता है।

मायाशंकर–आज बिसेसर साह नहीं दिखाई देते?

सुक्खू–किसी काम से गए होंगे। वह भी अब पहले से मजे में हैं। दुकान बहुत बढ़ा दी है, लेन-देन कम करते हैं। पहले रुपये में आने से कम ब्याज न लेते थे और करते क्या? कितने ही असामियों से कौड़ी वसूल न होती थी। रुपये

मारे जाते थे, उसकी कसर ब्याज से निकालते थे। अब रुपये सैकड़ा ब्याज देते हैं। किसी के यहां रुपये डूबने का डर नहीं है। दुकान भी अच्छी चलती है। लश्करों में पहले दिवाला निकल जाता था। अब एक तो गांव का बल है, कोई रोब नहीं जमा सकता और जो कुछ थोड़ा बहुत घाटा हुआ भी तो गांववाले पूरा कर देते हैं।

इतने में बलराज रेशमी साफा बांधे, मिरजई पहने, घोड़े पर सवार आता दिखाई दिया। मायाशंकर को देखते ही बेधड़क घोड़े पर से कूद पड़ा और उनके चरण स्पर्श किए। वह अब जिला-सभा का सदस्य था। उसी के जलसे से लौटा आ रहा था।

मायाशंकर ने मुस्कराकर पूछा—"कहिए मेंबर साहब, क्या खबर है?"

बलराज—हुजूर की दुआ से अच्छी तरह हूं। आप तो मजे में हैं? बोर्ड के जलसे में गया था। बहस छिड़ गई, वहीं चिराग जल गया।

मायाशंकर—आज बोर्ड में क्या हुआ था?

बलराज—वही बेगार का प्रश्न छिड़ा हुआ था। खूब गरमागरम बहस हुई। मेरा प्रस्ताव था कि जिले का कोई हाकिम देहात में जाकर गांववालों से किसी तरह की खिदमत का काम न ले, जैसे—पानी भरना, घास छीलना, झाड़ू लगाना। जो रसद दरकार हो, वह गांव के मुखिया से कह दी जाए और बाजार भाव से उसी दम दाम चुका दिया जाए। इस पर दोनों तहसीलदार और कई हुक्काम बहुत भन्नाए। कहने लगे, इससे सरकारी काम में बड़ा हरज होगा। मैंने भी जी खोलकर जो कुछ कहते बना, कहा। सरकारी काम प्रजा को कष्ट देकर और उनका अपमान करके नहीं होना चाहिए। हरज होता है, तो हो। दिल्लगी यह है कि कई जमींदार भी हुक्काम के पक्ष में थे। मैंने उन लोगों की खूब खबर ली। अंत में मेरा प्रस्ताव स्वीकृत हुआ। देखें, जिलाधीश क्या फैसला करते हैं? मेरा एक प्रस्ताव यह भी था कि निर्खनामा लिखने के लिए एक सब-कमेटी बनाई जाए जिसमें अधिकांश व्यापारी लोग हों। यह नहीं कि तहसीलदार ने कलम उठाई और मनमाना निर्ख लिखकर चलता किया। वह प्रस्ताव भी मंजूर हुआ।

मायाशंकर—मैं इन सफलताओं पर तुम्हें बधाई देता हूं।

बलराज—यह सब आपका अकबाल है। यहां पहले कोई अखबार का नाम भी न जानता था। अब कई अच्छे-अच्छे पत्र भी आते हैं। सवेरे आपको अपना वाचनालय दिखलाऊंगा। गांव के लोग यथायोग्य 1 रुपया, 2 रुपया मासिक चंदा देते हैं, नहीं तो पहले हम लोग मिलकर पत्र मंगाते थे तो सारा गांव बिदकता था। जब कोई अफसर दौरे पर आता, कारिंदा साहब चट उससे मेरी शिकायत करते। अब आपकी दया से गांव में रामराज है। आपको किसी दूसरे गांव में पूसा और

मुजफ्फरपुर का गेहूं न दिखाई देगा। हम लोगों ने अबकी बार मिलकर दोनों कोनों से बीज मंगवाएं और डेवढ़ी पैदावार होने की पूरी आशा है। पहले यहां डर के मारे कोई कपास बोता ही न था। मैंने अबकी बार मालवा और नागपुर से बीज मंगवाए और गांव में बांट दिए। खूब कपास हुई। यह सब काम गरीब असामियों के मान के नहीं है जिनको पेट-भर भोजन नहीं मिलता, सारी पैदावार लगान और महाजन को भेंट हो जाती है।

ये बातें करते-करते भोजन का समय आ पहुंचा। लोग भोजन करने गए। मायाशंकर ने भी पूरियां दूध में मलकर खाईं, दूध पिया और फिर लेटे। थोड़ी देर में लोग खा-पीकर आ गए। गाने-बजाने की ठहरी। कल्लू ने गाया। कादिर खां ने दो-तीन पद सुनाएं। रामायण का पाठ हुआ। सुखदास ने कबीर-पंथी भजन सुनाए। कल्लू ने एक नकल की। दो-तीन घंटें खूब चहल-पहल रही। माया को बड़ा आनंद आया। उसने भी कई अच्छी चीजें सुनाईं। लोग उनके स्वर-माधुर्य पर मुग्ध हो गए।

सहसा बलराज ने कहा—"बाबूजी, आपने सुना नहीं? मियां फैजुल्ला पर जो मुकदमा चल रहा था, उसका आज फैसला सुना दिया गया। उसने अपनी पड़ोसिन बुढ़िया के घर में घुसकर चोरी की थी। तीन साल की सजा हो गई।"

डपट सिंह ने कहा—"बहुत अच्छा। सौ बेंत पड़ जाते तो और भी अच्छा होता। यह हम लोगों की आह पड़ी है।"

मायाशंकर—बिंदा महाराज और करतार सिंह का भी कहीं पता है?

बलराज—जी हां, बिंदा महाराज तो यहीं रहते हैं। उनके निर्वाह के लिए हम लोगों ने उन्हें यहां का बय बना दिया है। करतार पुलिस में भर्ती हो गए।

दस बजते-बजते लोग विदा हुए। मायाशंकर ऐसे प्रसन्न थे मानो स्वर्ग में बैठे हुए हैं।

स्वार्थ-सेवी, माया के फंदों में फंसे हुए मनुष्यों को यह शांति, यह सुख, यह आनंद, यह आत्मोल्लास कहां नसीब!